U0717325

全唐詩

第十二册

卷七九六——卷八六七

中华书局

全唐诗第十二册目次

卷八〇二

卷八〇九

卷八一二

清　江

卷八一六

皎　然

卷八一七

皎　然

卷八一八

皎　然

卷八一九

皎　然

卷八二〇

皎　然

卷八二三

卷八二五

可　止

卷八三一

贯 休

卷八三二

贯　休

卷八三三

贯 休

卷八三四

贯 休

卷八三五

贯 休

卷八三六

贯 休

卷八三七

贯　休

卷八三八

齐　己

卷八四〇

齐　己

卷八四一

齐　己

卷八四三

齐　己

卷八四四

齐　己

卷八四五

齐　己

卷八四七

齐 己

卷八四八

尚　颜

卷八四九

卷八五四

杜光庭

卷八五八

卷八五九

吕　岩

卷八六〇

仙

卷八六一

仙

卷八六二

仙

卷八六三

女　仙

卷八六四

神

卷八六五

鬼

卷八六六

鬼

全唐诗卷句七九六

无名氏

都来消帝力，全不用兵防。以下齐己《风骚旨格》　道远擎空钵，深山踏落花。　船中江上景，晚泊早行时。　山寺钟楼月，江城鼓角风。　雨过花争出，云空月半生。　鸟正啼隋柳，人须入楚山。　高松飘雨雪，一室掩香灯。　遂有冥心者，还寻此境来。　又因风雨夜，重到古松门。　道晦金鸡伏，时来木马鸣。　谁来看山寺，自去扫松门。　此生还自喜，馀事不相侵。　白鬓无心镊，青山得意多。　一春能几日，无雨亦多风。　苦雨秋涛涨，狂风野烧翻。　须知三尺剑，只为不平磨。　要路争先进，闲门肯暂过。　已难消永夜，况复听秋霖。　大雪路亦宿，深山水也吞。赠僧　卷帘黄叶落，锁印子规啼。　亡国空流水，孤祠掩落花。　山魅隔窗舞，鹏鸟入帘飞。　万里八九月，一身西北风。　磴危攀薜荔，石滑疏莓苔。　日落无行客，天寒有去鸿。　正思浮世事，又到古城边。　寻常风雨夜，应有鬼神看。　寄宿山中寺，相辞海上僧。　风吹榆荚叶，雨打木瓜花。炙毂子《诗格》，句内叠韵。　是星皆拱北，无水不朝东。以下梅尧臣《续金针诗格》　西风起边雁，一一向潇湘。　那堪怀远路，犹自上高楼。　白云风散尽，红叶水流来。以下徐寅《雅道机要》　妾如无异意，君弃也甘心。　野过云根阔，山高树影长。　古迹应重别，生缘不暂停。　一个字未稳，数宵心不闲。　别地叶频落，去程山已寒。　但取诗名得，何论下第频。　早起赴前程，邻鸡尚未鸣。以下文彧《诗格》　白地一回雨，儿孙拾得金。　轩车在何处，雨雪满前山。　灯微山馆雨，角咽海城秋。　去帆看已远，临水立多时。以下《桂林诗评》　家贫为客早，路远得书稀。　瀑布五千仞，草堂瀑布边。　我忆云门寺，门前千万峰。　一瓶居无外，万木老禅中。　秋江洗一钵，寒日晒三衣。　空山行客少，独树晚蝉多。

一片月生海，几家人上楼。待月　以下王正字《诗中旨格》　窗寒风渐紧，灯落夜将深。秋日言怀　云梦几行去，潇湘一夜空。送雁　无风来竹院，有月在莎庭。蟋蟀　故园从小别，夜雨近秋闻。　书剑别南州，炎荒万里游。　山盘樵径上，人到雪房迟。　路经秋雨后，人入乱峰来。　独树知秋早，孤舟觉夜寒。　马饥餐落叶，鹤宿晒残阳。　路远春行尽，家贫愁到时。以下《吟窗杂录》　临水通宵坐，知君此兴同。　江声兼小雨，暝色入啼猿。以下并见《树萱录》　藕隐玲珑玉，花藏缥缈容。　红树醉秋色，碧溪弹夜弦。　网断蛛犹织，梁空燕不归。　倒身无著处，呵手不成温。苦寒　见《事文类聚》

几多诗弟子，无限酒知闻。悼方干　见《海录碎事》　床上小薰笼，韶州新退红。乐府　见陆务观集注　看时人步涩，展处蝶争来。题于兢画牡丹。兢字德源，长安人，梁宰相也。见《见闻志》。　酒味杂莲气，香冷胜于冰。轮囷如象鼻，潇洒绝青蝇。碧筒杯　见杨慎《艺林伐山》　太宗皇帝真长策，赚得英雄尽白头。《国史补》曰：进士科得之艰难，其有老死于文场者，亦无所恨，故诗云。《画墁录》以为赵嘏作。　曾题名处添前字，送出城人乞旧衣。神龙已来，杏园宴后，皆于慈恩塔下题名，及第后知闻。或遇未及第时题名处，则为添前字，故诗云。见《摭言》。　华阳观里钟声集，建福门前鼓动期。新进士放榜后，翌日，排光范门候过宰相。虽云排建福门，实集于西方馆，故诗云云。见《南部新书》。　陇右诸侯供语鸟，日南太守送名花。李德裕营平泉，远方之人多以异物奉之，时有题诗云云。见《剧谈录》。　八百孤寒齐下泪，一时回首望崖州。德裕为相，颇为寒进开路。及谪官南去，人咏此。见《摭言》。　让劫已令多士伏，沽名还得世人闻。陈咏有诗名，善弈棋。昭宗幸陕之岁，策名归蜀，韦庄以诗贺之。乡中有嫉善者，属和韦诗云云，比之涤器当垆也。见《纪事》。　人为子推初禁火，花愁青女再飞霜。寒食　见《事文类聚》　楝花开后风光好，梅子黄时雨意浓。江南自初春至初夏，有二十四番花信风，最后为楝花风，故唐人有此句。见《东皋杂录》。　兰汤备浴传荆俗，水马浮江吊屈魂。唐人午日诗　南方竞渡，治其舟使轻利，名飞凫，名水车，又名水马。见《荆楚岁时记》。城头椎鼓传花枝，席上拷拳握松子。见《东皋杂录》　鸟向不香花里宿，人从无影月中归。雪　轻著冻痕销水面，密随和气入花根。春雪　万木尽如花落候，四檐鸣□雨来时。晴雪　王安石尝举此三联，云唐人诗。　浓绿万枝红一点，动人春色不须多。王安石在翰苑，见榴花止开一朵，有诗。陈正敏谓此乃唐人诗，非安石所作。见《泊宅编》。　晚菘细切肥牛肚，新笋初尝嫩马蹄。见《锦绣万花谷》　蝉离楚树鸣犹少，叶到嵩山落更多。以下见《风骚旨格》　风和日暖方开眼，雨润烟浓不举头。窗前闲咏鸳鸯句，壁上时观獬廌图。　可能有事关心后，得似无人识面时。　一点孤灯人梦觉，万重寒叶雨声多。以下见炙毂子《诗格》　此心只待相逢说，时复登楼看远山。　九江有浪船难济，三峡无猿客有愁。　四海鱼龙精魄冷，五山鸾凤骨毛寒。　谁家绿酒欢留客，何处红楼睡失明。　雨露施恩无厚薄，蓬蒿随分有枯荣。以下见梅尧臣《续金针诗格》　去年花下留连饮，暖日夭桃莺乱啼。　今日江边容易别，淡烟衰草马频嘶。　蛇蝎性灵生便毒，蕙兰根异死犹香。　三间茅屋无人到，十里松门独自游。　翻忆旧山青碧里，绕庵闲伴野僧禅。云　不甘五等诸侯荐，直肯九重天子知。刘素者，字仲华。好学，不事科举，颇通迁、固、寿、晔之书，尝有人贻诗云云，然卒不及仕。见《江南野志》。

全唐诗名媛卷七九七

武后宫人

离别难

武后朝,有士人陷冤狱,妻配掖庭。善吹觱篥,乃撰《离别难》曲以寄情焉。初名《大郎神》,盖取良人第行也。既畏人知,遂三易其名,曰《悲切子》,终号《怨回鹘》。

此别难重陈,花飞复恋人。来时梅覆雪,去日柳含春。物候催行客,归途淑气新。剡川今已远,魂梦暗相亲。

开元宫人

袍中诗

开元中,赐边军纩衣,制自宫人。有兵士于袍中得诗,白于帅。帅上之朝,明皇以诗遍示六宫,一宫人自称万死。明皇悯之,以妻得诗者,曰:“朕与尔结今生缘也。”

沙场征戍客,寒苦若为眠。战袍经手作,知落阿谁边。蓄意多添线,含情更著绵。今生已过也一作看已过,结取一作愿结后生缘。

天宝宫人

题洛苑梧叶上

天宝末，洛苑宫娥题诗梧叶，随御沟流出。顾况见之，亦题诗叶上，泛于波中。后十馀日，于叶上又得诗一首。后闻于朝，遂得遣出。

旧宠悲秋扇，新恩寄早春。聊题一片叶一作红叶上，将寄接流人。一作一入深宫里，年年不见春。聊题一片叶，寄与有情人。

又　题

一叶题诗出禁城，谁人酬和独含情。自嗟不及波中叶，荡漾乘春取次行。

德宗宫人

德宗宫人，奉恩院王才人养女凤儿也。诗一首。

题花叶诗

贞元中，进士贾全虚于御沟得一花叶，上有诗句。悲想其人，裴回沟上，为街吏所获。金吾奏其事，德宗询之，知为凤儿所作。因召全虚，授金吾卫兵曹，遂以妻之。

一入深宫里，无由得见春。题诗花叶上，寄与接流人。

宣宗宫人

宣宗宫人，姓韩氏。诗一首。

题红叶

卢偓应举时，偶临御沟，得一红叶，上有绝句，置于巾箱。及出宫人，偓得韩氏。睹红叶，吁嗟久之。曰："当时偶题，不谓郎君得之。"

流水何太急，深宫尽日闲。殷勤谢红叶，好去到人间。

僖宗宫人

金锁诗

僖宗尝自内出袍千领，赐塞外吏士。神策军马真于袍中得锁及诗，主将奏闻。帝令真赴阙，以作诗宫人妻之。

玉烛制袍夜，金刀呵手裁。锁寄千里客一作锁情寄千里，锁心终不开。

李舜弦

李舜弦，梓州人，珣之妹。蜀王衍纳为昭仪。诗三首。

随驾游青城

因随八马上仙山，顿隔尘埃物象闲。只恐西追王母宴，却忧难得到人间。

蜀宫应制

浓树禁花开后庭，饮筵中散酒微醒。濛濛雨草瑶阶湿，钟晓愁吟独倚屏。

钓鱼不得

尽日池边钓锦鳞，芰荷香里暗消魂。依稀纵有寻香饵，知是金钩不肯吞。

李玉箫

李玉箫，蜀王衍宫人。诗一首。

宫　词 一作王建诗，又作花蕊夫人诗。

鸳鸯瓦上瞥然声，昼寝宫娥梦里惊。元是我王金弹子，海棠花下打流莺。

金真德

金真德，新罗王金真平女也。平卒，无子，嗣立为王。诗一首。

太平诗

永徽元年，真德大破百济之众。织锦作五言《太平诗》，遣其弟之子法敏以献。

大唐开鸿业，巍巍皇猷昌。止戈戎衣一作成大定，修一作兴文继百王。统天崇雨施，理物体含章。深仁谐日月，抚运迈时康。幡旗既赫赫，钲鼓何锽锽。外夷违命者，翦覆被大殃。和一作淳风凝宇宙一作幽显，遐迩竞呈祥。四时调玉烛，七曜巡万方。维岳降宰辅，维帝用一作任忠良。三五咸一德，昭我皇家唐一作唐家光。

宝历宫人

句

宝历间，浙东贡舞女二人，一名飞燕，一名轻凤，每歌如鸾凤音。敬宗琢玉芙蓉为舞台，舞罢，即置二女于金屋宝帐。由是宫中语云云。

宝帐香重重，一双红芙蓉。

全唐诗卷七九八

花蕊夫人徐一作费氏

徐氏，青城人。幼能文，尤长于宫词。得幸蜀主孟昶，赐号花蕊夫人。诗一卷。

宫　词

五云楼阁凤城间，花木长新日月闲。三十六宫连内苑，太平天子住一作坐昆山。

会真广殿约宫墙，楼阁相扶倚太阳。净甃玉阶横水岸，御炉香气扑龙床。

龙池九曲远相通，杨柳丝牵两岸风。长似江南好风一作春景，画船来去一作往碧波中。

东内斜将紫禁通，龙池凤苑夹城中。晓钟声断严妆罢，院院纱窗海日红。

殿名新立号重光，岛上亭台尽改张。但是一人行幸处，黄金阁子一作内锁牙床。

夹城门与内门通，朝罢巡游到苑中。每日日高一作中官祗候处，满堤红艳立春风。

厨船一作盘进食簇时新，侍宴一作座无非列一作是近臣。日午殿头宣索鲙，隔花催唤打鱼人。

立春日进内园花，红蕊轻轻嫩浅霞。跪到玉阶犹带露，一时宣赐与宫娃。

三面宫城尽夹墙，苑中池水白茫茫。直一作亦从狮子门前入，旋见亭台绕岸傍。

离宫别院绕宫城，金版轻敲合凤笙。夜夜月明花树底，傍池长有按歌声。

御制新翻曲子成，六宫才唱未知名。尽将觱篥来抄谱，先按君王玉笛声。

旋移红一作花树斫新一作劚青苔，宣使龙池更一作再凿开。展得绿一作彩波宽似海，水心楼殿胜蓬莱。

太虚高阁凌虚一作临波殿，背倚城墙面枕池。诸院各分娘子位，羊车到处不教知。

修仪承宠住龙池，扫地焚香日午时。等候大家来院里，看教鹦鹉念新诗。

才人出入每参一作相随，笔砚将行一作行将绕曲池。能向彩笺书大字，忽一作勿防御制写新诗。

六宫官职总新除，宫女安排入画图。二十四司分六局，御前频见错相呼。

春风一面晓妆成，偷折花枝傍水行。却被内监一作嫗遥觑见，故将红豆打黄莺。

殿前排宴赏花开，宫女侵晨探几回。斜望花开一作苑门遥举袖，传声宣一作先唤近臣来。

小球场近曲池头，宣唤勋臣试打球。先向画楼一作廊排御幄，管弦声动立浮油。

供奉头筹不敢争，上棚等一作专，又作传。唤近臣名。内人酌酒才宣赐，马上齐呼万岁声。

殿前宫女总纤腰，初学乘骑怯又娇。上得马来才欲走，几回抛鞚抱一作把鞍桥。

自教宫娥学打球，玉鞍初跨柳腰柔。上棚知是官家认，遍遍长赢第一筹。

翔鸾阁外夕阳天，树一作木影花光远一作水接连。望见内家来往处，水门斜过罨一作画楼船。

内家一作人追逐采莲时，惊起沙鸥两岸飞。兰棹把来齐拍水，并船相斗湿罗衣。

新秋女伴各相逢，罨画船飞别浦一作渚中。旋折荷花伴一作半歌舞，夕阳斜照满衣红。

少年相逐采莲回，罗帽一作袜罗衫一作衣巧制裁。每到岸头长拍水，竞提纤手出船来。

早春杨柳引长条，倚岸沿堤一面高。称与画船牵锦缆，暖风搓出彩丝绦。

内家宣锡生辰宴，隔夜诸宫进御花。后殿未闻宫主入，东门先报下金车。

端午生衣进御床，赭黄罗帕覆金箱。美人捧入南薰殿，玉腕斜封彩缕长。

选进仙韶第一人，才胜罗绮不胜春。重教按舞桃花下，只踏残红作地裀。

侍女争挥玉弹弓，金丸飞入乱花中。一时惊起流莺散，踏落残花满地红。

七宝阑干白玉除，新开凉殿幸金舆。一沟泛碧流春水，四面琼钩搭绮疏。

山楼彩凤栖寒月，宴殿金麟吐御香。蜀锦地衣呈队舞，教头先出拜君王。

天外明河翻玉浪，楼西凉月涌金盆。香销甲乙床前帐，宫锁玲珑闭殿门。

细风欹叶撼宫梧，早怯秋寒著绣繻。玉宇无人双燕去，一弯新月上金枢。

夜寒金屋篆烟飞，灯烛分明在紫微。漏永禁宫三十六，燕回争踏月轮归。

晓吹翩翩动翠旗，炉烟千叠瑞云飞。何人奏对偏移刻，御史天香隔绣衣。

金井秋啼络纬声，出花宫漏报严更。不知谁是金銮直，玉宇沉沉夜气清。

内庭秋燕玉池东，香散荷花水殿风。阿监采菱牵锦缆，月明犹在画船中。

东宫花烛彩楼新，天上仙桥上锁春。偏出六宫歌舞奏，嫦娥初到月虚轮。

纱幔薄垂金麦穗，帘钩纤挂玉葱条。楼西别起长春殿，香碧红泥透蜀椒。

翠华香重玉炉添，双凤楼头晓日暹。扇掩红鸾金殿悄，一声清跸卷珠帘。

金作蟠龙绣作麟，壶中楼阁禁中春。君王避暑来游幸，风月横秋气象新。

清晓自倾花上露，冷侵宫殿玉蟾蜍。擘开五色销金纸，碧锁窗前学草书。

翠钿贴靥轻如笑，玉凤雕钗袅欲飞。拂晓贺春皇帝阁，彩衣金胜近龙衣。

琐声金彻阁门环，帘卷珍珠十二间。别殿春风呼万岁，中丞新押散朝班。

鸡人报晓传三唱，玉井金床转辘轳。烟引御炉香绕殿，漏签初刻上铜壶。

御按横金殿幄红，扇开云表露天容。太常奏备三千曲，乐府新调十二钟。

宫女熏香进御衣，殿门开锁请金匙。朝阳初上黄金屋，禁夜春深昼漏迟。

三月金明柳絮飞，岸花堤草弄春时。楼船百戏催宣赐，御辇今年不上池。

内人稀见水秋千，争擘珠帘帐殿前。第一锦标谁夺得，右军输却小龙船。

夜色楼台月数层，金猊烟穗绕觚棱。重廊屈折连三殿，密上真珠百宝灯。

天门晏闭九重关，楼倚银河气象间。一点星球重绛阙，五云仙仗下蓬山。

禁里春浓蝶自飞，御蚕眠处弄新丝。碧窗尽日教鹦鹉，念得君王数首诗。

斗草深宫玉槛前，春蒲如箭荇如钱。不知红药阑干曲，日暮何人落翠钿。

太液波清水殿凉，画船惊起宿鸳鸯。翠眉不及池边柳，取次飞花入建章。

御座垂帘绣额单，冰山重叠贮金盘。玉清迢递无尘到，殿角东西五月寒。

春心滴破花边漏，晓梦敲回禁里钟。十二楚山何处是，御楼曾一作恍见两三峰。

博山夜宿沉香火，帐外时闻暖凤笙。理遍从头新上曲，殿前龙直未交更。

春殿千官宴却归，上林莺舌报花时。宣徽旋进新裁曲，学士争吟应诏诗。

钓线沉波漾彩舟，鱼争芳饵上龙钩。内人急捧金盘接，拨刺红鳞跃未休。

蕙炷香销烛影残，御衣熏尽辄更阑。归来困顿眠红帐，一枕西风梦里寒。

东宫降诞挺佳辰，少海星边拥瑞云。中尉传闻三日宴，翰林当撰洗儿文。

酒库新修近水傍，泼一作拨醅初熟五云浆。殿前供御频宣索，追一作进入花间一阵香。

白藤花限一作笼掬白银花，阁子门当寝殿斜。近被宫中知了事，每来随驾使煎一作烹茶。

西球场里打球回，御宴先于一作从苑内开。宣索教坊诸伎乐，傍池催唤入船来。

昭仪侍宴足精神，玉烛抽看记饮巡。倚赖识书为录事，灯前时复错瞒人。

后宫阿监裹罗巾，出入经过苑囿频。承奉圣颜忧误失，就中长怕内夫人。

管弦声急满龙池，宫女藏钩一作阄夜宴时。好是圣人亲捉得，便将浓墨扫一作授双眉。

密室红泥地火炉，内人冬日晚传呼。今宵驾幸池头宿，排比椒房得暖无。

画船花舫总新妆，进入池心近岛傍。松柏楼一作镂窗楠木板，暖风吹过一团一作四围香。

三清台近苑墙东，楼槛层层映水红。尽日绮罗人度曲，管弦声在半天中。

安排诸院接行廊，外一作水槛周回十里强一作长。青锦地衣红绣一作线毯，尽铺龙脑郁金香。

安排竹栅与笆篱，养得新生鹁鸽儿。宣受内家专喂饲，花毛间一作闲看总皆知。

年初十五最风流，新赐云鬟便一作使上头。按罢霓裳归院里，画楼云阁总重一作新修。

金画香台出露盘，黄龙雕刻绕朱阑。焚修每遇三元节，天子亲簪白玉冠。

六宫一例鸡一作罗冠子，新样交镌白玉花。欲试澹妆兼道服，面前宣与唾盂家。

三月樱桃乍熟时，内人相引看红枝。回头索取黄金弹，绕树藏身打雀儿。

小小宫娥到内园，未梳云鬓脸如莲。自从配与夫人后，不使寻花乱入船。

锦城上起凝烟阁，拥殿遮楼一向高。认得圣颜遥望见，碧阑干映赭黄袍。

水车踏水上宫城，寝殿檐头滴滴鸣。助得圣人高枕兴，夜凉长作远滩声。

平头船子小龙床，多少神仙立御旁。旋刺篙竿令过岸，满池春水蘸红妆。

苑东天子爱巡游，御岸花堤枕碧流。新教内人供射鸭，长将弓箭绕池头。

罗衫玉带最风流，斜插银篦慢裹头。闲向一作闻得殿前骑一作调御马，挥一作掉鞭横过小红楼。

沉香亭子傍池斜，夏日巡游歇翠华。帘畔玉盆盛净水，内人手里剖银瓜。

薄罗衫子透肌肤，夏日初长板阁虚。独自凭阑无一事，水风凉处读文书。

婕好生长帝王家，常近龙颜逐翠华。杨柳岸长春日暮，傍池行困倚桃花。

月头支一作又给买花钱，满殿宫人近数一作尽十千。遇著唱名多不语一作应，含羞走一作急过御床前。

小雨霏微润绿苔，石楠红杏傍池开。一枝插向金瓶里，捧进君王玉殿来。

锦鳞跃水出浮萍，荇草牵风翠带横。恰似金梭攛碧沼，好题幽恨写闺情。

春天睡起晓妆成，随侍君王触处行。画得自家梳洗样，相凭女伴把来呈。

舞头皆著画罗衣，唱得新翻御制词。每日内庭闻教队，乐声飞上到龙墀。

春早寻花入内园，竞传宣旨欲黄昏。明朝驾幸游蚕市，暗使毡车就苑门。

半夜摇船载内家，水门红蜡一行斜。圣人正在宫中饮，宣使池头旋折花。

春日龙池小宴开，岸边亭子号流杯。沈檀刻作神仙女，对捧金尊一作杯水上来。

梨园子弟簇池头，小乐携来候宴游。旋一作试炙银笙先按拍，海棠花下合梁州。以下四十一首一作王珪诗。

慢梳鬟髻著轻红，春早争求芍药丛。近日承恩移住处，夹城里面占新宫。

别色官司御辇家，黄衫束带脸如花。深宫内院一作苑参承惯，常从金舆到日斜。

日高房里学围棋，等候官家未出时。为赌金钱争路数，专忧女伴怪来迟。

摢蒱冷澹学投壶，箭倚腰身约画图。尽对君王称妙手，一人来射一人输。

慢揎一作挥红一作罗袖指纤纤，学钓池鱼傍水边一作弦。忍冷不禁还自去，钓竿常被别人牵。

宣城一作徽院约池南岸，粉壁红窗画不成。总是一人行幸处，彻宵闻一作长奏管弦声。

丹霞亭浸池心冷，曲沼门含水脚清。傍岸鸳鸯皆著对，时时出向浅沙行。

杨柳阴中引御沟，碧梧桐树拥朱楼。金陵城共滕王阁，画向丹青也合羞。

晚一作晓来随驾上城游，行到东西百子一作尺楼。回望苑中花柳色，绿阴红艳满池头。

牡丹移向苑中栽，尽是藩方进入来。未到末春缘地暖，数般颜色一时开。

明朝腊日官家出，随驾先须点内人。回鹘衣装回鹘马，就中偏称小腰身。

盘凤鞍鞯闪一作鞍鞯盘龙斗色妆，黄金压胯紫游一作油缰。自从拣得真龙种一作骨，别置东头小马坊。

翠辇每从城畔出一作去，内人相次簇一作立池隈一作边。嫩荷花里摇船去一作出，一阵香风逐水来一作仙。

高烧红烛点银灯，秋晚花池景色澄。今夜圣人新殿宿，后宫相竞觅祗承。

苑中排比宴秋宵，弦管挣摐各自调。日晚阁门传圣旨，明朝尽放紫宸朝。

夜深饮散月初斜，无限宫嫔乱插花。近侍婕妤先过水，遥闻隔岸唤船家。

宫娥小小艳红妆，唱得歌声绕画梁。缘是太妃新进入，座前颁赐小罗箱。

池心小样钓鱼船，入玩偏宜向晚天。挂得彩帆教便放，急风吹过水门前一作边。

傍池居住有渔家，收网摇船到浅沙。预进活鱼供日料，满筐跳跃白银花。

秋晚一作晓红妆傍水行，竞将衣袖扑蜻蜓。回头瞥见宫中唤，几度藏身入画屏。

御沟春水碧于天，宫女寻花入内园。汗湿红妆行渐困，岸头相唤洗花钿。

亭高百尺立春一作当风，引得君王到此中。床上翠屏开六扇，折枝花一作槛花初绽牡丹红。

内人承宠赐新房，红纸一作锦泥窗绕画一作四廊。种得海柑才结子，乞求自送一作进与君王。

翡翠帘一作檐前日影斜，御沟春一作流水浸成霞。侍臣向晚随天步，共看池头满树花。

金碧阑干倚岸边，卷帘初听一声蝉。殿头日午摇纨扇，宫女争来玉座前。

嫩荷香扑钓鱼亭，水面文鱼作队行。宫女齐一作竞来池畔一作面看，傍帘呼唤勿高声。

新翻酒令著词章，侍宴初闻忆一作开意却忙。宣使近臣传赐本，书家院里遍抄将。

寒食清明小殿旁，彩楼双夹斗鸡场。内人对御分明看，先赌红罗被十一作满担床。

寝殿门前晓色开，红泥药树间花栽。君王未起翠帘卷，又发宫人一作宫女更番上直来。

海棠花发盛春天，游赏无时引御筵。绕岸结成红锦帐，暖枝犹拂画楼船。

日晚一作晓日宫人外按回，自牵骢马出林隈。御前接得高叉手，射一作时得山鸡喜进来。

朱雀门高花外开，球场空阔净尘埃。预排白兔兼苍狗，等候君王按鹘来。

会仙观内玉清坛，新点宫人作女冠。每度驾来羞不出，羽衣初著怕人看。

老大初教学一作作道人，鹿皮冠子澹黄裙。后宫歌舞今抛掷，每日焚香事老君。

法云寺里中元节，又是官家诞降一作降诞辰。满殿香花争供养，内园先占得铺陈。

金章紫绶选高班，每每东头近圣颜。才艺足当恩宠别，只堪一作看供奉一场闲。

内人深夜学迷藏，遍绕花丛水岸傍。乘兴忽一作或来仙洞里，大家寻觅一时忙。

小院珠帘著地垂，院中排比不相知。羡他鹦鹉能言语，窗里偷教鸲鹆儿。

岛一作窗树高低约浪痕，苑一作岛中斜日欲黄昏。树头木刻双飞鹤，荡起一作远漾晴空映水门。

大臣承宠赐新庄，栀子园东柳岸傍。今一作每日圣恩亲一作新幸到，板桥头是读书堂。

树叶初成鸟护一作出窠，石榴花里一作底笑声多。众一作舞中遗却金钗子，拾得从他要赎一作赏么。以下二十一首一作王建诗。

小殿初成一作新装粉未一作欲干，贵妃姊妹自来看。为逢好日先移入，续向街一作阶西索牡丹。

内人相续报花开，准拟君王便看来。逢一作缝著五弦琴一作红绣袋，宜春院里按歌回。

巡吹慢遍不相和，暗数看谁一作看谁人曲校多。明日梨花园一作园花里见，先须逐一作直得内家歌。

黄金合里盛红雪，重结香罗四出花。一一傍边书敕字，中官一作分明送与大臣家。

宫人早起一作拍手笑相呼，不识阶一作庭前扫地夫。乞与金钱争借问，外头还似此间无。

小随阿姊一作不随阿妹学吹笙，见好一作好见君王赐一作乞与一作乞赐名。夜拂玉床朝把镜，黄金殿外一作阶下不教行。

日高殿里有香烟，万岁声长动九天。妃子院中初一作新降诞，内人争乞一作分得洗儿钱。

宫花不共一作与外花一作边同，正月长生一作先一半一作朵红。供御樱桃看守别，直无鸦鹊到园中。

殿前铺设两边楼，寒食宫人步打球。一半走来争一作齐跪拜，上棚先谢得头筹。

大仪前日暖房来，嘱向朝一作昭阳乞药栽。敕赐一窠红踯躅，谢恩未了奏花开。

御一作床前新一作谢赐紫罗襦，步步一作不下金阶上软舆。宫局总来为喜乐，院中新拜内尚书。

鹦鹉谁教转舌关，内人手里养来奸。语多更觉一作近更承恩泽，数对君王忆陇山。

分朋一作明闲坐赌樱桃，收却投壶玉腕劳。各把沉香双陆子，局中斗累阿谁高。

禁寺红楼内里通，笙歌引驾夹城东一作香山引驾夹城中。裹头宫监堂一作蕃女帘前立，手把牙鞘竹弹弓。

舞来汗湿罗衣彻，楼上人扶下玉梯。归到院中重洗面，金花盆一作盆水里泼银一作红泥。

宿妆残粉未明天，总立一作在昭阳花树边。寒食内人长白打，库中先散与金钱。

众中偏一作爱得君王笑一作唤，偷把金箱笔砚开。书破红蛮隔子上，旋推一作催当直美一作内人来。

水中芹叶土中花，拾得还将避众家。一作艾心芹叶初生小，只斗时新不斗花。总待别人一作大家般数尽，袖中拈出一作捻得郁金芽。

玉箫改调筝移柱一作移纤指，催换一作赴红罗绣舞筵。未戴一作著柘枝花帽子，两行宫监在帘前。

窗窗户户院相当，总有珠帘玳瑁床。虽道君王不来宿，帐中长是炷牙一作衙香一作帐中长下著香囊。

述国亡诗

君王城上竖降旗，妾在深宫那得知。十四万人齐解甲，宁一作更无一个是男儿。一作蜀臣王承旨诗。前二句云："蜀朝昏主出降时，衔璧牵羊倒系旗。"

全唐诗名媛卷七九九

杨容华

杨容华，华阴人，炯之侄女。诗一首。

新妆诗

啼一作宿，一作林。鸟惊眠罢，房栊乘晓一作曙色开。凤钗金作缕，鸾镜玉为台。妆似临池出，人疑向月一作月下来。自怜终不见一作方未已，欲去复裴回。

魏氏

魏氏，求己之妹。诗一首。

赠外

浮萍依绿水，弱茑寄一作附青松。与君结大义，移天得所从。翰林无双鸟，剑水不分龙。谐和类琴瑟，坚固同胶漆。义重恩欲深，夷险贵如一。本自身不令，积多婴痛疾。朝夕倦床枕，形体耻巾栉。游子倦风尘，从官初解巾。束装赴南郢，脂驾出西秦。比翼终难遂，衔雌苦未因。徒悲枫岸远，空对柳园春。男儿不重旧，丈夫多好新。新人喜新聘，朝朝临粉一作宝镜。两鸳固无比，双蛾谁与竞。讵怜愁思人，衔啼嗟薄命。蕣华不足恃，松枝有馀劲。所愿好一作存九思，勿令亏百行。

乔　氏

乔氏，冯翊人，左司郎中知之之妹。诗一首。

咏破帘

已漏风声罢一作摆，绳持也不禁。一从经落后一作节，无复有贞心。

七岁女子

女子，南海人。诗一首。

送　兄 武后召见，令赋送兄诗，应声而就。

别路云初起，离亭叶正飞一作稀。所嗟人异雁，不作一行归一作飞。

林　氏

林氏，济南人，隰城丞薛元暧妻也。元暧早卒，林博涉五经，有母仪令德。训其子彦辅、彦国、彦伟、彦云及侄据、揔、播，并登进士第，衣冠荣之。诗一首。

送男左贬诗 一作送男彦辅左贬

他日初投杼，勤王在饮冰。有辞期不罚，积毁竟一作意许相仍。谪宦今何在，衔冤犹未胜。天涯分越徼，驿骑一作骤速毗陵。肠断腹非苦，书传写岂能。泪添江水远，心剧海云蒸。明月珠难识，甘泉赋可称。但将忠报主，何惧点青蝇。

赵　氏

赵氏，寇坦母也。诗三首。

古　兴

郁蒸夏将半，暑气扇飞阁。骤雨满空来，当轩卷罗一作帘幕。度云开夕霁，宇宙何清廓。明月流素光，轻风换炎铄。孤鸾伤一作相对影，宝瑟悲别鹤。君子去不还，遥一作摇心欲何托。

金菊延清霜，玉壶多美酒。良人犹一作独不归，芳菲岂常有。不惜芳菲歇，但伤别离久。含情罢斟酌，凝怨对窗牖。

霁雪舒长野，寒云半幽一作伴秋谷。严风振枯条，猿啼一作啼猿抱冰木。所嗟游宦子，少小荷天禄。前程未云至，凄怆对车仆。岁寒成咏歌，日暮栖林朴一作曲。不惮行险道一作路险，空悲年运促。

郭绍兰

郭绍兰，长安人，巨商任宗妻也。诗一首。

寄　夫

任宗贾湘中，数年不归。绍兰作诗，系于燕足。时宗在荆州，燕忽泊其肩，见足系书。解视之，乃妻所寄也，感泣而归。

我婿去重湖，临窗泣血书。殷勤凭燕翼，寄与薄情夫。

王韫秀

王韫秀，河西节度使忠嗣女，宰相元载妻也。诗三首。

同夫游秦

韫秀归载，岁久家贫。见轻妻族，因同夫入秦求举。

路扫饥寒迹，天哀志气人。休零离别泪，携手入西秦。

夫入相寄姨妹 载拜相，韫秀衔宿恨，寄姨妹。

相国已随麟阁贵，家风第一右丞诗。笄年解笑鸣机妇，耻见苏秦富贵时。

喻夫阻客

载题相肃、代两朝，贵盛无比。宾客候门，或多间阻，复为诗喻之。

楚竹燕歌动画梁，春兰一作更阑重换舞衣裳。公孙开阁一作馆招嘉一作佳客，知道浮荣一作云不久长。

张夫人

张夫人，楚州山阳人，户部侍郎吉中孚妻也。诗五首。

古　意

辘轳晓转素丝绠，桐声夜落苍苔砖。涓涓吹溜若时雨，濯濯佳蔬非用天。丈夫不解此中意，抱瓮当时徒自贤。

拜新月

拜新月，拜月出一作画堂前。暗魄初一作深笼桂，虚弓未引弦。拜新月，拜月妆楼上。鸾镜始一作未安台，蛾眉已相向。拜新月一本无此三字，拜月不胜情，庭花一作前风露清。月临人自老，人望月长明一作望月更长生。东家阿母亦拜月，一拜一悲声断绝。昔年拜月逞容辉一作仪，如今拜月双泪垂。回看众女拜新月，却忆红闺一作闺中年少时。

柳絮

霭霭芳春朝，雪絮起青条。或值花同舞，不因风自飘。过尊浮绿醑，拂幌缀红绡。那用持愁玩，春怀不自聊。

拾得韦一作华氏花钿以诗寄赠

今朝妆阁前，拾得旧花钿。粉污痕犹在，尘侵色尚鲜。曾经纤手里，拈向翠眉边。能助千金笑，如何忍弃捐。

诮喜鹊

畴昔鸳鸯侣，朱门贺客多。如今无此事，好去莫相过。

句

游蜂乍起惊落堀，黄鸟衔来却上枝。柳絮
临风重回首，掩泪向庭花。寄远
镜中春色老，枕前秋夜长。咏泪　以上见《吟窗杂录》

王　氏

王氏，太原人，永福潘令之妻。诗一首。

书石壁

王氏随夫宰永福，任满祖饯，留连累日。王先解舟，泊五里汰王滩下。俟久不至，月夜登岸，题诗石壁，末署太原族望。岁久诗漫灭，独太原二字入石，邑人因以名其滩。

何事潘郎恋别筵，欢情未一作不断妾心悬。汰王滩下相思处，猿叫山一作空山月满船。

裴　淑

裴淑，字柔之，元稹继室。诗一首。

答微之

稹自会稽到京，未逾月，出镇武昌。裴难之，稹赋诗相慰，裴亦以诗答。

侯门初拥节，御苑柳丝新。不是悲殊命，唯愁别近亲。黄莺迁古木，朱一作珠履从清尘。想到千山外，沧江正暮春。

赵一作刘氏

赵氏，洹水人，杜羔妻也。诗四首。

夫下第 一作杜羔不第将至家寄

良人的的有奇才，何事年年被放回。如今妾面羞君面，君若一作到来时近夜来。别本有代羔赠诗云："澹澹春风花落时，不堪愁望更相思。无金可买长门赋，有恨空吟团扇诗。"

杂言寄杜羔

君从淮海游，再过兰杜一作杜兰秋。归来未一作不须臾，又欲向梁州。梁州秦岭西，栈道与云齐。羌蛮一作虏万馀落，矛戟自高低。已念寡俦侣，复虑劳攀跻。丈夫重志气，儿女空悲啼。临邛滞游地，肯顾浊水泥。人生赋命有厚薄，君但一作自遨游我寂寞。

闻夫杜羔登第 一作闻杜羔登第又寄

长安此去无多地，郁郁葱葱佳气浮。良人得意正年少，今夜醉眠何处楼。

杂　言

上林园中青青桂，折得一枝好夫婿。杏花如雪柳垂丝，春风荡飏不同枝。

张　氏

张氏，袁州人，评事彭伉妻。诗二首。

寄　夫 贞元中，伉登第，辟江西幕，不归，张以诗寄之。

久无音信到罗帏，路远迢迢遣问谁。闻君折得东堂桂，折罢那能不暂归。

驿使今朝过五湖，殷勤为我报狂夫。从来夸有龙泉剑，试割相思得断无。彭伉答妻诗云：莫讶相如献赋迟，锦书谁道泪沾衣。不须化作山头石，待我东堂折桂枝。

薛　蘊 一作蕴

薛（一作蒋）蘊，字馥，彦辅孙女也。诗三首。

赠郑女郎 一作郑氏妹

艳阳灼灼河洛神，珠帘绣户青楼春。能弹箜篌弄纤指，愁杀门前少年子。笑开一面红粉妆，东园几树桃花死。朝理曲，暮理曲，独坐窗前一片玉。行也娇，坐也娇，见之令人魂魄一作暗销。堂前锦褥红地炉，绿沉香榼倾屠苏。解佩时时歇歌管，芙蓉帐里兰麝满。晚起罗衣香不断，灭烛一作烛灭每嫌秋夜短。

古　意

昨夜巫山中一作云，失却阳台女。朝来香阁里一作今朝香阁前，独伴楚王语。

赠故人

昔别容如玉，今来鬓若丝。泪痕应共见，肠断阿谁知。

句

寂寞相思处，雕梁落燕泥。春闺曲　见《吟窗杂录》

杨德麟

杨德麟，司农少卿敬之之小女也。诗一首。

题奉慈寺

寺本虢国夫人宅，后为驸马郭暧第。升平公主薨，追福置寺。德麟年十三，以六韵题之，今存警句二韵。

日月金轮动，旃檀碧树秋。塔分鸿雁翅，钟挂凤凰楼。

崔　氏

崔氏，校书郎卢某妻。诗一首。

述　怀 校书娶崔时年已暮，崔微有愠色，赋诗述怀。

不怨卢郎年纪大，不怨卢郎官职卑。自恨妾身生较晚，不及卢郎年少时。

陈玉兰

陈玉兰，吴人王驾妻也。诗一首。

寄　夫 一作王驾诗，题云古意。

夫戍边关妾在吴，西风吹妾妾忧夫。一行书信千行泪，寒到君边衣到无。

薛　媛

薛媛，濠梁人，南楚材妻也。诗一首。

写真寄夫

南楚材旅游陈，受颍牧之眷，欲以女妻之，楚材许诺。因托言有访道行，不复返旧。薛媛善画，妙属文，微知其意，对镜图形，为诗寄之。楚材大惭，遂归偕老，里人为语称之。

欲下丹青笔，先拈宝镜寒。已经一作惊颜索寞，渐觉鬓凋残。泪眼描将一作来易，愁肠写出难。恐君浑忘却，时展画图看。里人语云：当时妇弃夫，今日夫弃妇。若不逞丹青，空房应独守。

孙　氏

孙氏，乐昌（一作安）人，进士孟昌期妻也。善诗，每代夫作。一日忽曰："才思非妇人事。"遂焚其集。诗三首。

闻一作听琴

玉指朱弦轧复清，湘妃愁怨最难听。初疑飒飒凉风劲一作动，一作至，又似萧萧暮雨零。近比流泉来碧嶂，远如玄鹤下青冥。夜深弹罢堪惆怅，露湿丛兰月满庭。

白蜡烛诗 代夫赠人

景胜银釭香比兰一作自占清香胜蕙兰，一条白玉逼人寒。他时紫禁春风夜，醉草天书仔细看。

谢人送酒 一作代谢崔家郎君送酒

谢将清酒寄愁人，澄澈甘香气味真。好是绿窗风一作明月夜，一杯摇荡一作动满怀春。

张立本女

草场官张立本女，少未读书，忽自吟诗，立本随口录之。诗一首。

诗

危冠广袖楚宫妆，独步闲庭逐夜凉。自把玉簪敲砌竹，清歌一曲月如霜。

侯　氏

侯氏，边将张揆（一作暌）妻也。诗一首。

绣龟形诗

揆为边将，防戎，十馀年不归。侯为回文诗，绣作龟形，诣阙上之。武宗览诗，敕揆还乡，并赐侯绢三百匹。

暌离已是十秋一作年强，对镜那堪重理妆。闻雁几回修尺素，见霜先为制衣裳。开箱叠练先垂泪，拂杵调砧更断肠。绣作龟形献天子，愿教征客早还乡。

慎　氏

慎氏,毗陵儒家女也。适蕲春严灌夫,无子被出。慎以诗诀,灌夫感而留之。诗一首。

感夫诗 一作与夫诀,一作留别。

当时心事已相关,雨散云飞一作收一饷间。便是孤帆从此去,不堪重上一作过望夫山。

薛　瑶

薛瑶,东明国人,左武卫将军承冲之女,嫁郭元振为妾。诗一首。

谣

一作返俗谣。薛氏年十五,剪发出家。六年为谣云云,遂返初服,归郭。

化云心兮思淑贞,洞寂灭兮不见人。瑶草芳兮思芬蒀一作氛氲,将奈何兮青春。

王霞卿

王霞卿,蓝田人,会稽宰韩嵩之妾。嵩死,霞卿流落会稽。尝题诗唐安寺,进士郑殷彝和诗求谒,霞卿答诗拒之。诗二首。

题唐安寺阁壁 并序

琅邪王氏霞卿，光启三年阳春二月，登于是阁。临轩轸恨，睹物增悲。虽看焕烂之花，但比凄凉之色。时有轻绡捧砚，小玉看题。

春来引步暂寻游，愁见风光倚一作恨睹烟霄簇寺楼。正好开怀对烟月一作举目尽为停待景，双眉不觉自如钩。郑殷彝和诗云：题诗仙子此曾游，应是寻春别凤楼。赖得从来未相识，免教锦帐对银钩。

答郑殷彝

君是烟霄折桂身，圣朝方切用儒珍。正堪西上文场战，空向途中泥妇人。

窦梁宾

窦梁宾，夷门人，卢东表侍儿也。诗二首。

喜卢郎及第

晓妆初罢眼初瞤，小玉惊人踏破裙。手把红笺书一纸，上头名字有郎君。

雨中看牡丹

东风未放晓泥干，红药花开不奈寒。待得天晴花已老，不如携手雨中看。

任　氏

任氏，蜀尚书侯继图妻。诗一首。

书桐叶

继图读书大慈寺，忽桐叶飘坠，上有诗句。后数年，卜婚任氏，方知桐叶句乃任氏在左绵书也。

拭翠敛蛾一作双眉，郁一作为郁心中事。搦管一作桐叶下庭除，书成一作我相思字。此字不书石，此字不书纸。书在桐一作向秋叶上，愿逐秋风起。天下有心人，尽解相思死。天下负心人，不识相思字。有心与负心，不知落何地。

黄崇嘏

黄崇嘏，临邛人。因事下狱，贡诗蜀相周庠。庠荐摄司户参军，政事明敏。庠爱其才，欲妻以女。嘏作诗辞婚，庠得诗大惊，问之，乃黄使君女也。诗二首。

下狱贡诗

偶辞一作离幽隐在一作住临邛，行止坚贞比涧松。何事政清如水镜，绊他野鹤在深笼。

辞蜀相妻女诗 一作辞婚

一辞拾翠碧江湄，贫守蓬茅但赋诗。自服蓝衫居郡掾，永抛鸾镜画蛾眉。立身卓尔青松操，挺志铿然白璧姿。幕府若容为坦腹，愿天速变作男儿。

蒋　氏

蒋氏，吴越时湖州司法参军陆濛妻也。性耽酒，善属文。诗一首。

答诸姊妹戒饮

蒋以嗜酒成疾，姊妹劝其节饮加餐，应声吟答。

平生偏好酒，劳尔劝吾餐。但得杯一作尊中满，时光度不难。

周仲美

周仲美，成都人，适李氏。诗一首。

书　壁

仲美随夫金陵幕，夫因事弃官入华山，仲美求归未得。会舅从泗调任长沙，载之而南，因书所怀于壁。

爱妾不爱子，为问此何理。弃官更弃妻，人情宁可已。永诀泗之滨，遗言空在耳。三载无朝昏，孤帏泪如洗。妇人义从夫，一节誓生死。江乡感残春，肠断晚烟起。西望太华峰，不知几千里。

张文姬

张文姬，鲍参军妻也。诗四首。

溪口云

溶溶一作一片溪口云，才向溪中吐。不复归溪中，还作溪中一作头雨。

池上竹

此君临此池，枝低水相近。碧色绿波中，日日流不尽。

沙上鹭

沙头一水禽，鼓翼扬清音。只待高风便，非无云汉心。

双槿树

绿影竞扶疏，红姿相照灼。不学桃李花，乱向春风落。

程长文

程长文，鄱阳人。诗三首。

狱中书情上使君 长文为强暴所诬系狱，献诗雪冤。

妾家本住鄱阳曲，一片贞一作坚心比孤竹。当年二八盛容仪一作辉，红笺草隶恰如飞。尽日闲窗刺绣坐，有时极浦采莲归。谁道居贫守都邑，幽闺一作居寂寞无人识。海燕朝归衾枕一作枕席寒，山花夜落阶墀湿。强暴之男何所为，手持白刃向帘帏。一命任从刀下死，千金岂一作不受暗中欺。我心匪石情难转，志夺秋霜意不移。血溅罗衣终不恨，疮黏锦袖亦何辞。县僚曾未知情绪，即便教人絷囹圄。朱唇滴沥独衔冤，玉箸阑干叹非所。十月寒更堪思一作愁人，一闻击柝一伤神。高髻不梳云已散，蛾眉罢一作淡扫月仍新。三尺严章难一作焉可越，百年心事向谁说。但看洗雪出圜扉，始信白圭无玷缺。

铜雀台怨

君王去后行人绝，箫筝一作竽不响歌喉咽。雄剑无威光彩沉，宝琴零落金星灭。玉阶寂寞一作寂坠秋露，月照当时歌舞处。当时歌舞人不回，化为今日西陵灰。

春闺怨

〔绮〕(陭)陌香飘柳如线，时光瞬息如一作惊流电。良人何处事功名，十载相思不相见。

全唐诗名媛卷八〇〇

柳　氏

柳氏，李生姬也。天宝中，韩翃馆于李，柳曰："韩夫子岂长贫贱者！"李即以赠翃。翃为淄青侯希逸所辟，柳留都下。遭乱，寄决灵寺为尼。为番将沙吒利所劫，虞候许俊以计取之，复归于翃。诗一首。

答韩翃

杨柳枝，芳菲节，可一作所恨年年赠离别。一叶随风忽报秋，纵使君来岂堪折。

程洛宾

程洛宾，长水人，京兆参军李华侍儿。安史乱后，失所在。华后为江州牧，登庾楼，见其在舟中鼓胡琴。问之，乃岳阳王氏舟也，赍币赎归。诗一首。

归李江州后寄别王氏

鱼雁回时写报音，难凭锉蘖数年心。虽然情断沙吒后，争奈平生怨恨深。

红绡妓

红绡，大历中勋臣家妓也。勋臣疾，崔生往省，勋臣令妓送出院。妓指镜隐语，家奴磨勒曰："此可致也。"夜负生，逾重垣入其院。见妓独坐吟诗，遂负生与妓俱出，守御无有觉者。诗一首。

忆崔生 一作坐吟

深洞一作谷莺啼恨阮郎，偷来花下解珠珰。碧云飘断音书绝，空倚玉箫愁凤凰。崔生诗云："误到蓬莱顶上游，明珰玉女动星眸。朱扉半掩深宫月，应照琼枝雪艳愁。"

晁　采

晁采，小字试莺，大历时人。少与邻生文茂约为伉俪，及长，茂时寄诗通情，采以莲子达意，坠一于盆。逾旬，开花并蒂。茂以报采，乘间欢合。母得其情，叹曰："才子佳人，自应有此。"遂以采归茂。诗二十二首。

寄文茂

花笺制叶寄郎边，的的寻鱼为妾传。并蒂已看灵鹊报，倩郎早觅买花船。文茂《春日寄采》诗云："美人心共石头坚，翘首佳期空黯然。安得千金遗侍者，一烧鹊脑绣房前。晓来扶病镜台前，无力梳头任髻偏。消瘦浑如江上柳，东风日日起还眠。旭日曈曈破晓霾，遥知妆罢下芳阶。那能化作桐花凤，一集佳人白玉钗。孤灯才灭已三更，窗雨无声鸡又鸣。此夜相思不成梦，空怀一梦到天明。"《答采赠发》诗云："几上金猊静不焚，匡床愁卧对斜曛。犀梳金镜人何处，半枕兰香空绿云。"

秋日再寄

珍簟生凉夜漏馀，梦中恍惚觉来初。魂离不得空成病，面见无由浪寄书。窗外江村钟响绝，枕边梧叶雨声疏。此时最是思君处，肠断寒猿定不如。茂答采诗云："忽见西风起洞房，卢家何处郁金香。文君未奔先成渴，颛顼初逢已自伤。怀梦欲寻愁落叶，忘忧将种恐飞霜。惟应分付春天月，共听床头漏渐长。"

春日送夫之长安

思一作夫君远别妾心愁，踏翠江边送画舟。欲待相看迟此别，只忧红日向西流。

雨中忆夫

采家畜一白鹤，名素素。一日雨中，忽忆其夫。谓鹤曰："昔王母青鸾、绍兰、紫燕，皆能寄书远达，汝独不能乎？"鹤延颈向采，若受命状。采即援笔直书二绝，系于鹤足，竟致其夫。

窗前细雨日啾啾，妾在闺中独自愁。何事玉郎久离别，忘忧总对岂忘忧。

春风送雨过窗东，忽忆良人在客中。安得妾身今似雨，也随风去与郎同。

子夜歌十八首

侬既剪云鬟，郎亦分丝发。觅向无人处，绾作同心结。

夜夜不成寐，拥被啼终夕。郎不信侬时，但看枕上迹。

何时得成匹，离恨不复牵。金针刺菡萏，夜夜得见莲。

相逢逐凉候，黄花忽复香。颦眉腊月露，愁杀未成霜。
明窗弄玉指，指甲如水晶。剪之特寄郎，聊当携手行。
寄语闺中娘，颜色不常好。含笑对棘实，欢娱须是枣。
良会终有时，劝郎莫得怒。姜蘖畏春蚕，要绵须辛苦。
醉梦幸逢郎，无奈乌哑哑。中山如有酒，敢借千金价。
信使无虚日，玉酝寄盈觥。一年一日雨，底事太多晴。
绣房拟会郎，四窗日离离。手自施屏障，恐有女伴窥。
相思百馀日，相见苦无期。褰裳摘藕花，要莲敢恨池。
金盆盥素手，焚香诵普门。来生何所愿，与郎为一身。
花池多芳水，玉杯挹赠郎。避人藏袖里，湿却素罗裳。
感郎金针赠，欲报物俱轻。一双连素缕，与郎聊定情。
寒风响枯木，通夕不得卧。早起遣问郎，昨宵何以过。
得郎日嗣音，令人不可睹。熊胆磨作墨，书来字字苦。
轻巾手自制，颜色烂含桃。先怀侬袖里，然后约郎腰。
侬赠绿丝衣，郎遗玉钩子。即欲系侬心，侬思著郎体。

崔莺莺

崔莺莺，贞元中，随母郑氏寓居蒲东佛寺。有张生者，与之赋诗赠答，情好甚昵。诗三首。

答张生 一作明月三五夜

待月西厢下，迎风户半开。拂墙花影动，疑是玉人来。

寄　诗 一作绝微之

自从销瘦减容光，万转千回懒下床。不为旁人羞不起，为郎憔悴却羞郎。

告绝诗

弃置今何道，当时且自亲。还将旧来意，怜取眼前人。

步非烟

步非烟，河南功曹武公业妾也。邻生赵象以诗诱之，非烟答以诗，象因逾垣相从。事露，笞死。诗四首。

答赵子 一作寄诗答赵象

绿惨双蛾不自持，只缘幽恨在新诗。郎心应似琴心怨，脉脉春情更泥谁。

又答赵象独坐 一作寄赠蝉锦香囊

无力严妆倚绣栊，暗题蝉锦思难穷。近来嬴得伤春病，柳弱花欹怯晓风。

寄怀

画檐一作梁春燕须同宿，兰浦双鸳肯独飞。长恨桃源诸女伴，等闲花里送郎归。

答赵象

相思只恨难一作怕不相见一作识，相见还愁却别君。愿得化为松上鹤，一双飞去入行云。赵象寄非烟诗云："一睹倾城貌，尘心只自猜。不随萧史去，拟学阿谁来。"谢非烟诗云："珍重佳人惠好音，彩笺芳翰两情深。薄于蝉翼难供恨，密似蝇头未写心。疑是落花迷碧洞，只思轻雨洒幽襟。百回消息千回梦，裁作长谣寄绿琴。"《无报音怀非烟》诗云："绿暗红藏起暝烟，独将幽恨小庭前。沉沉良夜与谁语，星隔银河月半天。"《谢非烟赠连蝉锦香囊》诗云："见说伤情为见春，想封蝉锦绿蛾颦。叩头与报卿卿道，第一风流最损人。"欢会后赠非烟诗云："十洞三清虽路阻，有心还得傍瑶台。瑞香风引思深夜，知是蕊宫仙驭来。"

崔紫云

崔紫云，尚书李愿妓也。愿在东都，时会朝士。杜牧以御史分司，轻骑径往。引满三爵，问曰："闻有紫云者孰是？"愿指示之，牧曰："名不虚传，宜以见惠。"复引满高吟，旁若无人。愿遂以赠。紫云临行，献诗而别。诗一首。

临行献李尚书

从来学制一作得斐然诗一作词，不料一作意霜台御史知。忽见便教随命去，恋恩肠断出门时。

姚月华

姚月华，尝梦月坠妆台，觉而大悟，聪慧过人。少失母，随父寓扬子江，见邻舟书生杨达诗，命侍儿乞其稿。达立缀艳诗致情，自后屡相酬和。会其父有江右之行，踪迹遂绝。诗六首。

怨诗效徐淑体

妾生兮不辰，盛年兮逢屯。寒暑兮心结，夙夜兮眉颦。循环兮不息，如彼兮车轮。车轮兮可歇，妾心兮焉伸。杂沓兮无绪，如彼兮丝棼。丝棼兮可理，妾心兮焉分。空闺兮岑寂，妆阁兮生尘。萱草兮徒树，兹忧兮岂泯。幸逢兮君子，许结兮殷勤。分香兮剪发，赠玉兮共珍。指天兮结誓，愿为兮一身。所遭兮多舛，玉体兮难亲。损餐兮减寝，带缓兮罗裙。菱鉴兮慵启，博炉兮焉熏。整袜兮欲举，塞路兮荆榛。逢人兮欲语，鞈匝兮顽嚚。烦冤兮凭胸，何时兮可论。愿君兮见察，妾死兮何瞋。

制履赠杨达

金刀剪紫绒，与郎作轻履。愿化双仙凫，飞来入闺里。

有期不至

银烛清尊久延伫，出门入门天欲曙。月落星稀竟不来，烟柳胧朣鹊飞去。

怨诗寄杨达 一作古怨

春一作江水悠悠春草绿，对此思君泪相续。羞将离恨向东风，理尽秦筝一作瑶琴不成曲。

与君形影分吴越，玉枕经一作终年对离别。登台一作高北望烟雨深，回身泣向寥天月。

楚妃怨

梧桐叶下黄金井，横架辘轳牵素绠。美人初起天未明，手拂银瓶秋水冷。

孟　氏

孟氏，本寿春妓，归维扬万贞为妻。诗二首。

独游家园

贞贾于外，孟氏春日独游家园，忽有美少年逾垣而入，赋诗赠答，遂私焉。逾年，夫归，少年曰："吾固知其不久也。"言讫，腾身而去。

可惜春时节，依前独自游。无端两行泪，长只对花流。

答少年

谁家少年儿，心中暗自欺。不道终不可，可即恐郎知。

赵　氏

赵氏，南海人。房千里初第，游岭徼，举子韦滂自南海携赵来，拟为房妾。房倦于游，未得遽与赵偕。及后遣人访之，赵已从韦矣。诗一首。

寄　情一作许浑代作

春风白马紫丝缰，正值蚕娘未采桑。五夜有心随暮雨，百年无节抱秋霜。重寻绣带朱藤合，却忍罗裙碧草长。为报西游减离恨，阮郎才去嫁刘郎。

李节度姬

李节度有宠姬，元夕，以红绡帕裹诗掷于路，约得之者来年此夕会于相蓝后门。宦子张生得之，如期而往，姬与生偕逃于吴。诗三首。

书红绡帕

囊裹真香谁见窃，鲛绡滴泪染成红。殷勤遗下轻绡意，好与情郎怀袖中。
金珠富贵吾家事，常渴佳期乃寂寥。偶用志诚求雅合，良媒未必胜红绡。张生和姬诗云："自睹佳人遗赠物，书窗终日独无聊。未能得会真仙面，时看香囊与绛绡。"

会张生述怀

门前画戟寻常设，堂上犀簪取次看。最是恼人情绪处，凤凰楼上月华寒。

崔素娥

崔素娥，韦洵美妾。邺都罗绍威辟洵美为从事，素娥随行。绍威闻其姝丽，逼献之，素娥为诗以别。其夜，洵美独宿长吁，有同行者，问知其事，欻然而去。至三更，以皮囊贮素娥至，洵美遂挟以他遁。诗一首。

别韦洵美诗

妾闭闲房君路岐，妾心君恨两依依。神魂倘遇巫娥伴，犹逐朝云暮雨归。韦洵美答素娥诗云：别恨离群自古闻，此心难舍意难论。承恩必若颁时服，莫使沾濡有泪痕。

鲍家四弦

四弦，鲍生妾也。鲍多蓄声伎，外弟韦生，好乘骏马。遇于历阳，鲍置酒。酒酣，密遣四弦歌以送酒，韦牵紫叱拨酬之。诗二首。

送韦生酒

白露湿庭砌，皓一作素月临前轩。此时去留恨，含思独无言。

送鲍生酒

风飐荷珠难暂圆，多情信有短姻缘。西楼今夜三更月，还照离人泣断弦。

〔严〕(韩)续姬

南唐仆射〔严〕(韩)续请韩熙载撰父神道碑，奉一歌妓润笔。文成，但叙谱系品秩。续乞改窜，熙载还其所赠，姬因题诗泥金双带而去。诗一首。

赠　别

风柳摇摇无定枝，阳台云雨梦中归。他年蓬岛音尘绝，留取尊前旧舞衣。

全唐诗无考好卷八〇一

郎大家宋氏 诗五首

采 桑

春来南雁归，日去西蚕远。妾思纷何极，客一作君游殊未返。

宛转歌一作拟晋女刘妙容宛转歌二首 一作崔液诗

风已清，月朗琴复鸣。掩抑非千态，殷勤是一声。歌宛转，宛转和且长。愿为双鸿一作黄鹄，比翼共翱翔。

日已暮，长檐鸟声度。此时一本无上二字望君君不来，此时一本无上二字思君君不顾。歌宛转，宛转那能异栖宿。愿为形与影，出入恒相逐。

长 相 思

长相思，久离别。关山阻，风烟绝。台上镜文销，袖中书字灭。不见君形影，何曾有欢悦。

朝 云 引

巴西巫峡指一作连巴东，朝云触石上朝空。巫山巫峡高何已，行雨行云一时起。一时起，三春暮。若言来，且就阳台路。

梁　琼 诗四首

宿巫山寄远人

巫山云，巫山雨，朝云暮雨无定所。南峰忽暗北峰晴，空里仙人语笑声。曾侍荆一作君王枕席处，直至如今如有灵。春风澹澹白云闲，惊湍流水响千山。一夜此中对明月，忆得此中与君别。感物情怀如旧时，君今渺渺在天涯。晓看襟上泪流处，点点血痕犹在衣。

昭君怨

自古无和亲，贻灾一作天贻到妾身。朔风嘶去马，汉月出行轮。衣薄狼山雪，妆成虏塞春。回看父母国，生死毕胡尘。

铜雀台

歌扇向陵开，齐行奠玉杯。舞时飞燕列，梦里片云来。月色空馀恨，松声莫更哀。谁怜未死妾，掩袂下铜台。

远意

脉脉长摅气，微微不离一作动心。叩头从此去，烦恼阿谁禁。

句

玉枕空流别后泪，罗衣已尽去时香。古意

刘　云 诗三首

有所思

朝亦有所思，暮亦有所思。登楼望君处，蔼蔼萧关道。掩泪向浮云，谁知妾怀抱。一作霭霭浮云飞。浮云遮却阳关道，向晚谁知妾怀抱。玉井苍苔春院深，桐花落尽一作地无人扫。

婕妤怨

君恩不可见，妾岂如秋扇。秋扇尚有时，妾身永微贱。莫言朝花不复落，娇容几夺昭阳殿。

望　月 一作张瑛诗

天汉凉秋夜，澄澄一镜明。山空猿屡啸，林静鹊频惊。

崔　萱 字伯容。诗三首。

古　意

灼灼叶中花，夏萎春又芳。明明天上月，蟾缺圆复光。未如君子情，朝违夕已忘。玉帐枕犹暖，纨扇思何长。愿因西南风，吹上玳瑁床。娇眠锦衾里，展转双鸳鸯。

叙　别

碧池漾漾春水绿，中有佳禽暮栖宿。愿持此意永相贻，只虑君情中反覆。

豪家子

年少家藏累代金，红楼尽日醉沉沉。马非蹀躞宁酬价，人不婵娟肯动心。

句

岂知一只凤钗价，沽得数村蜗舍人。豪家妓

崔仲容 诗三首

赠所思

所居幸接邻，相见不相亲。一似云间月，何殊镜里人。丹诚一作成空有梦，肠断不禁春。愿作梁间燕，无由变此身。

戏赠

暂到昆仑未得归，阮郎何事教人非。如今身佩上清箓，莫遣落花沾羽衣。

赠歌姬

水剪双眸雾剪衣，当筵一曲媚春辉一作时。潇湘夜瑟怨犹在，巫峡晓云愁不稀一作飞。皓齿乍分寒玉细，黛眉轻蹙远山微。渭城朝雨休重唱，满眼阳关客未归。

句

妾心合君心，一似影随形。寄赠

梁燕无情困,双栖语此时。春怨
不觉红颜去,空嗟白发生。感怀
桐花落尽春又尽,紫塞征人犹未归。古意

崔公远 一作达。诗一首。

独夜词

晴天霜落寒风急,锦帐罗帏羞更入。秦筝不复续断弦,回身掩泪挑灯立。

句

看花独不语,裴回双泪潸。
君今远戍在何处,遣妾秋来长望天。

张　琰 诗三首

春词二首

垂柳鸣黄鹂,关关若求友。春情不可耐,愁杀闺中妇。日暮登高楼,谁怜小垂手。
昨日桃花飞,今朝梨花吐。春色能几时,那堪此愁绪。荡子游不归,春来泪如雨。

铜雀台 一作张瑛诗

君王冥漠不可见,铜雀歌舞空裴回。西陵啧啧悲宿鸟,高一作空殿沉沉闭青苔。青苔无人迹，红粉空自一作相哀。

句

年年人自老，日日水东流。
庭芳自摇落，永念结中肠。

裴羽仙 诗二首

哭夫二首 时以夫征戎，轻入被擒，音信断绝，作诗哭之。

风卷平沙日欲曛，狼烟遥认犬羊群。李陵一战无归日，望断胡天哭塞云。
良人平昔逐蕃浑，力战轻行一作生出塞门。从此不归成万古，空留贱妾怨黄昏。

刘　媛 一作刘瑗，诗三首。

长门怨

雨滴梧桐一作长门秋夜长，愁心和雨到昭阳。泪痕不学一作共君恩断，拭却千行更万行。
学画蛾眉独出群，当时人道便承恩。经年不见君王面，花落黄昏空掩门。

送　远

闻道瞿塘滟滪堆，青山流水近阳台。知君此去无还日，妾亦随波不复回。

句

春风报梅柳，一夜发南枝。
旁人那得知心事，一面残妆空泪痕。

葛鸦儿 诗三首

怀良人 一云朱滔时河北士人作

蓬鬓荆钗世所稀，布裙犹是嫁时衣。胡麻好种无人种，正是归时不见一作底不归。

会仙诗

彩凤摇摇下翠微，烟光一作花漠漠遍芳枝。玉窗仙会何人见，唯有春风仔细知。
烟霞迤逦接蓬莱，宫殿参差晓日开。群玉山前人别处，紫鸾飞起望仙台。

刘一作裴瑶 诗三首

暗别离

槐花结子桐叶焦，单飞越鸟啼青霄。翠轩辗云轻遥遥，燕脂泪迸红线条。瑶草歇芳心耿耿，玉佩无声画屏冷。朱弦暗断不见人，风动花枝月中影。青鸾脉脉西飞去，海阔天高不知处。

古意曲

梧桐阶下月团团，洞房如水秋夜阑。吴刀剪破机头锦，茱萸花坠相思枕。绿窗寂寞背灯时，暗数寒更不成寝。

阖闾城怀古

五湖春水接遥一作碧连天，国破君亡不记一作计年。唯有妖娥曾舞处，古台寂寞起愁一作寒烟。

廉　氏 诗三首

峡中即事

清秋三峡此中去，鸣一作啼鸟孤猿不可闻。一道水声多乱石，四时天色少晴云。日暮泛舟溪溆口，那堪夜永一作客思氛氲。

怀　远

隙尘何微微，朝夕通其辉。人生各有托，君去独不归。青林有蝉响，赤日无鸟飞。裴回东南望，双泪空沾衣。

寄征人

凄凄北风吹鸳被，娟娟西月生蛾眉。谁知独夜相思处，泪滴寒塘蕙草时。

田　娥 诗三首

寄　远

忆昨会诗酒，终日相逢迎。今来成故事，岁月令人惊。泪流红粉薄，风度罗衣轻。难为子猷志，虚负文君名。

携手曲

携手共惜芳菲节，莺啼锦花满城阙。行乐逶迤念容色，色衰只恐君恩歇。凤笙龙管白日阴，盈亏自感青一作中天月。

长信宫

团圆手中扇，昔为君所持。今日君弃捐，复值秋风时。悲将入箧笥，自叹知何为。

句

春至偏无兴，秋来只是眠。闲居

刘淑柔 诗一首

中秋夜泊武昌

两城相对峙，一水向东流。今夜素娥月，何年黄鹤楼。悠悠兰棹晚，渺渺荻花秋。无奈柔肠断，关山总是愁。

薛　琼 诗一首

赋荆一作金门

黄鸟翻红树一作叶，青牛卧绿苔。渚宫歌舞地，轻雾锁楼台。

赵虚舟 诗一首

戏　赠

砌下梧桐叶正齐，花繁雨后压枝低。报道不须鸦鸟乱，他家自有凤凰栖。

张　瑛 一作英。诗二首。

铜雀台 一作张琰诗

君王冥漠不可见，铜雀歌舞空裴回。西陵啧啧悲宿鸟，高一作空殿沉沉闭青苔。青苔无人迹，红粉空相一作自哀。

望　月 一作刘云诗

天汉凉秋夜，澄澄一镜明。山空猿屡啸，林静鹤频惊。

长孙佐转妻 诗一首

答　外 佐转戍边不归，寄书与妻，作诗答之。

征人去年戍边水，夜得边书字盈纸。挥刀就烛裁红绮，结作同心答千里。君寄边书书莫绝,妾答同心心自结。同心再解不心离,离字频看字愁灭。结成一衣和泪封,封书只在怀袖中。莫如书故字难久,愿学同心长可同。

刘元载妻 诗一首

早　梅 一作观梅女仙诗

南枝向暖北枝寒,一种春风有两般。凭仗高楼莫吹笛,大家留取倚阑干。

刘氏妇 诗二首

明 月 堂

蝉鬓惊秋华发新,可怜红隙尽埃尘。西山一梦何年觉,明月堂前不见人。

玉钩风急响丁东,回首西山似梦中。明月堂前人不到,庭梧一夜老秋风。

葛氏女 诗一首

和 潘 雍

九天天远瑞烟浓,驾鹤骖鸾意已同。从此三山山上月,琼花开处照春风。潘雍赠葛氏诗云:曾闻仙子住天台,欲结灵姻愧短才。若许随君洞中住,不同刘阮却归来。

李主簿姬 诗一首

寄　诗

李主簿，不知其名。秋游广陵，迨春未返，其姬以诗寄之。

去时盟约与心违，秋日离家春不归。应是维扬风景好，恣情欢笑到芳菲。李主簿答姬诗云：偶到扬州悔到家，亲知留滞不因花。尘侵宝镜虽相待，长短归时不及瓜。

京兆女子 唐末人，不详姓氏。诗一首。

题兴元明珠亭

寂寥满地落花红，独有离人万恨中。回首池塘更无语，手弹珠泪与一作背春一作东风。

湘驿女子 诗一首

题 玉 泉 溪

红叶一作树醉秋色，碧溪弹夜弦。佳期不可再，风雨杳如年。

若耶溪女子 诗一首

题三乡诗 并序

余家本若耶溪东，与同志者二三，纫兰佩蕙，每贪幽闲之境，玩花光于风(一作松)月之亭。竟昼绵宵，往往忘倦。洎乎初笄，五换星霜矣。自后不得已，从良人西入函关，寓居晋昌里第。其居迥绝尘嚣，花木丛翠。东西邻二佛宫，皆上国胜游之最。伺其闲寂，因游览焉，亦不辜一时之风月也。不意良人已矣，邈然无依。帝里方(一作芳)春，吊影(一作光景)东迈。涉浐水，历渭川，背终南，陟太华，经虢略，抵陕郊。挹嘉祥之清流，面女儿之苍翠。凡经过之所，皆曩昔燕笑之地。衔冤茹(一作兴)叹，举目魂销。虽残骸尚存，而精爽都失。假使潘岳复生，无以悼其幽思也。遂命笔聊题，终不能涤其怀抱，绝笔恸哭而去。时会昌壬戌岁仲春十九日。二九子，为父后。玉无瑕，弁无首。荆山石，往往有题。

昔逐良人西入关，良人身殁妾空还。谢娘卫女不相待，为雨为云归此山。《彤管遗编》云：若耶溪女，隐名不书。后李舒解之曰：“二九十八，十加八木字。子为父后，木下子，李字也。玉无瑕，去其点也。弁无首，存其廾也。王下廾，弄字也。荆山石，往往有者，荆山多玉，当是姓李名弄玉也。”

谁氏女 诗一首

题沙鹿门

昔逐良人去上京，良人身殁妾东征。同来不得同归去，永负朝云暮雨情。

光威裒 姊妹三人，失其姓。

联　句

朱楼影直日当午，玉树阴低月已三光。腻粉暗销银镂合，错刀闲剪泥金衫威。绣床怕引乌龙吠，锦字愁教青鸟衔裒。百味炼来怜益母，千花开处斗宜男光。鸳鸯有伴谁能羡，鹦鹉无言我自惭威。浪喜游蜂飞扑扑，佯惊孤燕语喃喃裒。偏怜爱数蟏蛸掌，每忆光抽玳瑁簪光。烟洞几年悲尚在，星桥一夕帐空含威。窗前时节羞虚掷，世上风流笑苦谙裒。独结香绡偷饷送，暗垂檀袖学通参光。须知化石心难定，却是为云分易甘威。看见风光零落尽，弦声犹逐望江南裒。

越溪杨女

杨女，越溪人，为诗不过两句。有谢生求婚，其父出女句，令续之。女览而叹曰："天生吾夫也。"后七年，忽题二句示谢，谢讶其不祥。女曰："君且续之。"谢应声就，女即以首枕其膝而逝。

联　句

珠帘半床月，青竹满林风杨女。何事今宵景，无人解语同谢生。

春　日

春尽花随尽，其如自是花杨女。从来说花意，不过此容华谢生。明月易亏轮，好花难恋春杨女。常将花月恨，并作可怜人谢生。

曹文姬

句

凿开天外长生地，炼出人间不死丹。题梅仙山丹井

全唐诗妓女卷八〇二

关盼盼

关盼盼，徐州妓也，张建封纳之。张殁，独居彭城故燕子楼，历十馀年。白居易赠诗讽其死，盼盼得诗，泣曰："妾非不能死，恐我公有从死之妾，玷清范耳。"乃和白诗，旬日不食而卒。诗四首。

燕子楼三首

楼上残灯伴晓霜，独眠人起合欢床。相思一夜情一作知多少，地角天涯不一作未是长。

北邙松柏锁愁烟，燕子楼中思悄然。自埋剑履歌尘散，红袖一作褪香销一一作已十年。

适看鸿雁岳阳回，又睹玄禽逼社来。瑶瑟玉箫无意绪，任从蛛网任从灰。

和白公诗

自守空楼敛恨眉，形同春后牡丹枝。舍人不会人深意，讶道泉台不去随。

句

儿童不识冲天物，漫把青泥污雪毫。临殁口吟

刘采春

刘采春，越州妓也。诗六首。

啰唝曲六首

不喜秦淮水，生憎江上船。载儿夫婿去，经岁又经年。
借问东园柳，枯来得几年。自无枝叶分，莫恐太阳偏。
莫作商人妇，金钗当卜钱。朝朝江口望，错认几人船。
那年离别日，只道住桐庐。桐庐人不见，今得广州书。
昨日胜今日，今年老去年。黄河清有日，白发黑无缘。
昨日北风寒，牵船浦里安。潮来打缆断，摇橹始知难。

太原妓

欧阳詹游太原，悦一妓，约至都相迎。别后，妓思之，疾甚，乃刃髻作诗寄詹，绝笔而逝。诗一首。

寄欧阳詹

自从别后减容光，半是思郎半恨郎。欲识旧来云髻样，为奴开取缕金箱。

武昌妓

续韦蟾句

韦蟾廉问鄂州，及罢，宾僚祖饯，韦以笺书《文选》句，授坐客请续。有妓起，口占二句，无不嘉叹，蟾赠数十千纳之。

悲莫悲兮生别离，登山临水送将归。武昌无限新栽柳，不见杨花扑面飞。

舞柘枝女

舞柘枝女，韦应物爱姬所生也。流落潭州，委身乐部。李翱见而怜之，于宾僚中选士嫁焉。诗一首。

献李观察

湘江舞罢忽成悲，便脱蛮靴出绛帷。谁是蔡邕琴酒客，魏公怀旧嫁文姬。李观察翱答诗云：姑苏太守青娥女，流落长沙舞柘妓。满座绣衣皆不识，可怜红脸泪交垂。

常　浩

常浩，妓也。诗二首。

赠卢夫人

佳人惜颜色，恐逐芳菲歇。日暮出画堂，下阶拜新月。拜月如一作仍有词，旁人那得知。归来投玉枕一作玉台下，始觉泪痕垂。

寄　远

年年二月时，十年期别期。春风不知信，轩盖独迟迟。今日无端卷珠箔，始见庭花复零一作见落。人心一往不复归，岁月来时未尝错。可怜荧荧玉镜台，尘飞幂幂几时开。却念容华非昔好，画眉犹自待君来。

襄阳妓

贾中郎与武补阙登岘山，遇一妓同饮，自称襄阳人。诗一首。

送武补阙

弄珠滩上欲销魂，独把离怀寄酒尊。无限烟花不留意，忍教芳草怨王孙。

王福娘

王福娘，字宜之，解梁人。北里前曲妓也。诗三首。

题孙棨诗后

棨赠福娘诗，俱题窗左红墙，后有数行未满，福娘因自题一绝。

苦把文章邀劝人，吟看好个语言新。虽然不及相如赋，也直黄金一二斤。

问棨一作题红笺上诗

宜之每欢洽际，尝自惨然。一日忽以戏笺题诗，授棨索和。

日日悲伤未有图，懒将心事话凡夫。非同覆水应收得，只问仙郎有意无。棨答福娘诗云："韶妙如何有远图，未能相为信非夫。泥中莲子虽无染，移入家园未得无。"

谢棨一作掷红巾诗

棨自洛还京，上巳日，禊于曲水。闻邻棚丝竹，宜之在焉。诘旦，诣其里，其妹小福在门，团红巾掷棨。舒之，则宜之诗也。

久赋恩情欲托身，已将心事再三陈。泥莲既没移栽分，今日分离莫恨人。

杨莱儿

杨莱儿，字蓬仙。利口敏妙，进士赵光远一见溺之，后为豪家所得。诗二首。

答小子弟诗

光远自恃俊才，莱儿大夸于客，指光远为一鸣先辈。放榜日，盛饰立门以俟。京师小子弟于马上念诗谑之，莱儿应声而答。

黄口小儿口莫一作没凭，逡巡看取第三名。孝廉持水添瓶子，莫向街头乱碗鸣。小弟子谑莱儿诗云：尽道莱儿口可凭，一冬夸婿好声名。适来安远门前见，光远何曾解一鸣。

和赵光远题壁

长者车尘每到门，长卿非慕卓王孙。定知羽翼难随凤，却喜波涛未化鲲。娇别翠钿黏去袂，醉歌金雀碎残尊。多情多病年应促，早办名香为返魂。

楚　儿

楚儿，字润娘。诗一首。

贻郑昌图

楚儿后为捕贼官郭锻所纳。一日游曲江，遇郑，出帘招之。锻觉之，曳于中衢，击以马箠，郑惊去。明日，过其居侦之，已在临街窗下弄琵琶矣。楚儿贻郑诗，郑即于马上和之。

应是前生有宿冤，不期今世恶因缘。蛾眉欲碎巨灵掌一作手，鸡肋难胜子路一作石勒拳。只拟吓人传铁券，未应教我踏青莲。曲江昨日君相遇，当下遭他数十鞭。郑昌图答楚儿诗云：大开眼界莫言冤，毕世甘他也是缘。无计不烦干偃蹇，有门须是疾连拳。据论当道加严箠，便合披缁念法莲。如此兴情殊不减，始知昨日是蒲鞭。

王苏苏

王苏苏，南曲中妓。诗一首。

和李标

一作题李标诗后。进士李标，从王左谏弟侄诣苏苏。饮次，题诗于窗。苏苏先未识标，不甘其题。曰："阿谁留郎君，莫乱道。"因取笔继和。

怪得犬惊鸡乱飞，羸童瘦马老麻衣。阿谁乱引闲人到，留住青蚨热赶归。 李标题窗诗云：春暮花枝绕户飞，王孙寻胜引尘衣。洞中仙子多情态，留住刘郎不放归。

颜令宾

颜令宾，南曲妓也。诗一首。

临终召客

一作病中见落花。令宾举止风流，事笔砚，有词句，见举人尽礼祗奉。乞歌诗，常满箱箧。及病甚，值春暮，扶坐砌前，顾落花长叹数四。因为诗教小童持出，邀新第郎君及举人数辈，张乐欢饮至暮。涕泗请曰："我不久矣，幸各制哀挽送我。"得诗数首。及死，有刘驰驰者，能为曲子词，因取其词，教挽柩者前唱之，声甚悲怆，瘗青门外。自是盛传于长安，挽者多唱焉。

气馀三五喘，花剩两三枝。话别一尊酒，相邀无后期。 挽歌云：昨日寻仙子，輀车忽在门。人生须到此，天〔道〕(上)竟难论。客至皆连袂，谁来为鼓盆。不堪襟袖上，犹印旧眉痕。残春扶病饮，此夕最堪伤。梦幻一朝毕，风花几日狂。孤鸾徒照镜，独燕懒归梁。厚意那能展，含酸奠一觞。浪意何堪念，多情亦可悲。骏奔皆露胆，麛至尽齐眉。花坠有开日，月沉无出期。宁言掩丘后，宿草便离离。奄忽那如此，夭桃色正春。捧心还动我，掩面复何人。岱岳谁为道，逝川宁问津。临丧应有主，宋玉在西邻。

张窈窕

张窈窕，寓居于蜀，当时诗人雅相推重。诗六首。

寄故人 一作杜羔妻诗

淡淡春风花落时，不堪愁望一作坐更相思。无金可买长门赋，有恨空吟团扇诗。

上成都在事 一作成都即事

昨日卖衣裳，今日卖衣裳。衣裳浑卖尽，羞见嫁时箱。有卖愁仍缓，无时心转伤。故园有虏一作多阻隔，何处事蚕桑。

春思二首

门前梅一作桃柳烂春辉，闭妾深闺绣舞衣。双燕不知肠欲断，衔泥故故傍人飞。

井上梧桐是妾移，夜来花发最高枝。若教不向深闺种，春过门前争得知。

西江行

日下西塞山，南来洞庭客。晴空白鸟度，万里秋光碧。

赠一作别所思

与君咫尺长离别，遣妾容华为谁说。夕望层城眼欲穿，晓临明镜肠堪绝。

句

满院花飞人不到，含情欲语燕双双。春情　见《吟窗杂录》

平康妓

裴思谦及第后，作红笺名纸十数幅，诣平康里宿焉。诘旦，一妓赋赠诗一首。

赠裴思谦 一作裴思谦诗

银釭斜背解明珰，小语偷声贺玉郎。从此不知兰麝贵，夜来新惹桂枝香。

史　凤

史凤，宣城妓也。诗七首。

迷香洞

洞口飞琼佩羽霓，香风飘拂使人迷。自从邂逅芙蓉帐，不数桃花流水溪。

神鸡枕

枕绘鸳鸯久与栖，新裁雾縠斗神鸡。与郎酣梦浑忘晓，鸡亦留连不肯啼。

锁莲灯

灯锁莲花花照罍，翠钿同醉楚台巍。残灰剔罢携纤手，也胜金莲送辙回。

鲛红被

肱被当年仅御寒，青楼惯染血猩纨。牙床舒卷鹓鸾共，正值窗棂月一团。

传香枕

韩寿香从何处传，枕边芳馥恋婵娟。休疑粉黛加铤刃，玉女旃檀侍佛前。

八分羊

党家风味足肥羊，绮阁留人漫较量。万羊亦是男儿事，莫学狂夫取次尝。

闭门羹

一豆聊供游冶郎，去时忙唤锁仓琅。入门独慕相如侣，欲拨瑶琴弹凤凰。

盛小丛

盛小丛，越妓。李讷为浙东廉使，夜登城楼，闻歌声激切。召至，乃小丛也。时崔侍御元范〔在〕(至)府幕，赴阙。李饯之，命小丛歌饯，在座各赋诗赠之。小丛有诗一首。

突厥三台

雁门山上雁初飞，马邑阑中马正肥。日旰山西逢驿使，殷勤南北送征衣。

赵鸾鸾

赵鸾鸾，平康名妓也。诗五首。

云　鬟

扰扰香云湿未干，鸦领一作翎蝉翼腻光寒。侧边斜插黄金凤，妆罢夫君带笑看。

柳　眉

弯弯柳叶愁边戏，湛湛菱花照处频。妩媚不烦螺子黛，春山画出自精神。

檀　口

衔杯微动樱桃颗，咳唾轻飘茉莉香。曾见白家樊素口，瓠犀颗颗缀榴芳。

纤　指

纤纤软玉削春葱，长在香罗翠袖中。昨日琵琶弦索上，分明满甲染猩红。

酥　乳

粉香汗湿瑶琴轸，春逗酥融绵雨膏。浴罢檀郎扪弄处，灵华凉沁紫葡萄。

莲花妓

莲花妓，豫章人也。陈陶隐南昌西山，镇帅严宇尝遣之侍陶。陶不顾，因求去，献诗一首。

献陈陶处士

莲花为号玉为腮，珍重尚书遣妾来。处士不生巫峡梦，虚劳神女一作云雨下阳台。

徐月英

徐月英，江淮间妓也。有集行世，今存诗二首。

叙　怀

为失三从泣泪频，此身何用处人伦。虽然日逐笙歌乐，长羡荆钗与布裙。

送　人

惆怅人间万事违，两人同去一人归。生憎平望亭前水，忍照鸳鸯相背一作对飞。

句

枕前泪与阶前雨，隔个窗儿滴到明。

韩襄客 汉南妓

句

连理枝前同设誓，丁香树下共论心。

全唐诗卷八〇三

薛　涛

薛涛,字洪度。本长安良家女,随父宦,流落蜀中,遂入乐籍。辨慧工诗,有林下风致。韦皋镇蜀,召令侍酒赋诗,称为女校书。出入幕府,历事十一镇,皆以诗受知。暮年屏居浣花溪,著女冠服。好制松花小笺,时号薛涛笺。有《洪度集》一卷,今编诗一卷。

酬人雨后玩竹

南天春雨时,那鉴雪霜姿。众类亦云茂,虚心能自持。多留晋贤醉,早伴舜妃悲。晚岁一作岁晚君能赏,苍苍劲节奇。

春望一作望春词四首

花开不同赏,花落不同悲。欲问相思处,花开花落时。
揽一作槛草结同心,将以遗知音。春愁正断绝,春鸟复哀吟。
风花日将老,佳期犹渺渺。不结同心人,空结同心草。
那堪花满枝,翻作两相思。玉箸垂朝镜,春风知不知。

宣上人见示与诸公唱和

许厕高斋唱,涓泉定不如。可怜谯记室,流水满禅居。

风

猎蕙微风远，飘弦唳一声。林梢鸣淅沥，松径夜凄清。

月

魄依钩样小，扇逐汉机团。细影将圆质，人间几处看。

蝉 一作闻蝉

露涤清音远，风吹数一作故叶齐。声声似相接，各在一枝栖。

池上双鸟 一作凫

双栖绿池上，朝暮共一作去暮飞还。更忆将雏日，同心莲叶间。

鸳鸯草

绿英满香砌，两两鸳鸯小。但娱春日长，不管秋一作春风早。

罚赴边有怀上韦令公二首

一作陈情上韦令公，又作上元相公。

闻道一作说边城苦，今来一作而今到始知。羞将门下曲，唱与陇头儿。

黠虏一作贼犹违命，烽烟直北愁。却教严谴妾，不敢向松州。

咏八十一颗

色比丹霞朝日，形如合浦筼筜一作圆珰。开时九九如一作知数，见处双双颉颃。

谒巫山庙

乱猿啼处访高唐，路入烟霞草木香。山色未能忘宋玉，水声犹是哭襄王。朝朝夜夜阳台下，为雨为云楚国亡。惆怅庙前多少柳，春来空斗画眉长。

牡　丹

去春零落暮春时，泪湿红笺怨别离。常恐便同巫峡散，因何重有武陵期。传情每向馨香得，不语还应彼此知。只欲栏边安枕席，夜深闲共说相思。

贼平后上高相公

惊看天地白荒荒，瞥见青山旧夕阳。始信大一作天，一作火。威能照映，由来日月借生光。

送友人

水国蒹葭夜有霜，月寒山色共苍苍。谁言千里自今夕，离梦杳如关塞一作路长。

听僧吹芦管

晓蝉呜咽暮莺愁，言语殷勤十指头。罢阅梵书聊一弄，散随金磬泥清秋。

酬郭简州寄柑子

霜规不让黄金色，圆质仍含御史香。何处同声情最异，临川太守谢家郎。

上川主武元衡相国二首 一本无元衡二字

落日重城夕雾收,玳筵雕俎荐诸侯。因令朗月当庭燎,不使珠帘下玉钩。

东阁移尊绮席陈,貂簪龙节更宜春。军城画角三声歇,云幕初垂红烛新。

忆荔枝

传闻象郡隔南荒,绛实丰肌不可忘。近有青衣连楚水,素浆还得类琼浆。

斛石山晓望寄吕侍御

曦轮初转照仙扃,旋擘烟岚上窅冥。不得玄晖同指点,天涯苍翠漫青青。

寄词

菌阁芝楼杳霭中,霞开深见玉皇宫。紫阳天上神仙客,称在人间立世功。

斛石山书事

王家山水画图中,意思都卢粉墨容。今日忽登虚境望,步摇冠翠一千峰。

送姚员外

万条江柳早秋枝,袅地翻风色未衰。欲折尔来将赠别,莫教烟月两乡悲。

酬祝十三秀才

浩思蓝一作南山玉彩寒，冰囊敲碎楚金盘。诗家利器驰声久，何用春闱榜下看。

别李郎中 一作中郎

花落梧桐凤别凰，想登秦岭更凄凉。安仁纵有诗将赋，一半音词杂悼亡。

送扶炼师

锦浦归舟巫峡云，绿波迢递雨纷纷。山阴妙术人传久，也说将鹅与右军。

摩诃池赠萧中丞

昔以多能佐碧油，今朝同泛旧仙舟。凄凉逝水颓波远，惟有一作到碑泉一作前咽不流。

乡　思 用前韵。此首补入。

峨嵋山下水如油，怜我心同不系舟。何日片帆离锦浦，棹声齐唱发中流。

和李书记席上见赠

翩翩射策东堂秀，岂复相逢豁寸心。借问风光为谁丽，万条丝柳翠烟深。

棠梨花和李太尉

吴均蕙圃移嘉木，正及东溪春雨时。日晚莺啼何所为，浅深红腻压繁枝。

酬文使君

延英晓拜汉恩新，五马腾骧九陌尘。今日谢庭飞白雪，巴歌不复旧阳春。

酬吴随一作使君

支公别墅接花扃，买得前山总未经。入户剡溪云水满，高斋咫尺蹑一作接青冥。

酬李校书

才游象外身虽远，学茂区中事易闻。自顾漳滨多病后，空瞻逸翮舞青云。

赋凌云寺二首

闻说凌云寺里苔，风高日近绝纤一作尘埃。横云点染芙蓉壁，似待诗人宝月来。

闻说凌云寺里花，飞空绕磴逐江斜。有时锁得嫦娥镜，镂出瑶台五色霞。

九日遇雨二首

万里惊飙朔气深，江城萧索昼阴阴。谁怜不得登山去，可惜寒芳色似金。

茱萸秋节佳期阻，金菊寒花满院香。神女欲来知有意，先令云雨暗池塘。

酬雍秀才贻巴峡图

千叠云峰万顷湖，白波分去绕荆吴。感君识我枕流意，重示瞿塘峡口图。

上王尚书

碧玉双幢白玉郎，初辞天帝下扶桑。手持云篆题新榜，十万人家春日长。

和刘宾客玉蕣

琼枝的皪露珊珊，欲折如披玉一作霞彩寒。闲拂朱房何所似，缘山偏映月一作日轮残。

江　边

西风忽报雁一作燕双双，人世心形两自降。不为鱼肠有真诀，谁能梦梦一作夜夜立清江。

送卢员外

玉垒山前风雪夜，锦官城外一作北别离魂。信陵公子如相问，长向夷门感旧恩。

题竹郎庙

竹郎庙前多古木，夕阳沉沉山更绿。何处江村有笛声，声声尽是迎郎一作仙曲。

赠苏十三一作三十中丞

洛阳陌上埋轮气，欲逐秋空击隼飞。今日芝泥检征诏，别须台外振霜威。

和郭员外题万里桥

万里桥头独越吟，知凭文字写愁心。细侯风韵兼前事，不止为舟也作霖。

送郑眉一作资州

雨暗眉山江水流，离人掩袂立高楼。双旌千骑骈东陌，独有罗敷望上头。

江亭饯别 一作宴饯，一作江亭宴。

绿沼红泥物象幽，范汪兼倅李并州。离亭急管四更后，不见公车一作车公心独愁。

海棠溪

春教风景驻仙霞，水面鱼身总带花。人世不思灵卉异，竞将红缬染轻沙。

采莲舟

风前一叶压荷蕖，解报新秋又得鱼。兔走乌驰人语静，满溪红袂棹歌初。

菱荇沼

水荇斜牵绿藻浮，柳丝和叶卧清流。何时得向溪头赏，旋摘菱花旋泛舟。

金灯花

阑边不见蘘蘘叶，砌下惟翻艳艳丛。细视欲将何物比，晓霞初叠赤城宫。

春郊游眺寄孙处士二首

低头久立向一作白蔷薇，爱似零陵香惹衣。何事碧溪一作鸡孙处士，百劳东去燕西飞。

今朝纵目玩一作悦芳菲，夹缬笼裙绣地衣。满袖满头兼手把，教人识是看花归。

酬杨供奉法师见招

远水长流洁复清，雪窗高卧与云平。不嫌袁室无烟火，惟笑商山有姓名。

试新服裁制初成三首

紫阳宫里赐红绡，仙雾朦胧隔海遥。霜兔毳寒冰茧净，嫦娥笑指织星桥。

九气分为九色霞，五灵仙驭五云车。春风因过东君舍，偷样人间染百花。

长裾一作裙本是上清仪，曾逐群仙把玉芝。每到宫中歌舞会，折腰齐唱步虚词。

寄张元夫

前溪独立后溪行，鹭识朱衣自不惊。借问人间愁寂意，伯牙弦绝已无声。

酬辛员外折花见遗

青鸟东飞正落梅，衔花满口下瑶台。一枝为授殷勤意，把向风前旋旋开。

赠远二首

芙蓉新落蜀山秋，锦字开缄到是愁。闺阁不知戎马事，月高还上望夫楼。

扰弱新蒲叶一作绿又齐，春深花落塞前溪。知君未转秦关骑，月照千门掩袖啼。

秋泉

冷色初澄一带烟，幽声遥泻十丝弦。长来枕上牵情一作愁思，不使愁人半夜眠。

柳絮

二月杨花轻复微，春风摇荡惹人衣。他家本是无情物，一任一作向南飞又北飞。

续嘉陵驿诗献武相国

蜀门西更上青天，强为公歌蜀国弦。卓氏长卿称士女，锦江一作城玉垒献山川。

段相国游武担寺病不能从题寄

消瘦翻堪见令公，落花无那恨东风。侬心犹道青春在，羞看飞蓬石镜中。

赠段校书

公子翩翩说校书，玉弓金勒紫绡裾。玄成莫便骄名誉，文采风流定不如。

十离诗

元微之使蜀，严司空遣涛往事。因事获怒，远之，涛作十离诗以献，遂复善焉。

犬离主

驯扰朱门四五年，毛香足净主人怜。无端一作只因咬著亲情客一作情亲脚，不得红丝毯上眠。涛因醉争令掷注子，误伤相公犹子去幕，故云。

笔离手

越管宣毫始称情，红笺纸上撒一作散花琼。都缘用久锋头尽，不得羲之手里擎。

马离厩

雪耳红毛浅碧蹄，追风曾到日东西。为惊玉貌郎君坠，不得华轩更一嘶。

鹦鹉离笼

陇西独自一孤身，飞去飞来上锦茵。都缘出语无方便，不得笼中再唤人。

燕离巢

出入朱门未忍抛，主人常爱语交交。衔泥秽污一作污却珊瑚枕一作簟，不得梁间更垒巢。

珠离掌

皎洁圆明内外通，清光似照水晶宫。只一作都缘一点玷一作瑕相秽，不得终宵一作朝在掌中。

鱼离池

跳一作戏跃深一作莲池四五秋，常摇朱尾弄纶一作银钩。无端摆断芙蓉朵，不得清波更一游。

鹰离鞲

爪利如锋眼似铃，平原捉兔称高情。无端窜向青云外，不得君王臂上一作手里擎。

竹离亭

蓊郁新栽四五行，常将劲节负秋霜。为缘春笋钻墙破，不得垂阴覆玉堂。

镜离台

铸泻黄金镜始开，初生三五月裴回。为遭无限尘蒙蔽，不得华堂上玉台。

酬杜舍人

双鱼底事到侬家，扑手新诗片片霞。唱到白蘋洲畔曲，芙蓉空老蜀江花。

筹边楼

平临云鸟八窗秋，壮压西川四十州。诸将莫贪羌族马，最高层处见边头。

赠韦校书

芸香误比荆山玉，那似登科甲乙年。澹地鲜风将绮思，飘花散蕊媚青天。

江月楼 以下见《唐音统签》

秋风仿佛吴江冷，鸥路参差夕阳影。垂虹纳纳卧谯门，雉堞眈眈俯渔艇。阳安小儿拍手笑，使君幻出江南景。

西　岩

凭阑却忆骑鲸客，把酒临风手自招。细雨声中停去马，夕阳影里乱鸣蜩。

罚赴边上武相公二首 见《吟窗杂录》

萤在荒芜月在天，萤飞岂到月轮边。重光万里应相照，目断云霄信不传。

按辔岭头寒复寒，微风细雨彻心肝。但得放儿归舍去，山水屏风永不看。

寄旧诗与元微之 此首集不载

诗篇调态人皆有，细腻风光我独知。月下咏花怜暗澹，雨朝题柳为欹垂。长教碧玉藏深处，总向红笺写自随。老大不能收拾得，与君开似教男儿。

句

枝迎南北鸟，叶送往来风。涛八九岁知声律。一日，其父郧指井梧曰："庭除一古桐，耸干入云中。”涛应声云云，父愀然久之。后果入乐籍。别本载田洙遇薛涛，有落花联句、夜月联句、四时回文折齿曲，皆后人附会，兹概不录。

全唐诗卷八〇四

鱼玄机

鱼玄机,字幼微(一字蕙兰),长安里家女。喜读书,有才思。补阙李亿纳为妾。爱衰,遂从冠帔于咸宜观。后以笞杀女童绿翘事,为京兆温璋所戮。今编诗一卷。

赋得江边柳 一作临江树

翠一作草色连一作迷荒岸,烟姿入远楼。影一作叶铺秋水面,花落钓人一作矶头。根老藏鱼一作龙窟,枝低系一作拂客舟。萧萧风雨夜,惊梦复添愁。

赠邻女 一作寄李亿员外

羞日遮一作障罗袖,愁春懒起妆。易求无价宝,难得有心郎。枕上潜垂泪,花间暗断肠。自能窥宋玉,何必恨王昌。

寄国香

旦夕醉吟身,相思又此春一作何处申。雨中寄书使,窗下断肠人。山卷珠帘看,愁随芳草新。别来清宴上,几度落梁尘。

寄题炼师 第三句缺一字，第四句缺一字。

霞彩剪为衣，添香出绣帏。芙蓉花叶□，山水帔□稀。驻履闻莺语，开笼放鹤飞。高堂春睡觉，暮雨正霏霏。

寄刘尚书

八座镇雄军，歌谣满路新。汾川三月雨，晋水百花春。图圄长空锁，干戈久覆尘。儒僧观子夜，羁客醉红茵。笔砚行随手，诗书坐绕身。小材一作才多顾盼，得作食鱼人。

浣纱庙

吴越相谋计策多，浣纱神女已相和。一双笑靥才回面，十万精兵尽倒戈。范蠡功成身隐遁，伍胥谏死国消磨。只今诸暨长江畔，空有青山号苎萝。

卖残牡丹

临风兴叹落花频，芳意潜消又一春。应为价高人不问，却缘香甚蝶难亲。红英只称生宫里，翠叶那堪染路尘。及至移根上林苑，王孙方恨买无因。

酬李学士寄簟

珍簟新铺翡翠楼，泓澄玉水记方流。唯应云扇一作宿情相似，同向银床恨早秋。

情书一作书情寄李子安一本题下有补阙二字

饮冰食檗志无功，晋水壶关在梦中。秦镜欲分愁堕一作坠鹊，舜琴将弄怨飞鸿。井边桐叶鸣秋雨，窗下银灯暗晓风。书信茫茫何处问，持竿尽日碧江空。

闺　怨

蘼芜盈手泣斜晖，闻道邻家夫婿归。别日南鸿才北去，今朝北雁又南飞。春来秋去相思在，秋去春来信息稀一作违。扃闭朱门人不到，砧声何事透罗帏。

春情寄子安

山路欹斜石磴危，不愁行苦一作路苦相思。冰销远涧怜清韵，雪远寒峰想玉姿。莫听凡歌春病酒，休招闲客夜贪棋。如松匪石盟长在，比翼连襟会肯迟。虽恨独行冬尽日，终期相见月圆时。别君何物堪持赠，泪落晴光一首诗。

打 球 作

坚圆净滑一星流，月杖争敲未拟休。无滞碍时从拨弄，有遮栏处任钩留。不辞宛转长随手，却恐相将不到头。毕竟入门应始了，愿君争取最前筹。

暮春有感寄友人

莺语惊残梦，轻妆改泪容。竹阴初月薄，江静晚烟浓。湿嘴衔泥燕，香须采蕊蜂。独怜无限思，吟罢亚枝松。

冬夜寄温飞卿

苦思一作忆搜诗一作思灯下吟，不眠长夜怕寒衾。满庭木叶愁风起，透幌纱窗惜月沉。疏散未闲终遂愿，盛衰空见本来心。幽栖莫定梧桐处，暮雀啾啾空绕一作绕竹林。

酬李郢夏日钓鱼回见示

住处虽同巷，经年不一过。清词劝一作欢旧女，香桂折新柯。道性欺冰雪，禅心笑绮罗。迹登霄汉上，无路接烟波。

次韵西邻新居兼乞酒

一首诗来百度吟，新情一作清新字字又声金。西看已有登垣意，远望能无化石心。河汉期赊空极目，潇湘梦断罢调琴。况逢寒节添乡思，叔夜佳醪莫独斟。

和友人次韵

何事能销旅馆愁，红笺开处见银钩。蓬山雨洒千峰小，嶰谷风吹万叶秋。字字朝看轻碧玉，篇篇夜诵在衾裯。欲将香匣收藏却，且惜时吟在手头。

和新及第悼亡诗二首

仙籍人间不久留，片时已过十经秋。鸳鸯帐下香犹暖，鹦鹉笼中语未休。朝露缀花如脸恨，晚风欹柳似眉愁。彩云一去无消息，潘岳多情欲白头。

一枝月桂和烟秀，万树江桃带雨红。且醉尊前休怅望，古来悲乐与今一作君同。

游崇真观南楼睹新及第题名处

云峰满目放春晴，历历银钩指下生。自恨罗衣掩诗句，举头空羡榜中名。

愁一作秋思

落叶纷纷暮雨和，朱一作冰丝独抚自清歌。放情休恨无心友，养性空抛苦海波。长者车音门外有，道家书卷枕前多。布衣终作云霄客，绿水青山时一过。

秋　怨

自叹多情是足愁，况当风月满庭秋。洞房偏与更声近，夜夜灯前欲白头。

江　行

大江横抱武昌斜，鹦鹉洲前户万一作万户家。画舸春眠朝未足一作犹未稳，梦为蝴蝶也寻花。

烟花已入鸬鹚港，画舸犹沿一作题鹦鹉洲。醉卧醒吟都不觉，今朝惊在汉江头。

闻李端公垂钓回寄赠

无限荷香染暑衣，阮郎何处弄船归。自惭不及鸳鸯侣，犹得双双近一作绕，又作傍。钓矶。

题任处士创资福寺

幽人创奇境，游客驻一作寄行程。粉壁空留字，莲宫未有名。凿池泉自出，开径草重生。百尺金轮阁，当川豁眼明。

题隐雾亭

春花秋月入诗篇，白日清宵是散仙。空卷珠帘不曾下，长移一榻对山眠。

重阳阻雨

满庭黄菊篱边拆一作折，两朵芙蓉镜里开。落帽台前风雨阻，不知何处醉金杯。

早　秋

嫩菊含新彩，远山闲一作闭夕烟。凉风惊绿树，清韵入朱弦。思妇机中锦，征人塞外天。雁飞鱼在水，书信若为传。

感怀寄人

恨寄朱弦上，含情意不任。早知云雨会，未起蕙兰心。灼灼桃兼李，无妨国士寻。苍苍松与桂，仍羡世人钦。月色苔阶净，歌声竹院深。门前红叶地，不扫待知音。

期友人阻雨不至

雁鱼空有信，鸡黍恨无期。闭户方笼月，褰帘已散丝。近泉鸣砌畔，远浪涨江湄。乡思悲秋客，愁吟五字诗。

访赵炼师不遇

何处同仙侣，青衣独在家。暖炉留煮药，邻院为煎茶。画壁灯光暗，幡竿日影斜。殷勤重回首，墙外数枝花。

遣　怀

闲散身无事，风光独自游。断云江上月，解缆海中舟。琴弄萧梁寺，诗吟庾亮楼。丛篁堪作伴，片石好为俦。燕雀徒为贵，金银志不求。满杯春酒绿，对月夜窗幽。绕砌澄清沼，抽簪映细流。卧床书册遍，半醉起梳头。

寄飞卿

阶砌乱蛩鸣，庭柯烟露清。月中邻乐响，楼上远山明。珍簟凉风著，瑶琴寄恨生。嵇君懒书札，底物慰秋情。

过鄂州

柳拂兰桡花满枝，石城城下暮帆迟。折牌一作碑峰上三闾墓，远火山头五马旗。白雪调高题旧寺，阳春歌在换新词。莫愁魂逐清江去，空使行人万首诗。

夏日山居

移得仙居此地来，花丛自遍不曾栽。庭前亚树张衣桁，坐上新泉泛酒杯。轩槛暗传深竹径，绮罗长拥乱书堆。闲乘画舫吟明月，信任轻风吹却回。

暮春即事

深巷穷门少侣俦，阮郎唯有梦中留。香飘罗绮谁家席，风送歌声何处楼。街近鼓鼙喧晓睡，庭闲鹊语乱春愁。安能追逐人间事，万里身同不系舟。

代人悼亡

曾睹夭桃想玉姿，带风杨柳认蛾眉。珠归龙窟知谁见，镜在鸾台话向谁。从此梦悲烟雨夜，不堪吟苦寂寥时。西山日落东山月，恨想无因有了期。

和　人

茫茫九陌无知己，暮去朝来典绣衣。宝匣镜昏蝉鬓乱，博山炉暖一作冷麝烟微。多情公子春留句，少思文君昼掩扉。莫惜羊车频列载，柳丝一作舒梅绽正芳菲。

隔汉江寄子安

江南江北愁望，相思相忆空吟。鸳鸯暖卧沙浦，鸂鶒闲飞橘林。烟里歌声隐隐，渡头月色沉沉。含情咫尺千里，况听家家远砧。

寓　言

红桃处处春色，碧柳家家月明。楼上新妆待夜，闺中独坐含情。芙蓉月一作叶下鱼戏，螮蝀天边雀一作鹤声。人世悲欢一梦，如何得作双成。

江陵愁望寄子安

枫叶千枝复万枝，江桥掩映暮帆迟。忆君心似西江水，日夜东流无歇时。

寄 子 安

醉别千卮不浣愁，离肠百结解无由。蕙兰销歇归春圃，杨柳东西绊客舟。聚散已悲一作愁云不定，恩情须学水长流。有花时节知难遇，未肯厌厌醉玉楼。

送　别

秦楼一作层城几夜惬心期，不料仙郎有别离。睡觉莫言一作不嫌云去处，残灯一盏野蛾飞。

迎李近仁员外

今日喜时闻喜鹊，昨宵灯下拜灯花。焚香出户迎潘岳，不羡牵牛织女家。

送　别

水柔一作流逐器知难定，云出无心肯再归。惆怅春风楚江暮，鸳鸯一只失群飞。

左名场自泽州至京使人传语

闲居作赋几年愁，王屋山前是旧游。诗咏东西千嶂乱，马随南北一泉流。曾陪雨夜同欢席，别后花时独上楼。忽喜扣门传语至，为怜邻巷小房幽。相如琴罢朱弦断，双燕巢分白露秋。莫倦一作厌蓬门时一访，每春忙在曲江头。

和人次韵

喧喧朱紫杂人寰，独自清吟日一作月色间。何事玉郎搜藻思，忽将琼韵扣柴关。白花发咏惭称谢，僻巷深居谬学颜。不用多情欲相见，松萝高处是前山。

光威裒姊妹三人少孤而始妍乃有是作精粹难俦虽谢家联雪何以加一作如之有客自京师来者示予因次其韵

昔闻南国容华少，今日东邻姊妹三。妆阁相看鹦鹉赋，碧窗应绣凤凰衫。红芳满院参差折，绿醑盈杯次第衔。恐向瑶池曾作女，谪来尘世未为男。文姬有貌终堪比，西子无言我更惭。一曲艳歌琴杳杳，四弦轻拨语喃喃。当台竞斗青丝发，对月争夸白玉簪。小有洞中松露滴，大罗天上柳烟含。但能为雨心长在，不怕吹箫事未谙。阿母几嗔花下语，潘郎曾向梦中参。暂持清句魂犹断，若睹红颜死亦甘。怅望佳人何处在，行云归北又归南。

折杨柳

朝朝送别泣花钿，折尽春风杨柳烟。愿得西山无树木，免教人作泪悬悬。

句

焚香登玉坛，端简礼金阙。
明月照幽隙，清风开短襟。狱中作
绮陌春望远，瑶徽春兴多。
殷勤不得语，红泪一双流。
云情自郁争同梦，仙貌长芳又胜花。以上俱见《纪事》

全唐诗卷八〇五

李　冶 一作裕

李冶，字季兰，女冠也，吴兴人。存诗十六首。

湖上卧病喜陆鸿渐至

昔去繁霜月，今来苦雾时。相逢仍卧病，欲语泪先垂。强劝陶家酒，还吟谢客诗。偶然成一醉，此外更何之。

寄校书七兄 一作送韩校书

无事乌程县，蹉跎岁月馀。不知芸阁吏，寂寞竟何如。远水浮仙棹，寒星伴使车。因过大雷岸一作泽，莫忘八一作几行书。

寄朱放 一作昉

望水一作远试登山，山高湖又阔。相思无晓夕，相望经年月。郁郁山木荣一作青，绵绵野花发。别后无限情，相逢一时说。

送韩揆之江西 一作送阎伯钧往江州

相看指一作招折杨柳，别恨转依依。万里江西水，孤舟何处归。湓城潮不到，夏口信应稀。唯有衡一作随阳雁，年年来去飞。

道意寄崔侍郎

莫漫恋浮名，应须薄宦情。百年齐旦暮，前事尽虚盈。愁鬓行看白，童颜学未成。无过天竺国，依止古一作故先生。

从萧叔子听弹琴赋得三峡流泉歌

妾家本住巫山云，巫山流泉常自闻。玉琴弹一作奏出转寥敻，直是一作似当时梦里听。三峡迢迢一作流泉几千里，一时流入幽闺一作深闱里。巨石崩崖指下生，飞泉一作波走浪弦中起。初疑愤怒一作涌含雷风，又似呜咽流不通。回湍曲濑势一作意将尽，时复滴沥平沙中。忆昔阮公为此曲，能令仲容听不足。一弹既罢复一作还一弹，愿作一作与，一作比，一作似。流泉镇相续。

相思怨

人道海水深，不抵相思半。海水尚有涯，相思渺无畔。携琴上高一作酒楼，楼虚月华满。弹著一作得相思曲，弦肠一时断。

感兴

朝云暮雨镇相随，去雁来人有返期。玉枕只知长下泪，银灯空照不眠时。仰看明月翻含意，俯眄流波欲寄词。却忆初闻凤楼曲，教人寂寞复相思。

恩命追入留别广陵故人

无才多病分龙钟，不料虚名达九重。仰愧弹冠上华发，多惭拂镜理衰容。驰心北阙随芳草，极目南山望旧峰。桂树不能留野客，沙鸥出浦谩相逢。

八　至

至近至远东西,至深至浅清溪。至高至明日月,至亲至疏夫妻。

送阎二十六赴剡县

流水阊门外,孤舟日复西。离情遍芳草,无处不萋萋。妄梦经吴苑,君行到剡溪。归来重相访,莫学阮郎迷。

得阎伯钧书

情来对镜懒梳头,暮雨萧萧庭树秋。莫怪阑干垂玉箸,只缘惆怅对银钩。

结素鱼贻友人

尺素如残雪,结为双鲤鱼。欲知心里事,看取腹中书。

偶　居

心远浮云知不还,心云并在有无间。狂风何事相摇荡,吹向南山复北山。

明月夜留别

离人无语月无声,明月有光人有情。别后相思人似月,云间水上到层城。

春　闺　怨

百尺井栏上,数株桃已红。念君辽海北,抛妾宋家东。

句

经时未架却，心绪乱纵横。季兰五六岁时，其父抱于庭，令咏蔷薇云云。父恚曰："必失行妇也。"后竟如其言。

已看云鬟散，更念木枯荣。卧病

鞞鼓喧行选，旌旗拂座隅。陷贼寄故人

不睹河阳一县花，空见青山三两点。寄房明府　以上俱见《吟窗杂录》

元　淳

元淳，女道士，洛中人。存诗二首。

寄洛中诸姊

旧国经年别，关河万里思。题诗一作书凭雁翼，望月想蛾眉。白发愁偏觉，归心梦独知。谁堪离乱处，掩泪向南枝。

秦中春望

凤楼春望好，宫阙一重重。上苑雨中树，终南雾后峰。落花行处遍，佳气晚来浓。喜见休明代，霓裳蹑道踪。

句

弟兄俱已尽，松柏问何人。寄洛中姊妹

闻道茂陵山水好，碧溪流水有桃源。寄杨女冠

赤城峭壁无人到，丹灶芝田有鹤来。霍师妹游天台

三千宫女露蛾眉，笑煮黄金日月迟。寓言　以上俱见《吟窗杂录》

海　印

海印，蜀慈光寺尼，唐末人，才思清峻。存诗一首。

舟夜一章

水色连天色，风声益浪声。旅人归思苦，渔叟梦魂惊。举棹云先到，移舟月逐行。旋吟诗句罢，犹见远山横。

全唐诗卷八〇六

寒　山

寒山子，不知何许人。居天台唐兴县寒岩，时往还国清寺。以桦皮为冠，布裘弊履。或长廊唱咏，或村墅歌啸，人莫识之。闾丘胤宦丹丘，临行，遇丰干师，言从天台来。闾丘问彼地有何贤堪师，师曰："寒山文殊、拾得普贤，在国清寺库院厨中著火。"闾丘到官三日，亲往寺中。见二人，便礼拜。二人大笑曰："丰干饶舌，饶舌。阿弥不识，礼我何为？"即走出寺，归寒岩。寒山子入穴而去，其穴自合。尝于竹木石壁书诗，并村墅屋壁所写文句三百馀首。今编诗一卷。

诗三百三首

凡读我诗者，心中须护净。悭贪继日廉，谄曲登时正。驱遣除一作除遣恶业，归依受真性。今日得佛身，急急如律令。

重岩我卜居，鸟道绝人迹。庭际何所有，白云抱幽石。住兹凡几年，屡见春冬易。寄语钟鼎家，虚名定无一作何益。

可笑寒山道，而无车马踪。联谿难记曲，叠嶂不知重。泣露千般草，吟风一样松。此时迷径处，形问影何从。

吾家好隐沦，居处绝嚣尘。践草成三径，瞻云作四邻。助歌声有鸟，问法语无人。今日娑婆树，几年为一春。

琴书须自随，禄位用何为。投辇从贤妇，巾车有孝儿。风吹曝麦地，水溢沃鱼池。常念鷦鷯鸟，安身在一枝。

弟兄同五郡，父子本三州。欲验飞凫集，须征白兔游。灵瓜梦里受，神橘座中收。乡国何迢递，同鱼寄水流。

一为书剑客，二一作三遇圣明君。东守文不赏，西征武不勋。学文兼学武，学武兼学文。今日既老矣，馀生不足云。

庄子说送终一作死，天地为棺椁。吾归此有时，唯须一番箔。死将喂青蝇，吊不劳白鹤。饿著首阳山，生廉死亦乐。

人问寒山道，寒山路不通。夏天冰未释，日出雾朦胧。似我何由届，与君心不同。君心若似我，还得到其中。

天生百尺树，剪作长条木。可惜栋梁材，抛之在幽谷。年多心尚劲，日久皮渐秃。识者取将来，犹堪柱马屋。

驱马度荒城，荒城动一作重客情。高低旧雉堞，大小古坟茔。自振孤蓬影，长凝拱木声。所嗟皆俗骨，仙史更无名。

鹦鹉宅西国，虞罗捕得归。美人朝夕弄，出入在庭帏。赐以金笼贮，扃哉损羽衣。不如鸿与鹤，飖飏入云飞。

玉堂挂珠帘，中有婵娟子。其貌胜神仙，容华若桃李。东家春雾合，西舍秋风起。更过三十年，还成苷蔗滓。

城中娥眉女，珠珮珂一作何珊珊。鹦鹉花前弄，琵琶月下弹。长歌三月响，短舞万人看。未必长如此，芙蓉不耐寒。

父母续经多，田园不羡他。妇摇机轧轧，儿弄口哒哒。拍手摧花舞，支颐听鸟歌。谁当来叹赏，樵客屡经过。

家住绿岩下，庭芜更不芟。新藤垂缭绕，古石竖巉岩。山果猕猴摘，池鱼白鹭衔。仙书一两卷，树下读喃喃。

四时无止息，年去又年来。万物有代谢，九天无朽摧。东明又西暗，花落复花开。唯有黄泉客，冥冥去不回。

岁去换愁年，春来物色鲜。山花笑一作夹渌水，岩岫一作树舞青烟。蜂蝶自云乐，禽鱼更可怜。朋游情未已，彻晓不能眠。

手笔太纵横，身材极瑰一作魁玮。生为有限身，死作无名鬼。自古如此多一作多如此，君今争奈何。可来白云里，教尔紫芝歌。

欲得安身处，寒山可长保。微风吹幽松，近听声逾好。下有斑白人，喃喃读黄老。十年归不得，忘却来时道。

俊杰马上郎，挥鞭指绿杨。谓言无死日，终不作梯航。四运花自好，一朝成萎黄。醍醐与石蜜，至死不能尝。

有一餐霞子，其居讳俗游。论时实萧爽，在夏亦如秋。幽涧常沥沥，高松风飕飕。其中半日坐，忘却百年愁。

妾在一作家邯郸住，歌声亦抑扬。赖我安居一作隐处，此曲旧来长。既醉莫言归，留连日未央。儿家寝宿处，绣被满银床。

快捞三翼舟，善乘千里马。莫能造我家，谓言最幽野。岩岫一作穴深嶂中，云雷竟日下。自非孔丘公，无能相救者。

智者君抛我，愚者我抛君。非愚亦非智，从此断一作继相闻。入夜歌明月，侵晨舞白云。焉能拱一作住口手，端坐鬓纷纷。

有鸟五色彣，栖桐食竹实。徐动合礼一作和仪，和鸣中音律一作鸣中施礼律。昨来何以至，为吾一作君暂时出。傥闻弦歌声，作舞欣今日。

茅栋野人居，门前车马疏。林幽偏聚鸟，溪阔本藏鱼。山果携儿摘，皋田共妇锄。家中何所有，唯有一床书。

登陟寒山道，寒山路不穷。谿长石磊磊，涧阔草濛濛。苔滑非关雨，松鸣不假风。谁能超世累，共坐白云中。

六极常婴困，九维徒自论。有才遗草泽，无艺闭蓬门。日上岩犹暗，烟消谷尚昏。其中长者子，个个总无裈。

白云高嵯峨，渌水荡潭波。此处闻渔父，时时鼓棹歌。声声不可听,令我愁思多。谁谓雀无角,其如穿屋何。

杳杳寒山道,落落冷涧滨。啾啾常有鸟,寂寂更无人。碛碛一作淅淅风吹面,纷纷雪积身。朝朝不见日,岁岁不知春。

少年何所愁,愁见鬓毛白。白更何所愁,愁见日逼迫。移向东岱居,配守北邙宅。何忍出此言,此言伤老客。

闻道愁难遣,斯言谓一作会不真。昨朝曾一作始趁却,今日又缠身。月尽愁难尽,年新愁更新。谁知席帽下,元是昔愁人。

两龟乘犊车,蓦出路头戏。一盅一作虿从傍来,苦死欲求寄。不载爽人情,始载被沉累。弹指不可论,行恩却遭刺。

三月蚕犹小,女人来采花。限一作隔墙弄蝴蝶,临水掷虾蟆。罗袖盛梅子,金鎞挑笋芽。斗论多一作争物色,此地胜一作是余家。

东家一老婆,富来三五年。昔日贫于我,今笑我无钱。渠笑我在后,我笑渠在前。相笑傥不止,东边复西边。

富儿多鞅掌,触事难祇承。仓米已赫赤,不贷人斗升。转怀钩距意,买绢先拣绫。若至临终日,吊客有苍蝇。

余曾昔睹聪明士,博达英灵一作雄无比伦。一选嘉名喧宇宙,五言诗句越诸人。为官治化超先辈,直为无能继后尘。忽然富贵贪财色,瓦解冰消不可陈。

白鹤衔苦桃一作花,千里作一息。欲往蓬莱山,将此充粮食。未达毛摧落,离群心惨恻。却归旧来巢,妻子不相识。

惯居幽隐处,乍向国清中。时访丰干道一作老,仍来看拾公。独回上寒岩,无人话合同。寻究无源水,源穷水不穷。

生前大愚痴,不为今日悟。今日如许贫,总是前生作一作做。今生又不修,来生还如故。两岸各无船,渺渺难济一作应难渡。

璨璨卢家女,旧来名莫愁。贪乘摘花马,乐搒采莲舟。膝坐绿熊席,身披青凤裘。哀伤百年内,不免归山丘。

低眼邹公妻，邯郸杜生母。二人同老少一作共老，一种好面首。昨日会客场，恶衣排在后。只为著破裙，吃他残䭔䬲。上莆口切，下郎斗切。

独卧重岩下，蒸云昼不消。室中虽暡叆，心里绝喧嚣。梦去游金阙，魂归度石桥。抛除闹我者，历历树间瓢。

夫物有所用，用之各有宜。用之若失所，一缺复一亏。圆凿而方枘，悲哉空尔为。骅骝将捕鼠，不及跛猫儿。

谁家长不死，死事旧来均。始忆八尺汉，俄成一聚尘。黄泉无晓日，青草有时春。行到伤心处，松风愁杀人。

骝马珊瑚鞭，驱驰洛阳道。自矜一作怜美少年，不信有衰老。白发会应生，红颜岂长保。但看北邙山，个是蓬莱岛。

竟日常如醉，流年不暂停。埋著蓬蒿下，晓月一作日何冥冥。骨肉消散尽，魂魄几凋零。遮莫咬铁口，无因读老经。

一向寒山坐，淹留三十年。昨来访亲友，太半入黄泉。渐减一作灭如残烛，长流似逝川。今朝对孤影，不觉泪双悬。

相唤采芙蓉，可怜清江里。游戏不觉暮，屡见狂风起。浪捧鸳鸯儿，波摇鸂鶒子。此时居舟楫，浩荡情无已。

吾心似秋月，碧潭清皎洁。无物堪比伦，教我如何说。

垂柳暗如烟，飞花飘似霰。夫居离妇州，妇住思夫县。各在天一涯，何时得一作复相见。寄语明月楼，莫贮双飞燕。

有酒相招饮，有肉相呼吃。黄泉前后人，少壮须努力。玉带暂时华，金钗非久饰。张翁与郑婆，一去无消息。

可怜好丈夫，身体极棱棱。春秋未三十，才艺百般能。金羁逐侠客，玉馔集良朋。唯有一般恶，不传无尽灯。

桃花欲经夏，风月催不待。访觅汉时人，能无一个在。朝朝花迁落，岁岁人移改。今日扬尘处，昔时为大海。

我见东家女，年可有十一作十有八。西舍竞来问，愿姻夫妻活一作佸。烹羊煮众命，聚头作淫杀。含笑乐呵呵，啼哭受殃抉一作决。

田舍多桑园，牛犊满厩辙。肯信有因果，顽皮早晚裂。眼看消磨尽，当头各自活。纸袴瓦作裈，到头冻饿杀。

我见百十狗，个个毛狰狞。卧者渠自卧，行者渠自行。投之一块骨，相与啀喍上牛皆切，下士皆切。争。良由为骨少，狗多分不平。

极目兮长望，白云四茫茫。鸱鸦饱腲脮，鸾凤饥彷徨。骏马放石碛，蹇驴能至堂。天高不可问，鷦鹩在沧浪。

洛阳多女儿，春日逞华丽。共折路边花，各持插高髻。髻高花匼匝，人见皆睥睨。别求醦醦怜，将归见夫婿。

春女衒容仪，相将南陌陲。看花愁日晚，隐树怕风吹。年少从傍来，白马黄金羁。何须久相弄，儿家夫婿知。

群女戏夕阳，风来满路香。缀裙金蛱蝶，插髻玉鸳鸯。角婢红罗缜，阉奴紫锦裳。为观失道者，鬓白心惶惶。

若人逢鬼魅，第一莫一作怕惊懅一作惧。捺硬莫采渠，呼名自当去。烧香请佛力，礼拜求僧助。蚊子叮铁牛，无渠下嘴处。

浩浩黄河水，东流长不息。悠悠不见清，人人寿有极。苟欲乘白云，曷由生羽翼。唯当鬒发一作鬓皤时，行住须努力。

乘兹朽木船，采彼纴婆子。纴音壬。佛经西国苦树名，其子、根、枝俱苦，喻众生之恶。行至大海中，波涛复不止。唯赍一宿粮，去岸三千里。烦恼从何生，愁哉缘苦起。

默默永无言，后生何所述。隐居在林薮，智日一作境何由出。枯槁非坚卫，风霜成夭疾。土牛耕石田，未有得稻日。

山中何太冷，自古非今年。沓嶂恒凝雪，幽林每吐烟。草生芒种后，叶落立秋前。此有沉迷客，窥窥不见天。

山客心悄悄，常嗟岁序迁。辛勤采芝术，搜斥讵成仙。庭廓云初卷，林明月正圆。不归何所为，桂树相留连。

有人兮山楹一作陉，云卷兮霞缨。秉芳兮欲寄，路漫漫兮难征。心惆怅兮狐疑，年老已无成。众喔咿斯一本无此九字，蹇独立兮忠贞。

猪吃死人肉，人吃死猪肠。猪不嫌人臭，人反道猪香。猪死抛水内，人死掘土藏。彼此莫相啖，莲花生沸汤。

快哉混沌身，不饭复不尿。遭得谁钻凿，因兹一作之立九窍。朝朝为衣食，岁岁愁租调。千个争一钱，聚头亡命叫。

啼哭缘何事，泪如珠子颗。应当有别离，复是遭丧祸。所为在贫穷，未能了因果。冢间瞻死尸，六道不干一作忤我。

妇女慵经织，男夫懒耨田。轻浮耽挟弹，跕一作跐蹰上都牒、他协二切。跕，屣也。下所倚、所买二切。舞履也。拈抹弦。冻骨衣应急，充肠食在先。今谁念于汝，苦痛一作痛苦哭苍天。

不行真正道，随邪号行婆。口惭神佛少，心怀嫉妒多。背后噇鱼肉，人前念佛陀。如此修身处，难应避奈何。

世有一等愚，茫茫恰似驴。还解人言语，贪淫状若猪。险巇难可测，实语却成虚。谁能共伊语，令教莫此居。

有汉姓傲慢，名贪字不廉。一身无所解，百事被他嫌。死恶黄连苦，生怜白蜜甜。吃鱼犹未止，食肉更无厌。

纵你居犀角，饶君带虎睛。桃枝将辟秽一作折，一作医，蒜壳取为璎。暖腹茱萸酒，空心枸杞羹。终归不免死，浪自觅长生。

卜择幽居地，天台更莫言。猿啼谿雾冷，岳色草门连。折叶覆松室，开池引涧泉。已甘休万事，采蕨度残年。

益者益其精，可名为有益。易者易其形，是名之一作为有易。能益复能易，当得上仙籍。无益复无易，终不免死厄。

徒劳说三史，浪自看五经。洎老检黄籍，依前住一作注白丁。筮遭连一作迍蹇卦，生主虚危星。不及河边树，年年一度青。

碧涧泉水清，寒山月华白。默知神自明，观空境逾寂。

我今有一襦，非罗复非绮。借问作何色，不红亦不紫。夏天将作衫，冬天将作被。冬夏递互用，长年只这一作者是。

白拂栴檀柄，馨香竟日闻。柔和如卷雾，摇拽似行云。礼奉宜当暑，高提复去一作祛尘。时时方丈内，将用指迷人。

贪爱有人求快活，不知祸在百年身。但看阳焰浮沤水，便觉无常败坏人。丈夫志气直如铁，无曲心中道自真。行密节高霜下竹，方知不枉用心神。

多少般数人，百计求名利。心贪觅荣华，经营图富贵。心未片时歇，奔突如烟气。家眷实团圆，一呼百诺至。不过七十年，冰消瓦解置。死了万事休，谁人承后嗣。水浸泥弹丸，方知无意智。

贪人好聚财，恰如枭爱子。子大而食母，财多还害己。散之即福生，聚之即祸起。无财亦无祸，鼓翼青云里。

去家一万里，提剑击匈奴。得利渠即死，失利汝即殂。渠命既不惜，汝命亦一作有何辜。教汝百胜术，不贪为上谟。

瞋是心中火，能烧功德林。欲行菩萨道，忍辱护真心。

汝为一作谓埋头痴兀兀，爱向无明罗刹窟。再三劝你早修行，是你顽痴心恍惚。不肯信受寒山语，转转倍加业汩汩。直待斩首作两段，方知自身奴贼物。

恶趣甚茫茫，冥冥无日光。人间八百岁，未抵半宵长。此等诸痴子，论情甚可伤。劝君求出离，认取法中王。

世有多解人，愚痴徒苦辛。不求当来善，唯知造恶因。五逆十恶辈，三毒以为亲。一死入地狱，长如镇库银。

天高高不穷，地厚厚无极。动物在其中，凭兹造化力。争头觅饱暖，作计相啖食。因果都未详，盲儿问乳色。

天下几种人，论时色数有。贾婆如许夫，黄老元无妇。卫氏儿可怜,钟家女极丑。渠若向西行,我便东边走。

贤士不贪婪,痴人好炉冶。麦地占他家,竹园皆我者。努膊觅钱财,切齿驱奴马。须看郭门外,垒垒松柏下。

喷喷买鱼肉,担归喂妻子。何须杀他命,将来活汝己。此非天堂缘,纯是地狱滓。徐六语破堆,始知没道理。

有人把椿树,唤作白栴檀。学道多沙数,几个得泥丸。弃金却担草,谩他亦自谩。似聚砂一处,成团也大难。

蒸砂拟作饭,临渴始掘井。用力磨碌砖,那堪将作镜。佛说元平等,总有真如性。但自审思量,不用闲争竞。

推寻世间事,子细总皆一作要知。凡事莫容易,尽爱讨便宜。护即弊成好,毁即是成非。故知杂滥口,背面总由伊。冷暖我自量,不信奴唇皮。

蹭蹬诸贫士,饥寒成至极。闲居好作诗,札札用心力。贱他一作人言孰采,劝君休叹息。题安糊饼上,乞狗也不吃。

欲识生死譬,且将冰水比。水结即成冰,冰消返成水。已死必应生,出生还复死。冰水不相伤,生死还双美。

寻思少年日,游猎向平陵。国使职非愿,神仙未足称。联翩骑白马,喝兔放苍鹰。不觉大一作今流落,皤皤谁见矜。

偃息深林下,从生是农夫。立身既质直,出语无谄谀。保我不鉴璧,信君方得珠。焉能同泛滟,极目波上凫。

不须攻人恶,何用一作不须伐己善。行之则可行,卷之则可卷。禄厚忧积一作责大,言深虑交浅。闻兹若念兹,小子当自见。

富儿会高堂,华灯何炜煌。此时无烛者,心愿处其傍。不意遭排遣,还归暗处藏。益人明讵损,顿讶惜馀光。

世有聪明士,勤一作敖苦探幽文。三端自孤立,六艺越诸君。神气卓然异,精彩超众群。不识个中意,逐境乱纷纷。

层层山水秀，烟霞锁翠微。岚拂纱巾湿，露沾蓑草衣。足蹑游方履，手执古藤枝。更观尘世外，梦境复何为。

满卷才子诗，溢壶圣人酒。行爱观牛犊，坐不离左右。霜露入茅檐，月华明瓮一作户牖。此时吸两瓯，吟诗五百一作两三首。

施家有两儿，以艺干齐楚。文武各自备，托身为得所。孟公问其术，我子亲教汝。秦卫两不成，失时成龃龉。

止宿鸳鸯鸟，一雄兼一雌。衔花相共食，刷羽每相随。戏入烟霄里，宿归沙岸湄。自怜生处乐一作乐处，不夺凤凰池。

或有衒行人，才艺过周孔。见罢头兀兀，看时身侗侗。绳牵未肯行，锥刺犹不动。恰似羊公鹤，可怜生氃氋。上徒红切，下名孔切。

少小带经锄，本将兄共居。缘遭他辈责，剩被自妻疏。抛绝红尘境，常游好阅书。谁能借一作惜一斗水，活取辙中鱼。

变化计无穷，生死竟不止。三途鸟雀身，五岳龙鱼已。世浊作羪羺上女奚切，下奴沟切。胡羊也，时清为騄駬。前回是富儿，今度成贫士。

书判全非弱，嫌身不得官。铨曹被拗折，洗垢觅疮瘢。必也关天命一作保，今冬更试看。盲儿射雀目，偶中亦非难。

贫驴欠一尺，富狗剩三寸。若分贫不平，中半富与困。始取驴饱足，却令狗饥顿。为汝熟思量，令我也愁闷。

柳郎八十二，蓝嫂一十八。夫妻共百年，相怜情狡猾。弄璋字乌䰩，掷瓦名婠妠上一丸切，下奴答切。屡见枯杨荑，常遭青女杀。

大有饥寒客，生将兽鱼殊。长存磨石下一作庙下石，时哭一作笑路边隅。累日空思饭，经冬不识襦。唯赍一束草，并带五升麸。

赫赫谁垆肆，其酒甚浓厚。可怜高幡帜，极目平升斗。何意讶不售，其家多猛狗。童子欲一作若来沽，狗咬便是走。

吁嗟浊滥处，罗刹共贤人。谓是等一作荒流类，焉知道不亲。狐假师子势，诈妄却称珍。铅矿入炉冶，方知金不知一作精。

田家避暑月，斗酒共谁欢。杂杂排山果，疏疏围酒樽。芦莦将代席，蕉叶且充盘。醉后支颐坐，须弥小弹丸。

个是何措大，时来省南院。年可三十馀，曾经四五选。囊里无青蚨，箧中有黄绢一作卷。行到食店前，不敢暂回面。

为人常吃用，爱意须悭惜。老去不自由，渐被他推一作催斥。送向荒山头，一生愿虚掷。亡羊罢补牢，失意终无极。

浪造凌霄阁，虚登百尺楼。养生仍夭命，诱读讵封侯。不用从黄口一作石，何须厌白头。未能端似箭，且莫曲如钩。

云山叠叠连天碧，路僻林深无客游。远望孤蟾明皎皎，近闻群鸟语一作弄啾啾。老夫独坐栖青嶂，少室闲居任白头。可叹往年与今日，无心还似水东流。

富贵疏亲聚，只为多钱米。贫贱骨肉离，非关少兄弟。急须归去来，招贤阁未启。浪行朱雀街，踏破皮鞋底。

我见一痴汉，仍居三两妇。养得八九儿，总是随宜手。丁防一作户是新差，资财非旧有。黄蘖作驴鞧，始知苦在后。

新谷尚未熟，旧谷今已无。就贷一斗许，门外立踟蹰。夫出教问妇，妇出遣问夫。悭惜不救乏，财多为累愚。

大有好笑事，略陈三五个。张公富奢华，孟子贫轗轲。只取侏儒饱，不怜方朔饿。巴歌唱者多，白雪无人和。

老翁娶少妇，发白妇不耐。老婆嫁少夫，面黄夫不爱。老翁娶老婆，一一无弃背。少妇嫁少夫，两两相怜态。

雍容美少年，博览诸经史。尽号曰先生，皆称为学士。未能得官职，不解秉耒耜。冬披破布衫，盖是书误己。

鸟语一作弄情不堪，其时卧草庵。樱桃红烁烁，杨柳正毵毵。旭日衔青嶂，晴云洗渌潭。谁知出尘俗，驭上寒山南。

昨日何悠悠，场中可怜许。上为桃李径，下作兰荪渚。复有绮罗人,舍中翠毛羽。相逢欲相唤,脉脉不能语。

丈夫莫守困,无钱须经纪。养得一牸牛,生得五犊子。犊子又生儿,积数无穷已。寄语陶朱公,富与君相似。

之子何惶惶一作遑遑,卜居须自审。南方瘴疠多,北地风霜甚。荒陬不可居,毒川难可饮。魂兮归去来,食我家园葚。

昨夜梦还家一作乡,见妇机中织。驻梭如有思,擎梭似无力。呼之回面视,况复不相识。应是别多年,鬓毛非旧色。

人生不满百,常怀千载忧。自身病始可,又为子孙愁。下视禾根土,上看桑树头。秤锤落东海,到底始知休。

世有一等流,悠悠似木头。出语无知解,云我百不忧。问道道不会,问佛佛不求。子细推寻著,茫然一场愁。

董郎年少时,出入帝京里。衫作嫩鹅黄,容仪画相似。常骑踏雪马,拂拂红尘起。观者满路旁,个是谁家子。

个是谁家子,为人大被憎。痴心常愤愤,肉眼醉瞢瞢。见佛不礼佛,逢僧不施僧。唯知打大脔,除此百无能。

人以身为本,本以心为柄。本在心莫邪,心邪丧本命。未能免此殃,何言懒照镜。不念金刚经,却令菩萨病。

城北仲家翁,渠家多酒肉。仲翁妇死时,吊客满堂屋。仲翁自身亡,能无一人哭。吃他杯脔者,何太冷心腹。

下愚读我诗,不解却嗤诮。中庸读我诗,思量云甚要。上贤读我诗,把著满面笑。杨修见幼妇,一览便知妙。

自有悭惜人,我非悭惜辈。衣单为舞穿,酒尽缘歌啐。当一作常取一腹饱,莫令两脚儽。蓬蒿钻髑髅,此日君应悔。

我行经古坟,泪尽嗟存没。冢破压黄肠,棺穿露白骨。欹斜有瓮瓶,抾拨无簪笏。风至揽其中,灰尘乱𡋯𡋯。

夕阳赫一作下西山,草木光晔晔。复有朦胧处,松萝相连接。此中多伏虎，见我奋迅鬣。手中无寸刃，争不惧慑慑。

出身既扰扰，世事非一状。未能舍流俗，所以相追访。昨吊徐五死，今送刘三葬。终一作日日不得闲，为此心凄怆。

有乐且须乐，时哉不可失。虽云一百年，岂满三万日。寄世是须臾，论钱莫啾唧。孝经末后章一作篇，委曲陈情毕。

独坐常忽忽，情怀何悠悠。山腰云缦缦一作漫漫，谷口风飕飕。猿来树袅袅，鸟入林啾啾。时催鬓飒飒，岁尽老惆惆。

一人好头肚，六艺尽皆通。南见驱归一作趁向北，西风一作见趁向东。长漂如泛萍，不息似飞蓬。问是何等色，姓贫名曰穷。

他贤君即受，不贤君莫与。君贤他见容，不贤他亦拒。嘉善矜不能，仁徒方得所。劝逐子张言，抛却卜商语。

俗薄真成薄，人心个不同。殷翁笑柳老，柳老笑殷翁。何故两相笑，俱行谄诐中。装车竞嵯峨，翻载各泷冻。

是我有钱日，恒为汝贷将。汝今既饱暖，见我不分张。须忆汝欲得，似我今承望。有无更代事，劝汝熟思量。

人生一百年，佛说十二部。慈悲如野鹿，瞋忿一作怒似家狗。家狗趁不去，野鹿常好走。欲伏猕猴心，须听狮子吼。

教汝数般事，思量一作贤知我贤。极贫忍卖屋，才富须买田。空腹不得走，枕头须莫眠。此言期众见，挂在日东边。

寒山多幽奇，登者皆恒慑。月照水澄澄，风吹草猎猎。凋梅雪作花，杌木云充叶。触雨转鲜一作仙灵，非晴不可涉。

有树先林生，计年逾一倍。根遭陵谷变，叶被风霜改。咸笑外凋零，不怜内文采。皮肤脱落尽，唯有贞一作真实在。

寒山有裸虫，身白而头黑。手把两卷书，一道将一德。住不安釜灶，行不赍衣裓。常持智慧剑，拟破烦恼贼。

有人畏白首，不肯舍朱绂。采药空求仙，根苗乱挑掘。数年无效验，痴意瞋佛郁。猎师披袈裟，元非汝使物。

昔时可可贫，今朝一作日最贫冻。作事不谐和，触途成倥偬。行泥屡脚屈，坐社频腹痛。失却斑猫儿，老鼠围饭瓮。

我见世间人，堂堂好仪相。不报父母恩，方寸底模样。欠负他人钱，蹄穿始惆怅。个个惜妻儿，爷娘不供养。兄弟似冤家，心中长怅一作挹怏，忆昔少年时，求神愿成长。今为不孝子，世间多此样。买肉自家噇，抹嘴道我畅。自逞说嘍罗，聪明无益当。牛头努目瞋，出去始时一作始觉时已晌。择佛烧好香，拣僧归供养。罗汉门前乞，趁却闲和尚。不悟无为人，从来无相状。封疏请名僧，倸钱两三样。云光好法师，安角在头上。汝无平等心，圣贤俱不降。凡圣皆混然，劝君休取相。我法妙难思，天龙尽回向。我今稽首礼，无上法中王。慈悲大喜舍，名称满十方。众生作依怙，智慧身金刚。顶礼无所著，我师大法王。一本无我法以下十句。可贵天然物，独一一作立无伴侣。觅他不可见，出入无门户。促之在方寸，延之一切处。你若不信爱，相逢不相遇。

余家有一窟，窟中无一物。净洁空堂堂，光华明日日。蔬食养微躯，布裘遮幻质。任你千圣现，我有天真佛。

男儿大丈夫，作事莫莽卤。劲挺铁石心，直取菩提路。邪路不用行，行之枉辛苦。不要求佛果，识取心王主。

粤自居寒山，曾经几万载。任运遁林泉，栖迟观自在。寒岩人不到，白云常叆叇。细草作卧褥，青天为被盖。快活枕石头，天地任变改。

可重是寒山，白云常自闲。猿啼畅道内，虎啸出人间。独步石可履，孤吟藤好攀。松风清飒飒，鸟语声喧喧。

闲自访高僧，烟山万万层。师亲指归路，月挂一轮灯。

闲游华顶上，日朗昼一作大朗月光辉。四顾晴空里，白云同鹤飞。

世有多事人,广学诸知见。不识本真性,与道转悬远。若能明实相,岂用陈虚愿。一念了自心,开佛之知见。

寒山有一宅,宅中无阑隔。六门左右通,堂中见天碧。房房虚索索,东壁打西壁。其中一物无,免被人来惜。寒到烧软火,饥来煮菜吃。不学田舍翁,广置牛一作田庄宅。尽作地狱业,一入何曾极。好好善思量,思量知轨则。

侬家暂下山,入到城隍里。逢见一群女,端正容貌美。头戴蜀样花,燕脂涂粉腻。金钏镂银朵,罗衣绯红紫。朱颜类神仙,香带氛氲气。时人皆顾盼,痴爱染心意。谓言世无双,魂影随他去。狗咬枯骨头,虚自舐唇齿。不解返思量,与畜何曾异。今成白发婆,老陋若精魅。无始由狗心,不超解脱地。

一自遁寒山,养命餐山果。平生何所忧,此世随缘过。日月如逝川,光阴石中火。任你天地移,我畅岩中坐。

我见世间人,茫茫走路尘。不知此中事,将何为去津。荣华能几日,眷属片时亲。纵有千斤金,不如林下贫。

自闻梁朝日,四依诸贤士。宝志万回师,四仙傅大士。显扬一代教,作时如来使。造建一作建造僧伽蓝,信心归佛理。虽乃得如斯,有为多患累。与道殊悬远,折西补东尔。不达无为功,损多益少利一作矣。有声而无形,至今何处去一作是。

吁嗟贫复病,为人绝友亲。瓮里长无饭,甑中屡生尘。蓬庵不免雨,漏榻劣容身。莫怪今憔悴,多愁定损人。

养女畏太多,已生须训诱。捺头遣小心,鞭背令缄口。未解乘机杼,那堪事箕帚。张婆语驴驹,汝大不如一作知母。

秉志不可卷,须知我匪席。浪造山林中,独卧盘陀石。辩士来劝余,速令受金璧。凿墙植蓬蒿,若此非有益。

以我栖迟处,幽深难可论。无风萝一作藤自动,不雾竹长昏。涧水缘谁咽，山云忽自屯。午时庵内坐，始觉日头暾。

忆昔遇一作惜过逢处，人间逐胜游。乐山登万仞，爱水泛千舟。送客琵琶谷，携琴鹦鹉洲。焉知松树下，抱膝冷飕飕。

报汝修道者，进求虚劳神。人有精灵物，无字复无文。呼时历历应，隐处不居存。叮咛善保护，勿令有点痕。

去年春鸟鸣，此时思弟兄。今年秋菊烂，此时思发生。绿水千肠咽，黄云四面平。哀哉百年内，肠断忆咸京。

多少天台人，不识寒山子。莫知真意度，唤作闲言语。

一住寒山万事休，更无杂念挂心头。闲于石壁题诗句，任运还同不系舟。

可惜百年屋，左倒右复倾。墙壁分散尽，木植乱差横。砖瓦片片落，朽烂不堪停。狂风吹蓦榻，再竖卒难成。

精神殊爽爽，形貌极堂堂。能射穿七札，读书览五行。经眠虎头枕，昔坐象牙床。若无一一作阿堵物，不啻冷如霜。

笑我田舍儿，头颊底絷涩一作澀。巾子未曾高，腰带长时急。非是不及时，无钱趁不及。一日有钱财，浮图顶上立。

买肉血滛滛一作聒，买鱼跳鲅鲅。君身招罪累，妻子成快活。才死渠便嫁一作捷死渠家去，他人谁敢遏。一朝如破床，两个当头脱。

客难一作叹寒山子，君诗无道理。吾观乎古人，贫贱不为耻。应之笑此言，谈何疏阔矣。愿君似今日，钱是急事尔。

从生不往来，至死无仁义。言既有枝叶，心怀便险诐。若其开小道，缘此生大伪。诈说造云梯，削之成棘刺。

一瓶铸金成，一瓶埏泥出。二瓶任君看，那个瓶牢实。欲知瓶有二，须知业非一。将此验生因，修行在今日。

摧残荒草庐，其中烟火蔚。借问群小儿，生来凡几日。门外有三车，迎之不肯出。饱食腹膨脝，个是痴顽物。

有身与无身，是我复非我。如此审思量，迁延倚岩坐。足间青草生，顶上红尘堕。已见俗中人，灵床施酒果。

昨见河边树，摧残不可论。二三馀干在一作蕊卉，千万斧刀痕。霜凋萎疏一作黄叶，波冲枯朽根。生处当如此，何用怨乾坤。

余见僧繇性希奇，巧妙间生梁朝时。道子飘然为殊特，二公善绘手毫挥。逞画图真意气异，龙行鬼走神巍巍。饶邈虚空写尘迹，无因画得志公师。

久住寒山凡几秋，独吟歌曲绝无忧。蓬扉不掩常幽寂，泉涌甘浆长自流。石室地炉砂鼎沸，松黄柏茗乳香瓯。饥餐一粒伽陀药，心地调和倚石头。

丹丘迥耸与云齐，空里五峰遥望低。雁塔高排出青嶂，禅林古殿入虹霓。风摇松叶赤城秀，雾吐中岩仙路迷。碧落千山万仞现，藤萝相接次连谿。

千生万死凡几生一作何时已，生死来去转迷情。不识心中无价宝，犹一作恰似盲驴信脚行。

老病残年百有馀，面黄头白好山居。布裘拥质随缘过，岂羡人间巧样模。心神用尽为名利，百种贪婪进己躯。浮生幻化如灯烬，冢内埋身是有无。

世间何事最堪嗟，尽是三途造罪楂。不学白云岩下客，一条寒衲是生涯。秋到任他林落叶，春来从你树开花。三界横眠闲无一作无一事，明月清风一作清风明月是我家。

昔年曾到大海游，为采摩尼誓恳求。直到龙宫深密处，金关锁断主神愁。龙王守护安耳里，剑客星挥无处搜。贾客却归门内去，明珠元在我心头。

众星罗列夜明深，岩点孤灯月未沉。圆满光华不磨莹，挂在青天是我心。

千年石上古人踪，万丈岩前一点空。明月照时常皎洁，不劳寻讨问西东。

寒山顶上月轮孤，照见晴空一物无。可贵天然无价宝，埋在五阴溺身躯。

我向前溪照碧流，或向岩边坐盘石。心似孤云无所依，悠悠世事何须觅。

我家本住在寒山，石岩栖息离烦缘。泯时万象无痕迹，舒处周流遍大千。光影腾辉照心地，无有一法当现前。方知摩尼一颗珠，解用无方处处圆。

世人何事可吁嗟，苦乐交煎勿底涯。生死往来多少劫，东西南北是谁家。张王李赵权时姓，六道三途事似麻。只为主人不了绝，遂招迁谢逐迷邪。

余家本住在天台，云路烟深绝客来。千仞岩峦深可遁，万重谿涧石楼台。桦巾木屐沿流步，布裘藜杖绕山回。自觉浮生幻化事，逍遥快乐实善一作奇哉。

怜底众生病，餐尝略不厌。蒸豚搵蒜酱，炙鸭点椒盐。去骨鲜鱼脍，兼皮熟肉脸。不知他命苦，只取自家甜。

读书岂免死，读书岂免贫。何以一作似好识字，识字胜他人。丈夫不识字，无处可安身。黄连搵蒜酱，忘计是苦辛。

我见瞒人汉，如篮盛水走。一气将归家，篮里何曾有。我见被人瞒，一似园中韭。日日被刀伤，天生还自有。

不见朝垂露，日烁自消除。人身亦如此，阎浮是寄居。切一作慎莫因循过，且令三毒祛。菩提即烦恼，尽令无有馀。

水清澄澄莹，彻底自然见。心中无一事，水清众兽现一作万境不能转。心若一作既不妄起，永劫无改变。若能如是知，是知无背面。

自从到此天台境，经今早度几冬春。山水不移人自老，见却多少后生人。此首一作拾得诗。

说食终不饱，说衣不免寒。饱吃须是饭，著衣方免寒。不解审思量，只道求佛难。回心即是佛，莫向外头看。

可畏轮回苦，往复似翻尘。蚁巡环未息，六道乱纷纷。改头换面孔，不离旧时人。速了黑暗狱，无令心性昏。

可畏三界轮，念念未曾息。才始似出头，又却遭沉溺。假使非非想，盖缘多福力。争似识真源，一得即永得。

昨日游峰顶，下窥千尺崖。临危一株树，风摆两枝开。雨漂即零落，日晒作尘埃。嗟见此茂秀，今为一聚灰。

自古多少圣，叮咛教自信。人根性不等，高下有利钝。真佛不肯认，置功一作力枉受困。不知清净心，便是法王印。

我闻天台山，山中有琪树。永言欲攀之一作上，莫晓石桥路。缘此生悲叹，幸居将已慕。今日观镜中，飒飒鬓垂素。

养子不经师，不及都亭鼠。何曾见好人，岂闻长者语。为染在薰莸，应须择朋侣。五月贩鲜鱼，莫教人笑汝。

徒闭蓬门坐，频经石火一作岁月迁。唯闻人作鬼，不见鹤成仙。念此那堪说，随缘须自怜。回瞻一作还看郊郭外，古墓犁为田。

时人见寒山，各谓是风颠。貌不起人目，身唯布裘缠。我语他不会，他语我不言。为报往来者，可来向寒山。

自在白云间，从来非买山。下危须策杖，上险捉藤攀。涧底松常翠，谿边石自斑。友朋虽阻绝，春至鸟喧喧一作关。

我在村中住，众推无比方。昨日到城下，却被狗形相。或嫌裤太窄，或说衫少长。挛一作撑却鹞子眼，雀儿舞堂堂。

死生元有命，富贵本由天。此是古人语，吾今非谬传。聪明好短命，痴骇却长年。钝物丰财宝，醒醒汉无钱。

国以人为本，犹如树因地。地厚树扶疏，地薄树憔悴。不得露其根，枝枯子先坠。决陂以取鱼，是取一一作求期利。

众生不可说，何意许颠邪。面上两恶鸟，心中三毒蛇。是渠作障碍，使你事烦拏。举手高一作高攀手弹指，南无佛陀耶。

自乐平生道，烟萝石洞间。野情多放旷，长伴白云间。有路不通世，无心孰可攀。石床孤夜坐，圆月上寒山。

大海水无边，鱼龙万万千。递互相食啖，冗冗痴肉团。为心不了绝，妄想起如烟。性月澄澄朗，廓尔照无边。

自见天台顶，孤高出众群。风摇松竹韵，月现海潮频。下望青山际，谈玄有白云。野情便山水，本志慕道伦。

三五痴后生，作事不真实。未读十卷书，强把雌黄笔。将他儒行篇，唤作贼盗律。脱体似蟫虫，咬破他书帙。

心高如山岳，人我不伏人。解讲围陀典，能谈三教文。心中无惭愧，破戒违律文。自言上人法，称为第一人。愚者皆赞叹，智者抚掌笑。阳焰虚空花，岂得免生老。不如百不解，静坐绝忧恼。

如许多宝贝，海中乘坏舸。前头失却桅，后头又无柁。宛转任风吹，高低随浪簸。如何得到岸，努力莫端坐。

我见凡愚人，多畜资财谷。饮酒食生命，谓言我富足。莫知地狱深，唯求上天福。罪业如毗富，岂得免灾毒。财主忽然死，争共当头哭。供僧读文疏，空是鬼神禄。福田一个无，虚设一群秃。不如早觉悟，莫作黑暗狱。狂风不动树，心真无罪福。寄语冗冗一作兀兀人，叮咛再三读。

劝你三界子，莫作勿道理。理短被他欺，理长不奈你。世间浊滥人，恰似黍黏子。不见无事人，独脱无能比。早须返本源，三界任缘起。清净入如流，莫饮无明水。

三界人蠢蠢，六道人茫茫。贪财爱淫欲，心恶若豺狼。地狱如箭射，极苦若为当。兀兀过朝夕，都不别贤良。好恶总不识，犹如猪及羊。共语如木石,嫉妒似颠狂。不自见己过,如猪在圈卧。不知自偿债,却笑牛牵磨。

人生在尘蒙,恰似盆中虫。终日行绕绕,不离其盆中。神仙不可得一作比,烦恼计无穷。岁月如流水,须臾作老翁。

寒山出此语,复似颠狂汉。有事对面说,所以足人怨。心真一作直出语直,直心无背面。临死度奈河,谁是喽罗汉。冥冥泉台路,被业相拘绊。

我见多知汉,终日用心神。歧路逞喽罗,欺谩一切人。唯作地狱滓,不修正直因。忽然无常至,定知乱纷纷。

寄语诸仁者,复以何为怀。达道见自性,自性即如来。天真元具足,修证转差回。弃本却逐末,只守一场呆。

世有一般人,不恶又不善。不识主人公一作翁,随客处处转。因循过时光,浑是痴肉脔。虽有一灵台,如同客作汉。

常闻释迦佛,先受然灯记。然灯与释迦,只论前后智。前后体非殊,异中无有异。一佛一切佛,心是如来地。

常闻国大臣,朱紫簪缨禄。富贵百千般,贪荣不知辱。奴马满宅舍,金银盈帑屋。痴福暂时扶,埋头作地狱。忽死万事休,男女当头哭。不知有祸殃,前路何疾速。家破冷飕飕,食无一粒粟。冻饿苦凄凄,良由不觉触。

上人心猛利,一闻便知妙。中流心清净,审思云甚要。下士钝暗痴,顽皮最难裂。直待血淋头一作漓,始知自摧灭。看取开眼贼,闹市集人决。死尸弃如尘,此时向谁说。男儿大丈夫,一刀两段截。人面禽兽心,造作何时歇。

我有六兄弟,就中一个恶。打伊又不得,骂伊又不著。处处无奈何,耽财好淫杀。见好埋头爱,贪心过罗刹。阿爷恶见伊,阿娘嫌不悦。昨被我捉得,恶骂恣情掣。趁向无人处,一一向伊说。汝今须改行，覆车须改辙。若也不信受，共汝恶合杀。汝受我调伏，我共汝觅活。从此尽和同，如今过菩萨。学业攻炉冶，炼尽三山铁。至今静恬恬，众人皆赞说。

昔日极贫苦，夜夜数他宝。今日审思量，自家须营造。掘得一宝藏，纯是水精珠。大有碧眼胡，密拟买将去。余即报渠言，此珠无价数。

一生慵懒作，憎重只便轻。他家学事业，余持一卷轻。无心装褾轴，来去省人擎。应病则说药，方便度众生。但自心无事，何处不惺惺。

我见出家人，不入出家学。欲知真出家，心净无绳索。澄澄孤一作绝玄妙，如如无倚托。三界任纵横，四生不可泊。无为无事人，逍遥实快乐。

昨到云霞观，忽见仙尊士。星冠月帔横，尽云居山水。余问神仙术，云道若为比。谓言灵无上，妙药心神秘。守死待鹤来，皆道乘鱼去。余乃返穷之，推寻勿道理。但看箭射空，须臾还坠地。饶你得仙人，恰似守尸鬼。心月自精明，万象何能比。欲知仙丹术，身内元神是。莫学黄巾公巾一云石，握愚自守拟。

余家一作乡有一宅，其宅无正主。地生一寸草，水垂一滴露。火烧六个贼，风吹黑云雨。子细寻本人，布裹真珠尔。

传语诸公子，听说石齐奴。僮仆八百人，水碓三十区。舍下养鱼鸟，楼上吹笙竽。伸头临白刃，痴心为绿珠。

何以长惆怅，人生似朝菌。那堪数十年，亲旧凋落尽。以此思自哀，哀情不可忍。奈何当奈何，托一作脱体归山隐。

褴缕关前业，莫诃今日身。若言由冢墓一作宅，个是极痴人。到头君作鬼，岂令男女贫。皎然易解事，作么无精神。

我见黄河水，凡经几度清。水流如急箭，人世若浮萍。痴属根本业,无明烦恼坑。轮回几许劫,只为造迷盲。

二仪既开辟,人乃居其中。迷汝即吐雾,醒汝即吹风。惜汝即富贵,夺汝即贫穷。碌碌群汉子,万事由天公。

余劝诸稚子,急离火宅中。三车在门外,载你免飘蓬。露地四衢坐,当天万事空。十方无上下,来去一作往任西东。若得个中意,纵横处处通。

可叹浮生人,悠悠何日了。朝朝无闲时,年年不觉老。总为求衣食,令心一作人生烦恼。扰扰百千年,去来三恶道。

时人寻云路,云路杳无踪。山高多险峻,涧阔少玲珑。碧嶂前兼后,白云西复东。欲知云路处,云路在虚空。

寒山栖隐处,绝得杂人过。时逢林内鸟,相共唱山歌。瑞草联溪谷,老松枕嵯峨。可观无事客,憩歇在岩阿。

五岳俱成粉,须弥一寸山。大海一滴水,吸入在一作其心田。生长菩提子,遍盖天中天。语汝慕道者,慎莫绕十缠。

无衣自访觅,莫共狐谋裘。无食自采取,莫共羊谋羞。借皮兼借肉,怀叹复怀愁。皆缘义失所一作所失,衣食常不周。

自羡山间乐,逍遥无倚托。逐日养残躯,闲思无所作。时披古佛书,往往登石阁。下窥千尺崖,上有云盘泊一作礴。寒月冷飕飕,身似孤飞鹤。

我见转轮王,千子常围绕。十善化四天,庄严多七宝。七宝镇随身,庄严甚妙好。一朝福报尽,犹若栖芦鸟。还作牛领虫,六趣受业道。况复诸凡夫,无常岂长保。生死如旋火,轮回似麻稻。不解早觉悟,为人枉虚老。

平野水宽阔,丹丘连四明。仙都最高秀,群峰耸翠屏。远远望何极,矹矹势相迎。独标海隅外,处处播嘉名。

可贵一名山,七宝何能比。松月飕飕冷,云霞片片起。匼匝几重山，回还多少里。溪涧静澄澄，快活无穷已。

我见世间人，生而还复死。昨朝犹二八，壮气胸襟士。如今七十过，力困形憔悴。恰似春日花，朝开夜落尔。

迥耸霄汉外，云里路岧峣。瀑布千丈流，如铺练一条。下有栖心窟，横安定命桥。雄雄镇世界，天台名独超。

盘陀石上坐，溪涧冷凄凄。静玩偏嘉丽，虚岩蒙雾迷。怡然憩歇处，日斜树影低。我自观心地，莲花出淤泥。

隐士遁人间，多向山中眠。青萝疏麓麓，碧涧响联联。腾腾且安乐，悠悠自清闲。免有染世事，心静如白莲。

寄语食肉汉，食时无逗遛。今生过去种，未来今日修。只取今日美，不畏来生忧。老鼠入饭瓮，虽饱难出头。

自从出家后，渐得养生趣。伸缩四肢全，勤听六根具。褐一作揭衣随春冬一作秋，粝食供朝暮。今日恳恳修，愿与佛相遇。

五言五百篇，七字七十九。三字二十一，都来六百首。一例书岩石，自夸云好手。若能会我诗，真是如来母。

世事绕一作何悠悠，贪生早晚一作未肯休。研尽大地石，何时得歇头。四时周一作凋变易，八节急如流。为报火宅主，露地骑白牛。

可笑五阴窟，四蛇共同一作同苦居。黑暗无明烛，三毒递相驱。伴党六个贼，劫掠法财珠。斩却魔军辈，安泰湛如苏。

常闻汉武帝，爰及秦始皇。俱好神仙术，延年竟不长。金台既摧折，沙丘遂灭亡。茂陵与骊岳，今日草茫茫。

忆得二十年，徐步国清归。国清寺中人，尽道寒山痴。痴人何用疑，疑不解寻思。我尚自不识，是伊争得知。低头不用问，问得复何为。有人来骂我，分明了了知。虽然不应对，却是得便宜。

语你出家辈，何名为出家。奢华求养活，继缀族姓家。美舌甜唇嘴，谄曲心钩加。终日礼道场，持经置功课。炉烧神佛香，打钟高声和。六时学一作养客春，昼夜一作夜夜不得卧。只为爱钱财，心中不脱洒。见他高道人，却嫌诽谤骂。驴屎比麝香，苦哉佛陀耶。又见出家儿，有力及无力。上上高节者，鬼神钦道德。君王分辇坐，诸侯拜迎逆。堪为世福田，世人须保惜。下下低愚者，诈现多求觅。浊滥即可知，愚痴爱财色。著却福田衣，种田讨衣食。作债税牛犁，为事不忠直。朝朝行弊恶，往往痛臀脊。不解善思量，地狱苦无极。一朝著病缠，三年卧床席。亦有真佛性，翻作无明贼。南无佛陀耶，远远求弥勒。

寒岩深更好，无人行此道。白云高岫闲，青嶂孤猿啸。我更何所亲，畅志自宜老。形容寒暑迁，心珠甚可保。

岩前独静坐，圆月当天耀。万象影现中，一轮本无照。廓然神自清，含虚洞玄妙。因指见其月，月是心枢要。

本志慕道伦，道伦常获亲。时逢杜一作社源客，每接话禅宾。谈玄月明夜，探理日临晨。万机俱泯迹，方识本来人。

元非隐逸士，自号山林人。仕鲁蒙帻帛，且爱裹疏巾。道有巢许操，耻为尧舜臣。猕猴罩帽子，学人避风尘。

自古诸哲人，不见有长存。生而还复死，尽变作灰尘。积骨如毗富，别泪成海津。唯有空名在，岂免生死轮。

今日岩前坐，坐久烟云收。一道清溪冷，千寻碧嶂头。白云朝影静，明月夜光浮。身上无尘垢，心中那更忧。

千云万水间，中有一闲士。白日游青山，夜归岩下睡。倏尔过春秋，寂然无尘累。快哉何所依，静若秋江水。

劝你休去来，莫恼他阎老。失脚入三途，粉骨遭千捣。长为地狱人，永隔今生道。勉你信余言，识取衣中宝。

世间一等流，诚堪与人笑。出家弊己身，诳俗将为道。虽著离尘衣，衣中多养蚤。不如归去来，识取心王好。

高高峰顶上,四顾极无边。独坐无人知,孤月照寒泉。泉中且无月,月自在青天。吟此一曲歌,歌终一作中不是禅。

有个王秀才,笑我诗多失。云不识蜂腰,仍不会鹤膝。平侧不解压,凡言取次出。我笑你作诗,如盲徒咏日。

我住在村乡,无爷亦无娘。无名无姓第,人唤作张王。并无人教我,贫贱也寻常。自怜心的实,坚固等金刚。

寒山出此语,此语无人信。蜜甜足人尝,黄蘗苦难近一作吞。顺情生喜悦,逆意多瞋恨。但看木傀儡,弄了一场困。

我见人转经,依他言语会。口转心不转,心口相违背。心真无委曲,不作诸缠盖。但且自省躬,莫觅他替代。可中作得主,是知无内外。

寒山唯白云,寂寂绝埃尘。草座山家有,孤灯明月轮。石床临碧沼,虎鹿每为邻。自羡幽居乐,长为象外人。

鹿生深林中,饮水而食草。伸脚树下眠,可怜无烦恼。系之在华堂,肴膳极肥好。终日不肯尝,形容转枯槁。

花上黄莺子,喧喧一作关关声可怜。美人颜似玉,对此弄鸣弦。玩之能不足,眷恋在龆年。花飞鸟亦散,洒泪秋风前。

栖迟寒岩下,偏讶最幽奇。携篮采山茹,挈笼摘果归。蔬斋敷茅坐,啜啄食紫芝。清沼濯瓢钵,杂和煮稠稀。当阳拥裘坐,闲读古人诗。

昔日经行处,今复七十年。故人无来往一作往来,埋在古冢间。余今头已白,犹守片云山。为报后来子一作者,何不读古言。

欲向东岩去,于今无量年。昨来攀葛上,半路困风烟。径窄衣难进,苔黏履不全。住兹丹桂下,且枕白云眠。

我见利智人,观者便知意。不假寻文字,直入如来地。心不逐诸缘,意根不妄起。心意不生时,内外无馀事。

身著空花衣，足蹑龟毛履。手把兔角弓，拟射无明鬼。

君看叶里花，能得几时好。今日畏人攀，明朝待谁扫。可怜娇艳情，年多转成老。将世比于花，红颜岂长保。

画栋非吾宅，松一作青林是我家。一生俄尔过，万事莫言赊。济渡不造筏，漂沦为采花。善根今未种，何日见生芽。

出生三十年，当一作常游千万里。行江青草合，入塞红尘起。炼药空求仙，读书兼咏史。今日发寒山，枕流兼洗耳。

寒山无漏岩，其岩甚济要。八风吹不动，万古人传妙。寂寂好安居，空空离讥诮。孤月夜长明，圆日常来照。虎丘兼虎谿，不用相呼召。世间有王傅，莫把同周邵。我自遁寒岩，快活长歌笑。

沙门不持戒，道士不服药。自古多少贤，尽在青山脚。一本连前作一首。

有人笑我诗，我诗合典雅。不烦郑氏笺，岂用毛公解。不恨会人稀，只为知音寡。若遣趁宫商，余病莫能罢。忽遇明眼人，即自流天下。

三字诗六首

寒山道，无人到。若能行，称十号。有蝉鸣，无鸦噪。黄叶落，白云扫。石磊磊，山隩隩。我独居，名善导。子细看，何相好。

寒山寒，冰锁石。藏山青，现雪白。日出照，一时释。从兹暖，养老客。

我居山，勿人识。白云中，常寂寂。

寒山深，称我心。纯白石，勿黄金。泉声响，抚伯琴。有子期，辨此音。

重岩中，足清风。扇不摇，凉冷一作气通。明月照，白云笼。独自坐，一老翁。

寒山子，长如是。独自居，不生死。

拾遗二首新添

我见世间人，个个争意气。一朝忽然死，只得一片地。阔四尺，长丈二。汝若会出来争意气，我与汝立碑记。

家有寒山诗，胜汝看经卷。书放屏风上，时时看一遍。已上寒山诗，除拾遗二首，老僧相传，其外切依古印本排比次第耳。

全唐诗卷八〇七

拾　得

拾得，贞观中，与丰干、寒山相次垂迹于国清寺。初丰干禅师游松径，徐步赤城道上，见一子，年可十岁。遂引至寺，付库院。经三纪，令知食堂。每贮食滓于竹筒，寒山子来，负之而去。一夕，僧众同梦山王云："拾得打我。"旦见山王，果有杖痕。众大骇，及闾丘太守礼拜后，同寒山子出寺，沉迹无所。后寺僧于南峰采薪，见一僧入岩，挑锁子骨，云取拾得舍利，方知在此岩入灭，因号为拾得岩。今编诗一卷。

诗

诸佛留藏经，只为人难化。不唯贤与愚，个个心构架。造业大如山，岂解怀忧怕。那肯细寻思，日夜怀奸诈。

嗟见世间人，个个爱吃肉。碗碟不曾干，长时道不足。昨日设个斋，今朝宰六畜。都缘业使牵，非干情所欲。一度造天堂，百度造地狱。阎罗使来追，合家尽啼哭。炉子边向火，镬子里澡浴。更得出头时，换却汝衣服。

出家要清闲，清闲即为贵。如何尘外人，却入尘埃里。一向迷本心，终朝役名利。名利得到身，形容已憔悴。况复不遂者，虚用平生志。可怜无事人，未能笑得尔一作汝。

养儿与娶妻,养女求媒娉。重重皆是业,更杀众生命。聚集会亲情,总来看盘饤。目下虽称心,罪簿先注定。

得此分段身,可笑好形质。面貌似银盘,心中黑如漆。烹猪又宰羊,夸道甜如蜜。死后受波吒,更莫称冤屈。

佛哀三界子,总是亲男女。恐沉黑暗坑,示仪垂化度。尽登无上道,俱证菩提路。教汝痴众生,慧心勤觉悟。

佛舍尊荣乐,为愍诸痴子。早愿悟无生,办集无上事。后来出家者,多缘无业次。不能得衣食,头钻入于寺。

嗟见世间人,永劫在迷津。不省这个意,修行徒苦辛。

我诗也是诗,有人唤作偈。诗偈总一般,读时一作者须子细。缓缓细披寻,不得生容易。依此学修行,大有可笑事。

有偈有千万,卒急述应难。若要相知者,但入天台山。岩中深处坐,说理及谈玄。共我不相见,对面似千山。

世间亿万人,面孔不相似。借问何因缘,致令遣如此。各执一般见,互说非兼是。但自修己身,不要言他已。

男女为婚嫁,俗务是常仪。自量其事力,何用广张施。取债夸人我,论情入骨痴。杀他鸡犬命,身死堕阿鼻。

世上一种人,出性常多事。终日傍街衢,不离诸酒肆。为他作保见,替他说道理。一朝有乖张,过咎全归你。

我劝出家辈,须知教法深。专心求出离,辄莫染贪淫。大有俗中士,知非不爱一作受金。故知君子志,任运听浮沉。

寒山住一作自寒山,拾得自拾得。凡愚岂见知,丰干却相识。见时不可见,觅时何处觅。借问有何缘,却道无为力。

从来是拾得,不是偶然称。别无亲眷属,寒山是我兄。两人心相似,谁能徇俗情。若问年多少,黄河几度清。

若解捉老鼠,不在五白猫。若能悟理性,那由锦绣包。真珠入席袋，佛性止蓬茅。一群取相汉，用意总无交。

运心常宽广，此则名为布。辍己惠于人，方可名为施。后来人不知，焉能会此义。未设一庸僧，早拟望富贵。

猕猴尚教得，人何一作可不愤发。前车既落坑，后车须改辙。若也不知此，恐君恶合杀。此一作比来是夜叉，变即成菩萨。

自从到此天台寺，经今早已几冬春。山水不移人自老，见却多少后生人。一作寒山诗。

君不见，三界之中纷扰扰，只为无明不了绝。一念不生心澄然，无去无来不生灭。一本以上二首合作一首。

故林又斩新，剡源溪上人。天姥峡关岭，通同次海津。湾深曲岛间，淼淼水云云。借问松禅客，日轮何处暾。

自笑老夫筋力败，偏恋松岩爱独游。可叹往年至今日，任运还同不系舟。

一入双溪不计春，炼暴黄精几许斤。炉灶石锅频煮沸，土甑久烝气味珍。谁来幽谷餐仙食，独向云泉更勿人。延龄寿尽招手石一作拍手去，此栖终不出山门。

踯躅一群羊，沿山又入谷。看人贪竹塞，且遭豺狼逐。元不出孳生，便将充口腹。从头吃至尾，饷饷无馀肉。

银星钉称衡，绿丝作称纽。买人推向前，卖人推向后。不愿他心一作人怨，唯言我好手。死去见阎王，背后插扫帚。

闭门私造罪，准拟免灾殃。被他恶部童，抄得报阎王。纵不入镬汤，亦须卧铁床。不许雇人替，自作自身当。

悠悠尘里人，常道尘中乐一作常乐尘中趣。我见尘中人，心生多一作多生愍顾。何哉愍此流，念彼尘中苦。

无去无来本湛然，不居内外及中间。一颗水精绝瑕翳，光明透满出人天。

少年学书剑，叱驭到荆一作京州。闻伐匈奴尽，婆娑无处游。归来翠岩下，席草玩一作枕清流。壮士志未骋一作朱绂，猕猴骑土牛。

三界如转轮，浮生若流水。蠢蠢诸品类，贪生不觉死。汝看朝垂露，能得几时子。

闲入天台洞，访人人不知。寒山为伴侣，松下啖灵芝。每谈今古事，嗟见世愚痴。个个入地狱，早晚一作那得出头时。

古佛路凄凄，愚人到却迷。只缘前业重，所以不能知。欲识无为理，心中不挂丝。生生勤苦学，必定睹天一作吾师。

各有天真佛，号之为宝王。珠光日夜照，玄妙卒难量。盲人常兀兀，那肯怕灾殃。唯贪淫泆业，此辈实堪伤。

出家求出离，哀念苦众生。助佛为扬化，令教选路行。何曾解救苦，恣意乱纵横。一时同受溺，俱落大深坑。

常饮三毒酒，昏昏都不知。将钱作梦事，梦事成铁围。以苦欲舍苦，舍苦无出期。应须早觉悟，觉悟自归依。

云山叠叠几千重，幽谷路深绝人踪。碧涧清流多胜境，时来鸟语合人心。

后来出家子，论情入骨痴。本来求解脱，却见一作如何受驱驰。终朝游俗舍，礼念作威仪。博钱沽酒吃，翻成客作儿。

若论常一作无事闲快活，唯有隐居人。林花长似锦，四季色常新。或向岩间坐，旋瞻见桂轮。虽然身畅逸，却一作犹念世间人。

我见出家人，总爱吃酒肉。此合上天堂，却沉归地狱。念得两卷经，欺他道一作市廛俗。岂知廛俗士，大有根性熟。下五首与前长偈语句同。

我见顽钝人，灯心柱一作拄须弥。蚁子啮大树，焉知气力微。学咬两茎菜，言与祖师齐。火急求忏悔，从今辄莫迷。

若见月光明，照烛四天下。圆晖挂太虚，莹净能萧洒。人道有亏盈，我见无衰谢。状似摩尼珠，光明无昼夜。

余住无方所，盘泊一作礴无为理。时陟涅盘山，或玩香林寺。寻常只是闲，言不干名利。东海变桑田，我心谁管你。

左手握骊珠，右手执慧剑。先破一作射无明贼，神珠自吐一作吐光焰。伤嗟愚痴人，贪爱那生厌。一堕三途间，始觉前程险。

般若酒泠泠，饮多人易醒。余住天台山，凡愚那见形。常游深谷洞，终不逐时情。无思亦无虑，无辱也无荣。此下与寒山诗大同小异，语意相涉。

平生何所忧，此世随缘过。日月如逝波，光阴石中火。任他天地移，我畅岩中坐。

嗟见多知汉，终日枉用心。岐路逞喽罗，欺谩一切人。唯作地狱滓，不修来世因。忽尔无常到，定知乱纷纷。

迢迢山径峻，万仞险隘危。石桥莓苔绿，时见白一作片云飞。瀑布悬如练，月影落潭晖。更登华顶上，犹待孤鹤期。

松月一作风冷飕飕，片片云霞起。匼匝几重山，纵目千万里。溪潭水澄澄，彻底镜相似。可贵灵台物，七宝莫能比。

世有多解人，愚痴学闲文。不忧当来果，唯知造恶因。见佛不解礼，睹僧倍生瞋。五逆十恶辈，三毒以为邻。死去入地狱，未有出头辰。

人生浮世中，个个愿富贵。高堂车马多，一呼百诺至。吞并田地宅，准拟承后嗣。未逾七十秋，冰消瓦解去。

水浸泥弹丸，思量无道理。浮沤梦幻身，百年能几几。不解细思惟，将言长不死。诛剥垒千金，留将与妻子。

云林最幽栖，傍涧枕月溪。松拂盘陀石，甘泉涌凄凄。静坐偏佳丽，虚岩曚雾迷。怡然居憩地，日　以下缺。

可笑是林泉，数里少人烟。云从岩嶂起，瀑布水潺潺。猿啼唱道曲，虎啸出人间。松风清飒飒，鸟语声关关。独步绕石涧，孤陟上峰峦。时坐盘陀石，偃仰攀萝沿。遥望城隍处，惟闻闹喧喧。此首系别本增入。

丰　干

丰干禅师，居天台山国清寺。昼则舂米供僧，夜则扃房吟咏。一日骑虎松径来，入国清巡廊唱道，众皆惊怖。尝于京辇为闾丘太守救疾，闾丘之任台州，便至国清问丰干禅院所在，云在经藏后，无人住得。每有一虎，时来此吼。闾丘至师院，开房惟见虎迹。今存房中壁上诗二首。

壁上诗二首

余自来天台，凡一作曾经几万回。一身如云水，悠悠任去来。逍遥绝无闹，忘机隆佛道。世途歧路心，众生多烦恼。兀兀沉浪海，漂漂轮三界。可惜一灵物，无始被境埋。电光瞥然起，生死纷尘埃。寒山特相访，拾得常往来。论心话明月，太虚廓无碍。法界即无边，一法普遍该。

本来无一物，亦无尘可拂。若能了达此，不用坐兀兀。

全唐诗卷八〇八

慧　宣

慧宣，常州法师，与道恭同召。诗三首。

奉和窦使君同恭法师咏高僧二首

竺佛图澄

大誓悯涂炭，乘机入生死。中州法既弘，葛陂暴亦止。乳孔光一室，掌镜彻千里。道盛咒莲华，灾生吟棘子。埋石缘虽谢，流沙化方始。

释僧肇

般若唯绝凿，涅槃固无名。先贤未始觉，之子唱希声。秦王嗟理诣，童寿揖词清。徽音闻庐岳，精难动中京。适验方袍里，奇才复挺生。

秋日游东山寺寻殊昙二法师

木落树萧椮，水清流漻寂。属此悲哉气，复兹羁旅戚。奚用写烦忧，山泉恣游历。万丈窥深涧，千寻仰绝壁。傍岭竹参差，缘崖藤幂苈。行行极幽邃，去去逾空寂。果值息心侣，乔枝方挂锡。围绕悉栴檀，纯良岂沙砾。妙法诚无比，深经解怨敌。心欢即顶礼，道存仍目击。慧刀幸已逢，疑网于焉析。岂直却烦恼，方期拯沉溺。

句

如蒙一被服，方堪称福田。　咏赐玄奘衲袈裟　《三藏法师传》

法　宣

法宣，常州弘业寺沙门，隋末人。入唐，常敕召至东都。诗二首。

爱妾换马

朱鬣饰金镳，红妆束素腰。似云来躞蹀，如雪去飘飖。桃花含浅汗，柳叶带馀娇。骋光将独立，双绝不一作难俱标。

和赵王观妓

桂山留上客，兰室命妖饶。城中画广黛，宫里束纤腰。舞袖风前举，歌声扇后娇。周郎不须顾，今日管弦调。

慧　侣

慧侣，晋陵曲阿人，姓汤，住蒋州大归善寺。诗二首。

听独杵捣衣

非是无人助，意欲自鸣砧。向月怜孤影，承风送迴音。疑捣双丝练，似奏一弦琴。令一作今君闻独杵，知妾有专心。

闻侯方儿来寇

羊皮赎去士，马革敛还尸。天下方无事，孝廉非哭时。

慧　净

慧净，俗姓房氏，真定人。开皇、大业中，即擅道誉。贞观初，主纪国寺，房玄龄结为法友。高宗在东宫，复请为普光寺主。诗四首。

和琳法师初春法集之作

鹫岭光前选，祇园表昔恭。哲人崇踵武，弘道会群龙。高座登莲叶，麈尾振霜松。尘飞扬雅梵，风度引疏钟。静言澄义海，发一作丛论上词锋。心虚道易合，迹广席难重。和风动淑气，丽日启时雍。高才掞雅什，顾己滥朋从。因兹仰积善，灵华庶可逢。

与英才言聚赋得升天行

驭风过阆苑，控鹤下瀛洲。欲采三芝秀，先从千仞游。驾凤吟虚管，乘槎泛浅流。颓龄一已驻，方验大椿秋。

和卢赞府游纪国道场

日光通汉室，星彩晦周朝。法城从此构，香阁本岧峣。株盘仰承露，刹凤俯摩霄。落照侵虚牖，长虹拖跨桥。高才暂骋目，云藻随一作遂飘飖。欲追千里骥，终是谢连镳。

冬日普光寺卧疾值雪简诸旧游

卧疴苦留滞，辟户望遥天。寒云舒复卷，落雪断还连。凝华照书阁，飞素涴琴弦。回飘洛神赋，皎映齐纨篇。萦阶如鹤舞，拂树似花鲜。徒赏丰年瑞，沉忧终自怜。

杂　言 一作义净诗

观化祇山顶，流睇古王城。万载池犹洁，千年苑尚清。仿佛影坚路，摧残广胁楹。七宝仙台亡旧迹，四彩天花绝雨声。声华日以远，自恨生何晚。既伤火宅眩中门，还嗟宝渚迷长坂。步陟平郊望，心游七海上。扰扰三界溺邪津，浑浑万品忘真匠。唯有能仁独圆悟，廓尘静浪开玄路。创逢肌命弃身城，更为求人崩意树。持囊毕契戒珠净，被甲要心忍衣固。三祇不倦陵二车，一足忘劳超九数。定潋江清沐久结，智剑霜凝斩新雾。无边大劫无不修，六时愍生遵六度。度有流光功德收，金河示灭归常住。鹤林权唱演功周，圣德佳音传馀响。龙宫秘典海中探，石室真言山处仰。流教在兹辰，传芳代有人。沙河雪岭迷朝径，巨海鸿崖乱夜津。入万死，求一生。投针偶穴非同喻，束马悬车岂等程。不徇今身乐，无祈后代荣。誓舍危躯追胜义，咸希毕契传灯情。劳歌勿复陈，延眺且周巡。东睇女峦留二迹，西驰鹿苑去三轮。北睨舍城池尚在，南睎尊岭穴犹存。五峰秀，百池分。粲粲鲜花明四曜，辉辉道树镜三春。扬锡指山阿，携步上祇陀。既睹如来叠衣石，复观天授进馀峨。伫灵镇梵岳，凝思遍生河。金花逸掌仪前奉，芳盖陵虚殿后过。旋绕经行砌，目想如神契。回斯少福涧生津，共会龙华舍尘翳。

海　顺

海顺，姓任氏，蒲坂人。隋代出家仁寿寺，武德初元示化。诗三首。

三不为篇

我欲偃文修武，身死名存。斫石通道，祈井流泉。君肝在内，我身处边。荆轲拔剑，毛遂捧盘。不为则已，为则不然。将恐两虎共斗，势不俱全。永□今好，长绝来怨。是以返迹荒径，息影柴门。第十三句缺一字。

我欲刺股锥刃，悬头屋梁。书临雪彩，牒映萤光。一朝鹏举，万里鸾翔。纵任才辩，游说君王。高车反邑，衣锦还乡。将恐鸟残以羽，兰折由芳。笼餐讵贵，钩饵难尝。是以高巢林薮，深穴池塘。

我欲衒才鬻德，入市趋朝。四众瞻仰，三槐附交。标形引势，身达名超。箱盈绮服，厨富甘肴。讽扬弦管，咏美歌谣。将恐尘栖弱草，露宿危条。无过日旦，靡越风朝。是以还伤乐浅，非惟苦遥。

道　恭

道恭，苏州法师。贞观中，尝以高行召至京师。诗一首。

出赐玄奘衲袈裟衣应制

福田资象德，圣种理幽熏。不持金作缕，还用彩成文。朱青自掩映，翠绮相氤氲。独有离离叶，恒向稻畦分。

辨　才

辨才，唐初人，姓袁氏。居越州永钦寺，智永弟子。诗一首。

设缸面酒款萧翼探得来字

何延之《兰亭记》云：太宗购右军书，独未得兰亭真迹。初此记在右军七代孙智永所，永传才师，才凿梁上贮之，保惜甚至。太宗尝敕召才，面问数四，固以亡失对。帝知不可夺，以翼多权谋，令充使诡取。翼改服，称山东书生，携二王杂帖数通赴越州，径造才院。才一见款密，留宿，设缸面酒。江东缸面，犹河北称瓮头，盖初熟酒也。各探韵赋诗。经旬朔，谈论翰墨，出所携帖示之。才云："此未佳。"因言藏有《兰亭》于梁上。出视之，翼故疑为响拓，驳辨，留置几案。一日，伺其不在，径取之，乘驿归，上太宗报命。授翼员外郎，仍赐才物三千段，谷三千石。才惊惋，岁馀卒。

初酝一缸开，新知万里来。披云同落寞，步月共裴回。夜久孤琴思，风长旅雁哀。非君有秘术，谁照不然灰。

僧　凤

僧凤，姓萧氏。少工文翰，师粲大师为僧。贞观中，召主普集、定水二寺。诗一首。

书遗文后

苦哉黑闇女，乐矣功德天。智者俱不受，愚夫纳二边。我奉能仁教，归依弥勒前。愿阐摩诃衍，成就那罗延。

利　涉

利涉，西域婆罗门也，从玄奘三藏入中国。诗一首。

讥韦玎吟以韦字为韵

高僧本传：明皇开元初，秘校韦玎奏释道二教蠹政，欲与定胜负。帝集三教内殿。玎与涉辨理屈，涉复以韦字为韵，揭调长吟云云。帝忆阿韦之事，凛然变色，贬玎象州，以钱绢赉涉造寺。

我之佛法是无为，何故今朝得有为。无韦始得三数载，不知此复是何韦。

道　会

道会，姓史氏，犍为武阳人，住益州严远寺。贞观中入京，被诬系狱，放归卒。诗一首。

别三辅诸僧

去住俱为客，分悲损性情。共作无期别，谁能访死生。

中　瘖

中瘖，蜀州僧。诗一首。

赠王仙柯

《诗话总龟》云：仙柯，蜀人，住青城翠围山下，在仪凤中得道仙去。中殇于龙池山遇之，曰："闻仙名已久，胡为在此？"仙柯曰："吾等有灵药，止能飞步。今全家隐于后山，更修道法耳。"殇赠以诗。

瞻思不及望仙兄，早晚升霞入太清。手种一株松未老，炉烧九转药新成。心中已得黄庭术，头上应无白发生。异日却归华表语一作柱，待教凡俗普闻名。

义　净 一作净义

义净，字文明，范阳人，俗姓张氏。咸亨初，往西域，遍历三十馀国，经二十五年，求得梵本四百部，归译之。诗六首。

在西国怀王舍城 一三五七九言

游，愁。赤县远，丹思抽。鹫岭寒风驶，龙河激水流。既喜朝闻日复日，不觉颓年秋更秋。已毕耆山本愿城难遇，终望持经振锡住神州。

与无行禅师同游鹫岭瞻奉既讫遐眺乡关无任殷忧聊述所怀为杂言诗 一作慧净诗

观化祇山顶，流睇古王城。万载池犹洁，千年苑尚清。仿佛影坚路，摧残广胁峪。七宝仙台亡旧迹，四彩天花绝雨声。声华日以远，自恨生何晚。既伤火宅眩中门，还嗟宝渚迷长坂。步陟平郊望，心游七海上。扰扰三界溺邪津，浑浑万品亡真匠。唯有能仁独圆悟，廓尘静浪开玄路。创逢肌命弃身城，更为求人崩意树。持囊毕契戒珠净，被甲要心忍衣固。三祇不倦陵二车，一足忘劳超九数。定潋江清沐久结，智剑霜凝斩新雾。无边大劫无不修，六时愍生遵六度。度有流光功德收，金河示灭归常住。鹤林权唱演功周，圣徒往昔一作圣得佳音传馀响。龙宫秘典海中探，石室真言山处仰。流教在兹辰，传芳代有人。沙河雪岭迷朝径，巨海鸿崖乱夜津。入万死，求一生。投针偶穴非同喻，束马悬车岂等程。不徇今身乐，无祈后代荣。誓舍危躯追胜义，咸希毕契传灯情。劳歌勿复陈，延眺且周巡。东睇女峦留二迹，西驰鹿苑去三轮。北睨舍城池尚在，南睎尊岭穴犹存。五峰秀，百池分。粲粲鲜花明四曜，辉辉道树镜三春。扬锡指山阿，携步上祇陀。既睹如来叠衣石，复观天授迸馀峨。伫灵镇梵岳，凝思遍生河。金花逸掌仪前奉，芳盖陵虚殿后过。旋绕经行砌，目想如神契。回斯少福涧生津，共会龙华舍尘翳。

玄逵律师言离广府还望桂林去留怆然自述赠怀

标心之梵宇，运想入仙洲。婴痼乖同好，沉情阻若抽。叶落乍难聚，情离不可收。何日乘杯至，详观演法流。

余以咸亨元年在西京寻听于时与并部处一法师莱州弘祎论师更有三二诸德同契鹫岭标心觉树然而一公属母亲之年老遂怀恋于并州祎师遇玄瞻于江宁乃叙情于安养玄逵既到广府复阻先期唯与晋州小僧善行同去神州故友索尔分飞印度新知冥焉未会此时踯躅难以为怀戏拟四愁聊题两绝

我行之数万，愁绪百重思。那教六尺影，独步五天陲。

上将可陵师，匹士志难移。如论惜短命，何得满长祇。

西域寺

众美仍罗列，群英已古今。也知生死分，那得不伤心。

道希法师求法西域终于庵摩罗跋国后因巡礼希公住房伤其不幸聊题一绝

百苦忘劳独进影，四恩在念契流通。如何未尽传灯志，溘然于此遇途穷。

宝　月

宝月，开元时，与无畏法师译经十馀部。诗一首。

行路难

君不见孤雁关外发，酸嘶度杨越。空城客子心肠断，幽闺思妇气欲绝。凝霜夜下拂罗衣，浮云中断开明月。夜夜遥遥徒相思，年年望望情不歇。取我匣中青铜镜，情人为我一作君除白发。行路难，行路难。夜闻南城汉使度，使我流泪忆长安。

景　云

景云，善草书，与岑参同时。诗三首。

老　僧 一作郑綮诗

日照西山雪，老僧门始一作未开。冻瓶粘柱础，宿火焰炉灰。童子病归去，鹿麑寒入来。斋钟知渐近一作远，枝鸟下一作上生台。

谿　叟

谿翁居处静，谿鸟入门飞。早起钓鱼去，夜深乘月归。露香菰米熟，烟暖荇丝肥。潇洒尘埃外，扁舟一草衣。

画　松

画松一似真松树，且待寻思记得无。曾在天台山上见，石桥南畔第三株。

理　莹

理莹，与寇坦同时。诗一首。

送戴三征君还谷口旧居

岩穴多遗秀，弓一作公车屡远招。周王尊渭叟，颍客傲唐尧。出处天波洽，关河地势遥。瞻星吴郡夜，作雾华山朝。清论虚重席，闲居挂一瓢。渔歌思坐酌，宸渥宠行轺。春为荷裳暖，霜因葛履消。层崖悬瀑溜，万壑振清飙。谷鸟犹一作还迁木，场驹正一作会食苗。谢安何日起，台鼎伫君调。

金地藏

金地藏，新罗国王子。至德初，航海居九华山。诗一首。

送童子下山

空门寂寞汝思家，礼别云房下九华。爱向竹栏骑竹马，懒于金地聚金沙。添瓶涧底休招月，烹茗瓯中罢弄花。好去不须频下泪，老僧相伴有烟霞。

怀　素

怀素，京兆人，姓范(一作钱)。从玄奘法师出家。上元三年，诏住西太原寺，寻归西京。以草书名。诗二首。

题张僧繇醉僧图

人人送酒不曾沽，终日松间挂一壶。草圣欲成狂便发，真堪画入醉僧图。

寄衡岳僧

祝融高座对寒峰，云水昭丘几万重。五月衲衣犹近火，起来白鹤冷青松。

全唐诗卷八〇九

灵　一

灵一，姓吴氏，广陵人，居馀杭宜丰寺。禅诵之暇，辄赋诗歌，与朱放、张继、皇甫曾诸人为尘外友。诗一卷。

酬皇甫冉西陵见寄 一作西陵渡

西陵潮信满，岛屿没一作入中流。越客依风水，相思南渡头。寒光生极浦，落日一作暮雪映沧洲。何事扬帆去，空惊海一作江上鸥。

溪行即事

近夜山更碧，入林溪转清。不知伏牛事一作路，潭洞何从横。野一作曲岸烟初合，平湖月未生。孤舟屡失道，但听秋泉声。

栖霞山夜坐

山头戒坛路，幽映雪一作云岩侧。四面青石床，一峰苔藓色。松风一作风松静复起，月影开还黑。何独乘夜来，殊非昼一作书，一作画。所得。

宿天柱观 一作宿灵洞观

石室初一作因投宿，仙翁喜暂一作幸见容。花源隔一作随水见一作远，洞府过山逢。泉涌阶前地，云生户外峰。中宵自入定，非是欲降龙。

酬皇甫冉将赴无锡于云门寺赠别

湖南通古寺，来往意无涯。欲识云门路，千峰到一作向若耶。春山子敬一作猷宅，古木谢敷家。自可长偕隐，那言一作云，一作堪。相去赊。

宜丰新泉

泉源新涌出，洞澈映纤云。稍落芙蓉沼，初淹苔一作碧藓文。素将空意合一作了将空色净，净一作素与众流分。每到一作若对清宵月，泠泠一作然梦里闻。

静林精舍

寺即梁武帝未达时所居。寺中有钟、磬，皆古物，时时有声。在安吉州。精舍一作寺。

静林溪路一作精舍远，萧帝有遗踪。水击罗浮磬，山鸣于阗钟。灯传三世一作际火，树老万一作五株松。无数一作复烟霞色，空闻昔卧龙。

江行寄张舍人

客程终日风尘苦，蓬转还家未有期。林色晓分残雪后，角声寒奏落帆时。月高星使东看远，云破霜鸿北一作逢欲度迟。流荡此心难共说，千峰澄霁隔琼枝。

送王颖悟归左绵 一本无下三字。一作佐归州。

客意天南兴已阑，不堪言别向仙官。梦摇玉珮随旌一作旌节，心到金华忆杏坛。荒郊极望归云尽，瘦马空一作长嘶落日残。想得故山青霭里，泉声入夜独潺潺。

安　公

弥天称圣哲，象法初繄赖。弘道识行藏，匡时知进退。秦王轻与举，习生重酬对。学文古篆中，义显心经内。法服应华夏，金言流海岱。西方浮云间，更陪龙华会。

林　公

支公信高逸，久向山林住。时将孙许游，岂以形骸遇。幸辞天子诏，复览名臣疏。西晋尚虚无，南朝久沦误。因谈老庄意，乃尽逍遥趣。谁为竹林贤，风流相比附。

远　公

远公逢道安，一朝弃儒服。真机久消歇，世教空拘束。誓入罗浮中，遂栖庐山曲。禅经初纂定，佛语新名目。钵帽绝朝宗，簪裾翻拜伏。东林多隐士，为我辞荣禄。

雨后欲寻一作往天目山问元骆二公溪路

昨夜云生天井一作日东，春山一雨一一作几回风。林花并逐溪流下，欲上龙池一作门通不通。

题僧院

虎溪闲月引相过，带雪松枝挂薜萝。无限青山行欲尽，白云深处老僧多。

宿静林寺

山寺门前多古松，溪行欲到已闻钟。中宵引领寻高顶，月照云峰凡几重。

再还宜丰寺

再寻一作过招隐地，重会息一作宿心期。樵客问归日，山僧记别时。野云阴远甸，秋雨涨前陂一作池。勿谓探形胜一作频来此，吾今不好奇。

春日山斋

野径东风起，山扉度日开。晴光拆红萼，流水长青苔。逋客殊未去，芳时已再来。非关恋春草，自是欲裴回。

留别忠州故人 一作惟审诗

一身无定处，万里独销魂。芳草迷归路，春流滴泪痕。几时休旅食，何夜宿江村。欲识相思苦，空山啼暮猿。

送别

凭高莫送远，看欲断归心。别恨啼猿苦，相思流水深。翠云南涧影，丹桂晚山阴。若未来双鹄，辽城何更寻。

送冽寺主之京迎禅和尚

禅门居此地，瞻望在虚空。水国月未上，苍生如梦中。上人知机士，瓶一作引锡慰樊笼。彼土诸梵众，嗟君扬道风。

送王法师之西川

旅游无近远，要自别魂销。官柳乡愁乱，春山客路遥。伴行芳草远一作绿，缘一作随兴野花飘。计日功成后，还将辅圣朝。

送范律师往果州

终南千古后，独尔继卿名。离障非今日，修因是几生。乱峰寒影暮，深涧野流清。远客归心苦，难为此别情。

送明素上人归楚觐省

能将疏懒背时人，不厌孤萍任此身。江上昔年同出处，天涯今日共风尘。平一作小湖旧隐一作径应残雪，芳草归心未隔春。前路倍怜多胜事，到家知庆彩衣新。

项王庙 一作栖一诗

缅想咸阳事可嗟，楚歌哀怨思无涯。八千子弟归何处，万里鸿沟属汉家。弓断阵前争日月，血流垓下定龙蛇。拔山力尽乌江水，今日悠悠空浪花。

酬陈明府舟中见赠

长溪通夜静，素舸与人闲。月影沉秋水，风声落暮山。稻花千顷外，莲叶两河间。陶令多真意，相思一解颜。

题东兰若

上人禅室路裴回，万木清阴向日开。寒竹影侵行径石，秋风声一作烟入一作天花香散诵经台。闲云不系从舒卷，狎鸟无机任往来。更惜片阳谈妙理，归时莫待暝钟催。

送朱放

苦见人间世，思归洞里天。纵令山鸟语，不废野人眠。

归岑山过惟审上人别业 一作归岑山留别

禅客无心忆薜萝，自然行径向山多。知君欲问人间事，始与浮云共一过。

于潜道中呈元八处士

一本题上有自青山诣四字，道中下有作字。

苕水滩行浅，潜州路渐深。参差远岫一作村色，迢递野人心。冻涧冰难释，秋山日易阴。不知天目下，何处是一作访云林。

送殷判官归上都

漾舟云路客，来过夕阳时。向背堪遗恨，逢迎宿未期。水容愁暮急，花影动春迟。别后王孙草，青青入梦思。

赠别皇甫曾

幽人从远岳，过客爱春一作青山。高驾能相送，孤游一作舟且未还。紫苔封井石，绿竹掩一作映柴关。若到云峰外，齐心去住间。

送陈允初卜居麻园

欲向麻源隐，能寻谢客踪。空山几千里，幽谷第三重。茅一作岩宇宁须葺，荷衣不待缝。因君见往事，为我谢乔松。

秋题刘逸人林泉

凉飙乱黄叶，迟客橘阴清。萝径封行迹，云门闭野情。零林秋露响，穿竹暮烟轻。莫恋幽栖地，怀安却败名。

自大林与韩明府归郭中精舍

野客同舟楫，相携复一归。孤烟一作云生暮景，远岫带春晖。不道还山是，谁云向郭非。禅门有通隐，喧寂共忘机。

同使君宿大梁驿

与清江喜皇甫大夫同宿大梁驿诗小异。

旌旗江上出，花外卷帘空。夜色临城月，春寒度水风。虽然行李别，且喜语音同。若问匡庐事，终身愧远公。

题黄公陶翰别业

一作处一诗，一作苏广文诗，题云《自商山宿陶令隐居》。

闻说花源堪避秦，幽寻数月一作日不逢人。烟霞洞里无鸡犬，风雨林间一作中有鬼神。黄公石上三芝秀，陶令门前五柳春。醉卧白云闲入一作作梦，不知何物是吾身。

哭卫尚书

画戟重门楚水阴，天涯欲暮共伤心。南荆双戟痕犹在，北斗孤魂望已深。莲花幕下悲风起，细柳营边晓月临。有路茫茫向谁问，感君空有泪沾襟。

赠灵澈禅师

禅师来往翠微间，万里千峰到一作见剡山。何时共到天台里，身与浮云处处闲。

将出宜丰寺留题山房

池上莲荷一作花不自开，山中流水偶然来。若言聚散定由我，未是回时那得回。

妙乐观 一作题王乔观傅道士所居

王乔所居空山观，白云至今凝不散。坛场月路几千年，往往吹笙下天半。瀑布西行过石桥，黄精采根还采苗。忽见一人檠茶碗，篸一作蓼花昨夜风吹满。自言家一作住处在东坡，白犬相随邀我过。松间石上有棋局，能使樵人烂斧柯。

与元居士青山潭饮茶

野泉烟火白云间，坐饮香茶爱此山。岩下维舟不忍去，青溪流水暮潺潺。

送人得荡子归倡妇 一作行不归

垂涕凭回信，为语柳园人。情知独难守，又是一阳春。

句

滤泉侵月起，扫径避虫行。《丹铅录》

全唐诗卷八一〇

灵　澈

灵澈，字源澄，姓汤氏，会稽人，云门寺律僧也。少从严维学为诗，后至吴兴，与僧皎然游。贞元中，皎然荐之包佶，又荐之李纾，名振辇下。缁流嫉之，造飞语激中贵人，贬徙汀州，会赦归乡。诗一卷，今存十六首。

听莺歌

新莺傍檐晓更悲，孤音清冷啭素枝。口边血出语未尽，岂是怨恨人不知。不食枯桑葚，不衔苦李花。偶然弄枢机，婉转凌烟霞。众雏飞鸣何跼促，自觇游蜂啄枯木。玄猿何事朝夜啼，白鹭长在汀洲宿。黑雕黄鹤岂不高，金笼玉钩伤羽毛。三江七泽去不得，风烟日暮生波涛。飞去来，莫上高城头，莫下空园里。城头鸱乌拾膻腥，空园燕雀争泥滓。愿当结舌含白云，五月六月一声不可闻。

归湖南作

山边水边待月明，暂向人间借路行。如今还向山边去，只有湖水无行路。

初到汀州

初放到沧洲，前心讵解愁。旧交容不拜，临老学梳头。禅室白云去，故山明月秋。几年犹在此，北户水南流。

九日和于使君思上京亲故

清晨有高会，宾从出东方。楚俗风烟古，汀洲草木凉。山情来远思，菊意在重阳。心忆华池上，从容鸳鹭行。

送道虔上人游方

律仪通外学，诗思入玄关。烟景随缘到，风姿与道闲。贯花留净室，咒水度空山。谁识浮云意，悠悠天地间。

送鉴供奉归蜀宁亲

林间出定恋庭闱，圣主恩深暂许归。双树欲辞金锡冷，四花犹向玉阶飞。梁山拂汉分清境，蜀雪和烟惹翠微。此去不须求彩服，紫衣全胜老莱衣。

天姥岑望天台山

天台众峰外，华顶当寒空。有时半不见，崔嵬在云中。

远公墓

古墓石棱棱，寒云晚景凝。空悲虎溪月，不见雁门僧。

宿东林寺 一作云门雪夜

天寒猛虎叫岩雪一作穴，林一作松下无人空有月。千年像教今不闻，焚香独为鬼神说。

简寂观

古松古柏岩壁间，猿攀鹤巢古枝折。五月有霜六月寒，时见山翁来取雪。

元日观郭将军早朝

欲曙九衢人更多，千条香烛照星河。今朝始见金吾贵，车马纵横避玉珂。

东林寺酬韦丹刺史

韦丹帅洪州时，灵澈居庐山。丹与为忘形之契，篇什倡和，月居四五。丹寄一诗，寓思归之意，澈答此诗。

年老心闲无外事，麻衣草座亦容身。相逢尽道休官好，林下何曾见一人。

东林寺寄包侍御

古殿清阴山木春，池边跂石一观身。谁能来此焚香坐，共作垆峰二十人。

西林寄杨公

日日爱山归已迟，闲闲空度少年时。余身定寄林中老，心与长松片石期。

答徐广叔四问

童子出家无第行，随师乞食遣称名。长沙岂敢论年几，绛老惟知甲子生。

闻李处士亡

时时闻说故人死，日日自悲随老身。白发不生应不得，青山长在属何人。

句

松树有死枝，冢上唯莓苔。石门无人入，古木花不开。道边古坟
绿竹岁寒在，故人衰老多。答范校书
月色静中见，泉声深处闻。石帆山
古观茅山下，诸峰欲曙时。真人是黄子，玉堂生紫芝。题李尊师堂
禅门至六祖，衣钵无人得。题曹溪能大师奖山居
古墓碑表折，荒垄松柏稀。伤古墓
秋深知气正，家近觉山寒。登梨岭望越中
山僧不记重阳日，因见茱萸忆去年。九日
今非古狱下，莫向斗边看。宿延平怀古
海月生残夜，江春入暮年。
窗风枯砚水，山雨慢琴弦。见《雪浪斋日记》

大　易

大易，公安沙门。诗二首。

湘夫人祠 第三句缺一字

灵祠古木合，波扬大江濆。未□湘南雨，知为何处云。苔痕涩珠履，草色妒罗裙。妙鼓彤云瑟，羁臣不可闻。

赠司空拾遗

侍臣何事辞云陛，江上微云一作吟见雪花。望阁一作阙未承丹凤诏，掩一作开门空对楚一作野人家。陈琳草奏才还在，王粲登楼兴未赊。高馆更容尘外客，仍令归路待一作奉瑶华。

法　照

法照，大历、贞元间僧。诗三首。

寄钱郎中

闭门深树里，闲足鸟来一作为经过。五一作驷马不复贵，一僧谁奈何。药一作稻苗家自有，香饭乞时多。寄语婵娟客，将心向薜萝。

送清江上人

越人僧体古，清虑洗尘劳。一国诗名远，多生律行高。见山援葛藟，避世著方袍。早晚云门去，侬应逐尔曹。僧伽阇衣为方袍。

送无著禅师归新罗

万里归乡路，随缘不算程。寻山百衲弊，过海一杯轻。夜宿依云色，晨斋就水声。何年持贝叶，却到汉家城。

释　洮

释洮，大历时人。诗二首。

游元象泊

空水潮色净，澹然湖上心。舳舻轻且进，汀洲如可寻。秋风洄溯险，落日波涛深。寂寞武陵去，中流方至今。

北原别业

野外车骑绝，古村桑柘阴。流莺出谷静，春草闭门深。学稼农为业，忘情道作心。因知上皇日，凿井在灵一作开松竹林。

庞 蕴

庞蕴，字道玄，衡州衡阳县人。贞元初，谒石头迁有省。迁问曰："子以缁耶，素耶？"蕴曰："愿从所慕。"遂不剃染，世号庞居士。诗七首。

杂 诗

未识龙宫莫说珠，识珠言说与君殊。空拳只是婴儿信，岂得将来诳老夫。

万法从心起，心生万法生。法生同日了，来去在虚行。寄语修道人，空生慎勿生。如能达此理，不动出深坑。

极目观前境，寂寞无一人。回头看后底，影亦不随身。

神识苟能无挂碍，廓周法界等虚空。不假坐禅持戒律，超然解脱岂劳功。

日用事无别，惟吾自偶偕。头头非取舍，处处勿张乖。朱紫谁为号，青山绝点埃。神通并妙用，运水及搬柴。

十方同聚会，个个学无为。此是选佛场，心空及第归。

焰水无鱼下底钩，觅鱼无处笑君愁。可怜谷隐老禅伯，被唾如何见亦羞。

全唐诗卷八一一

护 国

护国，江南人。工词翰，有声大历间。诗十二首。

归 山 作

喧静各有路，偶随心所安。纵然在一作好朝市，终不忘林峦。四皓将拂衣，二疏能挂冠。窗前隐逸传，每日三时一作时三看。靳尚那可论，屈原亦可叹。至今黄泉下，名及青云端。松牖见初月，花间礼古坛。何处论心怀，世上空漫漫。

题醴陵玉仙观歌 一作灵一诗，一作题王乔观傅道士所得。

王乔一去空仙观，白云至今凝不散。星一作苔垣松殿几千秋一作坛场月露几千年，往往笙歌下天半。瀑布西行过石桥，黄精采根还采苗。路逢一作忽见一人擎药一作茶碗，松一作蓼花夜雨风吹满。自言家住一作住处在东坡，白犬相随邀我过。南山一作松间石上有棋局，曾一作能使樵夫一作人烂斧柯。

访云母山僧

森然古岩里一作碧，一作下，净行一番一作高僧。松下滤寒水，佛前挑一作烧夜灯。莲花国土异，贝叶梵书能。想到空王境一作所，无心问一作恋爱憎。

题王班水亭

湖上见秋色，旷然如尔怀。岂惟欢陇亩，兼亦外形骸。待月归山寺，弹琴坐暝斋。布衣闲自贵，何用谒天阶。

山中寄王员外

为问幽兰桂，空山复若何。芬芳终有分，采折更谁过。望在轩阶近，恩沾雨露多。移居倘得地，长愿接琼柯。

许州郑使君孩子一作法振诗

毛骨贵天生，肌肤片玉明。见人空解笑，弄物不知名。国器嗟犹小，门风望益清。抱来芳树下，时引凤雏声。

怆故人旧居

惆怅至日暮，寒鸦啼一作青树林。破阶苔色厚，残壁雨痕深。命与时不遇，福为祸所侵。空馀行一作竹径在，令我叹人吟。

逢灵道士

浮丘山上见黄冠，松柏森森登古坛。一茎青竹以为杖，数颗仙桃仍未餐。长安市里仍卖卜，武陵溪畔每烧丹。缩地往来无定所，花源到处路漫漫。

别盛安

情人取次几淹留，别后南州与北州。月色为怜今夜客，砧声那似去年秋。欲除豺虎论三略，莫对云山咏四愁。亲故相逢且借问，古来无种是王侯。

伤蔡处士

箧中遗草是琅玕，对此空令洒泪看。三径尚馀行迹在，数萤犹是映书残。晨光不借泉门晓，暝色唯添陇树寒。欲问皇天天更远，有才无命说应难。

临川道中

出谷入谷路回转，秋风已至归期晚。举头何处望来踪，万仞千山鸟飞远。

赠张驸马斑竹柱杖

此君与我在云溪，劲节奇文胜杖藜。为有岁寒堪赠远，玉阶行处愿提携。

法 振 一作震，一作贞。

法振，大历、贞元间以诗名。诗十六首。

病愈寄友

哀乐暗成疾，卧中芳月移。西山有清士，孤啸不可追。捣药昼林静，汲泉阴涧迟。微踪与麋鹿，远谢求羊知。

程评事西园之作

谁向春莺道，名园已共知。檐前回水影，城上出花枝。摇拂烟云动，登临翰墨随。相招能不厌，山舍为君移。

陈九溪中草堂

溪草落溅溅，鱼飞入稻田。早寒临洞月，轻素卷帘烟。颓帻题新句，蓑衣象古贤。曙花闲秀色，三十六峰前。

题天长阮少府湖上客归

孤棹移官舍，新农寄楚田。晴林渡海日，春草长湖烟。卧对闲鸥戏，谈经稚子贤。佳期更何许，应向啸台前。

题万山许炼师

道成人不识，流水响空山。花暗轩窗外，云随坐卧间。验图名已久，绝粒事长闲。更欲昆仑去，羞看绛节还。

河源破贼后赠袁将军

白羽三千驻，萧萧万里行。出关深汉垒，带月破蕃营。蔓草河原色，悲笳碎叶声。欲朝王母殿，前路驻高旌。

越中赠程先生

纱帽度残春，虚舟寄一身。溪边逢越女，花里问秦人。古塞连山静，阴霞落海新。有时城郭去，暗与酒家亲。

送常大夫赴朔方

关山今不掩，军候鸟先知。大汉嫖姚入，乌孙部曲随。高旌天外驻，寒角月中吹。归到长安第，花应再满枝。

送人游闽越

不须行借问，为尔话闽中。海岛阴晴日，江帆来去风。道游玄度宅，身寄朗陵公。此别何伤远，如今关塞通。

送褚先生海上寻封炼师

潮落风初定，天吴避客舟。近承三殿旨，欲向五湖游。不厌乌皮几，新缝鹤氅裘。明珠漂断岸，阴火映中流。华盖芝童引，神丹桂女收。悬知居缥缈，因为识浮丘。

送韩侍御自使幕巡海北

微雨空山夜洗兵，绣衣朝拂海云清。幕中运策心应苦，马上吟诗卷已成。离亭不惜花源醉，古道犹看蔓草生。因说元戎能破敌，高歌一曲陇关情。

张舍人南溪别业

新田绕屋半春耕，藜杖闲门引客行。山翠自成微雨色，谿花不隐乱泉声。渔家远到堪留兴，公府悬知欲厌名。入夜更宜明月满，双童唤出解吹笙。

别卢使君归故栅村

归风白马引嘶声，落日犹看楚客情。塞口竹缘空戍没，潮头沙拥慢冈成。松田且欲亲耕种，郡守何偏问姓名。东道宿程投故栅，依依渔父解相迎。

丹阳浦送客之海上

不到终南向几秋，移居更欲近沧洲。风吹雨色连村暗，潮拥菱花出岸浮。漠漠望中春自艳，寥寥泊处夜堪愁。如君岂得空高枕，只益天书遣远求。

月夜泛舟

西塞长云尽，南湖片月斜。漾舟人不见，卧入武陵花。

送友人之上都

玉帛征贤楚客稀，猿啼相送武陵归。湖头望入桃花去，一片春帆带雨飞。

句

画鼓催来锦臂襄，小娥双起整霓裳。柘枝　见《韵语阳秋》

全唐诗卷八一二

清　江

清江，会稽人，善篇章。大历、贞元间，与清昼齐名，称为会稽二清。诗一卷。

早发陕州途中赠严秘书

此身虽不系，忧道亦劳生。万里江湖梦，千山雨雪行。人家依旧垒，关路闭层城。未尽一作绝交河虏，犹屯细柳兵一作营。艰难嗟远客一作道，栖托赖深情。贫病一作苦吾将一作何有，精修许一作谢少卿。

早春书情寄河南崔少府

春一作日日春一作东风至，阳和似不均。病身一作安空益老，愁一作衰鬓不知春。宇宙成遗物，光阴促幻身。客游伤末路，心事向行一作何人。道薄犹怀土一作玉，时难欲厌贫。微才如可寄，赤县有乡亲。

春游司直城西鸬鹚谿别业

别墅军城下，闲喧未可齐。春深花蝶梦，晓隔柳烟鞞。韶景浮寒水，疏杨映绿堤。沿洄看竹色，来往听莺啼。久慢持生术，多亲种药畦。家贫知素行，心苦见清溪。越客初投分，南枝得寄栖。禅机空寂寞，雅趣赖招携。本寺重江外，游方二室西。裴回恋知己，日夕草萋萋。

夕次襄邑

何处戒一作成吾道，经年远路中。客心犹向北，河水自归东。古戍鸣寒角，疏林振夕风。轻舟惟载一作有月，那与故人同。

宿严维宅简章八元 一作宿严秘书宅

佳期曾不远，甲第即南邻。惠爱偏相及，经过岂厌频一作贫。秋寒林一作光寒叶动，夕霁一作露月华新。莫话羁栖事，平原是主人。

赠淮西贾兵马使

破虏功成百战场，天书新拜汉中郎。映门旌旆春风起，对客弦歌白日长。阶下斗鸡花乍发一作折，营南试马柳初黄。由来吴楚一作楚蜀多同调，感激逢君共异乡。

送坚上人归杭州天竺寺

十年劳负笈，经论化中朝。流水知乡近，和风惜别遥。云山零夜雨，花岸上春潮。归卧南天竺，禅心更寂寥。

送赞律师归嵩山 一作无可诗

禅意一作客归心急一作山意，山深定易安。清贫修道苦，孝友别家难。雪路侵溪转，花宫映岳看。到时瞻塔暮，松月向人寒。

上都酬章十八兄

每叹经年别，人生有几年。关河长问道，风雨独随缘。寓蝶成庄梦，怀人识祢贤。徽猷不及此，空愧白华篇。

登楼望月寄凤翔李少尹

陌上凉风槐叶凋，夕阳秋露湿寒条。登楼望月楚山上，月到楼南山独遥。心送秦人趋凤阙，月随阳雁极烟霄。轩车不重无名客，此地谁能访寂寥。

湘川怀古

潇湘连汨罗，复对九嶷一作疑河。浪势屈原冢，竹声渔父歌。地荒征骑少，天暖浴禽多。脉脉东流水一作去，古今同奈何。

七　夕

七夕景迢迢，相逢只一宵。月为开帐烛，云作渡河桥。映水金一作花冠动，当风玉珮摇。惟一作预愁更漏促，离别在明朝。

长安卧病 一作病起

身世足堪悲，空房卧病一作疾时。卷帘花一作槐雨滴，扫石竹阴移。已觉生如梦，堪嗟一作那堪寿不知。未能通法性，讵可免一作见支离。

送婆罗门 一作可止诗

雪岭金河独向东，吴山楚泽意无穷。如今白首乡心尽，万里归程在梦中。

喜皇甫大夫同宿大梁驿

与灵一同使君宿大梁驿诗只差数字。

江头旌旆去，花外卷帘空。夜色临城月，春声渡水风。也知行李别，暂喜话言同。若问庐山事，终身愧远公。

酬姚补阙南仲云溪馆中戏题随书见寄

寺溪临使府，风景借仁祠。补衮周官贵，能名汉主慈。卧云知独处，望月忆同时。忽枉缄中赠，琼瑶满手持。

喜严侍御蜀还赠严秘书

往年分首一作手出咸秦，木落花开秋又春。江客不曾知蜀路，旅魂何处访情人。当时望月思文友，今日迎骢见近臣。多羡二龙同汉代，绣衣芸阁共荣亲。

送韦一作车参军江陵 一作戴叔伦诗

槐花落尽柳阴清，萧索凉天楚客情。海上旧山无的信，东门一作汴东归路不堪行。身随幻境劳多事，迹学禅心厌有名。公子道存知不弃，欲依刘表住南荆。

月夜有怀黄端公兼简朱孙二判官

月照疏林惊鹊飞，羁人此夜共无依。青门旅寓身空老，白首头陀力渐微。屡向曲池陪逸少，几回戎幕接玄晖。四科弟子称文学，五马诸侯是绣衣。江雁往来曾不定，野云摇曳本无机。修行未尽身将尽，欲向东山掩旧扉。

精舍遇雨 一作可止诗

空门寂寂淡吾身，溪雨微微洗客尘。卧向白云情未尽，任他黄鸟醉芳春。

小　雪 一作可止诗

落一作江，一作花。雪临一作随风不厌看，更多还恐蔽一作失林峦。愁人正在书窗下，一片飞来一片寒。

句

万木无一叶，客心悲此时。秋日晚泊　见《吟窗杂录》

全唐诗卷八一三

无　可

无可，范阳人，姓贾氏，岛从弟。居天仙寺，诗名亦与岛齐。集一卷，今编为二卷。

送吕郎中赴沧一作海州

出守沧州去，西风送旆旌。路遥经一作过几郡，地尽到孤城。拜庙千山绿，登一作开楼遍海清一作晴。何人共东望，日一作月向积涛生。

书马如文石门居

别业逸高情，暮泉喧客亭。林回天阙近，雨过石门青。野果谁来拾，山禽独卧听。要迎文会友，时复扫柴扃。

送章正字秩满东归

朝衣登别席，春色满秦关。芸阁吏谁替，海门身又还。寻僧流水僻，见月远林闲。虽是忘机者，难齐去住间。

赋得望远山送客归

遥山寒雨过，正向暮天横。隐隐凌云出一作去，苍苍与一作共水平。何时凝厚地，几处映一作向孤城。归客秋风里，回看伤别情。

送宜春裴宰一作明府是将军旻之孙

垂白方为县,徒一作从知大父雄。山春南去棹,楚夜北飞鸿。叠嶂和云灭,孤城与岭通。谁知持惠化,一境动清一作秋风。

送朴山人归日本

海霁一作际晚帆开,应无乡信催。水从荒外积,人指日边回。望国乘风久,浮天绝岛来。傥因华夏使一作下梦,书札转悠哉。

送姚宰任吉州安福县 一作送王明府之任安福

落絮满衣裳,携琴问酒一作水乡。挂帆南入楚,到县半浮湘。吏散翠禽下,庭闲斑竹长。人安宜一作知远泛,沙上蕙兰香一作芳。

送李少府之任临邛

邛南方作尉,调补一何卑。发论唯公干,承家乃帝枝。山长风袅栈,江荫石和澌。旧井王孙宅,还一作过寻独有期。

游一作庐山寺

千峰路盘一作盘磴尽,林寺昔何一作年名。步步入山影,房房闻水声。多年人迹断一作绝,残照一作日,一作月。石阴一作冰清。自一作便可求居止,安闲过此生。

酬姚员外见过林下

扫苔迎五马,莳一作蔬药过申钟。鹤共林僧见,云随野客逢。入楼山隔水,滴旆露垂松。日暮题诗去,空知雅调重一作浓。

寄华州马戴 一作秋中闻马戴游华山因寄

三峰待秋上，鸟外挂衣巾。犹一作独见无穷景，应非暂往一作住身。水寒仙掌路，山远一作林静，一作云住。华阳人。欲问坛边月，寻思阙复新。

秋夜寄青龙一作龙池寺空贞一作真空二上人

夜来思道侣，木叶向人飘。精舍池边古，秋山树一作月下遥。磬寒一作声彻几里，云白已经宵。未得同居止一作居名世，萧一作翛然自寂寥。

过杏一作石溪寺寄姚员外

门径众峰头，盘岩复转沟。云僧随树老，杏水落江流。峡狖有时到，秦人今日游。谢公多晚眺，此景一作境在南楼。

送僧归中条 一作送觉法师往中条旧隐

夜叶动飘飘，寒来话数宵。卷经归鸟一作物外，转雪过一作下山椒。旧长一作坐松杉大，难行水石遥。元戎宗内学，应就白云招。

送人罢举东游

东堂今已负，况此远行难。兼雨风声过，连天草色干。鸿嘶荒垒闭，兵烧广川寒。若向龙门宿，悬知拭泪看。

金州冬月陪太守游池 一作林下对雪送僧归草堂寺

残腊雪纷纷，林间起送君。苦吟行迥野，投迹向寒云。绝顶晴多去，幽一作遥泉冻不一作未闻。唯应草堂寺，高枕脱人群。

寄青龙寺原一作源上人 一作冬日寄僧友

敛屦一作履入寒竹,安禅过漏声。高杉残子一作叶落,深井冻痕生。罢磬风枝动,悬灯雪屋明。何当招我宿一作友,乘月上方行。

秋寄从兄贾岛 一作秋夜宿西林寄贾岛

暝一作暗虫喧一作分暮色,默思坐一作坐思西林。听雨寒更彻一作尽,开门落叶深。昔因京邑病,并起洞庭心。亦是吾兄事一作弟,迟回共一作直至今。

新　年

燃灯朝复夕,渐作长年身。紫一作白阁未归日,青门又见一作直春。掩关寒过尽,开一作出定草生新。自有林中趣,谁惊岁去一作月频。

夏日送崔秀才游南

南方山水地,念子为贫游。纵是一作便逢佳景一作境,那能缓一作免旅愁。夕阳行远道,烦暑在孤舟。莫向巴江一作山过,猿啼促一作蹙,一作感。泪流。

晚秋酬姚合一作侍御见寄

新命起高眠,江湖空浩然。木衰犹有菊,燕去即无蝉。分察千官内,孤怀远岳边。萧条人外寺,睽阻又一作复经年。

暮秋宿友人居

招我郊居宿,开门但苦吟。秋眠山烧尽,暮歇竹园深。寒浦鸿相叫,风窗月欲沉。翻嫌坐禅石,不在此松阴。

送李骑曹之武宁一作送威武李骑曹之灵武宁省

一岁一归宁，凉天数骑行。河来当塞曲一作尽，一作断，山远与沙平。纵猎旗风卷，听笳帐月生。新鸿引寒色，回日满一作落京城。

秋日寄厉玄先辈

杨柳起秋色，故人犹未还。别离俱一作何自苦一作老，少壮岂能闲。夜雨吟残烛，秋城忆远山。何当一一作同相见，语默此林间。

冬晚与诸文士会太仆田卿宅

从容一作客启华馆，馔玉复烧兰。是岁兹旬尽，良一作青宵几刻一作客残。风一作灯回松竹动，人息斗牛寒。此一作别后思良一作吟集，须一作先期月再圆。

赠诗僧

寒山对水塘一作廊，竹叶影侵堂。洗药冰生岸，开门月满床。病多身又老，枕倦夜兼长。来谒吾曹者，呈诗问否臧。

寒夜过睿川师院

长生推献寿，法坐四朝登。问难无强敌，声名掩古僧。绝尘苔积地，栖竹鸟惊灯。语默俱忘寐，残窗半月棱。

送颢法师往太原讲兼呈一作谒李司徒一作空

近腊辞精舍，并州谒尚一作上公。路长山忽尽，塞广雪无穷。讲席开晴垒，禅衣涉远风。闻经诸弟子，应满此一作北门中。

冬日诸禅自商山礼正师真塔一作喜绪法师往岐阳礼塔回见访

久思今忽一作欲来，双屦污一作滑青苔。拂一作扫雪从山一作云起，过房礼塔回。偈一作句留闲夜作，禅请暂时开。欲作孤云去，赋诗一作此时余不才。

题青龙寺纵公房

从谁得一作传法印，不离上方传。夕磬城霜下，寒房一作窗竹月圆。烟一作灯残衰木畔一作落，客住一作往积一作碛云边。未隐沧洲去，时来于此禅。

赠圭峰禅师 一作寄圭峰宗密师

绝壑禅床底，泉分落石层。雾交高一作露浇齐顶草，云一作雪隐下方灯。朝满倾心客，溪连一作通学道僧。半旬持一作时一食，此事一作行有谁能。

陪姚合游金州南池 一作金州夏晚陪姚合员外游南池

柳暗清波涨，冲萍复漱苔。张筵一作帆白鸟起一作下，扫岸使君来。洲岛秋应没，荷花晚一作晓尽开。高城吹角绝一作罢，骀驭尚裴回。

金州别姚合

日日西亭一作台上，春留到夏残。言之离别易，勉以道途难。山出一千里，溪一作江行三百滩。松间楼里月一作月里，秋入五陵看一作寒。

夏日送田中丞赴蔡州

出守汝一作海南城，应多恋阙情。地遥人久望，风起旆初行。楚庙繁蝉断，淮田细雨生。赏心知有处，蒋宅古津一作松平。

菊

东篱摇落后，密艳被寒催。夹雨惊新拆，经霜忽尽开。野香盈客袖，禁蕊泛天杯。不共春兰并，悠扬远蝶来。

松

枝干怪鳞皴，烟梢出涧新。屈盘高极目，苍翠远惊人。待鹤移阴一作阴移过，听风落子一作子落频。青青寒木外，自与九霄邻。

兰

兰色结春光，氛氲掩众芳。过门阶露一作覆叶，寻泽径连香。畹静风吹乱，亭秋雨引长。灵均曾采一作搴撷，纫珮挂荷裳。

陨　叶

绕巷夹一作隔溪红，萧条逐北风。别林遗宿鸟，浮水载鸣虫。石小埋初尽，枝长落未终。带霜书丽什，闲读白云中。

李常侍书堂

结构因坟籍，檐前竹未生。涂油一作铅窗日早，阅槊幌风轻。息架蛩惊客，垂灯雨过城。已应穷古史，师律孰齐名。

寄和蔡州田郎中一作寄和蔡州中丞题蒋亭

遗迹仍一作路惟留蔡，幽人出汉一作濮朝。门深荒径在，台迥数峰遥。岸石欹相倚一作对，窗松偃未凋。寻思方一去，岂待使君招。

经贞女祠

朝赛暮还祈，开唐复历隋。精诚山雨至，岁月庙松衰。窥穴龙潭黑，过门鸟道危。不同巫峡女，来往楚王祠。

行汉一作竹溪水晚次神滩阻风

惊风山半起，舟子忽停桡。岸荻吹先乱，滩声一作波落更跳。听松今欲暮，过岛或一作忽明朝。若尽平生趣，东浮看石桥。

送田中丞使西戎同用旗字

朝元下赤墀，玉节使西夷。关陇风一作烽回首，河湟雪洒旗。碛砂行几月，戎帐到何时。应尽平生志，高全大国仪。

送董正字归觐毗陵

暂辞雠校去，未发见新鸿。路入江波上，人归楚邑东。山遥晴出树，野极暮连空。何以念兄弟，应思洁膳同。

送邵锡及第归湖州

春关鸟罢啼一作啼罢，归庆浙烟西。郡守招一作邀延重，乡人慕仰一作羡齐。橘青逃一作陶暑寺，茶长一作绿隔湖溪。乘暇知高眺，微应辨会稽。

送薛重中丞充太原副使

中司出华省一作中书华省外，副相晋阳行。书答偏州启，筹参上将营。踏沙夜一作寒马细，吹一作收雨晓笳清。正报胡尘灭，桃花汾水生。

送灵武李侍御

灵州天一涯，幕客似还家。地得江南壤，程分碛里砂。禁盐调上味一作盐调土味贡，麦穗结秋花。前席因筹画，清吟塞日斜。

冬夜姚侍御宅送李廓少府

王事圭峰下，将还禁漏馀。偶欢新岁近，惜别后期疏。雪罢见来吏，川昏聊整车。独吟多暇日，应寄柏台书。

送喻凫及第归阳羡

姓字载科名，无过子最荣。宗中初及第，江上觐难兄。月向波涛没，茶连洞壑生。石桥高思在，且为看东坑。

送沅江宋明府即开府璟之孙

初闻从事日，鄂渚动芳菲。一遂钧衡荐，今为长吏归。人临沅水望，雁映楚山飞。唯有传声政，家风重发挥一作辉。

送薛秀才游河中兼投任郎中留后

诗古一作苦赋纵横，令人畏后生。驾言游禹迹，知己在蒲城。日一作月射云烟一作凝散，风吹草木一作未荣。孤吟临寇境，莫问一作欲请长缨。

寄姚谏议

鸣鞭静路尘，籍籍一作寂寞谏垣臣。函疏辞专一作封还密，炉香立独亲。箧多临水作，窗宿卧云人。危坐开寒纸，灯前起草频。

大理正任二十和江淹拟古诗二十章寄示

不啻回青眼，应疑似碧云。古风真往哲，雅道滥朝闻。活狱威豪右，销时赖典坟。如何经济意，未克致吾君。

寄殿院薛侍御

名高意本一作转闲，浮俗自一作墙仞日难攀。佐蜀连钱出，朝天獬豸还。回翔历清院，弹奏迥离班。休浣通玄旨，留僧昼掩关。一作僧到休挥翰，开轩复解颜。

禅林寺

台山朝佛陇，胜地绝埃氛。冷色石桥月，素光华顶云。远泉和雪溜，幽磬带松闻。终断游方念，炉香继此焚。

全唐诗卷八一四

无　可

奉和裴舍人春日杜城旧事

早晚辞纶綍，观农下杜西。草新池似镜，麦暖土如泥。鵁鹭依川宿一作息，骅骝向野嘶。春来诗更苦，松韵亦含凄。

酬厉侍御秋中思归树石所居见寄

三峰居接近，数里蹑云行。深去通仙境，思归厌宦名。月从高掌出，泉向乱松鸣。坐石眠霞侣，秋来短褐成。

奉和段著作山居呈诸同志三首次本韵

香花怀道侣，巾舄立双童。解印鸳鸿内，抽毫水石中。履温行烧地，衣赤动霞风。又似朝天去，诸僧不可同。

官辞中秘府，疏放野麋齐。偃仰青霄近，登临白日低。折腰窥乳窦，定足涉冰溪。染翰挥岚翠，僧名几处题。

暂收丹陛迹，独往乱山居。入雪知人远，眠云觉俗虚。足垂岩顶石，缨濯洞中渠。只见僧酬答，新归绝蜃书。

春日送丽处士归龙山

爱弟直霜台，家山羡独回。出门时返顾，何日更西来。柳亦临关发，花应到越开。渔舟谁伴上，依旧恣沿洄。

寄兴善寺崔律师

沐浴前朝像，深秋白发师。从来居此寺，未一作应省有东池。幽石丛圭片，孤松动雪枝。顷曾听道话，别起远山思。

送清散一作彻游太白山

卷经归太白，蹑藓别萝龛。若履浮云上，须看积翠南。倚身松入汉，瞑目月离潭。此境堪长往，尘中事可谙。

冬晚姚谏议宅会送元绪上人归南山

禅客诗家见，凝寒忽告一作过还。分题回谏笔，留偈在商关。盘径缘高雪，闲一作开房在半山。自知麋鹿性，亦欲离人间。

送契公自桂阳赴南海

南行登岭首，与俗洗烦埃。磬罢孤舟发，禅移积瘴开。中餐湘鸟下，朝讲海人来。莫便将经卷，炎方去不回。

冬中一作日与诸公会宿姚端公宅怀永乐殷侍御

柱史静开筵，所思何地偏。故人为县吏，五老远峰前。宾榻寒侵树一作烧，公庭夜落泉。会当随假务，一就白云禅。

同刘秀才宿见赠

浮云流水心，只是爱山林。共恨多年别，相逢一夜吟。既能持苦节，勿谓少知音。忆就西池宿，月圆松竹深。

官池上

迥疏城阙内，寒泻出云波。岸广山鱼到，汀闲海鹭过。泛沟侵道急，流叶入宫多。移舸浮中沚，清宵彻晓河。

中秋一本有玩字月

蟾宜天地静，三五对阶蓂。照耀超诸夜，光芒掩众星。影寒池更澈，露冷树销一作梢青。枉值中秋半一作夜，长乖宿洞庭。

雪

松亚竹珊珊，心知万井欢。山明迷旧径，溪满涨新澜。客醉瑶台曙，兵防玉塞寒。红楼知有酒，谁肯学袁安。

宿西岳白石院

白石上嵌空，寒云西复东。瀑流悬住处，雏鹤失禅中。岳壁松多古，坛基雪不通。未能亲近去，拥褐愧相同。

送僧

四海无拘系，行心兴自浓。百年三事衲，万里一枝筇。夜减当晴影，春消过雪踪。白云深处去，知宿在何峰。

送赞律师归嵩山 一作清江诗

禅意归心急，山深定易安。清贫修道苦，孝友别家难。雪路寻溪转，花宫映岳看。到时孤塔暮，松月向人寒。

春晚喜悟禅师自琉璃上方见过

琉璃师到城，谈性外诸经。下岭雪霜在，近人林木清。苔痕深草履，瀑布滴铜瓶。乐问山中事，宵言彻晓星。

秋暮与诸文士集宿姚端公所居

宵清月复圆，共集侍臣筵。独寡区中学，空论树下禅。风多秋晚竹，云尽夜深天。此会东西去，堪愁又隔年。

客中闻从兄岛游蒲绛因寄

遥遥行李心，苍野入寒深。吟待黄河雪，眠听绛郡砧。差期逢缺月，访信出空林。何处孤灯下，只闻嘹唳禽。

送李长吉之任东井

江盘栈转虚，候吏拜行车。家世维城后，官资宰邑初。市饶黄犊卖，田躅白云锄。万里千山路，何因欲寄书。

宿安国简公院 一作安国寺静居法师故院

雨后清凉境，因还一作过欲不回。井甘桐有露，竹迸地多苔。幡映宫墙动，香从御苑一作殿来。青龙旧经疏德山著《青龙疏钞》，寥落有谁开。

京口别崔固

积雨晴时近,西风叶满泉。相逢嵩岳客,共听楚城蝉。宿馆横秋岛,归帆张远田。别君还寂寞,不似剡中年。

中秋夜陇州徐常侍座中咏月

陇城秋月满,太守待停歌。与鹤来松杪,开烟出海波。气笼星欲尽,光满露初多。若遣山僧说,高明不可过。

中秋江驿示韦益

莫惜三更坐,难销万里情。同看一片月,俱在广州城。泪逐金波满,魂随夜鹊惊。支颐乡思断,无语到鸡鸣。

中秋台看月

海雨洗烟埃,月从空碧来。水光笼草树,练影挂楼台。皓耀迷鲸口,晶荧失蚌胎。宵分凭栏望,应合见蓬莱。

中秋夜南楼寄友人

海月出白浪,湖光射高楼。朗吟无绿酒,贱价买清秋。气冷鱼龙寂,轮高星汉幽。他乡此夜客,对酌经多愁。

吊从兄岛

尽日叹沉沦,孤高碣石人。诗名从盖代,谪宦竟终身。蜀集重编否,巴仪薄葬新。青门临旧卷,欲见永无因。

题崔驸马林亭

宫花野药半相和，藤蔓参差惜不科。纤草连门留径细，高楼出树见山多。洞中避暑青苔满，池上吟诗白鸟过。更买太湖千片石，叠成云顶绿嵾峨。

送韩校书赴江西

车马东门别，扬帆过楚津。花繁期到幕，雪在已离秦。吟落江沙月，行飞驿骑尘。猿声孤岛雨，草色五湖春。折苇鸣风岸，遥烟起暮蘋。鄱江连郡府，高兴寄何人。

送姚中丞赴陕州

二陕周分地，恩除左掖臣。门阑开幕重，枪甲下天新。夹道行霜骑，迎风满草人。河流银汉水，城赛铁牛神。意气思高谢，依违许上陈。何妨向红旆，自与白云亲。

送李使君赴琼州兼五州招讨使

分竹雄兼使，南方到海行。临门双旆引，隔岭五州迎。猿鹤同枝宿，兰蕉夹道生。云垂前骑失，山豁去帆轻。雨雾一作露蒸秋岸，浪一作潮涛震夜城。政闲开迥阁，攲枕岛风清。

送姚明府赴招义县

濠梁古县城，结束赴王程。道路携家去，波涛隔月行。车临芳草下，吏踏落花迎。暮郭山遥见一作在，春洲鸟不惊。风烟谯国远，桑柘楚田平。何以书能化，长淮彻海清。

送杜司马再游蜀中

为客应非愿，愁成欲别时。还游蜀国去，不惜杜陵期。剑水啼猿在，关林转栈迟。日光低峡口，雨势出蛾眉。山一作川迥逢一作迟残角，云开识远夷。勿令双鬓发，并向锦城衰。

赠王将军

勋高绝少年，分卫玉阶前。雄勇明王重，温恭执友贤。功书唐史满一作阙，名到虏庭偏。剑彩浮龙影，衣香袭御烟。搜书秋霁阁，走马夕阳田。急兔投深草，瞋鹰下半天。野人盈一作迎邸第，朝客醉盘筵。位在一作立将军列，官随宪府迁。刻心思报国，吁气欲开边。选帅如公议，须知少比肩。

寄羽林卢大夫将军

将军一作焚香直禁闱，绣服耀一作黄金羁。羽卫九天静，英豪四塞知。望云回朔雁，隔水射宫麋一作听水入宫池。旧国无归思，秋堂梦战时。门风荀氏敌，剑艺霍家推。计日旌旄下，萧萧万马随一作里追。

书事寄万年厉员外

帝城皆剧县，令尹美居东。遂拜赵张下，暂离星象中。拥归从北阙，送上动南宫。举起盆中日，驱行草上风。不惊卢犬一作闻灵鹊吠，渐见夏台空。紫禁黄山绕，沧溟素浐通。封疆亲日月，邑里出王公。逐盗千门启，兴祥五稼丰。胥徒迎晓集，赋税共秋终。条教关天道，歌谣入圣聪。土膏寒麦覆，人海昼尘蒙。廨宇松连翠，朝街日一作火散红。文场新桂茂，粉署旧兰崇。留客把一作挥盈爵，抽毫咏早鸿。公与诸文士赋早鸿诗也。前驺潘岳贵，故里邵平穷。劝隐莲峰久，期耕树谷同。凫飞将去叶，剑气尚埋丰。何必华阴土，方垂拂拭功。

小　雪

片片互一作下玲珑，飞扬玉漏终一作露中。乍微全满地，渐密更无风。集物圆方别，连云远近同。作膏凝瘠土，呈瑞下深宫。气射重衣透，花窥小隙通。一作透漏推窗隙，纷纭失药丛。飘秦增旧岭，发汉揽长空。迥冒巢松鹤，孤鸣穴岛虫。过三知腊尽，盈尺贺年丰。委积休闻竹，稀疏渐见鸿。盖沙资澶漫，洒海助冲融。草木潜加润，山河更益雄。因知天地力，覆育有全功。

和宾客相国咏雪诗

近腊千岩白，迎春四气催。云阴连海起，风急度山来。尽日隋堤絮，经冬越岭梅。艳疑歌处散，轻似舞时回。道蕴诗传丽，相如赋骋才。霁添松筱媚，寒积蕙兰猜。暗涨宫池水，平封辇路埃。烛龙初照耀，巢鹤乍裴回。檐日琼先挂，墙风粉旋摧。五门环玉垒，双阙对瑶台。绮席陵寒坐，珠帘远曙开。灵芝霜下秀，仙桂月中栽。卷幌书千帙，援琴酒百杯。垂休编太史，呈瑞表中台。皓夜迷三径，浮光彻九垓。兹辰是丰岁，歌咏属良哉。

中秋夜君山脚下看月

汹涌吹苍雾，朦胧吐玉盘。雨师清滓秽，川后扫波澜。气射繁星灭，光笼八表寒。来驱云涨晚，路上碧霄宽。熠耀游何在，蟾蜍食渐难。棹飞银电碎，林映白虹攒。水魄连空合，霜辉压树干。夜深高不动，天下仰头看。

哭张籍司业

先生抱衰疾,不起茂陵间。夕临诸孤少,荒居吊客还。遗文禅东岳,留语葬乡山。多雨铭旌故,残灯素帐闲。乐章谁与集,垄树即堪攀。神理今难问,予将叫帝关。

寄题庐山二林寺

庐岳东南秀,香花惠远踪。名齐松一作高岭峻,气比沃州浓。积岫连何处,幽崖越几重。双流溢隐隐,九派棹憧憧。山限东西寺,林交旦暮钟。半天倾瀑溜,数郡见炉峰。岩并金绳道,潭分玉像容。江微匡俗路,日杲晋朝松。棕径新苞拆,梅篱故叶壅。岚光生叠砌,霞焰发高墉。窗籁虚闻狖,庭烟黑过龙。定僧仙峤起,逋客虎溪逢。濩落垂杨户,荒凉种杏封。塔留红舍利,池吐白芙蓉。画壁披一作和云见,禅衣对鹤缝。喧经泉滴沥,没履草丰茸。翠窦欹攀乳,苔桥侧杖筇。探奇盈梦想,搜峭涤心胸。冥奥终难尽,登临惜未从。上方薇蕨满,归去养乖慵。

御沟水

鉴禁疏云数道开,垂风岸柳拂青苔。银波玉沫空池去,曾历千岩万壑来。

中秋月彩如昼寄上南海从翁侍御

海静天高景气殊,鲸睛失彩蚌潜珠。不知今夜越台上,望见瀛洲方丈无。

全唐诗卷八一五

皎　然

皎然，名昼，姓谢氏，长城人，灵运十世孙也。居杼山。文章俊丽，颜真卿、韦应物并重之，与之酬倡。贞元中，敕写其文集，入于秘阁。诗七卷。

奉酬于中丞使君郡斋卧病见示一首

宿昔祖师教，了空无不可。枯槁未死身，理心寄行坐。仁公施春令，和风来泽我。生成一草木，大道无负荷。论入空王室，明月开心胸。性起妙不染，心行寂无踪。若非禅中侣，君为雷次宗。比闻朝端名，今贻郡斋作。真思凝瑶瑟，高情属云鹤。抉得骊龙珠，光彩曜掌握。若作诗中友，君为谢康乐。盘薄西山气，贮在君子衿。澄澹秋水影，用为字人心。群物如凫鹥，游翱爱清深。格居第一品，高步凌前躅。精义究天人，四坐听不足。伊昔柳太守，曾赏汀洲蘋。如何五百年，重见江南春。公每省往事，咏歌怀昔辰。以兹得高卧，任物化自淳。还因访禅隐，知有雪山人。

赠李中丞洪一首

深沉阃外略一作权，奕世当荣寄。地裂大将封一作军，家传介珪瑞。至今漳河俗，犹受仁人赐。公初镇惟邢一作淮荆，决胜无精兵。重围逼大敌,六月守孤城。政用仁恕立,恩由赏罚明。遂令麾下士,感德不顾生。于时闻王师,诸将兵颇黩。天子狩南汉,烟尘满函谷。纯臣独耿介,下士多反覆。明公仗忠节,一言感万夫。物性如蒺藜,化作春兰敷。见说一作谗金被烁,终期玉有瑜。移官万里道,君子情何如。伊昔避事心,乃是方袍客。顿了空王一作心旨,仍高致君策。安知七十年,一朝值宗伯。言如及清风,醒然开我怀。宴息与游乐一作遨,不将衣褐乖。海底取明月,鲸一作冲波不可度。上有巨蟒吞,下有一作多毒龙护。一与吾师言,乃于中心悟。咄哉冥冥子,胡为自尘污一作尘自污。

杼山禅居寄赠东溪吴处士冯一首

青云何润泽,下有贤人隐。路入菱湖深,迹与黄鹤近。野风吹白芷,山月摇清轸。诗祖吴叔庠,致君名一作才不尽。身当青山秀,诗曰:"家住青山下。"青山有吴筠故宅,后改为吴筠山。文体多郢声。澄澈湘水碧,泬寥楚山一作天青一作清。时人格不同,至今罕知名。昔贤敦师友,此道君独行。既得庐霍趣,乃高雷远情。别时春风多,扫尽雪山雪。为君中夜起,孤坐石上月。悠然遗尘想,邈矣达性说。故人不在兹,幽桂惜未结。

妙喜寺高房期灵澈上人不至重招之一首

晨起峰顶心,怀人望空碧。扫雪开寺门,洒水净僧席。言笑形外阻,风仪想中觌。驰心惊叶动,倾耳闻泉滴。岂虑咆虎逢,乍疑崩湍隔。前期或不顾,知尔隳常格。如今谁山下一作下山,秋霖步淅沥。吾亦聊自得,行禅荷轻策。松声畅幽情,山意导遐迹。举目无世人,题诗足奇石。贫山何所有,特此邀来客。

奉和薛员外谊赠汤评事衡反招隐之迹一作作兼见寄十二韵

喜友称高儒，旷怀美无度。近为东田诱，遂耽西山趣。庭有介隐心，得无云泉误。府公中司贵，频贻咫尺素。郡佐仙省高，亦赠琼瑶句。诮兹长往志，纡彼独游步。禅子方外期，梦想山中路。艰难亲稼穑，晨夕苦烟雾。曷若孟尝门，日荣国士遇。铿锵聆绮瑟，攀折迩琼树。幽践随鹿麋，久期怨蟾兔。情同不系舟，有迹道所恶。

答黎士曹黎生前适越后之楚

楚木纷如麻，高松自孤直。愿得苦寒枝，与君比颜色。故乡眇天末，羁旅沧江隅。委质在忠信，苦心无变渝。何繇表名义，赠君金辘轳。何以美知才，投我悬黎珠。遽为千里别，南风思越绝。爱君随海鸥，倚棹宿沙月。不栖恶木上，肯蹈巴蛇穴。台人表朝逆命，故君不践其土。一上萧然峰，拟踪幽人辙。晨兴独西望，郢水期溯沿。夜到洞庭月，秋经云梦天。黎生知吾道，此地不潸然。欲寄楚人住，学拏渔子船。奈何北风至，搅我窗中弦。游子动归思，江蓠亦绵绵。箧中封禅书，欲献无由缘。岂乏晨风翼，翻飞到日边。

答豆卢次方

吾爱道交论，为高贵世名。昔称柴桑令，今闻豆卢生。彼生清淮气，独钟文中彩。近作公宴诗，如逢何柳在。吾用古人耳，采君四坐珍。贤士胜朝晖，温温无冬春。朝晖烁我肌，贤士清我神。微尔与云鹄，幽怀何由申。别来秋风至，独坐楚山碧。高月当清冥，禅心正寂历。增波徒相骇，人远情不隔。有书遗琼什，以代貂襜褕。风教凌越绝，声名掩吴趋。悬璧安可酬，徙倚还踟蹰。

答苏州韦应物郎中

诗教殆沦缺，庸音互相倾。忽观风骚韵，会我夙昔情。荡漾学海资，郁为诗人英。格将寒松高，气与秋江清。何必邺中作，可为千载程。受辞分虎竹，万里临江城。到日扫烦政，况今休黩兵。应怜禅家子，林下寂无营。迹隳世上华，心得道中精。脱略文字累，免为外物撄。书衣流埃积，砚石驳藓生。恨未识君子，空传手中琼。安可诱我性，始愿愆素诚。为无鸑鷟音，继公云和笙。吟之向禅薮，反愧幽松声。

答郑方回

独禅外念入，中夜不成定。顾我憔悴容，泽君阳春咏。词贞思且逸，琼彩何晖映。如聆云和音，况睹声名盛。琴语掩为去声闻，山心声宜听。是时寒光澈，万境澄以净。高秋日月清，中气天地正。远情偶兹夕，道用增寥敻。思君处虚空，一操不可更。时美城北徐，家承谷口郑。轩车未有辙，蒿兰且同径。庄生诚近名，夫子罕言命。是以一作时耕楚田，旷然殊独行。萎蕤鸾凤彩，特达圭璋性。通隐嘉黄绮，高儒重荀孟。世污平声我未起，道蹇吾犹病。逸翮思冥冥，潜鳞乐游泳。宗师许学外，恨不逢孔圣。说诗迷颓靡，偶俗伤趋竞。此道谁共一作共谁诠，因君情欲罄。

答俞校书冬夜

夜闲一作来禅用精，空界亦清迥。子真仙曹吏，好我如宗炳。一宿觌幽胜，形清烦虑屏。新声殊激楚，丽句同歌郢。遗此感予怀，沉吟忘夕永。月彩散瑶碧，示君禅中境。真思在杳冥，浮念寄形影。遥得四明心答四明，何须蹈岑岭。诗情聊作用，空性惟一作复寂静。

若许林下期,看君辞簿领。

妙喜寺达公禅斋寄李司直公孙房都曹德裕从事方舟颜武康士骋四十二韵

我祖传六经,精义思朝彻。《庄子》曰:守之九日而后能外生,外生而后能朝彻。方舟颇周览,逸书亦备阅。墨家伤刻薄,墨流刻薄而不仁,可以理身,不可以济世。儒氏知优劣。弱植庶可凋,苦心未尝辍。中年慕仙术,永愿传其诀。岁驻若木景,日餐琼禾屑。婵娟羡门子,斯语岂徒设。天上生白榆,葳蕤信好折。实可反柔颜,花堪养玄发。求之性分外,业弃金亦竭。药化成白云,形凋辞素穴。素穴,山名。一闻西天旨,初禅已无热。第四禅中有天名无热,无三灾之患,故以为名。今初禅即得,盖诗人美已证超出常。涓子非我宗,然公有真诀。却寻丘壑趣,始与缨绂别。野饭敌膏粱,山楹代藻棁。与君北岩侣,游寓日常昳。静对春谷泉,晴披阳林雪。境清觉神王,道胜知机灭。诣寂长杳冥,忘归暂采撷。物生岂有心,丽容俟予别。桂子何蓂苓,琪葩亦皎洁。此木生意高,亦与众芳列。赏墨识屡换,省躬悟弥切。微尚若不亏,足以全吾节。北风吹蕙带,萧寥闻蜻蛚。宿昔庐峰期,流芳已再歇。不有清屏鉴,使我商弦绝。愿寄千里心,月高不可掇。优游邦之直,远矣踵前烈。立俗忘毁誉,遇物遗巧拙。真气独脩然,轩裳讵能绁。都曹风韵整,纲纪信明决。于交必倾写,立行岂矜伐。政与清渭同,分流自澄澈。裴侯资亮直,中诚岂徒说。古人比明义,清士愿交结。温温躬圭彩,终始声不缺。颜生炯介士,有志不可越。仗义冒险难一作艰,持操去淄涅。世论高二贤即鲁公犹子也,贤贤继前哲。四子遭明盛,哀然皆秀杰。理名虽殊迹,悟道宁异辙。爱尔竹柏姿,为予寒不折。

遥酬袁使君高春暮行县过报德寺见怀

江春行求瘼，偶与真境期。见说三陵下，前朝开佛祠。停舟仰丽刹，绣组发香墀。咫尺空界色，天人花落时。盛游限羸疾，悚踊瞻旌旗。峰翠羡闲步，松声入遥思。素高淮阳理，况负东山姿。迨此一登览，深情见新诗。

冬日遥一作奉和卢使君幼平綦毋居士游法华寺高顶临湖亭

一作奉和卢使君幼平游朝阳山。寺临太湖。时在郭，不得往。

仁坊一作祠标一作当绝境，廉守一作明牧蹑高一作灵踪。天晓才分刹，风传欲尽钟。一作欲到心凉地，初闻断续钟。城中归路远一作在，湖上碧山重。水照千花界，云开七叶峰。寒芳一作空艾绶满，空一作晴翠白纶浓。逸韵知难继，佳游恨不逢。仍闻抚禅石，为我久从容。

秋日遥和卢使君游何山寺宿敡上人房论涅槃经义

江郡当秋景，期将道者同。迹高怜竹寺，夜静赏莲宫。古磬清霜下，寒山晓月中。诗情缘境发，法性寄筌空。翻译推南本，何人继谢公。

酬秦山人系题赠

出斋步杉影，手自开禅扉。花满不污地，云多从触衣。思山石藓净，款客露葵肥。果得宗居士，论心到极微。

奉酬袁使君高寺院新亭对雨 其亭即使君所创

兹亭迹素浅，胜事并随公。法界飘香雨，禅窗洒竹风。浮烟披夕景，高鹤下秋空。冥寂四山久，宁期此会同。

奉酬颜使君真卿见过郭中寺寺无山水之赏故予述其意以答焉

州西柳家寺，禅舍隐人间。证性轻观水，栖心不买山。履声知客贵，云影悟身闲。彦会前贤事，方今可得攀。

酬乌程杨明府华雨后小亭对月见呈

夜凉喜无讼，霁色摇闲情。暑退不因雨，陶家风自清。凝弦停片景，发咏静秋声。何事禅中隐，诗题忽记名。

自苏州访医回酬卢士关判官见赠

寻医初疾理，忽忆故山云。远访桑公子，还依柳使君。周旋承惠爱，佩服比兰薰。从事因高唱，秋风起处闻。

题沈一作雷道士新亭

何处好攀跻，新亭俯旧溪。坐中千里近，檐下四山低。小浦依林曲，回塘绕郭西。桃花春满地，归路莫相迷。

送卢仲舒移家海陵

世故多离散，东西不可嗟。小秦非本国，楚塞复移家。海岛无邻里，盐居少物华。山中吟夜月，相送在天涯。

陪卢使君登楼送方一作万巨之还京

万里汀洲上，东楼欲别离。春风潮水漫，正月柳条寒。旅逸逢渔浦，清高爱鸟冠。云山宁不起，今日向长安。

同裴录事楼上望一本此下有月字

退食高楼上，湖山向晚晴。桐花落万井，月影出重城。水竹凉风起，帘帏暑气清。萧萧独无事，因见莅人情。

寓　兴

天下一作上生白榆，白榆直上连天根。高枝不知几万丈，世人仰望徒攀援。谁能上天采其子，种向人间笑桃李。因问老仙求种法，老仙哈我愚不答一作哈哈不我答。始知此道无所一作终无成，还如瞽夫学长生。

寄常一上人

雁塞一作寒雁五山临汗漫，云州一路出青冥。何因请住嘉祥寺，内史新修湖上亭。

送秘上人游京

共君方异路，山伴与谁同。日冷行人少，时清古镇空。暖瓶和雪水，鸣锡带江风。撩乱终南色，遥应入梦中。

赋得一本此下有巴峡二字啼猿送客

万里巴江外一作水，三声月一作出峡深。何年有此路，几客共沾襟。断壁一作臂分垂一作连，一作重。影，流泉入苦吟。凄凉离别后一作凄凄别离处，闻此更伤心。

南楼望月

夜月家家望，亭亭爱此楼。纤云溪上断，疏柳影中秋。渐映千峰出，遥分万派流。关山谁一作时复见，应独起边愁。

寻陆鸿渐不遇

移家虽一作唯带郭，野径入桑麻。近种篱边菊，秋来未著花。扣门无犬吠，欲去问西家。报道山中去一作出，归时每日斜一作归来日每斜。

怀旧山 一作沧浩诗，题云《留别嘉兴知己》。

一坐西林寺，从来未下山。不因寻长者，无事到人间。宿雨愁为客，寒花笑未还。空怀旧山月，童子念经闲。

宿吴匡山破寺

双峰百战后，真界满尘埃。蔓草缘空壁，悲风起故台。野花寒更发，山月暝还来。何事池中水，东流独不回。

九月十日

爱杀柴桑隐，名溪近讼庭。扫沙开野步，摇舸出闲汀。宿简邀诗伴，馀花在酒瓶。悠然南望意，自有岘山情。

秋晚一作晚秋宿破山寺

秋风落叶满空山，古寺一作殿残灯石壁间。昔日经行人去尽，寒云夜夜自飞还。

青阳上人院说金陵故事

君说南朝全盛日，秣陵才子更多人。千一作十年秋色古池馆，谁见齐王西邸春。

送僧之京师

绵绵渺渺楚云繁，万里西归望国门。禅子初心易凄断，秋风莫上少陵原。

送许丞还洛阳

剡茗情来亦好斟，空门一别肯沾襟。悲风不动罢瑶轸，忘却洛阳归客心。

题湖上草堂

山居不买剡中山，湖上千峰处处闲。芳草白云留我住，世人何事得相关。

酬李司直纵诸公冬日游妙喜寺题照昱二上人房寄长城潘丞述

达贤贵贞隐，常惧迹不灭。遂与永公期，遗身坐林樾。华轩何辚辚，为我到幽绝。心境寒草花，空门青山月。潘生独不见，清景屡盈缺。林下常寂寥，人间自离别。何时解轻佩，来税丘中辙。

赠乌程李明府伯宜沈兵曹仲昌

水国苦凋瘵，东皋岂遗黍。云阴无尽时，日出常带雨。昨夜西溪涨，扁舟入檐庑。野人同鸟巢，暴客若蜂聚。岁晏无斗粟，寄身欲何所。空羡鸾鹤姿，翩翩自轻举。

奉酬颜使君真卿王员外圆宿寺兼送员外使回

鲁公邀省客，贫寺人过少。锦帐惟野花，竹屏有窗筱。朝行石色净，夜听泉声小。释事情已高，依禅境无扰。超遥长路首，怅望空林杪。离思从此生，还将此心了。

杼山上峰和颜使君真卿袁侍御五韵赋得印字仍期明日登开元寺楼之会

道情寄远岳，放旷临千仞。香路延绛驺，华泉写金印。日歊诸天近，雨过三华润。留客云外心，忘机松中韵。灵嘉早晚期，为布东山信。

同薛员外谊喜雨诗兼上杨使君

积旱忽一作思飞澍一作洒，烝民心一作喜亦倾。郊云不待族，雨色飞江城。燋稼濯又发，败荷滋更荣。时随雾縠重，乍集柳丝轻。一宿恐鱼飞，数朝征鹳鸣。毒暑澄为冷，高尘涤还清。乃知阴骘数，制在造一作理化情。及此接欢贺，临风闻颂声。

南湖春泛有客自北至说友人岑元和见怀因叙相思之志以寄焉

故人隔楚水，日夕望芳洲。春草思眇眇，征云暮悠悠。心期无形影，迹旷成阻修。有客江上至，知君佐雄州。铿锵佩苍玉，蹀躞驱绛驺。伊昔中峰心，从来非此流。资予长生诀予尝授以胎息之诀，希彼高山俦。此情今如何，宿昔师吾谋。别年谒禅老，更添石室筹。

深见人间世，飘如水上沤。蝉号齐王邸，月苦隋帝楼。声华尽冥寞，麋鹿徒呦呦。我有一字教，坐然遗此忧。何烦脱圭组，不用辞王侯。只在名位中，空门兼可游。

同薛员外谊久旱感怀寄兼呈上杨使君

皇天鉴不昧，恤想何亢极。丝雨久愆期，绮霞徒相惑。阴云舒又卷，濯枝安可得。涸井不累瓶，干溪一凭轼。赤地芳草死，飙尘惊四塞。戎冠夜刺闺，民荒岁伤国。赖以王猷盛，中原无凶慝。杨公当此晨，省灾常旰食。独感下堂雨，自州南诸乡降甘泽，长城、顾渚平地雨一尺。水分流，泽数乡也。偏嘉越境域。秋郊天根见，我疆看稼穑。请回云汉诗，为君歌乐职。

兵后早春登故鄣南楼望昆山寺白鹤观示清道人并沈道士 第十九句空一字

新阳故楼上，眇眇伤遐眷。违世情易忘，羁时得无倦。春归华柳发，世故陵谷变。扰扰陌上心，悠悠梦中见。苍林有灵境，杳映遥可羡。春日倚东峰，华泉落西甸。钟声在空碧，幡影摇葱蒨。缅想山中人，神期如会面。别离芳月积，歧路浮云偏。正□入空门，仙君依苦县。隳形舍簪绂，烹玉思精炼。事外宜我心，人间岂予恋。身遗世自薄，道胜名必贱。耳目何所娱，白云与黄卷。

酬乌程杨明府华将赴渭北对月见怀

释印及秋夜，身闲境亦清。风襟自潇洒，月意何高明。闻说武安君，万里驱妖精。开府集秀士，先招士林英。晋家用元凯，亦是鲁诸生。北望抚长剑，感君知已行。边尘昏玉帐，杀气凝金镫。大敌折齐俎，一书下聊城。翻飞青云路，宿昔沧洲情。答来诗云“悠然顾山侣"之句。

酬邢端公济春日苏台有呈袁州李使君兼书并寄辛阳王三侍御

大贤当佐世，尧时难退身。如何丹霄侣，却在沧江滨。柳色变又遍，莺声闻亦一作又频。赖逢宜春守，共赏南湖春。营道知止足，饰躬无缁磷。家将诗流近，迹与禅僧亲。放旷临海门，翱翔望云津。虽高一作多空王说，不久山中人。上句答端公学无为之句。

奉和裴使君清春夜南堂听陈山人弹白雪

春宵凝丽思，闲坐开南围。郢客弹白雪，纷纶发金徽。散从天上至，集向琼台飞。弦上凝飒飒，虚中想霏霏。通幽鬼神骇，合道精鉴稀。变态风更入，含情月初归。方知阮太守，一听识其微。

答孟秀才

羸疾依小院，空闲趣自深。蹑苔怜静色，扫树共芳阴。物外好风至，意中佳客寻。虚名谁欲累，世事我无心。投赠荷君芷，馨香满幽襟。

酬崔侍御见赠

买得东山后，逢君小隐时。五湖游不厌一作未足，柏署迹如遗。市隐一作儒服何妨道，禅栖一作心不废诗。与君为此说一从居士说，长破小乘疑。一本无前四句。

赠柳喜得嵩山法门自号嵩山老 一作赠柳先生

一见嵩山老，吾生恨太迟。问君年几许，曾出一作见上皇时。

酬李补阙纾

不住东林寺，云泉处处行。近臣那得识，禅客本无名。

湖南兰若示大乘诸公

未到无为岸，空怜不系舟。东山白云意，岁晚尚悠悠。

兵后经永安法空寺寄悟禅师 其寺，贼所焚。

常说人间法自空，何言出世法还同。微踪旧是香林下，馀烬今成火宅中。后夜池心生素月，春天树色起悲风。吾知世代相看尽，谁悟浮生似影公。

春日杼山寄赠李员外纵

南山唯与北山邻，古树连拳伴我身一作一闭禅门老此身。黄鹤有心多不住，白云无一作何事独相亲。闲持竹锡深一作时，一作行。看水，懒系麻衣出见人。欲掇幽芳聊赠远一作无限幽兰从欲寄，郎官那赏一作许石门春。

酬秦山人赠别二首

知君高隐占贤星，卷叶时时注佛经。姓被名公题旧里秦君里，诗将丽句号新亭丽句亭。来观新月依清室，欲漱香泉护触瓶。我有主人江太守，如何相伴住禅灵。江淹为宣城守，常会禅灵寺。

谁知卧病不妨禅，迹寄诗流性似偏。叶示黄金童子爱，书题青字古人传。时高独鹤来云外，每羡闲花在眼前。对此留君还欲别，应思石灦音四访春泉。

山居一作归示灵澈上人

晴明路出山初暖，行踏春芜看茗归。乍削柳枝聊代札，时窥云影学裁衣。身闲始觉隳名是，心了方知苦行非。外物寂中谁似我，松声草色共无一作忘机。

遥和康录事李侍御萼小寒食夜重集康氏园林

习家寒食会何频，应恐流芳不待人。已爱治书诗句逸，更闻从事酒名新。庭芜暗积承双履，林花雷飞洒幅巾。谁见柰园时节共，还持绿茗赏残春。

释裴循春愁一作怨

蝶舞莺歌喜岁芳，柳丝袅袅蕙带长一作兰香。江南春色共君有一作看，何事君心独自伤。

西白溪期裴方舟不至

望君不见复何情，野草闲云处处生。应向秦时武陵路，花间寂历一人行。

劳山忆栖霞寺道素上人久期不至

远寺萧萧独坐心，山情自得趣何深。泉声稍滴芙蓉漏，月影才分鹦鹉林。满地云轻长碍屐，绕松风近每吹襟。贪闲不记前心偈，念别聊为出世吟。更待花开遍山雪，山山相似若为寻。

酬秦山人出山见呈

手携酒榼共书帏，回语长松我即归。若是出山机已息，岭云何事背君飞。

酬秦山人见寻

左右香童不识君，担簦访我领鸥群。山僧待客无俗物，唯有窗前片碧云。

宿法华寺简灵澈上人

至道无机但一作心与空林共杳冥，孤灯寒竹自青一作荧荧。不知何处小乘客，一夜风来一作前闻诵经。

潜别离

乌头虽黑白有一作有白时，唯有潜离与暗别，彼此甘心无后期。

全唐诗卷八一六

皎　然

奉酬袁使君高春游鹤鸰峰兰若见怀

鹤鸰中峰近，高奇古人遗。常欲乞此地，养松挂藤丝。昨闻双旌出，一川花满时。恨无翔云步，远赴关山期。跻险与谁赏，折芳应自怡。遥知忘归趣，喜得春景迟。已见郢人唱，新题石门诗。

答裴济从事

迟迟云鹤意，奋翅知有期。三秉纲纪局，累登清白资。应怀青塘居，蕙草没前墀。旧月照秋水，废田留故陂。至今高风在，为君吹桂枝。昨逢洞庭客，果得故人诗。何异王内史，来招道林师。欲携山侣出，难与白云辞。

白云上人精舍寻杼山禅师兼示崔子向何山道上人

望远涉寒水，怀人在幽境。为高皎皎姿，及爱苍苍岭。果见栖禅子，潺湲灌真顶。积疑一念破，澄息万缘静。世事花上尘，惠心空中境。清闲诱我性，遂使肠一作烦虑屏。许共林客游，欲从山王一作主请。木栖无名树，水汲忘机井。持此一日高，未肯谢箕颍。夕霁山态好，空月生俄顷。识妙聆细泉，悟深涤清茗。此心谁得失，笑向西林永。

酬薛员外谊苦热行见寄

六月金数伏，兹辰日在庚。炎曦烁一作曝肌肤，毒雾一作霭昏性情一作檜榲。安得奋轻一作翅翮，超一作迢遥出云征。不知天地心，如何匠生成。火德烧百卉，瑶草不及荣。省一作有客当此时，忽贻怀中琼。捧玩烦袂一作衿涤，啸歌美一作善风生。迟君佐元气，调使四序平。中令霜不袚一作祆，大一作火馀气常贞。江南诗骚客，休吟苦热行。

采实心竹杖寄赠李萼侍御

竹杖裁碧鲜，步林赏高直。实心去内矫，全节无外饰。行药聊自持，扶危资尔力。初生在榛莽，孤秀岂封殖。干雪不死枝，赠君期君识。

酬薛员外谊见戏一首

方知正始作，丽掩碧云诗。文彩盈怀袖，风规发咏思。遗弓逢大敌，摩垒怯偏师。频有移书让，多惭系组迟。浅才迂且拙，虚誉喜还疑。犹倚披沙鉴，长歌向子期。

奉酬李中丞洪湖州西亭即事见寄兼呈吴冯处士时中丞量移湖州长史

爱君溪上住，迟月开前扃。山火照书卷，野风吹酒瓶。为谁留此物，意在眼中青。樵子逗烟墅，渔翁宿沙汀。主人非楚客，莫谩讥独醒。宿昔邢城功，道高心已冥。贪将到处士，放醉乌家亭。

苕溪草堂自大历三年夏新营洎秋及春弥觉境胜因纪其事简潘丞述汤评事衡四十三韵

万虑皆可遗，爱山情不易。自从东溪住，始与人群隔。应物非宿心，遗身是吾策。先民崆峒子，沦景事金液。绮里犹近名，於陵未泯迹。吾师逆流教，禅隐殊古昔。僧传云：人皆隐于山，我独隐于禅。洗足临潺湲，销声寄松柏。缃荷采堪服，柔草持可席。道心制野猿，法语授幽客。境净万象真，寄目皆有益。原上无情花，圣教意：草木等器世间，虽无情而理性通。又云：郁郁黄花，无非般若。是其义。山中听经石。高僧诠公诗曰："学徒数块石。"生公有通经石。竹生自萧散，云性常洁白。却见羁世人，远高摩霄翮。达贤观此意，烦想遂冰檗。伊予战苦胜，览境情不溺。智以动念昏，功由无心积。形骸尔何有，生死谁所戚。为与胜悟冥，不忧颓龄迫。春风自骀荡，禅地常阒寂。掷札成柳枝，僧传：北远法师作涅盘经疏毕，掷札于庭，柳枝生焉。溉瓶养泉脉。道人知止足，盥漱聊自适。学外见古贤，颇令我心惕。眇绵云官世，梦幻羽陵籍。鬼箓徒相矜，九原谁家宅。俗情封浅近，至理昧尧跖。蹈善嗟沉冥，履仁伤堙厄。匠心圣亦尤，攻异天见责。世论谓尧圣德而嗣不肖，盗跖毁行而享长富，无福仁祸淫之应。师心攻异之士，反怨天责圣，不知有昭昭之业，论空者又失性空之实。试以慧眼观，斯言谅可覿。外事非吾道，忘缘倦所历。中宵废耳目，形静神不役。色天夜清迥，花漏时滴沥。高僧远公刻莲花漏。东风吹杉梧，幽月到石壁。此中一悟心，可与千载敌。故交徒好我，筐中无咫尺。潘生入空门，祖师传秘赜。潘生曾受曹溪禅门。汤子自天德，精诣功不僻。放世与成名，两图在所择。远公谓刘处士云：世闻唯是想耳。苟放有世之见，心即道，岂有世外物来羁尔耶！吾高鸱夷子，身退无瑕擿。吾嘉鲁仲连，功成弃珪璧。二贤兼彼才，晚节何感激。不然作山计，改服我下泽。君堕元亮冠，我脱潜师屐。僧传：沙门法潜著山屐入朝。倚卧高松根，共逃金闺籍。

答裴集阳伯明二贤各垂赠二十韵今以一章用酬两作

知音如琼枝，天生为予有。攀折若无阶，何殊天上柳。裴生清通嗣，阳子盛德后。诗名比元长，二子诗比王融，为俱少年著名。赋体凌延寿。赋如文考，亦俱盛年。珠生骊龙颔，或生灵蛇口。何似双琼章，英英曜吾手。白日不可污，清源肯容垢。持此山上心，待君忘情友。且伴丘壑赏，未随名宦诱。坐石代琼茵，制荷捐艾绶。清宵集我寺，烹茗开禅牖。发论教可垂，正文言不朽。白云供诗用，清吹生座右。不嫌逸令醉，莫试仙壶酒。皎皎寻阳隐，千年可为偶。一从汉道平，世事无纷纠。星文齐七政，天轴明二斗。召士扬弓旌，知君一作君今在林薮。莫学颍阳子，请师高山叟。出处藩我君，还来会崖阜。

答豆卢居士春夜游东园见怀

春意赏不足，承夕步东园。事表精虑远，月中华木繁。开襟寄清景，遐想属空门。安得缅芳屣，看君幽径萱。

寄崔万芳夔

气杀高隼击，惜芳步寒林。风摇苍琅根，霜剪莜音翘蘁心。归思忽眇眇，佳气亦沉沉。我身岂遐远，如隔湘汉深。事迩智莫及，愿乖情不任。迟君忘言侣，一笑开吾襟。

访朱放山人

野人未相识，何处异乡隔。昨逢云阳信，教向云阳觅。空闻天上风，飘飖不可覙。应非矍铄翁，或是沧浪客。早晚从我游，共携春山策。

晚冬废溪东寺怀李司直纵

废溪无人迹，益见离思深。归来始昨日，恍惚惊岁阴。清想属遥夜，圆景当空林。宿昔月未改，何如故人心。游从间芳趾，摇落栖寒岑。眇眇湖上别，含情初至今。道流安寂寞，世路倦岖嵚。此意欲谁见，怀贤独难任。徽声反冥默，夕籁何哀吟。禅念破离梦，吾师诫援琴。耿耿已及旦，曷由开此襟。幽期谅未偶，胜境徒自寻。安得西归云，因之传素音。

兵后与故人别予西上至今在扬楚因有是寄

日月不相待，思君魂屡惊。草玄寄扬子，作赋得芜城。温温独游迹，遥遥相望情。淮上春草歇，楚子秋风生。辟士天下尽，君何独屏营。运开应佐世，业就可成名。谁借楚山住，年年事耦耕。

因游支硎寺寄邢端公

大厦资多士，抡材得豫章。清门推问望，早岁骋康庄。作用方开物，声名久擅场。丹延分塞郡，宿昔领戎行。始驭屏星乘，旋阴蔽芾棠。始佐延州，俄典兹郡。朝端瞻鹗立，关右仰鹰扬。威令兼宁朔，英声重护羌。三军成父子，杂虏避封疆。身执金吾贵，时遭宝运昌。雍容持汉槊，肃穆卫周堂。排难知臣节，攻疑定国章。一言明大义，千载揖休光。践职勋庸列一作烈，修躬志行彰。优游应慕陆，止足定师张。中扆怀殊政，南州伫小康。仁为桂江雨，威是柏台霜。自桂州除侍御史。謇谔言无隐，公忠祸不防。谴深辞紫禁，恩在副朱方。左迁温州治中，量移润州长史。切玉锋休淬，垂天翅罢翔。论文征贾马，述隐许求羊。肘后看金碧，腰间笑水苍。诗题白羽扇，酒挈绿油囊。旷达机何有，深沉器莫量。时应登古寺，佳趣在春冈。止水平香砌，鲜云满石床。山情何寂乐，尘世自飞扬。已遇炉峰社，还思缉蕙房。外心亲地主，内学事空王。花会宜春浅，禅游喜夜凉。高明依月境，萧散蹑庭芳。得道殊秦佚，隳名似楚狂。馀生于此足，不欲返韶阳。

同诸公奉侍祭岳渎使大理卢幼平自会稽回经平望将赴于朝廷期过故林不至 用题中韵

望祀崇周典，皇华出汉庭。紫泥颁会计，玄酒荐芳馨。圣虑多虔肃一作祈多祜，斋心合至灵。占祥刊史竹，筮日数尧蓂。礼秩加新命，朝章笃一作重理刑。敷诚通北一作九阙，遗爱在南一作西亭。一本此下有五裤歌仍咏，三碑石重铭。踌躇问存殁，委曲向郊坰四句。苕水思曾泛，矶山忆重经。清风门客仰，佳颂国人听。攀桂留卿月，征文待使星。春郊回驷牡，遥识故林青。

早秋桐庐思归示道谚一作该上人

桐江秋信早，忆在故山时。静夜风鸣磬，无人竹扫墀。猿来触净水，鸟下啄寒梨。可即一作何暇关吾事，归一作关心自有期。

劳劳山一作劳山居寄呈吴处士

山事由来别，只应中老身。寒园扫绽栗，秋浪拾干薪。楚人呼养柴为秋浪。领鹤闲书竹，夸云笑向人。俗家一作流相去远，野水作东邻。

寄报德寺从上人 鼓吹山在寺西

宗流许身子，物表养高闲。空色清凉寺，秋声鼓吹山。看心水磬后，行道雨花间。七叶翻章句，时时启义关。

山中月夜寄无锡长官

湖上凉风早，双峰月色秋。遥知秣陵令，今夜在西楼。别叶萧萧下，含霜处处流。如何共清景，异县不同游。

奉贺颜使君真卿二十八郎隔绝自河北远归

相一作自失值氛烟，才应掌上年。久离惊貌长，多难喜身全。比信尚书重，如威太守怜。满庭看玉树，更有一枝连。

题湖上兰若示清会上人

峰心惠忍寺，嵊顶谢公山。何似南湖近，芳洲一亩间。意中云木秀，事外水堂闲。永日无人到，时看独鹤还。

秋宵书事寄吴凭处士 一本无处士二字

真一作禅性在一作爱方丈，寂一作寥寥无四邻。秋天月色正，清夜道心真。大梦观前事一作遗迹，浮名悟一作误此身。不知庭树意，荣落感何人。

题山壁示道维上人

独居何意足，山色在前门。身野长无事，心冥自不言。闲行数乱竹，静坐照清源。物外从知少，禅徒不耐烦。

晚秋登佛川南峰怀裴例

登岭望落日，眇然伤别魂。亭皋秋色遍，游子在荆门。世故东西客，山空断续猿。此心谁复见，寂寞偶芳荪。

访陆处士羽一作访陆羽处士不遇

太湖东西路,吴主一作一王古山前。所思不可见,归鸿一作雁自翩翩。何山赏春茗,何处弄春泉。莫是沧浪子,悠悠一钓船。

酬李侍御萼题看心道场赋以眉毛肠心牙等五字 昼得牙字

我法从谁悟,心师是贯花。三尘观种子,一雨发萌牙。定起轮灯缺,宵分印月斜。了空如藏史,始肯会禅家。辩正论亦有九流,一曰禅家者流。

酬姚补阙南仲云溪馆中戏题随书见寄 一作清江诗

寺溪临使府,风景借仁祠。补衮周官贵,能名汉主思。卧云知独处,望月忆同时。忽枉缄中赠,琼瑶满手持。

春夜期裴都曹济集心上人院不至

东林期隐吏,日月为虚盈。远望浮云隔,空怜定水清。逍遥方外侣,荏苒府中情。渐听寒鞞发,渊渊在郡城。

和裴少府怀京一本有都字兄弟

宦游三楚外,家在五陵原。凉夜多归梦,秋风满故园。北书无远信,西候独伤魂。空念青门别,殷勤歧路言。

和阎士和望池月答人

片月忽临池,双蛾忆画时。光浮空似粉,影散不成眉。孤枕应惊梦，寒林正入帷。情知两处望，莫怨独相思。

遥和尘外上人与陆澧夜集山寺问涅槃义兼赏陆生文卷 上人自号北山子

共是竹林贤，孙绰《僧史》以七人配德嵇、阮，号竹林七僧。心从贝叶传。说经看月喻一作过，开卷爱珠连。清净遥城外，萧疏一作条古塔前。应随北山子，高顶枕云眠。

春日和卢使君幼平开元寺听妙奘上人讲 时上人将游五台

仁圣垂文在，虚空日月悬。陵迟追哲匠，宗旨发幽诠。法受诸侯请，心教四子传。春生雪山草，香下棘林天。顾我从今日，闻经悟宿缘。凉山万里去，应为教犹偏。

答李侍御问

入道曾经离乱前，长干古寺住多年。爱贫唯制莲花足，取性闲书树叶篇。自笑不归看石榜，谁高无事弄苔泉。身外空名何足问，吾心已出第三禅。

奉酬李员外使君嘉祐苏台屏营居春首有怀

昔岁为邦初未识，今朝休沐一作宦始相亲。移家水巷贫一作贪依静，种柳风窗欲占春。诗思先邀乌府客，山情还访白楼人。登临许作一作接烟霞伴，高在方袍间幅巾。

和李舍人使君纾题云明府道室

许令如今道姓云，曾经西岳事桐君。流霞手把应怜寿，黄鹤心期拟作群。金箓时教弟子检,砂床不遣世人闻。桂阳亦是神仙守,分别无嗟两地分。

奉和陆中丞使君长源寒食日作

寒食江天气最清,庾公晨望动高情。因逢内火千家静,便睹行春万木荣。深浅山容飞雨细,萦纡水态拂云轻。腰章本郡谁相似,数日临人政已成。

奉酬袁使君送陆灞却回期道寺院

欲别湖上客,暮期西林还。高歌风音表,放舟月色间。更人莫报夜,禅阁本无关。

招一作赠韩武康章

山僧虽不饮,酤酒引陶潜。此意一作兴无一作少人别,多为俗士嫌。

秋居法华寺下院望高顶一作峰赠如献上人

峰色秋天见,松声静夜闻。影孤长不出,行道在寒云一作入深云。

赠韦早一作卓陆羽

只将陶与谢,终日可一作好忘情。不欲多相识,逢人懒道名。

戏呈薛彝

山僧不厌野,才子会须狂。何处销君兴,春风摆绿杨。

赠颜主簿

汉家仪礼盛,名教出诸颜。更见尚书后,能文在子山。

赠融上人

常爱西林寺，池中月出一作在时。芭蕉一片叶，书取寄吾师。

听寒更寄朱兵曹巨川

欹枕一作独自听寒更，寒更发还住。一夜千万声，几声到君处。

早春书怀寄李少府仲宣 并序

予故里在长城卞山。昔岁，属狂寇陷没江左，亲故离散。永望枌梓，不觉伤怀。因李使君长城，遂寄是诗，以见情也。

早年初问法，因悟目中花。忽值胡雏起，芟夷若乱麻。脱身投彼岸，吊影念生涯。迹与空门合，心将世路赊。东田已芜没，东部公有东田诗。南涧益伤嗟。《秣陵记》曰：南涧竭，谢氏灭。崇替惊人事，凋残感物华。知君过我里，惆怅旧烟霞。

赠和评事判官

廷评年少法家流，心似澄江月正秋。学究天人知远识，权分盐铁许良筹。春风忆酒乌家近，好月论禅谢寺幽。清白比来谁见赏，怜君独有富人侯。

酬秦系山人题一作戏赠

云林出空一作定乌一作鸟未归，松吹时飘雨浴一作沐衣。石语花愁一作悲徒自诧，吾心见境尽为非。

酬秦系山人戏赠

正论禅寂忽狂歌，莫是尘心颠倒多。白足行花曾不染，黄囊贮酒欲如何。

贻李汤

茅氏常论七真记，壶公爱一作好说三山事。宁知梅福在人间，独为苍生作仙吏。日服丹砂骨自清，肤如冰雪心更明。山中玉笋是仙药，袖里素书题养生。愿随黄鹤一轻举，仰望青霄独延伫。平生好骏君已知，何必山阴访王许。

述祖德赠湖上诸沈

我祖文章有盛名，千年海内重嘉声。雪飞梁苑操奇赋，梁苑出惠连公《雪赋》。春发池塘得佳句。康乐云：池上楼诗，梦〔惠〕(会)连，方得"池塘生芳草"之句。世业相承及我身，风流自谓过时人。初看甲乙矜言语，对客偏能鸲鹆舞。尚公少年善焉。饱用黄金无所求，长裾曳地干王侯。一朝金尽长裾裂，吾道不行计亦拙。岁晚高歌悲苦寒，空堂危坐百忧攒。昔时轩盖金陵下，何处不传沈与谢。田公与约俱是西邸八友。绵绵芳籍至今闻，眷眷通宗有数君。谁见予心独飘泊，依山寄水似浮云。

舟行怀阎士和

二月湖南春草遍，横山渡口花如霰。相思一日在孤舟，空见归云两三片。

赠张道士

玉京真子名太一，因服日华心如日。此心不许世人知，只向仙宫未曾出。

戏呈吴冯

世人不知心是道，只言道在他方妙。还如瞽者一作老望长安，长安在西向东笑。

宿山寺寄李中丞洪 第五句缺三字

偶来中峰宿，闲坐见真境。寂寂孤月心，亭亭圆泉影。□□□满山，花落始知静。从他半夜愁猿惊，不废此心长杳冥。

戏赠吴冯

予读古人书，遂识古人面。不是识古人，邪正心自见。贵义轻财求俗誉，一钱与人便骄倨。昨朝为火今为冰，此道非君独抚膺。

感兴赠乌程李明府伯宜兼简诸秀才

门前岘山近，无路可登陟。徒爱岘山高，仰之常叹息。不如松与桂，生在重岩侧。

晚秋宿李军道所居

清溪路不遥，都尉每相招。落日休戎马，秋风罢射雕。朮花生野径，柏实满寒条。永夜依山府，禅心共寂寥。

送陆判官归杭州

芳草潜州路，乘轺忆再旋。馀花故林下，残月旧池边。峰色云端寺，潮声海上天。明朝富春渚，应见谢公船。

全唐诗卷八一七

皎　然

奉和颜使君真卿与陆处士羽登妙喜寺三癸亭 亭即陆生所创

秋意西山多，列岑萦左次。缮亭历三癸，三癸以癸丑岁、癸卯朔、癸亥日立。疏趾邻什寺。元化隐灵踪，始君启高谏一作致。诛榛养翘楚，鞭草理芳穗。俯砌披水容，逼天扫峰翠。境新耳目换，物远风烟异。倚石忘世情，援云得真意。嘉林幸勿剪，禅侣欣可庇。卫法大臣过，佐游群英萃。龙池护清澈，虎节到深邃。徒想嵊顶期，于今没遗记。

奉陪陆使君长源裴端公枢春游东西武丘寺

云水夹双刹，遥疑涌平陂。入门见藏山，元化何由窥。曳组探诡怪，停骢访幽奇。情高气为爽，德暖春亦随。瑶草自的皪，蕙楼争蔽亏。金精落坏陵，剑彩沉古池。一览匝天界，中峰步未移。应嘉一作喜生公石，列坐援松枝。

奉和陆使君长源夏月游太湖 此时公权领湖州

庾公心旷远，府事局耳目。遂与南湖游，虚襟涤烦燠。始知皇天意，积水在亭育。细流信不让，动物欣所蓄。万顷合天容，洗然无云族。峭蒨瞩仙岭，《神仙传》：洞庭，神仙所居也。超遥随明牧。知公爱澄清，波静气亦肃。已见横流极，况闻长鲸戮。会北信至，王师已收长安。中洲暂采蘋，即柳恽汀洲采白蘋之意也。南郡思剖竹。公时改授信州。向夕分好风，飘然送归舳。

奉和崔中丞使君论李侍御萼登烂柯山宿石桥寺效小谢体

常爱谢公郡，幽期愿相从。果回青骢臆，共蹑玄仙踪。灵境若仿佛，烂柯思再逢。飞梁丹霞接，古局苍苔封。往想冥昧理，谁亲冰雪容。蕙楼耸空界，莲宇开中峰。今为仙寺，晋是仙山，遗局、古桥、升仙之处见在。昔化冲虚鹤，今藏护法龙。云窥香树沓，月见色天重。永夜寄岑寂，清言涤心胸。盛游千年后，书在岩中松。

同颜使君真卿李侍御萼游法华寺登凤翅山望太湖

双峰开凤翅，秀出南湖州。地势抱郊树，山威增郡楼。正逢周柱史，来会鲁诸侯。缓步凌彩蒨，清铙发飕飗。披云得灵境，拂石临芳洲。积翠遥空碧，含风广泽秋。萧辰资丽思，高论惊精修。何似钟山集，〔征〕(微)文及惠休。

奉陪陆使君长源诸公游支硎寺 寺即支公学道处

尝览高逸传，山僧有遗踪。佐游继雅篇，嘉会何由逢。尘世即下界，色天当上峰。春晖遍众草，寒色留高松。缭绕彩云合，参差绮楼重。琼葩洒巾舄，石濑清心胸。灵境若可托，道情知所从。

奉陪郑使君谔游太湖至洞庭山登上真观却望湖水

郡斋得无事，放舟下南湖。湖中见仙邸，果与心赏俱。不远风物变，忽如寰宇殊。背云视层崖，别是登蓬壶。突兀盘水府，参差沓天衢。回瞻平芜尽，洪流豁中区。气吞江山势，色净氛霭无。灵长习水德，胜势当地枢。朝宗动归心，万里思鸿途。

奉和袁使君高郡中新亭会张炼师昼会二上人

置亭隐城堞，事简迹易幽。公性崇俭素，雅才非广求。傍檐竹雨清，拂案杉风秋。不移府中步，登兹如远游。坐觉诗思高，俯知物役休。虚寂偶禅子，逍遥亲道流。更闻临川作，下节安能酬。

奉和陆使君长源水堂纳凉效曹刘体

柳家陶一作避暑亭，意远不可齐。烦襟荡朱弦，高步援绿荑。爱公满亭客，来是清风携。滢渟前溪上，旷望古郡西。六月正中伏，水轩气常凄。野香袭荷芰，道性亲凫鹥。禅子顾惠休，逸民重刘黎。乃知高世量，不以出处睽。

夏日奉陪陆使君长源公堂集

府中自清远，六月高梧间。寥亮泛雅瑟，逍遥扣玄关。岭云与人静，庭鹤随公闲。动息谅兼遂，兹情即东山。

九日和于使君思上京亲故

霁景满水国，我公望江城。碧山与黄花，烂熳多秋情。摇落见松柏,岁寒比忠贞。欢娱在鸿都,是日思朝英。

伏日就汤评事衡湖上避暑

大火方燥石,停云昼亦收。将从赏心侣,寸景难远游。拥几苦炎伏,出门望汀洲。回溪照轩宇,广陌临梧楸。释闷命雅瑟,放情思乱流。更持无生论,可以清烦忧。

奉和颜使君真卿修韵海毕会诸文士东堂重校

外学宗硕儒,游焉从后进。恃以仁恕广,不学门栏峻。著书裨理化,奉上表诚信。探讨始河图,纷纶归海韵。亲承大匠琢,况睹颓波振。错简记铅椠音签,阅书移玉镇。曷由旌不朽,盛美流歌引。

喜义兴权明府自君山至集陆处士羽青塘别业

应难久辞秩,暂寄君阳隐。已见县名花,会逢闱是粉。本自寻人至,宁因看竹引。身关白云多,门占春山尽。最赏无事心,篱边钓溪近。

夏日集李司直纵溪斋

修景属良会,远飙生烦襟。泄云收净绿,众木积芳阴。疏涤府中务,迢遥湖上心。习闲得招我,赏夜宜泛琴。山近资性静,月来寄情深。澹然若事外,岂藉隳华簪。

夏日题桐庐杨明府纳凉山斋

陶家无炎暑,自有林中峰。席上落山影,桐梢回水容。放怀凉风至,缓步清阴重。何事亲堆案,犹多高世踪。

和杨明府早秋游法华寺

释事出县闳,初闻兹山灵。寺扉隐天色,影刹遥丁丁。碧峰委合沓,香蔓垂蓂苓。清景为公有,放旷云边亭。秋赏石潭洁,夜嘉杉月清。诵空性不昧,助道迹又经。是以于物理,纷然若未形。移来字人要,全与此道冥。

宿道士观

古观秋木秀,冷然属鲜飙。琼葩被修蔓,柏实满寒条。影殿山寂寂,寥天月昭昭。幽期寄仙侣,习定至中宵。清佩闻虚步,真官方宿朝。

冬日天井一作目西峰张炼师所居

采薪逢野泉,渐见栖闲所。坎坎山上声,幽幽林中语。仙乡何代隐,乡服言亦楚。开水一作冰净一作洗药苗,扫雪候山侣。零叶聚败篱,幽花积寒渚。冥冥孤鹤性,天外思轻举。

奉同颜使君真卿开元寺经藏院会观树文殊碑

万国布殊私,千年降祖师。雁门传法至,龙藏立言时。故实刊周典,新声播鲁诗。六铢那更拂,劫石尽无期。

奉同卢使君幼平游精舍寺

影刹西方在,虚空翠色分。人天霁后见,猿鸟定中闻。真界隐青壁,春山凌白云。今朝石门会,千古仰斯文。

奉同颜使君真卿袁侍御骆驼桥玩月

山中常见月，不及共游时。水上恐将缺，林端爱落迟。乌惊宪府客，人咏鲍家诗。永夜南桥望，裴回若有期。

和邢端公登台春望句句有春字之什

春日绣衣轻，春台别有情。春烟间草色，春鸟隔花声。春树乱无次，春山遥得名。春风正飘荡，春瓮莫须倾。

经仙人渚即沈山下古人沈义一作羲白日升仙处

日月人间短，何时此得仙。古山春已尽，遗渚事空传。不见腾云驾，徒临洗药泉。如今成逝水，翻使恨流年。

独游二首

性野趣无端，春晴路又干。逢泉破石弄，放鹤向云看。好僻谁相似，从狂我自安。芳洲亦有意，步上白沙滩。

临水兴不尽，虚舟可同嬉。还云与归鸟，若共山僧期。世事吾不预，此心谁得知。西峰有禅老，应见独游时。

游溪待月

溪色思泛月，沿洄欲未归。残灯逢水店，疏磬忆山扉。夜浦鱼惊少，空林鹊绕稀。可中才望见，撩乱捣寒衣。

西溪独泛

道情何所寄，素舸漫流间。真性怜高鹤，无名羡野山。经寒丛一作苦竹秀，人静片云闲。泛泛谁为侣，唯应共月还。

早秋陪韩明府泛阮元公溪

公尝言："禅功可入，而宦情讵能忘？"故诗中有此意戏之。

雨信清残暑，萧条古县西。早凉生浦溆，秋意满高低。前事虽堆案，闲情得溯溪。何言战未胜，空寂用还齐。

九日陪颜使君真卿登水楼

重阳荆楚尚，高会此难陪。偶见登龙客，同游戏马台。风文向水叠，云态拥歌回。持菊烦相问，扪襟愧不才。

与卢孟明别后宿南湖对月

五一作南湖生夜月，千里满寒流。旷望烟霞尽，凄凉天地秋。相思路渺渺，独梦一作望水悠悠。何处空江上一作里，裴回送一作娟娟伴客舟。

自义亭驿送李长史纵夜泊临平东湖

长亭宾驭散，歧路起悲风。千里勤王事，驱车明月中。寒生洞庭水，夜度塞门鸿。处处堪伤别，归来山又空。

出　游

少时不见山，便觉无奇趣。狂发从乱歌，情来任闲步。此心谁共证，笑看风吹树。

界石守风望天竺灵隐二寺

山顶东西寺，江中旦暮潮。归心不可到，松路在青霄。

奉和颜使君真卿修韵海毕州中重宴

世学高南郡，身封盛鲁邦。九流宗韵海，七字揖文江。借赏云归堞，留欢月在窗。不知名教乐，千载与谁双。

晦日陪颜使君白蘋洲集

南朝分古郡，山水似湘东。堤月吴风在，湔裾楚客同。桂寒初结旆，蘋小欲成丛。时晦佳游促，高歌听未终。

冬至日陪裴端公使君清水堂集

亚岁崇佳一作高宴，华轩照渌波。渚芳迎气早，山翠向晴多。推往知时训，书祥一作云辨政和。从公惜日短，留赏夜如何。

陪卢判官水堂夜宴

暑气当宵尽，裴回坐月前。静依山堞近，凉入水扉偏。久是栖林客，初逢佐幕贤。爱君高野意，烹茗钓沦涟。

新秋同卢侍御薛员外白蘋洲月夜

隔暑蘋洲近，迎凉欲泛舟。荣从宪府至，喜会夕郎游。气夺沧浪色，风欺汗漫流。谁言三伏夜，独此月前秋。

夏日集裴录事北亭避暑

前林夏雨歇，为我生凉风。一室烦暑外，众山清景中。忘归亲野水，适性许云鸿。萧散都曹吏，还将静者同。

与王录事会张征君姊妹炼师院玩雪兼怀清会上人

何意廉从事，还来会默仙。寒空惊雪遍，春意入歌偏。瑶草三花发，琼林七叶连。飘飖过柳寺，应满译经前。

和李侍御萼岁初夜集处士书阁 书阁即侍御所创

迟贤新置阁，高意此郊居。古径行春早，新窗见月初。放歌还倚瑟，讲道亦观书。为我留禅位，来逢此会疏。

汤评事衡水亭会觉禅师

山侣相逢少，清晨会水亭。雪晴松叶翠，烟暖药苗青。静对沧洲鹤，闲看古寺经。应怜叩一作疏关子，了义共心冥。

与朝阳山人张朝夜集湖亭赋得各言其志

洞庭孤月在，秋色望无边。零露积衰草，寒螿鸣古田。茫茫区中想，寂寂尘外缘。从此悟浮世，胡为伤暮年。

晦夜李侍御萼宅集招潘述汤衡海上人饮茶赋

晦夜不生月一作可坐，琴轩犹为开。墙东隐者在，淇上逸僧来。茗爱传花饮，诗看卷素裁。风流高此会，晓景屡裴回。

寄昱上人上方居

厌向人间住，逢山欲懒归。片云闲似我，日日在禅扉。地静松阴遍，门空鸟语稀。夜凉疏磬尽，师友自相依。

夏日与綦毋居士昱上人纳凉

为依炉峰住，境胜增道情。凉日暑不变，空门风自清。坐援香实近，转爱绿芜生。宗炳青霞士，如何知我名。

建元寺集皇甫侍御书阁

不因居佛里，无事得相逢。名重朝端望，身高俗外踪。公爱讲佛经，尝云："慕刘处士深诣至理。"机闲看净水，境寂听疏钟。宣室恩长在，知君志未从。

郭北寻徐主簿别业

近依城北住，幽远少人知。积雪行深巷，闲云绕古篱。竹花冬更发，橙实晚仍垂。还共岩中鹤，今朝下渌池。

题报德一作恩寺清幽上人西峰 寺即陈文帝故乡

陈世凋亡后，仁祠识旧山。帝乡乔木在，空见白云还。双塔寒林外，三陵暮雨间。此中难一作虽战胜，君独启禅关。

题郑谷江畔桐斋 郑生好琴，性达，兼寡欲。

客斋开别住，坐占绿江濆。流水非外物，闲云长属君。浮荣未可累，旷达若为群。风起高梧下，清弦日日闻。

和阎士和李蕙冬夜重集

郡理日闲旷，洗心宿香峰。双林秋见月，万壑静闻钟。珮玉行山翠，交麾动水容。如何股肱守，尘外得相从。

春日陪颜使君真卿皇甫曾西亭重会韵海诸生

为重南台客，朝朝会鲁儒。暄风众木变，清景片云无。峰翠飘檐下，溪光照座隅。不将簪艾隔，知与道情俱。

寒食日同陆处一本无此字士行报德寺宿解公房

古寺一作欲问章陵下一作寺，潜一作支公住几年。安心生软草，灌顶引春泉。一作乱山春霭里，微径古松边。寂寂传灯地，寥寥禁火天。世间一作人多暗室，白日为谁悬。

兵马曹季良宅夜集

清景不可失，寻君趣有馀。身高避事后一作外，道长问心初。出处名则异，游从迹何疏。吟看刻尽烛，笑卷读残书。露彩生笔砚，风音入庭除。平明仙侣散，轂觫动回车。

同李侍御萼李判官集陆处士羽新宅

素风千户敌，新语陆生能。借宅心常远，移篱力更弘。钓丝初种竹，衣带近裁藤。戎佐推兄弟，诗流得友朋。柳阴容过客，花径许招僧。不为墙东隐，人家到未曾。

题报恩寺惟照上人房

上界雨色干，凉宫日迟迟。水文披菡萏，山翠动罘罳。中有清真子，愔愔步闲墀。手萦颇黎缕，愿证黄金姿。旋草阶下生，看心当此时。亦名茈刍草，枝叶皆右旋，故名旋草。草有五德。

寻天目徐君

常见仙翁变姓名，岂知松子号初平。逢人不道往来处，卖药还将鸡犬行。独鹤天边俱得性，浮云世上共无情。三花落地君犹在，笑抚安期昨日生。

同李著作纵题尘外上人院

百缘唯有什公瓶，万法但看一字经。从遣鸟喧心不动，任教香醉境常冥。莲花天昼浮云卷，贝叶宫春好月停。禅伴欲邀何著作，空音宜向夜中听。

题周谏别业 予寺与周生所居，俱临苕水。

隐身苕上欲如何，不著青袍爱绿萝。柳巷任疏容马入，水篱从破许船过。昂藏独鹤闲心远，寂历秋花野意多。若访禅斋遥可见，竹窗书幌共烟波。

同李中丞洪水亭夜集

佳人但一作且莫吹参差，正怜月色生酒卮。山公一作翁取醉不关我，为一作自爱尊前白鹭鹚。

题秦系山人丽句亭

独将诗教领诸生，但看青山不爱名。满院竹声堪愈疾，乱床一作林花片足忘情。

春夜集陆处士居一本无此字玩月

欲赏芳菲肯一作不待辰一作晨，忘情人访有情人。西林可一作岂是无清景,只为忘情不记春。

寄题云门寺梵月无侧房 时人相传是宝月道人后身也

越山千万云门绝,西僧貌古还名月。清朝扫石行道归,林下眠禅看松雪。

法华寺上方题江上人禅空

路入松声远更奇,山光水色共参差。中峰禅寂一僧在,坐对梁朝老桂枝。

冬日山行过一作遇薛征君

我行倦修坂,四顾无平陆。雨雾鸣鹰鹯,天寒聚麇鹿。幽人访名士,家在南冈曲。莱实萦小园,稻花绕山屋。深居寡忧悔,胜境怡耳目。征心尚与我,永言谢浮俗。

往丹阳寻陆处士不遇

远客殊未归,我来几惆怅。叩关一日不见人,绕屋寒花笑相向。寒花寂寂遍荒阡,柳色萧萧愁暮蝉。行人无数不相识,独立云阳古驿边。凤翅山中思本寺,鱼竿村口望归船。归船不见见寒烟,离心远水共悠然。他日相期那可定,闲僧著处即经年。

集汤评事衡湖上望微雨

苍凉远景中,雨色缘山有。云送满洞庭,风吹绕杨柳。萧萧解轻袂,尽日随林叟。

九日与陆处士羽饮茶

九日山僧院，东篱菊也黄。俗人多泛酒，谁解助茶香。

夜过康录事造会兄弟

爱君门馆夜来清，琼树双枝是弟兄。月在诗家偏足思，风过客位更多情。

题沈少府书斋

不下南昌县，书斋每日闲。野花当砌落，溪鸟逐人还。有兴常临水，无时不见山。千峰数可尽，不出小窗间。

春夜与诸公同宴呈陆郎中

南国宴佳宾，交情老倍亲。月惭红泪烛，花笑白头人。宝瑟絙一作揯馀怨，琼枝不让春。更闻歌子夜，桃李艳妆新。

九日阻雨简高侍御 时与高公近邻

江上重云起，何曾裛□尘。不能成落帽，翻欲更摧巾。素发闲依枕，黄花暗待人。且应携下价，芒屦就诸邻。第二句缺一字。

晚春寻桃源观

武陵何处访仙乡，古观云根路已荒。细草拥坛人迹绝，落花沉涧水流香。山深有雨寒犹在，松老无风韵亦长。全觉此身离俗境，玄机亦可照迷方。

同卢使君幼平郊外送阎侍御归台

留饯飞旌驻，离亭草色间。柏台今上客，竹使旧朝班。日落东西水，天寒远近山。古江分楚望，残柳入隋关。恋阙心常积，回轩日不闲。芳辰倚门道，犹得及春还。

全唐诗卷八一八

皎　然

送梁拾遗肃归朝

明主重文谏，才臣出江东。束书辞东山，改服临北风。万里望皇邑，九重当曙空。天开芙蓉阙，日上蒲桃宫。天子初未起，金闺籍先通。身逢轩辕世，名贵鸳鸾中。故人荣此别，何用悲丝桐。

奉陪杨使君顼送段校书赴南海幕

硕贤静广州，信为天下贞。屈兹大将佐，藉彼延阁英。声动柳吴兴，郊饯意不轻。吾知段夫子，高论关苍生。处以德为藩，出则道可行。遥知南楼会，新景当诗情。天高林瘴洗，秋远海色清。时泰罢飞檄，唯应颂公成。

送陆侍御士佳赴上京

长安三千里，喜行不言永。清路黄尘飞，大河沧流静。更怀西川府，主公昔和鼎。伊郁瑶瑟情，威迟花骢影。此时已难别，日又无停景。出饯阙相从，心随过前岭。

奉陪颜使君真卿登岘山送张侍御严归台

岘首千里情，北辕自兹发。烟霞正登览，簪笔限趋谒。黄鹤望天衢，白云归帝阙。客心南浦柳，离思西楼月。留赏景不延一作不延景，感时芳易歇。他晨有山信，一为访林樾。

酬元主簿子球别赠

故人方远适，访我陈别情。此夜偶禅室，一言了无生。览君缄中宝，如搴清玉瑛。胡为蕴高价，岁晚徒营营。辞秩贫且病，何人见艰贞。出无黄金橐，空歌白苎行。威迟策驽马，独望故关树。渺渺千里心，春风起中路。近闻新拜命，鸾凤犹栖棘。劝君寄一枝，且养冥冥翼。甘泉多竹花，明年待君食。

答道素上人别

春色遍远道，寂寞闽中行。碧水何渺渺，白云亦英英。离人不可望，日暮芳洲情。黄鹤有逸翮，翘首白云倾。欲为山中侣，肯秘辽天声。蓝缕真子褐，葳蕤近臣缨。以兹夺尔怀，常恐道不成。吾门弟子中，不减惠休名。一性研已远，五言功更精。从君汗漫游，莫废学无生。忍草肯摇落，禅枝不枯荣。采采慰长路，知吾心不轻。幻情有去住，真性无离别。留取老桂枝，归来共攀折。

霅溪馆送韩明府章辞满归

洛令从告还，故人东门饯。惠爱三年积，轩车一夜远。晓月离馆空，秋风故山晚。荣君有嘉荐，顾我阻游衍。宿昔峰顶心，依依不可卷。

送穆寂赴举

天子锡玄纁，倾山礼隐沦。君抛青霞去，荣资观国宾。剑光既陆离，琼彩何璘玢。夙驾别情远，商弦秋意新。冥冥鸿鹄姿，数尺看苍旻。残寇近宋郊，西行恶飙尘。立身素耿介，处难思经纶。春府搜才日，高科得一人。

送张一本有仲字彝归长沙

早闻凌云彩，谓在鸳鹭俦。华发始相遇，沧江仍旅游。策名忘苟进，澹虑轻所求。常服远游诫，缅怀经世谋。片帆背风渚，万里还湘洲。别望荆云积，归心汉水流。兰苕行采采，桂棹思悠悠。宿昔无机者，为君动离忧。

秋日毗陵南寺送潘述之扬州

孤客秋易伤，嘶蝉静仍续。佳晨亦已屡，欢会常不足。禅地非路岐，我心岂羁束。情生远别时，坐恨清景促。望中千里隔，暮归西山曲。萧条月中道，彩蒨原上绿。不见同心人，幽怀增踯躅。

春日又送潘述之扬州

别渚望邗城，歧路春日遍。柔风吹杨柳，芳景流郊甸。日日东林期，今夕异乡县。文房旷佳士，禅室阻清盼。潘生曾受禅印。离恨夺赏心，不得谐所愿。莫忆山中人，碧云遥可见。

新秋送卢判官

故人念宿昔，欲别增远情。入座炎气屏，为君秋景清。由来空山客，不怨离弦声。唯有暮蝉起，相思碧云生。

奉送袁高使君诏征赴行在效曹刘体

皇心亭毒广，螯贼皆陶甄。未刈蚩尤旗，方同轩后年。天子幸汉中，轘辕阻氛烟。玺书召幕一作英牧，名在列岳仙。国难倚长城，庙谋资大贤。清损休汝骑，仁留述职篇。遐路渺天末，繁笳思河边。饰徒促远期，祇命赴急宣。谀才岂足称，深仁顾何偏。那堪临流意，千里望旗旃。

奉送陆中丞长源诏征入朝

诏下鄮侯幕，征贤宠上一作大勋。才当持汉典，道可致尧君。藩牧今荣饯，诗流此盛文。水从吴渚别，树向楚门分。宿寺期嘉月，看山识故云。归心复一作欲何奈一作托，怊怅在江濆。

奉送李中丞道昌入朝

文宪中司盛，恩荣外镇崇。诸侯皆取则，八使独推功。诏喜新衔凤，车看旧饰熊。去思今武子，馀教昔文翁。清在一作白如江水，仁留是国风。光一作先征二千石，扫第望司空。

冬日一本有奉字送颜延之明府抚州觐叔父一作觐省

临川千里别，惆怅上津桥。日暮人归尽，山空雪未消。乡云心渺渺，楚水路遥遥。林下方欢会，山中独寂寥。天寒惊断雁，江信望回潮。岁晚流芳歇，思君在此宵一作紫霄。

送关小师还金陵

如何有归思，爱别欲忘难。白鹭沙洲晚，青龙水寺寒。蕉花铺净地，桂子落空坛。持此心为境一作镜，应堪月夜看。

岘山送裴秀才赴举

汉家招秀士，岘上送君行。万里见秋色，两河伤远一作别情。王师出西镐，虏寇避一作寝东平。天府登名后，回看楚水清。

酬别襄阳诗僧少微 诗中答上人归梦之意

证心何有梦，示说梦归频。文字赍秦本，诗骚学楚人。兰开衣上色，柳向手中春。别后须相见，浮云是我身。

送契上人游扬州

西陵古江口，远见东扬州。渌水不同泛，春山应独游。寻僧白岩寺，望月谢家楼。宿昔心期在，人寰非久留。

送德清卫明府赴选 时柳黜陟有荐状

八使慎求能，东人独荐君。身犹千里限，名已九霄闻。远路翻喜别，离言暂惜分。凤门多士会，拥佩入卿云。

送郑孝廉淮西觐省

离袂翠华满，晨羞欲早行。春风生楚树，晓角发隋城。野霭一作山露湿衣彩，江鸿增客情。征途不用戒，坐见一作月白波清。

送沈秀才之闽中

越客不成歌，春风起渌波。岭重寒不到，海近瘴偏多。野戍桄榔发，人家翡翠过。翻疑此中好，君问定如何。

送清会上人游京

佳游限衰疾，一笑向西风。思见青门外，曾临素浐东。峰明云际寺寺名，日出露寒宫宫名。行道禅长在，香尘不染空。

送沈居士还太原

辞官一作乡因世难，家族盛南朝。名重郊居赋沈休文作《郊居赋》，才高独酌谣沈文子作。浪花飘一叶，峰色向三条。高逸虽成性，弓旌肯忘一作妄招。

同颜使君真卿岘山送李法曹阳冰西上献书时会有诏征赴京

汉日中郎妙，周王太史才。云书捧日去，鹤版下天来。草见吴洲一作宫发，花思御苑开。羊公惜一作昔风景，欲别几迟回。

兵后送姚太祝赴选

两河兵已偃，处处见归舟。日夜故人散，江皋芳树秋。楚云伤远思，秦月忆佳游。名动春官籍，翩翩才少俦。

兵后送薛居士移家安吉

旧游经丧乱，道在复何人。寒草心易折，闲云性常真。交情别后见，诗句比来新。向我桃州住，惜君东岭春。

送邬傪之洪州觐兄弟

年少足诗情，西江楚月清。书囊山翠湿，琴匣雪花轻。久别经离乱，新正忆弟兄。赠君题乐府，为是豫章行。

送乾封李成

羽檄飞未息，离情远近同。感君由泛瑟，关我是征鸿。眇默归人尽，疏芜夜渡空。还期当岁晚，独在路行中。

送崔判官还扬子

轻传祗远役，依依下姑亭。秋声满杨柳，暮色绕郊垌。烟水摇归思，山当楚驿青。

奉酬袁使君西楼饯秦山人与昼同赴李侍御招三韵

秋风怨别情，江守上西城。竹署寒流浅，琴窗宿雨晴。治书招远意，知共楚狂行。

送清凉上人

何意欲归山，道高由境胜。花空觉性了，月尽知心证。永夜出禅吟，清猿自相应。

送李丞使宣州

结驷何翩翩，落叶暗寒渚。梦里春谷泉，愁中洞庭雨。聊持剡山茗，以代宜城醑。

送至洪沙弥游越

知尔学无生，不应伤此别。相逢宿我寺，独往游灵越。早晚花会中，经行剡山月。

送皇甫侍御曾还丹阳别业

云阳别夜忆春耕，花发菱湖问去程。积水悠扬何处梦，乱山稠叠此时情。将离有月教弦断，赠远无兰觉意轻。朝右要君持汉典，明年北墅可须营。

白蘋洲送洛阳李丞使还

蘋洲北望楚山重，千里回轺止一封。临水情来还共载，看花醉去更相从。罢官风渚何时别，寄隐云阳几处逢。后会那应似畴昔，年年觉老雪山容。

送履霜上人还金陵西山

携锡西山步绿莎，禅心未了奈情何。湘宫水寺清秋夜，月落风悲松柏多。

送辨聪上人还广陵

莫学休公学远公，了心须一作还与我心同。隋家古柳数株在，看取人间万事空。

送清励上人游福建

禅子自矜禅性成，将来一作心拟照建溪清。南看闽树花不落，更取何缘一作情了妄情。

送顾道士游洞庭山

见说洞庭无上路，春游乱踏五灵芝。含桃风起花狼藉，正是仙翁棋散时。

送邢台州济 一作送独孤使君赴岳州

海上仙山属使君，石桥琪树古一作此来闻。他时画出白团扇，乞取天台一片云。

送柳察谏议叔

东城南陌强经过，怨别无心亦放歌。明日院一作阮公应问我，闲云长在石门多。

送柳淡扶侍赴洪州 此子素少宦情，共予有西山之好。

中林许师友，忽阻夙心期。自顾青纲好，来将黄鹤辞。少年轻远涉，世道得无欺。烟雨孤舟上，晨昏千里时。离魂渺天末，相望在江湄。无限江南柳，春风卷乱丝。

同李司直题武丘寺兼留诸公与陆羽之无锡

陵寝成香阜，禅枝出白杨。剑池留故事，月树即他方。应世缘须别，栖心趣不忘。还将陆居士，晨发泛归航。

夏日题郑谷江上纳凉馆

迢遥山意外，清风又对君。若为于此地，翻作路岐分。别馆琴徒语，前洲鹤自群。明朝天畔远，何处逐闲云。

太湖馆送殷秀才赴举

春风洞庭路，摇荡暮天多。衰疾见芳草，别离伤远波。诗名推首荐，赋甲拟前科。数日闻天府，山衣制芰荷。

送重钧上人游天台

渐看华顶出，幽赏意一作意尚随生。十里行松色，千重过水声。海容云正尽，山色雨一作态雪初晴。事事将心证，知君道可成。

早春送颜主簿游越东兼谒元中丞

轻舸趣不已，东风吹绿蘋。欲看梅市雪，知赏柳家春。别意倾吴醑一作醥，芳声动越人。山阴三月会，内史得嘉宾。

同颜使君清明日游因送萧主簿

谁知赏嘉节，别意忽相和。暮色汀洲遍，春情杨柳多。高城恋旌旆，极浦宿风波。惆怅支山月，今宵不再过。

送道琚上人还金陵

一与钟山别，山中得信稀。经年求法后，及夏问安归。野实充甘膳，池花当彩衣。慈亲莫返拜，外礼欲无为。

送裴邕之上京

辞山偶世清，挟策忽西行。帆过随江疾，衣沾楚雪轻。尚文须献赋，重道莫论兵。东观今多事，应高白马生。

送珍上人还天竺兼寄广通上人秦山人

江寺名天竺，多居蹑远踪。春帆依柳浦，轻履上莲峰。禅子兼三隐，空书共一封。因君达山信，应向白云逢。

送张孝廉赴举

名在诸生右，家经见素风。春田休学稼，秋赋出儒宫。别路残云湿，离情晚桂丛。明年石渠署，应继叔孙通。

送刘司法之越 一本有州字

萧萧鸣夜角，驱马背城濠。雨后寒流急，秋来朔吹高。三山期望海，八月欲观涛。几日西陵路，应逢谢法曹。

送简栖上人之建州觐使君舅

乱峰江上色，羡尔及秋行。释氏推真子，郗家许贵甥。氈花新雨净，帆叶好风轻海人以木叶为帆。千里依元舅，回潮亦有情一作回棹有远情。

登开元寺楼送崔少府还平望驿

登望思虑积，长亭树连连。悠扬下楼日，杳映傍帆烟。入夜四郊静，南湖月待船。

送王居士游越

野性配云泉，诗情属风景。爱作烂熳游，闲寻东路永。何山最好望，须上萧然岭。

杂言重送皇甫侍御曾

人独归，日将暮。孤帆带孤屿，远水连远树。难作别时心，还看别时路。

送演上人之抚州觐使君叔

临川内史怜诸谢，尔在生缘比惠宗。远别应将秦本去，幽寻定有楚僧逢。停船夜坐亲孤月，把锡秋行入乱峰。便道须过大师寺，白莲池上访高踪。

送大宝上人归楚山

厌上乌桥送别频，湖光烂熳望行人。欲将夜舸陪嘉月，肯住空林伴老身。独鹤翩翻飞不定，归云萧散会无因。从何得道怀惆怅，莫是人间屡见春。

送侯秀才南游

芳草随君自有情，不关山色与猿声。为看严子滩头石，曾忆题诗不著名。

别一作送洞庭维谅上人

白云关我不关他，此物留君情最多。情一作忆著春风生橘树，归心不怕洞庭波。

康造录事宅送太祝侄之虔吉访兄弟

阮咸别曲四座愁，赖是春风不是秋。漫漫江行一作帆访兄弟，猿声几夜宿芦洲。

冬日梅溪送裴方舟宣州

平明匹一作走马上村桥，花发一作落梅溪雪未消。日短天寒愁送客，楚山无限路遥遥一作迢迢。

送韦向睦州谒独孤使君汜

才子南看多远情，闲舟荡漾任春行。新安江色长如此，何似新安太守清。

送至严山人归山 一作送严上人

初到人间柳始阴，山书昨夜报春深。朝朝花落几株树，恼杀禅僧一作翁未证心。

送僧游一作之扬州

平明择钵一作环锡向风轻，正及隋堤柳色行。知尔禅心还似我，故宫春物一作草肯伤情。

对陆迅饮天目山茶因寄元居士晟

喜见幽人会，初开野客茶。日成东井叶，露采北山芽。文火香偏胜，寒泉味转嘉。投铛涌作沫，著碗聚生花。稍与禅经近，聊将睡网赊。知君在天目，此意日无涯。

渡前溪

不意入前溪，爱溪从错落。清清鉴不足，非是深难度。

送灵澈

我欲长生梦，无心解伤别。千里万里心，只似眼前月。

寄路温州

欲问采灵药，如何学无生。爱鹤颇似君，且非求仙情。

浣纱女 一作王维诗，题云《白石滩》。

清浅白沙滩，绿蒲尚堪把。家住水东西，浣纱明月下。

待山月

夜夜忆故人，长教山月待。今宵故人至，山月知何在。

杂兴

人生分已定，富贵岂妄来。不见海底泥，飞上成尘埃。

春陵登望

西底空流水，东垣但聚云。最伤梅岭望，花雪正纷纷。

投知己

若为令忆洞庭春，上有闲云可隐身。无限白云山要买，不知山价出何人。

全唐诗卷八一九

皎　然

兵后馀不亭重送卢孟明游江西

孟明常引支子元道人修习禅心，兼饵芝朮，遂与予有栖山之契。其宦情未遣，故劝勉之。

携手曾此分，恍如隔胡越。伦侯古封邑，荣盛风雨歇。饥鼯号空亭，野草生故辙。如何此路岐，更作千年别。冯轼望远道，春山无断绝。朝行入郢树，夜泊依楚月。佳士持操高，扬才日昭晰。离言何所赠，盈满有亏缺。时节伤蟪蛄，芳菲忌鹈鴂。予思鹿门隐，心迹贵冥灭。頩颜反芝朮，昔貌成冰雪。岁晏期尔来，销声坐岩穴。

别 山 诗

时因主人寄风溪兰若，与道士石胁峰相邻。禅僧仙师，时得道会。至秋中，值外缘有请，别山，怀旧，遂有是诗。

山翁亦好禅，借我风溪树。采药多近峰一作秋蓬，汲泉有春渡。幽僧时相偶一作遇，仙子或与晤。自许战胜心，弥高独游步。如何区中事，夺我林栖趣。辞山下复上，恋石行仍顾。宿昔情或乖，庶几迹无误。松声莫相诮，此心冥去住。

同袁高使君送李判官使回

庾公欢此别,路远意犹赊。为出塘边柳,荣归府中花。驰阳照古堞,遥思凝寒笳。延步下前渚,溯觞流浅沙。湖光引行色,轻舸傍残霞。

陪颜使君饯宣谕萧常侍

江涛凋瘵后,远使发天都。昏垫宸心及,哀矜诏命敷。恤民驱急传,访旧枉征舻。外镇藩条最,中朝顾问殊。文皆正风俗,名共溢寰区。已事方怀阙,归期早戒涂。繁笳咽水阁,高盖拥云衢。暮色生千嶂,秋声入五湖。离歌犹宛转,归驭已踟躇。今夕庾公意,西楼月亦孤。

奉陪颜使君修韵海毕东溪泛舟饯诸文士

诸侯崇鲁学,羔雁日成群。外史刊新韵,中郎定古文。鲁公著书,依《切韵》,起东字,踋皆列古篆。菁华兼百氏,缣一作雅素备三坟。国语思开物,王言欲致君。研精业已就,欢宴惜应分。独望西山去,将身寄白云。

今上初登极岁送皇甫孝廉赴选 孝廉即故大夫之子

行应会府春,欲劝及芳辰。北极天文正,东风汉律新。少年逢圣代,欢笑别情亲。况是勋庸后,恩荣袭尔身。

同杨使君白蘋洲送陆侍御士佳入朝

久爱吴兴客,来依道德藩。旋师闻杕杜,归路忆辒辕。旧佩苍玉在,新歌白芷繁。今朝天地静,北望重飞翻。

雪夜送海上人常州觐叔父上人殷仲文后

继世风流在,传心向一灯。望云裁衲惯,玩雪步花能。交战情忘久,销魂别未曾。明朝阮家集,知有竹林僧。

送常清上人还舒州

灊徐林反人思尔法,楚信有回船。估客亲宵语,闲鸥偶昼禅。经声含石溦,麈尾拂江烟。常说归山意,诛茅庐霍前。

岘山送崔子向之宣州谒裴使君

楚思入诗清,晨登岘山情。秋天水西寺,古木宛陵城。琴匣应将往,书车亦共行。吾知江太守,一顾重君名。

送严明府入关谒黎京兆

春日异秋风,何为怨别同。潮回芳渚没,花落昼山空。旅候闻嘶马,残阳望断鸿。应思右内史,相见直城中。

送丘秀才游越

山情与诗思,烂熳欲何从。夜舸谁相逐,空江月自逢。春期越草秀,晴忆剡云浓。便拟将轻锡,携居入乱峰。

送杨校书还济源

妖烽昨日静,故里近嵩丘。楚月摇归梦,江枫见早秋。乡心无远道,北信减离忧。禅子还无事,辞君买沃州。

送杨遂初赴选

秋风吹别袂，客思在长安。若得临觞醉，何须减瑟弹。秉心凌竹柏，仗信越波澜。春会文昌府，思君每北看。

送赟上人还京

久游春草尽，还寄北船归。沙鸟窥中食，江云入一作满净衣。秦原山色近，楚寺磬声微。见说翻经馆，多闻似者一作尔稀。

送广通上人游江西

香炉七岭秀，秋色九江清。自古多禅隐，吾常爱此行。寻师经鄂渚，受请到青城。离别人间事，何关道者情。

送罗判官还寿州幕

君章才五色，知尔得家风。故里旋归驾，寿春思奉戎。天寒长蛇伏，飙烈文虎雄。定颂张征虏，桓桓戡难功。

送李秀才赴婺州招

山开江色上，孤赏去应迟。绿水迎吴榜，秋风入楚词一作祠。猿清独宿处，木落远行时。见说东阳守，登楼为尔期。

送薛逢之宣州谒废使　一作谒裴使君

六月鹏尽化，鸿飞独冥冥。秋烽家不定，险路客频经。牛渚何时到，渔船几处停。遥知咏史夜，谢守月中听。

送德守二叔侄上人还国清寺觐师

道贤齐二阮,俱向竹林归。古偈穿花线,春装卷叶衣。僧墟回水寺,佛陇启山扉。爱别吾何有,人心强有违。

同明府章送沈秀才还石门山读书

身为郢一作邛令客,心许楚山云。文墨应经世,林泉漫诱君。欲随樵子去,惜与道流分。肯谢申公辈,治诗事汉文。

送吉判官还京赴崔尹幕

江南梅雨天,别思极春前。长路飞鸣鹤,离帆聚散烟。清晨趋九陌,秋色望三边。见说王都尹,山阳辟一贤。

送裴判官赴商幕

商洛近京师,才难赴幕时。离歌纷白纻,候骑拥青丝。会喜疲人息,应逢猾虏衰。看君策高足,自此烟霄期。

送李喻之处士洪州谒曹王

独思贤王府,遂作豫章行。雄镇庐霍秀,高秋江汉清。见闻惊苦节,艰故伤远情。西邸延嘉士,遗才得正平。

送唐赞善游越

田园临汉水,离乱寄随关。今日烟尘尽,东西又未还。长亭百越外,孤棹五湖间。何处游芳草,云门千万山。

送韦秀才

晨装行堕叶，万里望桑干。旧说泾关险，犹闻易水寒。黄云战后积，白草暮来看。近得君苗信，时教旅思宽。

送陈秀才赴举

诸侯惧削地，选士皆不羁。休隐脱荷芰，将鸣矜羽仪。甲科争玉片，诗句拟花枝。君实三楚秀，承家有清规。

乌程李明府水堂同卢使君幼平送奘上人游五台

身将刘令隐，经共谢公翻。有此宗师在，应知我法存。问心常寂乐，为别岂伤魂。独访华泉去，秋风入雁门。

送李季良北归

风吹残柳丝一作绿，孤客欲归时。掩抑楚弦绝，离披湘叶衰。前军犹转战，故国杳难期。北望雁门雪，空吟平子诗。

送淳于秀才兰陵觐省

欢言欲忘别，风信忽相惊。柳浦归人思，兰陵春草生。撷芳心未及，视枕恋常盈。此去非长路，还如千里情。

送至洪沙弥赴上元受戒 上元江中蔡州有梁戒坛

不肯资章甫，胜衣被木兰。今随秣陵信，欲及蔡州坛。野寺钟声远，春山戒足寒。归来次第学，应见后心难。

九日同卢使君幼平吴兴郊外送李司仓赴选

重阳千骑出,送客为踟蹰。旷野多摇落,寒山满路隅。晴空悬蒨旆,秋色起菱湖。几日登司会,扬才盛五都。

送卢孟明还上都

江皋北风至,归客独伤魂。楚水逢乡雁,平陵忆故园。征骖嘶别馆,落日隐寒原。应及秦川望,春华满国门。

送李少宾赴举

岂谓江南别,心如塞上行。苦云摇阵色,乱木搅秋声。周谷雨未散,汉河流尚横。春司迟尔策,方用静妖兵。

留别阎士和

不惯人间别,多应忘别时。逢山又逢水,只畏一作却却一作恐来迟。

送李道士

常随山上下,忽限江南北。共是忘情人,何由肯相忆。

送裴参军还下邳旧居

北望烟铺一作销骠骑营,虏烽无火楚天晴。此时千里西一作思归客,泗上春风得及一作返耕。

送文会上人还富阳

悠悠渺渺属一作涉寒波,故寺思归意若何。长忆孤洲一作舟二三一作三二月,春山偏爱一作赏富春一作阳多。

送维谅上人归洞庭

从来湖上胜人间，远爱浮云独自还。孤月空天见心地，寥寥一水一作三境镜一作水中山。

九月八日送萧少府归洪州

明日重阳今日归，布帆丝雨望霏霏。行过鹤渚知堪住，家在龙沙意有违。

同颜鲁公泛舟送皇甫侍御曾

维舟若许暂从容，送过重江不厌重。霜简别来今始见，雪山归去又难逢。

送孙侍御游越

不知持斧客，吟会是何情。丹陛恩犹在，沧洲赏暂行。江桡随月泛，山策逐云行。佳句传零雨，诗流许盛名。

送颜处士还长沙觐省

西候风信起，三湘孤客心。天寒汉水广，乡远楚云深。服彩将侍膳，撷芳思满襟。归人忘一作志艰阻，别恨独何任。

送还本上人游江西

欲广分何教，心将江汉期。云招望寺处，月待溯杯时。真侣谁伤别，降猿汝自悲。多应过庐阜，幽赏却来迟。

送路少府使京兼觐侍御兄

国赋推能吏，今朝发贡湖。伫瞻双阙凤，思见柏台乌。树向秦关远，江分楚驿孤。荣君有兄弟，相继骋长途。

于武原从送卢士举

落日独归客，空山匹一作走马嘶。萧条古关外，岐路更东西。大泽云寂寂，长亭雨凄凄。君还到湘水，寒夜满猿啼。

送乌程李明府得陟状赴京

驿吏满江城，深仁见此情。士林推玉振，公府荐冰清。为政移风久，承恩就日行。仲容纶绋贵，南巷有光荣。

送裴秀才往会稽山读书

一身赍万卷，编室寄烟萝。砚滴穿池小，书衣种楮多。吟诗山响答，泛瑟竹声和。鹤板求儒术，深居意若何。

送崔詹事论之上都 崔尝典吴兴

金虎城池在，铜龙剑珮新。重看前浦柳，犹忆旧洲蘋。远思秦云暮，归心腊月春。青园昔游处，惆怅别离人。

京口送卢孟明还扬州

萧萧北风起，孤棹下江渍。暮客去来尽，春流南北分。萋萋御亭草，渺渺芜城云。相送目千里，空山独望君。

送沙弥大智游五台

童年随法侣，家世本儒流。章句三生学，清凉万里游。云归龙沼暗，木落雁门秋。长老应一作忆相问一作待，传予向祖州。

送禀上人游越

云泉谁不赏，独见尔情高。投石轻龙窟，临流笑鹭涛。折荷为片席，洒水净方袍。剡路逢禅侣，多应问我曹。

送潘秀才之舒州

楚水清风生，扬舲泛月行。荻洲寒露彩，雷岸曙潮声。东道思才子，西人望客卿。从来金谷集，相继有诗名。

送王山人游庐山

千里访灵奇，山资亦相随。叶舟过鹤市，花漏宿龙池。峰顶应闲散，人间足别离。白云将世事，吾见尔心知。

送道契上人之越觐大夫叔

楚僧推后辈，唐本学新经。外国传香氎，何人施竹瓶。秋风别李寺，春日向柯亭。大阮今为郡，看君眼最青。

送沙弥长文游京

白版年犹小，黄花褐已通。若为诗思逸，早欲似休公。迈俗多真气，传家有素风。应须学心地，宗旨在关东。

秋日送择高上人往江西谒曹王

超然独游趣，无限别山情。予病不同赏，云闲应共行。斋容秋水照，香氎早风轻。曾被陈王识，遥知江上迎。

送如献上人游长安

关中四子教犹存，见说新经待尔翻。为法应过七祖寺，忘名不到五侯门。闲寻鄠杜看修竹，独上风凉望古原。高逸诗情无别怨，春游从遣落花繁。

日曜上人还润州

送君何处最堪思，孤月停空欲别时。露茗犹芳邀重会，寒花落尽不成期。鹤令先去看山近，云碍初飞到寺迟。莫倚禅功放心定，萧家陵树误人悲。

寺院听胡笳送李殷

一奏胡笳客未停，野僧还欲废禅听。难将此意临江别，无限春风葭菼青。

送僧一作李绎

斜日摇一作悠扬在柳丝，孤亭寂寂水逶迤。谁堪别后行人尽，唯有春风起路岐。

答裴评事澄荻花间送梁肃拾遗

波一作江上荻花非雪花，风吹撩乱满袈裟。如今岁晏无芳草，独对离樽作物华。

送胜云小师

昨日雪山记一作知尔名，吾今坐石已三生。少年道性易流动，莫遣秋风入别情。

诮士和别

今日同，明日隔，何事悠悠久为客。君怜溪上去来云，我羡磷磷水中石。

送吴冯游京

北期何意促，蕙草夜来繁。清月思淮水，春风望国门。此时休旋逸，万里忽飞翻。若忆山阴会，孤琴为我援。

送僧游宣州 一作宣城

楚山千里一僧行，念尔初缘道未成。莫向舒姑泉口泊，此中呜咽为一作易伤情。

宿支硎寺上房

上方精舍远，共宿白云端。寂寞千峰夜，萧条万木寒。山光霜下见，松色月中看。却与西林别，归心即欲阑。

答胡处士

西山禅隐比来闻，长道唯应我与君。书上无名心忘却，人间聚散似浮云。

答张乌程

莫道谪官无主人，秣陵才令日相亲。前溪更有忘忧处，荷叶田田间白蘋。

酬张明府

爱君诗思动禅心，使我休吟待鹤吟。更说郡中黄霸在，朝朝无事许招寻。

劳山居寄呈吴处士

官居鼎鼐古今无，名世才臣独一余。贤阁御题龙墨灿，诏归补衮在须臾。

全唐诗卷八二〇

皎 然

从军行五首

候一作双骑出纷纷，元戎霍冠军。汉鞞秋聒地，羌火昼烧云。万里戈一作戎城合，三边羽檄分。乌孙驱未一作不尽，肯顾辽阳勋。

韩旆拂丹霄，汉军新破辽。红尘驱卤簿，白羽拥嫖姚。战苦军犹乐，功高将不骄。至今丁零塞，朔吹空萧萧。

百万逐呼韩，频年不解鞍。兵屯绝漠暗，马饮浊河干。破虏功未录，劳师力已殚。须防肘腋下，飞祸出无端。

飞将下天来，奇谋阃外裁。水心龙剑动，地肺雁山开。望气燕师锐，当锋虏阵摧。从今射雕骑，不敢过云堆。

黄纸君王诏，青泥校尉书。誓师张虎落，选将擐犀渠。雾暗津蒲一作浦失，天寒塞柳疏。横行十万骑，欲扫虏尘馀。

陇头水二首

陇头一作西水一作心欲绝，陇水不堪闻。碎影摇枪垒，寒声咽幔军。素从盐海积，绿带柳城分。日落天边望，透迤入塞云。

秦陇逼氐羌，征人去未央。如何幽咽水，并欲断君肠。西注悲穷漠，东分忆故乡。旅魂声搅乱，无梦到咸阳一作辽阳。

塞下曲二首

寒塞无因见落梅，胡人吹入笛声来。劳劳亭上春应度，夜夜城南战未回。

都护今年破武威，胡沙万里鸟空飞。旄竿瀚海扫云出，毡骑天山蹋雪归。

览　史

黄绮皆皓发，秦时隐商山。嘉谋匡帝道，高步游天关。不爱圭组绁，却思林壑还。放歌长松下，日与孤云闲。

咏　史

独负高世资，冥冥寄浮俗。卞子去不归，何人辩荆玉。鬻春意不浅，污迹身岂辱。鸾铩乐迍邅，虬蟠甘窘束。五噫谲且正，可以见心曲。

咏　史

田氏门下客，冯公众中贱。一朝市义还，百代名独擅。始知下客不可轻，能使主人功业成。借问高车与珠履，何如卑贱一书生。

读张曲江集

相公乃天盖一作启，人文佐生成。立程正颓靡，绎思何纵横。春杼弄缃绮，阳林敷玉英。飘然飞动姿，邈矣高简情。后辈惊失步，前修敢争衡。始欣耳目远，再使机虑清。体正力已全，理精识何妙。昔年歌阳春，徒推郢中调。今朝听鸾凤，岂独羡一作苏门啸。帝命镇雄州，待济寄上流。才兼荆衡秀，气助潇湘秋。逸荡子山匹，经奇文畅侍。沉吟未终卷，变态纷难数。曜耳代明珰，袭衣同芳杜。愔愔闻玉磬，寤寐在灵府。

奉酬陆使君见过各赋院中一物得江蓠

江蓠生古砌，花每落禅床。嘉客未采掇，空门自馨香。名因诗目见，色对道心忘。不遇陆内史，谁知殊众芳。

赋得谢墅送王长史 其墅即昼七代祖吴兴守旧居

世业西山一作州西墅，移家长我身。萧疏遗树老，寂寞废田春。车巷伤前辙，篱沟忆旧邻。何堪再过日一作此，更送北归人。

夏日同崔使君论登城楼赋得远山

远山湖上小，青翠望依稀。才向窗中列，还从林表微。色浓春草在，峰起夏云归。不是蓬莱岛，如何人去稀。

咏数探得七

邹子谭天岁，黄童对日年。求真初作传，炼魄已成仙。鹤驾迎缑岭，星桥下蜀川。逢君竹林客，相对弄清弦。

奉同颜使君真卿送李侍御萼赋得荻塘路

落日车遥遥，客心在归路。细草暗回塘，春泉萦古渡。遗踪叹芜没，远道悲去住。寂寞荻花空，行人别无数。

赋颜氏古今一事得晋仙传送颜逸 梁湘东王国常侍颜协著《晋仙传》五篇

曾看颜氏传，多记晋时仙。却忆桐君老，俱还桂父年。青春留鬓发,白日向云烟。远别赍遗简,囊中有几篇。

赋得石梁泉送崔逵

架石通霞壁,悬崖散碧沙。天晴虹影渡,风细练文斜。举一作攀陟幽期阻,沿洄客意赊。河梁非此路,别恨亦无涯。

赋得夜雨滴空阶送陆羽归龙山 同字

闲阶夜雨滴,偏入别情中。断续清猿应,淋漓候馆空。气令烦虑散,时与早秋同。归客龙山道,东来杂好风。

赋得灯心送李侍御萼 光字

灯心生众草,因有始知芳。彩妓窗偏丽,金桃动更香。花惊春未尽,焰喜夜初长。别后空离室,何人借末光。

赋得竹如意送详师赴讲 青字

缥竹湘南美,吾师尚毁形。仍留负霜节,不变在林青。每入杨枝手,因谈贝叶经。谁期沃州讲,持此别东亭。

听素法师讲法华经

法子出西秦,名齐漆一作七道人。才敷药草义,便见雪山春。护讲龙来远,闻经鹤下频。应机如一雨,谁不涤心尘。

咏敭上人座右画松

写得长松意,千寻数尺中。翠阴疑背日,寒色欲生风。真树孤标在,高人立操同。一枝遥可折,吾欲问生公。

夏日一作微雨登观农楼和崔使君

片雨拂檐楹，烦襟四坐清。霏微过麦垄，萧散一作瑟傍莎城。静爱和花落，幽闻入竹声。朝观趣无限，高咏寄深一作闲情。

妙喜寺逵公院赋得夜磬送吕评事

一磬寒山至，凝心转清越。细和虚籁尽，疏绕悬一作寒泉发。在夜吟更长，停空韵难绝。幽僧悟深定，归客忘远别。寂历无性中，真声何起灭。

咏小瀑布

瀑布小更奇，潺湲二三尺。细脉穿乱沙，丛声咽危石。初因智者赏，果会幽人迹。不向定中闻，那知我心寂。

仙女台 得仙字

寂寂一作寞旧桑田一作朱田，谁家一作何时女得仙。应无鸡犬在，空有子孙传。古木花犹发，荒台路未迁一作月尚悬。暮来云一片一作片云低不散，疑是却一作却归年。

灵澈上人何山寺七贤石诗

七石配七贤，隐僧山上移。石性殊磊落，君子又高奇。跂禅服宜坏，坐客冠可隳。夜倚月树影，昼倾风竹枝。集质患追琢，表顽用磷缁。佚火玉亦害，块然长在兹。

潘丞孩子

爱子性情奇，初生玉树枝。人曾天上见，名向月中知。我识婴儿意，何须待佩觿。

南池杂咏五首 并序

余草堂在池上洲，昔柳吴兴诗"汀洲采白蘋"，即此地也。左右云山满目，一坐遂有终焉之志。会广德中寇盗淮海骚动，宵人肆志，吾属不安，因赋南池五咏，聊以自适。

水　月

夜夜池上观，禅身坐月边。虚无色可取，皎洁意难传。若向空心了，长如影正圆。

溪　云

舒卷意何穷，萦流复带空。有形不累物，无迹去随风。莫怪长相逐，飘然与我同。

虚　舟

虚舟动又静，忽似去逢时。触物知无迕，为梁幸见遗。因风到此岸，非有济川期。

寒　山

侵空撩乱色，独爱我中峰。无事负轻策，闲行蹑幽踪。众山摇落尽，寒翠更重重。

寒　竹

袅袅孤生竹，独立山中雪。苍翠摇动一作劲风，婵娟带寒月。狂花不相似，还共凌冬发。

望远村

林杪不可分，水步遥难辨。一片山翠边，依稀见村远。

惜暮景

疏阴花不一作下动，片景松梢度。夏日旧来长，佳游何易暮。

效古 天宝十四年

日出天地正，煌煌辟晨曦。六龙驱群动，古今无尽时。夸父亦何愚，竞走先自疲。饮干咸池水，折尽扶一作长桑枝。渴死化爝火，嗟嗟徒尔为。空留邓林在，折尽一作摧折令人嗤。

古别离 代人答阎士和

太湖三山口，吴王在时道。寂寞千载心，无人见春草。谁识一作堪缄怨者，持此伤怀抱。孤舟畏狂风，一点宿烟岛。望所思兮若何，月荡漾兮空波。云离离兮北断，鸿一作雁眇眇兮南多。身去兮天畔，心折兮湖岸。春风胡为兮塞路，使我归梦兮撩乱。

拟长安春词

春信在河源，春风荡妾魂。春歌杂鹍鸡，春梦绕辒辌。春絮愁偏满，春丝闷更繁。春期不可定，春曲懒新翻。

效古

思君转战度交河，强弄胡琴不成曲。日落应愁陇底难，春来定梦江南数。万丈游丝是妾心，惹蝶萦花乱相续。

昭君怨

自倚婵娟望主恩，谁知美恶忽相翻。黄金不买汉宫貌，青冢空埋胡一作秦地魂。

铜雀妓

强开尊酒向陵看,忆得君王旧日欢。不觉馀歌悲自断,非关艳曲转声难。

长门怨

春风日日闭长门,摇荡春心似一作自梦魂。谁一作若遣花开只笑妾,不如桃李正一作自无言。

哭吴县房耸明府

仁人迈厚德,可谓名实全。抚迹若疏旷,会心极精研。履危节讵屈,广德初,江南寇盗充斥,贼通名宰长城县,屡至害,而竟不就。著论识不偏。公著《道性论》一篇。恨以荣级浅,嘉猷未及宣。伊人期远大,志业难比肩。昭世既合并,吾君藉陶甄。奈何明明理,与善徒空诠。征教或稽圣,穷源反问天。一官自吴邑,六翮委江堧。始是牵丝日,翻成撤瑟年。金膏果不就,房公昔日就沈道士学长生之术,昼以佛理难之。玉珮长此捐。倚伏信冥昧,夭修惊后先。安知忘情子,爱网素已褰。为有深仁感,遂令真性迁。心悲空林下,泪洒秋景前。夫子寡兄弟,抚孤伤藐然。倾云为惨结,吊鹤共联翩。割念命归驾,诀词向空筵。树桃阴始合,爱客位常悬。幡然一作恍若远行时,崇望归朝旋。悟兹欢宴隔,哀被一作彼岁月延。书带变芳草,履痕移绿钱。冥期傥可逢,生尽会无缘。王坦之与生法师为冥期,前死者归报其罪福。幸愿示因业,代君运精专。沈约死后,冥中见十(一作千),因师云:"师急为我造经,舍(一作拔)我苦难。"相思转寂寞,独往西林泉。欲见故人心,时阅所赠篇。素高陶靖节,今重楚先贤。芳躅将遗爱,可为终古传。

哭觉上人 时绊剡中

忆君南适越，不作买山期。昨得耶溪信，翻为逝水悲。神交如可见，生尽杳难思。白日东林下，空怀步影时。

题馀不溪废寺

武原离乱后一作武陵罹乱后，真界积尘埃。残月生秋水，悲风起故台。居人今已尽，栖鸽暝还来。不到无生理，应堪赋七哀。与《宿吴匡山破寺》诗略同。

同李洗马入馀不溪经辛将军故城

惨惨寒城望，将军下世时。高墉暮草遍，大树野风悲。壁垒今惟一作犹在，勋庸近可思。苍然古溪上，川逝共凄其。

忆天台

箬溪朝雨散，云色似天台。应是东风便，吹从海上来。灵山游汗漫，仙石过莓苔。误到人间世，经年不早回。

万回寺

万里称逆化，愚蠢性亦全。紫绂拖身上，妖姬安膝前一作边。见他拘坐寂，故我是眠禅。吾知至人心，杳若青冥天。

禅诗

万法出无门，纷纷使智昏。徒称谁氏子，独立天地元。实际且何有，物先安可存。须知不动念，照出万重源。

哀教

本师不得已，强为我著书。知尽百虑遣，名存万象拘。如何工言子，终日论虚无。伊人独冥冥，时人以为愚。

闻钟

古寺寒山上，远钟扬好风。声馀月树动，响尽霜天空。永夜一禅子，泠然心境中。

溪上月

秋水月娟娟，初生色界天。蟾光散浦溆，素影动沦涟。何事无心见，亏盈向夜禅。

山雪

夕阳在西峰，叠翠萦残雪。狂风卷絮回，惊猿攀玉折。何意山中人，误报山花发。

江上风

江风西复东，飘暴忽何穷。初生虚无际，稍起荡漾中。应吹夏口樯竿折，定蹙湓城浪花咽。今朝莫怪沙岸明一作崩，昨夜声狂卷成雪。

山雨

一片雨，山半晴。长风吹落西山上，满树萧萧心耳清。云鹤惊乱下，水香凝不然。风回雨定芭蕉湿，一滴时时入昼禅。

问遥山禅老

天与松子寿，独饮日月精。复令颜子贤，胡为夭其生。吾将寻河源，上天问天何不平？吾将诘仙老，大道无私谁强名？仙老难逢天不近，世人何人解应尽。明朝欲向翅头山，问取禅公此义还。

禅思

真我性无主，谁为尘识昏。奈何求其本，若拔大木根。妄以一念动，势如千波翻。伤哉子桑扈，虫臂徒虚言。神威兴外论，宗邪生异源。空何妨色在，妙岂废身存。寂灭本非寂，喧哗曾未喧。嗟嗟世上禅，不共智者论。

支公诗

支公养马复养鹤，率性无机多脱略。天生支公与凡异，凡情不到支公地。得道由来天上仙，为僧却下人间寺一作世。道家诸子论自然，此公唯许逍遥篇。山阴诗友喧四座，佳句纵横不废禅。

述梦

梦中归见西陵雪，渺渺茫茫行路绝。觉来还在剡东峰，乡心缭绕愁夜钟。寺北禅冈犹记得，梦归长见山重重。

赤松 一作赤松涧

缘一作绿岸蒙笼出见天，晴沙沥沥一作历历水溅溅。何处羽人长洗药，残花无数逐流泉。

戏题松树

为爱松声听不足，每逢松树遂忘还。翛然此外更何事，笑向闲云似我闲。

戏题二首

看饮逢歌日屡曛，我身何似系浮云。时人不解野僧意，归去溪头作鸟群。

喧喧共在是非间，终日谁知我自闲。偶客狂歌何所为，欲于人事强相关。

杂寓兴

嗟嗟号呶子，世称谪仙俦。媚俗被鲛绡，欺天荐昫修。奔景谓可致，驰龄言易流。燕昭昧往事，嬴政亡前筹。三山果不见，九仙忽悠悠。君看牛山乐，君见麋浦游。昨日千金子，联绵成古丘。吾将揽明月，照尔生死流。至乐享爰居，惭贻达者尤。冥冥光尘内，机丧成海沤。

杂兴六首

吾观谈天客，工言丧其精。万物资广庇，此中何有情。若为昧颜跖，修短怨太清。高论让邹子，放词征屈生。请从象外推，至论尤明明。

短龄役长世，扰扰悟不早。嫔女身后空，欢娱梦中好。从教西陵树，千载伤怀抱。鹤驾何冥冥，鳌洲去浩浩。柔颜感三花，凋发悲蔓草。月中伐桂人是谁，翻使年年不衰老。

谁高齐公子，泣听雍门琴。死且何足伤，殊非达人心。

独高庭中鹤，意远贵氛埃。有时青冥游，顾我还下来。

白云琅玕色，一片生虚无。此物若无心，若何卷还舒。

疏散遂吾性，栖山更无机。寥寥高松下，独有闲云归。精意不可道，冥然还掩扉。

偶然五首

乐禅心似荡，吾道不相妨。独悟歌还笑，谁言老更狂。

偶然一作世寂无喧，吾了一作心心一作了性源。可嫌虫食木，不笑鸟能言。

隐心不隐迹，却欲住人寰。欠树移春树，无山看画山。居喧我未错，真意在其间。

虏语嫌不学，胡音从不翻。说禅颠倒是，乐杀金王孙。

真隐须无矫一作不须矫，忘名要似愚。只将两条事，空却汉潜夫。

问天

天公一作翁何时有，谈者皆不经。谁道贤人死，今为傅说星。

寓言

吾道本无我，未曾嫌世人。如今到城市，弥觉此心真。

前溪作

春歌已寂寂，古水自涓涓。徒误时人辈，伤心作逝川。

戏作

乞我百万金，封我异姓王。不如独悟时，大笑放清狂。

浮云三章

浮云,刺谗也。盖取夫盛明之时,为浮云所蒙,非不明也。小人比于君侧,谗言荧惑,亦如浮云之害明。予览古史,极观君臣之际,败亡之兆,生于谗慝,遂作是诗。

浮云浮云,集于扶桑。扶桑茫茫,日暮之光。匪日之暮,浮云之污。嗟我怀人,犹心如蠹。

浮云浮云,集于咸池。咸池微微,日昃之时。匪日之昃,浮云之惑。嗟我怀人,忧心如织。

浮云浮云,集于高舂。高舂濛濛,日夕之容。匪日之夕,浮云之积。嗟我怀人,忧心如〔愵〕(慭)。

寓　言

人生百年我过半,天生才定不可换。东海钓鳌鳌不食,南山坐石石欲烂。

若邪春兴

春生若邪一作溪水,雨后漫流通。芳草行无尽,清一作春源去不穷。野烟迷极一作急浦,斜日起微风。数处乘流望,依稀似剡中。

晨登乐游原望终南积雪

凌晨拥弊裘,径上古原头。雪霁山疑近,天高思若浮。琼峰埋积翠,玉嶂掩飞流。曜彩含朝日,摇光夺寸眸。寒空标瑞色,爽气袭皇州。清眺何人得,终当独再游。

送商季皋

比来知尔有诗名，莫恨东归学未成。新丰有酒为我饮，消取故园伤别情。

全唐诗卷八二一

皎　然

吊灵均词

昧天道兮有无，听汨音觅渚兮踌躇。期灵均兮若存，问神理兮何如。愿君精兮为月，出孤影兮示予。天独何兮有君，君在万兮不群。既冰心兮皎洁，上问天兮胡不闻。天不闻，神莫睹，若云冥冥兮雷霆怒，萧条杳眇兮馀草莽。古山春兮为谁，今猿哀兮何思。风激烈兮楚竹死，国殇人悲兮雨飏飏。雨飏飏兮望君时，光茫荡漾兮化为水，万古忠贞兮徒尔为。

步虚词

予因览真诀，遂感西城一作域君。玉笙一作皇下青冥，人间未曾闻。日华炼精一作魂魄，皎皎无垢氛。谓我有仙骨，且令饵氤氲。俯仰愧灵颜，愿随鸾鹄群。俄然动风驭，缥渺归青云。

奉应颜尚书真卿观玄真子置酒张乐舞破阵画洞庭三山歌

道流迹异人共惊，寄向画中观道情。如何万象自心出，而心澹然无所营。手援毫，足蹈节，披缣洒墨称丽绝。石文乱点急管催，云态徐挥慢歌发。乐音洛纵酒酣狂更好，攒峰若雨纵横扫。尺波澶漫意无涯，片岭崚嶒势将倒。盻睐方知造境难，象忘神遇非笔端。昨日幽奇湖上见，今朝舒卷手中看。兴馀轻拂远天色，曾向峰东海边识。秋空暮景飒飒容，翻疑是真画不得。颜公素高山水意，常恨三山不可至。赏君狂画忘远游，不出轩墀坐苍翠。

答韦山人隐起龙文药瓢歌

野人药瓢天下绝，全如浑金割如月。彪炳文章智使然，生成在我不在天。若言有物不由物，何意中虚道性全。韦生能诗兼好异，获此灵瓢远相遗。仙侯玉帖人漫传，若士青囊世何秘。一捧一开如见君，药盛五色香氛氲。背一作阶上骊龙蟠不睡，张鳞摆颔生风云。世人强知金丹道，默仙不成秽仙老。年少纷如陌上尘，不见吾瓢尽枯槁。聊将系肘步何轻，便有三山孤鹤情。东方小儿乏此物，遂令仙籍独无名。

桃花石枕歌赠康从事

卞山幽石产奇璞，荆人至死采不著。何人琢枕持赠君，片片桃花开未落。剑工见兮可为剑昆吾石铁可铸为剑，玉工辨兮知非石。至宝由来览一作鉴者稀，今君独鉴应欲惜。何辞售一作集与章一作韦天真，幸得提携近玉人。可中弃置君不顾，天生秀色徒璘玢。四座喧喧争目悦，巧过造化称一绝。莫言昨日因错磨，看取从来无点缺。六月江南暑未阑，一尺花冰试枕看。高窗正午风飒变，室中不减春天寒。主人所重重枕德，文章外饰徒相惑。更有坚贞不易心，与君天下为士则。

张伯英一作伯高草书歌

伯英死后生伯高，朝看手把山中毫。先贤草律我草狂，风云阵发愁钟王。须臾变态皆自我，象形类物无不可。阆风游云千万朵，惊龙蹴踏飞欲堕。更睹邓林花落一作落叶朝，狂风乱搅何飘飘一作飘飖。有时凝然笔空握，情在寥天独飞鹤。有时取势气更高，忆得春江千里涛。张生奇一作草绝难再遇，王小令草书，古今称草绝。草罢临风展轻素。阴惨阳舒如有道，鬼状魑容若可惧。黄公酒垆兴偏入，阮籍不嗔嵇亦顾。长安酒榜醉后书，此日骋君千里步。

寒栖子歌 曾居庐山，欲有事罗浮之行。

君在庐山知不群，有疑是鹤又是云。生死尘埃污不得，眼前荣利徒纷纷。今日惠然来访我，酒榼书囊肩背荷。拂除衣上饵烟霞，昨夜胥门宿蔡家。天然不饮亦不食，抛名换姓觅不得。且向人间作酒仙，不肯将身生羽翼。停形为饵天地根胎息道成，世人皆死我独存。洗虑因吞清明篆，世人皆贪我常足。栖子妙今道已成，手把玄枢心运冥。能令鬼哭神效灵，身如飘风不可绊。朝游崆峒夕汗漫，向来坐客犹未散。忽忆罗浮欲去时，遥指孤云作路岐。海上仙游不可见，人间日落空桑枝。

翔隼歌送王端公

古人赏神骏，何如秋隼击。独立高标望霜翮，应看天宇如咫尺。低回拂地凌风翔，鹏雏敢下雁断行。晴空四顾忽不见，有时独出青霞傍。穷阴万里落寒日，气杀草枯增奋逸。云塞斜飞搅叶迷，雪天直上穿花疾。见君高情有所属，赠别因歌翔隼曲。离亭惨惨客散时，歌尽路长意不足。

白云歌寄陆中丞使君长源

一见西山云，使人情意远。凭高发咏何超遥，道妙如君一作有如有一作君舒卷。萦空叠景多丽容，众峰峰上自为峰。洁白不由阴雨积，高明肯共杂烟重。万物有形皆有著，白云有形无一作难系缚。黄金被烁玉亦瑕，一片飘然污不著。或逢天上或人间，人自营营云自闲。忽尔飞来暂为侣，忽然飞去莫能攀。逸民对云效高致，禅子逢云增道意。白云遇物无偏颇，自是人心见同异。阊阖天门宜曙看，为一作华缨作盖拥千官。从龙合沓临清暑殿名，就日逶迤绕露寒宫名。谁怜西山云，亭亭处幽绝。坐石长看非我羁，手中欲揽一作搅待君说。贞白先生那得知，只一作解向空山一作山中自怡悦。

裴端公使君清席赋得青桂歌送徐长史

昔年攀桂为留人，今朝攀桂送归客。秋风桃李摇落尽，为君青青伴松柏。谢公南楼送客还，高歌桂树凌寒山。应怜独秀空林上，空赏敷华积雪间。昨夜一枝生在月，婵娟可望不可折。若为天上堪赠行，徒使亭亭照离别。

周长史昉画毗沙门天王歌

长史画神独感神，高步一作妙区中无两人。雅而逸，高且真，形生虚无忽可亲。降魔大戟缩在手，倚天长剑横诸绅。慈威示物虽凛凛，在德无秋唯有春。吾知真象本非色，此中妙用君心得。苟能下笔合神造，误点一点亦为道。写出霜缣可舒卷，何人应一作能识此情远。秋斋清寂无外物，盥手焚香聊自展。忆昔胡兵围未解，感得此神天上下。至今云旗图我形，为君一顾烟尘清。

奉和颜鲁公真卿落玄真子舴艋舟歌 楚章华台成(影),愿〔与〕诸侯落之。

沧浪子后玄真子,冥冥钓隐江之汜。刳木新成舴艋舟,诸侯落舟自兹始。得道身不系,无机舟亦闲。从水远逝兮任风还,朝五湖兮夕三山。停纶乍入芙蓉浦,击汰时过明月湾。太公取璜我不取,龙伯钓鳌我不钓。竹竿袅袅鱼簁簁,此中自得还自笑。汗漫一游何可期,后来谁遇冰雪姿。上古初闻出尧世,今朝还见在尧时。

郑容全成蛟形木机歌

万物贵天然,天然不可得。浑朴无劳剞劂工,幽姿自可蛟龙质。欲腾未去何翩翩,扬袂争前谁敢拂。可中风雨一朝至,还应不是池中物。苍山万重采一枝,形如器车生意奇。风号雨喷心不折,众木千丛君独知。广德中,郑生避贼吴兴毗山,于稠人之中遇予,独见称赏。高人心,多越格。有时就月吟春风,持来座右惊神客。爱君开阁江之滨,白云黄鹤长相亲。南郭子綦我不识,非君独是是何人。

奉同颜使君真卿清风楼赋得洞庭歌送吴炼师归林屋洞

名山洞府到金庭,三十六洞称最灵。不有古仙启其秘,今日安知灵宝经。中山炼师栖白云,道成仙秩号元君。安之高仙者有元君,次有夫人。元君有秩,比左仙公。三千甲子朝玉帝,世上如今名始闻。吐纳青牙养肌发,花冠玉舄何高洁。不闻天上来谪仙,自是人间授真诀。吴兴太守道家流,仙师远放清风楼。应将内景还飞去,且从分风当此留。湖之山兮楼上见,山冥冥兮水悠悠。世人不到君自到,缥缈仙都谁与俦。黄鹤孤云天上物,物外飘然自天匹。一别千年未可期，仙家不数人间日。

戛铜碗为龙吟歌 并序

唐故太尉房公琯，早岁尝隐终南山峻壁之下，往往闻龙吟，声清而静，涤人邪想。时有好事僧潜戛之，以三金写之，唯铜声酷似。他日房公偶至山寺，闻林岭间有此声，乃曰："龙吟复迁于兹矣。"僧因出其器以告。公命戛之，惊曰："真龙吟也。"大历十三祀，秦僧传至桐江。予使童儿戛金仿之，亦不减秦声也。缁人或有讥者，曰："此达僧之事，可以嬉娱。尔曹无以琐行自拘。"因赋龙吟歌以见其意。

逸僧戛碗为一作闻龙吟，世上未曾闻此音。一从太尉房公赏，遂使秦人传至今。初戛徐徐声渐显，乐音不管何人辨。似出龙泉一作渊万丈底，乍怪声来近而远。未必全由戛者功一作工，真生虚无非碗中。寥亮掩清笛，萦回凌细风。遥闻不断在烟杪，万籁无声天境空。听专一境，则众音不闻，非万籁之无声也。乍一作昨向天台宿华顶，秋宵一吟更清迥。能令听者易常性，忧人忘忧躁人静。今日铿锽江上闻，蛟螭奔飞如得群。声过阴岭恐成雨，响驻晴天将起一作遏云。坐来吟尽空江一作江上碧，却寻向者听一作声无迹。人生万事将此同，暮贱朝荣动还寂。

饮茶歌诮崔石使君

越人遗我剡溪一作山茗，采得金牙爨金鼎。素瓷雪色缥一作飘沫香，何似诸仙琼蕊浆。一饮涤昏寐，情来一作思朗爽一作爽朗满天地。再饮清我神，忽如飞雨洒轻尘。三饮便得道，何须苦心破烦恼。此物清高世莫知，世人饮酒多一作徒自欺。愁一作好看毕卓瓮间夜，笑向陶潜篱下时。崔侯啜之意不已，狂歌一曲惊人耳。孰知茶道全尔真，唯有丹丘得如此。

买药歌送杨山人

华阴少年何所希，欲饵丹砂化骨飞。江南药少淮南有，暂别胥门上京口。京口斜通江水流，斐回应上青山头。夜惊潮没鸬鹚堰，朝看日出芙蓉楼。摇荡一作荡漾春风乱帆影，片云无数是扬州。扬州喧喧卖药市，浮俗无由识仙子。河间姹女直千金，紫阳夫人服不死。吾于此道复何如，昨朝新得蓬莱书。

薛卿教长行歌 时量移湖州别驾

桂阳仙柳道家说，昔传苏君今是薛。聊将握槊偶时人，便一作却被人间称冠绝。黄杨文局龟螭蟠，琢成骰一作头子双琅玕。初疑月破云中堕，复怪星移指下攒。谁识兵奇势可保，坐看将军上一作占一道长行有将军梁。有时彩王去声非所希，笑击单于出重围。凫惊隼击疾若飞，左顾右盼生光辉。家本联姻汉戚里，身是长安贵公子。名高艺绝何翩翩，几回决胜君王前。扈一作屡游长乐与祈年，人望青云白日边。谪宦江南岁阴晚，还将此道聊自遣。由来君子行最长，长行经有君子行、小人行。予亦知君寄心远。

桃花石枕歌送安吉康丞 并序

安吉，古桃州也，今为吴兴右邑，士遐副焉。于南山获桃花石，异而重之，珍于席上。士遐将赴京师，故帅诗人以君所宝之物高歌赠行。

君吏桃州尚奇一作寄迹，桃州采得桃花石。烂疑朝日照已舒，含似春风吹未坼。圭璋特达世所珍，吾知此物亦其伦。应羡花开不凋悴，应嘉玉片无缁磷。立性坚刚平若砥，君子偏将交道比。何人亦秉坚刚姿，吾见君心得如此。君心所好我独知，别多见少长相思。从来赏玩安左右，万里提携君莫辞。

赋得吴王送女潮歌送李判官之河中府

见说吴王送女时，行宫直到荆溪口。溪上千年送女潮，为感吴王至今有。乃知昔人由志诚，流水无情翻有情。平波忽起二三尺，此上疑与神仙宅。今人犹望荆之湄，长令望者增所思。吴王已殁女不返，潮水无情那有期。溪草何草号帝女，溪竹何竹号湘妃。灵涛旦暮自堪伤，的烁婵娟又争发。客归千里自兹始，览古高歌感行子。不知别后相见期，君意何如此潮水。

观李中丞洪二美人唱歌轧筝歌 时量移湖州长史

君家双美姬，善歌工筝人莫知。轧用蜀竹弦楚丝，清哇哇，音娃，歌声也。宛转声相随。夜静酒阑佳月前，高张水引何一作仍渊渊。美人矜名曲不误，蹙响时时如迸泉。赵琴一作瑟素所〔嘉〕(佳)，齐讴世称绝。筝歌一动凡音辍，凝弦且莫停金罍。淫一无淫字声已阕雅声来，游鱼唫喁鹤裴回。主人高情始为开，高情放浪出常格。偶世有名道无迹，勋业先登上将科。文章已冠诸人籍。每笑石崇无道情，轻身重色祸亦成。君有佳人当禅伴，于中不废学无生。爱君天然性寡欲，家贫禄薄常知足。谪官无愠如古人，交道忘言比前躅。不意全家万里来，湖中再见春山绿。吴兴公舍幽且闲，何妨寄隐在其间。时议名齐谢太傅，更看携妓似东山。

陈氏童子草书歌

书家孺子有奇名，天然大草令人惊。僧虔老时把笔法，孺子如今皆暗合。飙挥电洒眼不及，但觉毫端鸣飒飒。有时作点险且能，太行片石看欲崩。偶然长掣浓入燥，少室枯松欹不倒。夏室炎炎少人欢，山轩日色在阑干。桐花飞尽子规思，主人高歌兴不至。浊醪不饮嫌昏沉，欲玩草书开我襟。龙爪状奇鼠须锐，水一作冰笺白皙越人惠。王家小令草最狂，为予洒出一作挥洒惊腾势。

饮茶歌送郑容

丹丘羽人轻玉食，采茶饮之生羽翼。《天台记》云：丹丘出大茗，服之羽化。名藏仙府世空一作莫知，骨化云宫人不识。云一作雪山童子调金铛，楚人茶经虚得名。霜天半夜芳草折，烂漫一作熳缃花啜又一作久生。赏君一作常说此茶祛我疾一作赏君茶，祛我疾，使人胸中荡忧栗。日上香炉情未毕，醉一作乱踏虎溪云，高歌送君出。

花石长枕歌答章居士赠

楚山有石郢人琢，琢成长枕知是玉。全疑冰片坐一作睡恐销，间发花丛惊不足。赠予比之金琅玕，琼花烂熳一作烂烂浮席端。吾师道一作遣吾不执宝，今日感君因执看。试叩铿然应清律，纤尘不留蝇敢拂。万物皆因造化资，如何独负清贞质。南山有云鹊在空，长松为我生凉风。高友一作文朗咏乐其中，行住四仪皆道意。不学小乘一曲一作西竺士，唯将此物安座隅，取次闲眠有禅味。

观王右丞维沧洲图歌

沧洲误是真，萋萋忽盈视。便有春渚情，褰裳掇芳芷。飒然风至草不动，始悟丹青得如此。丹青变化不可寻，翻空作有移人心。犹言雨色斜拂座，乍似水凉来入襟。沧洲说近三湘口，谁知卷得在君手。披图拥褐临水时，翛然不异沧洲叟。

洞庭山维谅上人院阶前孤生橘树歌

洞庭仙山但生橘，不生凡木与梨栗。真子无私一作松自不栽，感得一株阶下出。细叶繁枝委露新，四时常绿不关春。若言此物无道性，何意孤生来就一作就来人。二月三月山初暖，最爱低檐数枝短。白花不用乌一作鸟衔来，自有风吹手中满。九月十月争破颜，金实离离色殷殷一作颜色殷，一夜天晴香满山。天一作山生珍木异于俗，俗士来逢不敢触。清阴独步禅起时，徙倚前看看不足。

春夜赋得漉水囊歌送郑明府

吴缣楚练何白皙，居士持来遗禅客。禅客能裁漉水囊，不用衣一作良工秉刀尺。先师遗我式一作戒无缺，一滤一翻心敢赊。夕望东峰思漱盥，昽昽斜月悬灯纱。徙倚花前漏初断，白猿争啸惊禅伴。玉瓶徐泻赏一作尚涓涓，溅著莲衣水珠满。因识仁人为宦情，还如漉水爱苍生。聊歌一曲与君别，莫忘寒泉见底清。

湛处士枸杞架歌

天生灵草生灵地，误生人间人不贵。独君井上有一根，始觉人间众芳异。拖线垂丝宜曙看，裴回满架何珊珊。春风亦解爱此物，袅袅时来傍香实。湿云缀叶摆不去，翠羽衔花惊畏失。肯羡孤松不凋色，皇天正气肃不得。我独全生异此辈，顺时荣落不相背。孤松自被斧斤伤，独我柔枝保无害。黄油酒囊石棋局，吾羡湛生心出俗一作吾湛生心出世俗。撷芳生一作坐影风洒怀，其致翛然此中足。

观裴秀才松石障歌

谁工此松唯拂墨，巧思丹青营不得。初写松梢风正生，此中势与真松争。高柯细叶动飒飒，乍听幽飗如有声。左右双松更奇绝，龙鳞麈尾仍半折。经春寒色聚不散，逼座阴阴将下雪。荆门石状凌玙璠，蹙成数片倚松根。何年蒨蒨苔黏迹，几夜潺潺水击痕。裴生诗家后来客,为我开图玩松石。对之自有高世心,何事劳君上山屐。

送顾处士歌 吴兴丘司议之女聟,即况也。

吴门顾子予早闻,风貌真古谁似君。人中黄宪与颜子,蚩物表孤高将片云。性背时人高且逸,平生好古无俦匹。醉书在箧称绝伦,神画开厨怕飞出。谢氏檀郎亦可俦,道情还似我家流。安贫日日一作用晦读书坐,不见将名干五侯。知君别业长洲外,欲行秋田循一作修畎浍。门前便取觳觫乘,腰上还将鹿卢一作辘轳佩。禅子有情非世情,御荈贡馀聊赠行。满道喧喧遇君别,争窥玉润与冰清。

水精数珠歌

西方真人为行密一作蜜,臂上记珠皎如日。佛名无著心亦空,珠去珠来体常一。谁道佛身千万身,重重只向心中出。

兵后西日溪行 并序

沈羲《仙记》:"铜岘地肺,可以逃水。"又《圣桃源记》:"天地改,花源在。"即此地也。此一章,灵澈上人可以志之。

一从清气上为天,仙叟何年见乾海。黄河几度浊复清,此水如今未曾改。西寻仙人渚,误入桃花穴。风吹花片使我迷,时时问山惊踏雪。石梁丹灶意更奇,石梁、丹灶、铜岘、仙人渚,灵迹有四所。春草不生多故辙。我来隐道非隐身,如今世上无风尘。路是武陵路,人非秦代人。饭松得高侣,濯足偶清津。数片昔贤磐石在,几回并坐戴纶巾。

姑苏行 一作台

古台不见秋草衰一作凄,却忆吴王全盛时。千年月照秋草上,吴王在时几回望。至今月出君不还,世人空对姑苏山。山中精灵安可睹,辙迹人踪麇鹿聚。婵娟西子倾国容,化作寒陵一堆土。

短歌行

古人若不死,吾亦何一作有所悲。萧萧烟雨九原上,白杨青松葬者谁。贵贱同一尘,死生同一指。人生在世一作万代共如此,何异浮云与流水。短歌行,短歌无穷日已倾。邺宫梁苑徒有名,春草秋风伤我情。何为不学金仙侣,一悟空王无死生。

山月行 一作关山月。末句缺一字。

家家望秋月,不及秋山望。山中万境长寂寥,夜夜孤明我山上。海人皆言生海东,山人自谓出山中。忧虞欢乐皆占月,月本无心同不同。自从有月山不改,古人望尽今人在。不知万世今夜时,孤月将□谁更待一作孤月将谁更相待。

顾渚行寄裴方舟

我有云泉邻渚山,山中茶事颇相关。鶗鴂鸣时芳草死,山家渐欲收茶子。伯劳飞日芳草滋,山僧又是采茶时。由来惯采无近远,阴岭长兮阳崖浅。大寒山下叶未生,小寒山中叶初卷二山名。吴婉一作姹携笼上翠微,蒙蒙香刺罥春衣。迷山一作山迷乍被一作可落花乱,度水时惊啼鸟飞。家园不远乘露摘,归时露彩犹滴沥。初看怕一作抽出欺玉英,更取煎来胜金液。昨夜西峰雨色过,朝寻新茗复如何。女宫露涩青芽老,尧市人稀紫笋多。紫笋青芽谁得识,日暮采一作探之长太息。清泠真人待子元,仙传:清泠真人裴君与道人支子元为友。贮此芳香思何极。

武源行赠丘卿岑

昔年群盗阻江东,吴山动摇楚泽空。齐人亦戴蜂虿毒,美稷化为荆棘丛。汹汹四顾多窟穴,浮云白波名不同。万人死地当虎口,一旦生涯悬彀一作鼓中。昨日将军殉死节,悉向生民陷成血。胸中豹略张阵云,握内蛇矛挥白雪。长洲南去接孤城,居人散尽鼓噪惊。三春不见芳草色,四面唯闻刁斗声。此时狂寇纷如市,君当要冲固深垒。纵横计出皆获全,士卒身先每轻死。扫平氛祲望吴门,人间岁美桑柘繁。比屋生全一作全生受君赐,连营罢战赖一作顶君恩。如何弃置功不一作未录,通籍无名滞江曲。灞亭不重李将军,汉爵犹轻苏属国。荒营寂寂隐山椒,春意空惊故柳条。野战攻城尽一作只如此,即今谁是霍嫖姚。

长安少年行

翠楼春酒虾蟆陵,长安少年皆共矜。纷纷半醉绿槐道,蹀躞花骢骄不胜。

风　入　松

西岭松声落日秋,千枝万叶风飕飗。美人援琴弄成曲,写得松间声断续。声断续,清我魂。流波坏陵安足论,美人夜坐月明里。含少商兮点一作照清徵,风何凄一作凄清兮何飘飘一作何飘飖,搅寒松兮又夜起。夜未央,曲何长,金徽更促声泱泱。何人此时不得意,意苦弦悲闻客堂。

陪卢中丞闲游山寺

此首与《和阎士和李蕙冬夜宴集》诗略同。

野寺出人境，舍舟登远峰。林开明见月，万壑静闻钟。拥烛明山翠，交麾动水容。如何股肱守，尘外得相逢。

湖南草堂读书招李少府

削去僧家一作中事，南池便隐居。为怜松子寿，还卜道家书。药院常无客，茶樽独对余。有时招逸史，来饭野中蔬。

答李季兰

天女来相试一作识，将花欲染衣。禅心竟不起，还捧旧花归。

酬郑判官湖上见赠

岁岁湖南隐已成，如何星使忽知名。沙鸥惯识无心客，今日逢君不解惊。

送旻上人游天台

真心不废别，试看越溪清。知汝机忘尽，春山自有情。月思华顶宿，云爱石门行。海近应须泛，无令鸥鹭惊。

送别

闻说情人怨别情，霜天淅沥在寒城。长宵漫漫角声发，禅子无心恨亦生。

与昂上人两字继合四句初字日

有一鸟雏，凌寒独宿。若逢云雨，两两相逐。

次　日

野外有一人,独立无四邻。彼见是我身,我见是彼身。

全唐诗卷八二二

广　宣

广宣，姓廖氏，蜀中人。与刘禹锡最善，元和、长庆两朝并为内供奉，赐居安国寺红楼院，有《红楼集》。今存诗十七首，编为一卷。

皇太子频赐存问并索唱和新诗因有陈谢

望苑招延一作贤后，禅扉访道馀。祇言俟文雅，何意及庸虚。率性多非学，缘情偶自书。清风闻寺响，白日见心初。重道逢轩后，崇儒过魏储。青宫列芳一作楩梓，玄圃积琼琚。郑鼠宁容者，齐竽久舍诸。空怀受恩感，含思几踌躇。

禁中法会应制

天上万年枝，人间不可窥。道场三教会，心地百王期。侍读沾恩早，传香驻日迟。在筵还向道，通籍许言诗。空愧陪仙列，何阶答圣慈。从今精至理，长愿契无为。

降诞日内庭献寿应制

庆寿千龄远，敷仁万国通。登霄欣有路，捧日愧无功。仙驾三山上，龙生二月中。修斋长乐殿，讲道大明宫。此地人难到，诸天事不同。法筵花散后，空界满香风。

寺中柿树一蒂四颗咏应制

珍木生奇亩，低枝拂梵宫。因开四界分，本自百花中。当夏阴涵绿，临秋色变红。君看药草喻，何减太阳功。

早秋降诞日献寿二首应制

秋蓂开六叶，元圣诞千年。绕殿祥风起，当空瑞日悬。道光中国主，人识大罗仙。敢赞无疆寿，香花上法筵。

万方瞻圣日，九土仰清光。磬地山河壮，弥天福寿长。瑞烟薰法界，真偈启仁一作人王。看献千秋乐，千秋乐未央。

驾幸天长寺应制

天界宜春赏，禅门不掩关。宸游双阙外，僧引一作隐百花间。车马喧长路，烟云净远山。观空复观俗，皇鉴此中闲。

九月菊花咏应制 一作清江诗

可讶东篱菊，能知节候芳。细枝青玉润，繁蕊碎金香。爽一作浮气浮一作凝朝露，浓姿带夜霜。泛杯传寿酒，应共乐时康。

驾幸圣容院应制

大唐国里千年圣，王舍城中百亿身。却指容颜非我相，自言空色是吾真。深殿虔心随宝辇，广庭徐步引金轮。古来贵重缘亲近，狂客惭为侍从臣。

圣恩顾问独游月磴阁直书其事应制

禅居河畔无多地，来往寻春物正华。磴道上盘千亩竹，栏干低压一作数万人家。檐前施饭来飞鸟，林下行香踏落花。自解刹那知佛性，不劳更喻几尘沙。

安国寺随驾幸兴唐观应制

东林何殿是西邻，禅客垣墙接羽人。万乘游仙宗有道，三车引路本无尘。初传宝诀长生术，已证金刚不坏身。两地尽修天上事，共瞻銮驾一作鸾鹤重来巡。

贺王起 一作贺王侍郎典贡放榜

从辞凤阁掌丝纶，便向青云领贡宾。再辟文场一作章无枉路，两开金榜绝冤人。眼看龙化门前水，手放莺飞谷口春。明日定归台席去，鹡鸰原上共陶钧。

贺幸普济寺应制

南方宝界几由旬，八部同瞻一佛身。寺压山河天宇静，楼悬日月镜光新。重城柳暗东风曙一作暖，复道花明上苑春。向晚銮舆归凤阙，曲江池上动青蘋。

红楼院应制 一作沈佺期诗

红楼疑见白毫光，寺逼宸居福盛唐。支遁爱山情谩切，昙摩泛海路空长。经声夜息闻天语，炉气晨飘接御香。谁道此中难可到，自怜深院得徊翔。

再入道场纪事应制 一作沈佺期诗

南方归去再生天，内殿今年异昔年。见辟乾坤新定位，看题日月更高悬。行随车一作香辇登仙路，坐近炉烟讲法筵。自喜恩深陪侍从，两朝长在圣人前。

寺中赏花应制

东风万里送香来，上界千花向日开。却笑霞楼紫芝侣，桃源深洞访仙才。

九月十五日夜宿郑尚书絪东亭望月寄杜给事

霜天晴一作昨夜宿东斋，松竹交阴惬素怀。迥出风尘心得地，可怜三五月当阶。清光满院恩一作思情见，寒色临门笑语谐。霄汉路殊从道合，往来人事不相乖。

全唐诗卷八二三

含　曦

含曦，元和、太和间长寿寺僧。诗一首。

酬卢仝见访不遇题壁

一本无不遇题壁四字。卢仝有《访含曦上人》诗。

长寿寺石壁，卢公一首诗。渴读一作饮即不渴，饥读一作食即不饥。鲸吞海水尽，露出珊瑚枝。海神知贵不知价，留向人间光照夜。

善　生

善生，贞元时僧。诗四首。

旅中答喻军事问客情

一自游他国，相逢少故人。纵然为客乐，争似在家贫。畜恨霜侵鬓，搜诗病入神。若非怜片善，谁肯问风尘。

赠卢逸人

高眠岩野间，至艺敌应难。诗苦无多首，药灵惟一丸。引泉鱼落釜，攀果露沾冠。已得嵇康趣，逢迎事每阑。

送玉禅师

飘然无定迹，迥与律乘违。入郭随缘住，思山破夏归。过夏不终，谓之破夏。盂擎数家饭，衲乞几人衣。洞了曹溪旨，宁输俗者机。

送智光之南值雨

结束衣囊了，炎州定去游。草堂方惜别，山雨为相留。又得一宵话，免生千里愁。莫辞重卜日，后会必经秋。

韬　光

韬光，蜀人，卓锡灵隐之巢沟坞。白居易守郡时，题其堂曰法安。诗一首。

谢白乐天招

山僧野性好林泉，每向岩阿倚石眠。不解栽松陪玉勒，惟能引水种金莲。白云乍可来青嶂，明月难教下碧天。城市不能飞锡去，恐妨莺啭翠楼前。

知　玄

知玄，字后觉，姓陈氏，眉州人。僖宗时，赐号悟达国师。歌诗二十馀卷，今存诗三首。

五岁咏花

花开满树红，花落万枝空。唯馀一孕在，明日定随风。

祝尧诗

生天本自生天业，未必求仙便得仙。鹤背倾危龙背滑，君王且住一千年。

答僧澈

观君法苑思冲虚，使我真乘刃有馀。若使龙光时可待，应怜僧肇论成初。五车外典知谁敌，九趣多才恐不如。萧寺讲轩横淡荡，帝乡云树正扶疏。几生曾得阇瑜意，今日堪将贝叶书。一振微言冠千古，何人执卷问吾庐。

元　孚

元孚，宣城开元寺僧，与许浑同时，或曰楚中僧。诗二首。

月夜怀刘秀才

独夜相思但自劳，阮生吟罢梦云涛。此时小定未禅寂，古塔月中松磬高。

送李四校书

朱丝写别鹤泠泠，诗满红笺月满庭。莫学楚狂隳姓字，知音还有子期听。

栖　白

栖白，越中僧。前与姚合交，后与李洞、曹松相赠答。宣宗朝，尝居荐福寺，内供奉，赐紫。诗一卷，今存十六首。

边　思

西北黄云暮，声声画角愁。阴山一夜雨，白草四郊秋。乱雁鸣寒渡，飞沙入废楼。何时番色尽，此地见芳洲。

八月十五夜玩月

寻常三五夜，不是不婵娟。及至中秋满，还胜别夜圆。清光凝有露，皓魄爽无烟。自古人皆望，年来又一年。

寻山僧真胜上人不遇

松下禅栖所，苔滋径莫分。青山春暮见，流水夜深闻。不坐看心石，应随出定云。猿猱非可问，岩谷自空曛。

赠李溟秀才

南居古庙深，高树宿山禽。明月上清汉，骚人动楚吟。数篇正始韵，一片补亡心。孤悄欺何谢，云波不可寻。

送石秀才

正是叹羁游，知音拜楚侯。何须辞远道，自可乐扁舟。倚棹江洲雨，闻猿岛岫秋。谢家山水兴，终日待诗流。

送造微上人游五台及礼本师

寒空金锡响，欲过渭阳津。极目多来雁，孤城少故人。与师虽别久，于法本相亲。又对清凉月，中宵语宿因。

送禅师宗极归玉峰

背郭去归宿，头陀意颇浓。鹤争栖远树，猿斗上孤峰。夜戍经霜月，秋城过雨钟。由来无定止，何处访高踪。

送僧归旧山

谈空与破邪，献寿复荣家。白日一作百生得何偈，青天落几花。传灯皆有分，化俗独无涯。却入中峰寺，还知有聚沙。

送圆仁三藏归本国

家山临晚日，海路信归桡。树灭浑无岸，风生只有潮。岁穷程未尽，天末国仍遥。已入闽王梦，香花境外邀。

送王炼师归嵩岳

飘然绿毛节，杳去洛城端。隔水见秋岳，兼霜扫石坛。一溪松色古，半夜鹤声寒。迥与人寰别，劳生不可观。

寿昌节赋得红云表夏日

景候融融阴气潜，如峰云共火相兼。霞光捧日登天上，丹彩乘风入殿檐。行逐赤龙千岁出，明当朱夏万方瞻。微臣多幸逢佳节，得赋殊祥近御帘。

经废宫

终日河声咽暮空,烟愁此地昼濛濛。锦帆东去沙侵苑,玉辇西来树满宫。鲁客望津天欲雪,朔鸿离岸苇生风。那堪独立思前事,回首残阳雉堞红。

赠识古法师

重城深寺讲初休,却忆家山访旧游。对月与君相送夜,闻蛩教我独惊秋。云心杳杳难为别,鹤性萧萧不可留。遥想孤舟清渭上,飘然帆影起离愁。

月夜怀刘秀才 一作元孚诗

独夜相思但自劳,阮生吟罢梦云涛。此时小定未禅寂,古塔月中松磬高。

寄南山景禅师

一度林前见远公,静闻真语世情空。至今寂寞禅心在,任起桃花柳絮风。

哭刘得仁

为爱诗名吟至死一作此,风魂雪魄去难招。直须桂子落坟上,生得一枝冤始消。

应　物

应物,大中时江南诗僧也。尝与罗邺唱酬,作《九华山记》。诗二首。

龙　潭

石激悬流雪满湾，五龙潜处野云闲。暂收雷电九峰下，且饮溪潭一水间。浪引浮槎依北岸，波分晓日浸东山。回瞻四面如看画，须信游人不欲还。

题化城寺

平高选处创莲宫，一水萦流处处通。画阁昼开迟日畔，禅房夜掩碧云中。平川不见龙行雨，幽谷遥闻虎啸风。偶与游人论法要，真元浩浩理无穷。

智　亮

智亮，大中中闽开元寺僧。尝袒膊行乞，号袒膊和尚。诗二首。

戴云山吟

人间谩说上天梯，上万千回总是迷。曾似老人岩上坐，清风明月与心齐。

又

戴云山顶白云齐，登顶方知世界低。异草奇花人不识，一池分作九条溪。

良　乂

良乂，大中时僧。诗一首。

答卢邺 一本题上有秋山二字

风泉只向梦中闻，身外无馀可寄君。当户一轮惟晓月，挂檐数片是秋云。

常　达

常达，字文举，俗姓顾，发迹河阳大福山。大中中，居吴郡破山寺。诗八首。

山居八咏

身闲依祖寺，志僻性多慵。少室遗真旨，层楼起暮钟。啜茶思好水，对月数诸峰。有问山中趣，庭前是古松。

晚望虚庭物，心心见祖情。烟开分岳色，雨雾减泉声。远树猿长啸，层岩日乍明。更堪论的意，林下笋新生。

一室尘埃外，翛然祇么常。睡来开寝帐，钟动下禅床。溪浸山光冷，秋凋木叶黄。时提祖师意，攲石看斜阳。

西来真祖意，只在见闻中。寒雁一声过，疏林几叶空。心闲怜水石，身老怯霜风。为报参玄者，山山月色同。

真性寂无机，尘尘祖佛师。日明庭砌暖，霜苦药苗衰。汲水和烟酌，栽松带雪移。好听玄旨处，猿啸岭南枝。

古寺凭栏危,时闻举妙机。庭空月色净,夜迥磬声移。漏转寒更急,灯残冷焰微。太虚同万象,相谓话玄微。

胡僧论的旨,物物唱圆成。疏柳春来翠,幽窗日渐明。禅心清石室,蝶翅覆花英。好听谈玄处,乔松鹤数声。

祖祖唯心旨,春融日正长。霜轻莎草绿,风细药苗香。月满真如净,花开觉树芳。庭前莺哢处,时听语圆常。

僧　鸾

僧鸾,少有逸才,不事拘检。谒薛能尚书,以其颠率,令之出家。后入京,为文章供奉,赐紫。或云即鲜于凤。诗二首。

苦热行

烛龙衔火飞天地,平陆无风海波沸。彤云叠叠耸奇峰一作彤云叠挂奇峰长,焰焰流光热凝翠。烟岛抟鹏弹双翅,羲和赫怒强总辔。饮流夸父毙长途,如见当中印王字。明明夜西朝又东,古来有道仍再中。扶桑老叶蔽不得,辉华直欲一作上凌苍空。行一作万人挥汗翻成雨,口燥喉干嗌尘土。西郊云色昼冥冥,如何不救生灵苦。何山怪木藏蛟龙,缩鳞卷鬣为乖慵。不发滂泽注天下,欲使风雷何所从。旱苗原上枯成焰,岳灵徒祝无神验。豪家帘外唤清风,水纹明角铺长簟。玉扇画堂凝夜秋,歌艳绕梁催莫愁。阳乌落尽酒不醒,扶上西园当月楼。废田暍死非吾属,库有黄金仓有粟。

赠李粲秀才 字辉用

陇西辉用真才子,搜奇探险无伦比。笔下铦磨巨阙锋,胸中静滟西江水。哀弦古乐清人耳,月露激寒哭秋鬼。苔地无尘到晓吟,杉松老叶风干起。十轴示余三百篇，金碧烂光烧蜀笺。雄芒逸气测不得，使我踯躅成狂颠。大郊远阔空无边，凝明淡绿收馀烟。旷怀相对景何限，落日乱峰青倚天。又惊大舶帆高悬，行涛劈浪凌飞仙。回首瞥见五千仞，扑下香炉瀑布泉。何事古人夸八斗，焉敢今朝定妍丑。飒风驱雷暂不停，始向场中称大手。骏如健鹘鹗与雕，拏云猎野翻重霄。狐狸窜伏不敢动，却下双鸣当迅飙。愁如湘灵哭湘浦，咽咽哀音隔云雾。九嶷深翠转巍峨，仙骨寒消不知处。清同野客敲越瓯，丁当急响涵清秋。鸾雏相引叫未定，霜结夜阑仍在楼。高若太空露云物，片白激青皆仿佛。仙鹤闲从净碧飞，巨鳌头戴蓬莱出。前辈歌诗惟翰林，神仙老格何高深。鞭驰造化绕笔转，灿烂不为酸苦吟。梦乘明月清沉沉，飞到天台天姥岑。倾湖涌海数百字，字字不朽长抝金。此日多君可俦侣，堆珠叠巩满玄圃。终日并辔游昆仑，十二楼中宴王母。

神　颖

神颖，咸通中僧。诗二首。

和王季文题九华山

众岳雄分野，九华镇南朝。彩笔凝空远，崔嵬寄青霄。龙潭古仙府，灵药今不凋。莹为沧海镜，烟霞作荒标。造化心数奇，性状精气饶。玉树郁玲珑，天籁韵萧寥。寂寂寻乳窦，兢兢行石桥。通泉漱云母，藉草萦香苕。我住一作在幽且深，君赏昏复朝。稀逢发清唱，片片霜凌飙。

宿严陵钓台

寒谷荒台七里洲，贤人永逐水东流。独猿叫断青天月，千古冥冥潭树秋。

澹　交

澹交，苏州昭隐寺僧，乾符中人也。诗三首。

效　古

荣辱又荣辱，一何翻与覆。人生百岁中，孰肯死前足。玄鬓忽如丝，青丛不再绿。自古争名徒，黄金是谁禄。

病后作

未得忘一作亡身法，此身终未安。病肠犹可洗，瘦骨不禁寒。药少心情一作神饵，经无气力看。悠悠片云质一作下，独对一作坐夕阳残。

写　真

图形期自见，自见却伤神。已是梦中梦，更逢身外身。水花凝幻质，墨彩染一作聚空尘。堪笑予兼尔，俱为未了人。

文　秀

文秀，江南僧，居长安。以文章应制，与郑谷善。诗一首。

端　午

节分端午自一作有谁言，万古传闻为屈原。堪笑楚江空渺渺一作浩浩，不能洗得直臣冤。

怀　楚

怀楚，唐末僧，住安州白兆竺乾院。诗二首。

谢友人见访留诗

轩车谁肯到，泉石自相亲。暮雨凋残寺，秋风怅望人。庭新一片叶，衣故一作上十年尘一作春。赖有瑶华赠，清吟愈病身。

送新平故人

常听一作远得仓庚思旧友，又因蝴蝶梦生涯。一千馀里河连一作边郭，三十六峰寒到家。阴岛直分东虢一作晓雁，晴楼高入上阳鸦。姜嫄庙北与君别，应笑薄寒悲落花。

耽　章

耽章，俗姓黄，莆田人。出家于福州灵石，嗣法洞宗，慕曹溪六祖，乃名其山曰曹，世以曹山称之。后住仰山。诗一首。

辞南平钟王召

摧残枯木倚寒林，几度逢春不变心。樵客见之犹不采，郢人何事苦搜寻。

全唐诗卷八二四

子　兰

子兰，昭宗朝文章供奉。诗一卷。

短歌行

日月何忙忙，出没住不得。使我勇壮心，少年如顷刻。人生石火光，通时少于塞。四季倏往来，寒暑变为贼。偷人面上花，夺人头上黑。

饮马长城窟

游客长城下，饮马长城窟。马嘶闻水腥，为浸一作泛征人骨。岂不是流泉，终不成潺湲一本无此二句。洗尽骨上土，不洗骨中冤。骨若比一作不，一作逐。流水，四海有还魂一本无此二字。空流呜咽声，声中疑是一作骨言。

夜　直

大内隔重墙，多闻乐未央。灯明宫树色，茶煮禁泉香。凤辇通门静，鸡歌入漏长。宴荣陪御席，话密近龙章。吟步彤庭月，眠分玉署凉。欲黏朱绂重，频草白麻忙。笔力将群吏，人情在致唐。万方瞻仰处，晨夕面吾皇。

赠行脚僧

世界曾行遍，全无行可修。炎凉三衲共，生死一身休。片断云随体，稀疏雪满头。此门无所著，不肯暂淹留。

秋日思旧山

咸言上国一作天上繁华，岂谓帝城羁旅。十点五点残萤，千声万声秋雨。白云江上故乡，月下风前吟处。欲去不去迟迟，未展平生所伫。

寄乾陵杨侍郎

冷落官资不畏贫，司曹且共内官分。步量野色成公案，点检樵声入奏闻。陵庙路因朝去扫，御炉香每夜来焚。碑寒树古神门上，管得无穷空白云。

登楼忆友

物象远濛濛，周回极望中。带烟千井树，和磬一楼风。月色寒沉地，波声夜飏空。登临无限趣，恨不与君同。

华严寺望樊川

万木叶初红，人家树色中。疏钟摇雨脚，秋水浸云容。雪碛回寒雁，村灯促夜舂。旧山归未得，生计欲何从。

与道侣同于水陆寺会宿

论道穷一作同心少有朋，此时清话昔年曾。柿凋红叶铺寒井，鹊一作鸽坠霜毛著定僧。风递远声秋涧水，竹穿深色夜房灯。出门尽是劳生者，只此长闲几个能。

城上吟

古冢密于草，新坟侵官一作古道。城外无闲地，城中人又老。

襄阳曲

为忆南游人，移家大堤住。千帆万帆来，尽过一作过尽门前去。

诫贪

多求待心足，未足旋倾覆。明知贪者心，求荣不求辱。

蝉二首

独蝉初唱古槐枝，委曲悲凉断续迟。雨后忽闻谁最苦，异乡孤馆忆家时。

衰柳蝉吟旁浊河，正当残日角声和。寻常不足一作是少愁思，此际闻时愁更多。

太平坊寻裴郎中故宅

不语凄凉无限情，荒阶行尽又重行。昔年住此何人一作此住人何在，满地一作空见槐花秋草生。

登楼

边邑鸿声一例秋，大波平日绕山流。故人千里同明月，尽夕无言空倚楼。

长安早秋

风舞槐花落御沟，终南山色入城秋。门门走马征兵急，公子笙歌醉玉楼。

对　雪

密密无声坠碧空，霏霏有韵舞微风。幽人吟望搜辞处，飘入窗来落砚中。

鹦　鹉

翠毛丹嘴乍教时，终日无寥似忆归。近来偷一作倚解人言语，乱向金笼说是非。

晚　景

池荷衰飒菊芬芳，策杖吟诗上草堂。满目暮云风卷尽，郡楼寒角数声长。

长安伤春

霜陨中春花半无，狂游恣饮尽凶徒。年年赏玩公卿辈，今委沟塍骨渐枯。

河梁晚望二首

水势滔滔不可量，渔舟容易泛沧浪。连山翠霭笼沙溆，白鸟翩翩下夕阳。

雨添一夜秋涛阔，极目茫茫似接天。不知龙物潜何处，鱼跃蛙鸣满槛前。

悲长安

何事天时祸未回，生灵愁悴苦寒灰。岂知万顷繁华地，强半今为瓦砾堆。

千叶石榴花

一朵花开千叶红，开时又不藉春风。若教移在香闺畔，定与佳人艳态同。

观　棋

拂局尽消时，能因长路迟。点头初得计，格手待无疑。寂默亲遗景，凝神入过思。共藏多少意，不语两相知。

全唐诗卷八二五

可　止

可止，姓马氏，范阳房山人。长近体律诗，乾宁中，赐紫。后唐明宗令住持洛京长寿寺，署号文智大师。有《三山集》，今存诗九首。

山　居

雪消春力展，花漫洞门垂。果长纤枝曲，岩崩直道移。重猿围浅井，斗鼠下疏篱。寒食微灯在，高风势彻陂。

赠樊川长老 一作清尚诗

瘦颜颧骨见，满面雪毫垂。坐石鸟疑死，出门人谓痴。照身潭入楚，浸影桧生隋。太白曾经夏，清风凉四肢。

寄积麦山会如长老

默然如大道，尘世不相关。青桧行时静，白云禅处闲。贫高一生行，病长十年颜。夏满期游寺，寻山又下山。

送　僧

四海无拘系，行心兴自浓。百年三事衲，万里一枝筇。夜减当晴影，春消过雪踪。白云深处去，知宿在何峰。

哭贾岛

燕生松雪地，蜀死葬山根。诗僻降今古，官卑误子孙。冢栏寒月色，人哭苦吟魂。墓雨滴碑字，年年添藓痕。

雪十二韵

落处咸过尺，倏然物象凄。瑞凝金殿上，寒甚玉关西。润比江河普，明将日月齐。凌云花顶腻，锁径竹梢低。出谷樵童怯，归林野鸟迷。煮茶融破练，磨墨染成鼞。陷兔埋平泽，和鱼冻合溪。入楼消酒力，当槛写诗题。道路依凭马，朝昏委托鸡。洞深猿作族，松亚鹤移栖。及夏清岩穴，经春溜石梯。丰年兼泰国，天道育黔黎。

精舍遇雨

空门寂寂淡吾身，溪雨微微洗客尘。卧向白云情未尽，任他黄鸟醉芳春。

小雪

落雪临风不厌看，更多还恐蔽林峦。愁人正在书窗下，一片飞来一片寒。

送婆罗门僧

雪岭金河独向东，吴山楚泽意无穷。如今白首乡心尽，万里归程在梦中。

句

不知谁会喃喃语，必向王前报太平。中山节度王处直座咏白鹊，时诸侯兼并，王欲继好息民，故云。《高僧传》

云　表

云表，唐末于豫章讲法华慈恩大疏，法席称盛。诗一首。

寒食日

寒食悲看郭外春，野田无处不伤神。平原累累添一作伤新冢，半一作总是去年来哭人。

归　仁

归仁，唐末江南僧，住京洛灵泉。诗六首。

自遣

日日为诗苦，谁论春与秋。一联如得意，万事总忘忧。雨堕花临砌，风吹竹近楼。不吟头也白，任白此生头。

酬沈先辈卷

一百八十首，清泠韵可敲。任从人不爱，终是我难抛。桂魄吟来满，蒲团坐得凹。先生声价在，寰宇几人抄。

题贾岛吟诗台

此台如可废,此恨有谁平。纵使迷青草,终难没旧名。天悲朝雨色,岳哭夜猿声。不是心偏苦,应关自古情。

悼罗隐

一著谗一作谢书未快心,几抽胸臆纵狂吟。管中窥豹我犹在,海上钓鳌君也沉。岁月尽能消愤懑,寰区那更有知音。长安冠盖皆涂地,仍喜先生葬碧岑。

题楚庙

羞容难更返江东,谁问从来百战功。天地有心归道德,山河无力为英雄。芦花尚认霜戈白,海日犹思火阵红。也是男儿成败事,不须惆怅对西风。

牡丹

三春堪惜牡丹奇,半倚朱栏欲绽时。天下更无花胜此,人间偏得贵相宜。偷香黑蚁斜穿叶,觑蕊黄蜂倒挂枝。除却解禅心不动,算应狂杀五陵儿。

卿　云

卿云,唐末岭南僧。诗四首。

旧国里一作旧里

旧居梨一作黎岭下,风景近炎方。地暖生春早一作草,家贫觉岁长。

石房云过湿，杉一作松径雨馀香。日夕竟一作久觉无事，诗书聊自强。

秋日江居闲咏

寄居江岛边，闲咏见一作几秋残。草白牛羊瘦一作攫，风高猿鸟寒。检方医故疾，挑荠备中餐。时复停书卷，钼莎种木兰。

长安言怀寄沈彬侍郎

故园梨一作黎岭下，归路接天涯。生作长安草，胜为边地花。雁南飞不到，书北寄来赊。堪羡神仙客，青云早致家。

送人游塞

去去玉关路，省君曾未行。塞深多伏寇，时静亦一作欲屯兵。雪每先秋降，花尝近夏生。闲陪射雕将，应到受降城。

隐　峦

隐峦，唐末匡庐僧。诗五首。

逢老人

路逢一老翁，两鬓白如雪。一里二里行，四回五回歇。

牧　童

牧童见人俱不识一作会，尽着芒鞋戴箬笠。朝阳未出众山晴，露滴蓑衣犹半湿。二月三月时，平原草初绿。三个五个骑羸牛，前村后村来放牧。笛声才一举，众稚齐歌舞。看看白日向西斜，各自骑牛又归去。

蜀中送人游庐山

居游正值芳春月,蜀道千山皆秀发。溪边十里五里花,云外三峰两峰雪。君上匡山我旧居,松萝抛掷十年馀。君行试到山前问,山鸟只今相忆无。

琴

七条丝上寄深意,涧水松风生十指。自乃知音犹尚稀,欲教更入何人耳。

浮　桥

横压惊波防没溺,当初元创是军机。行人到此全无滞,一片江云踏欲飞。

泠　然

泠然,唐末僧。诗一首。

宿九华化成寺庄

佛寺孤庄千嶂间,我来诗境强相关。岩边树动猿下涧,云里锡鸣僧上山。松月影寒生碧落,石泉声乱喷潺湲。明朝更蹑层霄去,誓共烟霞到老闲。

大　愚

大愚,郫都青莲寺沙门。诗一首。

乞荆浩画

六幅故牢健，知君恣笔踪。不求千涧水，止要两株松。树下留盘石，天边纵远峰。近岩幽湿处，惟藉墨烟浓。

怀　濬

怀濬，秭归郡僧。诗二首。

上归州刺史代通状二首

怀濬能逆知未兆之事，东里人以神圣待之。刺史于公捕诘，乃以诗通状，于异而释之。

家在闽山西复西，其中岁岁有莺啼。如今不在莺啼处，莺在旧时啼处啼。

家在闽山东复东，其中岁岁有花红。而一作如今不在花红处，花在旧时红处红。

恒　超

恒超，姓冯氏，范阳人，居棣州开元寺。终于后汉之乾祐。诗一首。

辞郡守李公恩命

虚著褐衣老，浮杯道不成。誓传经论死，不染利名生。厌树遮山色，怜窗向月明。他时随范蠡，一棹五湖清。

净　显

净显，五代时洛阳首座沙门。诗一首。

题广爱寺楞伽山

灵异不能栖鸟雀，幽奇终不着猿猱。为经巢贼应无损，纵使秦驱也谩劳。珍重昔贤留像迹，陵迁谷变自坚牢。失二句。

修　雅

修雅，唐法师。诗一首。

闻诵法华经歌

山色沉沉，松烟幂幂。空林之下，盘陀之石。石上有僧，结跏横膝。诵白莲经，从旦至夕。左之右之，虎迹狼迹。十片五片，异花狼藉。偶然相见，未深相识。知是古之人，今之人，是昙彦，是昙翼？我闻此经有深旨，觉帝称之有妙义。合目冥心子细听，醍醐滴入焦肠里。佛之意兮祖之髓，我之心兮经之旨。可怜弹指及举手，不达目前今正是。大矣哉，甚奇特，空王要使群生得。光辉一万八千土，土土皆作黄金色。四生六道一光中，狂夫犹自问弥勒，我亦当年学空寂，一得无心便休息。今日亲闻诵此经，始觉驴乘匪端的。我亦当年不出户，不欲红尘沾步武。今日亲闻诵此经，始觉行行皆宝所。我亦当年爱吟咏，将谓冥搜乱神定。今日亲闻诵此经，何妨笔砚资真性。我亦当年狎儿戏，将谓光阴半虚弃。今日亲闻诵此经，始觉聚沙非小事。我昔曾游山与水，将谓他山非故里。今日亲闻诵此经，始觉山河无寸地。我昔心猿未调伏，常将金锁虚拘束。今日亲闻诵此经，始觉无物为拳挛。师诵此经经一字，字字烂嚼醍醐味。醍醐之味珍且美，不在唇，不在齿，只在劳生方寸里。师诵此经经一句，句句白牛亲动步。白牛之步疾如风，不在西，不在东，只在浮生日用中。日用不知一何苦，酒之肠，饭之脏，长者扬声唤不回。何异聋，何异瞽，世人之耳非不聪，耳聪特向经中聋。世人之目非不明，目明特向经中盲。合聪不聪，合明不明，辘轳上下，浪死虚生。世人纵识师之音，谁人能识师之心。世人纵识师之形，谁人能识师之名。师名医王行佛令，来与众生治心病。能使迷者醒，狂者定，垢者净，邪者正，凡者圣。如是则非但天恭敬，人恭敬，亦合龙赞咏，鬼赞咏，佛赞咏。岂得背觉合尘之徒，不稽首而归命。

元　寂

元寂，俗姓高，居升元寺。保大中，授左街僧录，内供奉，赐紫。坐饮酒狂歌落职，后醉死于石子冈。诗一首。

歌

马令书云："寂日以狂歌为事，大醉则十数小儿随之。行歌于路，与群儿互相应和，旁若无人。"

酒秃酒秃，何荣何辱。但见衣冠成古丘，不见江河变陵谷。

若　虚

若虚，南唐僧。隐庐山石室，李主累征不就。诗三首。

怀庐山旧隐

九叠嵯峨倚着天，悔随寒瀑下岩烟。深秋猿鸟来心上，夜静松杉到眼前。书架想遭苔藓〔裹〕(里)，石窗应被薜萝缠。一枝筇竹游江北，不见炉峰二十年。

乐仙一作真观

乐氏骑龙上碧天，东吴遗宅尚依然。悟来大道无多事，真后丹元一作经，一作丸。不值钱。老树夜风虫咬叶，古垣春雨藓生砖一作毡。松倾鹤一作马死桑田变一作宅，华表归乡未有年。

古 镜

轩后红一作洪炉独铸成，藓痕磨落月轮呈。万般物象皆能鉴，一个人心不可明。匣内乍开鸾凤活，台前高挂鬼神惊。百年肝胆堪将比，只怕看频素发生。

文 益

文益，馀杭人，姓鲁。住金陵清凉寺，世称法眼宗。诗一首。

睹木平和尚

木平山里人，貌古年一作言复少。相看陌路同，论心秋月皎。怀一作坏衲线非蚕，助歌声有鸟。城阙今日来，一讴一作沤曾已晓。

无　则

无则，五代时人，为法眼文益禅师弟子。诗三首。

鹭　鸶

白蘋红蓼碧江涯，日暖双双立睡时。愿揭金笼放归去，却随沙鹤斗轻丝。

百舌鸟二首

千愁万恨过花时，似向春风怨别离。若使众禽俱解语，一生怀抱有谁知。

长截邻鸡叫五更，数般名字百般声。饶伊摇舌先知晓，也待青天明即鸣。

谦　光

谦光，金陵人。素有才辨，江南国主礼之。诗一首。

赏牡丹应教

拥衲对芳丛，由来事不同。鬓从今日白，花似去年红。艳异随朝露，馨香逐晓风。何须对零落，然后始知空。

全唐诗卷八二六

贯　休

贯休，字德隐，俗姓姜氏，兰溪人。七岁出家，日读经书千字，过目不忘。既精奥义，诗亦奇险，兼工书画。初为吴越钱镠所重，后谒成汭荆南。汭欲授书法，休曰："须登坛乃授。"汭怒，递放之黔。天复中，入益州，王建礼遇之，署号禅月大师，或呼为得得来和尚。终于蜀，年八十一。初有《西岳集》，吴融为序，极称之，后弟子昙域更名《宝月集》。其全集三十卷，已亡。胡震亨谓宋睦州刻本多载他人诗，不足信。其说亦不知何据。胡存诗仅三卷，今编十二卷。

善哉行 伤古曲无知音

有美一人兮，婉如青扬。识曲别音兮，令姿煌煌。绣袂捧琴兮，登君子堂。如彼萱草兮，使我忧忘。欲赠之以紫玉尺，白银铛。久不见之兮，湘水茫茫。

读离骚经

湘江滨，湘江滨，兰红芷白波如银，终须一去呼湘君。问湘神，云中君，不知何以交灵均。我恐湘江之鱼兮，死后尽为人。曾食灵均之肉兮，个个为忠臣。又想灵均之骨兮终不曲。千年波底色如玉，谁能入水少取得，香沐函题贡上国。贡上国，即全胜和璞悬璃，垂棘结绿。

阳春曲 江东广明初作

为口莫学阮嗣宗，不言是非非至公。为手须似朱云辈，折槛英风至今在。男儿结发事君亲，须戮前贤多慷慨。历数雍熙房与杜，魏公姚公宋开府。尽向天上仙宫闲处坐，何不却辞上帝下下土，忍见苍生苦苦苦。

白雪曲

列鼎佩金章，泪眼看风枝。却思食藜藿，身作屠沽儿。负米无远近，所希升斗归。为人无贵贱，莫学鸡狗肥。斯言如不忘，别更无光辉。斯言如或忘，即安用人为。

上留田

父不父，兄不兄。上留田，蝥贼生。徒陟冈，泪峥嵘。我欲使诸凡鸟雀，尽变为鹡鸰。我欲使诸凡草木，尽变为田荆。邻人歌，邻人歌。古风清，清风生。

胡无人 一本有行字

霍嫖姚，赵充国，天子将之平朔漠。肉胡之肉，烬胡帐幄。千里万里，唯留胡之空壳。边风萧萧，榆叶初落。杀气昼赤，枯骨夜哭。将军既立殊勋，遂有胡无人曲。我闻之，天子富有四海，德被无垠。但令一物得所，八表来宾，亦何必令彼胡无人。

苦寒行

北风北风,职何严毒。摧壮士心,缩金乌足。冻云嚣嚣,碍雪一片下不得。声绕枯桑,根在沙塞。黄河彻底,顽直到海。一气抟束,万物无态。唯有吾庭前杉松树枝,枝枝健在。

蒿里 一本有曲字

兔不迟,乌更急,但恐穆王八骏,著鞭不及。所以蒿里,坟出蕺蕺。气凌云天,龙腾凤集。尽为风消土吃,狐掇蚁拾。黄金不啼玉不泣,白杨骚屑,乱风愁月。折碑石人,莽穇榛没。牛羊窸窣,时见牧童儿,弄枯骨。

临高台

凉风吹远念,使我升高台。宁知数片云,不是旧山来。故人天一涯,久客殊未回。雁来不得书,空寄声哀哀。

杞梁妻

秦之无道兮四海枯,筑长城兮遮北胡。筑人筑土一万里,杞梁贞妇啼呜呜。上无父兮中无夫,下无子兮孤复孤。一号城崩塞色苦,再号杞梁骨出土。疲魂饥魄相逐归,陌上少年莫相非。

古离别

离恨如旨酒,古今饮皆醉。只恐长江水,尽是儿女泪。伊余非此辈,送人空把臂。他日再相逢,清风动天地。

战城南二首

万里桑干傍，茫茫古蕃壤。将军貌憔悴，抚剑悲年长。胡兵尚陵逼，久住亦非强。邯郸少年辈，个个有伎俩。拖枪半夜去，雪片大如掌。

碛中有阴兵，战马时惊蹶。轻猛李陵心，摧残苏武节。黄金锁子甲，风吹色如铁。十载不封侯，茫茫向谁说。

少 年 行《纪事》作公子行。一本后二首作公子行。

休入蜀，王建遇之甚厚，日召令诵近诗。一时贵戚皆坐，休欲讽之，乃称公子行。建善之，贵幸皆怨之。

锦衣鲜华手擎鹘，闲行气貌多轻忽。稼穑艰难总不知，五帝三皇一作王是何物。

自拳五色裘，迸入他人宅。却捉苍头奴，玉鞭打一百。

面白如削玉，猖狂曲江曲。马上黄金鞍，适来新赌得。

梦游仙四首

梦到海中山，入个白银宅。逢见一道士，称是李八伯。

三四仙女儿，身著瑟瑟衣。手把明月珠，打落金色梨。

车渠地无尘，行至瑶池滨。森森椿树下，白龙来嗅人。

宫殿峥嵘笼紫气，金渠玉砂五色水。守阍仙婢相倚睡，偷摘蟠桃几倒地。

轻薄篇二首

绣林锦野，春态相压。谁家少年，马蹄蹋蹋。斗鸡走狗夜不归，一掷赌却如花妾。谁云一作惟言不颠不狂，其名不彰，悲夫！

木落萧萧，虫一作蛩鸣唧唧。不觉朱蔫脸红，霜劫鬓漆。世途多事，泣向秋日。方今少壮不努力，老大徒伤悲，如何？

长安道

憧憧合合，八表一辙。黄尘雾合，车马火热。名汤风雨，利辗霜雪。千车万驮，半宿关月。上有尧禹，下有夔契。紫气银轮兮一作无兮字，常覆金阙。仙掌捧日兮一本无兮字浊河澄澈。愚将草木兮有言一本作有言有言，与华封人兮不别一本作不别不别。

洛阳尘

昔时昔时洛城人，今作茫茫洛城尘。我闻富有石季伦，楼台五色干星辰。乐如天乐日夜闻，锦姝绣妾何纷纷。真珠帘中，姑射神人。文金线玉，香成暮云。孙秀若不杀，晋室应更贫。伊水削行路，冢石花磷磷。苍茫金谷园，牛羊龁荆榛。飞鸟好羽毛，疑是绿珠身。

富贵曲二首

有金张族，骄奢相续。琼树玉堂，雕墙绣毂。纨绮杂杂，钟鼓合合。美人如白牡丹花，半日只舞得一曲。乐不乐，足不足，争教他爱山青水绿。

如神若仙，似兰同雪。乐戒于极，胡不知辍。只欲更缀上落花，恨不能把住明月。太山肉尽，东海酒竭。佳人醉唱，敲玉钗折。宁知耘田车水翁，日日日炙背欲裂。

野田黄雀行

高树风多，吹尔巢落。深蒿叶暖，宜尔依泊。莫近鹞类，蛛网亦恶。饮野田之清水，食野田之黄粟。深花中睡，埲土里浴。如此即全胜啄太仓之谷，而更穿人之屋。

古意九首

一雨火云尽，闭门心冥冥。兰花与芙蓉，满院同芳馨。佳人天一涯，好鸟何嘤嘤一作嘤鸣。我有双白璧，不羡于虞卿。我有径寸珠，别是天地精。玩之室生白，潇洒身安轻。只应天上人，见我双眼明。

阳乌烁万物，草木怀春恩。茫茫尘土飞，培壅名利根。我本是蓑笠，幼知天子尊。学为毛氏诗，亦多直致言。不慕需臑一作蠕蠕类，附势同崩奔。唯寻桃李蹊，去去长者门。

美人如游龙，被服金鸳鸯。手把古刀尺，在彼白玉堂。文章深掣曳，珂珮鸣丁当。好风吹桃花，片片落银床。何妨学一作当举羽翰，远逐朱鸟翔。

乾坤有清气，散入诗人脾。圣贤遗清风，不在恶木枝。千人万人中，一人两人知。忆在东溪日，花开叶落时。几一作我拟以黄金，铸作钟子期。

莫轻白云白，不与风雨会。莫见守羊儿，或是初平辈。人生非日月，光辉岂常在。一荣与一辱，古今一作今古常相对。君一本无君字不见于公门，子孙好冠盖。

古交如真金，百炼色不回。今交如暴流，倏忽生尘埃。我愿君子气，散为青松栽。我恐荆棘花，只为小人开。伤心复伤心，吟上高高台。

常思谢康乐，文章有神力。是何清风清，凛然似相识。一种为顽嚚，得作翻经石。一种为枯槁，得作登山屐。永嘉为郡后，山水添鲜碧。何当学羽翰，一去观遗迹。

常思李太白，仙笔驱造化。玄宗致之七宝床，虎殿龙楼无不可。一朝力士脱靴后，玉上青蝇生一个。紫皇殿前五色麟，忽然掣断黄金锁。五湖大浪如银山，满船载酒挝鼓过。贺老成异物，颠狂谁敢和。宁知江边坟，不是犹醉卧。

忆在山中时，丹桂花葳蕤。红泉浸瑶草，白日一作日夕生华滋。箬屋开地炉，翠墙挂藤衣。看经竹窗边，白猿三两一作四枝。东峰有老人，眼碧头骨奇。种薤煮白石，旨趣如婴儿。月上来打门，月落方始归。授我微妙诀，恬澹一作然无所为。别来六七年，只恐白日飞。

酷吏词

唐末寇乱，休避地渚宫。荆帅高氏优待之，馆于龙兴寺。会有谒宿，话时政不治，乃作酷吏词以刺之。

霰雨灂灂，风吼如劚。有叟有叟，暮投我宿。吁叹自语，云太守酷。如何如何，掠脂斡肉。吴姬唱一曲，等闲破红束。韩娥唱一曲，锦段鲜照屋。宁知一曲两曲歌，曾使千人万人哭。不惟哭，亦白其头，饥其族。所以祥风不来，和气一作风不复。蝗乎一作兮蠈乎一作兮，东西南北。

还举人歌行卷

厚于铁围山上铁，薄似双成仙体缬。蜀机凤雏动蹩躠，珊瑚枝枝撑著月。王恺家中藏难掘，颜回饥僝愁天雪。古松直笔雷不折，雪衣女啄蟠桃缺。珮入龙宫步迟迟，绣帘银殿何参差，即不知骊龙失珠知不知。

陈宫词

缅想当时宫阙盛，荒宴椒房懱尧圣。玉树花歌百花里，珊瑚窗中海日迸。大臣来朝酒未醒，酒醒忠谏多不听。陈宫因此成野田，耕人犁破宫人镜。

拟齐梁酬所知见赠二首

静只焚香坐，咏怀悲岁阑。佳人忽有赠，满手红琅玕。不独耀肌魄，将行为羽翰。酬如上青天，风雪空漫漫。

美如仙鼎金，清如纤手琴。孙登啸一声，缥缈不可寻。但觉神洋洋，如入三昧林。释手复在手，古意深复深。惭无英琼瑶，何以酬知音。

经古战场

茫茫凶荒，迥如天设。驻马四顾，气候迂结。秋空峥嵘，黄日将没。多少行人，白日见物。莫道路高低，尽是战骨。莫见地赤碧，尽是征血。昔人昔人既能忠尽于力，身縻戈戟，脂其风，膏其域。今人何不绳其塍，植其食。而使空旷年年，常贮愁烟。使我至此，不能无言。

村行遇猎

猎师纷纷走榛莽，女亦相随把弓矢。南北东西尽杀心，断烧残云在围里。鹘拂荒田兔成血，竿打黄茅雉惊起。伤嗟个辈亦是人，一生将此关身已。我闻天地之大德曰生，又闻万事皆天意，何遣此人又如此。犹更愿天公一丈雪，深山麋鹿尽冻死。

渔　家

赤芦盖屋低压恰，沙涨柴门水痕叠。黄鸡青犬花蒙笼，渔女渔儿扫风叶。有叟相逢带秋醉，自拔船桩色无愧。前山脚下得鱼多，恶浪堆中尽头睡。但得忘筌心自乐,肯羡前贤钓清渭。终须画取挂秋堂,与尔为邻有深意。

田家作

田家老翁无可作,昼甑蒸梨香漠漠。只向阶前曝背眠,赤桑大叶时时落。古堑侵门桃竹密,仓囤峨峨欲遮一作蔽日。自云孙子解耕耘,四五年来腹多实。我闻此语心自悲,世上悠悠岂得知,稼而不穑徒尔为。

江边祠

松森森,江浑浑,江边古祠空闭门。精灵应醉社日酒,白龟咬断菖蒲根。花残泠红宿雨滴,土龙甲湿鬼眼赤。天符早晚下空碧,昨夜前村行霹雳。

苦热寄赤松道者

天云如烧人如炙,天地炉中更何适。蝉喘雷干冰井融,些子清风有何益。守羊真人聃之役,高吟招隐倚碧壁。紫气红烟鲜的的,涧茗园瓜麴尘色,骄冷奢凉合相忆。

偶作二首

新诗一千首,古锦初下机。除月与鬼神,别未有人知。子期去不返,浩浩良不悲。不知天地间,知者复是谁。

门前数枝路,路路车马鸣。名埃与利尘,千里万里行。只见青山高,岂见青山平。朱门势峨峨,冠盖何光明。黄鸟在花里,青蝉夺其声。尔生非金玉,岂常贵复贞。寄言之子心,可以归无形。

夜一作秋夜曲

蟪蛄切切风骚骚，芙蓉喷香蟾蜍高。孤灯耿耿征妇劳，更深扑落金错刀。

春晚书山家一本有主人二字屋壁二首

柴门寂寂黍饭馨，山家烟火春雨晴。庭花濛濛水泠泠，小儿啼索树上莺。

水一作梯香塘黑蒲森森，鸳鸯鸂鶒如家禽。前村后垄桑柘深，东邻西舍无相侵。蚕娘洗茧前溪渌，牧童吹笛和衣浴。山翁留我宿又宿，笑指西坡瓜豆熟。

春晚闲居寄陈嵩伯

春霖闭门久，春色聚庭木。一梦辞旧山，四邻有新哭。菰蒲生白水，风篁擢纤玉。为忆湖上翁，花时独冥目。

长持经僧

哢哢长夜坐，哢哢早起。杉森森，不见长，人声续续如流水。扴金挣玉，吐宫咽徵。头低草木，手合神鬼。日消三两黄金争得止，佛言常持经者，可日食三两金。而槁木朽枝，一食而已。伤嗟浮世之人，善事不曾入耳。

茫茫曲

茫茫复茫茫，满眼皆埃尘。莫言白发多，茎茎是愁筋。未达苦雕伪，及达多不仁。浅深与高低，尽能生棘榛。茫茫四大愁杀人。

古镜词上刘侍郎

至宝不自宝,照古还照今。仙人手胼胝,寥泬秋沉沉。不是十二面,不是百炼金。若非八彩眉,不可辄照临。即归玉案头,为君整冠簪。即居吾君手,照出天下心。恭闻太宗朝,此镜当宸襟。六合悬清光,万里无尘侵。此镜今又出,天地还得一。

送姜道士归南岳 缺二字

松品落落,雪格索索。眼有三角,头峭五岳。若不居岳,此处难著。药僮貌蛮名鄙彼,葫芦酒满担劣起。万里长风啸一声,九贞须拍黄金儿。落叶萧萧□杳□,送师言了意未了。意未了,他时为我致取一部音声鸟。

了仙谣

海中紫雾蓬莱岛,安期子乔去何早。游戏多骑白骐驎,须发如银未曾老。亦留仙诀在人间,啮镞终言药非道。始皇不得此深旨,远遣徐福生忧恼。紫术黄精心上苗,大还小还行中宝。若师方术弃心师,浪似雪山何处讨。

全唐诗卷八二七

贯　休

循吏曲上王使君

需宿需宿，炳烂光合。蒸蒸婺民，钟此多福。自东自西，自南自北。伊飞伊走，乳乳良牧。和气无形，春光自成。大信不信，贻厥无朕。需女需女，尔亦须语。使君为理，玄风震古。需女需女，尔亦须语。我愿喙长三千里，枕著玉阶奏明主。

古镜词

我有一面镜，新磨似秋月。上唯金膏香，下状骊龙窟。等闲不欲开，丑者多不悦。或问几千年，轩辕手中物。

怀张为周朴

张周二夫子，诗好人太癖。更不过岭来，如今头尽白。人传禹力不到处，河声流向西周。又到处即闭户，逢君方展眉张。不知是不是，若是即大奇。我又闻二公，心与人不同，一生常在寂寞中。有时狂吟入僧宅，锦囊鸟啼荔枝红。有时冥搜海山脑，珊瑚枝动日杲杲。圣君在上知不知，赤面浊醪许多好。

题弘顗三藏院

仪清态淡雕琼瑰，卷帘潇洒无尘埃。岳茶如乳庭花开，信心弟子时时来。灌顶坛严伸礌塞，三十年功苦拘束。梵僧梦里授微言，师曾受神僧真言于梦中。雪岭白牛力深得。水精一索香一炉，红莲花舌生醍醐。初听喉音宝楼阁，如闻魔王宫殿拉一作掠金瓦落。次听妙音大随求，更觉人间万事深悠悠。四音俱作清且柔，爱河浊浪却倒流。却倒流兮无处去，碧海含空日初曙。

古意代友人投所知

青松虽有花，有花不如无。贫井泉虽清，且无金辘轳。客从远方来，遗我古铜镜。挂之玉堂上，如对轩辕圣。天龙睡坤腹，土蚀金鬣绿。因知燕赵佳人颜似玉，不得此镜终不缺一字。

闻知己入翰林

天骥头似鸟，〔倏〕(鯈)忽四天下。南金色如椹，入火不见火。吾交二名士，遽立于帝左。凤姿既出世，天意嘱在我。奇哉子渊颂，无可无不可。

上裴大夫二首

我有一端绮，花彩鸾凤群。佳人金错刀，何以裁此文。

我有白云琴，朴斫天地精。俚耳不使闻，虑同众乐听。指指法仙法应作指，声声圣人声。一弹四时和，再弹中古清。庭前梧桐枝，飒飒南风生。还希师旷怀，见我心不轻。

上刘商州

周邵吁嘘气，结为祯祥云。客从远方来，持此将赠君。时命偶不谬，授馆终南东。愔愔良吏师，不寐如老农。丘轲文之天，代天有馀功。代天复代天，后稷何所从。

闲居拟齐梁四首

夜雨山草滋，爽籁生古木。闲吟竹仙偈，清于嚼金玉。蟋蟀啼坏墙，苟免悲局促。道人优昙花，迢迢远山绿。

果熟无低枝，芳香入屏帷。故人久不来，萱草何离离。苦吟斋貌减，更被杉风吹。独赖湖上翁，时为烹露葵。

红藕映嘉魴，澄池照孤坐。池痕放文彩，雨气增慵堕。山翁寄术药，幸得秋病可。终召十七人，云中备香火。

清气生沧洲，残云落林薮。放鹤久不归，不知更归否。支策到江湄，江皋木叶飞。自怜为客远，还如鹊绕枝。南枝复北枝，玉露沾毛衣。

塞上曲二首

锦袷胡儿黑如漆，骑羊上冰如箭疾。蒲萄酒白雕腊红，苜蓿根甜沙鼠出。单于右臂何须断，天子昭昭本如日。一握鬣髯一握丝，须知只为平戎术。

去年转斗阴山脚，生得单于却放却。今年深入于不毛，胡兵拔帐遗弓刀。男儿须一作贵展平生志，为国输忠合天地。甲穿虽即一作则失黄金，剑缺犹能生紫气。塞草萋萋兵士苦，胡虏如今勿胡虏。封侯十万始无心，玉关凯一作生入君看取。

拟齐梁体寄冯使君三首

庭鸟多好音，相呼灌木中。竹房更何有，还如鸟巢空。赖逢富人侯，真东晋谢公。煌煌发令姿，珂珮鸣丁冬。故山有深霞，未如旌旗红。惭非卫霍松，何以当清风。

露益蝉声长，蕙兰垂紫带。清吟待明月，孤云忽为盖。伊余石林人，本是烧畲辈。频接谢公棋，输多未曾赛。

大道贵无心，圣贤为始慕。秋空共澄洁，美玉同贞素。伟哉桐江守，雌黄出金口。为文能废兴，谈道弭空有。雪林槁枯者，坐石听亦久。还疑紫磨身，成居灵运后。

书匡山老僧庵

篔筜红实好鸟语，银髯瘦僧貌如祖。香烟濛濛衣上聚，冥心缥缈一作渺渺入铁围。白麏作梦枕藤屦，东峰山媪贡瓜乳。

读顾况歌行

雪泥露金冰滴瓦，枫桯火著僧留坐。忽睹逋翁况别号一轴歌，始觉诗魔辜负我。花飞飞，雪霏霏，三珠树晓珠累累。妖狐爬出西子骨，雷车拶破织女机。忆昔鄱阳寺中见一碣，逋翁词兮逋翁札。庾翼未伏王右军，李白不知谁拟杀。别，别，若非仙眼应难别。不可说，不可说，离乱乱离应打折。

冬末病中作二首

冬风吹草木，亦吹我病根。故人久不来，冷落如丘园。聃龙与摩诘，吁叹非不闻。顾惟年少时，未合多忧勤。风钟远孤枕，雪水流冻痕。空馀微妙心，期空静者论。

胸中有一物，旅拒复攻击。向下还上来，唯疑是肺石。山童顽且小，用之复何益。教洗煮茶铛，雪团打邻壁。宛转无好姿，裴回更何适。庭前早梅树，坐见花尽碧。屋老多鼠窠，窗卑一本缺露山脊。近来胸中物，已似输药力。微吟复微吟，依稀似庄舄。

遇叶进士

文章拟真宰，仪冠冷如〔璧〕（壁）。山寺偶相逢，眼青胜山色。气隆多慷慨，语澹无他力。金绳残果落，竹阁凉雨滴。自愧龙钟人，见此冲天翼。

寄杜使君

清辰卷珠帘，盥漱香满室。杉松经雪后，别有精彩出。琅函芙蓉书，开之向阶日。好鸟常解来，孤云偶相失。有时作章句，气概还鲜逸。茫茫世情世，谁人爱真实。清高慕玄度，宴默攀道一。残磬隔风林，微阳解冰笔。亦知休明代，谅无经济术。门前九个峰，终拟为文乞。

寄高员外

冷洌苍黄风似劈，雪骨冰筋满瑶席。庭松流污相抵吃，霜絮重裘火无力。孤峰地炉烧白枥，庞眉道者应相忆。倏忽维阳岁云暮，寂寥不觉成章句。惟应将寄蕊珠宫一作人，禅刹云深一来否。

书陈处士屋壁二首

有叟傲尧日，发白肌肤红。妻子亦读书，种兰清溪东。处士有《种兰篇》。白云有奇色，紫桂含天风。即应迎鹤书，肯羡于洞洪。

高步前山前，高歌北山北。数载卖甘橙，山赀近云足。新诗不将出，往往僧乞得。唯云李太白，亦是偷桃贼。吟狂鬼神走，酒酽天地〔黑〕(𩭐)。青刍生阶除，撷之束成束。

对月作

今人看此月，古人看此月。如何古人心，难向今人说。古人求禄以及亲，及亲如之何？忠孝为朱轮。今人求禄唯庇身，庇身如之何？恶木多斜文。斜文复斜文，颠窒何纷纷。

山茶花

风裁日染开仙囿，百花色死猩血谬。今朝一朵堕阶前，应有看人怨孙秀。

上孙使君 三十九句缺一字

圣主得贤臣，天地方交泰。恭惟岳精粹，多出于昭代。君侯握文镜，独立尘埃外。王演俗容仪，崔陵小风概。馨香拥兰雪，峻秀高嵩岱。嵇松领岁寒，庄剑无砻淬。威棱玉霜直，匠石金槌大。诗穿明月珠，道拍安期背。中兴鸾凤集，直道风云会。万卷似无书，三山如历块。德乎天所纵，清矣谁堪对。有法在朝端，无尘到冠盖。具瞻从密勿，旦夕调鼎鼐。为君整衢尊，为君戢蕃塞。岂知吾后意，忧此毗陵最。亲手赐彤弓，苍生是繄赖。下车邻寇散，是物冰壶内。龚遂〔爱〕(丧)廉平，次公太繁碎。袴襦砧动地，父母歌阛阓。□雪锁戈铤，非烟绕旌旆。宁思子产冰，肯羡任棠薤。忽如春再来，不独天重戴。昂藏海峤鹤，冷碧仙庭桧。物物动和气，家家有新态。芙蓉开帝幕，锦帐无纤壒。鼓角穿冻云，恩波动耕耒。奸回改精魄，礼教书绅带。必于尧舜日，还似房杜辈。野人有章句，格力亦慷慨。若不入丘门，世间更谁爱。

哭灵一上人

一公何不在，空有远公名。共说岑山路，今时不可行。旧房松更老，新塔草初生。经论传缁侣，文章遍墨卿。禅林枝干折，法宇栋梁倾。谁俟修僧史，应知传已成。

行路难

君不见山高海深人不测，古往今来转青碧。浅近轻浮莫与交，地卑只解生荆棘。谁道黄金如粪土，张耳陈馀断消息。行路难，行路难，君自看。

不会当时一作初作天地，刚有多般愚与智。到头还用真宰心，何如上下皆清气。大道冥冥不知处，那堪顿得羲和辔。义不义兮仁不仁，拟学长生更容易。负心一作薪为垆复为火，缘木求鱼应且止。君不见烧金炼石古帝王，鬼火荧荧白杨里。

君不见道傍废井生古木，本是骄奢贵人屋。几度美人照影来，素绠银瓶濯纤玉。云飞雨散今如此，绣闼雕甍作荒谷。沸渭笙歌君莫夸，不应常一作长是西家哭。休说遗编行者几，至竟终须合天理。败他成此亦何功，苏张终作多言鬼。行路难，行路难，不在羊肠里。

九有茫茫共尧日，浪死虚生亦非一。清净玄音竟不闻，花眼酒肠暗如漆。或偶因片言只字登第光二亲，又不能献可替否航要津。口谭羲轩与周孔，履行不及屠沽人。行路难，行路难，日暮途远空悲叹。

君不见道傍树有寄生枝，青青郁郁同荣衰。无情之物尚如此，为人不及还堪悲。父归坟兮未朝一作期夕，已分黄金争田宅。高堂老母头似霜一作雪，心作数支一作枝泪常滴。我闻忽如负芒刺，不独为君空叹息。古人尺布犹可缝，浔阳义犬一作夫令人忆。寄言世上为人子，孝义团圆莫如此。若如此，不遣死兮更何俟。

泊秋江

岸如洞庭山似剡，船漾清溪凉胜簟。月白风高不得眠，枯苇丛边钓师魇。

嘲商客

苇萧萧，风摵摵，落日江头何处客。斜倚帆樯不唤人，五湖浪向心中白。

寄王滌

梅月多开户，衣裳润欲滴。寂寥虽无形，不是小雠敌。地虚草木壮，雨白桃李赤。永日无人来，庭花苦狼藉。吟高好鸟觑，风静茶烟直。唯思莱子来，衣拖五般色。

上冯使君五首

撑船碧江上，春日何迟迟。汀花最深处，拾得鸳鸯儿。
渔父无忧苦，水仙亦何别。眠在绿苇边，不知钓筒发。
樵叟无忧苦，地仙亦何别。茆屋岸花中，弄孙头似雪。
扣舷得新诗，茶煮桃花水。噼噼数片帆，去去殊未已。
仁政无不及，乳獭将子行。谁家苦竹林，中有读书声。

拟一本无拟字君子有所思二首

我爱正考甫，思贤作商颂。我爱扬子云，理乱皆如凤。振衣中夜起，露花香旖旎。扑碎骊龙明月珠，敲出凤凰五色髓。陋卷萧萧风析析一作淅淅，缅想斯人胜圭璧。寂寥千载不相逢，无限区区尽虚掷。君不见沈约道，佳人不在兹，春光为谁惜。

安得龙猛笔，点石为黄金。西岳龙猛大士，于砚中磨药，点笔成金。西天有龙猛金，其色紫。散为一作问，一作向。酷吏家，使无贪残心。甘棠密叶成翠幄，款一作颖风不来天地塞。所以倾国倾城人，如今如今不可得。一作所以倾城人，如今不可得。

古塞下曲四首

一本无古字，亦无四首二字，第三首另一题。

古塞腥膻地，胡兵聚如蝇。寒雕中髇石，落在黄河冰。苍茫逻逊城，柃柃贼气兴。铸金祷秋穹，还拟相凭陵。

战一作白骨践成一作化黄尘，飞入征人目。黄云一作尘忽变黑，战鬼作阵一作夜哭。阴风吼大漠，火号出不得。谁为天子前，唱此边城曲。

日向平沙出，还向平沙没。飞蓬落军一作阵营，惊雕去天末。帝乡青楼倚霄汉，歌吹掀天对花月。岂知塞上望乡人，日日双眸滴清血。

狼烟在阵云，匈奴爱轻敌。领兵不知数，牛羊复吞碛。严冬大河枯，嫖姚去深击。战血染黄沙，风吹映天赤。

鼓腹曲

我昔不幸兮遭百罹，苍苍留我兮到好时。耳闻钟鼓兮生丰肌，白发却黑兮自不知。东邻老人好吹笛，仓囤峨峨谷多赤。饼红虾兮析麋腊，有酒如浊醽兮呼我吃。往往醉倒溃洿之水边兮人尽识，孰云六五帝兮四三皇。如夔如龙兮如龚黄，吾不知此之言兮是何之言兮。

经旷禅师院

吾师楞伽山中人，气岸古淡僧麒麟。曹溪老兄一与语，金玉声利，泥弃唾委。兀兀如顽云，骊珠兮固难价其价，灵芝兮何以根其根。真貌枯槁言朴略，衲衣烂黑烧岳痕。忆昔十四五年前苦寒节，礼师问师楞伽月。此时师握玉麈尾，报我却云非日月，一敲粉碎狂性歇。庭松无韵冷撼骨，搔窗擦檐数枝雪。迩来流浪于吴越，一片闲云空皎洁。再来寻师已蝉蜕，薝卜枝枯醴泉竭。水檀香火遗影在，甘露松枝月中折。师去世，有甘露降于庭松。宝师往日真隐心，今日不能堕双血。

边上作三一作二首 一本缺第三首

山无绿兮水无清，风既毒兮沙亦腥。胡儿走马疾飞鸟，联翩射落云中声。

阵云忽向沙中起，探得胡兵过辽水。堪嗟护塞征戍儿，未战已疑身是鬼。

见说青冢穴，中有白野狐。时时出沙碛，向东而号呼。号呼复号呼，画师图得无。

送张拾遗赴施州司户

道之大道古太古，二字为名争莽卤。社稷安危在直言，须历尧阶挝谏鼓。恭闻吾皇至圣深无比，推席却几听至理。一言偶未合尧聪，贾生须看湘江水。君不见顷者百官排闼赴延英，阳城不死存令名。又不见仲尼遥奇司马子，珮玉垂绅合如此。公乎公乎施之掾，江上春风喜相见。畏天之命复行行，芙蓉为衣胜绝绢。好音入耳应非久，三峡闻猿莫回首。且啜千年羹，醉巴酒。

书倪氏屋壁三首

茶烹绿乳花映帘，撑沙苦笋银纤纤。窗中山色青翠黏，主人于我情无厌。

白桑红椹莺咽咽，面揉玉尘饼挑雪。将为数日已一月，主人于我特地切。

水娇草媚掩山路，睡槎鸳鸯如画作。春光霭霭忽已暮，主人刚地不放去。

续姚梁公座右铭　并序

愚尝览白太保所作《续崔子玉座右铭》一首，其词旨乃典乃文，再恳再切，实可警策未悟，贻厥将来。又见姚崇、卞兰、张说、李邕，皆有斯文，尤为奥妙。其于束勖婉娩，乃千古之鉴戒资朕矣。愚窃爱其文，惟恨世人不能行之，十得其二。一日抽毫，遂作续白氏之续，命曰《续姚梁公座右铭》一首。虽文经理纬，不逮于群公，而亦可书于屋壁云。

善为尔诸身，行为尔性命。祸福必可转，莫悫言前定。见人之得，如己之得，则美无不克。见人之失，如己之失，是亨贞吉。反此之徒，天鬼必诛。福先祸始，好杀灭〔纪〕(绝)，不得不止。守谦寡欲，善善恶恶，不得不作。无见贵热，谄走蹩躠。无轻贱微，上下相依。古圣著书，矻矻孳孳。忠孝信行，越食逾衣。生天地间，未或非假。身危彩虹，景速奔马。胡不自强，将升玉堂。胡为自坠，言虚行伪。艳殃尔寿须戒，酒腐尔肠须畏。励志须至，扑满必破。非莫非于饰非，过莫过于文过。及物阴功，子孙必封。无恃文学，是司奇薄。患随不忍，害逐无足。一此一彼，谐宫合徵。亲仁下问，立节求己。恶木之阴匪阴，盗泉之水匪水。世乎草草，能生几几。直须如冰如玉，种桃种李。嫉人之恶，酬恩报义。忽己之慢，成人之美。毋担虚誉，无背至理。恬和悆畅，冲融终始。天人之行，尽此而已。丁宁丁宁，戴发含齿。

上卢少卿觅千文

荆山有美玉，含华尚炳烂。堪为圣君玺，堪为圣君案。草木润不凋，烟霞覆不散。野人到山下，仰视星辰畔。倘或如栗黄，保之上霄汉。

谢卢少卿惠千文

庐山有石镜，高倚无尘垢。昼景分烟萝，夜魄侵星斗。苞含物象列，搜照鱼龙吼。寄谢天地间，毫端皆我有。

全唐诗卷八二八

贯　休

大蜀皇帝寿春节进尧铭舜颂二首

尧　铭

金册昭昭,列圣孤标。仲尼有言,巍巍帝尧。承天眷命,罔厥矜骄。四德炎炎,阶蓂不凋。永孚于休,垂衣飘飖。吾皇则之,小心翼翼。秉阳亭毒,不遑暇食。土阶苔绿,茅茨雪滴。君既天赋,相亦天锡。德辆金镜,以圣继圣。汉高将将,太宗兵柄。吾皇则之,日新德盛。朽索六马,罔坠厥命。熙熙蓼萧,块润风调。舞擎干羽,囿入刍荛。既玉其叶,亦金其枝。叶叶枝枝,百工允厘。享国如尧,不疑不疑。

舜　颂

高高历山,有黍有粟。皇皇大舜,合尧玄德。五典克从,四门伊穆。大道将行,天下为公。临下有赫,选贤用能。吾皇则之,无斁无逸。绥厥品汇,光光得一。千辐临顶,十在随跸。大哉大同,为光为龙。吾皇则之,圣谋隆隆。纳隍孜孜,考考切切。六宗是禋,五瑞斯列。排麟环凤,披香立雪。四夷纳赆,九围一作囿有截。昔救世师,降生竺乾。寿春亦然,万年万年。

大蜀高祖潜龙日献陈情偈颂

有叟有叟,居岳之室。忽振金汤,下彼巉崒。闻蜀风景,地宁得一。富人侯王,旦奭摩诘。龙角日角,紫气盘屈。揭日月行,符汤禹出。天步孔艰,横流犯跸。穆穆蜀俗,整整师律。髯发垂雪,忠贞贯日。四人苏活,万里丰谧。无雨不膏,有露皆滴。有叟有叟,无实行实。一瓶一衲,既朴且质。幸蒙顾盼,词暖恩郁。轩镜光中,愿如善吉。

寄大愿和尚 注内缺三字

道朗居太山,达磨住熊耳。手擎清凉月,灵光溢天地。尽骑金师子,去世久已矣。吾师隐庐岳,外念全刳削。掷孔圣之日月,相空王之橐籥。曾升麟德殿,谭无著,赐衣三铢让不著。太平裴相公与师诗云:竟辞圣主宫中诏,来赴遗民社内期。唯思红泉白石阁,因随裴楷离京索。时裴公出守钟陵,与师同行。迩来便止于匡霍,瀑布千寻喷冷烟,旃檀一枝翘瘦鹤。岘首故人清信在,千书万书取不诺。裴公镇襄阳,频使迎取,师坚不往。微人昔为门下人,扣玄佩惠无边垠。自怜亦是师子子,未逾三载能嚬呻。江西三载诵《法华经》。一从散席归宁后,溪寺更有谁相亲。青山古木入白浪,赤松道士为东邻。焚香西望情何极,不及昙诜泪空滴。诜,远公弟子,常在左右。桐江太守社中人,还送郄超米千石。昔郄鉴送米入山与道安。宝书遽掩修章句,万里空函亦何益。终须一替辟蛇人,未解融神出空寂。匡山神为远公侍者□辟蛇人,大师曾□书□不知何缘得相见,惟冲融无相而会耳。

上顾大夫

碧海漾仙洲,骊珠外无宝。一岳倚青冥,群山尽如草。君侯圣朝瑞,动只关玄造。谁云倚天剑,含霜在怀抱。谁云青云险,门前是平道。洪民亦何幸，里巷清如扫。至化无经纶，至神无祝祷。即应炳文柄，孤平去浩浩。即应调鼎味，比屋堪封保。野人慕正化，来自海边岛。经传髻里珠，诗学池中藻。闭门十馀载，庭杉共枯槁。今朝投至鉴，得不倾肝脑。斯文如未精，归山更探讨。

寒月送玄一本有道字士入天台

之子逍遥尘世薄，格淡于云语如鹤。相见唯谈海上山，碧侧青斜冷相沓。芒鞋竹杖寒冻时，玉霄忽去非有期。僮担赤笼密雪里，世人一作上无人留得之。想入红霞路深邃，孤峰纵啸仙飙起。星精聚观泣海鬼，月涌薄烟花点水。送君丁宁有深旨，好寻佛窟游银地。佛窟、银地，皆天台云境也。雪眉衲僧皆正气，伊昔贞白先生同此意。若得神圣之药，即莫忘远相寄。

上杜使君

为鱼须处海，为木须在岳。一登君子堂，顿觉心寥廓。右听青女镜，左听宣尼铎。政术似蒲卢，诗情出冲漠。从来苦清苦，近更加澹薄。讼庭何所有，一只两只鹤。烟霞色拥墙，禾黍香侵郭。严霜与美雨，皆从二天落。苍生苦疮痍，如何尽消削。圣君新雨露，更作谁恩渥。即捉五色笔，密勿金銮角。即同房杜手，把乾坤橐籥。休说卜圭峰，开门对林壑。

送僧入马头山

马头宝峰，秀塞寒空。有叟有叟，真隐其中。无味醍醐，亦非般若。白趾碧目，数百潇洒。苦竹大于杉，白熊卧如马。金钟撼壑，布水喷瓦。芙蓉堂开峰月入，岳精踏雪立屋下。伊余解攀缘，已是非常者。更有叟，独往来，与我语。情无刚强，气透今古。竹笠援补，芒鞋藤乳。北风倒人，干雪不聚，满头霜雪汤雪去。汤雪去，无人及，空望真气江上立。

上卢使君 第二十四句缺一字

夔龙在庙堂，虽然有佥议。苍生得父母，自是天之意。鄱阳气候正，文物皆鲜媚。金镜有馀光，春风少闲地。膺门倚寒碧，到者宁容易。宾从皆凤毛，爪牙悉猿臂。楼台千万户，锦绣龙歌沸。大惠虫鸟全，至严龙虎畏。可怜召伯树，婆娑不胜翠。诗搜日月华，道咽神仙味。嘉树白雀来，祥烟甘露坠。中川一带香，□开幽邃地。逸少情有馀，东山境不啻。恭闻圣天子，廊庙犹虚位。应知黎庶心，只恐征书至。

送颢雅禅师

霜锋擗石鸟雀聚，帆冻阴飙吹不举。芬陀利香释狮虎，幡幢冒雪争迎取。春光主，芙蓉堂窄堆花乳，手提金桴打金鼓。天花娉婷下如雨，狻猊座上师子语。苦却乐，乐却苦，卢至黄金忽如土。

和杨使君游赤松山

为郡三星无一事，龚黄意外扳乔松。日边扬历不争路，云外苔藓须留踪。溪月未落漏滴滴，隼旟已入山重重。扪萝盖输山屐伴，驻旆不见朝霞浓。乳猿剧黠挂险树，露木翠脆生诸峰。初平谢公道非远，黯然物外心相逢。石羊依稀龁瑶草，桃花仿佛开仙宫。终当归补吾君衮，好山好水那相容。

送崔使君 缺二字

柳门柳门，芳草芊绵。日日日日，黯然黯然。子牟恋阙归阙，王粲下楼相别。食实得地，颇淹岁月。今朝天子在上，合雪必雪。况绛之牧，文行炳洁。释谓缘因，久昵清尘。王嘉迎安，远狎遗民。媲彼二子，厥或相似。论文不文，话道无滓。士有贵逼，势不可遏。麟步规矩，凤翥昂梓。岘首仁踪项频跋，商云乳麝香可撮，望尘□□连紫闼。吾皇必用整乾坤，莫忘江头白头达。白头达事见《高僧传》。

杜侯行 并序

愚自江东兵荒之后，受杜氏兄弟深知。往曾见陈陶与抚州蔡京使君杂言，曰《蔡氏行》。今亦拟之，曰《杜侯行》云耳。

天目连天搏秀气，峥嵘作起新城地。德门钟秀光盛时，三虎八龙皆世瑞。顷者天厖乱下鲸翻海，烽火崩腾照行在。江表唯传君子营，剑冲牛斗疏真宰。金昆玉季轻三鼓，煮海悬鱼臣节苦。雁影参差入瑞烟，荆花灿烂开仙圃。我闻大中咸通真令主，相惟大杜兼小杜。但能致君活国济生人，亦何必须踏金梯，折桂树。宣宗懿宗调舜琴，大杜小杜为殷霖。出将入相兮功德深，生人受赐兮直至今。杜侯兄弟继之后，璞玉浑金美腾口。常言一呼百万何足云，终取封侯之印大如斗。恭闻吾皇似尧禹，搜索贤良皆面睹。杜侯杜侯，君倘修令德，克有终，即必还为大杜兼小杜。人之戴兮天笔注，国之福兮天固祚。四海无波八表臣，如今而后君看取。

偶 作 五 首

谁信心火多，多能焚大国。谁信鬓上丝，茎茎出蚕腹。尝闻养蚕妇，未晓上桑树。下树畏蚕饥，儿啼亦不顾。一春膏血尽，岂止应王赋。如何酷吏酷，尽为搜将去。蚕蛾为蝶飞，伪叶空满枝。冤梭与恨机，一见一沾衣。

机生机，巧生巧，心镬烘烘日煎炒。闯蜀眉鞶游海岛，扶桑椹熟金乌饱。金乌饱，飞复飞，四天下人眼眙眙。

孰云我轻薄，石头如何唤作玉。孰云我是非，随邪逐恶又争得。古人终不事悠悠，一言道合死即休。岂不见大鹏点翼盖十洲，是何之物鸣啾啾。

君子食即食，何必在珍华。小人食不食，纵食如泥沙。清歌且莫唱，妙舞亦休夸。尔非凤炙麒麟肉，焉能一挂于齿牙。去来去来归去来，红泉正洒芙蓉霞。

君不见金陵风台月榭烟霞光，如今五里十里野火烧茫茫。君不见西施绿珠颜色可倾国，乐极悲来留不得。君不见汉王力尽得乾坤，如何秋雨洒庙门。铜台老树作精魅，金谷野狐多子孙。几许繁华几更改，唯有尧舜周召丘轲似长在。坐看楼阁成丘墟，莫话桑田变成海。吾有清凉雪山雪，天上人间常皎洁。茫茫欲火欲烧人，惆怅无因为君说。

山中作

山为水精宫，藕花无尘埃。吟狂岳似动，笔落天琼瑰。伊余自乐道，不论才不才。有时鬼笑两三声，疑是大谢小谢李白来。

闻前王使君在泽潞居

为善无近名，窃名者得声不如心，诚哉是言也。使君圣朝瑞，乾符初刺婺。德变人性灵，笔变人风土。烟霞与虫鸟，和气将美雨。千里与万里，各各来相附。信哉有良吏，玄谶应百数。东阳古者相传有记云：刺史满一百，即有好刺史来，后有大寇至。使君来正当一百人，两年后，果有黄贼来，公避地远去。古人古人自古人，今日又见民歌六七袴。不幸大寇崩腾来，孤城势孤固难锢。攀辕既不及，旌旆冲风露。大驾已西幸,飘零何处去。婺人空悲哀,对生祠泣沾莓苔。忽闻暂寄河之北,兵强四面无尘埃。唯祝銮舆早归来,用此咎繇仲虺才。使四野雾廓,八纮镜开。皇天无亲,长与善邻,宜哉宜哉。

将入匡山别芳昼二公二首 一作将入庐山别僧

喷岚堆黛塞寒碧,窗前古雪如白石。临岐约我来不来,若来须拨红霞觅。

红豆树一作花间滴红雨,恋师不得依师住。世情世界愁杀人,锦绣谷中归舍去。

送杨秀才

北山峨峨香拂拂,翠涨青奔势巉崒。赤松君宅在其中,紫金为墙珠作室。玻璃门外仙獒睡,幢节森森绛烟密。水精帘卷桃花开,文锦娉婷众非一。抚长离,坎答鼓。花姑吹箫,弄玉起舞。三万八千为半日,海涸鳌枯等闲睹。爱共安期棋,苦识彭祖祖。有时朝玉京,红云拥金虎。石桥亦是神仙住一作柱,白凤飞来又飞去。五云缥缈羽翼高,世人仰望心空劳。

别杜将军

伊余本是胡为者,采蕈锄茶在穷野。偶披蓑笠事空王,馀力为文拟何谢。少年心在青云端,知音满地皆龙鸾。遽逢天步艰难日,深藏溪谷空长叹。偶出重围遇英哲,留我江楼经岁月。身限玉帐香满衣,梦历金盆金华山最高处雨和雪。东风来兮歌式微,深云道人召来归。燕辞大厦兮将何为,濛濛花雨兮莺飞飞,一汀杨柳同依依。

送梦上人归京

伊余龙钟归海涯，千山万水情自怡。梦公别我还上国，江边惨执行迟迟。向我道云中觅伴未得伴，又示我数首新诗尽是诗。只恐不如此，若如此如此，即须天子知。萧萧金吹荆门口，槐菊斗黄落叶走。前程胜事未可涯，但恐圭峰难入手。莲峰掌记韩拾遗，雁行雍穆世所稀。二十年前即别离，凭师一话吟朝饥。

问岳禅师疾

世病如山岳，世医皆拱手。道病如金锁，师遭锁锁否。大尘为世病，无为无事为道病，如金锁。伊昔芙蓉颊，谈经似主涉。苏合昼氤氲，天花似飞蝶。觉树垂实，魔辈刺疾。病也不问，终不皴膝师常坐不卧也。春光冉冉，不上尔质。东风浩浩，谩入尔室。云何斯人，而有斯疾。

上荆南府主三让德政碑

明明赫赫中兴主，动纳诸隍冠前古。四海英雄尽戢兵，皆如圪圪一作矻矻天金柱。万姓多论政与德，请树丰碑似山岳。一从寇灭二十年，琬琰雕镌赐重叠。荆州化风何卓异，寡欲无为合天地。虽立贞碑与众殊，字字皆是吾皇意。君侯捧碑西拜泣，臣且何人恩洊及。凤凰一作诏衔下雕龙文，德昧政虚争敢立。函封三奏心匍匐，坚让此碑声盖国。我恐江淹五色笔，作不立此碑之碑文不得。

施万病丸

我闻昔有海上翁，须眉皎白尘土中。葫芦盛药行如风，病者与药皆惺憁。药王药上亲兄弟，救人急于己诸体。玉毫调御偏赞扬，金轮释梵咸归礼。贤守运心亦相似，不吝亲亲拘子子。曾闻古德有深言,由来大士皆如此。

甘雨应祈

春雨偶愆期,草木亦未觉。君侯不遑处,退食或闭阁。东海浪滔滔,西江波漠漠。得不愿身为大虬,金其角,玉其甲。一吸再歃,云平雾匝。华畅九有,清倾六合。使不苏者苏,不足者足。情通上玄,如膏绵绵。有叟有叟,鼓腹歌于道边。歌曰:"麦苗芃芃兮鸧鹒飞,日出而作兮日入归,如彼草木兮雨露肥。古人三乐兮,我乐多之。天之成兮,地之平兮。柘系黄兮,瓠叶青兮。乳女啼兮,蒸黍馨兮。炙背扪虱兮,复何经营兮。

寄韩团练

真宰动洪炉,万物皆消息。唯有三珠树,不用东风力。君子天庙器,头骨何巉崱。海内久闻名,江西偶相识。谁不有诗机,麟龙不解织。谁不有心地,兰茝不曾植。多君二俱作,独立千仞壁。话道出先天,凭师动臻一作榛极。青霄雁行律,红露荆花滴。偶然成远别,别后长相忆。行至鄱阳郡,又见谢安石。留我遇残冬,身心苦恬寂。江上春又至,引颈山空积。何日再相逢,天香满瑶席。

春野作五首

闲步浅青平绿,流水征车自逐。谁家挟弹少年,拟打红衣〔啄〕(喙)木。

山花雨打尽,满地如烂锦。远寻鹧鸪雏,拾得一团蕈。

大牛苦耕田,乳犊望似泣。万事皆天意,绿草头戢戢。

斜阳射破冢,髑髅半出地。不知谁氏子,独自作意气。

牛儿小,牛女少,抛牛沙上斗百草。钽陇老人又太老,薄烟漠漠覆桑枣,戴蒿醉后取次扫。

深山逢老僧二首

衲衣线粗心似月,自把短锄锄榾柮。青石溪边踏叶行,数片云随两眉雪。

山童貌顽名乞乞,放火烧畬采崖蜜。担头何物带山香,一箩白蕈一箩栗。

道情偈

草木亦有性,与我将不别。我若似草木,成道无时节。世人不会道,向道却嗔道。伤嗟此辈人,宝山不得宝。

怀二三朝友

伤心复伤心,流光似飞电。有惠骊龙十斛珠,不如一见君子面。愁人复愁人,满眼皆埃尘。有惠黄金一万斤,不如一见于仁人。我昔读诗书,如今尽抛也。只记得田叔孟温舒,帝王满口呼长者。

偶作

君子称一善,馨香遍九垓。小人妒一善,处处生嫌猜。口如暴死人,铁尺拗不开。稂莠蚀田髓,积阴成冬雷。因知咋舌人,千古空悠哉。

义士行

先生先生不可遇,爱平不平眉斗竖。黄昏雨雹空似鬣,别我不知何处去。

观怀素一本有上人二首草书歌

张颠颠后颠非颠，直至怀素之颠始是颠。师不谭经不说禅，筋力唯于草书朽一作妙。颠狂却恐是神仙，有神助兮人一作神莫及。铁石画兮墨须入，金尊竹叶数斗馀。半斜一作饮半倾山衲湿，醉来把笔狞一作猛如虎。粉壁素屏不问主，乱拏乱抹无规矩。罗刹石上坐伍子胥，蒯通八字立对汉高祖。势崩腾兮不可止，天机暗转锋铓里。闪电光边霹雳飞，古柏身中泙一作旱龙死。骇人心兮目眓音荆瞁音旭，顿人足兮神辟易。乍如沙场大战一作战败后，断枪橛箭一作断骸折骨皆一作何狼藉。又似深山朽一作怪石上，古病松枝挂铁锡。月兔笔，天灶墨，斜凿黄金侧锉玉，珊瑚枝长大束一作如束。天马骄狞不可勒，东却西，南又北，倒又一作还起，断复续。忽如鄂公喝一作捉住单雄信，秦王肩上剔一作搭著枣木槊。怀素师，怀素师，若不是星辰降瑞，即必是河岳孕灵。固宜须冷一作令笑逸少，争得不心醉伯英。天台古杉一千尺，崖崩劃一作岸折何峥嵘。或细微，仙衣半拆一作缝绽金线垂。或妍媚，桃花半红公子醉。我恐山为墨兮磨海水，天与笔兮书大地，一作海为水，天为笔兮书大地。乃能略展狂僧意。常恨与师不相识，一见此书空叹息。伊昔张渭一作谓任华叶季良，数子赠歌岂虚饰，所不足者浑未曾道著其神力。石桥被烧烧一作却，良玉土不一作不土蚀，锥画沙兮印印泥。世人世人争得测，知师雄名在世间，明月清风有何极。

送卢舍人三首

一曰：劝君不用登岘首山，读羊祜碑，男儿事业须自奇。此碑山头如日月，日日照人人不知。人不知，青山白云徒尔为。

二曰：劝君登商山，不用觅商山皓，云深雪深骡马倒。我愿终南太华变为金,吾后见之不为宝。我愿九州四海纸,幅幅与君为谏草。使蹑契践夔,逢轩见皞。日环五色,是物得老,如此即商山皓。商山皓,君不用讨他,他必来相讨。

三曰:君不见释梵诸天寿亿垓,天上人间去复来。君又不见紫金为轮一千幅,宝洲□四皆臣伏。轮王释梵作何因,只是弘隆重大乘福。自古皇王与贤哲,顶敬心师刻金玉。报通三世释迦言,莫将梁武为题目。君不见近代韦裴蒋与萧,韦处厚相国出入庙堂,礼佛如朝见君父。裴休相国师事空王,信敬无比。出将入相,偏重禅门。蒋□相国墙堑空门,为大檀越。中书藩镇,常事天王。萧仿相国清德冠世,白业常修。为佛骨碑,见行于当世。文房书府师百僚。代天理物映千古,布发掩泥非一朝。大哉释梵轮王璞,已矣何人继先觉。行行珍重寄斯言,斯言不是寻常曲。缺一字。

宿深村

行行一宿深村里,鸡犬丰年闹如市。黄昏见客合家喜,月下取鱼戽塘水。

黄莺

一种为春禽,花中开羽翼。如何此鸟身,便是黄金色。黄金色,若逢竹实终不食。

送越将归会稽

面如玉盘身八尺,燕语清狞战袍窄。古岳龙腥一匣霜,江上相逢双眼碧。冉冉春光方婉娩,黯然别我归稽巘。他年必帅邯郸儿,与我杀轻班定远。

别仙客

巨鳌头缩翻仙翠，蟠桃烂落珊瑚地。浪溅霓旌湿鹏翅，略别千年太容易。

寒江上望

荒岸烧未死，白云痴不动。极目无人行，浪打取鱼笼。

读唐史

我爱李景伯，内宴执良规。君臣道昭彰，天颜终熙怡。大簸怕清风，糠秕缭乱飞。洪炉烹五金，黄金终自奇。大哉为忠臣，舍此何所之。

樵叟

樵父貌饥带尘土一作风雨，自言一生苦寒苦一作暑。担头担个赤瓷罂，斜阳独立一作入濛笼坞。

全唐诗卷八二九

贯 休

春 山 行

重叠太古色，濛濛花雨时。好峰一作山行恐尽，流水语相随。黑壤生红黍一作术，黄猿领白儿。因思石桥月，曾与故一作道人期。

送谏官南迁

危行危言者，从天落海涯。如斯为远客，始是好男儿。瘴杂交州雨，犀揩马援碑。不知千万里，谁复识辛毗。

怀香炉峰道人

常思峰顶叟，石窟土为床。日日先见日，烟霞多异香。冥心同槁木，扫雪带微阳。终必相寻去，斯人不可忘。

观李翰林真二首

日角浮紫气，凛然尘外清。虽称李太白，知是那星精。御宴千钟饮，蕃书一笔成。宜哉杜工部，不错道骑鲸。

谁氏子丹青，毫端曲有灵。屹如山忽堕，爽似酒初醒。天马难拢勒，仙房久闭扃。若非如此辈，何以傲彤庭。

晚泊湘江作一作晚泊湘江怀古

烟浪漾一作濛秋色，高吟似有一作得邻。一轮湘渚月，万一作千古独醒人。岸湿穿花远，风香祷庙频。只应谀佞者，到此不伤神。

淮上逢故人

故园离乱后，十载始逢君。长恨南熏奏，寻常只自闻。荒窗秋见岳，赤地夜生云。莫叹谋身晚，中兴正用文。

读杜工部集二首

造化拾无遗，唯应杜甫诗。岂非玄域橐一作橐，夺得古人旗。日月精华薄，山川气概卑。古今吟不尽，惆怅不同时。

甫也道亦丧，孤身出蜀城。彩毫终不撅，白雪更能轻。命薄相如命，名齐李白名。不知耒阳令，何以葬先生。

题简禅师院

机忘室亦空，静与沃洲同。唯有半庭竹，能生竟日风。思山海月上，出定印香终。继后传衣者，还须立雪中。

读刘得仁贾岛集二首

二公俱作者，其奈亦迂儒。且有诸峰在，何将一第吁。句还如菡萏，谁复赠襜褕。想得重泉下，依前与众殊。

役思曾冲尹，多言阻国亲。桂枝何所直，陋巷不胜贫。马病唯一作难汤雪，门荒劣有人。伊余吟亦苦，为尔一眉颦。

天台一本无上二字老僧

独住无人处，松龛岳色侵。僧中九十腊，云外一生心。白发垂不剃，青眸笑转深。犹能指孤月，为我暂开襟。

经费隐君旧宅

巉岩玉九株，秀湿掩苍梧。祥瑞久不出，羲轩消得无。雨和高瀑浊，烧熁大槠枯。到此思归去，迢迢隔五湖。

秋末怀旧山

昔住匡庐北，无人知姓名。侵云收谷粟，引蚁上柑橙。寒雨雪兼落，枯林虎独行。谁能将白发，共向此中生。

春过鄱阳湖

百虑片帆下，风波极目看。吴山兼鸟没，楚色入衣寒。过此愁人处，始知行路难。夕阳沙岛上，回首一长叹。

寄僧野和尚

鸟一作岛外更谁亲，诸峰即四邻。白头寒枕石，青衲烂无尘。橡栗堆行径，猿猴绕定身。傥然重结社，愿作扫坛人。

寄冯使君

端居碧云暮，好鸟啼红芳。满郭桃李熟，卷帘风雨香。清吟绣段句，默念芙蓉章。未得归山去，频升谢守堂。

寄紫阁隐者

积翠藏一叟，常思未得游。不知在岩下，为复在峰头。苔上枯藤笐，泉淋破石楼。伊余更何事，不学此翁休。

寄天台道友

大是清虚地，高吟到日晡。水声金磬乱，云片玉盘粗。仙有遗踪在，人还得意无。石碑文不直，壁画色多枯。冷立千年鹤，闲烧六一炉。松枝垂似物，山势秀难图。紫府程非远，清溪径不迂。馨香柏上露，皎洁水中珠。贤圣无他术，圆融只在吾。寄言桐柏子，珍重保之乎。

旅中怀孙路

暮尘微雨收，蝉急楚乡秋。一片月出海，几家人上楼。砌香残果落，汀草宿烟浮。唯有知音者，相思歌白头。

贻　世

至理不误物，悠悠自不明。黄金烧欲尽，白发火边生。苦惑神仙鑑，难收日月精。捕风兼系影，信矣不须争。

览李秀才卷

香沐整山衣，开君一轴诗。吟当秋景苦，味出雪林迟。经济几人到，工夫两鬓知。因嗟和氏泪，不是等闲垂。

怀方干张为

冥搜入仙窟，半夜水堂前。吾道只如此，古人多亦然。萤沉荒坞雾,月苦绿梧蝉。因忆垂纶者,沧浪何处边。

四皓图

何人图四皓,如语话唠唠。双鬓雪相似,是谁年最高。溪苔连豹褥,仙酒污云袍。想得忘秦日,伊余亦合逃。

怀白阁道侣

寒思白阁层,石屋两三僧。斜雪扫不尽,饥猿唤得应。香然一字火,磬过数潭冰。终必相寻去,孤怀久不胜。

读孟郊集

东野子何之,诗人始见诗。清刳霜雪髓,吟动鬼神司。举世言多媚,无人师此师。因知吾道后,冷淡亦如斯。

怀四明亮公

孤峰含紫烟,师住此安禅。不下便不一作石下,如斯太可怜。坐侵天井黑,吟久海霞蔫。岂觉尘埃里,干戈已十年。

秋过钱塘江

巨浸东隅极,山吞大野平。因知吴相恨,不尽海涛声。黑气腾蛟窟,秋云入战城。游人千万里,过此白髭生。

上俞许二判官

近抛蓑笠者,急善遇休明。未省亲宗伯,焉能识正声。病容经夏在,岳梦入秋并。无限林中意,今逢许郭倾。

怀刘得仁

诗名动帝畿，身谢亦因诗。白日只如哭，皇天得不知。旅坟孤蹋岳，羸仆泣如儿。多少求名者，闻之泪尽垂。

归故林后寄二三知己

昨别楚江边，逡巡早数年。诗虽清到后，人更瘦于前。岸翠连乔岳，汀沙入坏一作瀼田。何时重一见，谈笑有茶烟。

春寄西山陈陶

搔首复搔首，孤怀草萋萋。春光已满目，君在西山西。堑水成文去，庭柯擎翠低。所思不可见，黄鸟花中啼。

秋末江行

四顾木落尽，扁舟增所思。云冲远烧出，帆转大荒迟。天际霜雪作，水边蒿艾衰。断猿不堪听，一听亦同悲。

送人归新罗

昨夜西风起，送君归故乡。积愁穷地角，见日上扶桑。蜃气生初霁，潮痕匝乱荒。从兹头各白，魂梦一相望。

思匡山贾匡 一作寒夜思庐山贾生

山兄诗癖甚，寒夜更何为。觅句唯一作如顽坐，严霜打不知。石膏粘木屐一作履，崖蜜一作栗落冰池。近见禅僧说，生涯胜往时。

偶　作

十载独扃扉,唯为二雅诗。道孤终不杂,头白更何疑。句冷杉松与,霜严鼓角知。修心对闲镜,明月印秋池。

赠方干

盛名与高隐,合近谢敷村。弟子已得桂,先生犹灌园。垂纶侵海介,拾句历云根。白日升天路,如君别有门。弟子谓李频也。

渔　父

一叶一竿竹,眉须雪欲零。陆应无祖业,香必是伊腥。儿亦名鱼鹧,歌称我一作尔洞庭。回头深自愧,旧业近沧溟。

题友人山居

卜居邻坞寺,魂梦又相关。鹤本如云白,君初似我闲。月明僧渡水,木落火连山。从此天台约,来兹未得还。

寄宋使君

寺倚乌龙腹,窗中见碧棱。空廊人画祖,古殿鹤窥灯。风吼深松雪,炉寒一鼎冰。唯应谢内史,知此道心澄。

怀武夷红石子二首

常思红石子,独自住山椒。窗外猩猩语,炉中姹姹娇。乳香诸洞滴,地秀众峰朝。曾见奇人说,烟霞恨太遥。

弋者终何慕,高吟坐绿鳌。烧侵姜芋窖,僧与水云袍。竹鞘畬刀缺,松枝猎箭牢。何时一相见,清话擘蟠桃。

送人征蛮

七纵七擒处，君行事可攀。亦知磨一剑，不独定诸蛮。树尽低铜柱，潮常沸火山。名须麟阁上，好去及瓜还。

怀周朴张为

二子无消息，多应各自耕。巴江思杜甫，漳水忆刘桢。白发应全白，生涯作么生。寄书多不达，空念重行行。

寄令狐郎中

雨打繁暑尽，放怀步微凉。绿苔狂似人，入我白玉堂。堑鸟眠堪画，庭柽夜益香。唯应蕊宫子，时到虎溪傍。

鄱阳道中作

鄱阳古岸边，无一树无蝉。路转他山大，砧驱乡思偏。湖平帆尽落，天淡月初圆。何事尧云下，干戈满许田。

归故林别知己

别离无古今，柳色向人深。万里长江水，平生不印心。远书容北雁，赠别谢南金。愧勉青云志，余怀非陆沉。

送僧游天台

囊空心亦空，城郭去腾腾。眼作么是眼，僧谁识此僧。歇限红树久，笑看白云崩。已有天台约，深秋必共登。

咏竹根玟子

出处惭林薮，才微幸一阳。不缘怀片善，岂得近馨香。节亦因人净，声从掷地彰。但令筋力在，永愿报时昌。

砚　瓦

浅薄虽顽朴，其如近笔端。低心蒙润久，入匣更身安。应念研磨苦，无为瓦砾看。傥然仁不弃，还可比琅玕。

水壶子

良匠曾陶莹，多居笔砚中。一从亲几案，常恐近儿童。卓立澄心久，提携注意通。不应嫌器小，还有济人功。

笔

莫讶书绅苦，功成在一毫。自从蒙管录，便觉用心劳。手点时难弃，身闲架亦高。何妨成五色，永愿助风骚。

棋

棋信无声乐，偏宜境寂寥。著高图暗合，势王气弥骄。人事掀天尽，光阴动地销。因知韦氏论，不独为吴朝。

夜对雪作寄友生

皓彩中宵合，开门失所踪一作从。何年今夜意，共子在一作老孤峰。气射灯花落，光侵壁罅浓。唯君心似我，吟到五更钟。

题惠琮律师院

苦节兼青目,公卿话有馀。唯传黄叶喻,还似白泉居。猿拨孤云破,钟撞众木疏。社坛踪迹在,重结复何如。

寄清泠山道人

常忆清泠子,深云种早禾。万缘虽不涉,一句子如何。踪迹诸峰匝,衣裳老虱多。江头无事也,终必到烟萝。

秋尽途中作

行行芳草歇,潭岛叶纷纷。山色路无尽,砧声客强闻。残阳曜极野,黑水浸空坟。那得无乡思,前程入楚云。

秋居寄王相公三首 首句缺一字

禅林蝉□落,地燥可生苔。好句慵收拾,清风作么来。饼唯餐喜悦,社已得宗雷。还似山中日,柴门更不开。

松声高似瀑,药熟色如花。谁道全无病,时犹不在家。逐六尘名,不在家也。山童舂菽粉,园叟送银瓜。谁访孙弘阁,谈玄到日斜。

气与非常合,常人争得知。直须穷到底,始是出家儿。阁雀衔红粟,邻僧背古碑。只应王与谢,时有沃州期。

读玄宗幸蜀记

宋璟姚崇死,中庸遂变移。如何游万里,只为一胡儿。泣溻乾坤色,飘零日月旗。火从龙阙起,泪向马嵬垂。始忆张丞相,全师郭子仪。百官皆剽劫,九庙尽崩隳。尘扑银轮一作辁暗,雷奔栈阁危。幸臣方赐死,野老不胜悲。时有群叟遮道,泣见于上。及溜飘沦日,行宫寂寞时。人心虽未厌,天意亦难知。圣两归丹禁,承乾动四夷。因知纳谏诤,始是太平基。

全唐诗卷八三〇

贯　休

闻征四处士

一诏群公起，移山四海闻。因知丈夫事，须佐圣明君。白酒全倾瓮，蒲轮半载云。从兹居谏署，笔砚几人焚。

送友人下第游边

失意穷边去，孤城值晚春。黑山霞不赤，白日鬼随人。角咽胡风紧，沙昏碛月新。明时至公在，回首莫因循。

寄匡山纪公

锦绣谷中人，相思入梦频。寄言无别事，琢句似终身。书卷须求旨，须根易得银。斯言如不惑，千里亦相亲。

闻无相道人顺世五首

一事不经营，孤峰长老情。惟餐橡子饼，爱说道君兄。池藕香狸掘，山神白日行。又闻行脚也，何处化群生。

自昔寻师日，颠峰绝顶头。虽闻不相似，特地使人愁。庭树雪摧残，上有白猕猴。大哉法中龙，去去不可留。

常思将道者,高论地炉傍。迂谈无世味,夜深山木僵。下山遭离乱,多病惟深藏。一别三十年,烟水空茫茫。

石霜既顺世,吾师亦不住。杉桂有猩猩,糠秕无句句。土肥多孟蕨,道老如婴孺。莫比优昙花,斯人更难遇。

百千万亿偈,共他勿交涉。所以那老人,密传与迦叶。吾师得此法,不论劫不劫。去矣不可留,无踪若为蹑。

苦　热

松桂枝一作昼不动,阳乌飞半天。稻麻须一作倾,又作难。结实,沙石欲生烟。毒气仍干扇,高枝不立蝉。旧山多积一作贮雪,归去是何年。

鄂渚赠祥公

寂寥堆积者,自为是高僧。客远何人识,吟多冷病增。松烟青透壁,雪气细吹灯。犹赖师于我,依依非面朋。

怀武昌栖一二首

常忆能吟一,房连古帝墟。无端多忤物,唯我独知渠。病愈囊空后,神清木落初。只因烽火起,书札自兹疏。

清风江上月,霜洒月中砧。得句先呈佛,无人知此心。师得句,只云堪供养佛。寂寥从鬼出,苍翠到门深。惟有双峰寺,时时独去寻。

寒食郊外

寒食将吾族,相随过石溪。冢花沾酒落,林鸟学人啼。白水穿芜疾,新霞出雾低。不堪回首望,家在赤松西。

送道士归天台

道高留不住,道去更何云。举世皆趋世,如君始爱君。径侵银地滑,瀑到石城闻。它日如相忆,金桃一为分。

经孟浩然鹿门旧居二首

孟子终焉处,游人得得过。梯深黄犭亦小,地暖白云多。孔圣嗟大谬,玄宗争奈何。空馀岘山色,千古共嵯峨。

花落谷莺啼,精灵安在哉。青山不可问,永日独裴回。冢穴应藏虎,荒碑只见苔。伊余亦惆怅,昨日郢城回。

春送禅师归闽中

春色满三湘,送师还故乡。穿霞逢黑鸩,乞食得红姜。大化宗门辟,孤禅海树凉。傥为新句偈,寄我亦何妨。

途中逢周朴

东西南北路,相遇共兴哀。世浊一作独无知己,子从何处来。菊衰芳草在,程远宿烟开。傥遇中兴主,还应不用媒。

避寇山中作

山翠碧嵯峨,攀牵去者多。浅深俱得地,好恶未知他。有草皆为户,无人不荷戈。相逢空怅望,更有好时么。

避寇上唐台山

苍黄缘鸟道,峰胁见楼台。柽桂香皆滴,烟霞湿不开。僧高眉半白,山老石多摧。莫问尘中事,如今正可哀。

题峄桐一作择词律师院

律中麟角者，高〔淡〕(谈)出尘埃。芳草不曾触，几生如此来。鼜风吹磬断，杉露滴花开。如结林中社，伊余亦愿陪。

上冯使君渡水僧障子

跣足拄巴藤，潺湲渡几曾。尽权无著印，不是等闲僧。熊耳应初到，牛头始去登。画来偏觉好，将寄柳吴兴。

秋夜玩月怀玉霄道士

光异磨砻出，轮非雕斫成。今宵刚道别，举世勿人争。征妇砧添怨，诗人哭到明。惟宜华顶叟，笙磬有馀声。

上杭州令狐使君

颜冉德无邻，分忧浙水滨。爱山成大癖，求瘼似诸身。视事好回尽，登楼海岳春。野人如有幸，应得见陶钧。

怀诸葛珏一作觉二首

诸葛子作者，诗曾我细看。出山因觅孟，踏雪去寻韩。遇孟郊、韩愈于洛下。谬独哭不错，诸葛云：思牵吴岫起，吟索剡云开。常流饮实难。诸葛曾为僧，名然。有诗云：到处自凿井，不能饮常流。知音知便了，归去旧江干。

羸马与羸童，微吟冒北风。店孤僧共歇，日落思无穷。囊草无非刺，魏人那识公。投魏，不遇而去。莺花五陵道，去去与谁同。

怀钱唐罗隐章鲁封

二子依公子，鸡鸣狗盗徒。青云十上苦，白发一茎无。风涩潮声恶，天寒角韵孤。别离千万里，何以慰荣枯。

送沈侍郎

从知无远近，木落去闽城。地入无诸俗，冠峨甲乙精。山多高兴乱，江直好风生。俭府清无事，唯应荐祢衡。

题宿禅师院

身闲心亦然，如此已多年。语淡不著物，茶香别有泉。古衣和藓衲，新偈几人传。时说秋归梦，孤峰在海边。

秋晚泊石头驿有寄

萧索漳江北，何人慰寂寥。北风人独立，南国信空遥。烧坞新云白，渔家众木凋。所思不可见，行雁在青霄。

别卢使君

杜宇声声急，行行楚水濆。道无裨政化，行处傲孤云。幸到膺门下，频蒙俸粟分。诗虽曾引玉，棋数中埋军。山好还寻去，恩深岂易云。扇风千里泰，车雨九重闻。晴雾和花气，危樯鼓浪文。终期陶铸日，再见信陵君。

秋夜吟

如愚复爱诗，木落即眠迟。思苦香消尽，更深笔尚随。饥童舂赤黍，繁露洒乌椑，看却龙钟也，归山是底时。

桐江闲居作十二首

木落雨翛翛，桐江古岸头。拟归仙掌去，刚被谢公留。猛烧侵茶坞，残霞照角楼。坐来还有意，流水面前流。

香刹通真观，楼台倚郡城。阴森古树气，粗淡老僧情。壁画连山涧，仙钟扣月清。何须结西社，大道本无生。

静室焚檀印，深炉烧铁瓶。茶和阿魏暖，火种柏根馨。数只飞来鹤，成堆读了经。何妨似支遁，骑马入青冥。

不问庚桑子，唯师妙吉祥。等闲眠片石，不觉到斜阳。独自收槠叶，教童探柏瓤。王孙莫指笑，淡泊味还长。

诗琢冰成句，多将大道论。人谁知此意，日日只关门。乳鼠穿荒壁，溪龟上净盆。因知无事贵，言外更无言。

红黍饭溪苔，清吟茗数杯。只应唯道在一作庇，无意俟时来。树叠藏仙洞，山蒸足爆雷。从他嫌复笑，门更不曾开。

蝉急野萧萧，山中信屡招。树香烹菌术，诗□□琼瑶。诸境教人认，荒榛引烧烧。吾皇礼金骨，谁□美南朝。第四句、八句缺三字。

露滴滴蘅茅，秋成爽气交。霜棹如蜜裹，□□似盐苞。浮藓侵蛩穴，微阳落鹤巢。还如山里日，门更绝人敲。第四句缺二字。

堑鸟毛衣别，频来似爱吟。萧条秋病后，斑驳绿苔深。珠翠笼金像，风泉洒玉琴。孰知吾所适，终不是心心。

芙蓉峰里居，关闭复何如。白玃兼花鹿，多年不见渠。红泉香滴沥，丹桂冷扶疏。唯有西溪叟，时时到弊庐。

忆在山中日，为僧鬓欲衰。一灯常到晓，十载不离师。水汲冰溪滑，钟撞雪阁危。从来多自省，不学拟何为。

囊非扑满器，门更绝人过。土井连冈冷，风帘迸叶多。村童顽似铁，山菜硬如莎。唯有前山色，窗中无奈何。

寄冯使君

山风与霜气，浩浩满松枝。永日烧杉子，无人共此时。为文攀讽谏，得道在毫厘。唯有桐江守，常怜志不卑。

经栖白旧院二首

竺卿何处去，触目尽凄凉。不见中秋月，空馀一炷香。残花飘暮雨，枯叶盖啼螿。谁礼新坟塔，萧条渭水傍。

国宝还亡一，时多李德林。故人卿相泣，承制渥恩深。旧稿谁收得，空堂影似吟。裴回不能去，寒日下西岑。

赠李祐道人一作赠道士

阛茸复埃尘，难亲复易亲。皆疑有仙术，问著却愁人。只是耽浮蚁，曾云见泣麟。相逢先合手，浑似有前因。

赠景和尚院

藏经看几遍，眉有数条霜。万境心都泯，深冬日亦长。窗虚花木气，衲挂水云乡。时说秋归梦，峰头雪满床。

上宋使君

折桂文如锦，分忧力若春。位高空倚命，诗妙古无人。有感禾争熟，无私吏尽贫。野人如有幸，应得见陶钧。

离乱后寄九峰和尚二首

乱后知深隐，庵应近石楼。异香因雪歇，仙果落池浮。诗老全抛格，心空未到头。还应嫌笑我，世路独悠悠。

萧洒复萧洒，松根独据梧。瀑冰吟次折，远烧坐来无。老狖寒披衲，孤云静入厨。不知知我否，已到不区区。

送黄宾于赴举 第三句、第七句各缺一字

冬暮雨霏霏，行人喜可稀。二阶□夜雪，亚圣在春闱。马疾顽童远，山荒冻叶飞。□师无一事，应见丽龟归。

题灵溪畅公墅

境清僧格冷，新斩古林开。旧隐还如此，令人来又来。岚飞黏似雾，茶好碧于苔。但使心清净，从渠岁月催。

送高九经赴举

回也曾言志，明君则事之。中兴今若此，须去更何疑。志列秋霜好，忠言剧谏奇。志列、忠言，皆旧人也。陆机游洛日，文举荐衡时。虎迹商山雪，云痕岳庙碑。夫一作凭君将潦倒，一说向深知。

东西二林寺流水

水尔何如此，区区矻矻流。墙墙边沥沥，砌砌下啾啾。味不卑于乳，声常占得秋。崩腾成大瀑，落托出深沟。远历神仙窟，高淋竹树头。数家舂碓硙，几处浴猿猴。共月穿峰罅，喧僧睡石楼。派通天宇一作井阔，溜入楚江浮。为润知何极，无边始自由。好归江海里，长负济川舟。

送王贞白重试东归

心苦酬心了，东归谢所知。可怜重试者，如折两三枝。雨毒逢花少，山多爱马迟。此行三可羡，正值倒戈时。

早秋即事寄冯使君

金脉火初微，开门竹杖随。此身全是病，今日更嗔谁。落叶峥嵘处，诸峰爽拔时。唯思棠树下，高论入圆伊。

赠景和尚院

貌古眉如雪，看经二十霜。寻常对诗客，只劝疗心疮。炭火邕湖滢，山晴紫竹凉。怡然无一事，流水自汤汤。

寄西山胡汾

待价欲要君，山前独灌园。虽然不识面，要且已消魂。鹿睡红霞影，泉淋白石门。伊余心更苦，何日共深论。

题师颖和尚院

师院清无敌，师心智不知。腊高清眼细，闲甚白云卑。煮茗然枫枿，泥墙札祖碑。爱师终不及，谩住许多时。

游云顶山晚望

云顶聊一望，山灵草木奇。黔南在何处，堪笑复堪悲。菊歇香未歇，露繁蝉不饥。明朝又西去，锦水与峨眉。

刘相公见访

千骑拥朱轮，香尘岂是尘。如何补衮服，来看衲衣人。庄叟因先觉，空王有宿因。对花无俗态，爱竹见天真。欹枕松窗迥，题墙道意新。戒师惭匪什，都讲更胜询。桃熟多红墨，茶香有碧筋。高宗多不寐，终是梦中人。

寄赤松舒道士二首

不见高人久，空令鄙吝多。遥思青嶂下，无那白云何。子爱寒山子，歌惟乐道歌。会应陪太守，一日到烟萝。

余亦如君也，诗魔不敢魔。一餐兼午睡，万事不如他。雨阵冲溪月，蛛丝罥砌莎。近知山果熟，还拟寄来么。

鄂渚逢杨赞禹

流浪兵荒苦，相思岁月阑。理惟通至道，人或谓无端。烧猛湖烟赤，窗空雪月寒。知音不可见，始为一吟看。

别性空禅师

积翠迸一瀑，红霞碧雾开。方寻此境去，莫问几时回。荡桨入檜石，思诗闻早雷。唯师心似我，欲近不然灰。

送胡处士

不名兼不利，相遇海西渍。白字未干发，清时错爱云。头巾多酒气，竹杖有苔文。久积希颜意，林中又送君。

寄澜公二首

小一头应白，孤高住歙城。不知安乐否，何以近无生。师常供养十六罗汉。罗汉，梵语。此云无生。烧逼鸿行侧，风干雪朕清。途中逢此信，珍重未精诚。

荒乱抛深隐，飘零远寓居。片云无定所，得力是蘧篨。光洞山道人云：吾生独自往，处处得蘧篨。瀑濇群公社，江崩古帝墟。终期再相见，招手复何如。

寄栖一上人

花堑接沧洲，阴云闲楚丘。雨声虽到夜，吟味不如秋。古屋藏花鸽，荒园聚乱流。无机心便是，何用话归休。

送僧之湖南

湘水万馀里，师游芳草生。登山乞食后，无伴入云行。宿雨和花落，春牛拥雾耕。不知今夜月，何处听猿声。

秋末寄张侍郎

静坐一作处黔城北，离仁半岁强。雾中红黍熟，烧后白云香。多病如何好，无心去始长。寂寥还得句，溪上寄三张。

古一作入塞曲三首

单于烽火动，都护去天涯。别赐黄金甲，亲临白玉除一作墀。塞垣须静谧，师旅审安危。定远条支宠，如今胜古时。

方见将军贵，分明〔对〕(带)冕旒。圣恩如远被，狂虏不难收。臣节唯期死，功勋敢望侯。终辞修里第，从此出皇州。

百万精兵动，参差便渡辽。如何好白日，亦照此天骄。远树深疑贼，惊蓬迥似雕。凯歌何日唱，碛路共天遥。

古塞下曲七首

下营依遁甲，分帅把河隍。地使人心恶，风吹旗焰荒。搜山得一作见探卒，放火猎黄羊。唯有南飞雁，声声断客肠。

归去是何年，山连逻逤川。苍黄曾战地，空阔养雕天。旗插蒸沙堡，枪担卓槊泉。萧条寒日落，号令彻穷边。

虏寇日相持,如龙马不肥。突围金甲破,趁贼铁枪飞。汉月堂堂上,胡云惨惨微。黄河冰已合,犹未送征衣。

南北惟堪恨,东西实可嗟。常飞侵夏雪,何处有人家。风刮阴山薄,河推大岸斜。只应寒夜梦,时见故园花。

不是将军勇,胡兵岂易当。雨曾淋火阵,箭又中金疮。铁岭全无土,豺群亦有狼。因思无战日,天子是陶唐。

榆叶飘萧尽,关防烽寨重。寒来知马疾,战后觉人凶。烧逐飞蓬死,沙生毒雾浓。谁能奏明主,功业已堪封。

万战千征地,苍茫古塞门。阴兵为客祟,恶酒发刀痕。风落昆仑石,河崩苜蓿根。将军更移帐,日日近西蕃。

古塞上曲七首

幽并儿百万,百战未曾输。蕃界已深入,将军仍远图。月明风拔帐,碛暗鬼骑狐。但有东归日,甘从筋力枯。

中军杀白马,白日祭苍苍。号变旗幡乱,鼙一作沙干草木黄。朔云含冻雨,枯骨放妖光。故国今何处,参差近鬼方。

白雁兼羌笛,几年垂泪听。阴风吹杀气,永日在青冥。远戍秋添将,边烽夜杂星。嫖姚头半白,犹自看兵经。

久一作大雨始无尘,边声四散闻。浸河荒寨柱,吹角白头军。战一作牛马龁腥草,乌鸢识阵云。征人心力尽,枯骨更遭焚。

帐幕侵奚界,凭陵未可涯。擒生行别路,寻箭向平沙。赤落蒲桃叶,香微甘草花。不堪登陇望,白日又西斜。

地角天涯外,人号鬼哭边。大河流败卒,寒日下苍烟。杀气诸蕃动,军书一箭传。将军莫惆怅,高处是燕然。

山接胡奴水,河连勃勃城。数州今已伏,此命岂堪轻。碛吼旌头落,风干刁斗清。因嗟李陵苦,只得没蕃名。

古出塞曲三首

扫尽狂胡迹,回头一作戈望故关。相逢惟死斗,岂易得生还。纵宴参胡乐,收兵过雪山。不封十万户,此事亦应闲。

玉帐将军意,殷勤把酒论。功高宁在我,阵没与招魂。塞色干戈束,军容喜气屯。男儿今始是,敢出玉关门。

回首陇山头,连天草木秋。圣君应入梦,半路遣封侯。水不担阴雪,柴令倒戍楼。归来麟阁上,春色满皇州。

闻赤松舒道士下世 东阳未乱前相别

地变贤人丧,疮痍不可观。一闻消息苦,千种破除难。阴骘那虚掷,深山近始安。玄关评兔角,玉器琢鸡冠。傲野高难狎,融怡美不殚。冀迎新渥泽,时太守方录道业奏闻征出。遽逐逝波澜。蜕壳埋金隧,飞精驾锦鸾。倾摧千仞壁,枯歇一株兰一作难。仙庙诗虽继,苔墙篆必刓。师善大小篆,尝有诗题赤松子庙。烟霞成片黯,松桂著行干。影拄溪流咽,堂扃隙月寒。寂寥遗药犬,缥缈想琼竿。伊昔相寻远,留连几尽欢。论诗花作席,炙菌叶为盘。彭伉心相似,承祯趣一般。琴弹溪月侧,棋次砌云残。倏忽成千古,飘零见百端。荆襄春浩浩,吴越浪漫漫。已矣红霞子,空留白石坛。无弦亦须绝,回首一长叹。

赠抱麻刘舍人

郡政今良吏,门风古缙绅。万年唐社稷,一个哭麻人。愤烈身先死,敷扬气益贞一作真。天乎资大宝,泰矣见忠臣。得罪钟多故,投荒岂是迍。玉寒方重涩,松古更青皴。鹏鹖宁唯白,龙多岂止荀。道孤梳有雪,恩重泪盈巾。喻蜀须凭草,成周必仗仁。三峰宵旰切,万里渥恩新。赋鹏言无累,依刘德有邻。风期仁祖帽,鼠讶史云尘。禅叟知何幸,玄谈有宿因。双溪逢陆海,东阳见故浙西侍郎。荆渚遇平津。江陵见吏部相公。落日愁闻笛,何人为吐茵。生徒希匠化,寰海仰经纶。疾愈蝉声老,时公在荆州闲居,夏疾方可。年丰雨滴频。刘虬师弟子,时喜一相亲。

全唐诗卷八三一

贯　休

夜寒寄卢给事二首

刻羽流商否,霜风动地吹。迩来唯自惜,知合是谁知。堑雪消难尽,邻僧睡太奇。知音不可得,始为一吟之。
心苦味不苦,世衰吾道微。清如吞雪雹,谁把比珠玑。作者相收拾,常人任是非。旧居沧海上,归去即应归。

送叶蒙赴举

年年屈复屈,惆怅曲江湄。自古身荣者,多非年少时。空囊投刺远,大雪入关迟。来岁还公道,平人不用疑。

闻王慥常侍卒三首

世乱君巡狩,清贤又告亡。星辰皆有角,日月略无光。金柱连天折,瑶阶被贼荒。令人转惆怅,无路问苍苍。
宗社运微衰,山摧甘井枯。不知千载后,更有此人无。政入龚黄甲,诗轻沈宋徒。受恩酬未得,不觉只长吁。
傥在扶天步,重兴古国风。还如齐晏子,再见狄梁公。棠树梅溪北,公为婺州大理。梅溪,婺之亭名。佳城舜庙东。谁修循吏传,对此莫匆匆。

秋晚野步

藤屦兼闽竹，吟行一水傍。树凉蝉不少，溪断路多荒。烧岳阴风起，田家浊酒香。登高吟更苦，微月出苍茫。

闻大愿和尚顺世三首

王室今如毁，仍闻丧我师。古容图得否，内院去无疑。大师行高德广，必生弥勒内院。岳鬼月中哭，松龛雪次隳。直须文五色，始可立高碑。
郧卫松杉外，芝兰季孟间。尽希重诏出，只待六龙还。不疾成千古，令焚动四山。感恩终有泪，遥寄水潺潺。
师禀尽名卿，孤峰老称情。若游三点外，争把七贤平。苦雾埋空室，啼猿有咽声。今朝益惆怅，曾沐下床迎。愚常念《法华经》，师见，即下床迎，云："吾不敢以众人相待也。"

闻叶蒙及第

忆昨送君诗，平人不用疑。吾徒若不得，天道即应私。尘土茫茫晓，麟龙草草骑。相思不可见，又是落花时。

送僧之灵夏

旧识为边帅，师游胜事兼。连天唯白草，野饼有红盐。蕃近风多勃，河浑碛半淹。因知心似月，处处有人瞻。

书无相道人庵

造化太茫茫，端居紫石房。心遗无句句，顶处有霜霜。白鹿眠枯叶，清泉洒毳囊。寄言疑未决一作已，须道雪溪旁。

明进士北斋避暑

相访多冲雨，由来德有邻。卷帘繁暑退，湿树一蝉新。道在谁为主，吾衰自有因。只应江海上，还作狎鸥人。

晚春寄吴融于竞二侍郎

白头为远客，常忆白云间。只觉老转老，不知闲是闲。花含宜细雨，室冷是深山。唯有霜台客，依依是往还。

喜不思上人来

沃州那不住，一别许多时。几度怀君夜，相逢出梦迟。瓶担千丈瀑，偈是七言诗。若向罗浮去，伊余亦愿随。

秋怀赤松道士

仙观在云端，相思星斗寒一作阑。常怜呼鹤易，却恨见君难。石罅青蛇湿，风榧白菌干。终期花月下，坛上听君弹。

送刘逖赴闽辟

离乱生涯尽，依刘是见机。从来吟太苦，不得力还稀。路入闽山熟，江浮瘴雨肥。何须折杨柳，相送已依依。

苦雨中作

通宵复连夕，其状只如倾。却遣思山者，忽然嫌水声。好花飘草尽，古壁欲云生。不奈天难问，迢迢远客情。

送僧归日本

焚香祝海灵,开眼梦中行。得达即便是,无生可作轻。流黄山火著,碇石索雷鸣。想到夷王礼,还为上寺迎。有僧游日本,云:彼只有三寺,上寺名兜率,国王供养;中寺名浮上,极品官人供养;下寺名祇上寺,风俗供养。有德行即渐迁上也。

赠信安郑道人

貌古似苍鹤,心清如鼎湖。仍闻得新义,便欲注阴符。点化金一作默坐诗常有,闲行影渐无。杳兮中便是,应不食菖蒲。

送吏部刘相公除东川

帝念梓州民,年年战伐频。山川无草木,烽火没烟尘。政乱皆因乱,安人必藉仁。皇天开白日,殷鼎辍诚臣。一日离君侧,千官送渭滨。酒倾红琥珀,马控白骐驎。渥泽番番降,壶浆处处陈。旌幢山色湿,邛僰鸟啼新。帝幕还名俭,良医始姓秦。军雄城似岳,地变物含春。白必侵双鬓,清应诫四邻。吾皇重命相,更合是何人。

送智光禅伯

万事归一衲,曹溪初去寻。从来相狎辈,尽不是知音。乞食林花落,穿云翠巘深。终希重一见,示我祖师心。

夜对雪寄杜使君 第十四句缺一字

片片含天意,纷纷势莫拘。洒于诸瑞后,时有柏树再生,甘露频降。忧恐一冬无。鹤氅声偏密,风焦片益粗。冷牵人梦转,清逼瘴根徂。扫径僧倾笠,为诗士弃炉。桥高银蝃蝀,峰峻玉浮图。盈尺何须问,丰年已可□。遥思郢中曲,句句出冰壶。

送王毂及第后归江西

太宗罗俊彦,桂玉比光辉。难得终须得,言归始是归。风帆天际吼,金鹗月中飞。五府如交辟,鱼书莫便稀。

送卢瞻罢庐陵幕归阌乡

文行成身事,从知贵得仁。归来还寂寞,何以慰交亲。芳草色似动,胡桃花又新。昌朝有知己,好作谏垣臣。

避寇白沙驿作 第五句缺三字

避乱无深浅,苍黄古驿东。草枯牛尚龁,霞湿烧微红。□□时时□,人愁处处同。犹逢好时否,孤坐雪濛濛。

闻李频员外卒

苍苍难可问,问答亦难闻。落叶平津岸,愁人李使君。文章应力竭,茅土始天分。又逐东风去,迢迢隔岭云。

江陵寄翰林韩偓学士

久住荆溪北,禅关挂绿萝。风清闲客去,睡美落花多。万事皆妨道,孤峰谩忆他。新诗旧知己,始为味如何。

闲居作

闲门微雪下,慵惰计全成。默坐便终日,孤峰只此清。身心闲少梦,杉竹冷多声。唯有西峰叟,相逢眼最明。

和韦相公见示闲卧

刻形求得相，事事未尝眠。霖雨方为雨，非烟岂是烟。童收庭树果，风曳案头笺。仲虺专为诰，何充雅爱禅。静嫌山色远，病是酒杯偏。蜩响初穿壁，兰芽半出砖。堂悬金粟像相公常供养维摩居士，门枕御沟泉。旦沐虽频握，融帷孰敢褰。德高群彦表，善植几生前。修补乌皮几，深藏子敬毡。扶持千载圣，潇洒一声蝉。棋阵连残月，僧交似大颠韩吏部重大颠禅师。常知生似幻，维重直如弦。饼忆莼羹美，茶思岳瀑煎。只闻温树誉，堪鄙竹林贤。脱颖三千士，馨香四十年。宽平开义路，淡泞润清田。哲后知如子，空王夙有缘。对归香满袖，吟次月当川。休说惭如捷，尧天即梵天。

寄山中伉禅师

举世遭心使，吾师独使心。万缘冥目尽，一句不言深。野火烧禅石，残霞照栗林。秋风溪上路，终愿一相寻。

秋寄栖一

一别一公后，相思时一吁。眼中疮校未，般若偈持无。公时有眼疮，因为之念《多心经》。卷句冰团大，炉烟枥榧粗。劝君君记取，不用更他图。

怀匡山山长二首

白石峰之半，先生好在么。卷帘当大瀑，常恨不如他。杉罅龙涎溢，潭坳石发多。吾皇搜草泽，争奈谢安何。

见说面前峰，寻常醉亦登。雨馀多菌出，烧甚古崖崩。觅句曾冲虎，耕田半为僧。闻名多岁也，常恨不飞腾。

怀高真动二首

知尔今何处,孤高独不群。论诗唯许我,穷易到无文。贳酒儿穿雪,寻僧月照云。何时再相见,兵寇尚纷纷。

久别无消息,今秋忽得书。诸孤婚嫁苦,求己世情疏。乱甚无乔木,溪多不钓鱼。只应金一作全岳色,如尔复如余。

秋末入匡山船行八首

楚国茱萸月,吴吟梨栗船。远游无定所,高卧是何年。浪卷纷纷叶,樯冲澹澹烟。去心还自喜,庐岳倚青天。

芦苇深花里,渔歌一曲长。人心虽忆越,帆态似浮湘。石獭衔鱼白,汀茅浸浪黄。等闲千万里,道在亦无妨。

岛上离家化,茅茨竹户开。黄桑双鹊喜,白日有谁来。担浪浇秋芋,缘滩取净苔。回头深自愧,旧业本蒿莱。

匡阜层层翠,修江叠叠波。从来未曾到,此去复如何。水庙寒鸦集,沙村夕照多。谁如垂钓者,孤坐鬓皤皤。

晚泊苍茫浦,风微浪亦粗。估喧如亥合,樯密似林枯。地峻湖无□,潮寒蚌有珠。东西无定所,何用问前途。第五句缺一字。

岛香思贾岛,江碧忆清江。囊橐谁相似,馋慵世少双。鼍惊入窟月,烧到系船桩。谩有归乡梦,前头是楚邦。

南北虽无适,东西亦似萍。霞根生石片,象迹坏沙汀。莽莽蒹葭赤,微微蜃蛤腥。因思范蠡辈,未免亦飘零。

晓色千樯去,长江八月时。雨淙山骨出,棹搁岸形卑。野水畬田黑,荒汀独鸟痴。如今是清世,谁道出山迟。

送僧归华山

心枯衲亦枯，归岳揭空盂。七贵留不住，孤云出更一作便孤。烧灰犹汤足，雪片似黏须。他日如相觅，还应道到吴。

送友人之岭外 第七句缺一字

五岭难为客，君游早晚回。一囊秋课苦，万里瘴云开。金柱根应动，风雷舶欲来。明时好□进，莫滞长卿才。

送卢舍人朝觐

膻行无为日，垂衣帝道亨。圣真千载圣，明必万年明。重德须朝觐，流年不可轻。洪才传出世，清甲得高名。罕玉藏无映，嵇松画不成。起衔轩后敕，醉别亚夫营。烧阔荆州熟，霞新岘首晴。重重尧雨露，去去汉公卿。白发应从白，清贫但更清。梦缘丹陛险，春傍彩衣生。既握钟繇笔，须调傅说羹。倘因星使出，一望问支铿。

上冯使君山水障子

忆山归未得，画出亦堪怜。崩岸全隳路，荒村半有烟。笔句冈势转，墨抢烧痕颠。远浦深通海，孤峰冷倚天。柴棚坐逸士，露茗煮红泉。绣与莲峰竞，威如剑阁牵。石门关麈鹿，气候有神仙。茅屋书窗小，苔阶滴瀑圆。松根击石朽，桂叶蚀霜鲜。画出欺王墨，擎将献惠连。新诗宁妄说，旧隐实如然。愿似窗中列，时闻大雅篇。

送令狐焕赴阙

渚宫遥落日，相送碧江湄。陟也须为相，天乎更赞谁。风高樯力出，霞热鸟行迟。此去多来客，无忘慰所思。

送吴融员外赴阙

汉文思贾傅，贾傅遂生还。今日又如此，送君非等闲。云寒犹惜雪，烧猛似烹山。应笑无机者，腾腾天地间。

送姚洎拾遗自江陵幕赴京

捧诏动征轮，分飞楚水滨。由来真庙器，多作伏蒲人。舍鲁知非愿，朝天不话贫。沙头千骑送，岛上一蝉新。莫使身侵贵，无矜贵逼身。玉阶凝正色，兰苑涨芳尘。銮辂方离华，车书渐似秦。流年飘倏忽，书札莫因循。凉雨鸣红叶，非烟闭紫宸。凭将西社意，一说向荀陈。

送僧入石霜　注内缺五字

举世只堪吁，空知与道俱。论心齐至圣，对镜破凡夫。业王如云合，头低似箭驱。牛头大师云：犹妄心起，业业如云。《俱合论》云：入地狱人，头向下也。三清徒妄想，千载亦须臾。唯我流阳叟，深云领毳徒。尽骑香白象，皆握月明珠。寂寞排松榻，斓斑半雪须。苔侵长者论，岚蚀祖师图。翠巇金钟晓，香林宝月孤。辨辨齐白趾，赫赫共洪炉。山色锄难尽，松根踏欲无。难评传的的，须到不区区。撩舍新罗瘦，炉烟榾柮粗。烧畬平虎窟，分瀑入香厨。师去情何切，人间事莫拘。穿林宿古冢，踏叶揭空盂。无事终无事，令枯便合枯。〔昔〕鸟窠和尚云：无事无□□（事）为法道□□，云学向上事不入，即须如枯〔木〕□好也。他年相觅在，亦不是生苏。

送僧归南康

壳壳学得律，还乡见苦情。远思芳草盛，不入楚山行。帆入汀烟健,经吟成月清。到乡同学辈,应到赣江迎。

送陈秀才赴举兼寄韩舍人

主圣臣贤日,求名莫等闲。直须诗似玉,不用力如山。草白兵初息,年丰驾已还。凭将安养意,一说向曾颜。昔西社群公,尽生安养。安养,西方也。

送友人及第后归台州

得桂为边辟,翩翩颇合宜。嫖姚留不住,昼锦已归迟。岛侧花藏虎,湖心浪撼棋。终期华顶下,共礼渌身师。天台石桥有白道猷坐化身渌也。

晚春寄张侍郎

遐想涪陵岸,山花半已残。人心何以遣,天步正艰难。时昭宗在岐下。鸟听黄袍小,黄袍,禽也。城临白帝寒。应知窗下梦,日日到江干。

寄景判官兼思州叶使君

独住西峰半,寻常欲下难。石多桐屐鬔,香甚药花干。荏苒新莺老,穷通亦自宽。髯参与短簿,始为一吟看。

送卢秀才应举

几载阻兵荒,一名终不忘。还冲猛风雪,如画冷朝阳。时〔多〕(名)画李白、王昌龄、常建、冷朝阳冒风雪入京。句好慵将出,囊空却不忙。明年公道日,去去必穿杨。

闻新蝉寄桂雍

新蝉终夜叫,嘒嘒隔溪濆。杜宇仍相杂,故人闻不闻。卷帘花动月，冥目砌生云。终共谢时去，西山鸾鹤群。

寄怀楚和尚二首

吾师师子儿，而复貌瑰奇。何得文明代，不为王者师。铁盂汤雪早，石炭煮茶迟。谩有参寻意，因循到乱时。

跳踯诸峰险，回翔万里空。争将金锁锁，那把玉笼笼。印缺香崩火，窗疏蝎吃风。永怀今已矣，吟坐雪濛濛。

和韦相公话婺州陈事

昔事堪惆怅，谈玄爱白牛。《法华经》以白牛喻大乘。千场花下醉，一片梦中游。耕避初平石，烧残沈约楼。无因更重到，且副济川舟。

全唐诗卷八三二

贯　休

遇五天僧入五台五首

十万里到此，辛勤讵可论。唯云吾上祖，见买给孤园。一月行沙碛，三更到铁门。白头乡思在，回首一销魂。

雪岭顶危坐，乾坤四顾低。河横于阗北，日落月支西。水石香多白，猿猱老不啼。空馀忍辱草，相对色萋萋。

远礼清凉寺，寻真似善才。身心无所得，日月不将来。白叠还图象，沧溟亦泛杯。唐人亦何幸，处处觉花开。

涂足油应尽，干陀帔半隳。辟支迦状貌，刹利帝家儿。结印魔应哭，游心圣不知。深嗟头已白，不得远相随。

送迎经几国，多化帝王心。电激青莲目，环垂紫磨金。眉根霜入细，梵夹蠹难侵。必似陀波利，他年不可寻。

经普化禅师影院

大一今何处，登堂似昔时。曾蒙金印印，得异野干儿。影束龙神在，门荒桐竹衰。谁云续僧史，别位著吾师。

秋寄李频使君二首

为郎须塞诏，当路亦驱驱。贵不因人得，清还似句无。烧烟连野白，山药拶阶枯。想得征黄诏，如今已在途。

务简趣难陪，清吟共绿苔。叶和秋蚁落，僧带野香一作风来。留客朝尝酒，忧民夜画灰。终期冒风雪，江上见宗雷。

上东林和尚

让紫归青壁，高名四海闻。虽然无一事，得不是要君。道只传伊字，诗多笑碧云。应怜门下客，馀力亦为文。

江边道士

独住大江滨，不知何代人。药垆生紫气，肌肉似红银。酒酽竹屋〔烂〕（斓），符收山鬼仁。何妨将我去，一看武陵春。

送僧之湖外

去旨趣非常，春风尔莫狂。惟擎一铁钵，旧亦讲金刚。午饭孤烟里，宵禅大石旁。羡师终不及，湘浪渌茫茫。

怀谬独一

常忆兰陵子，瑰奇皴渴才。思还如我苦，时不为伊来。岳霞猱掷雪，湖月浪翻杯。未闻沾寸禄，此事亦堪哀。

送庐山衲僧

飞锡下崆峒，清高世少双。冻天方筛雪，别我去何邦。烧绕赤乌亥，云漫白蚌江。路人争得识，空仰鬓眉〔庞〕（瘥）。

寄西山胡汾吴樵

带经锄垄者，何止手胼胝。觅句句句好，惭予筋力衰。云堆临案冷，鹿队过门迟。相忆空回首，江头日暮时。

休粮僧

不食更何忧一作求，自由中一作终自由。身轻嫌衲重，天旱为民愁。应一作供器谁将去，生台一作灵蚁不游。会须传此术，相共一作去老山丘。

送杜使君朝觐 第十六句缺一字

借寇借不得，清声彻帝聪。坐来千里泰，归去一囊空。遗爱封疆熟，扳辕草木同。路遥山不少，江静思无穷。花舸冲烟湿，朱衣照浪红。援毫两岸晓，欹枕满旗风。道罕将人合，心难与圣通。从兹林下客，应□代天功。

送人之岭外

见说还南去，迢迢有侣无。时危须早转，亲老莫他图。小店蛇羹黑，空山象粪枯。三间遗庙在，为我一呜呼。

题弘式和尚院兼呈杜使君

二雅兼二密，愔愔只自怡。腊高云屐朽，貌古画师疑。蜇蚁缘金锡，垆烟惹雪眉。仍闻有新作，只是寄相思一作丘迟。

湖头别墅三首

梨栗鸟啾啾，高歌若自由。人谁知此意，旧业在湖头。饥鼠掀一作欢菱壳，新蝉避栗皱。不知江海上，戈甲几时休。

桑柘参桐竹，阴阴一径苔。更无他事出，只有衲僧来。堑蚁争生食，窗经卷烧灰。可怜门外路，日日起尘埃。

南北如仙境，东西似画图。园飞青啄木，檐挂白蜘蛛。邻叟教修废，牛童与纳租。寄言来往客，不用问荣枯。

三峡闻猿

历历数声猿，寥寥渡白烟。应栖多月树，况是下霜天。万里客危坐，千山境悄然。更深仍不住，使我欲移船。

闻知闻赴成都辟请

文翁还化蜀，帟幕列鹓鸾。饮水临人易，烧山觅士难。锦机花正合，棕葷火初干。知己相思否，如何借羽翰。

题淮南惠照寺律师院

仪冠凝寒玉，端居似沃州。学徒梧有凤，律藏目无牛。茗滑香黏齿，钟清雪滴楼。还须结西社，来往悉诸侯。

秋末长兴寺作

荒寺古江滨，莓苔地绝尘。长廊飞乱叶，寒雨更无人。栗不和皱落，僧多到骨贫。行行行未得，孤坐更谁亲。

寄杭州灵隐寺宋震使君

罢郡归侵夏，仍闻灵隐居。僧房谢朓语，寺额葛洪书。晋道士葛洪与灵隐寺书额了去，至今在。月树猕猴睡，山池菡萏疏。吾皇爱清静，莫便结吾庐。

送人归夏口

雁雁叶纷纷，行人岂易闻。千山与万水，何处更逢君。貌不长如玉，人生只似云。倘经三祖寺，一为礼龛坟。

送新罗僧归本国

忘身求至教，求得却东归。离岸乘空去，终年无所依。月冲阴火出，帆拶大鹏飞。想得还乡后，多应著紫衣。

避寇入银山

草草穿银峡，崎岖路未谙。傍山为店戍，永日绕溪潭。烧地生芚蕨，人家煮伪蚕。翻如归旧隐，步步入烟岚。

闻友人驾前及第

见心知命好，一别隔烟波。世乱无全士，君方掇大科。早随銮辂转，莫恋蜀山多。必贡安时策，忠言奈尔何。

避地毗陵上王慥使君 时黄贼陷东阳，公避地于浙右。

至理至昭昭，心通即不遥。圣威无远近，吾道太孤标。辛苦苏氓俗，端贞答盛朝。气高吞海岳，贫甚似渔樵。庾亮风流澹，刘宽政事超。清须遭贵遇，隐已被谁招。栗坞修禅寺，仙香寄石桥。风雷巡稼穑，鱼鸟合歌谣。视事私终杀，忧民态亦凋。道高无不及，恩甚固难消。大寇山难隔，孤城数合烧。烽烟终日起，汤沐用心燋。勇义排千阵，诛锄拟一朝。誓盟违日月，时贼伪降，盟书终背。旌旆过寒潮。古驿江云入，荒宫海雨飘。仙松添瘦碧，天骥减丰膘。似在陈兼卫，终为宋与姚。已观云似鹿，即报首皆枭。尽愿回清镜，重希在此条。应怜千万户，祷祝向唐尧。

送崔尚书朝觐

至理契穹旻，方生甫与申。一麾歌政正，三相贺仁人。叵似卢怀慎，全如邵信臣。澄滓消宿蠹，煦爱剧阳春。对客烟花拆，焚香渥泽新。征黄还有自，令弟相公号当，公遂避贤路也。挽邓住无因。峡水全输洁，巫娥却讶神。宋均颜未老，刘宠骨应贫。大醉辞王翦，含香望紫宸。三峰初有雪，万里正无尘。伊昔林中社，多招席上珍。终期仙掌下，香火一相亲。

寒夜有怀同志

永夜殊不寐，怀君正寂寥。疏钟寒遍郭，微雪静鸣条。南省雁孤下，西林鹤屡招。终当谢时去，与子住山椒。

寄新定桂雍

独自住乌龙，应怜是衲僧。句须人未道，君此事偏能。坞湿云埋观，溪寒月照一作在罾。相思不可见，江上立腾腾。

赠灵鹫山道润禅师院

常恨烟波隔，闻名二十年。结为清气引，来到法堂前。薪拾纷纷叶，茶烹滴滴泉。莫嫌来又去，天道本泠然。

干霄亭晚望怀王棨侍郎

霜打汀岛赤，孤烟生池塘。清吟倚大树，瑶草何馨香。久别青云士，常思白石房。谁能共归去，流水似鸣珰。

海边见罗邺

清世诗声出，谁人得似君。命通须有日，天未丧斯文。楚木寒连寺，修江碧入云。相思喜相见，庭叶正纷纷。

送僧之东都

之子之东洛，囊中有偈新。红尘谁不入，独鹤自难亲。定鼎门连岳，黄河冻过春。凭师将远意，说似社中人。

送于兢补阙赴京

乱离吾道在，不觉到清时。得句下雪岳，送君登玉墀。冷惊蝉韵断，凉触火云隳。倘遇南来使，无忘问所之。

送郑准赴举

两河兵火后，西笑见吾曹。海静三山出，天空一鹗高。赁居槐拶一作陟屋，行卷雪埋袍。他日如相觅，栽桃近海涛。

寄拄杖上王使君

拄杖邻一作林僧与，殊常不可名。一条鷖玉重，百两紫金轻。有乳盘春力，无心合道情。惟宜高处著，将寄谢宣城。

秋望寄王使君

静蹑红兰径，凭高旷望时。无端求句苦，永日壑风吹。大月生峰角，残霞在树枝。只应刘越石，清啸正相宜。

送缘有禅师与雷处士入武夷山

师与雷居士,寻山道入闽。应将熊耳印,别授武夷君。崖鏬仙棺出,江根毒草分。他年相觅在,莫苦入深云。

送友生入越投知己

才大终难住,东浮景渐暄。知将刖足恨,去击李膺门。宿雾开花坞,春潮入苎村。预思秋荐后,一鹗出乾坤。

寄乌龙山贾泰处士

庭果色如丹,相思夕照残。云边踏烧去,月下把书看。涧水仙居共,窗风漆树寒。吾君方侧席,未可便怀安。

题大安寺通禅师院

应行诸岳遍,象屣半无纲。一法寻常说,此机仍未忘。窗闲藤影老,衲厚瀑痕荒。寄语迷津者,来兹问不妨。

春晚寄卢使君

满郭春如画,空堂心自澄。禅抛金鼎药,诗和玉壶冰。白雨飘花尽,晴霞向阁凝。寂寥还得句,因寄柳吴兴。

武昌县与昼公兼寄邑宰

小一何人识,腾腾天地间。寻常如一鹤,亦不爱青山。铁钵年多赤,麻衣带毳斑。只闻寻五柳,时到月中还。

别东林僧 第三句缺二字

大士宅里宿，芙蓉龛畔游。芙蓉，道人坐处。自怜□□在，子莫苦相留。燥叶飘山席，孤云傍茗瓯。裴回不能去，房在好峰头。

避地寄高蟾

荒寺雨微微，空堂独掩扉。高吟多忤俗，此貌若为饥。旅梦遭鸿唤，家山被贼围。空馀老莱子，相见独依依。

怀武夷山禅师

万叠仙山里，无缘见有缘。红心蕉绕屋，白额虎同禅。古木苔封菌，深崖乳杂泉。终期还此去，世事只如然。

秋末闲居作

幽居山不别，落叶与阶平。尽日吟诗坐，无端个病成。径苔因旱赤，池水入冬清。惟有东峰叟，相寻月下行。

赠许征君

昼公友秦奚，来往踏溪云。如今又到我，还爱许征君。落花鸟衔来，永日香氤氲。终期将尔曹，归去麋鹿群。

秋夜作因怀天台道者

万事何须问，良时即此时。高秋半夜雨，落叶满前池。静怕龙神识，贫从草木欺。平生无限事，只有道人知。

偶作因怀大同道友

蛮木叶不落，微吟漳水滨。二毛空有雪，万事不如人。堑水平芳草，山花落净巾。天童好真伴，何日更相亲。

边上行

黑松一作白榆林外路，风角远喞喞。朔气生荒堡，秋尘满病容。豺掊沙底骨，人上月边烽。休作西行计，西行地渐凶。

江西再逢周琏

六七年不见，相逢鬓已苍。交情终淡薄，诗语更清狂。未得丹霄便，依前四壁荒。但令吾道在，晚达亦何妨。

登鄱阳寺阁

寺楼闲纵望，不觉到斜晖。故国在何处，多年未得归。寒江平楚外，细雨一鸿飞。终断於陵子，吴山有绿薇。

秋晚野居

僻居人不到，吾道本来孤。山色园中有，诗魔象外无。霜禾连岛赤，烟草倚桥枯。何必求深隐，门前似画图。

酬杜使君见寄

轧轧复轧轧，更深门未关。心疼无所得，诗债若为还。露洒一鹤睡，钟馀万象闲。惭将此时意，明日寄东山。

湖上作

我竟胡为者，哓哓但爱吟。身中多病在，湖上住年深。山溜穿苔壁，风钟度雪林。近来心更苦，谁复是知音。

送僧归天台寺

天台四绝寺，归去见师真。莫折枸杞叶，令他十一作拾得嗔。天空闻圣磬，瀑细落花巾。必若云中老，他时得一作德有邻。天台国清寺有拾得花巾，即波罗巾也。

全唐诗卷八三三

贯　休

寿春节进 一本注武成元年作

圣运关天纪，龙飞古帝基。振摇三蜀地，耸发万年枝。出震同中古，承乾动四夷。恩颁新命广，泪向旧朝垂。大宝归玄谶，殊祥出远池。时有黄龙见于嘉州之野。法天深罔测，体圣妙难知。俭德为全德，无思契十思。丕图非力致，英武悉天资。正直方亲切，回邪岂敢窥。将排颇与牧，相得稷兼夔。盐出符真主盐涌并野，麟来合大规麒麟见。赓歌随羽籥，奕叶斅伊祁。寡欲情虽泰，忧民色未怡。盛如唐创业，宛胜晋朝仪。旰食宫莺啭，宵衣禁漏迟。多于汤土地，还有禹胼胝。视物如伤日，胜残去杀时。守文情的的，无逸戒孜孜。轩顼风重振，皇唐鼎创移。始闻呈瑞石，又报产灵芝。瑞石放光，灵芝生野。覆帱高缘大，包容妙在卑。兄呼春赫日，师指佛牟尼。大梵天王、帝释，以佛为师也，今上皇帝亦然。佳气宸居合，淳风乐府吹。急贤彰帝业，解网见天慈。粟赤千千窖，军雄万万儿。八蛮须稽颡，四海仰昌期。玉辇嫔嫱拥，宫花锦绣攲。尧云同叆叇，汉祖太驱驰。氛祲根株尽，浇讹朕兆隳。山河方有截，野逸诏无遗。境静消锋镝，田香熟稻穈。梦中逢傅说，殿上见辛毗。金镜悬千古，彤云起四维。盛行唐典法，再睹舜雍熙。祝寿乾文动，郊天太一随。

煌煌还宿卫，亹亹叶声诗。饮醴和甘雨，非烟绕御帷。银轮随宝马，玉沼见金龟金色龟见。杳杳闻韶濩，重重降抚绥。魏徵须却出，葛亮更何之。简约逾前古，升平美不疑。触邪羊啥啥，鼓腹叟嘻嘻。迈五方云大，超三始见奇。锦霞连紫极，仙鸟下峨眉。谢傅还为傅，周师又作师。纳隍为永任，从谏契无为。子子寰瀛主，孙孙日月旗。寿春嗟寿域，万国尽虔祈。捧日三车子，恭思八彩眉。愿将七万岁，匍匐拜瑶墀拜当作进。

送僧之安南

安南千万里，师去趣何长。鬓有炎一作沃州雪，心为异国香。退牙山象恶，过海布帆荒。早作归吴计，无忘父母乡。

送僧归剡山

远逃为乱处，寺与石城连。木落归山路，人初刈剡田。荒林猴咬栗，战地鬼多年。好去楞伽子，精修莫偶然。

送僧入幽州

高士高无敌，腾腾话入燕。无人知尔意，向我道非禅。栗径穿蕃冢，狼声隔远烟。檕山多道侣，应未有归年。

送僧游五台

羡师游五顶，乞食值年丰。去去谁为侣，栖栖力已充。浊河高岸拆，衰草古城空。必到华严寺，凭师问辨公。

送僧入五泄

五泄江山寺，禅林境最奇。九年吃菜粥，此事少人知。山响僧担谷，林香豹乳儿。伊余头已白，不去更何之。

题令宣和尚院

轩窗领岚翠，师得世情忘。惟爱谈诸祖，曾经宿大荒。泉声淹卧榻，云片犯炉香。寄语题门者，看经在上方。

寄四明闾丘道士二首

淮海兵荒日，分飞直至今。知担诸子出，却入四明深。衣必编仙草，僧应共栗林。秋风溪上路，应得一相寻。

三千功未了，大道本无程。好共禅师好，常将药犬行。石门红藓剥，柘坞白云生。莫认无名是，无名已是名。

经士马中作

偷儿成大寇，处处起烟尘。黄叶满空宅，青山见俗人。妖星芒刺越，鬼哭势连秦。惆怅还惆怅，茫茫江海滨。

士马后见赤松舒道士

满眼尽疮痍，相逢相对悲。乱阶犹未已，一柱若为支。堰茗蒸红枣，看花似好时。不知今日后，吾道竟何之。

题方公院寄夏侯明府

银地有馀光，方公道益芳。谁分修藏力，顶有剃头霜。经勘松风燥，檐垂坞茗香。终须结西社，此县似柴桑。

与刘象正字

独居三岛上在观中住，花竹映柴关。道广群仙惜，名成万事闲。病多唯纵酒，静极不思山。唯有逍遥子，时时自往还。

怀智体道人

栖碧思一作把笔怀吾友，庭莺百啭时。唯应一处住，方得不相思。云水淹门阃，春雷在一作折树枝。平生无限事，不独白云知。

赠晦公禅人

流阳为役者，相访叶纷纷。有句虽如我，无心未似君。构林青及竹，茆屋暖于云。何日相将去，千山麋鹿群。

寄静林别墅胡进士兄弟

见说山居好，书楼被翠侵。烧熛汀岛境，月色弟兄吟。犬吠黄榫落，牛归红树深。仍闻多白菌，应许一相寻。

怀赤松故舒道士

可惜复可惜，如今何所之。信来堪大恸，余复用生为。乱世今交斗，玄宫玉柱隳。春风五陵道，回首不胜悲。

偶　作

无端为五字，字字鬓星星。只觉人情薄，空馀鹤眼青。砌莎藏坠果，窗雪浸残经。只有归山计，茫茫何所营。

春日许征君见访

龙钟多病后，日望遇升平。远念穿嵩雪，前林啭早莺。厨香烹瓠叶，道友扣门声。还似青溪上，微吟踏叶行。

经先主庙作

古庙积烟萝,威灵及物多。因知曹孟德,争奈此公何。树古雷痕剥,碑荒篆画讹。今朝冥祷祝,只望息干戈。

寄中条道者

柏梯杉影里,头白药山孙。今古管不得,是非争肯论。虎须悬瀑滴,禅衲带苔痕。常恨龙钟也,无因接话言。

夏日晚望

登临聊一望,不觉意悽然。陶侃寒溪寺,如今何处边。汀沙生旱雾,山火照平川。终事东归去,干戈满许田。

送僧归山 第六句缺一字

眼青禅帔赤,气岸出尘埃。霞外终须去,人间作么来。崖香泉吐乳,坞燥烧□雷。他日终相觅,山门何处开。

览皎然渠南乡集

学力不相敌,清还仿佛同。高于宝月月,谁得射雕弓。至鉴封姚监,良工遇鲁公。如斯深可羡,千古共清风。

览姚合极玄集 第四句缺一字

至览如日月,今时即古时。发如边草白,谁念射声□。好鸟挨花落,清风出院迟。知音郭有道,始为一吟之。

大驾西幸秋日闻雷

军书日日催,处处起尘埃。黎庶何由泰,銮舆早晚回。夏租方减食,秋日更闻雷。莫道苍苍意,苍苍眼甚开。

诗《纪事》题作言诗

经天纬地物,动必计一作是仙才。几处觅不得,有时还自来。真风含素发,秋色入灵台。吟向霜蟾下,终须神鬼哀。

秋末江上望

莽莽古江滨,纷纷坠叶频。烟霞谁是主,丘陇自伤神。吞并宁唯汉,凄凉莫问陈。尽随流水去,寂莫野花春。

乞食僧

擎钵貌清羸,天寒出寺迟。朱门当大路,风雪立多时。似月心常净,如麻事不知。行人莫轻诮,古佛尽如斯。

寒望九峰作

九朵碧芙蕖,王维图未图。层层皆有瀑,一一合吾居。雨歇如争出,霜严不例枯。世犹多事在,为尔久踌躇。

蓟北寒月作

蓟门寒到骨,战碛雁相悲。古屋不胜雪,严风欲断髭。清吟得冷句,远念失佳期。寂寞谁相问,迢迢天一涯。

新　猿 一作新蝉

寻常看不见，花落树多苔。忽向高枝发，又从何处来。风清声更揭，月苦意一作思弥哀。多少求名者，年年被尔催。

怀南岳隐士二首 一作赠隐者

千峰映碧湘，真隐此中藏。饼不煮石吃，眉应似发长。风榸一作根支酒瓮，鹤虱落琴床。虽一作谁戮忘机者，斯人尚未忘。

见说祝融峰，擎天势似腾。藏千寻瀑布，出十八高僧。古路无人迹，新霞出石棱。终期将尔叟，一一月中登。

追忆冯少常

盛德方清贵，旋闻逐逝波。令人翻不会，积善合如何。直道登朝晚，分忧及物多。至今新定郡，犹咏袴襦歌。

闻闵廷言周琏下第

前榜年年见，高名日日闻。常因不平事，便欲见吾君。兄弟居清岛，园林生白云。相思空怅望，庭叶赤纷纷。

寄景地判官

渚宫江上别，倏忽十馀年。举世唯攻说，多君即不然。浦珠为履重，园柳助诗玄。勉力酬知己，昌朝正急贤。

读贾区贾岛集

区终不下岛，岛亦不多区。冷格俱无敌，贫根亦似愚。青云终叹命，白阁久围炉。今日成名者，还堪为尔吁。

送衲僧之江西

索索复索索，无凭却有凭。过溪遭恶雨，乞食得干菱。只有山相伴，终无事可仍。如逢梅岭旦，向道只宁馨。

故林偶作

朗吟无一事，孤坐瀫江濆。媚世非吾道，良图有白云。蠹鱼开卷落，啄木隔花闻。唯寄壶中客，金丹许共分。

寄栖白大师二首

流浪江湖久，攀缘岁月阑。高名当世重，好句逼人寒。月苦蝉声嗄，钟清柿叶干。龙钟千万里，拟欲访师难。

苍苍龙阙晚，九陌杂香尘。方外无他事，僧中有近臣。青门玉露滴，紫阁锦霞新。莫话三峰去，浇风正荡淳。

送人之渤海

国之东北角，有国每朝天。海力浸不尽，夷风常宛然。山藏罗刹宅，水杂巨鳌涎。好去吴乡子，归来莫隔年。

寄李道士

常见高人说，犹来不偶然。致身同槁木，话道出忘诠。长啸仙钟外，眠楂海月边。倘修阴姹姹，一望寄余焉。

秋送夏郢归钱塘

归客指吴国，风帆几日程。新诗陶雪字，玄发有霜茎。微月生沧海，残涛傍石城。从兹江岛意，应续子陵名。

送僧归翠微

只衲一个衲，翠微归旧岑。不知何岁月，即得到师心。径绕千峰细，庵开乱木深。倘然云外老，他日亦相寻。

经友生坟

多君坟在此，令我过悲凉。可惜为人好，刚须被数将。白云从冢出，秋草为谁荒。不觉频回首，西风满白杨。

怀洛下卢缙云

一减三张价，幽居少室前。岂应贫似我，不得信经年。木落多诗稿，山枯见墨烟。何时深夜坐，共话草堂禅。

送李铏赴举

诗业务经纶，新皆意外新。因知登第榜，不著不平人。句得孤舟月，心飞九陌尘。明年相贺日，应到曲江滨。

宝禅师见访

山兄心似我，岸谷亦难交。不见还相忆，来唯添寂寥。茶烟黏衲叶，云水透蘅茆。因话流年一作阳事，斯须不可抛。

观　棋

逸格格难及，半先相遇稀。落花方满地，一局到斜晖。褚胤死不死，将军飞已飞。今朝惭一行，无以造玄微。

题一上人经阁

鸟外何须去，衣如薜亦从。但能无一事，即是住孤峰。雨歇云埋阁，月明霜洒松。师心多似我，所以访师重。

和毛学士舍人早春

陋巷冬将尽，东风细杂篮。解牵窗梦远，先是涧梅谙。茶癖金铛快，舍人有《茶谱》。松香玉露含。书斋山帚撅，盘馔药花甘。雅得琴中妙，舍人妙于七弦。常挪脸似酣。雪消闻苦蛰，气候似宜蚕。密勿须清甲，朝归绕碧潭。丹心空拱北，新作继周南。竹杖无斑点，纱巾不著簪。大朝名益重，后进力皆覃。至理虽亡一，臣时亦说三。不知门下客，谁上晏婴骖。

全唐诗卷八三四

贯 休

寿春进祝圣七首

千载降祥

九天宫上圣,降世共昭回。万汇须亭毓,群仙送下来。承乾当否极,庶事尽康哉。只有羲轩比,其馀不可陪。

文有武备

武宿与文星,常如掌上擎。孙吴机不动,周邵事多行。旰食炉烟细,宵衣隙月明。还闻夔进曲,吹出泰阶平。

从谏如流

及溜龙鳞动,君臣道义深。万年轩后镜,一片汉高心。北狄皆输款,南夷尽贡琛。从兹千万岁,枝叶玉森森。

搜扬草泽

俟时兼待价,垂棘出尘埃。仄席三旌切,移山万里来。烟霞衣上落,阊阖雪中开。寿酒今朝进,无非出世才。

守在四夷

天将兴大蜀,有道遂君临。四塞同诸子,三边共一心。阇婆香似雪,回鹘马如林。曾读前皇传,巍巍冠古今。

大兴三教

曈曈悬佛日，天俣动云韶。缝掖诸生集，麟洲羽客朝。非烟生玉砌，御柳吐金条。击壤翁知否，吾皇即帝尧。

山呼万岁

声教无为日，山呼万岁声。隆隆如谷响，合合似雷鸣。翠拔为天柱，根盘倚凤城。恭唯千万岁，岁岁致升平。

早秋夜坐

微凉砧满城，林下石床平。发岂无端白，诗须出世清。邻僧同树影，砌月浸蛩声。独自更深坐，无人知此情。

早　起

夜坐还早起，寂寥多病身。神清寻梦在，香极觉花新。树露繁于雨，溪云动似人。又知何处客，轧轧转征轮。

秋晚野步

闲步不觉远，萧萧木落初。诗情抛阃阈，江影动襟裾。阁北鸿行出，霞西雨脚疏。金峰秋更好，乞取又何如。

晚　望

旷望危桥上，微吟落照前。烟霞浓浸海，川岳阔连天。白鸟格不俗，孤云态可怜。终期将尔辈，归去旧江边。

寄翰林陆学士

颜冉商参甲，鸾凰密勿才。帘垂仙鸟下，吟次圣人来。宝辇千官捧，宫花九色开。何时重一见，为我话蓬莱。

赠造微禅师院

蓊卜气雍雍，门深圣泽重。七丝奔小蟹，五字逼雕龙。药转红金鼎，茶开紫阁封。圭峰争去得，卿相日憧憧。

南海晚望

海上聊一望，舶帆天际飞。狂蛮莫挂甲，圣主正垂衣。风恶巨鱼出，山昏群獠归。无人知此意，吟到月腾辉。

寄庐山大愿和尚

石上桂成丛，师庵在桂中。皆云刁凿齿，未可扣真风。雪洗香炉碧，霞藏瀑布红。何时甘露偈，一寄剡山东。

怀薛尚书兼呈东阳王使君

得力未得力，高吟夏又残。二毛非自出，万事到诗难。蝉见木叶落，雷将雨气寒。何妨槌琢后，更献至公看。

上冯使君水晶数珠

泠泠瀑滴清，贯串有规程。将讽观空偈，全胜照乘明。龙神多共惜，金玉比终轻。愿在玄晖手，常资物外情。

送明觉大师兼寄郑山人

去去楞伽子，春深道路长。鸟啼青嶂险，花落紫衣香。此去非馀事，还归内道场。凭师将老倒，一向说荥阳。

庐山寻灵纪不遇

久别稀相见，深山道益孤。叶全离大朴，君尚在新吴。钟嗄声飘驿，山顽气喷湖。留诗如和得，一望寄前途。

题曹溪祖师堂

皎洁曹溪月，嵯峨七宝林。空传智药记，岂见祖禅心。信衣非苎麻，白云无知音。大哉双峰溪，万古青沉沉。

怀匡山道侣

常忆将吾友，穿云过瀑西。有碑皆读彻，无处不相携。柽桂株株湿，猿猱个个啼。等闲成远别，窗月又如珪。

怀卢延让 时延让新及第

冥搜忍饥冻，嗟尔不能休。几叹不得力，到头还白头。姓名归紫府，妻子在沧洲。又是蝉声也，如今何处游。

春晚访镜湖方干

幽居湖北滨，相访值残春。路远诸峰雨，时多擉鳖人。蒸花初酿酒，渔艇劣容身。莫讶频来此，伊余亦隐沦。

秋过相思寺

见说相思寺，今来似有期。瘴乡终有出，天意固难欺。昼雨先花岛，秋云挂戍旗。故人多在蜀，不去更何之。

全唐诗卷八三五

贯　休

蜀王入大慈寺听讲 天复三年作

玉节金珂响似雷，水晶宫殿步裴回。只缘支遁谈经妙，所以许询都讲来。帝释镜中遥仰止，善法堂前有七宝镜，照四天下。魔军殿上动崔巍。千重香拥龙鳞立，五种风生锦绣开。上界天王欲下游行时，先有三种风生：一、开其楼台殿阁。二、香气芬馥。三、吹去萎花，更雨新者。宽似大溟生日月，秀如四岳出尘埃。一条紫气随高步，九色仙花落古台。谢太傅须同八凯，姚梁公可并三台。登楼喜色禾将熟，望国诚明首不回。驾驭英雄如赤子，雌黄贤哲贡琼瑰。六条消息心常苦，一剑晶荧敌尽摧。木铎声中天降福，景星光里地无灾。百千民拥听经座，始见重天社稷才。

蜀王登福感寺塔三首

天资忠孝佐金轮，香火空王有宿因。此世喜登金骨塔，前生应是育王身。佛记育王造四万八千塔。封疆岁暮笙歌合，襦袴正初锦绣新。释子沾恩无以报，只擎章句贡平津。

似圣悲增道不穷，忧民忧国契尧聪。两鬓有雪丹霄外，万里无尘一望中。南照微明连莽苍，峨嵋拥秀接崆峒。林僧岁月知何幸，还似支公见谢公。

步步层层孰可陪，相轮边日照三台。喜欢烝庶皆相逐，惆怅銮舆尚未回。金铎撼风天乐近，仙花含露瑞烟开。一年一度常如此，愿见文翁百度来。

少监三首

器琢仙圭美有馀，席珍国宝比难如。衔花乳燕看调瑟，衣锦佳人侍读书。荀氏门风龙变化，谢家庭树玉扶疏。即期寰海隆平日，归佐吾皇侍玉除。

益友相随益自强，趋庭问礼日昭彰。袍新宫锦千人目，马骏桃花一巷香。偏爱曾颜终必及，或如韩白亦无妨。八龙三虎森如也，万古千秋瑞圣唐。

具体而微太少年，凤毛五色带非烟。倚天长剑看无敌，绕树号猿已应弦。接士开襟清圣熟，分题得句落花前。即应出将传家法，圣泽恩波浩浩然。

再到钟陵作

六七年来到豫章，旧游知已半凋伤。春风还有花千树，往事都如梦一场。无限丘墟侵郭路，几多台榭浸湖光。只应唯有西山色，依旧崔巍上寺墙。

经弟妹坟 第五句缺二字

泪不曾垂此日垂，山前弟妹冢离离。年长于吾未得力，家贫抛尔去多时。鸿冲□□霜中断，蕙杂黄蒿冢上衰。恩爱苦情抛未得，不堪回首步迟迟。

到蜀与郑中丞相遇

深隐犹为未死灰，远寻知己遇三台。如何麋鹿群中出，又见鹓鸾天上来。剑阁霞黏残雪在，锦江香甚百花开。谩期王谢来相访，不是支公出世才。

别冯使君

瓦砾文章岂有媒，两三年只在金台。本师头白须归去，太守门清愿再来。皓皓玉霜孤雁远，萧萧松岛片帆开。从兹林下终无事，唯只焚香祝上台。

上新定宋使君

禅坐吟行谁与同，杉松共在寂寥中。碧云诗里终难到，白藕花经讲始终。水叠山层擎草疏，砧清月苦立霜风。十年勤苦今酬了，得句桐江识谢公。

和李判官见新榜为兄下第

失意荆枝滴泪频，陟冈何翅不知春。心中歧路平如砥，天上文章妙入神。休说宋风回鹢首，即看雷火燎龙鳞。从兹相次红霞里，留取方书与世人。

送罗邺赴许昌辟

方得论心又别离，黯然江上步迟迟。不堪回首崎岖路，正是寒风皴错时。美似郄超终有日，去依刘表更何疑。前程不少南飞雁，聊寄新诗慰所思。

酬韦相公见寄

盐梅金鼎美调和，诗寄空林问讯多。秦客弈棋抛已久，楞严禅髓更无过。万般如幻希先觉，一丈临山且奈何。日到天心，乃相公之日。老僧日去山乃一丈耳。空讽平津好珠玉，不知更得及门么。

酬张相公见寄

周郎怀抱好知音，常爱山僧物外心。闭户不知芳草歇，无能唯拟住山深。感通未合三生石，骚雅欢擎九转金。但似前朝萧仿与蒋绅，老僧风雪亦相寻。

酬王相公见赠

孤拙将来岂偶然，不能为漏滴青莲。一从麟笔题墙后，常只冥心古像前。九德陶熔空有迹，六窗清净始通禅。今朝幸捧琼瑶赠，始见玄中更有玄。

酬周相公见赠

三界无家是出家，岂宜拊凤睹新麻。幸生白发逢今圣，曾梦青莲映玉沙。境陟名山烹锦水，睡忘东白洞平茶。喜擎绣段攀金鼎，谢朓馀霞始是霞。

道情偈三首

崆峒老人专一一，黄梅真叟却无无。独坐松根石头上，四溟无限月轮孤。

非色非空非不空，空中真色不玲珑。可怜卢大担柴者，拾得骊珠橐籥中。

优钵罗花万劫春，频犁田地绝纤尘。道吾道者相招好，不是香林采叶人。

马上作

柳岸花堤夕照红，风清襟袖辔璁珑。行人莫讶频回首，家在凝岚一点中。

道中逢乞食老僧

赤棕榈笠眉毫垂，拄楖栗杖行迟迟。时人只施盂中饭，心似白莲那得知。

秋末寄武昌一公

见说武昌江上住，柏枯槐朽战时风。知师诗癖难医也，霜洒芦花明月中。

陋巷

坠叶如花欲满沟，破篱荒井一蝉幽。亦知希骥无希者，作么令人强转头。

终南僧

声利掀天竟不闻，草衣木食度朝昏。遥思山雪深一丈，时有仙人来打门。

听僧弹琴

家近吴王古战城，海风终日打墙声。今朝乡思浑堆积，琴上闻师大蟹行。

渔　者

风恶波狂身似闲，满头霜雪背青山。相逢略问家何在，回指一作觑芦花满舍一作苍莽间。

大蜀皇帝潜龙日述圣德诗五首

岳渎殊祥日月精，入尧金镜佐休明。衣严黼黻皇恩重，剑折芙蓉紫气横。玉甃金汤山岳峻，花藏台榭管弦清。已闻图上凌烟阁，宠渥穹窿玉不名。

扶持社稷似齐桓，百万雄师贵可观。神智发中真莫测，贡输天下学应难。风清鼙角□□□，□肃神龙草木寒。堪羡蜀民恒有福，太平时节一般般。第五句缺三字，第六句缺一字。

珠履三千侍玉除一作坐隅，宫一作棠花飘锦早莺初。虽然周孔心相似，其奈龚黄政不如。浩浩歌谣闻禁掖，重重襦袴满樵渔。若论朝野艰难日，第一之功美有馀。

紫髯青眼代天才，韩白孙吴稍可陪。只见赤心尧日下，岂知真气梵天来。听经瑞雪时时落，登塔天花步步开。尽祝庄椿同寿考，人间岁月岂能催。

丈夫勋业正乾坤，麟凤龟龙尽在门。西伯最怜耕让畔，曹参空爱酒盈樽。心慈为受金仙嘱，发白缘酬玉砌恩。从此于门转高大，可怜子子与孙孙。

陈情献蜀皇帝

河北江东一作河南处处灾，唯闻全蜀勿一作少尘埃。一瓶一钵垂垂老，千水千山得得来，奈苑一作秦苑幽栖多胜景，巴歈陈贡愧非才。自惭林薮龙钟者，亦得亲登郭隗台。

寿春节进大蜀皇帝五首

上玄大帝降坤维，箕尾为臣副圣期。岂比赤光盈室日，全同白象下天时。文经武纬包三古，日角龙颜遏四夷。今日降神天上会，愿将天福比须弥。

异香滴露降纷纷，紫电环枢照禁门。先冠百王临亿兆，后称十号震乾坤。羲轩之道方为道，草木沾恩始是恩。今以谀才歌睿德，犹如饮海妙难论。

茂祉遐宣胜事并，薰风微入舜弦清。四洲不必归王化，一统那能计圣情。合合鼓钟膏雨滴，峨峨宫阙瑞烟横。西逾昆岳东连海，谁不梯山贺圣明。

远人玉帛尽来归，及物天慈物物肥。春力遍时皆甲拆，王言闻者尽光辉。家家锦绣香醪熟，处处笙歌乳燕飞。为报蜀皇勤祷祝，圣明天子古今稀。

积劫修来似炼金，为皇为帝万灵钦。能当浊世为清世，始见君心是佛心。九野黎民耕浩浩，百蛮朝骑日骎骎。今朝献寿将何比，愿似庄椿一万寻。

对雪寄新定冯使君二首

仙掌空思归未能，焚香冥目对残灯。岂知瑞雪千山合，空觉春寒半夜增。翳月素云埋粉堞，堆巢孤鹤下金绳。因思太守忧民切，吟对琼枝喜不胜。

政化由来通上灵，丰年祥瑞满窗明。气严坐久灯凝焰，片大更深屋作声。飘掩烟霞何处去，欹斜杉竹向帘倾。雪林中客虽无事，还有新诗半夜成。

送刘相公朝觐二首

九苞仙瑞曜垂衣，一品高标百辟师。魏相十思常自切，曹溪一句几生知。公深入禅理。久交玉帐虽难别，须佐金轮去已迟。唯杜荆州最惆怅，柳门回首落花时。

急征只是再登庸，生意人心万国同。燮理久征殷傅说，谭真欲过李玄通。程穿岘首春光老，马速商於曙色红。从此龙颜又应瘦，寰瀛俱荷代天功。

避寇游成福山院

成福僧留不拟归，猕猴菌嫩豆苗肌。那堪蚕月偏多雨，况复衢城未解围。时孙端国逼衢城数月。翠拥槿篱泉乱入，云开花岛雉双飞。堪嗟大似悠悠者，只向诗中话息机。

别李常侍

楚水和烟海浪通，又擎杯锡去山东。道情虽拟攀孤鹤，诗业那堪至远公。梦入深云香雨滴，吟搜残雪石林空。朱门再到知何日，一片征帆万里风。

送郑阁赴闽辟

便便书腹德无邻，健笔从知又入闽。鹦鹉才须归紫禁，真珠履不称清贫。武夷山夹仙霞薄，螺女潭通海树春。从此应多好消息，莫忘江上一闲人。

寄信州张使君

水坛柽殿地含烟，领鹤行吟积翠间。数阁凉飔终日去，满怀明月上方还。时来自有鹓鸾识，道在从如草木闲。唯羡灵溪贤太守，一麾清坐似深山。

春末寄周琏

暮角〔含〕(舍)风雨气嚏，寂寥莓翠上衣巾。道情不向莺花薄，诗意自如天地春。梦入乱峰仍履雪，吟看芳草只思人。手中孤桂月中在，来听泉声莫厌频。

读吴越春秋

犹来吴越尽须惭，背德违盟又信谗。宰嚭一言终杀伍，大夫七事只须三。功成献寿歌飘雪，谁爱扁舟水似蓝。今日雄图又何在，野花香径鸟喃喃。

春游灵泉寺

水蹴危梁翠拥沙，钟声微径入深花。嘴红涧鸟啼芳草，头白山僧自擀一作杵茶。松色摧残遭贼火，水声幽咽落人家。寺因泉得名，自经沙汰，其泉落在人家。因寻古迹空惆怅，满袖香风白日斜。

归东阳临岐上杜使君七首

小谢清高大谢才，圣君令泰此方来。一从到后常无事，铃阁公庭满绿苔。

红锦帐中歌白雪，乌皮几畔抚青英。不知何物为心地，赛却澄江彻底清。

谁报田中有黑虫，一家斋戒减仙容。分忧若也皆如此，天下家家有剩舂。

忧民心切出冲炎，禾稼如云喜气兼。林下闲人亦何幸，也随旌旆到银尖银尖去郭二十里。

方恐狱中桃树出，忽闻枯木却生烟时有枯木再生。褚祥为郡曾如此，却恐当时是偶然。

枯骨纵横遍水湄，尽收为冢碧参差。分明为报精灵辈，好送旌旗到凤池。

舍鲁依刘一片云，好风吹去远纤尘。犹期明月清风夜，来作西园第八人。

全唐诗卷八三六

贯 休

春

自来自去动洪炉,无象无私无处无。回雁不多消气力,染花应最费工夫。溟濛便恨豪家惜,浓暖深为政笔驱。莫讶相逢只添睡,伊余心不在荣枯。

闻迎真身

四海无波八表臣,恭闻今岁礼真身。七重锁未开金钥,五色光先入紫宸。丹凤楼台飘瑞雪,岐阳草木亚香尘。可怜优钵罗花树,三十年来一度春。

灞陵战叟

剑刓秋水鬓梳霜,回首胡天与恨长。官竟不封右校尉,斗曾生挟左贤王。寻班超传空垂泪,读李陵书更断肠。今日灞陵陵畔见,春风花雾共茫茫。

遇道者

鹤骨松筋风貌殊,不言名姓绝荣枯。寻常藜杖九衢里,莫是商山一皓无。身带烟霞游汗漫，药兼神鬼在葫芦。只应张果支公辈，时复相逢醉海隅。

赠钟陵陈处士

否极方生社稷才，唯谭帝道鄙梯媒。高吟千首精怪动，长啸一声天地开。湖上独居多草木，山前频醉过风雷。吾皇仄席求贤久，莫待征书两度来。

怀邻叟

常思东溪〔庞〕(厖)眉翁，是非不解两颊红。桔槔打水声嘎嘎，紫芋白蓏肥濛濛。鸥鸭静游深竹里，儿孙多在好花中。千门万户皆车马，谁爱如斯太古风。

赠轩辕先生

曾亲文景上金銮，语共容城语一般。久向红霞居不出，若非清世见应难。满炉药熟分仙尽，几局棋终看海干。略问先生真甲子，只言弟子是刘安。

偶作因怀山中道侣

是是非非竟不真，桃花流水送青春。姓刘姓项今何在，争利争名愁杀人。必竟输他常寂默，只应赢得苦沉沦。深云道者相思否，归去来兮湘水滨。

送新罗人及第归

捧桂香和紫禁烟，远乡程彻巨鳌边。莫言挂席飞连夜，见说无风即数年。衣上日光真是火，岛旁鱼骨大于船。到乡必遇来王使，与作唐书寄一篇。

送新罗衲僧

扶桑枝西真气奇，古人呼为师子儿。六环金锡轻摆撼，万仞雪峤空参差。枕上已无乡国梦，囊中犹挈石头碑。南岳石头大师，刘珂郎中作碑文也。多惭不便随高步，正是风清无事时。

春晚桐江上闲望作

江上车声落日催，纷纷扰扰起红埃。更无人望青山立，空有帆冲夜色来。沙鸟似云钟外去，汀花如火雨中开。可怜潇洒鸥夷子，散发扁舟去不回。

商山道者

五千言外得玄音，石屋寒栖隔一作得雪林。多傍松风梳绿发，只烧崖药点黄金。澄潭龙气来萦砌，月冷星精下听琴。曾梦先生非此处，碧桃溪上紫烟深。

闻许棠及第因寄桂雍

时清道合出尘埃，清苦为诗不仗媒。今日桂枝平折得，几年春色并将来。势扶九万风初极，名到三山花正开。更有平人居蛰屋，还应为作一声雷。

瀫江秋居作

无事相关性自摅，庭前拾叶等闲书。青山万里竟不足，好竹数竿凉有馀。近看老经加澹泊，欲归少室复何如。面前小沼清如镜，终养琴高赤鲤鱼。

上缙云段使君

清畏人知人尽知，缙云三载得宣尼。活民刀尺虽无象，出世文章岂有师。术气芝香粘瓮榼，云痕翠点满旌旗。今朝暂到金台上，颇觉心如太古时。

春末兰溪道中作

山花零落红与绯，汀烟濛茸江水肥。人担犁锄细雨歇，路入桑柘斜阳微。深喜东州云寇去，时黄连洞人出，烧劫处州却上。不知西狩几时归。清平时节何时是，转觉人心与道违。

野居偶作

高淡清虚即是家，何须须占好烟霞。无心于道道自得，有意向人人转赊。风触好花文锦落，砌横流水玉琴斜。但令如此还如此，谁羡前程未可涯。

再游东林寺作五首

台殿参差耸瑞烟，桂花飘雪水潺潺。莫疑远去无消息，七万馀年始半年。传记尽云：安远持奘三车，尽生兜率天。人间四千年，彼天一昼夜。亦三十日为一月，十二月为一年，寿四千岁。

桓玄旧辇残云湿，耶舍孤坟落照迟。昔桓玄入山礼远公，遂舍辇，至今在远公堂下。有个山僧倚松睡，恐人来取白猿儿。

玉像珠龛香阵横，锦霞多傍石墙生。辟蛇行者今何在，花里唯闻鸠一作鸩鸟声。

爱陶长官醉兀兀，送陆道士行迟迟。买酒过溪皆破戒，斯何人斯师如斯。远公高节，食后不饮蜜水，而将诗博绿醑与陶潜，别人不得。又送客不以贵贱，不过虎溪，而送陆静修道士过虎溪数百步。今寺门前有道士冈，送道士至此止也。

白蒼卜花露滴滴，红一作碧芯刍草香一作雨濛濛。田地更无尘一点，是何人合住其中。

题兰江言上人院二首

时王藹先辈有诗二首题其院，因和题之。

一生只著一麻衣，道业还欺习彦威。手把新诗说山梦，石桥天柱雪霏霏。

只是危吟坐翠层，门前岐路自崩腾。青云名士时相访，茶煮西峰瀑布冰。

中秋十五夜月

噀雪喷霜满碧虚，王孙公子玩相呼。从来天匠为轮足，自是人心此夜馀。静入万家危露滴，清埋众象叫鸿孤。坐来惟觉情无极，何况三湘与五湖。

鹭鸶有怀 前东阳王慥使君养一鹭鸶，名瑶花。

粉魄霜华为尔枯，鸳鸯相伴更堪图。爱来沙岛遗银屋，终作金笼养雪雏。栖宿必多清濑梦，品流还次白猿徒。今朝不觉频回首，曾伴瑶花近玉壶。

东阳罹乱后怀王慥使君五首 第三句缺一字

昨来只对汉诸侯，胜事消磨不自由。裂地鼓鼙军□急，连天烽火阵云秋。砍毛淬剑虽无数，歃血为盟不到头。谁为今朝奉明主，使君司户在隋州。时黄巢奔许，公点土勇救万御押于歃血连西。而渠魁诈降，都将连城为盟。违约，遂于戍地，当不与衢。睦，杭守同贬中也。

只报精兵过大河，东西南北杀人多。可怜白日浑如此，来似蝗虫争奈何。天意岂应容版乱，人心都改太凋讹。不胜惆怅还惆怅，一曲东风月胯歌。

为郡无如王使君，一家清冷似云根。货财不入崔洪口，俎豆尝闻夫子言。须发坐成三载雪，黎氓空负二天恩。不堪西望西风起，纵火昆仑谁为论。

魄慑魂飞骨亦销，此魂此魄亦难招。黄金白玉家家尽，绣闼雕甍处处烧。惊动乾坤常黯惨，深藏山岳亦倾摇。恭闻国有英雄将，拟把何心答圣朝。

不是龚黄覆育才，即须清苦远尘埃。无人与奏吾皇去，致乱唯因酷吏来。刳剥生灵为事业，巧通豪谮作梯媒。令人转忆王夫子，一片真风去不回。

秋夜怀嵩少因寄洛中旧知

炉爇旃檀不称贫，霏霏玉露湿禅巾。紫金地上三更月，红藕香中一病身。少室少年偏入梦，多时多事去无因。如今憔悴头成雪，空想嵯峨羡故人。

避地毗陵寒月上孙徽使君兼寄东阳王使君三首

一到毗陵心更劳，冷吟闲步拥云袍。岂缘思妙尘埃少，自是风清物态高。野色疏黄连楚甸，故山奇碧隔河桥。终须愚谷中安致，不是人间好羽毛。

常忆双溪八咏前，讲诗论道接清贤。文欺白凤真难及，药捻红蕖岂偶然。花湿瑞烟粘玉磬，帘垂幽鸟啄苔钱。自怜不是悠悠者，吟嚼真风二十年。

□雷车雨滴阶声，寂寞焚香独闭扃。锦绣文章无路达，袴襦歌咏隔墙听。松声冷浸茶轩碧，苔点狂吞纳线青。唯有孤高江太守，不忘病客在禅灵。首句缺一字。

秋末寄上桐江冯使君

山东山色胜诸山，谢守清高不可攀。薄俗尽于言下泰，苦心唯到醉中闲。香凝锦帐抄书后，月转棠阴送客还。野客沾恩归未得，萧萧霜叶满柴关。

禅　师

击鼓求亡益是非，木中生火更何为。吾师别是醍醐味，不是知心人不知。

道　士

花岛相逢满袖云，藉花论道过金巾。腾腾又入仙山去，只恐是青城丈人。

风　琴

至境心为造化功，一枝青竹四弦风。寥寥双耳更深后，如在缑山明月中。

庭　橘

蚁踏金苞四五株，洞庭山上味何殊。不缘松树称君子，肯便甘人唤木奴。

落　花

蝶醉蜂痴一簇香，绣葩红蒂堕残芳。因嗟好德人难得，公子王孙尽断肠。

孤　云

将比鹭鸶还恐屈，始思残雪不如多。清风相引去更远，皎洁孤高奈尔何。

苦　吟

河薄星疏雪月孤，松枝清气入肌肤。因知好句胜金玉，心极神劳特地无。

古战处

鬼气苍黄棘叶红，昔时人血此时风。相怜极目无疆地，曾落将军一阵中。

偶然作

蝉声引出石中蛩，寂寞门扃叶数重。谁道思山心不切，等闲尽出一作画作两三峰。

招友人宿

银地无尘金菊开，紫梨红枣堕莓苔。一泓秋水一轮月，今夜故人来不来。

全唐诗卷八三七

贯　休

山居诗二十四首 并序

愚咸通四五年中，于钟陵作《山居诗》二十四章。放笔，稿被人将去。厥后或有散书于屋壁，或吟咏于人口。一首两首，时时闻之，皆多字句舛错。洎乾符辛丑岁避寇于山寺，偶全获其本。风调野俗，格力低浊，岂可闻于大雅君子！一日抽毫改之，或留之、除之、修之、补之，却成二十四首，亦斐然也，蚀木也，概山讴之例也。或作者气合，始为一朗吟之，可也。

休话喧哗事事难，山翁只合住深山。数声清磬是非外，一个闲人天地间。绿圃空阶云冉冉，异禽灵草水潺潺。无人与向群儒说一作为向君王道，岩桂枝高亦一作正好扳。

难一作谁是言休即便休，清吟孤坐碧溪头。三间茆屋无人到，十里松阴一作关独自游。明月清风宗炳社，夕阳秋色庾公楼。修心未到无心地，万种千般逐水流。

好鸟声长睡眼开，好茶擎乳坐莓苔。不闻荣辱成番尽，只见熊罴作队来。诗里从前欺白雪，道情终遣似婴孩。由来此事知音少，不是真风去不回。

万境忘机是道华，碧芙蓉里日空斜。幽深有径通仙窟，寂寞无人落异花。掣电浮云真好喻，如龙似凤不须夸。君看江上英雄冢，只有松根与柏槎。

鞭后从他素发兼，涌清奔碧冷侵帘。高奇章句无人爱，澹泊身心举世嫌。白石桥高吟不足，红霞影暖卧无厌。居山别有非山意，莫错将予比宋纤。

鸟外尘中四十秋，亦曾高揖汉诸侯。如斯标致虽清拙，大丈夫儿合自由。紫术黄菁苗蕺蕺，锦囊香麝语啾啾。终须心到曹溪叟，千岁槠根雪满头。

慵甚嵇康竟不回，何妨方寸似寒灰。山精日作儿童出，仙者时将玉器来。筠帚扫花惊睡鹿，地垆烧树带枯苔。不行朝市多时也，许史金张安在哉。

心心心不住希夷，石屋一作室巉岩鬓一作白发垂。养一作惜竹不除当路笋，爱松留得碍人枝。焚香开卷霞一作云生砌，卷箔冥心月在池。多少一作无限故人头尽白，不知今日一作头白又何之。

龙藏琅函遍九垓，霜钟金鼓振琼台。堪嗟一句无人得，遂使吾师特地来。无角铁牛眠少室，生儿石女老黄梅。令人转忆庞居士，天上人间不可陪。

五岳烟霞连不断，三山洞穴去应通。石窗欹枕疏疏雨，水碓无人浩浩风。童子念经深竹里，猕猴拾虱夕阳中。因思往事抛心力，六七年来楚水东。

尘埃中更有埃尘，时复双眉十为颦。赖有年光飞似箭，是何心地亦称人。回贤参孝时时说，蜂虿狼贪日日新。天意刚容此徒在，不堪惆怅不堪陈。

翠窦烟岩一作霞画不成，桂华瀑沫杂芳馨。拨霞扫雪和云母，掘石移松得茯苓。好一作似鸟傍花窥玉磬，嫩苔和一作如水没一作汲金瓶。从他人说从他笑，地覆天翻也只宁。

腾腾兀兀步迟迟，兆朕消磨只自知。龙猛金膏虽未作，孙登土窟且相宜。薜萝山帔偏能缉，橡栗年粮亦且一作粗支。已得真人好消息，人间天上更无疑。

岚嫩风轻似碧纱，雪楼金像隔烟霞。葛苞玉粉生香垄，菌簇银钉满净楂。举世只知嗟逝水，无人微解悟空花。可怜扰扰尘埃里，双鬓如银一作丝事似麻。

千岩万壑路倾欹，杉桧濛濛独掩扉。劚药童穿溪罅去，采花蜂冒晓烟归。闲行放意寻流水，静坐支颐到落晖。长忆南泉好言语，如斯痴钝者还稀。南泉大师云："学道之人，痴钝者难得。"

一庵冥目在穹冥，菌枕松床藓阵青。乳鹿暗行柽径雪，瀑泉微溅石楼经。闲行不觉过天井，长啸深能动岳灵。应恐无人知此意，非凡非圣独醒醒。

慵刻芙蓉传永漏，休夸丽藻鄙汤休。且为小囤盛红粟，别有珍禽胜白鸥。拾栗远寻深涧底，弄猿多在小峰头。不能更出尘中也，百炼刚为绕指柔。

业薪心火日烧煎，浪死虚生自古然。陆氏称龙终妄矣，汉家得鹿更空焉。白衣居士深深说，青眼胡僧远远传。刚地无人知此意，不堪惆怅落花前。

露滴红兰玉满畦，闲拖象屣到峰西。但令心似莲花洁，何必身将槁木齐。古堑细烟红树老，半岩残雪白猿啼。虽然不是桃源洞，春至桃花亦满蹊。

自休自已一作了自安排，常愿居山事偶谐。僧采树衣临绝壑，金华山出树衣，僧多采为蔬菜，味极美也。狖争山果落空阶。闲担茶器缘青障，静衲禅袍坐绿崖。虚作新诗反招隐，出来多与此心乖。

石垆金鼎红蕖嫩，香阁茶棚绿巘齐。坞烧崩腾奔涧鼠，岩花狼藉斗山鸡。蒙庄环外知音少，阮籍途穷旨趣低。应有世人来觅我，水重山叠几层迷。

自古浮华能几几一作朝，逝波终日去滔滔。汉王废苑生秋草，吴主荒宫入夜涛。满屋黄金机不息，一头白发气犹高。岂知知足一作物外金仙子，霞外一作甘露天香满一作滴毳袍。

如愚何止直如弦，只合深藏碧嶂前。但见山中常有雪，不知世上是何年。野人爱向庵前笑，赤玃频来袖畔眠。只有逍遥好知己，何须更问洞中天。

支公放鹤情相似，范泰论交趣不同。有念尽为烦恼相，无私方称水晶宫。香焚薝卜诸峰晓，珠掐金刚万境一作象空。若买山资言不及，恒河沙劫用无穷。

再逢虚中道士三首

天目西峰古坏坛，坛边相别雪漫漫。如今四十馀年也，还共当时恰一般。

囊里灵龟小似钱，道伊年与我同年。壶中长挈天相逐，何处升天更有天。

吾道将君道且殊，君须全似老君须。寻常有语争堪信，爱说蟠桃似瓮粗。

上卢使君二首

一领彤弓下赤墀，惟将清净作藩篱。马卿山岳金相似，张绪风情柳不如当作怨卑。心染烟霞新句出，笔驱奸蠹宿根隳。鄱阳黎庶还堪羡，头有重天足有牦。

司马迁文亚圣人，三头九陌碾香尘。尽传棣萼麟兼凤，终作昌朝甫与申。楼耸娇歌疏雨过，风含和气满城春。因知寰海升平去，又见高宗梦里人。

陪冯使君游六首

登干霄亭

拥翠扪萝山屐轻，飘飖红旆在青冥。仙科朱绂言非贵，溪鸟林泉癖爱听。古桂林边棋局湿，白云堆里茗烟青。因思庐岳弥天客，手把金书倚石屏。

游灵泉院

珂珮喧喧满路岐，乱泉声里扣禅扉。对花语合希夷境，坐石苔黏黼黻衣。鸟啄古杉云冉冉，风吹清磬露霏霏。惠岩亦有孤峰在，只恋翻经未得归。

过相思岭

誉自馨香道自怡，相思岭上却无机。荒渠叶覆深霞在，片石人吟一鸟飞。何处风砧传古曲，谁家冢树挂斜晖。因思往事真堪笑，鹤背渔竿未是归。

锦沙墩

临水登山兴自奇，锦沙墩上最多时。虽云发白孤峰好，其奈名清圣主知。草媚莲塘资逸步，云生松壑有新诗。翛然别是神仙趣，岂羡东山妓乐随。

钓罾潭

境静江清无事时，红旌画鹢动渔矶。心期只是行春去，日暮还应待鹤归。风破绮霞山寺出，人歌白雪岛花飞。自怜亦在仙舟上，玉浪翻翻溅草衣。

迎仙阁

涧香霞影绕楼台，卷箔凭阑耳目开。况从旌旗近鸾凤，可怜谈笑出尘埃。火云不入长松径，露茗何须白玉杯。谁道迎仙仙不至，今朝还有谢公来。

贺雨上王使君二首

一片丹心合万灵，应时甘雨带龙腥。驱尘煞烧连穷□，□电冲霓满窅冥。处处已知仓廪溢，家家皆歇管弦听。应须蚤勒南山石，黄霸清风满内庭。第三句、第四句各缺一字。

由来天赞德唯馨，朋祷心期事尽行。玄妙久闻谈佛母，公久与东村大愿和尚谈般若。般若者，佛母也。感通今日见神明。破除秋热飘萧尽，还似春时散漫倾。他日为霖亦如此，诸生无不沐经营。

感怀寄卢给事二首

绵绵远念近来多，喜鹊随函到绿萝。虽匪二贤曾入洛，忽惊六义减沉痾。童扳邻杏隳墙瓦，燕啄花泥落砌莎。好更因人寄消息，沃州归去已蹉跎。

常忆团圆绣像前，东归经乱独生全。孤峰已住六七处，万事无成三十年。每想苑墙危逼路，更思钵塔晓凌烟。如今憔悴荆枝尽，一讽来书一怆然。

贺郑使君

三衢蜂虿陷城池，八咏龙韬整武貔。才谕危亡书半幅，便思父母泪双垂。时公檄书才去，即便归降，来款云：思父母则血泪双垂，忆兄弟仍江山隔越。戈收甲束投仁境，汗浃魂飘拜虎旗。死地再生知德重，精兵连谳觉山移。人和美叶祯祥出，阵善深为典教推。仗信输诚方始是，执俘折馘欲何为。清威严令无纤墧，长路深山不拾遗。七邑恩波歌浩渺，一方云物自鲜奇。天文仰视同诸掌，剑术无前更数谁。战马闲眠汀草远，秋鼙干揭岳霞隳。义为土地精灵伏，仁作金汤铁石卑。

龚遂刘宽同煦妪，张飞关羽太驱驰。笙歌席上偏怜客，刀剑林中亦念诗。觳渚美为长饮水，金山高作受降碑。时犹草草秋方尽，陈是堂堂孰敢窥。宠渥岂唯分节钺，勋庸须勒上钟彝。神资天赞谁堪比，名遂功成自不知。卷箔倚阑云欲雪，拥垆倾榼酒如饴。扶尧社稷常忧老，到郭汾阳亦未迟。释子沾恩无以报，只将葑菲贺阶墀。

送郑使君

刺婺廉闻动帝台，唯将清净作梯媒。绿沉枪卓妖星落，白玉壶澄苦雾开。仁爱久悬溪上月，恩光又发岭头梅。天资刘邵龚黄笔，神助韩彭卫霍才。古驿剑江分掩映，画旗花舫下喧豗。凤麟帘幕芙蓉坼，洞壑清威霹雳来。礼乐封疆添礼乐，尘埃时节勿尘埃。荔支花下驱千骑，薝卜林中礼万回。时八安大师在回院也。视事蛮奴磨玉砚，邀宾海月射金杯。讴歌合合千门乐，鼙角雄雄一阁雷。君父恩深头早白，子孙荣袭日难陪。东阳缁素如何好，空向生祠祝上台。

赠杨公杜之舅

分尽君忧一不遗，凤书征入万民悲。风云终日如相逐，雨露前程即可知。画舸还盛江革石，秋山又看谢安棋。谈谐尽是经邦术，头角由来出世姿。天地事须归橐籥，文章谁得到罘罳。扣舷傍岛清吟健，问俗看渔晚泊迟。霞影满江摇枕簟，鸟行和月下涟漪。周秦汉魏书书在，麟凤龟龙步步随。金殿恩波将浩浩，圭峰意绪谩孜孜。郡中条令春常在，境外歌谣美更奇。道者药垆留要妙，林僧禅偈寄相思。王杨卢骆真何者，房杜萧张更是谁。应念衢民千万户，家家皆置一生祠。

游金华山禅院

兹地曾栖菩萨僧，旃檀楼殿瀑崩腾。因知境胜终难到，问著人来悉不曾。斜谷暗藏千载雪，薄岚常翳一龛灯。多惭不及当时海，又下嵯峨一万层。

寄郑道士二首

常忆苏耽好羽仪，信安山观住多时。不知玉质双栖处，两个仙人是阿谁。

谁带金轮髻里珠，何妨相逐去清都。旧山大有闲田地，五色香茆有子无。

送少年禅师二首

秀眉青目树花衣，一钵随缘智不知。佛与轮王嫌不作，世间刚有个痴儿。

万水千山一鹤飞，岂愁游子暮何之。古今此著无人会，王积新输更不疑。

古剑池

秋水莲花三四枝，我来慷慨步迟迟。不决浮云斩邪佞，真成龙去拟何为。

曹娥碑

高碑说尔孝应难，弹指端思白浪间。堪叹行人不回首，前山应是苎萝山。

比干传

昏王亡国岂堪陈，只见明诚不见身。想得先生也知自，欲将留与后来人。

送人游茆山

鸟啼花笑暖纷纷，路入青云白石门。君到前头好看好，老僧或恐是茆君。一作茅真旧宅基犹在，药灶苔深土尚殷。君见道人凭与问，大还还字若为还。

闻杜宇

咽雨哀风更不停，春光于尔岂无情。宜须唤得谢豹出，方始年年无此声。

听晓角

三会单于满阁风，五行无忒月朦胧。如何十万家休戚，只在呜呜咽咽中。

宿赤松山观题道人水阁兼寄郡守

珠殿香軿倚翠棱，寒栖吾道寄孙登。岂应肘后终无分，见说仙中亦有僧。云敛石泉飞险窦，月明山鼠下枯藤。还如华顶清谈夜，因有新诗寄郑弘。

春游凉泉寺

一到凉泉未拟归，迸珠喷玉落阶〔墀〕(除)。几多僧只因泉在，无限松如泼墨为。云堑含香啼鸟细，茗瓯擎乳落花迟。青山看著不可上，多病多慵争奈伊。

经吴宫

夫差昏暗霸图倾，千古凄凉地不灵。妖艳恩馀宫露浊，忠臣心苦海山青。萧条陵陇侵寒水，仿佛楼台出杳冥。此是前车况非远，六朝何更不惺惺。

送薛侍郎贬峡州司马

得罪唯惊恩未酬，夷陵山水称闲游。人如八凯须当国，猿到三声不用愁。花落扁舟香冉冉，草侵公署雨修修。因人好寄新诗好，不独江东有沃州。

将入匡山宿韩判官宅

一宿兰堂接上才，白雪归去几裴回。黛青峰朵孤吟后，雪白猿儿必寄来。帘卷茶烟萦堕叶，月明棋子落深苔。明朝江上空回首，始觉清风不可陪。

送郑侍郎骞赴阙

文章国器尽琅玕，朝骑骎骎岁欲残。彩笔只宜天上用，绣衣偏称雪中看。休惊断雁离三楚，渐入祥烟下七檠。翰苑旧知凭与说，紫金轮畔寄书难。

上卢使君

一别旌旗已一年，二林真子劝安禅。常思双戟华堂里，还似孤峰峭壁前。步出林泉多吉梦，帆侵分野入祥烟。自怜酷似随阳雁，霜打风飘到日边。

寄匡山大愿和尚

一听玄音下竹亭，却思窗雪与囊萤。只将清净酬恩德，敢信文章有性灵。梦历山床闻鹤语，吟思海月上沙汀。不堪回首沧江上，万仞庐峰在杳冥。

别卢使君归东阳二首

雨气濛濛草满庭，式微吟剧更谁听。诗逢匠化唯贪住，日觉恩深不易铭。心苦只应消鬓黑，梦游频入倚天青。从兹还似归回首，唯祝台星与福星。

家在严陵钓渚旁，细涟嘉树拂窗凉。难医林薮烟霞癖，又出芝兰父母乡。孤帆好风千里暖，深花黄鸟一声长。终期金鼎调羹日，再近尼丘日月光。

溪寺水阁闲眺因寄宋使君

溪木萧条一凭阑，玉霜飞后浪花寒。钓鱼船上风烟暝，古木林中砧杵干。至竟道心方始是，空耽山色亦无端。谁如太守分忧外，时把西经尽日看。

春送赵文观送故合州座主神榇归洛

喜继于悲锦水东，还乡仙骑却寻嵩。再烧良玉尧云动，方报深恩绛帐空。远道灵輀春欲尽，乱山羸马恨无穷。他年必立吾君侧，好把书绅答至公。

翫光大师草书歌

雪压千峰横枕上，穷困虽多还激壮。看师逸迹两相宜，高適歌行李白诗。海上惊驱山猛烧一作海上风惊驱猛烧，吹断狂烟著沙草。江楼曾见落星石，几回试发将军炮。别有寒雕掠绝壁，提上玄猿更生力。又见吴中磨角来，舞槊盘刀初触击。好文天子挥宸翰，御制本多推玉案。晨开水殿教题壁，题罢紫衣亲宠锡。僧家爱诗自拘束，僧家爱画亦局促。唯师草圣艺偏高，一掬山泉心便足。

题成都玉局观孙位画龙

位，东越人。僖宗南巡，随入蜀，后改名遇。

我见苏州昆山佛殿中，金城柱上有二龙。老僧相传道是僧繇手，寻常入海共龙斗。又闻蜀国玉局观有孙遇迹，蟠屈身长八十尺。游人争看不敢近，头觑寒泉万丈碧。

观地狱图

峨峨非一作水剑阁，有树不堪攀。佛手遮不得，人心似等闲。周王应未雪，白起作何颜。尽日空弹指，茫茫尘世间。

赠雷卿张明府

任官征战后，度日寄闲身。封卷还高客，飞书问野人。废田教种谷，生路遣寻薪。若起柴桑兴，无先漉酒巾。

献钱尚父

钱镠自称吴越国王，休以诗投之。镠谕改为四十州，乃可相见。休曰：“州亦难添，诗亦难改。闲云孤鹤，何天不可飞？”遂入蜀。

贵逼人一作身来不自由，龙骧凤翥势难收一作几年勤苦踏林丘。满堂花醉三千客，一剑霜寒十四州。鼓角揭天嘉气冷，风涛动地海山秋。东南永作金天柱，一作莱子衣裳宫锦窄，谢公篇咏绮霞羞。他年名上凌烟阁。谁一作岂羡当时万户侯。

绣州张相公见访

德符唐德瑞通天，曾叱谗谀玉座前。千袭彩衣宫锦薄，数床御札主恩偏。出师暂放张良箸，得罪惟撑范蠡船。未报君恩终必报，不妨金地礼青莲。

题某公宅

宅成天下借图看，始笑平生眼力悭。地占百湾多是水，楼无一面不当山。荷深似入苕溪路，石怪疑行雁荡间。只恐中原方鼎沸，天心未遣主人闲。

海觉禅师山院

人言海觉老宗师，隐绝层巅世莫知。青草不生行道迹，白云常护坐禅扉。六环金锡飞来后，一派银河泻落时。借问大心能济物，龙门风雹卷天池。

悼张道古 昭宗时，道古官拾遗，以直谏贬蜀中死。

清河逝水大匆匆，东观无人失至公。天上君恩三载隔，鉴中鸾影一时空。坟生苦雾苍茫外，门掩寒云寂寞中。惆怅斯人又如此，一声蛮笛满江风。

月夕

霜月一作残夜裴回，楼中羌笛一作管催。晓风吹不尽，江上落残梅。

夜　雨

夜雨山草湿,爽籁杂枯木。闲吟竺仙偈,清绝过于玉。

晚　望

落日碧江静,莲唱清且闲。更寻花发处,借月过前湾。

早霜寄蔡大

昨夜楚钟鸣,飞霜下楚城。定知迁客鬓,先向鉴中生。一作荒郊昨夜雪,羸马又须行。四顾无人迹,鸡鸣第一声。

赠写经僧楚云

剔皮刺血诚何苦,为写灵山九会文。十指沥干终七轴,后来求法更无君。

寄题诠律师院 以下见《统签》

锦溪光里耸楼台,师院高凌积翠开。深竹杪闻残磬尽,一茶中见数帆来。焚香只是看新律,幽步犹疑损绿苔。莫讶题诗又东去,石房清冷在天台。

寄天台叶道士

负局高风不可陪,玉霄峰北置楼台。注参同契未将出,寻柳栗僧多宿来。飕槭松风山枣落,闲关溪鸟术花开。终须肘后相传好,莫便乘鸾去不回。

送道友归天台

藓浓苔湿冷层层,珍重先生独去登。气养三田传未得,药非八石许还曾。云根应狎玉斧子，月径多寻银地僧。太守苦留终不住，可怜江上去腾腾。

陶种柑橙令山童买之

高步南山南，高歌北山北。数载买柑橙，山资近又足。

春送僧 以下见汲古阁毛氏本

蜀魄关关花雨深，送师冲雨到江浔。不能更折江头柳，自有青青松柏心。

律　师

薝卜花红径草青，雪肤冰骨步轻轻。今朝暂到焚香处，只恐床前有虱声。

书石壁禅居屋壁

赤旃檀塔六七级，白菡萏花三四枝。禅客相逢只弹指，此心能有几人知。

句

今日再三难更识，谶辞唯道待钱来。周宝莅丹阳，州人有事，辄云待钱来，后果以钱镠代之。此上钱镠句也。

雁荡经行云漠漠，龙湫宴坐雨濛濛。雁荡山今有经行台、宴坐峰，皆以休得名。

刻成筝柱雁相挨。

黄昏风雨黑如磐，别我不知何处去。侠客　见《剑侠传》

郭尚父休夸塞北，裴中令莫说淮西。《野客丛谈》

万计交人买,华轩保惜深。《牡丹》《吟窗杂录》

如何忠为主,至竟不封侯。 即边将

但看千骑去,知有几人归。

一生不蓄买田钱,华屋何心亦偶然。客至多逢僧在坐,钓归惟许鹤随船。《锦绣万花谷》

家为买琴添旧价,厨因养鹤减晨炊。 同上

黏粉为题栖凤竹,带香因洗落花泉。 同上

全唐诗卷八三八

齐　己

齐己，名得生，姓胡氏，潭之益阳人。出家大沩山同庆寺，复栖衡岳东林。后欲入蜀，经江陵，高从诲留为僧正，居之龙兴寺，自号衡岳沙门。《白莲集》十卷，外编一卷。今编诗十卷。

夏日草堂作

沙泉带草堂，纸帐卷空床。静是真消息，吟非俗肺肠。园林坐清影，梅杏嚼红香。谁住原西寺，钟声送夕阳。

寄镜湖方干处士 一作寄方干处士鉴湖旧居

贺监旧山川，空来近百年。闻君与琴鹤，终日在渔船。岛露深秋石，湖澄半夜天。云门几回去，题遍好林泉。

送人归吴 第三联缺六字

比说归耕钓，迢迢向海涯。春寒游子路，村晚主人家。□□□□□，□山绿过茶。重寻旧邻里，菱藕正开花。

赠仰上人 一本题缺，只一仰字。

避地依真境，安闲似旧溪。干戈百里外，泉石乱峰西。草瑞香难歇，松灵盖尽低。寻应报休马，瓶锡向南携。

夜　坐

百虫声里坐，夜色共冥冥。远忆诸峰顶，曾栖此性灵。月华澄有象，诗思在无形。彻曙都忘寝，虚窗日照经。

新 栽 松

野僧教种法，苒苒出蓬蒿。百岁催人老，千年待尔高。静宜兼竹石，幽合近猿猱。他日成阴后，秋风吹海涛。

期 友 人

早晚逐一作遂兹来，闲门日为开。乱蛩鸣白草，残菊藉苍苔。困卧谁惊起，闲行自欲回。何时此携手，吾子本多才。

和郑谷郎中看棋

个是仙家事，何人合用心。几时终一局，万木老千岑。有路如飞出，无机似陆沉。樵夫可能解，也此废光阴。

寄钱塘罗给事

愤愤呕谗书，无人诵子虚。伤心天祐末，搔首懿宗初。海树青丛短，湖山翠点疏。秋涛看足否，罗刹石边居。

戊辰岁湘中寄郑谷郎中

白发久慵簪，常闻病亦吟。瘦应成鹤骨，闲想似禅心。上国杨花乱，沧洲荻笋深。不堪思翠巘一作盖，西望独沾襟。

寓　言

造化安能保，山川凿欲翻。精华销地底，珠玉聚侯门。始作骄奢本，终为祸乱根。亡家与亡国，云一作去此更何言。

寄王振拾遗 戊辰岁

折槛意何如，平安信不虚。近来焚谏草，深去觅山居。□□□□□，□□□□馀。分明知在处，难寄乱离书。

经贾岛旧居

先生居处所，野烧几为灰。若有吟魂在，应随夜魄回。地宁销志气，天忍罪清才。古木霜风晚，江禽共宿来。

送人游塞

槐柳野桥边，行尘暗马前。秋风来汉地，客路入胡天。雁聚河流浊，羊群碛草膻。那堪陇头宿，乡梦逐潺湲。

桃　花

千株含露态，何处照人红。风暖仙源里，春和水国中。流莺应见落，舞蝶未知空。拟欲求图画，枝枝带竹丛。

闻　雁

何处人惊起，飞来过草堂。丹心劳避弋，万里念随阳。影断风天月，声孤荻岸霜。明年趁春去，江上别鸳鸯。

送人游南

南国多山水，君游兴可知。船中江上景，晚泊早行时。子美遗魂地，藏真旧墨池。经过几销日，荒草里寻碑。

送益公归旧居

旧隐终牵梦，春残结束归。溪山无伴过，风雨有花飞。片石留题字，孤潭照浣衣。邻僧喜相接，扫径与开扉。

不　睡

永夜不欲睡，虚堂闭复开。却离灯影去，待得月光来。落叶逢巢住，飞萤值我回。天明拂经案，一炷白檀灰。

新秋雨后

夜雨洗河汉，诗怀觉有灵。篱声新蟋蟀，草影老蜻蜓。静引闲机发，凉吹远思醒。逍遥向谁说，时注漆园经。

送刘蜕秀才赴举 首联缺五字

百发百中□，□□□□年。丹枝如计分，一箭的无偏。文物兵销国，关河雪霁天。都人看春榜，韩字在谁前。

留题仰山大师塔院

岚光叠杳冥，晓翠湿窗明。欲起游方去，重来绕塔行。乱云开鸟道，群木发秋声。曾约诸徒弟，香灯尽此生。

乱中闻郑谷吴延保下世

小谏才埋玉，星郎亦逝川。国由一作犹多聚盗，天似不容贤。兵火焚诗草，江流涨墓田。长安已涂炭，追想更凄然。

送东林寺睦公往吴国

八月江行好，风帆日夜飘。烟霞经北固，禾黍过南朝。社客无宗炳，诗家有鲍昭。莫因贤相请，不返旧山椒。

除　夜

夜久谁同坐，炉寒鼎亦澄。乱松飘雨雪，一室掩香灯。白发添新岁，清吟减旧朋。明朝待晴旭，池上看春冰。

送 秘 上 人

谁喜老闲身，春山起送君。欲凭莲社信，转入洞庭云。道路长无阻，干戈渐不闻。秋来向何处，相忆雁成群。

寓居岳麓谢进士沈彬再访

去岁来寻我，留题在藓痕。又因风雪夜，重宿古松门。玉有疑休泣，诗无主且言。明朝此相送，披褐入桃源。

对　雪

松门堆复积,埋石亦埋莎。为瑞还难得,居贫莫厌多。听怜终夜落,吟惜一年过。谁在江楼望,漫漫堕绿波。

和岷公送李评事往宜春

兵火销邻境,龙沙有去人。江潭牵兴远,风物入题新。雪湛将残腊,霞明向早春。郡侯开宴处,桃李照歌尘。

送　僧 一本题缺

老忆游方日,天涯锡独摇。凌晨从北固,冲雪向南朝。鬓发泉边剃,香灯树下烧。双峰诸道友,夏满有书招。

过荆门

路出荆门远,行行日欲西。草枯蛮冢乱,山断汉江低。野店丛蒿短,烟村簇树齐。翻思故林去,在处有猿啼。

山中答人

谩道诗名出,何曾著苦吟。忽来还有意,已过即无心。夏月山长往,霜天寺独寻。故人怜拙朴,时复寄空林。

赠卢明府闲居

鬓霜垂七十,江国久辞官。满箧新风雅,何人旧岁寒。闲居当野水,幽鸟宿渔竿。终欲相寻去,兵戈时转难。

幽　庭

不放生纤草，从教遍绿苔。还防长者至，未著牡丹栽。蛱蝶空飞过，鹡鸰时下来。南邻折芳子，到此寂寥回。

送休师归长沙宁觐

吾子此归宁，风烟是旧经。无穷芳草色，何处故山青。偶泊鸣蝉岛，难眠好月汀。殷勤问安外，湘岸采诗灵。

将游嵩华行次荆渚

莲峰映敷水，嵩岳压伊河。两处思归久，前贤隐去多。闲身应绝迹，在世幸无他。会向红霞峤，僧龛对薜萝。

远　思

远思极何处，南楼烟水长。秋风过鸿雁，游子在潇湘。海面云生白，天涯堕晚光。徘徊古堤上，曾此赠垂杨。

寄勉二三子 第三联缺七字

不见二三子，悠然吴楚间。尽应生白发，几个在青山。□□□□□，□□莫放闲。君闻国风否，千载咏关关。

渚宫江亭寓目

津亭虽极望，未称本心闲。白有三江水，青无一点山。新鸿喧夕浦，远棹聚空湾。终遂归匡社，孤帆即此还。

蝴　蝶

何处背繁红,迷芳到槛重。分飞还独出,成队偶相逢。远害终防雀,争先不避蜂。桃蹊牵往复,兰径引相从。翠裛丹心冷,香凝粉翅浓。可寻穿树影,难觅宿花踪。日晚来仍急,春残舞未慵。西风旧池馆,犹得采芙蓉。

送刘秀才往东洛

羡子去东周,行行非旅游。烟霄有兄弟,事业尽曹刘。洛水清奔夏,嵩云白入秋。来年遂鹏化,一举上瀛洲。

移　竹

旧溪千万竿,风雨夜珊珊。白首来江国,黄金买岁寒。乍移伤粉节,终绕著朱栏。会得承春力,新抽锦箨看。

雉

角角类关关,春晴锦羽干。文呈五色异,瑞入九苞难。暮宿红兰暖,朝飞绿野寒。山梁从行者,错解仲尼叹。

怀轩辕先生

不得先生信,空怀汗漫秋。月华离鹤背,日影上鳌头。欲学孤云去,其如重骨留。槎程在何处,人世屡荒丘。

永夜感怀寄郑谷郎中

展转复展转,所思安可论。夜凉难就枕,月好重开门。霜杀百草尽,蛩归四壁根。生来苦章句,早遇至公言。

卖松者

未得凌云价，何惭所买真。自知桃李世，有爱岁寒人。瑟瑟初离涧，青青未识尘。宁同买花者，贵逐片时春。

丙寅岁寄潘归仁

九土尽荒墟，干戈杀害馀。更须忧去国，未可守贫居。康泰终来在，编联莫破除。他年遇知己，无耻报襜褕。

尝茶

石屋晚烟生，松窗铁碾声。因留来客试，共说寄僧名。味击诗魔乱，香搜睡思轻。春风雪川上，忆傍绿丛行。

杨花

暖景照悠悠，遮空势渐稠。乍如飞雪远，未似落花休。万带都门外，千株渭水头。纷纭知近夏，销歇恐成秋。软著朝簪去，狂随别骑游。旆冲离馆驿，莺扑绕宫楼。江国晴愁对，池塘晚见浮。虚窗萦笔砚，深院藉苔幽。静堕王孙酒，繁黏客子裘。咏吟何洁白，根本属风流。向日还轻举，因风更自由。不堪思汴岸，千里到扬州。

咏影

万物患有象，不能逃大明。始随残魄灭，又逐晓光生。曲直宁相隐，洪纤必自呈。还如至公世，洞鉴是非情。

南归舟中二首

南归乘客棹，道路免崎岖。江上经时节，船中听鹧鸪。春容含众岫，雨气泛平芜。落日停舟望，王维未有图。

长江春气寒，客况棹声闲。夜泊诸村雨，程回数郡山。桑根垂断岸，浪沫聚空湾。已去邻园近，随缘是暂还。

送迁客

天涯即爱州，谪去莫多愁。若似承恩好一作宠，何如傍一作佞主休。瘴昏铜柱黑，草赤火山秋。应想尧阴一作阶下，当时獬豸头。

题中上人院

高房占境幽，讲退即冥搜。欠鹤同支遁，多诗似惠休。瓶澄孤井浪，案白小窗秋。莫道归山字，朝贤日献酬。

逢乡友

无况来江岛，逢君话滞留。生缘同一国，相识共他州。竹影斜青藓，茶香在白瓯。犹怜心道合，多事亦冥搜。

自勉

试算平生事，中年欠五年。知非未落后，读易尚加前。分受诗魔役，宁容俗态牵。闲吟见秋水，数只钓鱼船。

寄诗友

天地有万物，尽应输苦心。他人虽欲解，此道奈何深。返朴遗时态，关门度岁阴。相思去秋夕，共对冷灯吟。

居道林寺书怀

花落水喧喧，端居信昼昏。谁来看山寺，自要扫松门。是事皆能讳，唯诗未懒言。传闻好时世，亦欲背啼猿。

经吴平观

中元斋醮后，残烬满空坛。老鹤心何待，尊师鬓已干。幡灯古殿夜，霜霰大椿寒。谁见长生路，人间事万端。

剑　客

拔剑绕残樽，歌终便出门。西风满天雪，何处报人恩。勇死寻常事，轻雠不足论。翻嫌易水上，细碎动离魂。

白　发

莫染亦莫镊，任从伊满头。白虽无耐药，黑也不禁秋。静枕听蝉卧，闲垂看水流。浮生未达此，多为尔为愁。

秋兴寄胤一作彻公

风声吹竹健，凉气著身轻。谁有闲心去，江边看水行。村遥红树远，野阔白烟平。试裂芭蕉片，题诗问竺卿。

野　步

城里无闲处，却寻城外行。田园经雨水，乡国忆桑耕。傍涧蕨薇老，隔村冈陇横。何穷此心兴，时复鹧鸪声。

残　春

三月看无也，芳时此可嗟。园林欲向夕，风雨更吹花。影乱冲人蝶，声繁绕堑蛙。那堪傍杨柳，飞絮满邻家。

酬尚颜

取尽风骚妙,名高身倍闲。久离王者阙,欲向祖师山。幕府秋招去,溪邻日望还。伊余岂酬敌,来往踏苔斑。

苦　热

云势崄于峰,金流断竹风。万方应望雨,片景欲焚空。毒害芙蓉死,烦蒸瀑布红。恩多是团扇,出入画屏中。

送欧阳秀才赴举

莫疑空手去,无援取高科。直是文章好,争如德行多。烟霄心一寸,霜雪路千坡。称意东归后,交亲那喜何。

放鹭鸶

洁白虽堪爱,腥膻不那何。到头从所欲,还汝旧沧波。

谢王秀才见示诗卷

谁见少年心,低摧向苦吟。后须离影响,得必洞精深。道院春苔径,僧楼夏竹林。天如爱才子,何虑未知音。

送徐秀才之吴

吴都霸道昌,才子去观光。望阙云天近,朝宗水路长。海门收片雨,建业泊残阳。欲问淮王信,仙都即帝乡。

独院偶作

风篁清一院,坐卧润肌肤。此境终抛去,邻房肯信无。身非王者役，门是祖师徒。毕竟伊云鸟，从来我友于。

酬元员外见寄

僻巷谁相访，风篱翠蔓牵。易中通性命，贫里过流年。且有吟情挠，都无俗事煎。时闻得新意，多是此忘缘。

寄文秀大师

皎然灵一时，还有屈于诗。世岂无英主，天何惜大师。道终归正始，心莫问多岐。览卷堪惊立，贞风喜未衰。

夏　雨

霢霂蔽穹苍，冥濛自一方。当时消酷毒，随处有清凉。著物声虽暴，滋农润即长。乍红萦急电，微白露残阳。应祷尤难得，经旬甚不妨。吟听喧竹树，立见涨池塘。众类声休出，群峰色尽藏。颓沱来洞壑，汗漫入潇湘。下叶黎甿望，高祛旱暵光。幽斋飘卧簟，极浦洒归樯。藓在阶从湿，花衰苑任伤。闲思济时力，歌咏发哀肠。

谢兴公上人寄山水簇子

半幅古潺颜，看来心意闲。何须寻鸟道，即此出人间。巘暮疑啼狖，松深认掩关。知君远相惠，免我忆归山。

酬微上人

古律皆深妙，新吟复造微。搜难穷月窟，琢苦尽天机。晚桧清蝉咽，寒江白鸟飞。他年旧山去，为子远携归。

同光岁送人及第东归

西笑道何光，新朝旧桂堂。春官如白傅，内试似文皇。变化龙三十，升腾凤一行。还家几多兴，满袖月中香。

寄江居耿处士

野癖虽相似，生涯即不同。红霞禅石上，明月钓船中。醉倒芦花白，吟缘蓼岸红。相思何以寄，吾道本空空。

病起二首

一卧四十日，起来秋气深。已甘长逝魄，还见旧交心。撑拄筇犹重，枝梧力未任。终将此形陋，归死故丘林。

秋风已伤骨，更带竹声吹。抱疾关门久，扶羸傍砌时。无生即不可，有死必相随。除却归真觉，何由拟免之。

送中观进公归巴陵

一论破双空，持行大国中。不知从此去，何处挫邪宗。昼雨悬帆黑，残阳泊岛红。应游到灉岸，相忆绕茶丛。

全唐诗卷八三九

齐　己

寄郑谷郎中 一作住襄州谒郑谷献诗

高名喧省闼，雅颂出吾唐。叠巘供秋望，无云到夕阳。自封修药院，别扫著僧床。几梦中朝事，依依一作久离鹓鹭行。

归　雁

塞门春已一作亦暖，连影起蘋风。云梦千行去，潇湘一夜空。江人休一作空举网，虏将又虚弓。莫失南来伴，衡阳树即红。

登大林寺观白太傅题版

九叠苍崖里，禅家凿翠开。清时谁梦到，白傅独寻来。怪石和僧定，闲云共鹤回。任兹休去者，心是不然灰。

赠曹松先辈

今岁赴春闱，达如夫子稀。山中把卷去，榜下注官归。楚月吟前落，江禽酒外飞。闲游向诸寺，却看白麻衣。

夏日江寺寄无上人

讲终斋磬罢,何处称真心。古寺高杉下,炎天独院深。燕和江鸟语,墙夺暮花阴。大府多才子,闲过在竹林。

夏日梅雨中寄睦公

梅月来林寺,冥冥各闭门。已应双履迹,全没乱云根。琢句心无味,看经眼亦昏。何时见清霁,招我凭岩轩。

伤郑谷郎中

钟陵千首作,笔绝亦身终。知落干戈里,谁家煨烬中。吟斋春长蕨,钓渚夜鸣鸿。惆怅秋江月,曾招我看同。

临行题友生壁

山衲宜何处,经行避暑深。峰西多古寺,日午乱松阴。鹤默堪分静,蝉凉解助吟。殷勤题壁去,秋早此相寻。

别东林后回寄修睦

昨夜从香社,辞君出薜萝。晚来巾舄上,已觉俗尘多。远路萦芳草,遥空共白波。南朝在天末,此去重经过。

古　松

雷电不敢伐,鳞皴势万端。蠹依枯节死,蛇入朽根盘。影浸僧禅湿,声吹鹤梦寒。寻常风雨夜,应一作疑有鬼神看。

夏日西霞寺书怀寄张逸人

人中林下现，名自有闲忙。建业红尘热，栖霞白石凉。倚身柽几稳，洒面瀑流香。不似高斋里，花连竹影长。

访自牧上人不遇

然诺竟如何，诸侯见重多。高房度江雨，经月长寒莎。道本同骚雅，书曾到薜萝。相寻未相见，危阁望沧波。

题东林白莲

大士生兜率，空池满白莲。秋风明月下，斋日影堂前。色后群芳拆，香殊百和燃。谁知不染性，一片好心田。

寄怀江西徵岷二律师

乱后江边寺，堪怀二律师。几番新弟子，一样旧威仪。院影连春竹，窗声接雨池。共缘山水癖，久别共题诗。

东林作寄金陵知己

十八贤真在，时来拂榻一作藓看。已知前事远，更结后人难。泉滴胜清磬，松香掩白檀。凭君听朝贵，谁欲厌簪冠。

山寺喜道者至

闰年春过后，山寺始花开。还有无心者，闲寻此境来。鸟幽声忽断，茶好味重回。知住南岩久，冥心坐绿一作石苔。

再游匡山

紫霄兼二一作五老，相对倚空寒。久别成衰病，重来更上难。径危云母滑，崖旱瀑流干。目断岚烟际，神仙有石坛。

赠浙西李推官

他皆一作家恃勋贵，君独爱诗玄。终日秋光里，无人竹影边。东楼生倚月，北固积吟烟。闻说鸳行里，多才复少年。

题终南山隐者室

终南山北面，直下是长安。自扫青苔室，闲欹白石看一作坛。风吹窗树老，日晒窦云干。时向圭峰宿，僧房瀑布寒。

禅庭芦竹十二韵呈郑谷郎中

错错在禅庭，高宜与竹名。健添秋雨响，乾助夜风清。雀静知枯折，僧闲见笋生。对吟殊洒落，负气甚孤贞。密谢编栏固，齐由灌溉平。松姿真可敌，柳态薄难并。映带兼苔石，参差近画楹。雪霜消后色，虫鸟默时声。远忆沧洲岸，寒连暮角城。幽根狂乱迸，劲叶动相撑。避暑须临坐，逃眠必绕行。未逢仙手咏，俗眼见犹轻。

送孙凤秀才赴举

九重方侧席，四海仰文明。好把孤吟去，便随公道行。梁园浮雪气，汴水涨春声。此日登仙众，君应最后生。

落花

朝开暮亦衰，雨打复风吹。古屋无人处，残阳满地时。静依青藓片，闲缀绿莎枝。繁艳根枝在，明年向此期。

秋　苔

独怜苍翠文，长与寂寥存。鹤静窥秋片，僧闲踏冷痕。月明疏竹径，雨歇败莎根。别有深宫里，兼花锁断魂。

老　将

破虏与平戎，曾居第一功。明时不用武，白首向秋风。马病霜飞草，弓闲雁过空。儿孙已成立，胆气亦英雄。

城中示友人

久与寒灰合，人中亦觉闲。重城不锁梦，每夜自归山。雨破冥鸿出，桐枯井月还。唯君道心在，来往寂寥间。

送友人游湘中

怀才难自住，此去亦如僧。何处西风夜，孤吟旅舍灯。路沿湘树叠，山入楚云层。若有东来札，归鸿亦可凭。

经费征君旧居

高眠当圣代，云鸟未为孤。天子征不起，闲人亲得无。猿猱狂欲坠，水石怪难图。寂寞荒斋外，松杉相倚枯。

严陵钓台

夫子垂竿处，空江照古台。无人更如此，白浪自成堆。鹤静寻僧去，鱼狂入海回。登临秋值晚，树石尽多苔。

原上晚望

倚杖聊摅望，寒原远近分。夜来何处火，烧出古人坟。野势盘空泽，江流合暮云。残阳催百鸟，各自著一作看栖群。

送惠空上人归

尘中名利热，鸟外水云闲。吾子多高趣，秋风独自还。空囊随客棹，几宿泊湖山。应有吟僧在，邻居树影间。

酬章水知己

新吟忽有寄，千里到荆门。落日云初碧，残年眼正昏。已为难敌手，谁更入深论。后信多相寄，吾生重此言。

闲　居

渐觉春光媚，尘销作土膏。微寒放杨柳，纤草入风骚。睡少全无病，身轻乍去袍。前溪泛红片，何处落金桃。

次韵酬郑谷郎中

林下高眠起，相招得句时。开门流水入，静话鹭鸶知。每许题成晚，多嫌雪阻期。西斋坐来久，风竹撼疏篱。

思游峨嵋寄林下诸友

刚有峨嵋念，秋来锡欲飞。会抛湘寺去，便逐蜀帆归。难世堪言善，闲人合见机。殷勤别诸友，莫厌楚江薇。

送刘秀才南游

南去谒诸侯,名山亦得游。便应寻瀑布,乘兴上岣嵝。高鸟随云起,寒星向地流。相思应北望,天晚石桥头。

示诸侄

莫问年将朽,加餐已不多。形容浑瘦削,行止强牵拖。死也何忧恼,生而有咏歌。侯门终谢去,却扫旧松萝。

荆渚病中因思匡庐遂成三百字寄梁先辈

生老病死者,早闻天竺书。相随几汩没,不了堪欷歔。自理自可适,他人谁与祛。应当入寂灭,乃得长销除。前月已骨立,今朝还貌舒。披衣试步履,倚策聊踌躇。江月青眸冷,秋风白发疏。新题忆剡硾,旧约怀匡庐。张野久绝迹,乐〔天〕(夫)曾卜居。空龛掩薜荔,瀑布喷蟾蜍。古桧鸣玄鹤,凉泉跃锦鱼。狂吟树荫映,纵踏花蔫菸。唇舌既已闲,心脾亦散摅。松窗有偃息,石径无趑趄。梦冷通仙阙,神融合太虚。千峰杳霭际,万壑明清初。长往期非晚,半生闲有馀。依刘未是咏,访戴宁忘诸。稽古堪求己,观时好笑渠。埋头逐小利,没脚拖长裾。道种将闲养,情田把药锄。幽香发兰蕙,秽莽摧丘墟。敢谓囊盈物,那言庾满储。微烟动晨爨,细雨滋园蔬。薜乱珍禽羽,门稀长者车。冥机坐兀兀,著履行徐徐。每许亲朱履,多怜奉隼旟。簪嫌红玳瑁,社念金芙蕖。海内竞铁马,箧中藏纸驴。常言谢时去,此意将何如。

竟陵遇昼公

高迹何来此,游方渐老身。欲投莲岳夏,初过竟陵春。锡影离云远,衣痕拂藓新。无言即相别,此处不迷津。

闻贯休下世

吾师诗匠者,真个碧云流。争得梁太子,重为文选楼。锦江新冢树,婺女旧山秋。欲去焚香礼,啼猿峡阻修。

金山寺

山带金名远,楼台压翠层。鱼龙光照像,风浪影摇灯。槛外扬州树,船通建业僧。尘埃何所到,青石坐如冰。

早秋雨后晚望

暑气时将薄,虫声夜转稠。江湖经一雨,日月换新秋。有景堪援笔,何人未上楼。欲承凉冷兴,西向碧嵩游。

过西塞山

空江平野流,风岛苇飕飕。残日衔西塞,孤帆向北洲。边鸿渡汉口,楚树出吴头。终入高云里,身依片石休。

溪斋二首

岂敢言招隐,归休喜自安。一溪云卧稳,四海路行难。瑞兽藏头角,幽禽惜羽翰。子猷何处在,老尽碧琅玕。

杉竹映溪关,修修共岁寒。幽人眠日晏,花雨落春残。道妙言何强,诗玄论甚难。闲居有亲一作新赋,搔首忆潘安。

新秋

始惊三伏尽,又遇立秋时。露彩朝还冷,云峰晚更奇。垄香禾半熟,原迥草微衰。幸好清光里,安仁谩起悲。

寄上荆渚因梦庐岳乃图壁赋诗

梦绕嵯峨里,神疏骨亦寒。觉来谁共说,壁上自图看。古翠松藏寺,春红杏湿坛。归心几时遂,日向渐衰残。

己卯岁值冻阻归有作

河冰连地冻,朔气压春寒。开户思归远,出门移步难。湖云黏雁重,庙树刮风干。坐看孤灯焰,微微向晓残。

送卢说乱后投知己

兵寇残江墅,生涯尽荡除。事堪煎桂玉,时莫倚诗书。暮狖啼空半,春山列雨馀。舟中有新作,回寄示慵疏。

读岘山碑

三载羊公政,千年岘首碑。何人更堕泪,此道亦殊时。兵火烧文缺,江云触藓滋。那堪望黎庶,匝地是疮痍。

过鹿门作

鹿门埋孟子,岘首载羊公。万古千秋里,青山明月中。政从襄沔绝,诗过洞庭空。尘路谁回眼,松声两处风。

题玉泉寺大师影堂

大化终华顶,灵踪示玉泉。由来负高尚,合向好山川。洞壑藏诸怪,杉松列瘦烟。千秋空树影,犹似覆长禅。

秋日钱塘作

秋光明水国,游子倚长亭。海浸一作漫全吴白,山澄百越青。英雄贵黎庶,封土绝精灵。句践魂如在,应悬一作惭战血腥。

送人赴举

分有争忘得,时来须出山。白云终许在,清世莫空还。驿树秋声健,行衣雨点斑。明年从月里,满握度春关。

友人寒夜所寄

通宵亦孤坐,但念旧峰云。白日还如此,清闲本共君。二毛凋一半,百岁去三分。早晚寻流水,同归麋鹿群。

酬洞庭陈秀才

何必要识面,见诗惊苦心。此门从自古,难学至如今。青草湖云阔,黄陵庙木深。精搜当好景,得即动知音。

题鹤鸣泉八韵

嘹唳遗踪去,澄明物掩难。喷开山面碧,飞落寺门寒。汲引随瓶满,分流逐处安。幽虫乘叶过,渴狖拥条看。上有危峰叠,旁宜怪石盘。冷吞双树影,甘润百毛端。异早闻镌玉,灵终别建坛。潇湘在何处,终日自波澜。

登金山寺

四面白波声,中流翠峤横。望来堪目断,上彻始心平。鸟向天涯去,云连水国生。重来与谁约,题罢自吟行。

寄吴都沈员外彬

归休兴若何，朱绂尽还他。自有园林阔，谁争山水多。村烟晴莽苍，僧磬晚嵯峨。野醉题招隐，相思可寄么。

寄明月山僧

山称明月好，月出遍山明。要上诸峰去，无妨半夜行。白猿真雪色，幽鸟古琴声。吾子居来久，应忘我在城。

寄哭西川坛长广济大师

千万僧中宝，三朝帝宠身。还源未化火，举国葬全真。文集编金在，碑铭刻玉新。有谁于异代，弹指礼遗尘。

酬西川楚峦上人卷

玉垒峨嵋秀一作峻，岷江锦水清。古人搜不尽，吾子得何精。可信由前习，堪闻正后生。东西五千里，多谢寄无成。

览延栖上人卷

今体雕镂妙，古风研考精。何人忘律韵，为子辨诗声。贾岛苦兼此，孟郊清独行。荆门见编集，愧我老无成。

寄洛下王彝训先辈二首

贾岛存正始，王维留格言。千篇千古在，一咏一惊魂。离别无他寄，相思共此门。阳春堪永恨，郢路转尘昏。

北极新英主，高科旧少年。风流传贵达，谈笑取荣迁。洛水秋空底，嵩峰晓翠巅。寻常谁并马，桥上戏成篇。

酬岳阳李主簿卷

把卷思高兴，潇湘阔浸门。无云生翠浪，有月动清魂。倚槛应穷底，凝情合到源。为君吟所寄，难甚至忘筌。

寄怀江西僧达禅翁

长忆旧山日，与君同聚沙。未能精贝叶，便学咏杨花。苦甚伤心骨，清还切齿牙。何妨继馀习，前世是诗家。

送吴守明先辈游蜀

凭君游蜀去，细为话幽奇。丧乱嘉陵驿，尘埃贾岛诗。未应过锦府，且合上峨嵋。既逐高科后，东西任所之。

寄普明大师可准

莲岳三征者，论诗旧与君。相留曾几岁，酬唱有新文。翠窦容闲憩，岚峰许共分。当年若同访，合得伴吟云。

还黄平素秀才卷

求己甚忘筌，得之经浑然。僻能离诡差，清不尚妖妍。冷澹闻姚监，精奇见浪仙。如君好风格，自可继前贤。

与张先辈话别 首句缺三字，第五句缺二字。

为□□□者，各自话离心。及第还全蜀，游方归二林。巴江□□涨，楚野入吴深。他日传消息，东西不易寻。

寄朱拾遗

一闻归阙下，几番熟金桃。沧海期仍晚，清资路渐高。研冰濡谏笔，赋雪拥朝袍。岂念空林下，冥心坐石劳。

荆门送兴禅师

洒落南宗子，游方迹似云。青山寻处处，赤叶路一作落纷纷。虎共松岩宿，猿和石溜闻。何峰一回首，忆我在人群。

过西山施肩吾旧居

大志终难起，西峰卧翠堆。床前倒秋壑，枕上过春雷。鹤见丹成去，僧闻栗熟来。荒斋松竹老，鸾鹤自裴回。

喜夏雨

四郊云影合，千里雨声来。尽洗红埃去，并将清气回。潺湲浮楚甸，萧散露荆台。欲赋随车瑞，濡毫渴谀才。

酬元员外见寄八韵

旧隐梦牵仍，归心只似蒸。远青怜岛峭，轻白爱云腾。艳冶丛翻蝶，腥膻地聚蝇。雨声连洒竹，诗兴继填膺。访戴情弥切，依刘力不胜。众人忘苦苦，独自愧兢兢。处世无他望，流年有病僧。时惭大雅客，遗韵许相承。

浣口泊舟晓望天柱峰

根盘潜岳半，顶逼日轮边。冷碧无云点，危棱有瀑悬。秀轻毛女下，名与鼎湖偏。谁见扶持力，峨峨出后天。

寄楚萍上人

北面香炉秀,南边瀑布寒。自来还独去,夏满又秋残。日影松杉乱,云容洞壑宽。何峰是邻侧,片石许相安。

竹里作六韵

我一作偶来深处坐,剩觉有吟思。忽似潇湘岸,欲生风雨时。冷烟濛古屋,干箨堕秋墀。径熟因频入,身闲得遍攲。踏多鞭节损,题乱粉痕隳。犹见前山叠,微茫隔短篱。

寄江西幕中孙鲂员外

簪履为官兴,芙蓉结社缘。应思陶令醉,时访远公禅。茶影中残月,松声里落泉。此门曾共说,知未遂终焉。

盆　池

盆沼陷一作稻花边,孤明似玉泉。涵虚心不浅,待月底长圆。平稳承天泽,依微泛曙烟。何须照菱镜,即此鉴媸妍。

喜乾昼上人远相访

彼此垂七十,相逢意若何。圣明殊未至,离乱更应多。澹泊门难到,从容日易过。馀生消息外,只合听诗魔。

全唐诗卷八四〇

齐　己

过陈陶处士旧居

一室贮琴尊,诗皆大雅言。夜过秋竹寺,醉打老僧门。远烧来篱下,寒蔬簇石根。闲庭除鹤迹,半是杖头痕。

寄敬亭清越

敬亭山色古,庙与寺松连。住此修行过,春风四十年。鼎尝天柱茗,诗硾剡溪笺。冥目应思著,终南北阙前。

湘江渔父

湘潭春水满,岸远草青青。有客钓烟月,无人论醉醒。门前蛟蜃气,蓑上蕙兰馨。曾受蒙庄子,逍遥一卷经。

书古寺僧房

绿树深深处,长明焰焰灯。春时游寺客,花落闭门僧。万法心中寂,孤泉石上澄。劳生莫相问,喧默不相应。

湖西逸人

老隐洞庭西，渔樵共一溪。琴前孤鹤影，石上远僧题。橘柚园林熟，蒹葭径路迷。君能许邻并，分药劚春畦。

潇湘二十韵

二水远难论，从离向坎奔。冷穿千嶂脉，清过几州门。阔去都凝白，傍来尽带浑。经游闻舜禹，表里见乾坤。浦静鱼闲钓，湾凉雁自屯。月来分夜底，云度见秋痕。暮气藏邻寺，寒涛聒近村。离骚传永恨，鼓瑟奏遗魂。雾拥鱼龙窟，槎攲岛屿根。秋风帆上下，落日树沉昏。柳少沙洲缺，苔多古岸存。禽巢依橘柚，獭径入兰荪。色自江南绝，名闻海内尊。吴头雄莫遏，汉口壮堪吞。寥泬晴方映，冯夷信忽翻。渡遥峰翠叠，汀小荻花繁。势接湖烟涨，声和瘴雨喷。急摇吟客舫，狂溅野人樽。疏凿谁穷本，澄鲜自有源。对兹伤九曲，含浊出昆仑。

江行早发

舟子相呼起，长江未五更。几看一作程星月在，犹带一作载梦魂行。鸟乱村林迥，人喧水栅横。苍茫平野外，渐认一作惭愧远峰名。

宜阳道中作

宜阳南面路，下岳又经过。枫叶红遮店，芒花白满坡。猿无山渐薄，雁众水还多。日落犹前去，诸村牧竖歌。

落日

晚照背高台，残钟残角催。能销几度落，已是半生来。吹叶阴风发,漫空暝色回。因思古人事,更变尽尘埃。

春　兴

柳暖莺多语,花明草尽长。风流在诗句,牵率绕池塘。叫切禽名字,飞忙蝶姓庄。时来真可惜,自勉掇兰芳。

远　山

天际云根破,寒山列翠回。幽人当立久,白鸟背飞来。瀑溅何州地,僧寻几峤苔。终须拂巾履,独去谢尘埃。

和郑谷郎中幽栖之什

谁知闲退迹,门径入寒汀。静倚云僧杖,孤看野烧星。墨沾吟石黑,苔染钓船青。相对唯溪寺,初宵闻念经。

勉道林谦光鸿蕴二侄

旧林诸侄在,还住本师房。共扫焚修地,同闻水石香。莫将闲世界,拟敌好时光。须看南山下,无名冢满冈。

渚宫自勉二首

晨午殊丰足,伊何挠肺肠。形容侵老病,山水忆韬藏。必谢金台去,还携铁锡将。东林露坛畔,旧对白莲房。

毕竟拟何求,随缘去住休。天涯游胜境,海上宿仙洲。梦好寻无迹,诗成旋不留。从他笑轻事,独自忆庄周。

谢 灉 湖 茶

灉湖唯上贡,何以惠寻常。还是诗心苦,堪消蜡面香。碾声通一室，烹色带残阳。若有新春者，西来信勿忘。

寄归州马判官

郡带女媭名，民康境亦宁。晏梳秋鬓白，闲坐暮山青。赠客椒初熟，寻僧酒半醒。应怀旧居处，歌管隔墙听。

倦　客

闭眼即开门，人间事倦闻。如何迎好客，不似看闲云。少欲资三要，多言让十分。疏慵本吾性，任笑早离群。

送灵㟧上人游五台

此去清凉顶，期瞻大圣容。便应过洛水，即未上嵩峰。残照催行影，幽林惜驻踪。想登金阁望，东北极兵锋。

静　坐

坐卧与行住，入禅还出吟。也应长日月，消得个身心。默论相如少，黄梅付嘱深。门前古松径，时起步清阴。

谢虚中上人寄示题天策阁诗

天策二首作，境幽搜亦玄。阁横三楚上，题挂九霄边。寺额因标胜，诗人合遇贤。他时谁倚槛，吟此岂忘筌。

荆门寄怀章供奉兼呈幕中知己

紫衣居贵上，青衲老关中。事佛门相似，朝天路不同。神凝无恶梦，诗澹老真风。闻道知音在，官高信莫通。

江令石

思量江令意，爱石甚悠悠。贪向深宫去，死同亡国休。两株荒草里，千古暮江头。若似黄金贵，隋军也不留。

月下作

良夜如清昼，幽人在小庭。满空垂列宿，那个是文星。世界归谁是，心魂向自宁。何当见尧舜，重为造生灵。

游道林寺四绝亭观宋杜诗版

宋杜诗题在，风骚到此真。独来终日看，一为拂秋尘。古石生寒仞，春松脱老鳞。高僧眼根静，应见客吟神一作频。

勉诗僧

莫把毛生刺，低回谒李膺。须防知佛者，解笑爱名僧。道性宜如水，诗情合似冰。还同莲社客，联唱绕香灯。

谢人墨

珍重岁寒烟，携来路几千。只应真典诰，消得苦磨研。正色浮端砚，精光动蜀笺。因君强濡染，舍此即忘筌。

送人游玉泉寺

西峰大雪开，万叠向空堆。客贵犹寻去，僧高肯不来。潭澄猿觑月，窦冷鹿眠苔。公子将才子，联题兴未回。

寄郑谷郎中

诗心何以传，所证自同禅。觅句如探虎，逢知似得仙。神清太古在，字好雅风全。曾沐星郎许，终惭是斐然。

春　雨

欲布如膏势，先闻动地雷。云龙相得起，风电一时来。霡霂农桑野，冥濛杨柳台。何人待晴暖，庭有牡丹开。

明月峰

明月峰头石，曾闻学月明。别舒长夜彩，高照一村耕。颇乱无私理，徒惊鄙俗情。传云遭凿后，顽白在峥嵘。

谢人惠紫栗拄杖

仙掌峰前得，何当此见遗。百年衰朽骨，六尺岁寒姿。雪外兼松凭，泉边待月攲。他时出山去，犹谢见相随。

送人游湘湖

君游南国去，旅梦若为宁。一路随鸿雁，千峰绕洞庭。林明枫尽落，野黑烧初经。有兴寻僧否，湘西寺最灵。

小　松

发地才过膝一作盈尺，蟠根已有灵。严霜百草白，深院一林青。后夜萧骚动，空阶蟋蟀听。谁于千岁外，吟绕一作倚老龙形。

金江寓居

考槃应未永，聊此养闲疏。野趣今何似，诗题旧不如。春篁离箨尽，陂藕折花初。终要秋云是，从风恣卷舒。

晚夏金江寓居答友生

日日冲残热，相寻入乱蒿。闲中滋味远，诗里是非高。碧耸新生竹，红垂半熟桃。时难未可出，且欲淬豪曹。

寄李洞秀才

到处听时论，知君屈最深。秋风几西笑，抱玉但伤心。野水翻红藕，沧江老白禽。相思未相识，闻在蜀中吟。

过商山

叠叠叠岚寒，红尘翠里盘。前程有名利，此路莫艰难。云水一作木侵天老，轮蹄到月残。何能寻四皓，过尽见长安。

蝉八韵

咽咽复啾啾，多来自早秋。园林凉正好，风雨思相收。在处声无别，何人泪欲流。冷怜天露滴，伤共野禽游。静息深依竹，惊移瞥过楼。分明晴渡口，凄切暮关头。时节推应定，飞鸣即未休。年年闻尔苦，远忆所居幽。

鹭鸶二首

日日沧江去，时时得意归。自能终洁白，何处误翻飞。晚立银塘阔，秋栖玉露微。残阳苇花畔，双下钓鱼矶。

雪里曾迷我，笼中旧养君。忽从红蓼岸，飞出白鸥群。影照翘滩浪，翎濡宿岛云。鸳鸿解相忆，天上列纷纷。

送僧归南岳

浊世住终难，孤峰念永安。逆风眉磔磔，冲雪锡珊珊。石室关霞嫩，松枝拂藓干。岩猿应认得，连臂下勾栏。

夏日林下作

烦暑莫相煎，森森在眼前。暂来还尽日，独坐只闻蝉。草媚终难死，花飞卒未蔫。秋风舍此去，满箧贮新篇。

村居寄怀

风雨如尧代，何心欲退藏。诸侯行教化，下国自耕桑。道挫时机尽，禅留话路长。前溪久不过，忽觉早禾香。

酬王秀才

相于分倍亲，静论到吟真。王泽曾无外，风骚甚少人。鸿随秋过尽，雪向腊飞频。何处多幽胜，期君作近邻。

赠无本上人

往年吟月社，因乱散扬州。未免无端事，何妨出世流。洞庭禅过腊，衡岳坐经秋。终说将衣钵，天台老去休。

寄华山司空图

天下艰难际，全家入华山。几劳丹诏问，空见使臣还。瀑布寒吹梦，莲峰翠湿关。兵戈阻相访，身老瘴云间。

题真州精舍

波心精舍好,那岸是繁华。碍目一作日无高树,当门即远沙。晨斋来海客,夜磬到渔家。石鼎秋涛静,禅回有岳茶。

怀道林寺因寄仁用二上人

名山知不远,长忆寺门松。昨晚登楼见,前年过夏峰。雨馀云脚树,风外日西钟。莫更来东岸,红尘没马踪。

寻阳道中作

秋声连岳树,草色遍汀洲。多事时为客,无人处上楼。云疏片雨歇,野阔九江流。欲向南朝去,诗僧有惠休。

东林雨后望香炉峰

翠湿僧窗里,寒堆鸟道边。静思寻去路,急绕落来泉。暮雨开青壁,朝阳照紫烟。二林多长老,谁忆上头禅。

寄双泉大师师兄

清泉流眼底,白道倚岩棱。后夜禅初入,前溪树折冰。南凉来的的,北魏去腾腾。敢把吾师意,密传门外僧。

送人润州寻兄弟

君话南徐去,迢迢过建康。弟兄新得信,鸿雁久离行。木落空林浪,秋残渐雪霜。闲游登北固,东望海苍苍。

贻张生

日日见入寺，未曾含酒容。闲听老僧语，坐到夕阳钟。竹里行多影，花边偶过踪。犹言谢生计，随我去孤峰。

送人游雍京

君来乞诗别，聊与怆前程。九野未无事，少年何远行。商云盘翠险，秦甸下烟平。应见周南化，如今在雍京。

春草

处处碧萋萋，平原带日西。堪随游子路，远入鹧鸪啼。金谷园应没，夫差国已迷。欲寻兰蕙径，荒秽满汀畦。

怀华顶道人

华顶星边出，真宜上士家。无人触床榻，满屋贮烟霞。坐卧临天井，晴明见海涯。禅馀石桥去，屐齿印松花。

寄自牧上人

五老回无计，三峰去不成。何言谢云鸟，此地识公卿。梦愧将僧说，心嫌触类生。南朝古山寺，曾忆共寻行。

静坐

日日只腾腾，心机何以兴。诗魔苦不利，禅寂颇相应。砚满尘埃点，衣多坐卧棱。如斯自消息，合是个闲僧。

送人游衡岳

荆楚腊将残，江湖苍莽间。孤舟载高兴，千里向名山。雪浪来无定，风帆去是闲。石桥僧问我，应寄岳茶还。

答知己自阙下寄书

故人劳札翰，千里寄荆台。知恋文明在，来寻江汉来。群机喧白昼，陆海涨黄埃。得路应相笑，无成守死灰。

新　笋

乱迸苔钱破，参差出小栏。层层离锦箨，节节露琅玕。直上心终劲，四垂烟渐宽。欲知含古律，试剪凤箫看。

寄唐洙处士

行僧去湘水，归雁度荆门。彼此亡家国，东西役梦魂。多慵如长傲，久住不生根。曾问兴亡事，丁宁寄勿言。

谢人惠竹蝇拂

妙刮筠篁制，纤柔玉柄同。拂蝇声满室，指月影摇空。敢舍经行外，常将宴坐中。挥谈一无取，千万愧生公。

新　燕

燕燕知何事，年年应候来。却缘华屋在，长得好时催。花外衔泥去，空中接食回。不同黄雀意，迷逐网罗媒。

谢王先辈寄毡

深谢高科客，名毡寄惠重。静思生朔漠，和雪长蒙茸。折坐资禅悦，铺眠减病容。他年从破碎，担去卧孤一作高峰。

寄还阙下高辇先辈卷

去岁逢京使，因还所寄诗。难留天上作，曾换月中枝。趣极僧迷旨，功深鬼不知。仍闻得名后，特地更忘疲。

和孙支使惠示院中庭竹之什

忆就江僧乞，和烟得一茎。剪黄憎旧本，科绿惜新生。护噪蝉身稳，资吟客眼明。星郎有佳咏，雅合此君声。

苦热中江上怀炉峰旧居

旧寄炉峰下，杉松绕石房。年年五六月，江上忆清凉。久别应荒废，终归隔渺茫。何当便摇落，披衲玩秋光。

送僧游龙门香山寺

君到香山寺，探幽莫损神。且寻风雅主，细看乐天真。

江上值春雨

江皋正月雨，平陆亦波澜。半是峨嵋雪，重为泽国寒。农田淹浸尽，客棹往来难。愁杀骚人路，沧浪正渺漫。

七　十　作

七十去百岁，都来三十春。纵饶生得到，终免死无因。密理方通理，栖真始见真。沃洲匡阜客，几劫不迷人。

谢虚中寄新诗

旧友一千里，新诗五十篇。此文经大匠，不见已多年。趣极同无迹，精深合自然。相思把行坐，南望隔尘烟。

送彬座主赴龙安请讲

两论久研精，龙安受请行。春城雨雪霁，古寺殿堂明。白发老僧听，金毛师子声。同流有谁共，别著国风清。

夏日荆渚书怀

嵩岳去值乱，匡庐回阻兵。中途息瓶锡，十载依公卿。不那猿鸟性，但怀林泉声。何时遂情兴，吟绕杉松行。

春日西湖作

一水绕孤岛，闲门掩春草。曾无长者辙，枉此问衰老。

谢中上人寄茶

春山谷雨前，并手摘芳烟。绿嫩难盈笼，清和易晚天。且招邻院客，试煮落花泉。地远劳相寄，无来又隔年。

送节大德归阙

西京曾入内，东洛又朝天。圣上方虚席，僧中正乏贤。晨光金殿里，紫气玉帘前。知祝唐尧化，新恩异往年。

览清尚卷

李洞僻相似，得诗先示师。鬼神迷去处，风日背吟时。格已搜清竭，名还着紫卑。从容味高作，翻为古人疑。

荆门送昼公归彭泽旧居

彭泽旧居在，匡庐翠叠前。因思从楚寺，便附入吴船。岸绕春残树，江浮晓霁天。应过虎溪社，伫立想诸贤。

全唐诗卷八四一

齐　己

登祝融峰

猿鸟共不到，我来身欲浮。四边空碧落，绝顶正清秋。宇宙知何极，华夷见细流。坛西独立久，白日转神州。

寄贯休

子美曾吟处，吾师复去吟。是何多胜地，销得二公心。锦水流春阔，峨嵋叠雪深。时逢蜀僧说，或道近游黔。

送唐禀正字归萍川

霜须芸阁吏，久掩白云扉。来谒元戎后，还骑病马归。烟村蔬饮淡，江驿雪泥肥。知到中林日，春风长涧薇。

寄怀江西栖公

龙沙为别日，庐阜得书年。不见来香社，相思绕白莲。江僧归海寺，楚路接吴烟。老病何堪说，扶羸寄此篇。

山中喜得友生书

柴门关树石,未省梦尘埃。落日啼猿里,同人有信来。自成为拙隐,难以谢多才。见说相思处,前峰对古台。

谢人惠扇子及茶

枪旗封蜀茗,圆洁制鲛绡。好客分烹煮,青蝇避动摇。陆生夸妙法,班女恨凉飙。多谢崔居士,相思寄寂寥。

寄监利司空学士

诗家为政别,清苦日闻新。乱后无荒地,归来尽远人。宽容民赋税,憔悴吏精神。何必河阳县,空传桃李春。

答陈秀才

万事皆可了,有诗门最深。古人难得志,吾子苦留心。野叠凉云朵,苔重怪木阴。他年立名字,笑我老双林。

游橘洲

春日上芳洲,经春兰杜幽。此时寻橘岸,昨日在城楼。鹭立青枫杪,沙沉白浪头。渔家好生计,檐底系扁舟。

寄武陵道友

阮肇迷仙处,禅门接紫霞。不知寻鹤路,几里入桃花。晚树阴摇藓,春潭影弄砂。何当见招我,乞与片生涯。

谢人惠药

五金元造化，九炼更精新。敢谓长生客，将遗必死人。久餐应换骨，一服已通神。终逐淮王去，永抛浮世尘。

还族弟卷 第五句缺一字

岂要私相许，君诗自入神。风骚何句出，瀑布一联新。□若长如此，名须远逐身。闲斋舒复卷，留滞忽经旬。

送周秀游峡

又向夔城去，知难动旅魂。自非亡国客，何虑断肠猿。滟滪分高仞，瞿塘露浅痕。明年期此约，平稳到荆门。

荆门夏日寄洞山节公

湖光摇翠木，灵洞叠云深。五月经行处，千秋桧柏阴。山形临北渚，僧格继东林。莫惜相招信，余心是此心。

再经蒋山与诸长老夜话

远迹都如雁，南行又北回。老僧犹记得，往岁已曾来。话遍名山境，烧残黑栎灰。无因伴师往，归思在天台。

寄当阳张明府

玉泉神运寺，寒磬彻琴堂。有境灵如此，为官兴亦长。吏愁清白甚，民乐赋输忘。闻说巴山县，今来尚忆张。

游三觉山

白石路重重，萦纡势忽穷。孤峰擎像阁，万木蔽星空。世论随时变，禅怀历劫同。良宵正冥目，海日上窗红。

庭际晚菊上主人

九月将欲尽，幽丛始绽芳。都缘含正气，不是背重阳。采去蜂声远，寻来蝶路长。王孙归未晚，犹得泛金觞。

送赵长史归闽川

荆门与闽越，关戍隔三千。风雪扬帆去，台隍指海边。客情消旅火，王化似尧年。莫失春回约，江城谷雨前。

拟嵇康绝交寄湘中贯微

何处同嵇懒，吾徒道异诸。本无文字学，何有往来书。岳寺逍遥梦，侯门勉强居。相知在玄契，莫讶八行疏。

寄许州清古

北来儒士说，许下有吟僧。白日身长倚，清秋塔上层。言虽依景得，理要入无征。敢望多相示，孱微老不胜。

谢丁秀才见示赋卷

五首新裁翦，搜罗尽指归。谁曾师古律，君自负天机。圣后求贤久，明公得隽稀。乘秋好携去，直望九霄飞。

惊　秋

褰帘听秋信，晚傍竹声归。多故堪伤骨，孤峰好拂衣。梧桐凋绿尽，菡萏堕红稀。却恐吾形影，嫌心与口违。

夏日雨中寄幕中知己

北风吹夏雨，和竹亚南轩。豆枕欹凉冷，莲峰入梦魂。窗多斜迸湿，庭遍瀑流痕。清兴知无限，晴来示一言。

夜次湘阴

风涛出洞庭，帆影入澄清。何处惊鸿起，孤舟趁月行。时难多战地，野阔绝春耕。骨肉知存否，林园近郡城。

寄唐禀正字

疏野还如旧，何曾称在城。水边无伴立，天际有山横。落日云霞赤，高窗笔砚明。鲍昭多所得，时忆寄汤生。

宿舒湖希上人房

入寺先来此，经窗半在湖。秋风新菡萏，暮雨老菰蒲。任听浮生速，能消默坐无。语来灯焰短，嘈唳发高梧。

戊辰岁江南感怀

忽忽动中私，人间何所之。老过离乱世，生在太平时。桃李春无主，杉松寺有期。曾吟子山赋，何啻旧凌迟。

送林一作休上人归永嘉旧居

东越常悬思,山门在永嘉。秋光浮楚水,帆影背长沙。城黑天台雨,村明海峤霞。时寻谢公迹,春草有瑶花。

答友生山居寄示

嘉遁有新吟,因僧寄竹林。静思来鸟外,闲味绕松阴。兵寇凭凌甚,溪山几许深。休为反招隐,携取一相寻。

新秋霁后晚眺怀先公

雨霁湘楚晚,水凉天亦澄。山中应解夏,渡口有行僧。鸟列沧洲队,云排碧落层。孤峰磬声绝,一点石龛灯。

池上感兴

所向似无端,风前吟凭栏。旁人应闷见,片水自闲看。碧底红鳞鬣,澄边白羽翰。南山众木叶,飘著竹声干。

和县域上人寄赠之什

百病煎衰朽,栖迟战国中。思量青壁寺,行坐赤松风。道寄虚无合,书传往复空。可怜禅月子,香火国门东。

吊双泉大师真塔

塔耸层峰后,碑镌巨石新。不知将一句,分付与何人。静坐云生衲,空山月照真。后徒游礼者,犹认指迷津。

暮冬送璘上人归华容

故园虽不远，那免怆行思。莽苍平湖路，霏微过雪时。全无山阻隔，或有客相随。得见交亲后，春风动柳丝。

秋夜听业上人弹琴

万物都寂寂，堪闻弹正声。人心尽如此，天下自和平。湘水泻秋碧，古风吹太清。往年庐岳奏，今夕更分明。

谢人惠丹药

别后闻餐饵，相逢讶道情。肌肤红色透，髭发黑光生。仙洞谁传与，松房自炼成。常蒙远分惠，亦觉骨毛轻。

荆门病中寄怀贯微上人

我衰君亦老，相忆更何言。除泥安禅力，难医必死根。梅寒争雪彩，日冷让冰痕。早晚东归去，同寻入石门。匡山远大师尝与诸贤游石门洞，玩锦绣谷。

答孔秀才

早向文章里，能降少壮心。不愁人不爱，闲处自闲吟。水国云雷阔，僧园竹树深。无嫌我衰飒，时此一相寻。

秋　江

两岸山青映，中流一棹声。远无风浪动，正向夕阳横。岛屿蝉分宿，沙洲客独行。浩然心自合，何必濯吾缨。

船　窗

孤舸凭幽窗，清波逼面凉。举头还有碍，低眼即无妨。瞥过沙禽翠，斜分夕照光。何时到山寺，上阁看江乡。

永　夜

永日还欹枕，良宵亦曲肱。神闲无万虑，壁冷有残灯。香影浮龛象，瓶声著井冰。寻思到何处，海上断崖僧。

中春怆怀寄二三知己

眼暗心还白，逢春强凭栏。因闻积雨夜一作夜雨，却忆旧山寒。竹撼烟丛滑，花烧露朵干。故人相会处，应话此衰残。

自　遣

了然知是梦，既觉更何求。死入孤峰去，灰飞一烬休。云无空碧在，天静月华流。免有诸徒弟，时来吊石头。

送陈霸归闽

凉风动行兴，含笑话临途。已得身名了，全忘客道孤。乡程过百越，帆影绕重湖。家在飞鸿外，音书可寄无。

寄孙辟呈郑谷郎中

衡岳去都忘，清吟恋省郎。淹留才半月，酬唱颇盈箱。雪长松柽格，茶添语话香。因论乐安子，年少老篇章。

荆门送人自峨嵋游南岳

峨嵋来已远，衡岳去犹赊。南浦悬帆影，西风乱荻花。天涯遥梦泽，山众近长沙。有兴多新作，携将大府夸。

谢主人石笋

西园罢宴游，东阁念林丘。特减花边峭，来添竹里幽。忆过阳朔见，曾记大湖求。从此频吟绕，归山意亦休。

经安公寺

大圣威灵地，安公宴坐踪。未知长寂默，不见久从容。塔影高群木，江声压暮钟。此游幽胜后，来梦亦应重。

秋夕寄诸侄

每到秋残夜，灯前忆故乡。园林红橘柚，窗户碧潇湘。离别身垂老，艰难路去长。弟兄应健在，兵火里耕桑。

谢　炭

正拥寒灰次，何当惠寂寥。且留连夜向，未敢满炉烧。必恐吞难尽，唯愁拨易消。豪家捏为兽，红迸锦茵焦。

夏满日偶作寄孙支使 其年闰五月

一百二十日，煎熬几不胜。忆归沧海寺，冷倚翠崖棱。旧扇犹操执，新秋更郁蒸。何当见凉月，拥衲访诗朋。

寄清溪道友

山门摇落空，霜霰满杉松。明月行禅处，青苔绕石重。泉声喧万壑，钟韵遍千峰。终去焚香老，同师大士踪。

谢重缘旧山水障子

敢望重缘饰，微茫洞壑春。坐看终未是，归卧始应真。已觉心中朽，犹怜四面新。不因公子鉴，零落几成尘。

寺　居

邻井双梧上，一蝉鸣隔墙。依稀旧林日，撩乱绕山堂。难嘿吟风口，终清饮露肠。老僧加护物，应任噪残阳。

剃　发

金刀闪冷光，一剃一清凉。未免随朝夕，依前长雪霜。夏林欹石腻，春涧水泉香。向老凋疏尽，寒天不出房。

谢高辇先辈寄新唱和集

敢谓神仙手，多怀老比丘。编联来鹿野，酬唱在龙楼。洛浦精灵慑，邙山鬼魅愁。二南风雅道，从此化东周。

送徐秀才游吴国

西江东注急，孤棹若流星。风浪相随白，云中独一作瞥过青。他时谁共说，此路我曾经。好向吴朝看，衣冠尽汉庭。

忆在匡庐日

忆在匡庐日，秋风八月时。松声虎溪寺，塔影雁门师。步碧葳蕤径，吟香菡萏池。何当旧泉石，归去洗心脾。

寄三觉山从益上人

山下人来说，多时不下山。是应终未是，闲得且须闲。海面云归窦，猿边月上关。寻思乱峰顶，空送衲僧还。

残秋感怆

日日加衰病，心心趣寂寥。残阳起闲望，万木耸寒条。楚寺新为客，吴江旧看潮。此怀何以寄，风雨暮萧萧。

寄南徐刘员外二首

竟陵兵革际，归复旧园林。早岁为官苦，常闻说此心。海边山夜上，城外寺秋寻。应讶嵩峰约，蹉跎直到今。

昼公评众制，姚监选诸文。风雅谁收我，编联独有君。馀生终此道，万事尽浮云。争得重携手，探幽楚水渍。

贻王秀才

功到难搜处，知难始是诗。自能探虎子，何虑屈男儿。此道真清气，前贤早白髭。须教至公手，不惜付舟枝。

赠孙生

见君一作传家诗自别，君是继诗人。道出千途外，功争一字新。寂寥中影迹，霜雪里精神。待折东堂桂，归来更苦辛。

酬元员外

清洛碧嵩根，寒流白照门。园林经难别，桃李几株存。衰老江南日，凄凉海上村。闲来晒朱绂，泪滴旧朝恩。

与杨秀才话别

庾信哀何极，仲宣悲苦多。因思学文赋，不胜弄干戈。自古有如此，于今终若何。到头重策蹇，归去旧烟萝。

寄何崇丘员外

门底桃源水，涵空复映山。高吟烟雨霁，残日郡楼间。变俗真无事，分题是不闲。寻思章岸见，全未有年颜。

赠刘五经

往年长白山，发愤忍饥寒。扫叶雪霜湿，读书唇齿干。群经通讲解，八十尚轻安。今日江南寺，相逢话世难。

送游山道者

我亦游山者，常经旧所经。雪消天外碧，春晓海中青。可见乱离世，况临衰病形。怜君此行兴，独入白云屏。

舟中江上望玉梁山怀李尊师

残照玉梁巅，峨峨远棹前。古来传胜异，人去学神仙。白鹿老碧壑，黄猿啼紫烟。谁心共无事，局上度流年。

角

闻说征人说，呜呜何处边。孤城沙塞地，残月雪霜天。会转胡风急，吹长碛雁连。应伤汉车骑，名未勒燕然。

言　诗

毕竟将何状，根元在正思。达人皆一贯，迷者自多岐。触类风骚远，怀贤肺腑衰。河桥送别者，二子好相知。

酬王秀才

离乱几时休，儒生厄远游。亡家非汉代，何处觅荆州。旅梦寒灯屋，乡怀昼雨楼。相逢话相杀，谁复念风流。

春居寄友生

莎径荒芜甚，君应共此情。江村雷雨发，竹屋梦魂惊。社过多来燕，花繁渐老莺。相思意何切，新作未曾评。

寄答武陵幕中何支使二首

十万雄军幕，三千上客才。何当谈笑外，远慰寂寥来。骚雅锵金掷，风流醉玉颓。争知江雪寺，老病向寒灰。

南州无百战，北地有长征。闲杀何从事，伤哉苏子卿。江楼联雪句，野寺看春耕。门外沧浪水，风波杂雨声。

浙江晚渡

去年曾到此，久立滞前程。歧路时难处，风涛晚未平。汀蝉含老韵，岸荻簇枯声。莫泥关河险，多游自远行。

送人下第东归再谒旧主人

一战偶不捷，东归计未空。还携故书剑，去谒旧英雄。楚雪连吴树，西江正北风。男儿艺若是，会合值明公。

寄谢高先辈见寄二首

穿凿堪伤骨，风骚久痛心。永言无绝唱，忽此惠希音。杨柳江湖晚，芙蓉岛屿深。何因会仙手，临水一披襟。

诗在混茫前，难搜到极玄。有时还积思，度岁未终篇。片月双松际，高楼阔水边。前贤多此得，风味若为传。

全唐诗卷八四二

齐　己

寄仰山光味长者

大仰禅栖处，杉松到顶阴。下来虽有路，归去每无心。鸟道峰形直，龙湫石影深。径行谁得见，半夜老猿吟。

贻庐岳陈沆秀才

为儒老双鬓，勤苦竟何如。四海方磨剑，空山自读书。石围泉眼碧，秋落洞门虚。莫虑搜贤僻，征君旧此居。

边　上

汉地从休马，胡家自牧羊。都来销帝道，浑不用兵防。草上孤城白，沙翻大漠黄。秋风起边雁，一一向潇湘。

蟋　蟀

声异蟪蛄声，听须是正听。无风来竹院，有月在莎庭。虽不妨调瑟，多堪伴诵经。谁人向秋夕，为尔欲忘形。

寄西山郑谷神

西望郑先生，焚修在杳冥。几番松骨朽，未换鬓根青。石阙凉调瑟，秋坛夜拜星。俗人应抚掌，闲处诵黄庭。

读参同契

堪笑修仙侣，烧金觅大还。不知消息火，只在寂寥关。鬓白炉中术，魂飞海上山。悲哉五千字，无用在人间。

闻落叶

楚树雪晴后，萧萧落晚风。因思故国一作园夜，临一作流水几株一作林空。煮茗烧干脆，行苔踏烂红。来年未离此，还见碧丛丛。

谢王先辈昆弟游湘中回各见示新诗

潇湘多胜异，宗社久裴回。兄弟同游去，幽奇尽采来。只应求妙唱，何以示寒灰。上国携归后，唯呈不世才。

寄酬高辇推官

道自闲机长，诗从静境生。不知春艳尽，但觉雅风清。竹膩题幽碧，蕉干裂脆声。何当九霄客，重叠记无名。

逢诗僧

禅玄无可并一作示，诗妙有何评。五七字中苦，百千年后清。难求方至理，不朽始为名。珍重重相见，忘机话此情。

话　道

大道多大笑，寂寥何以论。霜枫翻落叶，水鸟啄闲门。服药还伤性，求珠亦损魂。无端凿混沌，一死不还源。

谢欧阳侍郎寄示新集

宫锦三十段，金梭新织来。殷勤谢君子，迢递寄寒灰。鸾鹭对鼓舞，神仙双袂回。谁当巧裁制，披去升瑶台。

西墅新居

渐渐见苔青，疏疏遍地生。闲穿藤屐起，乱踏石阶行。野鸟啼幽树，名僧笑此情。残阳竹阴里，老圃打门声。

酬孙鲂

幽人还爱云，才子已从军。可信鸳鸿侣，更思麋鹿群。新题虽有寄，旧论竟难闻。知己今如此，编联悉欲焚。

扫　地

日日扫复洒，不容纤物侵。敢望来客口，道似主人心。蚁过光中少，苔依润处深。门前亦如此，一径入疏林。

书匡山隐者壁

红霞青壁底，石室薜萝垂。应有迷仙者，曾逢采药时。桃花饶两颊，松叶浅长髭。直是来城市，何人识得伊。

送乾康禅师入山过夏

由来喧滑境,难驻寂寥踪。逼夏摇孤锡,离城入乱峰。云门应近寺,石路或穿松。知在栖禅外,题诗寄北宗。

野　鸭

野鸭殊家鸭,离群忽远飞。长生缘甚瘦,近死为伤肥。江海游空阔,池塘啄细微。红兰白蘋渚,春暖刷毛衣。

伤　秋

旦暮馀生在,肌肤十分无。眠寒半榻朽,立月一株枯。梦已随双树,诗犹却万夫。名山未归得,可惜死江湖。

怀东湖寺

铁柱东湖岸,寺高人亦闲。往年曾每日,来此看西山。竹径青苔合,茶轩白鸟还。而今在天末,欲去已衰颜。

寄岘山愿公三首

形影更谁亲,应怀漆道人。片言酬凿齿,半偈伏姚秦。榛莽池经烧,蒿莱寺过春。心期重西去,一共吊遗尘。

相思恨相远,至理那时何。道笑忘言甚,诗嫌背俗多。青苔闲阁闭,白日断人过。独上西楼望,荆门千万坡。

彼此无消息,所思江汉遥。转闻多患难,甚说远相招。老至何悲叹,生知便寂寥。终期踏松影,携手虎溪桥。

清夜作

不惜白日短，乍容清夜长。坐闻风露滴，吟觉骨毛凉。兴寝无诸病，空闲有一床。天明振衣起，苔砌落花香。

赠白处士

莘野居何定，浮生知是谁。衣衫同〔野〕(墅)叟，指趣似禅师。白发应无也，丹砂久服之。仍闻创行计，春暖向峨嵋。

崔秀才宿话

事转闻多事，心休话苦心。相留明月寺，共忆白云岑。藓壁残虫韵，霜轩倒竹阴。开门又言别，谁竟慰尘襟。

怀天台华顶僧

华顶危临海，丹霞里石桥。曾从国清寺，上看月明潮。好鸟亲香火，狂泉喷泬寥。欲归师智者，头白路迢迢。

送人赴官

年少作初官，还如行路难。兵荒经邑里，风俗久凋残。照砚花光淡，漂书柳絮干。聊应充侍膳，薄俸继朝餐。

水鹤

鸳鸯与鸂鶒，相狎岂惭君。比雪还胜雪，同群亦出群。静巢孤岛月，寒梦九皋云。归路分明〔过〕(个)，飞鸣即可闻。

湘中感怀

渔翁那会我，傲兀苇边行。乱世难逸迹，乘流拟濯缨。江花红细碎，沙鸟白分明。向夕题诗处，春风斑竹声。

九日逢虚中虚受

楚后萍台下，相逢九日时。干戈人事地，荒废菊花篱。我已多衰病，君犹尽黑髭。皇天安罪得，解语便吟诗。

赠李明府

名家宰名邑，将谓屈锋铓。直是难苏俗，能消不下堂。冰痕生砚水，柳影透琴床。何必称潇洒，独为诗酒狂。

暮春久雨作

积雨向春阴，冥冥独院深。已无花落地，空有竹藏禽。檐溜声何暴，邻僧影亦沉。谁知力耕者，桑麦最关心。

渚宫莫问诗一十五首 并序

予以辛巳岁蒙主人命居龙安寺，察其疏鄙，免以趋奉。爰降手翰，曰："盖知心不在常礼也。"予不觉欣然而作，顾谓形影曰："尔本青山一衲，白石孤禅。今王侯构室安之，给俸食之，使之乐然。万事都外，游息自得。则云泉猿鸟，不必为狎。其放纵若是，夫何系乎！自是龙门墙仞，历稔不复瞻觊，况他家哉！"因创莫问之题，凡一十五篇，皆以莫问为首焉。

莫问疏人事，王侯已任伊。不妨随野性，还似在山时。静入无声乐，狂抛正律诗。自为仍自爱，清净里寻思一作敢望至公知。

莫问伊嵇懒，流年已付他。话通时事少，诗着野题多。梦外春桃李，心中旧薜萝。浮生此不悟，剃发竟如何。

莫问休行脚，南方已遍寻。了应须自了，心不是他心。赤水珠何觅，寒山偈莫吟。谁同论此理，杜口少知音。

莫问孱愚格，天应只与闲。合居长树下，那称众人间。迹绝为真隐，机忘是大还。终当学支遁，买取个青山。

莫问无求意，浮云喻可知。满盈如不戒，倚伏更何疑。乐矣贤颜子，穷乎圣仲尼。已过知命岁，休把运行推。

莫问闲行趣，春风野水涯。千门无谢女，两岸有杨花。好鹤曾为客，真龙或作蛇。踌躕自回首，日脚背楼斜。

莫问真消息，中心只自知。清风含笑咏，明月混希夷。坏衲凉天拥，玄文静夜披。善哉温伯子，言望至公知一作言外认扬〔眉〕。

莫问休持钵，从贫乞已疏。侯门叨月俸，斋食剩年储。簪履三千外，形骸六十馀。旧峰呵练若，松径接匡庐。

莫问依刘迹，金台又度秋。威仪非上客，谭笑愧诸侯。礼许无拘检，诗推异辈流。东林未归得，摇落楚江头。

莫问无机性，甘名百钝人。一床铺冷落，长日卧精神。分已疏知旧，诗还得意新。多才碧云客，时或此相亲。

莫问关门意，从来寡往还。道应归淡泊，身合在空闲。四面苔围绿，孤窗雨洒斑。梦寻何处去，秋色水边山。

莫问□□□，□□逐性情。人间高此道，禅外剩他名。夏□松边坐，秋光水畔行。更无时忌讳，容易得题成。首联缺五字，第五句缺一字。

莫问多山兴，晴楼独凭时。六年沧海寺，一别白莲池。句早逢名匠，禅曾见祖师。冥搜与真性，清外认扬眉一作清净里寻思。

莫问衰残质，流光速可悲。寸心修未了，长命一作寿欲何为。坐卧身多倦，经行骨渐疲。分明说此苦，珍重竺乾师。

莫问野腾腾，劳形已不能。殷勤无上士，珍重有名僧。坐觉心心默，行思步步冰。终归石房里，一点夜深灯。

荆州新秋病起杂题一十五首

病起见王化

病起见王化，融融古帝乡。晓烟凝气紫，晚色作云黄。四野歌丰稔，千门唱乐康。老身仍未死，犹咏好风光。

病起见图画

病起见图画，云门兴似饶。衲衣棕笠重，嵩岳华山遥。命在斋犹赴，刀闲发尽凋。秋光渐轻健，欲去倚江桥。

病起见苔钱

病起见苔钱，规模遍地圆。儿童扫不破，子母自相连。润屋何曾有，缘墙谩可怜。虚教作铜臭，空使外人传。

病起见庭竹

病起见庭竹，君应悲我情。何妨甚消瘦，却称苦修行。每谢侵床影，时回傍枕声。秋来渐平复，吟绕骨毛轻。

病起见生涯

病起见生涯，资缘觉甚奢。方袍嫌垢弊，律服变光华。颇愧同诸俗，何尝异出家。三衣如两翼，珍重汝一作尔寒鸦。

病起见秋扇

病起见秋扇，风前悟感伤。念予当咽绝，得尔致清凉。沙鹭如摇影，汀莲似绽香。不同婕妤咏，托意怨君王。

病起见衰叶

病起见衰叶，飘然似我身。偶乘风有韵，初落地无尘。纵得红沾露，争如绿带春。因伤此怀抱，聊寄一篇新。

病起见庭柏

病起见庭柏，青青我不任。力扶干瘦骨，勉对岁寒心。韵谢疏篁合，根容片石侵。衰残想长寿，时倚就闲吟。

病起见庭莲

病起见庭莲，风荷已飒然。开时闻馥郁，枕上正缠绵。本在沧江阔，移来碧沼圆。却思香社里，叶叶漏声连。

病起见庭菊

病起见庭菊，几劳栽种工。可能经卧疾，相倚自成丛。翠萼低含露，金英尽亚风。那知予爱尔，不在酒杯中。

病起见庭石

病起见庭石，岂知经夏眠。不能资药价，空自作苔钱。翠忆蓝光底，青思瀑影边。岩僧应笑我，细碎种阶前。

病起见庭莎

病起见庭莎，绿阶傍竹多。绕行犹未得，静听复如何。蟋蟀幽中响，蟪蛄深处歌。不缘田地窄，剩种任婆娑。

病起见苔色

病起见苔色，凝然阵未枯。浅深围柱础，诘曲绕廊庑。碧翠文相间，青黄势自铺。为钱虚玷染，毕竟不如无。

病起见秋月

病起见秋月，正当三五时。清光应鉴我，幽思更同谁。惜坐身犹倦，牵吟气尚羸。明年七十六，约此健相期。

病起见闲云

病起见闲云，空中聚又分。滞留堪笑我，舒卷不如君。触石终无迹，从风或有闻。仙山足鸾凤，归去自同群。

夜坐闻雪寄所知

初宵飞霰急，竹树洒干轻。不是知音者，难教爱此声。渐凌孤烛白，偏激苦心清。堪笑同文友，忘眠坐到明。

怀洞庭

忆过巴陵岁，无人问去留。中宵满湖月，独自在僧楼。渔父真闲唱，灵均是谩愁。今来欲长往，谁借木兰舟。

欲游龙山鹿苑有作

龙山门不远，鹿苑路非遥。合逐闲身去，何须待客招。年华残两鬓，筋骨倦长宵。闻说峰前寺，新修白石桥。

再逢昼公

竟陵西别后，遍地起刀兵。彼此无缘著，云山有处行。久吟难敌句，终忍不求名。年鬓俱如雪，相看眼且明。

送人游武陵湘中

为子歌行乐，西南入武陵。风烟无战士，宾榻有吟僧。山绕军城叠，江临寺阁层。遍寻幽胜了，湘水泛清澄。

酬九经者

九经三史学，穷妙又穷微。长白山初出，青云路欲飞。江僧酬雪句，沙鹤识麻衣。家在黄河北，南来偶未归。

寄赠集滩二公

闻有难名境，因君住更名。轩窗中夜色，风月绕滩声。客好过无厌，禽幽画不成。终期一寻去，聊且寄吟情。

夏日作

燕雀语相和，风池满芰荷。可惊成事晚，殊喜得闲多。竹众凉欺水，苔繁绿胜莎。无惭孤圣代，赋咏有诗歌。

行路难

下浸与高盘，不为行路难。是非真险恶，翻覆作峰峦。漆愧同时黑，朱惭巧一作污处丹。令人畏相识，欲画白云看。

送玉泉道者回山寺

却忆西峰顶，经行绝爱憎。别来心念念，归去雪层层。石坞寻春笋，苔龛续夜灯。应悲尘土里，追逐利名僧。

谢王拾遗见访兼寄篇什

竹里安禅处，生涯一印灰。经年乞食过，昨日谏臣来。愧把黄梅偈，曾酬白雪才。因令识鸟迹，重叠在苍苔。

题张氏池亭

树石丛丛别，诗家趣向幽。有时闲客散，始觉细泉流。蝶到琴棋畔，花过岛屿头。月明红藕上，应见白龟游。

送人南游

且听吟赠远，君此去蒙州。瘴国频闻说，边鸿亦不游。〔蛮〕(峦)花藏孔雀，野石乱一作隐犀牛。到彼谁相慰，知音有郡侯。

题明公房

寺北闻湘浪，窗南见岳云。自然高日用，何要出人群。瓦滴残松雨，香炉匝印文。近年精易道，疑者晓纷纷。

寄顾处士

半年离别梦，来往即湖边。两幅关山雪，寻常在眼前。项容藏古翠，张藻卷寒烟。蓝淀图花鸟，时人不惜钱。

贻一作赠徐生

可能东海子，清苦在贫居。扫地无闲客，堆窗有古书。少年犹若此，向老合何如。去岁频相访，今来见亦疏。

谢虚中上人晚秋见寄

楚外同文在，荆门得信时。几重相别意，一首晚秋诗。日暮山沉雨，莲残水满池。登楼试南望，为子动归思。

全唐诗卷八四三

齐己

寄东林言之禅子

闻思相送后，幽院闭苔钱。使我吟还废，闻君病未痊。听秋唯困坐，怕客但佯眠。可惜东窗月，无寥过一年。

寒节日寄乡友

岁岁逢寒食，寥寥古寺家。踏青思故里，垂白看杨花。原野稀疏雨，江天冷澹霞。沧浪与湘水，归恨共无涯。

闻西蟾从弟卜岩居岳西有寄 末句缺一字

瀑布见高低，岩开岩壁西。碧云多旧作，红叶几新题。滴沥中疏磬，嵌空半倚梯。仍闻樵子径，□不到前溪。

寄怀西蟾师弟 蟾师有“万里八九月，一身西北风”之句。

万里八九月，一身西北风。自从相示后，长记在吟中。见说南游远，堪怀我姓同。江边忽得信，回到岳门东。

扑满子 一作咏扑满

只爱满我腹，争如满害身。到头须扑破，却散与他人。

寄西川惠光大师昙域

禅月有名子，相知面未曾。笔精垂壁溜，诗涩滴杉冰。蜀国从栖泊，芜城几废兴。忆归应寄梦，东北过金陵。

忆别匡山寄彭泽乾昼上人

忆别匡山日，无端是远游。却回看五老，翻悔上孤舟。蹭蹬三千里，蹉跎二十秋。近来空寄梦，时到虎溪头。

又寄彭泽昼公

闻君彭泽住，结构近陶公。种菊心相似，尝茶味不同。湖光秋枕上，岳翠夏窗中。八月东林去，吟香菡萏风。

因览支使孙中丞看可准大师诗序有寄

一千篇里选，三百首菁英。玉尺新量出，金刀旧剪成。锦江增古翠，仙掌减元精。准公曾以诗道访司空图于华下。自此为风格，留传诸后生。

新秋病中枕上闻蝉

枕上稍醒醒，忽闻蝉一声。此时知不死，昨日即前生。更欲临窗听，犹难策杖行。寻应同蜕壳，重饮露华清。

寄云盖山先禅师

曾寻湘水东,古翠积秋浓。长老禅栖处,半天云盖峰。闲床饶得石,杂树少于松。近有谁堪语,浏阳妙指踪。

落　叶

落多秋亦晚,窗外见诸邻。世上谁惊尽,林间独扫频。萧骚微月夜,重叠早霜晨。昨日繁阴在,莺声树树春。

次耒阳作

绕岳复沿湘,衡阳又耒阳。不堪思北客,从此入南荒。旦夕多猿狖,淹留少雪霜。因经杜公墓,惆怅学文章。

舟中晚望祝融峰

天际卓寒青,舟中望晚晴。十年关梦寐,此日向峥嵘。巨石凌空黑,飞泉照夜明。终当蹑孤顶,坐看白云生。

吊杜工部坟

鹏翅蹋于斯,明君知不知。〔域〕(城)中诗价大,荒外土坟卑。瘴雨无时滴,蛮风有穴吹。唯应李太白,魂魄往来疲。

岳中寄殷处士

出岳与入岳,前题继后题。遍寻僧壁上,多在雁峰西。近说游江寺,将谁话石梯。相思立高巘,山下草萋萋。

送幽禅师

霜繁野叶飞，长老卷行衣。浮世不知处，白云相待归。磬和天籁响，禅动岳神威。莫便言长往，劳生待发机。

观烧

猎猎寒芜引，承风势不还。放来应有主，焚去到何山。焰入空濛里，烟飞苍莽间。石中有良玉，惆怅但伤颜。

咏茶十二韵

百草让为灵，功先百草成。甘传天下口，贵占火前名。出处春无雁，收时谷有莺。封题从泽国，贡献入秦京。嗅觉精新极，尝知骨自轻。研通天柱响，摘绕蜀山明。赋客秋吟起，禅师昼卧惊。角开香满室，炉动绿凝铛。晚忆凉泉对，闲思异果平。松黄干旋泛，云母滑随倾。颇贵高人寄，尤宜别匮盛。曾寻修事法，妙尽陆先生。

寄阳岐西峰僧

西峰残照东，瀑布洒冥鸿。闲忆高窗外，秋晴万里空。藤阴藏石磴，衣毳落杉风。日有谁来觅，层层鸟道中。

回雁峰

瘴雨过孱颜，危边有径盘。壮堪扶寿岳，灵合置仙坛。影北鸿声乱，青南客道难。他年思隐遁，何处凭阑干。

赠询公上人

威仪何贵重，一室贮水清。终日松杉径，自多虫蚁行。像前孤立影，钟外数珠声。知悟修来事，今为第几生。

秋　兴

所见背时情，闲行亦独行。晚凉思水石，危阁望峥嵘。雨外残云片，风中乱叶声。旧山吟友在，相忆梦应清。

古寺老松

百岁禅师说，先师指此松。小年行道绕，早见偃枝重。月槛移孤影，秋亭卓一峰。终当因夜电，拏攫从云龙。

题无余处士书斋

闲地从莎藓，谁人爱此心。琴棋怀客远，风雪闭门深。枕外江滩响，窗西树石阴。他年衡岳寺，为我一相寻。

岁暮江寺住

山依枯槁容，何处见年终。风雪军城外，蒹葭古寺中。孤村谁认磬，极浦夜鸣鸿。坐忆匡庐隐，泉声滴半空。

新　燕

栖托近佳人，应怜巧语新。风光华屋暖，弦管牡丹晨。远采江泥腻，双飞麦雨匀。差池自有便，敢触杏梁尘。

喻　吟

日用是何专，吟疲即坐禅。此生还可喜，馀事不相便。头白无邪里，魂清有象先。江花与芳草，莫染我情田。

过湘江唐弘书斋

四邻无俗迹，终日大开门。水晚来边雁，林秋下楚猿。一家随难在，双眼向书昏。沈近骚人庙，吟应见古魂。

读贾岛集

遗篇三百首，首首是遗冤。知到千年外，更逢何者论。离秦空得罪，入蜀但听猿。还似长沙祖，唯馀赋鹏言。

寄山中诸友

自归城里寺，长忆宿山门。终夜冥心客，诸峰叫月猿。岚光生眼力，泉滴爽吟魂。只待游方遍，还来扫树根。

怀终南僧

扰扰一京尘，何门是了因。万重千叠嶂，一去不来人。鸟道春残雪，萝龛昼定身。寥寥石窗外，天籁动衣巾。

送二友生归宜阳

二生俱我友，清苦辈流稀。旧国居相近，孤帆秋共归。残阳沙鸟乱，疏雨岛枫飞。几宿多山处，猿啼烛影微。

怀从弟

孤窗烛影微，何事阻吟思。兄弟断消息，山川长路岐。日沉栖鹤坞，霜著叫猿枝。可想为怀抱，多愁多难时。

岳阳道中作

客思寻常动，未如今断魂。路岐经乱后，风雪少人村。大泽鸣寒雁，千峰啼昼猿。争教此时白，不上鬓须根。

赴郑谷郎中招游龙兴观读题诗〔板〕(坂)谒七真仪像因有十八韵

何处陪游胜，龙兴古观时。诗悬大雅作，殿礼七真仪。远继周南美，弥旌拱北思。雄方垂朴略，后辈仰箴规。对坐茵花暖，偕行藓阵隳。僧缘初学结，朝服久慵披。到处琴棋傍，登楼笔砚随。论禅忘视听，谭老极希夷。照日江光远，遮轩桧影欹。触鞋松子响，窥立鹤雏痴。始贵茶巡爽，终怜酒散迟。放怀还把杖，憩石或支颐。眺远凝清眄，吟高动白髭。风鹏心不小，蒿雀志徒卑。顾我专无作，于身忘有为。叨因五字解，每忝重言期。舍此应休也，何人更赏之。淹留仙境晚，回骑雪风吹。

书李秀才壁

干戈阻上日，南国寄贫居。旧里荒应尽，新年病未除。窗风连岛树，门径接邻蔬。我有闲来约，相看雪满〔株〕(殊)。

闻尚颜下世

岳僧传的信，闻在麓山亡。郡有为诗客，谁来一影堂。梦休寻灞浐，迹已绝潇湘。远忆同吟石，新秋桧柏凉。

蔷　薇

根本似玫瑰，繁英刺外开。香高丛有架，红落地多苔。去住闲人看,晴明远蝶来。牡丹先几日,销歇向尘埃。

送隆公上人

独携谭柄去,千里指人寰。未断生徒望,难教白日闲。空江横落照,大府向西山。好骋陈那孔,谁云劫石顽。

宿简寂观

万壑云霞影,千年松桧声。如何教下士,容易信长生。月共虚无白,香和沆瀣清。闲寻古廊画,记得列仙名。

遇元上人

七泽过名山,相逢黄落一作叶残。杉松开寺晚,泉月话心寒。祖遍诸方礼,经曾几处看。应怀出家院,紫阁近长安。

早梅

万木冻欲折,孤根暖独回。前村深雪里,昨夜一枝开。风递幽香去一作出,禽窥素艳来。明年如一作犹应律,先发映春台。

听泉

落石几万仞,冷一作远声飘远一作冷空。高秋初雨后,半夜乱山中。只有照壁月,更无吹叶风。几一作昔曾庐岳听,到晓与僧同。

送孙逸人归庐山

独自担琴鹤,还归瀑布东。逍遥非俗趣,杨柳谩春风。草绕村程绿,花盘石磴红。他时许相觅,五老乱云中。

听李尊师弹琴

仙子弄瑶琴，仙山松一作杉月深。此声含太古，谁听到无心。洒石霜千片，喷崖泉一作喷空瀑万寻。何人传指法，携向海中岑。

寄武陵微上人

善卷台边寺，松筠绕祖堂。秋声度风雨，晓色遍沧浪。白石同谁坐，清吟过我狂。近闻为古律，雅道更重光。

匡山寓居栖公

外物尽已外，闲游且自由。好山逢过夏，无事住经秋。树影残阳寺，茶香古石楼。何时定休讲，归漱虎溪流。

湘西道林寺陶太尉井

太尉遗孤井，寒澄七百年。未闻陵谷变，终与姓名传。影浸无风树，光含有月天。林僧晓来此，满汲洒金田。

寄松江陆龟蒙处士

万卷功何用，徒称处士休。闲欹太湖石，醉听洞庭秋。道在谁开口，诗成自点头。中间欲相访，寻便阻戈矛。

闭　门

外事休关念，灰心独闭门。无人来问我，白日又黄昏。灯集飞蛾影，窗销迸雪痕。中心自明了，一句祖师言。

看　水

范蠡东浮阔，灵均北泛长。谁知远烟浪，别有好思量。故国门前急，天涯照一作棹里忙。难收上楼兴，渺漫正斜阳。

寄栖白上人

万国争名地，吾师独此闲。题诗招上相，看雪下南山。内殿承恩久，中条进表还。常因秋贡客，少得掩禅关。

自　题

禅外求诗妙，年来鬓已秋。未尝将一字，容易谒诸侯。挂梦山皆远，题名石尽幽。敢言梁太子，傍采碧云流。

孙支使来借诗集因有谢

冥搜从少小，随分得淳元。闻说吟僧口，多传过蜀门。相寻江岛上，共看夏云根。坐落迟迟日，新题互把论。

夏日言怀

苦被流年迫，衰羸老病情。得归青嶂死，便共白云生。树枿烧炉响，崖棱蹑屐声。此心人信否，魂梦自分明。

早秋寄友生

雨多残暑歇，蝉急暮风清。谁有闲心去，江边看水行。河遥红蓼簇，野阔白烟平。试折秋莲叶，题诗寄竺卿。

送王秀才往松滋夏课

松滋闻古县,明府是诗家。静理馀无事,〔欹〕(歌)眠尽落花。江光摇夕照,柳影带残霞。君去应相与,乘船泛月华。

喜誓公自武陵至

已尽沧浪兴,还思相楚行。鬓全无旧黑,诗别有新清。暂憩临寒水,时来扣静荆。囊中有灵药,终不献公卿。

假　山 并序

假山者,盖怀匡庐有作也。往岁尝居东郭,因梦觉,遂图于壁,迨于十秋。而攒青叠碧于寤寐间,宛若扪萝挽树而升彼绝顶。今所作仿像一面,故不尽万壑千岩、神仙鬼怪之宅。聊得解怀,既而功就。乃激幽抱,而作是诗,终于一百八十言尔。

匡庐久别离,积翠杳天涯。静室曾图峭,幽亭复创奇。典衣酬土价,择日运工时。信手成重叠,随心作蔽亏。根盘惊院窄,顶耸讶檐卑。镇地那言重,当轩未厌危。巨灵何忍擘,秦政肯轻移。晚觉莎烟触,寒闻竹籁吹。蓝灰澄古色,泥水合凝滋。引看僧来数,牵吟客散迟。九华浑仿佛,五老颇参差。蛛网藤萝挂,春霖瀑布垂。加添双石笋,映带小莲池。旧说雷居士,曾闻远大师。红霞中结社,白壁上题诗。顾此诚徒尔,劳心是妄为。经营惭培塿,赏玩愧童儿。会入千峰去,闲踪任属谁。

谢西川可准上人远寄诗集

匡社经行外,沃洲禅宴馀。吾师还继此,后辈复何如。江上传风雅,静中时卷舒。堪随乐天集,共伴白芙蕖。

秋　空

已觉秋空极,更堪寥泬青。只应容好月,争合有妖星。耿耿高河截,翛翛一雁经。曾于洞庭宿,上下彻心灵。

与聂尊师话道

伯阳遗妙旨,杳杳与冥冥。说即非难说,行还不易行。药中迷九转,心外觅长生。毕竟荒原上,一盘蒿陇平。

送相里秀才自京至却回

夷门诗客至,楚寺闭萧骚。老病语言涩,少年风韵高。难于寻阆岛,险甚涉云涛。珍重西归去,无忘役思劳。

谢人寄南榴卓子

幸附全材长,良工劚器殊。千林文柏有,一尺锦榴无。品格宜仙果,精光称玉壶。怜君远相寄,多愧野蔬粗。

寄旧居邻友

别后知何趣,搜奇少客同。几层山影下,万树雪声中。晚鼎烹茶绿,晨厨爨粟红。何时携卷出,世代有名公。

送朱秀才归闽

荆门来几日,欲往又囊空。远客归南越,单衣背北风。近乡微有雪,到海渐无鸿。努力成诗业,无谋谒至公。

龙潭作

乍临毛发竖,双壁夹湍流。白日鸟影过,青苔龙气浮。蔽空云出石,应祷雨翻湫。四面耕桑者,先闻贺有秋。

依韵酬谢尊师见赠二首 师欲调举

南国搜奇久,偏伤杜甫坟。重来经汉浦,又去入嵩云。旧别人稀见,新朝事渐闻。莫将高尚迹,闲处傲明君。

岳顶休高卧,荆门访掩扉。新诗遗我别,旧约与谁归。贤路曾无滞,良时肯自违。明年窥日窟,仙桂露霏微。

送冰禅再往湖中

行心宁肯住,南去与谁群。碧落高空处,清秋一片云。穿林瓶影灭,背雨锡声分。应笑游方久,龙钟楚水濆。

喜表公往楚王城

已闻人舍地,结构旧基平。一面湖光白,邻家竹影清。应难寻辇道,空说是王城。谁信兴亡迹,今来有磬声。

春雪初晴喜友生至

数日不见日,飘飘势忽开。虽无忙事出,还有故人来。已尽南檐滴,仍残北牖堆。明朝望平远,相约在春台。

残春连雨中偶作怀故人

南邻阻杖藜,屐齿绕床泥。漠漠门长掩,迟迟日又西。不知何兴味,更有好诗题。还忆东林否,行苔傍虎溪。

送崔判官赴归倅

白首从颜巷，青袍去佐官。只应微俸禄，聊补旧饥寒。地说丘墟甚，民闻旱歉残。春风吹绮席，宾主醉相欢。

寒食日怀寄友人

万井追寒食，闲扉独不开。梨花应折尽，柳絮自飞来。梦觉怀仙岛，吟行绕砌苔。浮生已悟了，时节任相催。

怀巴陵旧游

洞庭云梦秋，空碧共悠悠。孟子狂题后，何人更倚楼。日西来远棹，风外见平流。终欲重寻去，僧窗古岸头。

招乾昼上人宿话

连夜因风雪，相留在寂寥。禅心谁指示，诗卷自焚烧。语默邻寒漏，窗扉向早朝。天台若长往，还渡海门潮。

荆门秋日寄友人

青溪知不远，白首要难归。空想烟云里，春风鸾鹤飞。谁论传法偈，自补坐禅衣。未谢侯门去，寻常即掩扉。

哭郑谷郎中

朝衣闲典尽，酒病觉难医。下世无遗恨，传家有大诗。新坟青嶂叠，寒食白云垂。长忆招吟夜，前年风雪时。

全唐诗卷八四四

齐 己

题东林十八贤真堂

白藕花前旧影堂，刘雷风骨画龙章。共轻天子诸侯贵，同爱吾师一法长。陶令醉多招不得，谢公心乱入无方。何人到此思高躅，岚点苔痕满粉墙。谢灵运欲入社，远大师以其心乱，不纳。

题南岳般若寺

诸峰翠少中峰翠，五寺名高此寺名。石路险盘岚霭滑，僧窗高倚泬寥明。凌空殿阁由天设，遍地杉松是自生。更有上方难上处，紫苔红藓绕峥嵘。

寄庐岳僧

一闻飞锡别区中，深入西南瀑布峰。天际雪埋千片石，洞门一作前冰折几株松。烟霞明媚栖心地，苔藓萦纡出世踪。莫问江边旧居寺，火烧兵劫断秋钟。

游谷山寺

城里寻常见碧棱，水边朝暮送归僧。数峰云脚垂平地，一径松声彻上层。寒涧不生浮世物，阴崖犹积去年冰。此身有底难抛事，时复携筇信步登。

楚寺寒夜作

寒炉局促坐成劳，暗淡灯光照二毛。水寺闲来僧寂寂，雪风吹去雁嗷嗷。江山积叠归程远，魂梦穿沿过处高。毕竟忘言是吾道，袈裟不称揖萧曹。

送泰禅师归南岳

石龛闲锁白猿边，归去程途一作途程半在船。林簇晓霜离水寺，路穿新烧入山泉。已寻岚壁临空尽，却看星辰向地悬。有兴寄题红叶上，不妨收拾别为编。

山中寄凝密大师兄弟

一炉薪尽室空然，万象何妨在眼前。时有兴来还觅句，已无心去即安禅。山门影落秋风树，水国光凝夕照天。借问荀家兄弟内，八龙头角让谁先。

海棠花

繁于桃李盛于梅，寒食旬前社后开。半月暄和留艳态，两时风雨免伤摧。人怜格异诗重赋，蝶恋香多夜更来。犹得残红向春暮，牡丹相继发池台。

题赠湘西龙安寺利禅师

头白已无行脚念，自开荒寺住烟萝。门前路到潇湘尽，石上云归岳麓多。南祖衣盂曾礼谒，东林泉月旧经过。闲来松外看城郭，一片红尘隔逝波。

寄文浩百法 间欲拥毳参禅

当时六祖在黄梅，五百人中眼独开。入室偈闻传绝唱，升堂客谩恃多才。铁牛无用成真角，石女能生是圣胎。闻说欲抛经论去，莫教惆怅却空回。

谢人寄新诗集

所闻新事即戈矛，欲去终疑是暗投。远客寄言还有在，此门将谓总无休。千篇著述诚难得，一字知音不易求。时入思量向何处，月圆孤凭水边楼。

谢元愿上人远寄檀溪集

白首萧条居汉浦，清吟编集号檀溪。有人收拾应如玉，无主知音只似泥。入理半同黄叶句，遣怀多拟碧云题。犹能为我相思在，千里封来梦泽西。

寄道林寺诸友

吟兴终依异境长，旧游时入静思量。江声里过东西寺，树影中行上下方。春色湿僧巾屦腻，松花沾鹤骨毛香。老来何计重归去，千里重湖浪渺茫。

赠智满三藏

灌顶清凉一滴通，大毗卢藏遍虚空。欲飞薝卜花无尽，须待陀罗尼有功。金杵力摧魔界黑，水精光透夜灯红。可堪东献明天子，命服新酬赞国风。

谢王先辈湘中回惠示卷轴

少小即怀风雅情，独能遗象琢淳精。不教霜雪侵玄鬓，便向云霄换好名。携去湘江闻鼓瑟，袖来缑岭伴吹笙。多君百首贻衰飒，留把吟行访竺卿。

荆渚寄怀西蜀无染大师兄

大沩心付白崖前，宝月分辉照蜀天。圣主降情延北内，诸侯稽首问南禅。清秋不动骊龙海，红日无私罔象川。欲听吾宗旧山说，地边身老楚江边。

谢武陵徐巡官远寄五七字诗集

五字才将七字争，为君聊敢试悬衡。鼎湖菡萏摇金影，蓬岛鸾凰舞翠声。还是灵龟巢得稳，要须仙子驾方行。两边珍重遥相惠，何夕灯前尽此情。

重宿旧房与愚上人静话

曾此栖心过十冬，今来潇洒属生公。檀栾旧植青添翠，菡萏新栽白换红。北面城临灯影合，西邻壁近讲声通。不知门下趋筵士，何似当时石解空。

谢南平王赐山鸡

五色文章类彩鸾，楚人罗得半摧残。金笼莫恨伤冠帻，玉粒颁惭剪羽翰。孤立影危丹槛里，双栖伴在白云端。上台爱育通幽细，却放溪山去不难。

荆门病中雨后书怀寄幕中知己

病根翻作忆山劳,一雨聊堪浣郁陶。心白未能忘水月,眼青独得见秋毫。蝉声晚簇枝枝急,云影晴分片片高。还忆赤松兄弟否,别来应见鹤衣毛。

宿江寺

岛僧留宿慰衰颜,旧住何妨老未还。身共锡声离鸟外,迹同云影过人间。曾无梦入朝天路,忆有诗题隔海山。珍重来晨渡江去,九华青里扣松关。

谢贯微上人寄示古风今体四轴

四轴骚词书八行,捧吟肌骨遍清凉。谩求龙树能医眼,休问图澄学洗肠。今体尽搜初剖判,古风淳凿未玄黄。不知谁肯降文阵,暗点旌旗敌子房。

荆州贯休大师旧房

疏篁抽笋柳垂阴,旧是休公种境一作此吟。入贡文儒来请益,出官卿相驻过寻。右军书画神传髓,康乐文章梦授心。销得青城千嶂下,白莲标塔帝恩深。

寄谷山长老

游遍名山祖遍寻,却来尘世浑光阴。肯将的的吾师意,拟付茫茫弟子心。岂有虚空遮道眼,不妨文字问知音。沧浪万顷三更月,天上何如水底深。

寄黄晖处士

蒙氏艺传黄氏子，独闻相继得名高。锋铓妙夺金鸡距，纤利精分玉兔毫。濡染只应亲赋咏，风流不称近方刀。何妨寄我临池兴，忍使江淹役梦劳。

荆门勉怀寄道林寺诸友

荣枯得失理昭然，谁敩离骚更问天。生下便知真梦幻，老来何必叹流年。清风不变诗应在，明月无踪道可传。珍重匡庐沃洲主，拂衣抛却好林泉。

答崔校书

雪色衫衣绝点尘，明知富贵是浮云。不随喧滑迷真性，何用潺湲洗污闻。北阙会抛红驳 骍，东林社忆白氛氲。清吟有兴频相示，欲得多惭蠹蚀文。

乞樱桃

去年曾赋此花诗，几听南园烂熟时。嚼破红香堪换骨，摘残丹颗欲烧枝。流莺偷啄心应醉，行客潜窥眼亦痴。闻说张筵就珠树，任从攀折半离披。

寄南雅上人

曾得音书慰暮年，相思多故信难传。清吟何处题红叶，旧社空怀堕白莲。山水本同真趣向，侯门刚有薄因缘。他时不得君招隐，会逐南归楚客船。

寄欧阳侍郎 时在嘉州馈遗

又闻繁总在嘉州,职重身闲倚寺楼。大象影和山面落,两江声合郡前流。棋轻国手知难敌,诗是天才肯易酬。毕竟男儿自高达,从来心不是悠悠。

与崔校书静话言怀

同年生在咸通里,事佛为儒趣尽高。我性已甘披祖衲,君心犹待脱蓝袍。霜髭晓几临铜镜,雪鬓寒疏落剃刀。出世朝天俱未得,不妨还往有风骚。

谢人惠拄杖

邛州灵境产修篁,九节材应表九阳。造化已能分尺度,保持争合与寻常。幽林剪破清秋影,高手携来绿玉光。深谢鲁儒怜潦倒,欲教撑拄绕禅床。

谢秦府推官寄丹台集

秦王手笔序丹台,不错褒扬最上才。凤阙几传为匠硕,龙门曾用振风雷。钱郎未竭精华去,元白终存作者来。两轴蚌胎骊颔耀,枉临禅室伴寒灰。

题画鹭鸶兼简孙郎中

曾向沧江看不真,却因图画见精神。何妨金粉资高格,不用丹青点此身。蒲叶岸长堪映带,荻花丛晚好相亲。思量画得胜笼得,野性由来不恋人。

贺行军太傅得白氏东林集

乐天歌咏有遗编，留在东林伴白莲。百尺典坟随丧乱，一家风雅独完全。常闻荆渚通侯论，果遂吴都使者传。仰贺斯文归朗鉴，永资声政入薰弦。

韶阳微公

曲江晴影石千株，吾子思归梦断初。有信北来山叠叠，无言南去雨疏疏。祖师门接园林路，丞相家同井邑居。闲野老身留得否，相招多是秀才书。

将之匡岳过寻阳

帆过寻阳晚霁开，西风北雁似相催。大都浪后青堆没，五老云中翠叠来。此路便堪归水石，何门更合向尘埃。远公林下莲池畔，个个高人尽有才。

寄湘幕王重书记

抛掷溆江旧钓矶，日参筹画废吟诗。可能有事关心后，得似无人识面时。官好近闻加茜服，药灵曾说换霜髭。高才直气平生志，除却徒知即不知。

宿沈彬进士书院

相期只为话篇章，踏雪曾来宿此房。喧滑尽消城漏滴，窗扉初掩岳茶香。旧山春暖生薇蕨，大国尘昏惧杀伤。应有太平时节在，寒宵未卧共思量。

静　院

花院相重点破苔，谁心肯此话心灰。好风时傍疏篁起，幽鸟晚从何处来。笔砚兴狂师沈谢，香灯魂断忆宗雷。浮生已问空王了，箭急光阴一任催。

送白处士游峨嵋

闲身谁道是羁游，西指峨嵋碧顶头。琴鹤几程随客棹，风霜何处宿龙湫。寻僧石磴临天井，劚药秋崖倒瀑流。莫为寰瀛多事在，客星相逐不回休。

寄顾蟾处士 好于山水

久闻为客过苍梧，休说携家归镜湖。山水颠狂应尽在，〔鬓〕(须)毛凋落免贫无。和僧抢入云中峭，带鹤驱成涧底孤。春醉醒来有馀兴，因人乞与武陵图。

怀金陵知旧

海门相别住荆门，六度秋光两鬓根。万象倒心难盖口，一生无事可伤魂。石头城外青山叠，北固窗前白浪翻。尽是共游题版处，有谁惆怅拂苔痕。

喜得自牧上人书

吴都使者泛惊涛，灵一传书慰毳袍。别兴偶随云水远，知音本自国风高。身依闲淡中销日，发向清凉处落刀。闻著括囊新集了，拟教谁与序离骚。

惊　秋

晓窗惊觉向秋风，万里心凝淡荡中。池影碎翻红菡萏，井声干落绿梧桐。破除闲事浑归道，销耗劳生旋逐空。妖杀九原狐兔意，岂知丘陇是英雄。

闻沈彬赴吴都请辟

长讶高眠得稳无，果随征辟起江湖。鸳鸯已列樽罍贵，鸥鹤休怀钓渚孤。白日不妨扶汉祚，清才何让赋吴都。可能更忆相寻夜，雪满诸峰火一炉。

寄江夏仁公

寺阁高连黄鹤楼，檐前槛底大江流。几因秋霁澄空外，独为诗情到上头。白日有馀闲送客，紫衣何啻贵封侯。别来多少新吟也，不寄南宗老比丘。

中春林下偶作

净境无人可共携，闲眠未起日光低。浮生莫把还丹续，万事须将至理齐。花在月明蝴蝶梦，雨馀山绿杜鹃啼。何能向外求攀折，岩桂枝条拂石梯。

送刘秀才归桑水宁觐

归和初喜戢戈矛，乍捧乡书感去留。雁序分飞离汉口，鸰原骞翥在鳌头。家邻紫塞仍千里，路过黄河更几州。应到高堂问安后，却携文入帝京游。

寄曹松

旧制新题削复刊，工夫过甚琢琅玕。药中求见黄芽易，诗里思闻白雪难。扣寂颇同心在定，凿空何止发冲冠。夜来月苦怀高论，数树霜边独傍栏。

酬蜀国欧阳学士

因缘刘表驻经行，又听西风堕叶声。鹤发不堪言此世，峨嵋空约在他生。已从禅祖参真性，敢向诗家认好名。深愧故人怜潦倒，每传仙语下南荆。

寄荆幕孙郎中

珠履风流忆富春，三千鹓鹭让精神。诗工凿破清求妙，道论研通白见真。四座共推操檄健，一家谁信买书贫。别来乡国魂应断，剑阁东西尽战尘。

谢王詹事垂访

鸟外孤峰未得归，人间触类是无机。方悲鹿轸栖江寺，忽讶轺车降竹扉。王泽乍闻谭涣汗，国风那得话玄微。应惊老病炎天里，枯骨肩横一衲衣。

题南平后园牡丹

暖披烟艳照西园，翠幄朱栏护列仙。玉帐笙歌留尽日，瑶台伴侣待归天。香多觉受风光剩，红重知含雨露偏。上客分明记开处，明年开更胜今年。

和李书记

繁极全分青帝功，开时独占上春风。吴姬舞雪非真艳，汉后题诗是怨红。远蝶恋香抛别苑，野莺衔得出深宫。君看万态当筵处，羞杀蔷薇点碎丛。

谢孙郎中寄示

一念禅馀味国风，早因持论偶名公。久伤琴丧人亡后，忽有云和雪唱同。绳琢静闻罥象外，是非闲见寂寥中。时来日往缘真趣，不觉秋江度塞鸿。

爱吟

正堪凝思掩禅扃，又被诗魔恼竺卿。偶凭窗扉从落照，不眠风雪到残更。皎然未必迷前习，支遁宁非悟后生。传写会逢精鉴者，也应知是咏闲情。

寄怀东林寺匡白监寺

南岳别来无约后，东林归住有前缘。闲搜好句题红叶，静敛霜眉对白莲。雁塔影分疏桧月，虎溪声合几峰泉。修心若似伊耶舍，传记须添十九贤。

谢人惠十色花笺并棋子

陵州棋子浣花笺，深愧携来自锦川。海蚌琢成星落落，吴绫隐出雁翩翩。留防桂苑题诗客，惜寄桃源敌手仙。捧受不堪思出处，七千馀里剑门前。

夏日寓居寄友人

北游兵阻复南还，因寄荆州病掩关。日月坐销江上寺，清凉魂断剡中山。披缁影迹堪藏拙，出世身心合向闲。多谢扶风大君子，相思时到寂寥间。

中秋十四日夜对月上南平主人

今宵前夕皆堪玩，何必圆时始竭才。空说轮中有天子，不知何处是楼台。终忧明夜云遮却，且扫闲居坐看来。玉兔银蟾似多意，乍临棠树影裴回。

谢人惠十才子图

丹青妙写十才人，玉峭冰棱姑射神。醉舞离披真鸑鷟，狂吟崩倒瑞麒麟。翻腾造化山曾竭，采掇珠玑海几贫。犹得知音与图画，草堂闲挂似相亲。

荆门病中寄怀乡人欧阳侍郎彬

谁会荆州一老夫，梦劳神役忆匡庐。碧云雁影纷纷去，黄叶蟾声渐渐无。口淡莫分餐气味，身羸但觉病肌肤。可怜馔玉烧兰者，肯慰寒偎雪夜炉。

送谭三藏入京

阿阇梨与佛身同，灌顶难施利济功。持咒力须资运祚，度人心要似虚空。东周路踏红尘里，北极门瞻紫气中。好进梵文沾帝泽，却归天策继真风。三藏住楚国天策寺。

寄酬秦府高推官辇

天台衡岳旧曾寻，闲忆留题白石林。岁月已残衰飒鬓，风骚犹壮寂寥心。缑山碧树遮藏密，丹穴红霞掩映深。争得相逢一携手，拂衣同去听玄音。

叙怀寄高推官

搜新编旧与谁评，自向无声认有声。已觉爱来多废道，可堪传去更沽名。风松韵里忘形坐，霜月光中共影行。还胜御沟寒夜水，狂吟冲尹甚伤情。

送朱侍御自洛阳归阆州宁觐

寻常西望故园时，几处魂随落照飞。客路旧萦秦甸出，乡程今绕汉阳归。已过巫峡沉青霭，忽认峨嵋在翠微。从此倚门休望断，交亲喜换老莱衣。

贻惠暹上人

经论功馀更业诗，又于难里纵天机。吴朝客见投文去，楚国僧迎著紫归。已得声名先振俗，不妨风雪更探微。金陵高忆恩门在，终挂云帆重一飞。

酬西蜀广济大师见寄

犹得吾师继颂声，百篇相爱寄南荆。卷开锦水霞光烂，吟入峨嵋雪气清。楚外已甘推绝唱，蜀中谁敢共悬衡。应怜无可同无本，终向风骚作弟兄。

江寺春残寄幕中知己二首

谁遣西来负岳云，自由归去竟何因。山龛薜荔应残雪，江寺玫瑰又度春。早岁便师无学士，临年却作有为人。何妨夜醮时相忆，伴醉伴狂笑老身。

社莲惭与幕莲同，岳寺萧条俭府雄。冷淡独开香火里，殷妍行列绮罗中。秋加玉露何伤白，夜醉金缸不那红。闲忆遗民此心地，一般无染喻真空。

寄玉泉实仁上人

往岁曾寻圣迹时，树边三绕礼吾师。敢望护法将军记，且喜焚香弟子知。后会未期心的的，前峰欲下步迟迟。今来老劣难行甚，空寂无缘但寄诗。

荆渚感怀寄僧达禅弟三首

电击流年七十三，齿衰气沮竟何堪。谁云有句传天下，自愧无心寄岭南。晓漱气嫌通市井，晚烹香忆落云潭。邻峰道者应弹指，薜剥藤缠旧石龛。

十五年前会虎溪，白莲斋后便来西。干戈时变信虽绝，吴楚路长魂不迷。黄叶喻曾同我悟，碧云情近与谁携。春残相忆荆江岸，一只杜鹃头上啼。

鹤岭僧来细话君，依前高尚迹难群。自抛南岳三生石，长傍西山数片云。丹访葛洪无旧灶，诗寻灵观有遗文。莫将离别为相隔，心似虚空几处分。

寄孙鲂秀才

郡楼东面寺墙西，颜子生涯竹屋低。书案飞飏风落絮，地苔狼藉燕衔泥。吟窗晚凭春篁密，行径斜穿夏莱齐。别后相思频梦到，二年同此赋闲题。

送李评事往宜春

兰舟西去是通津，名郡贤侯下礼频。山遍寺楼看仰岫，台连城阁上宜春。鸿心夜过乡心乱，雪韵朝飞句韵新。别有官荣身外趣，月江松径访禅人。

中春感兴

春风日日雨时时，寒力潜从暖势衰。一气不言含有象，万灵何处谢无私。诗通物理行堪掇，道合天机坐可窥。应是正人持造化，尽驱幽细入垆锤。

早莺

何处一作事经年閟一作绝好音，暖风催出啭乔林。羽毛新刷陶潜菊，喉舌初调叔夜琴。藏一作怕雨并栖红杏密，避人双入绿杨深。晓来枝上千般语，应一作似共桃花说一作诉旧心。

酬尚颜上人

紫绶苍髭百岁侵，绿苔芳草绕阶深。不妨好鸟喧高卧，切忌闲人聒正吟。鲁鼎寂寥休辨口，劫灰销变莫宣心。还怜我有冥搜癖，时把新诗过竹寻。

寄倪署郎中

风雨冥冥春暗移，红残绿满海棠枝。帝乡久别江乡住，椿笋何如樱笋时。海内擅名君作赋，林间外学我为诗。近闻南国升南省，应笑无机老病师。

题郑郎中谷仰山居

檐壁层层映水天，半乘冈垄半民田。王维爱甚难抛画，支遁怜多不惜钱。巨石尽含金玉气，乱峰深锁栋梁烟。秦争汉夺虚劳力，却是巢由得稳眠。

全唐诗卷八四五

齐　己

湘中寓居春日感怀

江禽野兽两堪伤，避射惊弹各自忙。头角任多无獬豸，羽毛虽众让鸳鸯。落苔红小樱桃熟，侵井青纤燕麦长。吟把离骚忆前事，汨罗春浪撼残阳。

潇　湘

寒清健碧远相含，珠媚根源在极南。流古递今空作岛，逗山冲壁自为潭。迁来贾谊愁无限，谪过灵均恨不堪。毕竟输他老渔叟，绿蓑青竹钓浓蓝。

寄友生

风骚情味近如何，门底寒流屋里莎。曾摘园蔬留我宿，共吟江月看鸿过。时危苦恨无收拾，道妙深夸有琢磨。凉夜歃眠应得梦，平生心肺似君多。

酬答退上人

须鬓三分白二分，一生踪迹出人群。嵩丘梦忆诸峰雪，衡岳禅依五寺云。青衲几临高瀑濯，苦吟曾许断猿闻。荒村残腊相逢夜，月满鸿多楚水濆。

山中春怀

心魂役役不曾归，万象相牵向极微。所得或忧逢郢刃，凡言皆欲夺天机。游深晚谷香充鼻，坐苦春松粉满衣。何物不为狼藉境，桃花和雨更霏霏。

寄郑谷郎中

上国谁传消息过，醉眠醒坐对嵯峨。身离道士衣裳少，笔答禅师句偈多。南岸郡钟凉度枕，西斋竹露冷沾莎。还应笑我降心外，惹得诗魔助佛魔。

寄萍乡唐禀正字

新书声价满皇都，高卧林中更起无。春兴酒香薰肺腑，夜吟云气湿髭须。同登水阁僧皆别，共上渔船鹤亦孤。长忆前年送行处，洞门残日照菖蒲。

秋夕书怀

凉多夜永拥山袍，片石闲欹不觉劳。蟋蟀绕床无梦寐，梧桐满地有萧骚。平生乐道心常切，五字逢人价合高。破落西窗向残月，露声如雨滴蓬蒿。

乱后经西山寺

松烧寺破是刀兵，谷变陵迁事可惊。云里乍逢新住主，石边重认旧题名。闲临菡萏荒池坐，乱踏鸳鸯破瓦行。欲伴高僧重结社，此身无计舍前程。

题梁贤巽公房

吴王庙侧有高房，帘影南轩日正长。吹苑野风桃叶碧，压畦春露菜花黄。悬灯向后惟冥默，凭案前头即渺茫。知有虎溪归梦切，寺门松折社僧亡。

塘上闲作

闲行闲坐藉莎烟，此兴堪思二古贤。陶靖节居彭泽畔，贺知章在镜池边。鸳鸯著对能飞绣，菡萏成群不语仙。形影腾腾夕阳里，数峰危翠滴渔船。

江上望远山寄郑谷郎中 公时退居仰山

危碧层层映水天，半垂冈陇下民田。王维爱甚难抛画，支遁高多不惜钱。巨石尽含金玉气，乱峰闲锁栋梁烟。秦争汉夺空劳力，却是巢由得稳眠。

送人自蜀回南游

锦水东浮情尚郁，湘波南泛思何长。蜀魂巴狖悲残夜，越鸟燕鸿叫夕阳。烟月几般为客路，林泉四绝是吾乡。寻幽必有僧相指，宋杜题诗近旧房。

寄无愿上人 末句缺二字

六十八去七十岁，与师年鬓不争多。谁言生死无消处，还有修行那得何。开士安能穷好恶，故人堪忆旧经过。会归原上焚身后，一阵灰飞也〔任他〕。

怀潇湘即事寄友人

浸野淫空澹荡和，十年邻住听渔歌。城临远棹浮烟泊，寺近闲人泛月过。岸引绿芜春雨细，汀连斑竹晚风多。可怜千古怀沙处，还有鱼龙弄白波。

谢橘洲人寄橘

洞庭栽种似潇湘，绿绕人家带夕阳。霜裛露蒸千树熟，浪围风撼一洲香。洪崖遗后名何远，陆绩怀来事更长。藏贮待供宾客好，石榴宜称映舟光。

自　贻

心中身外更何猜，坐石看云养圣胎。名在好诗谁逐去，迹依闲处自归来。时添瀑布新瓶水，旋换旃檀旧印灰。晴出寺门惊往事，古松千尺半苍苔。

寄益上人

长想寻君道路遥，乱山霜后火新烧。近闻移住邻衡岳，几度题诗上石桥。古木传声连峭壁，一灯悬影过中宵。风骚味薄谁相爱，欹枕常多梦鲍昭。

行次宜春寄湘西诸友

幸无名利路相迷，双履寻山上柏梯。衣钵祖辞梅岭外，香灯社别橘洲西。云中石壁青〔侵〕(浸)汉，树下苔钱绿绕溪。我爱远游君爱住，此心他约与谁携。

送略禅者归南岳

林下钟残又拂衣，锡声还独向南飞。千峰〔冷〕(令)截冥鸿处，一径险通禅客归。青石上行苔片片，古杉边宿雨霏霏。劳生有愿应回首，忍著无心与物违。

咏怀寄知己

已得浮生到老闲，且将新句拟玄关。自知清兴来无尽，谁道淳风去不还。三百正声传世后，五千真理在人间。此心终待相逢说，时复登楼看暮山。

寄吴拾遗

新竹将谁榷重轻，皎然评里见权衡。非无苦到难搜处，合有清垂不朽名。疏雨晚冲莲叶响，乱蝉凉抱桧梢鸣。野桥闲背残阳立，翻忆苏卿送子卿。

春晴感兴

连旬阴翳晓来晴，水满圆塘照日明。岸草短长边过客，江花红白里啼莺。野无征战时堪望，山有楼台暖好行。桑柘依依禾黍绿，可怜归去是张衡。

谢道友拄杖

翦自南岩瀑布边，寒光七尺乳珠连。持来未入尘埃路，乞与应怜老病年。欹影夜归青石涧，卓痕秋过绿苔钱。他时携上嵩峰顶，把倚长松看洛川。

东林寄别修睦上人

行心乞得见秋风，双履难留去住踪。红叶正多离社客，白云无限向嵩峰。囊中自欠诗千首，身外谁知事几重。此别不能为后约，年华相似逼衰容。

夏日原西避暑寄吟友

热烟疏竹古原西，日日乘凉此杖藜。闲处雨声随霹雳，旱田人望隔虹霓。蝉依独树干吟苦，鸟忆平川濊过齐。别有相招好泉石，瑞花瑶草尽堪携。

怀匡阜

荆州连岁滞游方，拄杖尘封六尺光。洗面有香思石溜，冥心无挠忆山床。闲机但愧时机速，静论须惭世论长。昨夜分明梦归去，薜萝幽径绕禅房。

静坐

绳床欹坐任崩颓，双眼醒醒闭复开。日月更无闲里过，风骚时有静中来。天真自得生难舍，世幻谁惊死不回。何处堪投此踪迹，水边晴去上高台。

寄湘中诸友

碧云诸友尽黄眸，石点花飞更说无。岚翠湿衣松接院，芙蓉薰面寺临湖。沃洲高卧心何僻，匡社长禅兴亦孤。争似楚王文物国，金镳紫绶让前途。

答无愿上人书

郑生驱蹇岘山回，传得安公好信来。千里阻修俱老骨，八行重叠慰寒灰。春残桃李犹开户，雪满松杉始上台。必有南游山水兴，汉江平稳好浮杯。

送胤公归阙

西朝归去见高情，应恋香灯近圣明。关令莫疑非马辩，道安还跨赤驴行。充斋野店蔬无味，洒笠平原雪有声。忍惜文章便闲得，看他趋竞取时名。

感　时

忽忽枕前蝴蝶梦，悠悠觉后利名尘。无穷今日明朝事，有限生来死去人。终与狐狸为窟穴，谩师龟鹤养精神。可怜颜子能消息，虚室坐忘心最真。

湖上逸人

澹荡光中翡翠飞，田田初出柳丝丝。吟沿绿岛时逢鹤，醉泛清波或见龟。七泽钓师应识我，中原逐鹿不知谁。秋风水寺僧相近，一径芦花到竹篱。

怀巴陵

垂白堪思大乱前，薄游曾驻洞庭边。寻僧古寺沿沙岸，倚杖残阳落水天。兰蕊蔫菸骚客庙，烟波晴阔钓师船。此时欲买君山住，懒就商人乞个钱。

渚宫谢杨秀才自嵩山相访

嵩峰有客远相寻，尘满麻衣袖苦吟。花尽草长方闭户，道孤身老正伤心。红堆落日云千仞，碧撼凉风竹一林。惆怅雅声消歇去，喜君聊此暂披襟。

荆门寄沈彬

罢趋明圣懒从知，鹤氅褵褷遂性披。道有静君堪托迹，诗无贤子拟传谁。松声白日边行止，日影红霞里梦思。珍重两篇千里达，去年江上雪飞时。

读阴符经

绕窗风竹骨轻安，闲借阴符仰卧看。绝利一源真有谓，空劳万卷是无端。清虚可保升云易，嗜欲终知入圣难。三要洞开何用闭，高台时去凭栏干。

寄吴国知旧

淮甸当年忆旅游，衲衣棕笠外何求。城中古巷寻诗客，桥上残阳背酒楼。晴色水云天合影，晚声名利市争头。可怜王化融融里，惆怅无僧似惠休。

移　居

上台言任养疏愚，乞与西城水满湖。吹榻好风终日有，趁凉闲客片时无。檀栾翠拥清蝉在，菡萏红残白鸟孤。欲问存思搜抉妙，几联诗许敌三都。

喜彬上人见访

高吟欲继沃州师，千里相寻问课虚。残腊江山行尽处，满衣风雪到闲居。携来律韵清何甚，趣入幽微旨不疏。莫惜天机细捶琢，他时终可拟芙蕖。

荆州新秋寺居写怀诗五首上南平王

竹如翡翠侵帘影，苔学琉璃布地纹。高卧更无如此乐，远游何必爱他云。闲听谢朓吟为政，静看萧何坐致君。只恐老身衰朽速，他年不得颂鸿勋。

井梧黄落暮蝉清，久驻金台但暗惊。事佛未怜诸弟子，谈空争动上公卿。合归鸟外藏幽迹，敢向人前认好名。满印白檀灯一盏，可能酬谢得聪明。

金汤里面境何求，宝殿东边院最幽。栽种已添新竹影，画图兼列远山秋。形容岂合亲公子，章句争堪狎士流。虚负岷峨老僧约，年年雪水下汀洲。

汉江西岸蜀江东，六稔安禅教化中。托迹幸将王粲别，归心宁与子山同。尊罍岂识曹参酒，宾客还亲宋玉风。又见去年三五夕，一轮寒魄破烟空。

石龛闲锁旧居峰，何事膺门岁月重。五七诗中叨见遇，三千客外许疏慵。迎凉蟋蟀喧闲思，积雨莓苔没屐踪。会待英雄启金口，却教担锡入云松。

送李秀才归湘中

词客携文访病夫，因吟送别忆湘湖。寒消浦溆催鸿雁，暖入溪山养鹧鸪。僧向月中寻岳麓，云从城上去苍梧。君归为问峰前寺，旧住僧房锁在无。

寄吴国西供奉

别来相忆梦多迷，君住东朝我楚西。瑶阙合陪龙象位，春山休记鹧鸪啼。承恩位与千官别，应制才将十子齐。几笑远公慵送客，殷勤只到寺前溪。

谢人惠端溪砚

端人凿断碧溪浔，善价争教惜万金。砻琢已曾经敏手，研磨终见透坚心。安排得主难移动，含贮随时任浅深。保重更求装钿匣，闲将濡染寄知音。

送吴先辈赴京

烟霄已遂明经第，江汉重来问苦吟。托兴偶凭风月远，忘机终在寂寥深。千篇未听常徒口，一字须防作者心。此日与君聊话别，老身难约更相寻。

和西蜀可准大师远寄之什

莫知何路去追攀，空想人间出世间。杜口已同居士室，传心休问祖师山。禅中不住方为定，说处无生始是闲。珍重希音远相寄，乱峰西望叠孱颜。

荆门暮冬与节公话别

漳河湘岸柳关头，离别相逢四十秋。我忆黄梅梦南国，君怀明主去东周。几程霜雪经残腊，何处封疆过旧游。好及春风承帝泽，莫忘衰朽卧林丘。

贺孙支使郎中迁居

别认公侯礼上才，筑金何啻旧燕台。地连东阁横头买，门对西园正面开。不隔红尘趋棨戟，只拖珠履赴尊罍。应逢明月清霜夜，闲领笙歌宴此来。

庭际新移松竹

三茎瘦竹两株松，瑟瑟翛翛韵且同。抱节乍离新涧雪，盘根远别旧林风。岁寒相倚无尘地，荫影分明有月中。更待阳和信催促，碧梢青杪看凌空。

荆门寄题禅月大师影堂

泽国闻师泥日后，蜀王全礼葬馀灰。白莲塔向清泉锁，禅月堂临锦水开。西岳千篇传古律，大师著《西岳集》三十卷，盛传于世。南宗一句印灵台。不堪只履还西去，葱岭如今无使回。

贺　雪

上清凝结下乾坤，为瑞为祥表致君。日月影从光外过，山河形向静中分。歌扬郢路谁同听，声洒梁园客共闻。堪想画堂帘卷次，轻随舞袖正纷纷。

荆州寄贯微上人

旧斋休忆对松关，各在王侯顾遇间。命服已沾天渥泽，衲衣犹拥祖斓斑。相思莫救烧心火，留滞难移压脑山。得失两途俱不是，笑他高卧碧孱颜。

送休师归长沙宁觐

高堂亲老本师存,多难长悬两处魂。已说战尘消汉口,便随征棹别荆门。晴吟野阔无耕地,晚宿湾深有钓村。他日更思衰老否,七年相伴琢诗言。

江上夏日

无处清阴似剡溪,火云奇崛倚空齐。千山冷叠湖光外,一扇凉摇楚色西。碧树影疏风易断,绿芜平远日难低。故园旧寺临湘水,斑竹烟深越鸟啼。

渚宫春日因怀有作

旧业树连湘树远,家山云与岳云平。僧来已说无耕钓,雁去那知有弟兄。客思莫牵蝴蝶梦,乡心自忆鹧鸪声。沙头南望堪肠断,谁把归舟载我行。

松化为石 近闻金华山古松化为石

盘根几耸翠崖前,却偃凌云化至坚。乍结精华齐永劫,不随凋变已千年。逢贤必用镌辞立,遇圣终将刻印传。肯似荆山凿馀者,藓封顽滞卧岚烟。

寄澧阳吴使君

南客西来话使君,涔阳风雨变行春。四邻耕钓趋仁政,千里烟花压路尘。去兽未胜除狡吏,还珠争似复逋民。红兰浦暖携才子,烂醉连题赋白蘋。

湘江送客

湘江秋色湛如冰,楚客离怀暮不胜。千里碧云闻塞雁,几程青草见巴陵。寒涛响叠晨征橹,岸苇丛明夜泊灯。鹦鹉洲边若回首,为思前事一扪膺。

暮游岳麓寺

寺楼高出碧崖棱,城里谁知在上层。初雪洒来乔木暝,远禽飞过大江澄。闲消不睡怜长夜,静照无言谢一灯。回首何边是空地,四村桑麦遍丘陵。

林下留别道友

住亦无依去是闲,何心终恋此林间。片云孤鹤东西路,四海九州多少山。静坐趁凉移树影,兴随题处著苔斑。秋来洗浣行衣了,还尔邻僧旧竹关。

道林寺居寄岳麓禅师二首

门前石路彻中峰,树影泉声在半空。寻去未应劳上下,往来殊已倦西东。髭根尽白孤云并,心迹全忘片月同。长忆高窗夏天里,古松青桧午时风。

山袍不称下红尘,各是闲居岛外身。两处烟霞门寂寂,一般苔藓石磷磷。禅关悟后宁疑物,诗格玄来不傍人。月照经行更谁见,露华松粉点衣巾。

乱后江西过孙鲂旧居因寄

旧游重到倍悲凉,吟忆同人倚寺墙。何处暮蝉喧逆旅,此中山鸟噪垂杨。寰区有主权兵器，风月无人掌桂香。欲寄此心空北望，塞鸿天末失归行。

宜春江上寄仰山长老二首

水隔孤城城隔山，水边时望忆师闲。清泉白日中峰上，落日半空栖鸟还。云影触衣分朵朵，雨声吹磬散潺潺。传心莫学罗浮去，后辈思量待扣关。

雨晴天半碧光流，影倒残阳湿郡楼。绝顶有人经劫在，浮生无客暂时游。窗开万壑春泉乱，塔锁孤灯万木稠。欲为吾师拂衣去，白云红叶又新秋。

萤

透窗穿竹住还移，万类俱闲始见伊。难把寸光藏暗室，自持孤影助明时。空庭散逐金风起，乱叶争投玉露垂。后代儒生懒收拾，夜深飞过读书帷。

湘中送翁员外归闽

船满琴书与酒杯，清湘影里片帆开。人归南国乡园去，雁逐西风日夜来。天势渐低分海树，山程欲尽见城台。此身未别江边寺，犹看星郎奉诏回。

寄居道林寺作

岚湿南朝殿塔寒，此中因得谢尘寰。已同庭树千株老，未负溪云一片闲。石镜旧游临皎洁，岳莲曾上彻孱颜。如今衰飒成多病，黄叶风前昼掩关。

沙　鸥

暖傍渔船睡不惊，可怜孤洁似华亭。晚来湾浦冲平碧，晴过汀洲拂浅青。翡翠静中修羽翼，鸳鸯闲处事仪形。何如飞入汉宫里，留与兴亡作典经。

和翁员外题马太傅宅贾相公井

飞尘不敢下相干，阇脉傍应润牡丹。心任短长投玉绠，底须三五映金盘。神工旧制泓澄在，天泽时加潋滟寒。太傅欲旌前古事，星郎属思久凭栏。

看　云

何峰触石湿苔钱，便逐高风离瀑泉。深处卧来真隐逸，上头行去是神仙。千寻有影沧江底，万里无踪碧落边。长忆旧山青壁里，绕庵闲伴老僧禅。

对雪寄荆幕知己

猛势微开万里清，月中看似日中明。此时鸥鹭无人见，何处关山有客行。郢唱转高谁敢和，巴歌相顾自销声。江斋卷箔含毫久，应想梁王礼不经。

送相里秀才赴举

两上东堂不见春，文明重去有谁亲。曾逢少海尊前客，旧是神仙会里人。已遂风云催化羽，却将雷电助烧鳞。明年自此登龙后，回首荆门一路尘。

荆门疾中喜谢尊师自南岳来相里秀才自京至

闲堂昼卧眼初开，强起徐行绕砌苔。鹤氅人从衡岳至，鹑衣客自洛阳来。坐闻邻树栖幽鸟，吟觉江云发早雷。西笑东游此相别，两途消息待谁回。

吟兴自述

前习都由未尽空，生知雅学妙难穷。一千首出悲哀外，五十年销雪月中。兴去不妨归静虑，情来何止发真风。曾无一字干声利，岂愧操心负至公。

送谢尊师自南岳出入京

曾听鹿鸣逢世乱，因披羽服隐衡阳。几多事隔丹霄兴，三十年成两鬓霜。芝术未甘销勇气，风骚无那激刚肠。中朝旧有知音在，可是悠悠入帝乡。

送司空学士赴京

弘文初命下江边，难恋沙鸥与钓船。蓝绶乍称新学士，白衫初脱旧神仙。龙山送别风生路，鸡树从容雪照筵。重谒往年金榜主，便将才术佐陶甄。

全唐诗卷八四六

齐　己

春寄尚颜

含桃花谢杏花开，杜宇新啼燕子来。好事可能无分得，名山长似有人催。檐声未断前旬雨，电影还连后夜雷。心迹共师争几许，似人嫌处自迟回。

寄梁先辈

慈恩塔下曲江边，别后多应梦到仙。时去与谁论此事，乱来何处觅同年。陈琳笔砚甘前席，甪里烟霞待共眠。爱惜麻衣好颜色，未教朱紫污天然。

荆渚偶作

无味吟诗即把经，竟将疏野访谁行。身依江寺庭无树，山绕天涯路有兵。竹瓦雨声漂永日，纸窗灯焰照残更。从容一觉清凉梦，归到龙潭扫石枰。

城中晚夏思山

葛衣沾汗功虽健，纸扇摇风力甚卑。苦热恨无行脚处，微凉喜到立秋时。竹轩静看蜘蛛挂,莎径闲听蟋蟀移。天外有山归即是,岂同游子暮何之。

忆旧山

谁请衰羸住北州,七年魂梦旧山丘。心清槛底潇湘月,骨冷禅中太华秋。高节未闻驯虎豹,片言何以傲王侯。应须脱洒孤峰去,始是分明个剃头。

寄体休

南州君去为寻医,病色应除似旧时。久别莫忘庐阜约,却来须有洞庭诗。金陵往岁同窥井,岘首前秋共读碑。两处山河见兴废,相思更切卧云期。

过陆鸿渐旧居

陆生自有传于井石。又云:行坐诵佛书,故有此句。

楚客西来过旧居,读碑寻传见终初。佯狂未必轻儒业,高尚何妨诵佛书。种竹岸香连菡萏,煮茶泉影落蟾蜍。如今若更生来此,知有何人赠白驴时太守赠白驴。

寄怀钟陵旧游因寄知己

洗井僧来说旧游,西江东岸是城楼。昔年淹迹因王化,长日凭栏看水流。真观上人栖树石,陈陶处士在林丘。终拖老病重寻去,得到匡庐死便休。

遣怀

病肠休洗老休医,七十能饶百岁期。不死任还蓬岛客,无生自有雪山师。浮云聚散俱关虑，明月相逢好展眉。既兆未萌闲酌度，不如中抱是寻思。

怀武陵因寄幕中韩先辈何从事

武陵嘉致迹多幽，每见图经恨白头。溪浪碧通何处去，桃花红过郡前流。常闻相幕鸳鸿兴，日向神仙洞府游。凿井耕田人在否，如今天子正征搜。

赠樊处士

小子声名天下知，满簪霜雪白麻衣。谁将一著争先后，共向长安定是非。有路未曾迷日用，无贪终不乱天机。闲寻道士过仙观，赌得黄庭两卷归。

荆渚逢禅友

泽国相逢话一宵，云山偶别隔前朝。社思匡岳无宗炳，诗忆扬州有鲍昭。晨野黍离春漠漠，水天星粲夜遥遥。闲吟莫忘传心祖，曾立阶前雪到腰。

送僧归洛中

赤日彤霞照晚坡，东州道路兴如何。蝉离楚柳鸣犹少，叶到嵩云落渐多。海内自为闲去住，关头谁问旧经过。叮咛与访春山寺，白乐天真在也么。

道林寓居

秋泉一片树千株，暮汲寒烧外有馀。青嶂这边来已熟，红尘那畔去应疏。风骚未肯忘雕琢，潇洒无妨更剃除。即问沃州开士僻，爱禽怜骏意何如。

仙　掌

峭形寒倚夕阳天，毛女莲花翠影连。云外自为高出手，人间谁合斗挥拳。鹤抛青汉来岩桧，僧隔黄河望顶烟。晴露红霞长满掌，只应栖托是神仙。

中 秋 月

空碧无云露湿衣，群星光外涌清规。东楼一作林莫碍渐高势，四海待一作正看当午一作路时。还许分明吟皓魄，肯教幽暗取丹枝。可怜半夜婵娟影，正对五侯残酒池一作卮。

送禅者游南岳

忽随南棹去衡阳，谁住江边树下房。尘梦是非都觉了，野云心地更何妨。渐临瀑布听猿思，却背岣嵝有雁行。想到中峰上层寺，石窗秋霁见潇湘。

闻道林诸友尝茶因有寄

枪旗冉冉绿丛园，谷雨初晴叫杜鹃。摘带岳华蒸晓露，碾和松粉煮春泉。高人梦惜藏岩里，白碰封题寄火前。应念苦吟耽睡起，不堪无过夕阳天。

将归旧山留别错公

旧峰前昨下来时，白石丛丛间紫薇。章句不堪歌有道，溪山只合退无机。云含暖态晴犹在，鹤养闲神昼不飞。欲去更思过丈室，二年频此揖清晖。

闻尚颜上人创居有寄

麓山南面橘洲西，别构新斋与竹齐。野客已闻将鹤赠，江僧未说有诗题。窗临杳霭寒千嶂，枕遍潺湲月一溪。可想乍移禅一作吟榻处，松阴冷湿壁新泥。

庚午岁九日作

门底秋苔嫩似蓝，此中消息兴何堪。乱离偷过九月九，头尾算来三十三。云影半晴开梦泽，菊花微暖傍江潭。故人今日在不在，胡雁背风飞向南。

逢进士沈彬

欲话趋时首重骚，因君倍惜剃头刀。千般贵在能过达，一片心闲不那高。山叠好云藏玉鸟，海翻狂浪隔金鳌。时应记得长安事，曾向文场属思劳。

闻王员外新恩有寄

欲退无因贵逼来，少仪官美右丞才。青袍早许淹花幕，霜简方闻谢柏台。金诺静宜资讲诵，玉山寒称奉尊罍。西峰有客思相贺，门隔潇湘雪未开。

秋夕言怀寄所知

休问蒙庄材不材，孤灯影共傍寒灰。忘筌话道心甘死，候体论诗口懒开。窗外风涛连建业，梦中云水忆天台。相疏却是相知分，谁讶经年一度来。

答禅者

五老峰前相遇时，两无言语只扬眉。南宗北祖皆如此，天上人间更问谁。山衲静披云片片，铁刀凉削鬓丝丝。闲吟莫学汤从事，抛却袈裟负本师。

寄尚颜 公受徐州薛尚书见知

莫向孤峰道息机，有人偷眼羡吾师。满身光化年前宠，几轴开平岁里诗。北阙故人随丧乱，南山旧寺在参差。清吟但忆徐方政，应恨当时不见时。

梓栗杖送人

禅家何物赠分襟，只有天台杖一寻。拄去客归青洛远，采来僧入白云深。游山曾把探龙穴，出世期将指佛心。此日江边赠君后，却携筇杖向东林。

寄朗陵二禅友

潇湘曾宿话诗评，荆楚连秋阻野情。金锡罢游双鬓白，铁盂终守一斋清。篇章老欲齐高手，风月闲思到极精。南望山门石何处，沧浪云梦浸天横。

灯

幽光耿耿草堂空，窗隔飞蛾恨不通。红烬自凝清夜朵，赤心长谢碧纱笼。云藏水国城台里，雨闭松门殿塔中。金屋玉堂开照睡，岂知萤雪有深功。

寄金陵幕中李郎中

龙门支派富才能,年少飞翔便大鹏。久待尊罍临铁瓮,又从幢节镇金陵。精神一只秋空鹤,骚雅千寻夏井冰。长忆相招宿华馆,数宵忘寝尽寒灯。

寄韩蜕秀才

松门高不似侯门,藓径鞋踪触处分。远事即为无害鸟,多闲便是有情云。那忧宠辱来惊我,且寄风骚去敌君。〔知〕(和)伴李膺琴酒外,绛纱闲卷共论文。

湘 中 春 兴

雨歇江明苑树干,物妍时泰恣游盘。更无轻翠胜杨柳,尽觉浓华在牡丹。终日去还抛寂寞,绕池回却凭栏干。红芳片片由青帝,忍向西园看落残。

送错公栖公南游

洪偃汤休道不殊,高帆共载兴何俱。北京丧乱离丹凤,南国烟花入鹧鸪。明月团圆临桂水,白云重叠起苍梧。威仪本是朝天士,暂向辽荒住得无。

寄南岳诸道友

南望衡阳积瘴开,去年曾踏雪游回。谩为楚客蹉跎过,却是边鸿的当来。乳窦孤明含海日,石桥危滑长春苔。终寻十八高人去,共坐苍崖养圣胎。

送韩蜕秀才赴举

槐花馆驿暮尘昏，此去分明吏部孙。才器合居科第首，风流幸是缙绅门。春和洛水清无浪，雪洗高峰碧断根。堪想都人齐指点，列仙相次上昆仑。

〔溪〕(溴)居寓言

秋蔬数垄傍潺湲，颇觉生涯异俗缘。诗兴难穷花草外，野情何限水云边。虫声绕屋无人语，月影当松有鹤眠。寄向东溪老樵道，莫催丹桂博青钱。

遣　怀

诗病相兼老病深，世医徒更费千金。馀生岂必虚抛掷，未死何妨乐咏吟。流水不回休叹息，白云无迹莫追寻。闲身自有闲消处，黄叶清一作秋风蝉一林。

自湘中将入蜀留别诸友

巾舄初随入蜀船，风帆吼过洞庭烟。七千里路到何处，十二峰云更那边。巫女暮归林淅沥，巴猿吟断月婵娟。来年五月峨嵋雪，坐看消融满锦川。

寄匡阜诸公二首

松头柏顶碧森森，虚槛寒吹夏景深。静社可追长往迹，白莲难问久修心。山围四面才容寺，月到中宵始满林。争学忘言住幽胜，吾师遗集尽清吟。

峰前林下东西寺，地角天涯来往僧。泉月净流闲世界，杉松深锁尽香灯。争无大士重修社，合有诸贤更服膺。曾寄邻房挂瓶锡，雨闻岩溜解春冰。

送人入蜀

何必闲吟蜀道难，知君心出崄巇间。寻常秋泛江陵去，容易春浮锦水还。两面碧悬神女峡，几重青出丈人山。文君酒市逢初雪，满贯新沽洗旅颜。

酬庐山张处士

发枯身老任浮沉，懒泥秋风更役吟。新事向人堪结舌，旧诗开卷但伤心。苔床卧忆泉声绕，麻履行思树影深。终谢柴桑与彭泽，醉游闲访入东林。

寄岘山道人

凤门高对鹿门青，往岁经过恨未平。辩鼎上人方话道，卧龙丞相忽追兵。炉峰已负重回计，华岳终悬未去情。闻说东周天子圣，会摇金锡却西行。

送王处士游蜀

又挂寒帆向锦川，木兰舟里过残年。自修姹姹炉中物，拟作飘飘水上仙。三峡浪喧明月夜，万州山到夕阳天。来年的有荆南信，回札应缄十色笺。

怀金陵李推官僧自牧

秣陵长忆共吟游，儒释风骚道上流。莲幕少年轻谢朓，雪山真子鄙汤休。也应有作怀清苦，莫谓无心过白头。欲附别来千万意，病身初起向残秋。

寄寻萍公

闻在湓城多寄住，随时谈笑浑尘埃。孤峰恐忆便归去，浮世要看还下来。万顷野烟春雨断，九条寒浪晚窗开。虎溪桥上龙潭寺，曾此相寻踏雪回。

得李推官近寄怀

荆门前岁使乎回，求得星郎近制来。连日借吟终不已，一灯忘寝又重开。秋风漫作牵情赋，春草真为入梦才。堪笑陈宫诸狎客，当时空有个追陪。

对　菊

蝶醉风狂半折时，冷烟清露压离披。欲倾琥珀杯浮尔，好把茱萸朵配伊。孔雀毛衣应者是，凤凰金翠更无之。何因栽向僧园里，门外重阳过不知。

忆东林因送二生归

好向东林度此生，半天山脚寺门平。红霞嶂底潺潺色，清夜房前瑟瑟声。偶别十年成瞬息，欲来千里阻刀兵。可怜二子同归兴，南国烟花路好行。

渚宫西城池上居

城东移锡住城西，绿绕春波引杖藜。翡翠满身衣有异，鹭鸶通体格非低。风摇柳眼开烟小，暖逼兰芽出土齐。犹有幽深不相似，剡溪乘棹入耶溪。

中秋夕怆怀寄荆幕孙郎中

白莲香散沼痕干，绿篠阴浓藓地寒。年老寄居思隐切，夜凉留客话时难。行僧尽去云山远，宾雁同来泽国宽。时谢孔璋操檄外，每将空病问衰残。

酬湘幕徐员外见寄

东海儒宗事业全，冰棱孤峭类神仙。诗同李贺精通鬼，文拟刘轲妙入禅。珠履早曾从相府，玳簪今又别官筵。篇章几谢传西楚，空想雄风度十年。

寄蜀国广济大师

冰压霜坛律格清，三千传授尽门生。禅心尽入空无迹，诗句闲搜寂有声。满国繁华徒自乐，两朝更变未曾惊。终思相约岷峨去，不得携筇一路行。

答献上人卷

衲衣禅客袖篇章，江上相寻共感伤。秦甸乱来栖白没，杼山空后皎然亡。清留岛月秋凝露，苦寄巴猿夜叫霜。珍重南宗好才子，灰心冥目外无妨。

寄武陵贯微上人二首

知泛沧浪棹未还，西峰房锁夜潺潺。春陪相府游仙洞，雪共宾寮对玉山。诗里几添新菡萏，衲痕应换旧斓斑。莫忘一句曹溪妙，堪塞孙孙骋度关。

吴头东面楚西边，云接苍梧水浸天。两地别离身已老，一言相合道休传。风骚妙欲凌春草，踪迹闲思绕岳莲。不是傲他名利世，吾师本在雪山巅。

怀体休上人

仲宣楼上望重湖，君到潇湘得健无。病遇何人分药饵，诗逢谁子论功夫。杉萝寺里寻秋早，橘柚洲边度日晡。许送自身归华岳，待来朝暮拂瓶盂。

招湖上兄弟

去岁得君消息在，两凭人信过重湖。忍贪风月当年少，不寄音书慰老夫。药鼎近闻传秘诀，诗门曾说拥寒炉。汉江江路西来便，好傍扁舟访我无。

江居寄关中知己

多病多慵汉水边，流年不觉已皤然。旧栽花地添黄竹，新陷盆池换白莲。雪月未忘招远客，云山终待去安禅。八行书札君休问，不似风骚寄一篇。

中秋十五夜寄人

高河瑟瑟转金盘，喷露吹光逆凭栏。四海鱼龙精魄冷，五山鸾鹤骨毛寒。今宵尽向圆时望，后夜谁当缺处看。何事清光与蟾兔，却教才小少留难。

谢人自钟陵寄纸笔

故人犹忆苦吟劳，所惠何殊金错刀。霜雪剪裁新剡硾，锋铓管束本宣毫。知君倒箧情何厚，借我临池价斗高。词客分张看欲尽，不堪来处隔秋涛。

移居西湖作二首

火云阳焰欲烧空，小槛幽窗想旧峰。白汗此时流枕簟，清风何处动杉松。残更正好眠凉月，远寺俄闻报晓钟。只待秋声涤心地，衲衣新洗健形容。

官园树影昼阴阴，咫尺清凉莫浣心。桃李别教人主掌，烟花不称我追寻。蜩〔螗〕(螳)晚噪风枝稳，翡翠闲眠宿处深。争似出尘地行止，东林苔径入西林。

题玉泉寺

高韵双悬张曲江，联题兼是孟襄阳。后人才地谁称短，前辈经天尽负长。胜景饱于闲采拾，灵踪销得正思量。时移两板成尘迹，犹挂吾师旧影堂。

看金陵图

六朝图画战争多，最是陈宫计数讹。若爱苍生似歌舞，隋皇自合耻干戈。

寄南岳泰禅师

江头默想坐禅峰，白石山前万丈空。山下猎人应不到，雪深花鹿在庵中。

片云

水底分明天上云，可怜形影似吾身。何妨舒作从龙势，一雨吹销万里尘。

寄清溪道者

万重千叠红霞嶂，夜烛朝香白石龛。常寄溪窗凭危槛，看经影落古龙潭。

病中勉送小师往清凉山礼大圣

丰衣足食处莫住，圣迹灵踪好遍寻。忽遇文殊开慧眼，他年应记老师心。

谢人惠拄杖

何处云根采得来，黑龙狂欲作风雷。知师念我形骸老，教把经行拄绿苔。

送楚云上人往南岳刺血写法华经

剥皮刺血诚何苦，欲写灵山九会文。十指沥干终七轴，后来求法更无君。

送胎发笔寄仁公

内唯胎发外一作内秋毫，绿玉新裁管束牢。老病手疼无那尔，却资年少写风骚。

谢西川昙域大师玉箸篆书

玉箸真文久不兴，李斯传到李阳冰。正悲千载无来者，果见僧中有个僧。

偶作寄王秘书

七丝湘水秋深夜，五字河桥日暮时。借问秘书郎此意，静弹高咏有谁知。

谢人惠纸

烘焙几工成晓雪，轻明百幅叠春冰。何消才子题诗外，分与能书贝叶僧。

答文胜大师清柱书

才把文章干圣主，便承恩泽换禅衣。应嫌六祖传空一作空传衲，只向曹溪求一作永息机。

寄怀曾口寺文英大师 一本无曾口寺三字

著紫袈裟名已贵，吟红菡萏价兼高。秋风曾忆西游处，门对平湖满白涛。

怀道林寺道友 一本无道友二字

四绝堂前万木秋，碧参差影压湘流。闲思宋杜题诗板，一日一作上凭栏到夜休。

辞主人绝句四首

放　鹤

华亭来一作又复去芝田，丹顶霜毛性可怜。纵与乘轩终误主，不如还放却一作去辽天。

放　猿

堪忆春云十二峰，野桃山杏摘香红。王孙可念愁金锁，从一作纵放断肠明月中。

放鹭鸶

白苹红蓼碧江涯，日暖双双立睡时。顾揭金笼放归去，却随沙鹤斗轻丝。

放鹦鹉

陇西苍巘结巢高，本为无人识翠毛。今日笼中强言语，乞归天外啄含桃。

全唐诗卷八四七

齐　己

猛虎行

磨尔牙,错尔爪。狐莫威,兔莫狡,饥来吞噬〔取〕(助)肠饱。横行不怕日月明,皇天产尔为生狩。前村半夜闻吼声,何人按剑灯荧荧。

西山叟

西山中,多狼虎,去岁伤儿复伤妇。官家不问孤老身,还在前山山下住。

君子行

圣人不生,麟龙何瑞。梧桐不高,凤凰何止。吾闻古之有君子,行藏以时,进退求己。荣必为天下荣,耻必为天下耻。苟进不如此,退不如此《乐府诗集》无此四字。亦何必用虚伪之文章,取荣名而自美?

善哉行

大鹏刷翮谢溟渤,青云万层高突出。下视秋涛空渺渺,旧处鱼龙皆细物。人生在世何容易,眼浊心昏信生死。愿除嗜欲待身轻,携手同寻列仙事。

日日曲

日日日东上，日日日西没。任是神仙容，也须成朽骨。浮云灭复生，芳草死还出。不知千古万古人，葬向青山为底物。

耕叟

春风吹蓑衣，暮雨滴箬笠。夫妇耕共一作且劳，儿孙饥对泣。田园高且瘦，赋税重复急。官仓鼠雀群，共一作只待新租入。

苦热行

离宫划开赤帝怒，喝出六龙奔日驭。下土熬熬若一作苦煎煮，苍生惶惶无处处。火云峥嵘焚沉寥，东皋老农肠欲焦。何当一雨苏我苗，为君击壤歌帝尧。

苦寒行

冰峰撑空寒矗矗，云凝水冻埋海陆。杀物之性，伤人之欲。既不能断绝蒺藜荆棘之根株，又不能展凤凰麒麟之拳跼。如此，则何如为和煦，为膏雨，自然天下之荣枯，融融于万户。

春风曲

春风有何情，旦暮来林园。不问桃李主，吹落红无言。

城中怀山友

春城来往桃李碧，暖艳红香断消息。吾徒自有山中邻，白昼冥心坐岚壁。

读李贺歌集

赤水无精华，荆山亦枯槁。玄珠与虹玉，璨璨李贺抱。清晨醉起临春台，吴绫蜀锦胸襟开。狂多两手掀蓬莱，珊瑚掇尽空土堆。

风琴引

挪吴丝，雕楚竹，高托天风拂为曲。一一宫商在素空，鸾鸣凤语翘梧桐。夜深天碧松风多，孤窗寒梦惊流波。愁魂傍枕不肯去，翻疑住处邻湘娥。金一作熏风声尽熏一作金风发，冷泛虚堂韵难歇。常恐听多耳渐烦，清音不绝知音绝。

夏云曲

红嵯峨，烁晚波，乖龙慵卧旱鬼多。爞爞万里压天堑，飏雷电光空闪闪。好雨不雨风不风，徒倚穹苍作岩险。男巫女觋更走魂，焚香祝天天不闻。天若闻，必能使尔为润泽，洗埃氛。而又变之成五色，捧日轮，将以表唐尧虞舜之明君。

读李白集

竭云涛，刳巨鳌，搜括造化空牢牢。冥心入海海神怖，骊龙不敢为珠主。人间物象不供取，饱饮一作饭游神向悬圃。锵金铿玉千馀篇，脍吞炙嚼人口传。须知一一丈夫气，不是绮罗儿女言。

祈真坛

玉瓮瑶坛二三级，学仙弟子参差入。霓旌队仗下不下，松桧森森天露湿。殿前寒气束香云，朝祈暮祷玄元君。茫茫俗骨醉更昏，楼台十二遥昆仑。昆仑纵广一万二千里，中有五色云霞五色水。何当断欲便飞去，不要九转神丹换精髓。

黄雀行

双双野田雀，上下同饮啄。暖去栖蓬蒿，寒归傍篱落。殷勤避罗网，乍可遇雕鹗。雕鹗虽不仁，分明在寥廓。

石竹花

石竹花开照庭石，红藓自禀离宫色。一枝两枝初笑风，猩猩血泼低低丛。常嗟世眼无真鉴，却被丹青苦相陷。谁为根寻造化功，为君吐出淳元胆。白日当午方盛开，彤霞灼灼临池台。繁香浓艳如未已，粉蝶游蜂狂欲死。

寄南岳白莲道士能于长啸

猿猱休啼月皎皎，蟋蟀不吟山悄悄。大耳仙人满颔须，醉倚长松一声啸。

古剑歌

古人手中铸神物，百炼百淬始提出。今人不要强硎磨，莲锷星文未曾没。一弹一抚闻铮铮，老龙影夺秋灯明。何时得遇英雄主，用尔平治天下去。

湘妃庙

湘烟濛濛湘水急，汀露凝红莨莲湿。苍梧云叠九嶷深，二女魂飞江上立。相携泣，凤盖龙舆追不及。庙荒松朽啼飞猩，笋鞭迸出阶基倾。黄昏一岸阴风起，新月如眉生阔水。

巫山高

巫山高，巫女妖，雨为暮兮云为朝，楚王憔悴魂欲销。秋猿嗥嗥日将夕，红霞紫烟凝老壁。千岩万壑花皆坼，但恐芳菲无正色。不知今古行人行，几人经此无秋情。云深庙远不可觅，十二峰头插天碧。

赠持法华经僧

众人有口，不说是，即说非。吾师有口何所为，莲经七轴六万九千字，日日夜夜终复始。乍吟乍讽何悠扬，风篁古松含秋霜。但恐天龙夜叉乾闼众，鼺塞虚空耳皆耸。我闻念经功德缘，舌根可算一作等金刚坚。他时劫火洞燃后，神光璨璨如红莲。受持身心苟精洁，尚能使烦恼大海水枯竭。魔王轮幢自摧折，何况更如理行如理说。

刳肠龟

尔既能于灵，应久存其生。尔既能于瑞，胡得迷其死。刳肠徒自屠，曳尾复何累。可怜濮水流，一叶泛庄子。

赠岩居僧

石如骐骥岩作室，秋苔漫坛净于漆。袈裟盖头心在无，黄猿白猿啼日日。

观李琼处士画海涛

巨鳌转侧长鳅翻，狂涛颠浪高漫漫。李琼夺得造化本，都卢缩在秋毫端。一挥一画皆筋骨，滉漾崩腾大鲸臬。叶扑仙槎摆欲沉，下头应是骊龙窟。昔年曾要涉蓬瀛，唯闻撼动珊瑚声。今来正叹陆沉久，见君此画思前程。千寻万派功难测，海门山小涛头白。令人错认钱塘城，罗刹石底奔雷霆。

升天行

身不沉，骨不重。驱青鸾，驾白凤。幢盖飘摇一作飘入冷空，天风瑟瑟星河动。瑶阙参差阿母家，楼台戏闭凝彤霞。三五仙子乘龙车，堂前碾烂蟠桃花。回头却顾蓬莱顶，一点浓岚在深井。

还人卷

李白李贺遗机杼，散在人间不知处。闻君收在芙蓉江，日斗鲛人织秋浦。金梭札札文离离。吴姬越女羞上机。鸳鸯浴烟鸾凤飞，澄江晓映馀霞辉。仙人手持玉刀尺，寸寸酬君珠与璧。裁作霞裳何处披，紫皇殿里深难一作相觅。

轻薄行

玉鞭金镫骅骝蹄，横眉吐气如虹霓。五一作玉陵春暖芳草齐，笙歌到处花成泥。日沉月上且斗鸡，醉来莫问天高低。伯阳道德何唾咦一作涕唾，仲尼礼乐徒卑栖。

浮云行

大野有贤人，大朝有圣君。如何彼浮云，掩蔽白日轮。安得东南风，吹散八表外。使之一本无之字天下人，共见尧眉彩。

煌煌京洛行

圣君垂衣裳，荡荡若朝旭。大观无遗物，四夷来率服。清晨回北极，紫气盖黄屋。双阙耸双鳌，九门如川渎。梯山航海至，昼夜车相续。我恐红尘深,变为黄河曲。

吊汨罗

落日倚阑干,徘徊汨罗曲。冤魂如可吊,烟浪声似哭。我欲考鼋鼍之心,烹鱼龙之腹。尔既啖大夫之血,食大夫之肉。千载之后,犹斯暗一作藏伏。将谓唐尧之尊,还如荒悴一作醉之君。更有逐臣,于焉葬魂。得以纵其噬,〔恣〕(咨)其吞。

赠念法华经僧

念念念兮入恶易,念念念兮入善难。念经念佛能一般,爱河竭处生波澜。言公少年真法器,白昼不出夜不睡。心心缘经口缘字,一室寥寥灯照地。沈檀卷轴宝函盛,薝卜香熏水精记。空山木落古寺闲,松枝鹤眠霜霰干。牙根舌根水滴寒,珊瑚捶打红琅玕。但恐莲花七朵一时折,朵朵似君心地白一作簇攒。又恐天风一作风紧吹天花,缤纷如雨飘袈裟。况闻此经甚微妙,百千诸佛真秘要。灵山说后始传来,闻者虽多持者少。更堪诵入陀罗尼此云总持,唐音梵音相杂时。舜弦和雅熏风吹,文王武王弦更悲。如此争不遣碧空中有龙来听,有鬼来听。亦使人间闻者敬,见者敬。自然心虚空,性清净。此经真体即毗卢此云种种光,雪岭白牛君识无。

短歌寄鼓山长老 第十一句缺一字

雪峰雪峰高且雄,峨峨堆积青冥中。六月赤日烧不熔,飞禽瞥见人难通。常闻中有白象王,五百象子皆威光。行围坐绕同一色,森森影动旃檀香。于中一子最雄猛,称尊独踞鼓山顶。百千眷属阴□影,身照曜,吞秋景。〔我〕(裁)闻岷国民归依,前王后王皆师资。宁同梁武遇达磨,过后弹指空伤悲。

渔　父

夜钓洞庭月，朝醉巴陵市。却归君山下，鱼龙窟边睡。生涯在何处，白浪千万里。曾笑楚臣迷，苍黄汨罗水。

采莲曲

越溪女，越江莲。齐菡萏，双婵娟。嬉游向何处，采摘且同船。浩唱一作歌发容与，清波生漪连。时逢岛屿泊，几共鸳鸯眠。襟袖既盈溢，馨香亦相传。薄暮归去来，苎萝生碧烟。

啄　木

啄木啄啄，鸣林响壑。贪心既缘，利嘴斯凿。有朽百尺，微虫斯宅。以啄去害，啄更弥剧。层崖豫章，耸干苍苍。无纵尔啄，摧我栋梁。

灵松歌

灵松灵松，是何根株。盘擗枝干，与群木殊。世眼争知苍翠容，薜萝遮体深朦胧。先秋瑟瑟生谷风，青阴倒卓寒潭中。八月天威行肃杀，万木凋零向霜雪。唯有此松高下枝，一枝枝在无摧折。痴冻顽冰如铁坚，重重锁到槎牙颠。老鳞枯节相把捉，踉跄立在青崖前。有时深洞兴雷雹，飞电绕身光闪烁。乍似苍龙惊起时，攫雾穿云欲腾跃。夜深山月照高枝，疏影细落莓苔矶。千年朽枿魍魉出，一株寒韵锵琉璃。安得良工妙图䨼，写将偃蹇悬烟阁。飞瀑声中战岁寒，红霞影里擎萧索。

蠹

蠹不自蠹，而蠹于木。蠹极木心，以丰尔腹。偶或成之，胡为勖人。

人而不真，繇尔乱神。蠹兮蠹兮，何全其生。无托尔形，霜松雪柽。

行路难

行路难，君好看，惊波不在黤黮间，小人心里藏崩湍。七盘九折寒崷崒，翻车倒盖犹堪出。未似是非唇舌危，暗中潜毁平人骨。君不见楚灵均，千古沉冤湘水滨。又不见李太白，一朝却作江南客。

谢徽上人见惠二龙障子以短歌酬之

我见苏州昆山金城中，金城柱上有二龙。老僧相传道是僧繇手，寻常入海共龙斗。又闻蜀国玉局观有孙遇迹，盘屈身长八十尺。游人争看不敢近，头觑寒泉万丈碧。近有五羊徽上人，闲工小笔得意新。画龙不夸头角及须鳞，只求筋骨与精神。徽上人，真艺者。惠我双龙不言价，等闲不敢将悬挂。恐是叶公好假龙，及见真龙却惊怕。

送人往长沙

荆门归路指湖南，千里风帆兴可谙。好听鹧鸪啼雨处，木兰舟晚泊春潭。

偶题

时事懒言多忌讳，野吟无主若纵横。君看三百篇章首，何处分明著姓名。

寄山中叟

青泉碧树夏风凉，紫蕨红粳午爨香。应笑晨持一盂苦，腥膻市里叫家常。

赠琴客

曾携五老峰前过，几向双松石上弹。此境此身谁更爱，掀天羯鼓满长安。

勉吟僧

千一作万途万辙乱真源，白昼劳形夜断魂。忍著袈裟把名纸，学他低折五侯门。

送人归华下

莲花峰翠湿凝秋，旧业园林在下头。好束诗书且归去，而今不爱事风流。

夏日城中作二首

三面僧邻一面墙，更无风路可吹凉。他年舍此归何处，青壁红霞裹石房。

竹低莎浅雨濛濛，水槛幽窗暑月中。有境牵怀人不会，东林门外翠横空。

默坐

灯引飞蛾拂焰迷，露淋栖鹤压枝低。冥心坐满蒲团稳，梦到天台过剡溪。

水边行

身著袈裟手杖藤，水边行止不妨僧。禽栖日落犹孤立，隔浪秋山千万层。

寄郑谷郎中

人间近遇风骚匠，鸟外曾逢心印师。除此二门无别妙，水边松下独寻思。

翡　翠

水边飞去青难辨，竹里归来色一般。磨吻鹰鹯莫相害，白鸥鸿鹤满沙滩。

与节供奉大德游京口寺留题

柳岸晴缘十里来，水边精舍绝尘埃。煮茶尝摘兴何极，直至残阳未欲回。

谢荆幕孙郎中见示乐府歌集二十八字

长吉才狂太白颠，二公文阵势横前。谁言后代无高手，夺得秦皇鞭鬼鞭。

谢阴符经勉送藏休上人二首

事遂鼎湖遗剑履，时来渭水掷鱼竿。欲知贤圣存亡道，自向心机反覆看。

一林霜雪未沾头，争遣藏休肯便休。学尽世间难学事，始堪随处任虚舟。

幽斋偶作

幽院才容个小庭，疏篁低短不堪情。春来犹赖邻僧树，时引流莺送好声。

赠念法华经僧

万境心随一念平，红芙蓉折爱河清。持经功力能如是，任驾白牛安稳行。

对　菊

无艳无妖别有香，栽多不为待重阳。莫嫌醒眼相看过，却是真心爱淡黄。

闭　门

正是闭门争合闭，大家开处不须开。还防朗月清风夜，有个诗人相访来。

勉送吴国三五新戒归

法王遗制付仁王，难得难持劫数长。努力只须坚守护，三千八万是垣墙。

夏日寄清溪道者

老病不能求药饵，朝昏只是但焚烧。不知谁为收灰骨，〔垒〕(累)石栽松傍寺桥。

送惠空北游

君向岘山一作阳游圣境，我将何以记多才。叮咛堕泪碑前过，写取斯文寄我来。

寄怀归州马判官

三年为倅兴何长，归计应多事少忙。又见秋风霜裛树，满山椒熟水云香。

观荷叶露珠

霏微晓露成珠颗，宛转田田未有风。任器方圆性终在，不妨翻覆落池中。

苦热怀玉泉寺寄仁上人

火云如烧接苍梧，原野烟连大泽枯。谩费葛衫葵扇力，争禁泉石润肌肤。

观盆池白莲

素萼金英喷露开，倚风凝立独徘徊。应思潋滟秋池底，更有归天伴侣来。

折杨柳词四首

凤楼高映绿阴阴，凝重多含雨露深。莫谓一枝柔软力，几曾牵破别离心。

馆娃宫畔响廊前，依托吴王养翠烟。剑去国亡台殿一作榭毁，却随红树噪秋蝉。

秾低似中陶潜酒，软极如伤宋玉风。多谢将军绕营种，翠中闲卓战旗红。

高僧爱惜遮江寺，游子伤残露野桥。争似著行垂上苑，碧桃红杏对摇摇。

答长沙丁秀才书

月月便一作使车奔帝阙，年年贡士过荆台。如何三度槐花落，未见故人携卷来。

戒小师

不肯吟诗不听经，禅宗异岳懒游行。他年白首当人问，将底言谈对后生。

题旧拄杖 末句缺三字

亲采匡庐瀑布西，层崖悬壁更安梯。携行三十年吟伴，未有诗人□□□。

酬欧阳秀才卷 第二句缺一字

三十篇多十九章，□声风力撼疏篁。不堪更有精搜处，谁见萧萧雨夜堂。

闻一作咏雁

潇湘浦一作水暖全迷鹤，逻逤川寒只有雕。谁向孤舟忆兄弟，坐看连雁度横桥。

送高丽二僧南游

日边乡井别年深，中国灵踪欲遍寻。何处碧山逢长老，分明认取祖师心。

谢猿皮

贵向猎师家买得，携来乞与坐禅床。不知摘月秋潭畔，曾对何人啼断肠。

酬光上人

禅言难后到诗言，坐石心同立月魂。应记前秋会吟处，五更犹在老松根。

送僧归日本

日东来向日西游，一钵闲寻遍九州。却忆鸡林本师寺，欲归还待海风秋。

庚午岁十五夜对月

海澄空碧正团圆，吟想玄宗此夜寒。玉兔有情应记得，西边不见旧长安。

红蔷薇花

晴日当楼晓香歇，锦带盘空欲成结。莺声渐老柳飞时，狂风吹落猩猩血。

贻九华上人

一法传闻继老能，九华闲卧最高层。秋钟尽后残阳暝，门掩松边雨夜灯。

寄赓匡图兄弟

僧外闲吟乐最清，年登八十丧南荆。风骚作者为商确，道去碧云争几程。

句

春晴游寺客，花落闭门僧。见《西清诗话》

香传天下口，□贵火前名。角开香满室，炉动绿凝铛。咏茶

园林将向夕，风雨更吹花。以下见《吟窗杂录》

相思坐溪石，□□□山风。

夕照背高台，残钟残角催。落照

五老峰前相见时，两无言语各扬眉。

高人爱惜藏岩里，白甄封题寄火前。咏茶　见《三山老人语录》

全唐诗卷八四八

尚　颜

尚颜，字茂圣，俗姓薛，尚书能之宗人也。出家荆门，工五言诗。集五卷，今存诗三十四首。

言　兴

矻矻被吟牵，因师贾浪仙。江山风月处，一十二三年。雅颂在于此，浮华致那边。犹惭功未至，谩道近千篇。

江上秋思 一作尚志诗

到来江上久，谁念旅游心。故国无秋信，邻家有夜砧。坐遥翻不睡，愁极却成吟。即恐髭连鬓，还为白所侵。

匡 山 居

无才加性拙，道理合藏踪。是处非深远，其山已万重。经时邻境战，独夜隔云舂。昨日泉中见，常鱼亦化龙。

夷 陵 即 事

不难饶白发，相续是滩波。避世嫌身晚，思家乞梦多。暑衣经雪着，冻砚向阳呵。岂谓临岐路，还闻圣主过。

紫阁隐者

天高紫阁侵，隐者信沉沉。道长年兼长，云深草复深。如非禅客见，即是猎人寻。北笑长安道，埃尘古到今。

与陈陶处士

钟陵城外住，喻似玉沉泥。道直贫嫌杀，神清语亦低。雪深加酒债，春尽减诗题。记得曾邀宿，山茶独自携。

与王嵩隐

一生吟兴僻，方见业精微。事若终难得，乡应不易归。乱收西日叶，双掩北风扉。合国诸卿相，皆曾着布衣。

怀陆龟蒙处士

布褐东南隐，相传继谢敷。高谭夫子道，静看海山图。事免伤心否，棋逢敌手无。关中花数内，独不见菖蒲。

寄华阴司空侍郎

剑〔佩〕(佩)已深扃，茅为岳面亭。诗犹少绮美，画肯爱丹青。换笔修僧史，焚香阅道经。相邀来未得，但想鹤仪形。

送陆肱入关

舟行复陆行，始得到咸京。准拟何人口，吹嘘六义名。乱山遥减翠，丛菊早含英。衣锦还乡日，他时有此荣。

送刘必先

力进凭诗业，心焦阙问安。远行无处易，孤立本来难。楚月船中没，秦星马上残。明年有公道，更以命推看。

寄方干处士

格外缀清诗，诗名独得知。闲居公道日，醉卧牡丹时。海鸟和涛望，山僧带雪期。仍闻称处士，圣主肯相违。

寄刘逸士

无愁无累者，偶向市朝游。此后乘孤艇，依前入乱流。高眠歌圣日，下钓坐清秋。道不离方寸，而能混俗求。

送独孤处士

万里去非忙，惟携贮药囊。山家消夜景，酒肆过年光。立鹤洲侵浪，喧蛩壁近床。谁人临上路，乞得变髭方。

早春送人归岳阳

久食主人鱼，春来复旧居。远无千里浪，轻有半船书。过片晴云淡，消残暮雪虚。岳阳多异境，搜思勿令疏。

冬暮送人

长安冬欲尽，又送一遗贤。醉后情浑可，言休理不然。射衣秦岭雪，摇月汉江船。亦过春兼夏，回期信有蝉。

送徐道人东游

长安人扰扰，独自有闲心。海上山中去，风前月下吟。引猿秋果熟，藏鹤晓云深。易姓更名数，难教弟子寻。

自　纪

诸机忘尽未忘诗，似向诗中有所依。远境等闲支枕觅，空山容易杖藜归。清猿一一居林叫，白鸟双双避钓飞。欲画净名居士像，焚香愿见陆探微。

怀智栖上人

临水登山自有期，不同游子暮何之。闲眠默坐身堪赏，已去还来事可知。林鸟隔云飞一饷，草虫和雨叫多时。思君最易令人老，倚槛空吟所寄诗。

峡中酬荆南郑准

山斋西向蜀江渍，四载安居复有群。风雁势高犹可见，雪猿声苦不堪闻。新诗写出难胜宝，破衲披行却类云。每喜溯流宾客说，元瑜刀笔润雄军。

寄荆门郑准

传衣传钵理难论，绮靡销磨二雅尊。不许姓名留月观，终携瓶锡去云门。窗间挂烛通宵在，竹上题诗隔岁存。珍重荆门郑从事，十年同受景升恩。

将欲再游荆渚留辞岐下司徒

竹锡铜瓶配衲衣，殷公楼畔偶然离。白莲几看从开日，明月长吟到落时。活计本无桑柘润，疏慵寻有水云资。今朝回去精神别，为得头厅宰相诗。

赠村公

绸衣木突此乡尊，白尽须眉眼未昏。醉舞神筵随鼓笛，闲歌圣代和儿孙。黍苗一顷垂秋日，茅栋三间映古原。也笑长安名利处，红尘半是马蹄翻。

秋夜吟

梧桐雨畔夜愁吟，抖擞衣裾藓色侵。枉道一生无系着，湘南山水别人寻。

读齐己上人集 一作栖蟾诗

诗为儒者禅，此格的惟仙。古雅如周颂，清和甚舜弦。冰生听瀑句，香发早梅篇。想得吟成夜，文星照楚天。

除　夜 一作栖蟾诗

九冬三十夜，寒与暖分开。坐到四更后，身添一岁来。鱼灯延腊火，兽炭化春灰。青帝今应老，迎新见几回。

送人归乡

多才与命违，末路忆柴扉。白发何人问，青山一剑归。晴烟独鸟没，野渡乱花飞。寂寞长亭外，依然空落晖。

述　怀

青门聊极望,何事久离群。芳草失归路,故乡空暮云。信回陵树老,梦断灞流分。兄弟正南北,鸿声堪独闻。

五城初罢构,海上忆闲行。触雪麻衣静,登山竹锡轻。天寒岳寺出,日晚岛泉清。坐与幽期遇,何湖心渺冥。

宿寿安甘棠馆

行人方倦役,到此似还乡。流水来关外,青山近洛阳。溪云归洞鹤,松月半轩霜。坐恐晨钟动,天涯道路长。

山空蕙气香,乳管折云房。愿值壶中客,亲传肘后方。三更礼星斗,寸匕服丹霜。默坐树阴下,仙经横石床。

送朴山人归新罗

浩渺行无极,扬帆但信风。云山过海半,乡一作椰树入舟中。波定遥天出,沙平远岸穷。离心寄何处,目击曙霞东。

宿清远峡山寺

寺近朝天路,多闻玉佩音。鉴人开慧眼,归鸟息禅心。磬接星河曙,窗连夏木深。此中能宴坐,何必在云林。

松　山　岭

平生闲放久,野鹿许为群。居止邻西岳,轩窗度白云。斋心饭松子,话道接茅君。汉主恩情去,空山起夕氛。

句

浸浸三楚白，渺渺九江寒。雪　见《吟窗杂录》

虚　中

虚中，宜春人。客于马氏，住湘西栗城寺，与齐己、尚颜、栖蟾为诗友。《碧云集》一卷，今存诗十四首。

泊洞庭

槐柳未知秋，依依馆驿头。客心俱念远，时雨自相留。浪没货鱼市，帆高卖酒楼。夜来思展转，故里在南州。

善卷坛

耕荒凿原时，高趣在希夷。大舜欲逊国，先生空敛眉。五溪清不足，千古美无亏。纵遣亡淳者，何人投所思。

石城金谷

晋祚一倾摧，骄奢去不回。只应荆棘地，犹作绮罗灰。狐兔闲生长，樵苏静往来。踟蹰意无尽，寒日又西颓。

庾楼

郡楼名甚远，几换见楼人。庾亮魂应在，清风到白蘋。晴轩分楚汉，夜酒揖星辰。何必匡山上，独言无世尘。

经贺监旧居

不恋明皇宠，归来镜水隅。道装汀鹤识，春醉钓人扶。逐朵云如吐，成行雁侣驱。兰亭名景在，踪迹未为孤。

献郑都官

早晚辞班列，归寻旧隐峰。代移家集在，身老诏书重。药秘仙都诀，茶开蜀国封。何当答群望，高蹑傅岩踪。

寄华山司空图二首

门径放莎垂，往来投刺稀。有时开御札，特地挂朝衣。岳信僧传去，仙一作天香鹤带归。他年二南化一作旨，无复更衰微。

逍遥短褐成，一剑动精灵。白昼梦仙岛，清晨礼道经。黍苗侵野径，桑椹污闲庭。肯要为邻者，西南太华青。

赠屏风岩栖蟾上人

岩房高且静，住此几寒暄。鹿嗅安禅石，猿啼乞食村。朝阳生树罅，古路一作道透云根。独我闲相觅，凄凉碧洞门。

赠秀才

筠阳多胜致，夫子纵游遨。凤鸟瑞不见，鲈鱼价转高。门开沙嘴静，船系树根牢。谁解伊人趣，村沽对郁陶。

送迁客

倏忽堕鹓行，天南去路长。片言曾不谄，获罪亦何伤。象恋藏牙浦，人贪卖子乡。此心终合雪，去已莫思量。

哭悼朝贤

前昨回私第，旋闻寝疾终。四邻方响绝，二月牡丹空。冢已迁名境，碑仍待至公。只应遗爱理，长在楚南风。

悼方干处士

先生在世日，只向镜湖居。明主未巡狩，白头闲钓鱼。烟莎一径小，洲岛四邻疏。独有为儒者，时来吊旧庐。

听轩辕先生琴

诀妙与功精，通宵膝上横。一堂风冷淡，千古意分明。坐客神魂凝，巢禽耳目倾。酷哉商纣世，曾不遇先生。

芳　草

绵绵芳草绿，何处动深思。金谷人亡后，沙场日暖时。龙鳞藏有瑞，风雨洒无私。欲采兰兼蕙，清香可赠谁。

句

喜鱼在深处，幽鸟立多时。马侍中池亭　《纪事》

菖蒲花不艳，鸲鹆性多灵。《古今诗话》

盘中是祥瑞，天下恰炎蒸。卖冰者　以下《吟窗杂录》

待暖还须去，门前有路岐。夜坐

春雨无高下，花枝有短长。春诗

老负峨眉月，闲看云水心。赠齐己　《五代史补》

栖　蟾

栖蟾,居屏风岩。诗十二首。

短歌行

蟾光堪自笑,浮世懒思量。身得几时活,眼开终日忙。千门无寿药,一镜有愁霜。早向尘埃一作云泥外,光阴任短长。

除　夜一作尚颜诗

九冬三十夜,寒与暖分开。坐到四更后,身添一岁来。鱼灯延腊火,兽炭化春灰。青帝今应老,迎新见几回。

宿巴江

江声五十里,泻碧急于弦。不觉日又夜,争教人少年。一汀巫峡月,两岸子规天。山影似相伴,浓遮到晓船。

游　边

边云四顾浓,饥马嗅枯丛。万里八九月,一身西北风。偷营天正黑,战地雪多红。昨夜东归梦,桃花暖色中。

居南岳怀沈彬

石房开竹扉,茗外独支颐。万木还无叶,百年能几时。隔云闻狖过,截雨见虹垂。因忆岳南客,晏眠吟好诗。

南中怀友生

荔枝江上立，望北几思量。隔海无书札，前年在汉阳。瘴村人起早，铜柱象揩光。居此成何事，寻君过碧湘。

赠南岳玄泰布衲

曹溪入室人，终老甚难群。四十馀年内，青山与白云。松和巢鹤看，果共野猿分。海外僧来说，名高自小闻。

寄问政山聂威仪

先生卧碧岑，诸祖是知音。得道无一法，孤云同寸心。岚光薰鹤诏，茶味敌人参。苦向壶中去，他年许我寻。

送迁客

谏频甘得罪，一骑入南深。若顺吾皇意，即无臣子心。织花蛮市布，捣月象州砧。蒙雪知何日，凭楼望北吟。

读齐己上人集 一作尚颜诗

诗为儒者禅，此格的惟仙。古雅如周颂，清和甚舜弦。冰生听瀑句，香发早梅篇。想得吟成夜，文星照楚天。

牧童

牛得自由骑，春风细雨飞。青山青草里，一笛一蓑衣。日出唱歌去，月明抚掌归。何人得似尔，无是亦无非。

再宿京口禅院

滩声依旧水溶溶，岸影参差对梵宫。楚树七回凋旧叶，江人两至宿秋风。蟾蜍竹老摇疏白，菡萏池干落碎红。多病支郎念行止，晚年生计转如蓬。

全唐诗卷八四九

可　朋

可朋，丹棱人。好酒，自号醉髡。《玉垒集》十卷，今存诗四首。

耕田鼓诗

农舍田头鼓，王孙筵上鼓。击鼓兮皆为鼓，一何乐兮一何苦。上有烈日，下有焦土。愿我天翁，降之以雨。令桑麻熟，仓箱富。不饥不寒，上下一般。

赋洞庭

周极八百里，凝眸望则劳。水涵天影阔，山拔地形高。贾客停非久，渔翁转几遭。飒然风起处，又是鼓波涛。

赠方干

盛名传出自皇州，一举参差便缩头。月里岂无攀桂分，湖中刚爱钓鱼休。童偷诗稿呈邻叟，客乞书题谒郡侯。独泛短舟何限景，波涛西接洞庭秋。

桐花鸟

五色毛衣比凤雏，深花丛里只如无。美人买得偏怜惜，移向金钗重几铢。

句

来多不似客，坐久却垂帘。见《纪事》

虹收千嶂雨，潮展半江天。见《刘公诗话》

诗因试客分题僻，棋为饶人下著低。

伤心尽日有啼鸟，独步残春空落花。杜甫旧居

唯陪北楚三千客，多话东林十八贤。

乍当暖景飞仍慢，欲就芳丛舞更高。蝶　见《偶谈》

昙　域

昙域，贯休弟子也。诗集若干卷，今存三首。

宿郑谏议山居

堂开星斗边，大谏采薇还。禽隐石中树，月生池上山。凉风吹咏思，幽语隔禅关。莫拟归城计，终妨此地闲。

怀齐己

鬓髯秋景两苍苍，静对茅斋一炷香。病后身心俱澹泊，老来朋友半凋伤。峨眉山色侵云直，巫峡滩声入夜长。犹喜深交有支遁，时时音信到松房。

赠岛云禅师

远庵枯叶满，群鹿亦相随。顶骨生新发，庭松长旧枝。禅高太白月，行出祖师碑。乱后潜来此，南人总不知。

栖　一

栖一，武昌人，与贯休同时。诗二首。

垓下怀古

缅想咸阳事可嗟，楚歌哀怨思无涯。八千子弟归何处，万里鸿沟属汉家。弓指阵前争日月，血流垓下定一作走龙蛇。拔山力尽乌江水，今古悠悠空浪花。

武昌怀古

战国城池尽悄然，昔人遗迹遍山川。笙歌罢吹几多日，台榭荒凉七百年。蝉响夕阳风满树，雁横秋岛雨漫天。堪嗟世事如流水，空见芦花一钓船。

处　默

处默，初与贯休同薙染，后入庐山，与修睦、栖隐游。诗一卷，今存八首。

圣果寺

路自中峰上，盘回出薜萝。到江吴地尽，隔岸越山多。古木丛青霭,遥天浸白波。下方城郭近,钟磬杂笙歌。

送僧游西域

一盂兼一锡,只此度流沙。野性虽为客,禅心即是家。寺披云峤雪,路入晓天霞。自说游诸国,回应岁月赊。

远　烟

霭霭前山上,凝光满薜萝。高风吹不尽,远树得偏多。翠与晴云合,轻将淑气和。正堪流野目,朱阁意如何。

萤

熠熠与娟娟,池塘竹树边。乱飞如拽火,成聚却无烟。微雨洒不灭,轻风吹欲燃。昔时书案上,频把作囊悬。

忆庐山旧居

粗衣粝食老烟霞,勉把衰颜惜岁华。独鹤只为山客伴,闲云常在野僧家。丛生嫩蕨黏松粉,自落干薪带藓花。明月清风旧相得,十年归恨可能赊。

题栖霞寺僧房

名山不取买山钱,任构花宫近碧巅。松桧老依云里寺,楼台深锁洞中天。风经绝嶂回疏雨,石倚危屏挂落泉。欲结茅庵共师住,肯饶多少薜萝烟。

山 中 作

席帘高卷枕高欹,门掩垂萝蘸碧溪。闲把史书眠一觉,起来山日过松西。

织　妇

蓬鬓蓬门积恨多，夜阑灯下不停梭。成缣犹自陪钱纳，未直青楼一曲歌。

句

太平时节无人看，雪刃闲封满匣尘。剑　见王正字《诗格》

修　睦

修睦，光化中，为洪州僧正，与贯休、处默、栖隐为诗友。诗二十首。

秋日闲居

是事不相关，谁人似此闲。卷帘当白昼，移榻对青山。野鹤眠松上，秋苔长雨间。岳僧频有信，昨日得书还。

宿岳阳开元寺

竟夕凭虚槛，何当兴叹频。往来人自老，今古月常新。风逆一作风送沈鱼唱，松疏露鹤身。无眠钟又动，几客在迷津。

送边将

人尽有离别，而君独可一作无嗟。言将身报国，敢望禄荣家。战思风吹野，乡心月照一作满沙。归期定何日，塞北树无花。

雪中送人北游

然知心去速，其奈雪飞频。莫喜一作叹无危道，虽平更陷人。远郊光接汉，旷野色通秦。此去迢遥极，却回应过春。

落　叶

雨过闲田地，重重落叶一作尽红。翻思向春日，肯信有秋风。几处随流水，河边乱暮空。只应松自立，而不与君同。

落　花

一片又一片，等闲苔面红。不能延数日，开亦是春风。公子歌声歇，诗人眼界空。遥思故山下，经雨两三丛。

题田道者院

入门空寂寂，真个出家儿。有行鬼不见，无心人谓痴。古岩寒柏对，流水落花随。欲别一何懒，相从所恨迟。

东林寺

欲去不忍去，徘徊吟绕廊。水光秋澹荡，僧好语寻常。碑古苔文叠，山晴钟韵长。翻思南岳上，欠此白莲香。

寄贯休上人

常语亦关诗，常流安得知。楚郊来未久，吴地住多时。立月无人近，归林有鹤随。所居浑不远，相识偶然迟。

喜僧友到

十年消息断，空使梦烟萝。嵩岳几时下，洞庭何日过。瓶干离涧久，衲坏卧云多。意欲相留住，游方肯舍么。

怀虚中上人

檐雨滴更残，思君安未安。湘川闻不远，道路去寻难。吟鬓霜应蚀，禅衣雪渐寒。倚松因独立，一鸟下江干。

简寂观

正同高士坐烟霞，思著闲忙又是嗟。碧岫观中人似鹤，红尘路上事如麻。石肥滞雨添苍藓，松老涵风落翠花。莫道此间无我分，遗民长在惠持家。

睡起作

长空秋雨歇，睡起觉精神。看水看山坐，无名无利身。偈吟诸祖意，茶碾去年春。此外谁相识，孤云到砌频。

卖松者

求利有何限，将松入市来。直饶人买去，也向柳边栽。细叶犹黏雪，孤根尚惹苔。知君用心错，举世重花开。

思齐己上人

同人与流俗，相谓好襟灵。有口不他说，长年自诵经。水声秋后石一作室，山色晚来庭。客问修何法，指松千岁青。

送玄泰禅师

去去去何住，一盂兼一瓶。水边寒草白，岛外晚峰青。宿处林闻虎，行时天有星。回期谁可定，浮世重看经。

三 生 石

圣迹谁会得，每到亦徘徊。一尚不可得，三从何处来。清宵寒露滴，白昼野云隈。应是表灵异，凡情安可猜。

题僧梦微房

东海日未出，九衢人已行。吾师无事坐，苔藓入门生。雨过闲花落，风来古木声。天台频说法，石壁欠题名。

秋 台 作

独上高楼上，客情何物同。孤云无定处，长日信秋风。兄弟多年别，关河此夕中。到头归去是，免使叹洪濛。

怀 故 园

故园归未得，此日意何伤。独坐水边草，水流春日长。

无　作

无作，字不用，姓司马氏。吴越四明山僧，善草隶诗歌，不谒王侯，自号逍遥子。诗一首。

谢武肃王

云鹤性孤单，争堪名利关。衔恩虽入国，辞命却归山。

清　尚

清尚，与齐己同时。诗一首。

哭　僧

道力自超然，身亡同坐禅。水流元在海，月落不离天。溪白葬时雪，风香焚处烟。世人频下泪，不见我师玄。

乾　康

乾康，零陵人。诗二首。

投谒齐己

隔岸红尘忙似火，当轩青嶂冷如冰。烹茶童子休相问，报道门前是衲僧。

赋残雪

康谒永州守，睹其老丑，不信能诗。时积雪方消，命为题试之。守大惊曰："其旨不浅。"待以殊礼。

六出奇花已住开，郡城相次见楼台。时人莫把和泥看，一片飞从天上来。

句

镜湖中有月，处士后无人。荻笋抽高节，鲈鱼跃老鳞。经方干旧居甚为齐己所称。

全唐诗无考卷八五〇

昙翼诗一首

招隐第四句缺一字

连峰数千里,修林带平津。云起远山翳,风至□荒榛。茅茨隐不见,鸡鸣知有人。蹑磴践其迹,处处见遗薪。乃知百代下,固有上皇民。

隐求一作隐丘,诗一首。

石桥琪树

山上天将近,人间路渐遥。谁当云里见,知欲渡仙桥。

智远诗一首

律僧

滤水与龛灯,长长护有情。众生谓有情。自从青草出,便不下阶行。北阙应无梦,南山旧有名。将何喻浮世,惟指浪沤轻。

无　闷 诗二首

暮春送人

折柳亭边手重携，江烟澹澹草萋萋。杜鹃不解一作顾离人意，更向落花枝上啼。

寒林石屏

草堂无物伴身闲，惟有屏风枕簟间。本向他山求得石，却于石上看他山。

尚　志 诗一首

江上秋志

到来江上久，谁念旅游心。故国无秋信，邻家有暮砧。坐遥翻不睡，愁极却成吟。即恐髭连鬓，还为白所侵。

玄　宝 诗一首

路

南北东西去，茫茫万古尘。关河无尽处，风雪有行人。险极山通蜀，平多地入秦。营营名利者，来往岂辞频。

怀　浦 诗二首

赠智舟三藏

壮岁心难伏，师心伏岂难。寻常独在院，行坐不离坛。岳雪当禅瞑，松声入咒寒。更因文字外，多把史书看。

初冬旅舍早怀

枕上角声微，离情未息机。梦回三楚寺，寒入五更衣。月没栖禽动，霜晴冻叶飞。自惭行役早，深与道相违。

亚　栖 诗二首

对御书后一绝

通神笔法得玄门，亲入长安谒至尊。莫怪出来多意气，草书曾悦圣明君。

题英禅师

将知德行异寻常，每见持经在道场。欲识用心精洁处，一瓶秋水一炉香。

惟　审 诗三首

别友人

一身无定处，万里独销魂。芳草迷归路，春衣滴泪痕。几时休一作同旅食，向夜宿江村。欲识异乡苦，空山啼暮猿。

赋得闻晓莺一作黄鸟啼

卷帘清梦后，芳树引流莺。隔叶传春意，穿花送晓声。未调云路翼，空负桂枝情。莫尽关关一作西兴，羁愁正厌生。

春日旅怀呈知己

生涯万事有苍苍，应任流萍便越乡。春水独行人渐远，故园归梦一作路夜空长。一声隔浦猿啼处，数滴惊心泪满裳。不为知音皆鲍叔，信谁一作凭江上去茫茫。

慕　幽 诗六首

剑　客

去住知一作如何处，空将一剑行。杀人虽取次，为事爱公平。戟立嗔髭鬓，星流忿眼睛。晓来湘市一作相共说，拂曙别辽城。

酬和友人见寄 一作冬日淮上别文上人

劳歌好自看，终久偶齐桓。五字若教易，一名争得难。侵窗红树一作叶老，荫砌雪花残。莫效齐僚属，东归剪钓竿。

冬日淮上别文上人一作酬和友人见寄

家国各万里，同吟六七年。可堪随北雁，迢递向南天。水共一作与行人远，山将落日连。春淮有双鲤，莫忘尺书传。

柳

今古凭君一赠行，几回折尽复重生。五株斜傍渊明宅，千树低垂太尉营。临水带烟藏翡翠，倚风兼雨宿流莺。隋皇堤畔一作上依依在，曾惹当时歌吹声。

三峡闻猿

谁向兹来不恨生，声声都是断肠声。七千里外一家住，十二峰前独自行。瘴雨晚藏神女庙，蛮烟寒锁夜郎城。凭君且听一作莫哀吟好，会待青云道路平。

灯

钟断危楼鸟不飞，荧荧何处最相宜。香然水寺僧开卷，笔写春帏客著诗。忽尔思多穿壁处，偶然心尽断缨时。孙康勤苦谁能念，少减馀光借与伊。

释　彪诗一首

宝　琴

吾有一宝琴，价重双南金。刻作龙凤象，弹为山水音。星从徽里发，风来弦上吟。钟期不可遇，谁辨曲中心。

法　轮 诗一首

观大驾出叙事寄怀 见《文苑英华》

紫台宵漏竭，青门曙鼓通。轻霞照复道，徐吹转相风。玉鸾光万骑，金舆郁五戎。鸣笳犹度阙，清跸尚喧宫。云旗乱陌紫，羽旆杂尘红。百城归北丽，两汉久惭雄。吾曹陋薄技，馀庆洽微躬。平原已起洛，印手亦还丰。得奉衣冠盛，仍观书轨同。犹言待封告，未忍向华嵩。

尚　能 诗一首

中秋旅怀

所畜惟骚雅，兼之得固穷。望乡连北斗，听雨带西风。稼穑村坊远，烟波路径通。冥搜清绝句，恰似有神功。

句

霜洲枫落尽，月馆竹生寒。见《万花谷》

常　雅 诗一首

题伍相庙

苍苍古庙映林峦，漠漠烟霞覆古坛。精魄不知何处在，威风犹入浙江寒。

沧　浩 诗一首

怀旧山 一作别嘉兴知己

一坐西林寺，从来未下山。不因寻长者，无事到人间。宿雨愁为客，寒花笑未还一作寒禽散未还。空怀旧山月，童子诵经闲。

若　水 诗一首

题慧山泉

石脉绽寒光，松根喷晓凉。注瓶云母滑，漱齿茯苓香。野客偷煎茗，山僧借净床。安禅何所问，孤月在中央。

文　鉴 诗一首

题马迹山

瀛洲西望沃洲山，山在平湖缥缈间。常说使君千里马，至今龙迹尚堪攀。

全唐诗卷八五一

慈恩寺沙门 高宗时人

和御制游慈恩寺

皇风扇祇树，至德茂禅林。仙华曜日彩，神幡曳远阴。绮殿笼霞影，飞阁出云心。细草希慈泽，恩光重更深。

水心寺僧

赠贾松先辈

嵯峨山上石，岁岁色长新。若使尽成宝，谁为知己人。

无名释

古　梅

火虐风饕水渍根，霜皴雪皱古苔痕。东风未肯随寒暑，又蘖清香与返魂。

南唐失名僧

月

徐徐东海出，渐渐上天衢。此夜一轮满，清光何处无。前二句一作团团离海峤，渐渐出云衢。

吴越僧

武肃王有旨石桥设斋会进一诗共六首

南有天台事可尊，孕灵含秀独超群。重重曲涧侵危石，步步层岩踏碎云。金雀每从云里现，异香多向夜深闻。当知此界非凡界，一道幽奇各自分。

仙源佛窟有天台，今古嘉名遍九垓。石磴嵌空神匠出，瀑泉雄壮雨声来。景强偏感高僧上，地胜能令远思开。一等翘诚依此处，自然灵贶作梯媒。

智泉福海莫能逾，亲自王恩运睿谟。感现尽冥心境界，资持全固道根株。石梁低翥红鹦鹉，烟岭高翔碧鹧鸪。胜妙重重惟祷祝，永资军庶息灾虞。

凌晨迎请倍精诚，亲散鲜花异处清。罗汉攀枝呈梵相，岩僧倚树现真形。神幡双出红霞动，宝塔全开白气生。都为王心标意切，满空盈月瑞分明。

幡花宝盖满青川，祈祷迎来圣半千。莫道胜缘无影响，须知嘉会有因缘。空中长似闻天乐，岩畔常疑有地仙。何必更寻兜率去，重重灵应事昭然。

登云步岭涉烟程,好景随心次第生。圣者已符祥瑞事,地灵全副祷祈情。洞深重叠拖云湿,滩浅潺湲漱水清。愿满事圆归去路,便风相送片帆轻。

唐末僧

题户诗

枕有思乡泪,门无问疾人。尘埋床下履,风动架头巾。

神　迥

临晋人,姓田。贞观间,流化岷峨,为道俗宗仰。

逸　句

鸦鸣东牖曙,草秀南湖春。见《诗式》

可　隆

字了空,俗姓慕容,住福州东禅院,五代时人。

逸　句

万般思后行,一失废前功。观棋

尔　鸟 唐末蜀沙门

逸　句

鲸目光烧半海红，鳌头浪蹙掀天白。见《诗话总龟》

元　础 上都僧

逸　句

寺隔残潮去。
采药过泉声。
林塘秋半宿，风雨夜深来。

悟　清 唐僧

逸　句

鸟归花影动，鱼没浪痕圆。

契　盈 闽中人，住杭州龙华禅寺。

逸　句

三千里外一条水，十二时中两度潮。见《五代史补》

淡　然

逸　句

到处自凿井,不能饮常流。

庭　实 江南僧

逸　句

吟中双鬓白,笑里一生贫。 见《诗史》

知　业 吴越时湖州圣保寺僧,有诗名。

逸　句 第二句缺一字

接岸桥通何处路,倚栏人〔是阿〕(□是)谁家。 见《葆光录》

云　容

逸　句

木末上明星。

玄　幽

逸　句

三万莲经三十春,半生不蹋院门尘。

志　定

逸　句

惟有樽前今夜月,当时曾照堕楼人。
梧桐叶老蝉声死,一夜洞庭波上风。 见张为《主客图》

灵　准

逸　句

晴看汉水广,秋觉岘山高。

荆州僧

逸　句

犬熟护邻房。

全唐诗卷八五二

司马承祯

司马承祯,字子〔微〕(征),河内人。好学,工篆隶。居天台紫霄峰,则天、睿宗、明皇累召见,问道术。后居王屋山卒,赠真一先生。诗一首。

答宋之问

时既暮兮节欲春,山林寂兮怀幽人。登奇峰兮望白云,怅缅邈兮象欲纷。白云悠悠去不返,寒风飕飕吹日晚。不见其人谁与言,归坐弹琴思逾远。

张　氲

张氲,一名蕴,字藏真,晋州人。神情秀逸脩闲,学道不娶。尝寓李峤家十馀年,栖息洪崖古坛,自号洪崖子。天后及明皇朝屡召不赴。诗三首。

醉吟三首

去岁无田种,今春乏酒材。从他花鸟笑,佯醉卧楼台。

下调无人睬，高心又被瞋。不知时俗意，教我若为人。
入市非求利，过朝不为名。有时随俗物，相伴且营营。

司马退之

司马退之，开元中道士。诗一首。

洗　心

不践名利道，始觉尘土腥。不味稻粱食，始觉精神一作神骨清。罗浮奔走外，日月无短明。山瘦松亦劲，鹤老飞更轻。逍遥此中客，翠发皆长生。草木多古色，鸡犬无新声。君有出俗志，不贪英雄名。傲然脱冠带，改换人间情。去矣丹霄路，向晓云冥冥。

裴俻然

裴俻然，楚州刺史思训之子。开元中为道士，好诗酒，善丹青。诗一首。

夜醉卧街 开元中，夜醉卧街犯禁，乃为此诗。

遮莫冬冬动一作鼓，须倾满满杯。金吾如借问，但一作报道玉山颓。

轩辕弥明

轩辕弥明，元和中衡山道士。诗一首。

谒尧帝庙 桂州尧庙有开元二年弥明谒尧诗，自宋镌石。

祖龙开国尽遐荒，庙建唐尧镇此邦。山卷白云朝帝座，林疏红日列仙幢。巍巍圣迹陵松峤，荡荡恩波洽桂江。瞻仰威灵共回首，紫霞深处锁轩窗。

陈寡言

陈寡言，字太初，暨阳人。从田良逸学道，元和中，住桐柏山。诗〔三〕(二)首。

山　居

照水冰如鉴，扫雪玉为尘。何须问今古，便是上皇人。

醉卧茅堂不闭关，觉来开眼见青山。松花落处宿猿在，麋鹿群群林际还。

临化示弟子

我本无形暂有形，偶来人世逐营营。轮回债负今还毕，搔首翛然归上清。

李　升

李升，字云举，江夏人。学炼气养形之术，与元、白善。年百馀岁卒。诗一首。

元白席上作 一作吕岩遇钟离先生作

生在儒家遇太平，悬缨垂带布衣轻。谁能世路趋名利，臣事玉皇归上清。

范尧佐

范尧佐，长庆、元和中道士。诗一首。

一字至七字诗

以题为韵，同王起诸公送白居易分司东都作。

书

书。凭雁，寄鱼。出王屋，入匡庐。文生益智，道著清虚。葛洪一万卷，惠子五车馀。银钩屈曲索靖，题桥司马相如。别后莫暌千里信，数封缄送到闲居。

徐灵府

徐灵府，自号默希子，钱塘人。居天台虎头岩上，以修炼自乐。武宗诏征之，力辞免。尝撰《天台山记》、《三洞要略》、《玄鉴》等书。诗三首。

言志献浙东廉访辞召

野性歌三乐，皇恩出九重。那烦紫宸命，远下白云峰。多愧书传鹤，深惭纸画龙。将何佐明主，甘老在岩松。

自咏二首

寂寂凝神太极初，无心应物等空虚。性修自性非求得，欲识真人只是渠。

学道全真在此生，何须待死更求生。今生不了无生理，纵复生知那处生。一作侯台闲吟。

吴子来

吴子来，大中末道士。诗二首。

留观中诗二首

《云笈七签》云：子来止成都双流县兴唐观中，养气绝粒，时亦饮酒，他无所营。一日自写其真，并诗二章，留遗观中道士费玄真去。

终日草堂间，清风常往还。耳无尘事扰，心有玩云闲。对酒惟思月，餐松不厌山。时时吟内景，自合驻童颜。

此生此物当生涯，白石青松便是家。对月卧云如野鹿，时时买酒醉烟霞。

全唐诗卷八五三

吴　筠

吴筠,字贞节,华州华阴人。少通经,善属文。举进士不第,去入嵩山为道士。明皇闻其名,遣使征至,待诏翰林。天宝中,坚求还山。寻入会稽,隐剡中。大历中年卒,弟子私谥为宗玄先生。集十卷,今编诗一卷。

游仙二十四首

启册观往载,摇怀考今情。终古已寂寂,举世何营营。悟彼众仙妙,超然含至精。凝神契冲玄,化服凌太清。心同宇宙广,体合云霞轻。翔风吹羽盖,庆霄拂霓旌。龙驾朝紫微,后天保令名。岂如寰中士,轩冕矜暂荣。

鸾凤栖瑶林,雕鹗集平楚。饮啄本殊好,翱翔终异所。吾方遗喧嚣,立节慕高举。解兹区中恋,结彼霄外侣。谁谓天路遐,感通自无阻。

愍俗从迁谢,寻仙去沦没。三元有真人,与我生道骨。凌晨吸丹景,入夜饮黄月。百关弥调畅,方寸益清越。栖神合虚无,洞览周恍惚。不觉随玉皇,焚香诣金阙。

西龟初定箓,东华已校名。三官无遗谴,七祖升云軿。体妙尘累隔,心微玄化并。一朝出天地,亿载犹童婴。使我齐浩劫,萧萧宴玉清。

怡神在灵府，皎皎含清澄。仙经不吾欺，轻举信有征。畴昔希道念，而今果天矜。岂非阴功著，乃致白日升。焉用过洞府，吾其越朱陵。

高真诚寥邈，道合不我遗。孰谓姑射远，神人可同嬉。结驾从之游，飘飘出天垂。不理人自化，神凝物无疵。因知至精感，足以和四时。

碧海广无际，三山高不极。金台罗中天，羽客恣游息。霞液朝可饮，虹芝晚堪食。啸歌自忘心，腾举宁假翼。保寿同三光，安能纪千亿。

将过太帝宫，暂诣扶桑处。真童已相迓，为我清宿雾。海若宁洪涛，羲和止奔驭。五云结层阁，八景动飞舆。青霞正可挹，丹椹时一遇。留我宴玉堂，归轩不令遽。

欲超洞阳界，试鉴丹极表。赤帝跃火龙，炎官控朱鸟。导我升绛府，长驱出天杪。阳灵赫重晖，四达何皎皎。为尔流飘风，群生遂无夭。

予因诣金母，飞盖超西极。遂入素中天，停轮太蒙侧。若华拂流影，不使白日匿。倾曦复亭午，六合无暝色。道化随感迁，此理谁能测。

九龙何蜿蜿，载我升云纲。临睨怀旧国，风尘混苍茫。依依远人寰，去去迩帝乡。上超星辰纪，下视日月光。倏已过太微，天居焕煌煌。

停骖太仪侧，整服金阙前。肃肃承上帝，锵锵会群仙。鸿炉发灵香一作音，广庑张钧天。玉醴洽中座，霞膏充四筵。良期无终极，俯仰移亿年。

峻朗妙门辟，澄微真鉴通。琼林九霞上，金阁三天中。飞虬跃庆云，翔鹤抟灵风。郁彼玉京会，仙期六合同。

予升至阳元一作源，欲憩明霞馆。飘飘琼轮举，晔晔金景散。结虚成万有，高妙咸可玩。玉山郁嵯峨，琅海杳无岸。暂赏过千椿，遐龄谁复算。

招携紫阳友，合宴玉清台。排景羽衣振，浮空云驾来。灵幡七曜动，琼障九光开。凤舞龙璈奏，虬轩殊未回。

高升紫极上，宴此玄都岑。玉藻散奇香，琼柯流雅音。灵风生太漠，习习吹人襟。体混希微广，神凝空洞深。萧然宇宙外，自得乾坤心。

晨登千仞岭，俯瞰四人居。原野间城邑，山河分里闾。眇彼埃尘中，争奔声利途。百龄宠辱尽，万事皆为虚。自昔无成功，安能与尔俱。将期驾云景，超迹升天衢。

骨炼体弥清，鉴明尘已绝。恬夷宇宙泰，焕朗天光彻。羽服参烟霄，童颜皎冰雪。隐符千魔骇，鸣玉万帝悦。遂使区宇中，祆气永沦灭。

朝逾弱水北，夕憩钟山顶。颛顼清玄宫，禺强扫幽境。烛龙发神曜，阴野弥焕炳。导达三气和，驱除六天静。玉楼互相晖，烟客何秀颖。一举流霞津，千年在俄顷。

扬盖造辰极，乘烟游阆风。上元降玉闼，王母开琳宫。天人何济济，高会碧堂中。列侍奏云歌，真音满太空。千年紫柰熟，四劫灵瓜丰。斯乐异荒宴，陶陶殊未终。

整驾辞五岳，排烟凌九霄。纷然太虚中，羽旆更相招。且盼蓬壶近，谁言昆阆遥。悠悠竟安适，仰赴三天朝。

予招三清友，迥出九天上。挠挑绝漠中，差池遥相望。大空含常明，八外无隐障。鸾凤有逸翮，泠然恣飘飏。寥寥唯玄虚，至乐在神王。

纵身太霞上，眇眇虚中浮。八威先启行，五老同我游。灵景何灼灼，祥风正寥寥。啸歌振长空，逸响清且柔。遨嬉无迹赏，顾眄皆真俦。不疾而自速，万天俄已周。

返视太初先，与道冥至一。空洞凝真精，乃为虚中实。变通有常性，合散无定质。不行迅飞电，隐曜光白日。玄栖忘玄深，无得固无失。

览古十四首

圣人重周济，明道欲救时。孔席不暇暖，墨突何尝缁。兴言振颓纲，将以有所维。君臣恣淫惑，风俗日凋衰。三代业遽陨，七雄遂交驰。庶物坠涂炭，区中若棼丝。秦皇燎儒术，方册靡孑遗。大汉历五叶，斯文复崇推。乃验经籍道，与世同屯夷。弛张固天意，设教安能持。

兴亡道之运，否泰理所全。奈何淳古风，既往不复旋。三皇已散朴，五帝初尚贤。王业与霸功，浮伪日以宣。忠诚及狙诈，淆混安可甄。馀智入九霄，守愚沦重泉。永怀巢居时，感涕徒泫然。

栋宇代巢穴，其来自三皇。迹生固为累，经始增百王。瑶台既灭夏，琼室复陨汤。覆车世不悟，秦氏兴阿房。继踵迷反正，汉家崇建章。力役弊万人，瑰奇殚八方。徇志仍未极，促龄已云亡。侈靡竟何在，荆榛生庙堂。

闲居览前载，恻彼商与秦。所残必忠良，所宝皆凶嚚。昵谀方自圣，不悟祸灭身。箕子作周辅，孙通为汉臣。洪范及礼仪，后王用经纶。

吾观采苓什，复感青蝇诗。谗佞乱忠孝，古今同所悲。奸邪起狡猾，骨肉相残夷。汉储殒江充，晋嗣灭骊姬。天性犹可间，君臣固其宜。子胥烹吴鼎，文种断越铍。屈原沉湘流，厥戚咸自贻。何不若范蠡,扁舟无还期。

尝稽真仙道,清寂祛众烦。秦皇及汉武,焉得游其藩。情扰万机屑,位骄四海尊。既欲先宇宙,仍规后乾坤。崇高与久远,物莫能两存。矧乃恣所欲,荒淫伐灵根。金膏恃延期,玉色复动魂。征战穷外域,杀伤被中原。天鉴谅难诬,神理不可谖。安期返蓬莱,王母还昆仑。异术终莫告,悲哉竟何言。

鲁侯祈政术,尼父从弃捐。汉主思英才,贾生被一作亦排迁。始皇重韩子,及睹乃不全。武帝爱一作钦相如,既征复忘贤。贵远世咸尔,贱今理共然。方知古来主,难以效当年。

食其昔未偶,落魄为狂生。一朝君臣契,雄辩何纵横。运筹康汉业,凭轼下齐城。既以智所达,还为智所烹。岂若终贫贱,酣歌本无营。

晁错抱远策,为君纳良规。削彼诸侯权,永用得所宜。奸臣负旧隙,乘衅谋相危。世主竟不辨,身戮宗且夷。汉景称钦明,滥罚犹如斯。比干与龙逄,残害何足悲。

绛侯成大绩,赏厚位仍尊。一朝对狱吏,荣辱安可论。苏生佩六印,奕奕为殃源。主父食五鼎,昭昭成祸根。李斯佐二辟,巨衅钟其门。霍孟翼三后,伊戚及后昆。天人忌盈满,兹理固永存。方知得意者,何必乘朱轮。灭景栖远壑,弦歌对清樽。二疏返海滨,蒋诩归林园。萧洒去物累,此谋诚足敦。

至人顺通塞,委命固无疵。吾观太史公,可谓识道规。留滞焉足愤,感怀殄生涯。吾叹龚夫子,秉义确不移。晦迹一何晚,夭年夭当时。薰膏自销铄,楚老空馀悲。

达者贵量力,至人尚知几。京房洞幽赞,神奥咸发挥。如何嫉元恶,不悟祸所归。谋物阁谋已,谁言尔精微。以上二首一本作一首。

玄元明知止,大雅尚保躬。茂先洽闻者,幽赜咸该通。弱年赋鹪鹈,可谓达养蒙。晚节希鸾鹄,长飞戾曾穹。知进不知退,遂令其道穷。伊昔辨福初,胡为迷祸终。方验嘉遁客,永贞天壤同。

圣人垂大训,奥义不苟设。天道殃顽凶,神明祐懿哲。斯言犹影响,安得复回穴。鲧瞍诞英睿,唐虞育昏孽。盗跖何延期,颜生乃短折。鲁隐全克让,祸机遂潜结。楚穆肆巨逆,福柄奚赫烈。田常弑其主,祚国久罔缺。管仲存霸功,世祖一作祀成诡说。汉氏方版荡,群阉恣邪谲。謇謇陈蕃徒,孜孜抗忠节。誓期区宇静,爰使凶丑绝。谋协事靡从,俄而反诛灭。古来若兹类,纷扰难尽列。道遐理微茫,谁为我昭晰。吾将询上帝,寥廓讵跻彻。已矣勿用言,忘怀庶自悦。自楚穆以下,一本分作二首。

步虚词十首

众仙仰灵范,肃驾朝神宗。金景相照曜,逶迤升太空。七玄已高飞,火炼生珠一作朱宫。馀庆逮天壤,平和王道融。八威清游气一作氛,十绝舞祥风。使我跻阳源一作原,其来自阴功。逍遥太霞上,真鉴靡不通。

逸辔登紫清,乘光迈奔电。阆风隔三天,俯视犹可见。玉阙摽敞朗,琼林郁葱蒨。自非挺金骨,焉得谐夙愿。真朋何森森,合景恣游宴。良会忘淹留,千龄才一眄。

三宫发明景,朗照同郁仪。纷然驰飙欻,上采空清蕤。令我洞金色,后天耀琼姿。心协太虚静,寥寥竟何思。玄中有至乐,淡泊终无为。但与正真友,飘飖散一作从遨嬉。

禀化凝正气,炼形为真仙。忘心符元宗,返本协自然。帝一集绛宫,流光出丹玄。元英与桃君,朗咏长生篇。六府焕明霞,百关一作阙罗紫烟。飙车涉寥廓,靡靡乘景迁。不觉云路远,斯须游万天。

扶桑诞初景,羽盖凌晨霞。倏欻造西域,嬉游金母家。碧津湛洪源,灼烁敷荷花。煌煌青琳宫,粲粲列玉华。真气溢绛府,自然思无邪。俯矜区中士,夭浊良可嗟。

琼台劫万仞,孤映大罗表。常有三素云,凝光自飞绕。羽幢泛明霞,升降何缥缈。鸾凤吹雅音,栖翔绛林标。玉虚无昼夜,灵景何皎皎。一睹太上京,方知众天小。

灼灼青华林,灵风一作凤振琼柯。三光无冬春,一气清且和。回首迩结灵,倾眸亲曜罗。豁落制六天,流铃威百魔。绵绵庆不极,谁谓椿龄多。

高情一作清无侈靡,遇物生华光。至乐无箫歌,金玉音琅琅一作玉音自琳琅。或登明真台,宴此羽景堂。杳霭结宝云,霏微散灵香。天人诚遐旷,欢泰不可量。

爰从太微上,肆觐虚皇尊。腾我八景舆,威迟入天门。既登玉宸庭,肃肃仰紫轩。敢问龙汉末,如何辟乾坤。怡然辍云璈,告我希夷言。幸闻至精理,方见造化源。

二气播万有,化机无停轮。而我操其端,乃能出陶钧。寥寥大漠一作升天汉上,所遇皆清真。澄莹含元和,气同自相亲。绛树结丹实,紫霞流碧津。以兹保童婴,永用超形神。

登北固山望海

此一作北山镇京口,迥出沧海湄。跻览何所见,茫茫潮汐驰一作池。云生蓬莱岛,日出扶桑枝。万里混一色,焉能分两仪。愿言策烟驾,缥缈寻安期。挥手谢人境,吾将从此辞。

听尹炼师弹琴

至乐本太一,幽琴和乾坤。郑声久乱雅,此道稀能尊。吾见尹仙翁,伯牙今复存。众人乘其流,夫子达其源。在山峻峰峙,在水洪涛奔。都忘迩城阙，但觉清心魂。代乏识微者，幽音谁与论。

题龚山人草堂

世人负一美，未肯甘陆沉。独抱匡济器，能怀真隐心。结庐迩城郭，及到云木深。灭迹慕颍阳，忘机同汉阴。启户面白水，凭轩对苍岑。但歌考槃诗，不学梁父吟。兹道我所适，感君齐素襟。勖哉龚夫子，勿使嚣尘侵。

游庐山五老峰

彭蠡隐深翠，沧波照芙蓉。日初金光满，景落黛色浓。云外听猿鸟，烟中见杉松。自然符幽情，潇洒惬所从。整策务探讨，嬉游任从容。玉膏正滴沥，瑶草多芊茸。羽人栖层崖，道合乃一逢。挥手欲轻举，为余扣琼钟。空香清人心，正气信有宗。永用谢物累，吾将乘鸾龙。

登庐山东峰观九江合彭蠡湖

百川灌彭蠡，秋水方浩浩。九派混东流，朝宗合天沼。写心陟云峰，纵目还缥缈。宛转众浦分，差池群山绕。江妃弄明霞，仿佛呈窈窕。而我临长风，飘然欲腾矫。昔怀沧洲兴，斯志果已绍。焉得忘机人，相从洽鱼鸟。

建业怀古

炎精既失御，宇内为三分。吴王霸荆越，建都长江滨。爰资股肱力，以静淮海民。魏后欲济师，临流遽旋军。岂惟限天堑，所忌在有人。惜哉归命侯，淫虐败前勋。衔璧入洛阳，委躬为晋臣。无何覆宗社，为尔含悲辛。俄及永嘉末，中原塞胡尘。五马浮渡江，一龙跃天津。此时成大业，实赖贤缙绅。辟土虽未远，规模亦振振。谢公佐王室，仗节扫伪秦。谁为吴兵孱，用之在有伦。荏苒宋齐末，斯须变梁陈。绵历已六代，兴亡互纷纶。在德不在险，成败良有因。高堞复于隍，广殿摧于榛。王风久泯灭，胜气犹氤氲。皇家一区域，玄化通无垠。常言宇宙泰，忽遘云雷屯。极目梁宋郊，茫茫晦妖氛。安得倚天剑，斩兹横海鳞。徘一作服徊江山暮，感激为谁申。

经羊角哀墓作

祇召出江国，路旁旌古坟。伯桃葬角哀，墓近荆将军。神道不相得，称兵解其纷。幽明信难知，胜负理莫分。长呼遂刎颈，此节古未闻。两贤结情爱，骨肉何足云。感子初并粮，我心正氛氲。迟回驻征骑，不觉空林曛。

过天门山怀友

举帆遇风劲，逸势如飞奔。缥缈凌烟波，崩腾走川原。两山夹沧江，豁尔开天门。须臾轻舟远，想象孤屿存。归路日已近，怡然慰心魂。所经多奇趣，待与吾友论。一日如三秋，相思意弥敦。

舟中遇柳伯存归潜山因有此赠

浇风久成俗，真隐不可求。何悟非所冀，得君在扁舟。目击道已存，一笑遂忘言。况观绝交书，兼睹箴隐文。

见君浩然心，视世如浮空。君归潜山曲，我复庐山中。形间心不隔，谁能嗟异同。他日或相访，无辞驭冷风。

舟中夜行

榜人识江路，挂席从宵征。莫辨洲渚状，但闻风波惊。阴云正飘飖，落月无光晶。岂不畏艰险，所凭在忠诚。何时达遥夜，伫见初日明。

晚到湖口见庐山作呈诸故人

夜舟达湖口，渐近庐山侧。高高标横天，隐隐何峻极。石镜启晨晖，垆烟凝寒色。旅泊将休暇，归心已跻陟。虚名久为累，使我辞逸域。良愿道不违，幽襟果兹得。故人在云峤，乃复同晏息。鸿飞入青冥，虞氏一作人罢缯弋。

苦春霖作寄友

应龙迁南方，霪雨备一作漏江干。俯望失平陆，仰瞻隐崇峦。阴风敛暄气，残月凄已寒。时鸟戢好音，众芳亦微残。万流注江湖，日夜增波澜。数君旷不接，悄然无与欢。对酒聊自娱，援琴为谁弹。弹为愁霖引，曲罢仍永叹。此叹因感物，谁能识其端。写怀寄同心，词极意未殚。

酬叶县刘明府避地庐山言怀诒郑录事昆季苟尊师兼见赠之

明哲良罕遇，遇君辄思齐。挺生著天爵，自可析人圭。河洛初沸腾，方期扫虹霓。时命竟未合，安能亲鼓鼙。从此罢飞凫，投簪辞割鸡。驱车适南土，忠孝两不暌。庐岳镇江介，于焉惬林栖。入门披彩服，出谷杖红藜。隐令旧闾里，而今复成蹊。郑公解簪绂，华萼曜松谿。贤哉苟征君，灭迹为圃畦。顾已成非薄，忝兹忘筌蹄。

相观对绿樽，逸思凌丹梯。道泰我长往，时清君勿迷。王孙且无归，芳草正萋萋。

高士咏 有序

《易》称君子之道，或出、或处、或默、或语。盖出而语者，所以佐时致理。处而默者，所以居静镇躁。故虽无言，亦几于利物，岂独善其身而已哉。夫子曰："隐居以求其志，行义以达其道。"所谓百虑一致，殊途同归者也。夫好同恶异，人之常情。予自弱年，窃尚真隐。远览先达，实怡我心。虽不见古人，而馀风可仰。是则是效，其唯嘉遁之士乎！故企慕之不足，则师友之；师友之不足，则咏歌之。聊乐我员，于是乎在。昔玄晏先生皇甫谧因其所美而著《高士传》，梁伯鸾有《高士颂》。愚今有《高士咏》，亦各一时之志耳。太初渺邈，难得而详。洪崖之流，无迹可纪。故始于混元皇帝，终于陶征君。举其绝伦，明其标的。为五十首，以吟讽其德音焉。

混元皇帝

玄元九仙主，道冠三气初。应物方佐命，栖真亦归居。贻篇训终古，驾景还太虚。孔父叹犹龙，谁能知所如。

广成子

广成卧云岫，缅邈逾千龄。轩辕来顺风，问道修神形。至言发玄理，告以从杳冥。三光入无穷，寂默返太宁。

许先生

大名贤所尚，宝位圣所珍。皎皎许仲武，遗之若纤尘。弃瓢箕山下，洗耳颍水滨。物外两寂寞，独与玄冥均。

樊先生

巢父志何远，潜精人莫知。耻闻让王事，饮犊方见移。不欲散大朴，焉能为尧师。炼真自轻举，浮世何足遗。

柏成子高

大禹受禅让，子高辞诸侯。退躬适外野，放浪夫何求。万乘造中亩，一言良见酬。伵伵耕不顾，斯情邈难俦。

臧丈人

臧叟隐中壑，垂纶心浩然。文王感昔梦，授政道斯全。一遵无为术，三载淳化宣。功成遂不处，遁迹符冲玄。

伯夷叔齐

夷齐互崇让，弃国从所钦。聿来及宗周，乃复非其心。世浊不可处，冰清首阳岑。采薇咏羲农，高义越古今。

南华真人

南华源道宗，玄远故不测。动与造化游，静合太和息。放旷生死外，逍遥神明域。况乃资九丹，轻举归太极。

冲虚真人

冲虚冥至理，体道自玄通。不受子阳禄，但饮壶丘宗。泠然竟何依，挠挑游大空。未知风乘我，为是我乘风。

洞灵真人

亢仓致虚极，潜迹依远岫。智去愚独留，日亏岁方就。乡人谋尸祝，不欲闻俎豆。尚贤非至理，尧舜固为陋。

通玄真人

通玄贵阴德，利物非市朝。悠然大江上，散发挥轻桡。已陈缁帷说，复表沧浪谣。灭迹竟何往，遗文独昭昭。

文始真人

文始通道源，含光隐关吏。遥欣紫气浮，果验真人至。玄诰已云锡，世荣何足累。高步三清境，超登九仙位。

荣启期

荣期信知止，带索无所求。外物非我尚，琴歌自优游。三乐通至道，一言醉孔丘。居常以待终，啸傲夫何忧。

长沮桀溺

贤哉彼沮溺，避世全其真。孔父栖栖者，征途方问津。行藏既异迹，语默岂同伦。耦耕长林下，甘与鸟雀群。

颜阖

世情矜宠誉，效节徼当时。颜阖遵无名，饭牛聊自怡。逃聘鄙束帛，凿坏欣茅茨。托聘嚣尘表，放浪世莫知。

老莱夫妻

莱氏道已远，懿妻德弥清。一遁嚣烦趣，永契云壑情。禄位非所重，拂衣遂遐征。杳然从我愿，岂为物所撄。

楚狂接舆夫妻

接舆耽冲玄，伉俪亦真逸。傲然辞征聘，耕绩代禄秩。凤歌诫文宣，龙德遂隐密。一游峨嵋上，千载保灵术。

郑商人弦高

卓哉弦高子，商隐独摽奇。效谋全郑国，矫命犒秦师。赏神一作伸义不受，存公灭其私。虚心贵无名，远迹居九夷。

柳下惠

展禽抱纯粹，灭迹和光尘。高情遗轩冕，降志救世人。百行既无点，三黜道弥真。信谓德超古，岂惟言中伦。

荷蒉晨门

荷蒉隐耕艺，晨门潜抱关。道尊名可贱，理惬心弥闲。混迹是非域，纵怀天地间。同讥孔宣父，匿景杳不还。

汉阴丈人

野哉汉阴叟，好古遂忘机。抱瓮诚亦勤，守朴全道微。子贡初不达，听言识其非。已为风波人，怳惘失所依。

於陵夫妻

皎皎於陵子,己贤妻亦明。安兹道德重,顾彼浮华轻。琴书不为务,禄位不可荣。逃迹终灌园,谁能达世情。

项　橐

太项冥虚极,微远不可究。禀量合太初,返形寄童幼。孔父惭至理,颜生赖真授。泛然同万流,无迹世莫觏。

太伯延陵

太伯全至让,远投蛮夷间。延陵嗣高风,去国不复还。尊荣比蝉翼,道义侔崇山。元一作玄规与峻节,历世无能攀。

壶丘子

壶丘道为量,玄虚固难知。季咸曜浅术,御寇初深疑。至人忘祸福,感变靡定期。太冲杳无朕,元化谁能知。

段干木

干木布衣者,守道杜衡门。德光义且富,肯易王侯尊。魏主钦其贤,轼庐情亦敦。秦兵遂不举,高卧为国藩。

鲁仲连

仲连秉奇节,释难含道情。一言却秦围,片札降聊城。辞金义何远,让禄心益清。处世功已立,拂衣蹈沧溟。

颜　歜

高哉彼颜歜，逸气陵齐宣。道尊义不屈，士重王来前。荣禄安可诱，保和从自然。放情任所尚，长揖归山泉。

周　丰

周丰贵隐耀，静默尊无名。鲁侯询政体，喻以治道精。莅人在忠悫，疑叛由会盟。一言达至义，千载良为程。

师　金

圣人贵素朴，礼义非玄同。师金告颜生，可谓达化宗。夫子饰刍狗，自然道斯穷。应物方矫行，俯仰靡不通。

南郭子綦

子綦方隐几，冥寂久灰心。悟来应颜游，清义杳何深。含响尽天籁，有言同彀音。是非不足辩，安用劳神襟。

黔娄先生

黔娄蕴雅操，守约遗代华。淡然常有怡，与物固无瑕。哲妻配明德，既没辩正邪。辞禄乃馀贵，表谥良可嘉。

原　宪

原生何淡漠，观妙自怡性。蓬户常晏如，弦歌乐天命。无财方是贫，有道固非病。木赐钦高风，退惭车马盛。

商山四皓

万方厌秦德，战伐何纷纷。四皓同无为，丘中卧白云。自汉成帝业，一来翼储君。知几道可尚，隐括成元勋。

河上公

邈邈河上叟，无名契虚冲。灵关畅玄旨，万乘趋道风。宠辱不可累，飘然在云空。独与造化友，谁能测无穷。

东方曼倩

东方禀易象，玩世隐廊庙。栖心抱清微，混迹秘光耀。玄览寄数术，纳规在谈笑。卖药五湖中，还从九仙妙。

严君平

汉皇举遗逸，多士咸已宁。至德不可拔，严君独湛冥。卜筮训流俗，指归畅玄经。闭关动元象，何必游紫庭。

司马季主

季主超常伦，沉迹寄卜筮。宋贾二大夫，停车试观艺。高谈哂朝列，洪辩不可际。终秉鸾凤心，翛然已遐逝。

郑子真张仲蔚

子真岩石下，仲蔚蓬蒿居。礼聘终不屈，清贫长晏如。心情在耕艺，养寿资玄虚。至乐非外物，道冥欢有馀。

严子陵

汉皇敦故友，物色访严生。三聘迫深泽，一来遇帝庭。紫宸同御寝，玄象验客星。禄位终不屈，云山乐躬耕。

向子平

子平好真隐，清净玩老易。探玄乐无为，观象验损益。常抱方外心，且纡人间迹。一朝毕婚娶，五岳遂长适。

韩康

伯休抱遐心，隐括自为美。卖药不二价，有名反深耻。安能受玄纁，秉愿终素履。逃遁从所尚，萧萧绝尘轨。

台佟管宁

吾嘉台孝威，乐道隐岩穴。吾尚管幼安，栖真养高节。采药聊自给，观书任所悦。风尘不可混，真素比松雪。

高凤

吾观时人趣，矫迹务驰声。独有高文通，讼田求翳名。公车徒见累，爵禄非所荣。隐身乐鱼钓，世网不可撄。

庞德公

庞公栖鹿门，绝迹远城市。超然风尘外，自得丘壑美。耕凿勤厥躬，耘锄课妻子。保兹永无患，轩冕何足纪。

玄晏先生

士安逾弱冠，落魄未修饰。一朝因感激，志学忘寝食。著书穷天人，辞聘守玄默。薄葬信昭俭，可为将来则。

孙公和

孙登好淳古，卉服从穴居。弹琴合天和，读易见象初。终日无愠色，恬然在玄虚。贻言诫叔夜，超迹安所如。

董威辇

董京依白社，散发咏玄风。心出区宇外，迹参城市中。嚣尘不能杂，名位安可笼。匿影留雅什，精微信难穷。

郭文举

郭生在童稚，已得方外心。绝迹遗世务，栖真入长林。元和感异类，猛兽怀德音。不忆固无情，斯言微且深。

陶征君

吾重陶渊明，达生知止足。怡情在樽酒，此外无所欲。彭泽非我荣，折腰信为辱。归来北窗下，复采东篱菊。

元日言怀因以自励诒诸同志

驰光无时憩，加我五十年。知非慕伯玉，读易宗文宣。经世匪吾事，庶几唯道全。谁言帝乡远，自古多真仙。馀滓永可涤，秉心方杳然。孰能无相与，灭迹俱忘筌。安用感时变，当期升九天。

同刘主簿承介建昌江泛舟作

吾友从吏隐，和光心杳然。鸣琴正多暇，啸侣浮清川。风霁远澄映，昭昭涵洞天。坐惊众峰转，乃觉孤舟迁。崖屿非一状，差池过目前。徘徊白日暮，月色江中鲜。真兴殊未已，滔滔且溯沿。时歌沧浪曲，或诵逍遥篇。酣畅迷夜久，迟迟方告旋。此时无相与，其旨在忘筌。

缑山庙

朝吾自嵩山，驱驾遵洛汭。逶迟轘辕侧，仰望缑山际。王子谢时人，笙歌此宾帝。仙材夙所禀，宝位焉足系。为迫丹霄期，阙流苍生惠。高踪邈千载，遗庙今一诣。肃肃生风云，森森列松桂。大君弘至道，层构何壮丽。稽首环金坛，焚香陟瑶砌。伊余超浮俗，尘虑久已闭。况复清夙心，萧然叶真契。

胡无人行

剑头利如芒，恒持一作时照眼光。铁骑追骁虏，金羁讨黠羌。高秋八九月，胡地早风霜。男儿不惜死，破胆与君尝。

别章叟

平昔同邑里，经年不相思。今日成远别，相对心凄其。

题缙云岭永望馆

人惊此路险，我爱山前深。犹恐佳趣尽，欲行且沉吟。

题华山人所居

故人住南郭，邀我对芳樽。欢畅日云暮，不知城市喧。

全唐诗卷八五四

杜光庭

杜光庭，字圣宾，括苍人。喜读书，工辞章翰墨。应百篇举，不中，入天台山为道士。僖宗召见，赐以紫服，充麟德殿文章应制。后隐青城山白云溪，自称东瀛子，蜀主王建赐号广成先生。有《广成集》一百卷，《壶中集》三卷，今存诗一卷。

初月

始看东上又西浮，圆缺何曾得自由。照物不能长似镜，当天多是曲如钩。定无列宿敢争耀，好伴晴河相映流。直使奔波急于箭，只应白尽世间头。

题仙居观

往岁真人朝玉皇，四真三代住繁阳。初开九鼎丹华熟，继蹑五云天路长。烟锁翠岚迷旧隐，池凝寒镜贮秋光。时从白鹿岩前往，应许潜通不死乡。

题鸿都观

亡吴霸越已功全，深隐云林始学仙。鸾鹤自飘三蜀驾，波涛犹忆五湖船。双溪夜月明寒玉，众岭秋空敛翠烟。也有扁舟归去兴，故乡东望思悠然。

题都庆观

三仙一一驾红鸾，仙去云闲绕古坛。炼药旧台空处所，挂衣乔木两摧残。清风岭接猿声近，白石溪涵水影寒。二十四峰皆古隐，振缨长往亦何难。

赠将军 首二句缺

□□□□□□□，□□□□□□□。八表顺风惊雨露，四溟随剑息波涛。手扶北极鸿图永，云卷长天圣日高。未会汉家青史上，韩彭何处有功劳。

题鹤鸣山

五气云龙下泰清，三天真客已功成。人间回首山川小，天上凌云剑佩轻。花拥石坛何寂寞，草平辙迹自分明。鹿裘高士如相遇，不待岩前鹤有声。

题空明洞

窅然灵岫五云深，落翮标名振古今。芝术迎风香馥馥，松柽蔽日影森森。从师只拟寻司马，访道终期谒奉林。欲问空明奇胜处，地藏方石恰如金。

题北平沼

桐柏真人曾此居，焚香崖下诵灵书。朝回时宴三山客，涧尽闲飞五色鱼。天柱一峰凝碧玉，神灯千点散红蕖。宝芝常在知谁得，好驾金蟾入太虚。

题平盖沼

势压长江空八阵,吴都仙客此修真。寒江向晚波涛急,深洞无风草木春。江上玉人应可见,洞中仙鹿已来驯。龙车凤辇非难遇,只要尘心早出尘。

题本竹观

楼阁层层冠此山,雕轩朱槛一跻攀。碑刊古篆龙蛇动,洞接诸天日月闲。帝子影堂香漠漠,真人丹涧水潺潺。扫空双竹今何在,只恐投波去不还。

题福唐观二首

盘空蹑翠到山巅,竹殿云楼势逼天。古洞草深微有路,旧碑文灭不知年。八州物象通檐外,万里烟霞在目前。自是人间轻举地,何须蓬岛访真仙。

曾随云水此山游,行尽层峰更上楼。九月登临须有意,七年岐路亦堪愁。树红树碧高低影,烟淡烟浓远近秋。暂爇炉香不须去,伫陪天仗入神州。

题莫公台

奇绝巍台峙浊流,古来人号小瀛洲。路通霄汉云迷晚,洞隐鱼龙月浸秋。举首摘星河有浪,自天图画笔无钩。将军悟却希夷诀,赢得清名万古流。

读书台

山中犹有读书台,风扫晴岚画障开。华月冰壶依旧在,青莲居士几时来。

赠　人

静神凝思仰青冥，此夕长天降瑞星。海上昨闻鹏羽翼，人间初见鹤仪形。

赠蜀州刺史

再扶日月归行殿，却领山河镇梦刀。从此雄名压寰海，八溟争敢起波涛。

题剑门

谁运乾坤陶冶功，铸为双剑倚苍穹。题诗曾驻三天驾，碍日长含八海风。

题龙鹄山

抽得闲身伴瘦筇，乱敲青碧唤蛟龙。道人扫径收松子，缺月初圆天柱峰。

富贵曲 以下十一首，一作郑遨诗。

美人梳洗时，满头间珠翠。岂知两片云，戴却数乡税。

咏西施

素面已云妖，更著花钿饰。脸横一寸波，浸破吴王国。

伤　时

帆力劈开沧海浪，马蹄踏破乱山青。浮名浮利过于酒，醉得人心死不醒。

题霍山秦尊师

老鹤玄猿伴采芝，有时长叹独移时。翠娥红粉婵娟剑，杀尽世人人不知。

偶　题

似鹤如云一个身，不忧家国不忧贫。拟将枕上日高睡，卖与世间荣贵人。

思　山　咏

因卖丹砂下白云，鹿裘惟惹九衢尘。不如将耳入山去，万是千非愁杀人。

景福中作

闷见戈鋋匝四溟，恨无奇策救生灵。如何饮酒得长醉，直到太平时节醒。

招友人游春

难把长绳系日乌，芳时偷取醉功夫。任堆金璧磨星斗，买得花枝不老无。

山 居 三 首

闷见有人寻，移庵更入深。落花流涧水，明月照松林。醉劝头陀酒，闲教孺子吟。身同云外鹤，断得世尘侵。

冥心栖太室，散发浸流泉。采柏时逢麝，看云忽见仙。夏狂冲雨戏,春醉戴花眠。绝顶登云望,东都一点烟。

不求朝野知,卧见岁华移。采药归侵夜,听松饭过时。荷竿寻水钓,背局上岩棋。祭庙人来说,中原正乱离。

纪道德 以下二首俱一言至十五言

道,德。清虚,玄默。生帝先,为圣则。听之不闻,抟之不得。至德本无为,人中多自惑。在洗心而息虑,亦知白而守黑。百姓日用而不知,上士勤行而必克。既鼓铸于乾坤品物,信充切乎东西南北。三皇高拱兮任以自然,五帝垂衣兮修之不忒。以心体之者为四海之主,以身弯之者为万夫之特。有皓齿青娥者为伐命之斧,蕴奇谋广智者为盗国之贼。曾未若轩后顺风兮清静自化,曾未若皋陶迈种兮温恭允塞。故可以越圆清方浊兮不始不终,何止乎居九流五常兮理家理国。岂不闻乎天地于道德也无以清宁,岂不闻乎道德于天地也有逾绳墨。语不云乎仲尼有言朝闻道夕死可矣,所以垂万古历百王不敢离之于顷刻。

怀古今

古,今。感事,伤心。惊得丧,叹浮沉。风驱寒暑,川注光阴。始衒朱颜丽,俄悲白发侵。嗟四豪之不返,痛七贵以难寻。夸父兴怀于落照,田文起怨于鸣琴。雁足凄凉兮传恨绪,凤台寂寞兮有遗音。朔漠幽囚兮天长地久,潇湘隔别兮水阔烟深。谁能绝圣韬贤餐芝饵术,谁能含光遁世炼石烧金。君不见屈大夫纫兰而发谏,君不见贾太傅忌鹏而愁吟。君不见四皓避秦峨峨恋商岭,君不见二疏辞汉飘飘归故林。胡为乎冒进贪名践危途与倾辙,胡为乎怙权恃宠顾华饰与雕簪。吾所以思抗迹忘机用虚无为师范,吾所以思去奢灭欲保道德为规箴。不能劳神效苏子张生兮于时而纵辩,不能劳神效杨朱墨翟兮挥涕以沾襟。

句

铜壶滴滴禁漏起，三十六宫争卷帘。　月　以下《锦绣万花谷》

斜阳古岸归鸦晚，红蓼低沙宿雁愁。

霜雕曲径寒芜白，雁下遥村落照黄。

恩威欲寄黄丞相，仁信先闻郭细侯。

兵气此时来世上，文星今日到人间。降因天下思姚宋，出为儒门继孔颜。

丹灶河车休矻矻，蚌胎龟息且绵绵。驭景必能趋日域，骑箕终拟蹑星躔。返朴还淳皆至理，遗形忘性尽真铨。　山居百韵　见《鉴戒录》

全唐诗卷八五五

郑　遨

郑遨，字云叟，滑州白马人。昭宗时，举进士，不第，入少室山为道士。徙居华阴，种田自给，与道士李道殷、罗隐之友善，世目为三高士。唐明宗以左拾遗、晋高祖以谏议大夫召，皆不起。赐号逍遥先生，天福中卒。诗十七首。

山　居 一作杜光庭诗

闷见有人寻，移庵更入深。落花流涧水，明月照松林。醉劝头陀酒，闲教孺子吟。身同云外鹤，断得世尘侵。

冥心栖太室，散发浸流泉。采柏时逢麝，看云忽见山。夏狂冲雨戏，春醉戴花眠。绝顶登云望，东都一点烟。

不求朝野知，卧见岁华移。采药归侵夜，听松饭过时。荷竿寻水钓，背局上岩棋。祭庙人来说，中原正乱离。

茶　诗

嫩芽香且灵，吾谓草中英。夜臼和烟捣，寒炉对雪烹。惟忧碧粉散，常见绿花生。最是堪珍重，能令睡思清。

哭张道古

曾陈章疏忤昭皇，扑落西南事可伤。岂使谏臣终屈辱，直疑天道恶忠良。生前卖卜居三蜀，死后驰名遍大唐。谁是后来修史者，言君力死正颓纲。

富贵曲 一作杜光庭诗

美人梳洗时，满头间珠翠。岂知两片云，戴却数乡税。

伤农

一粒红稻饭，几滴牛颔血。珊瑚枝下人，衔杯吐不歇。

咏西施 一作杜光庭诗

素面已云妖，更著花钿饰。脸横一寸波，浸破吴王国。

思山咏 一作杜光庭诗

因卖丹砂下白云，鹿裘惟惹九衢尘。不如将耳入山去，万是千非愁杀人。

招友人游春 一作杜光庭诗

难把长绳系日乌，芳时偷取醉工夫。任堆金璧磨星斗，买得花枝不老无。

宿洞庭

月到君山酒半醒，朗吟疑有水仙听。无人识我真闲事，赢得高秋看洞庭。

题病僧寮

佛前香印废晨烧，金锡当门照寂寥。童子不知师病困，报风吹折好芭蕉。

题霍山秦尊师 一作杜光庭诗

老鹤玄猿伴采芝，有时长叹独移时。翠娥红粉浑如剑，杀尽世人人不知。

偶　题

似鹤如云一个身，不忧家国不忧贫。拟将枕上日高睡，卖与世间荣贵人。一作杜光庭诗。

帆力劈一作冲开沧海浪，马蹄踏破乱山青。浮名浮利浓于酒，醉得人心死不醒。

景福中作 一作杜光庭诗

闷见戈铤匝四溟，恨无奇策救生灵。如何饮酒得长醉，直到太平时节醒。

题中条静观 侯道华上升处

松顶留衣上玉霄，永传异迹在中条。不知揖遍诸仙否，欲请还丹问昨宵。道华有诗云：帖里大还丹，昨宵谩吃却。

虞有贤

虞有贤，唐末道士。诗一首。

送卧云道士 一作鱼又玄，题云《题柳公权书度人经后》。

卧云道士来相辞，相辞倏忽何所之。紫阁春深烟霭霭，东风花柳折枝枝。药成酒熟有时节，寒食恐失松间期。冥鸿一见伤弓翼，高飞展转心无疑。满酌数杯酒，狂吟几首诗。留不住，去不悲，醯鸡蜉蝣安得知。

程紫霄

程紫霄，唐末道士，后唐同光初，尝敕令入内殿讲论。诗一首。

示守庚申众

《避暑录话》云：道家言人身中有三尸，亦云三彭，记人过失，庚申日，乘人睡，告之上帝，学道者是日不睡，谓守庚申。唐末，朝士会终南太极观，守庚申。紫霄笑曰："此吾师托是以惧为恶者尔。"据床求枕，作诗示从。投笔，鼻息如雷。

不守庚申亦不疑，此心常与道相依。玉皇已自知行止，任汝三彭说是非。

舒道纪

舒道纪，婺州人。为赤松山黄冠师，自号华阴子，与贯休友善。诗二首。

兰溪灵瑞观

澄心坐清境，虚白生林端。夜静笑声出，月明松影寒。绛霞封药灶，碧窦溅斋坛。海树几回老，先生棋未残。

题赤松宫 今兰溪县之赤松山。王初平亦称赤松子。

松老赤松原，松间庙宛然。人皆有兄弟，谁得共神仙。双鹤冲天去，群羊化石眠。至今丹井水，香满北山边。

彭　晓

彭晓，字秀川，号真一子，永康人。昌利化飞鹤山道士也。孟蜀授朝散郎，守尚书祠〔部〕员外。诗二首。

参同契明镜图诀诗二首

晓尝注《参同契》，复约其义为明镜图。列八环而符动静，明二象以定阴阳。为诀二篇云：

造化潜施迹莫穷，簇成真诀指蒙童。三篇秘列八环内，万象门开一镜中。离女驾龙为木婿，坎男乘虎作金翁。同人好道宜精究，究得长生路便通。

至道希夷妙且深，烧丹先认大还心。日爻阴耦生真汞，月卦阳奇产正金。女妊朱砂男孕雪，北藏荧惑丙含壬。两端指的铅金祖，莫向诸般取次寻。

鱼又玄

鱼又玄，道士。诗一首。

题柳公权书度人经后 一作虞有贤，题云《送卧云道士》。

卧云道士来相辞，相辞倏忽何所之。紫阁当春凝烟霭，东风吹岸花枝枝。药成酒熟有时节，寒食恐失松间期。冥鸿复见伤弓翼，高飞展转心无疑。满泻数杯酒，狂吟几首诗。留不住，去不悲，醯鸡蜉蝣可一作安得知。

全唐诗卷八五六

吕　岩

吕岩,字洞宾,一名岩客。礼部侍郎渭之孙,河中府永乐(一云蒲坂)县人。咸通中举进士,不第。游长安酒肆,遇钟离权得道,不知所往。诗四卷。

呈钟离云房

生在儒家遇太平,悬缨重滞布衣轻。谁能世上争名利,臣事玉皇归上清。

献郑思远施真人二仙

万劫千生到此生,此生身始觉飞轻。抛家别国云山外,炼魄全魂日月精。比见至人论九鼎,欲穷大药访三清。如今获遇真仙面,紫府仙扉得姓名。

得火龙真人剑法

昔年曾遇火龙君,一剑相传伴此身。天地山河从结沫,星辰日月任停轮。须知本性绵多劫,空向人间历万春。昨夜钟离传一语,六天宫殿欲成尘。

七　言

周行独力出群伦，默默昏昏亘古存。无象无形潜造化，有门有户在乾坤。色非色际谁穷处，空不空中自得根。此道非从它外得，千言万语谩评论。

通灵一颗正金丹，不在天涯地角安。讨论穷经深莫究，登山临水杳无看。光明暗寄希夷顶，赫赤高居混沌端。举世若能知所寓，超凡入圣弗为难。

落魄红尘四十春，无为无事信天真。生涯只在乾坤鼎，活计惟凭日月轮。八卦气中潜至宝，五行光里隐元神。桑田改变依然在，永作人间出世人。

独处乾坤万象中，从头历历运元功。纵横北斗心机大，颠倒南辰胆气雄。鬼哭神号金鼎结，鸡飞犬化玉炉空。如何俗士寻常觅，不达希夷不可穷。

谁信华池路最深，非遐非迩奥难寻。九年采炼如红玉，一日圆成似紫金。得了永袪寒暑逼，服之应免死生侵。劝君门外修身者，端念思惟此道心。

水府寻铅合火铅，黑红红黑又玄玄。气中生气肌肤换，精里含精性命专。药返便为真道士，丹还本是圣胎仙。出神入定虚华语，徒费功夫万万年。

九鼎烹煎九转砂，区分时节更无差。精神气血归三要，南北东西共一家。天地变通飞白雪，阴阳和合产金花。终期凤诏空中降，跨虎骑龙谒紫霞。

凭君子后午前看，一脉天津在脊端。金阙内藏玄谷子，玉池中坐太和官。只将至妙三周火，炼出通灵九转丹。直指几多求道者，行藏莫离虎龙滩。

返本还元道气平，虚非形质转分明。水中白雪微微结，火里金莲渐渐生。圣汞论时非有体，真铅穷看亦无名。吾今为报修行者，莫向烧金问至精。

安排鼎灶炼玄根，进退须明卯酉门。绕电奔云飞日月，驱龙走虎出乾坤。一丸因与红颜驻，九转能烧白发痕。此道幽微知者少，茫茫尘世与谁论。

醍醐一盏诗一篇，暮醉朝吟不记年。乾马屡来游九地，坤牛时驾出三天。白龟窟里夫妻会，青凤巢中子母圆。提挈灵童山上望，重重叠叠是金钱。

认得东西木与金，自然炉鼎虎龙吟。但随天地明消息，方识阴阳有信音。左掌南辰攀鹤羽，右擎北极剖龟心。神仙亲口留斯旨，何用区区向外寻。

一本天机深更深，徒言万劫与千金。三冬大热玄中火，六月霜寒表外阴。金为浮来方见性，木因沉后始知心。五行颠倒堪消息，返本还元在己寻。

虎将龙军气宇雄，佩符持甲去匆匆。铺排剑戟奔如电，罗列旌旗疾似风。活捉三尸焚鬼窟，生擒六贼破魔宫。河清海晏乾坤净，世世安居道德中。

我家勤种我家田，内有灵苗活万年。花似黄金苞不大，子如白玉颗皆圆。栽培全赖中宫土，灌溉须凭上谷泉。直候九年功满日，和根拔入大罗天。

寻常学道说黄芽，万水千山觅转差。有畛有园难下种，无根无脚自开花。九三鼎内烹如酪，六一炉中结似霞。不日成丹应换骨，飞升遥指玉皇家。

四六关头路坦平，行人到此不须惊。从教犊驾轰轰转，尽使羊车轧轧鸣。渡海经河稀阻滞，上天入地绝攲倾。功成直入长生殿，袖出神珠彻夜明。

九六相交道气和，河车昼夜进金波。呼时一一关头转，吸处重重脉上摩。电激离门光海岳，雷轰震户动婆娑。思量此道真长远，学者多迷溺爱河。

金丹不是小金丹，阴鼎阳炉里面安。尽道东山寻汞易，岂知西海觅铅难。玄珠窟里行非远，赤水滩头去便端。认得灵竿真的路，何劳礼月步星坛。

古今机要甚分明，自是众生力量轻。尽向有中寻有质，谁能无里见无形。真铅圣汞徒虚费，玉室金关不解扃。本色丹瓢推倒后，却吞丸药待延龄。

浮名浮利两何堪，回首归山味转甘。举世算无心可契，谁人更与道相参。寸犹未到甘谈尺，一尚难明强说三。经卷葫芦并拄杖，依前担入旧江南。

本来无作亦无行，行着之时是妄情。老氏语中犹未决，瞿昙言下更难明。灵竿有节通天去，至药无根得地生。今日与君无吝惜，功成只此是蓬瀛。

解将火种种刀圭，火种刀圭世岂知。山上长男骑白马，水边少女牧乌龟。无中出有还丹象，阴里生阳大道基。颠倒五行凭匠手，不逢匠手莫施为。

三千馀法论修行，第一烧丹路最亲。须是坎男端的物，取他离女自然珍。烹成不死砂中汞，结出长生水里银。九转九还功若就，定将衰老返长春。

欲种长生不死根，再营阴魄及阳魂。先教玄母归离户，后遣空王镇坎门。虎到甲边风浩浩，龙居庚内水温温。迷途争与轻轻泄，此理须凭达者论。

闭目存神玉户观，时来火候递相传。云飞海面龙吞汞，风击岩巅虎伏铅。一旦炼成身内宝，等闲探得道中玄。刀圭饵了丹书降，跳出尘笼上九天。

千日功夫不暂闲，河车搬载上昆山。虎抽白汞安炉里，龙发红铅向鼎间。仙府记名丹已熟，阴司除籍命应还。彩云捧足归何处，直入三清谢圣颜。

解匹真阴与正阳，三年功满结成霜。神龟出入庚辛位，丹凤翱翔甲乙方。九鼎先辉双瑞气，三元中换五毫光。尘中若有同机者，共住烟霄不死乡。

修生一路就中难，迷者徒将万卷看。水火均平方是药，阴阳差互不成丹。守雌勿失雄方住，在黑无亏白自乾。认得此般真妙诀，何忧风雨妒衰残。

才吞一粒便安然，十二重楼九曲连。庚虎循环餐绛雪，甲龙夭乔迸灵泉。三三上应三千日，九九中延九万年。须得有缘方可授，未曾轻泄与人传。

谁知神水玉华池，中有长生性命基。运用须凭龙与虎，抽添全藉坎兼离。晨昏点尽黄金粉，顷刻修成玉石脂。斋戒饵之千日后，等闲轻举上云梯。

九天云净鹤飞轻，衔简翩翩别太清。身外红尘随意换，炉中白石立时成。九苞凤向空中舞，五色云从足下生。回首便归天上去，愿将甘雨救焦氓。

婴儿迤逦降瑶阶，手握玄珠直下来。半夜紫云披素质，几回赤气掩桃腮。微微笑处机关转，拂拂行时户牖开。此是吾家真一子，庸愚谁敢等闲猜。

水得天符下玉都，三千日里积功夫。祷祈天地开金鼎，收拾阴阳锁玉壶。便觉凡躯能变化，深知妙道不虚图。时来试问尘中叟，这个玄机世有无。

谁识寰中达者人，生平解法水中银。一条拄杖撑天地，三尺昆吾斩鬼神。大醉醉来眠月洞，高吟吟去傲红尘。自从悟里终身后，赢得蓬壶永劫春。

红炉迸溅炼金英，一点灵珠透室明。摆动乾坤知道力，逃移生死见功程。逍遥四海留踪迹，归去三清立姓名。直上五云云路稳，紫鸾朱凤自来迎。

时人若要学长生，先是枢机昼夜行。恍惚中间专志气，虚无里面固元精。龙交虎战三周毕，兔走乌飞九转成。炼出一炉神圣药，五云归去路分明。

亦无得失亦无言，动即施功静即眠。驱遣赤牛耕宇宙，分张玉粒种山川。栽培不惮劳千日，服食须知活万年。今日示君君好信，教君见世作神仙。

不须两两与三三，只在昆仑第一岩。逢润自然情易伏，遇炎常恐性难降。有时直入三元户，无事还归九曲江。世上有人烧得住，寿齐天地更无双。

本末无非在玉都，亦曾陆地作凡夫。吞精食气先从有，悟理归真便入无。水火自然成既济，阴阳和合自相符。炉中炼出延年药，溟渤从教变复枯。

无名无利任优游，遇酒逢歌且唱酬。数载未曾经圣阙，千年唯只在仙州。寻常水火三回进，真个夫妻一处收。药就功成身羽化，更抛尘坌出凡流。

杳杳冥冥莫问涯，雕虫篆刻道之华。守中绝学方知奥，抱一无言始见佳。自有物如黄菊蕊，更无色似碧桃花。休将心地虚劳用，煮铁烧金转转差。

还丹功满未朝天，且向人间度有缘。拄杖两头担日月，葫芦一个隐山川。诗吟自得闲中句，酒饮多遗醉后钱。若问我修何妙法，不离身内汞和铅。

半红半黑道中玄，水养真金火养铅。解接往年三寸气，还将运动一周天。烹煎尽在阴阳力，进退须凭日月权。只此功成三岛外，稳乘鸾凤谒诸仙。

返本还元已到乾，能升能降号飞仙。一阳生是兴功日，九转周为得道年。炼药但寻金里水，安炉先立地中天。此中便是还丹理，不遇奇人誓莫传。

飞龙九五已升天，次第还当赤帝权。喜遇汞珠凝正午，幸逢铅母结重玄。狂猿自伏何须炼，野马亲调不着鞭。炼就一丸天上药，顿然心地永刚坚。

举世何人悟我家，我家别是一荣华。盈箱贮积登仙录，满室收藏伏火砂。顿饮长生天上酒，常栽不死洞中花。凡流若问吾生计，遍地纷纷五彩霞。

津能充渴气充粮，家住三清玉帝乡。金鼎炼来多外白，玉虚烹处彻中黄。始知青帝离宫住，方信金精水府藏。流俗要求玄妙理，参同契有两三行。

紫诏随鸾下玉京，元君相命会三清。便将金鼎丹砂饵，时拂霞衣驾鹤行。天上双童持珮引，月中娇女执幡迎。此时功满参真后，始信仙都有姓名。

修修修得到乾乾，方号人间一醉仙。世上光阴催短景，洞中花木任长年。形飞峭壁非凡骨，神在玄宫别有天。唯愿先生频一顾，更玄玄外问玄玄。

全唐诗卷八五七

吕 岩

七 言

金丹一粒定长生，须得真铅炼甲庚。火取南方赤凤髓，水求北海黑龟精。鼎追四季中央合，药遣三元八卦行。斋戒兴功成九转，定应入口鬼神惊。

功满一作得道来来际会一作相见难，又闻东去上仙坛。杖头春色一壶酒，顶上云攒五岳冠。饮酒龟儿人不识，烧山符子鬼难看。先生去后身须老，乞与贫儒换骨丹。送钟离云房赴天池会。

碧潭深处一真人，貌似桃花体似银。鬓发未斑缘有术，红颜不老为通神。蓬莱要去如今去，架上黄衣化作云。任彼桑田变沧海，一丸丹药定千春。

炉养丹砂鬓不斑，假将名利住人间。已逢志士传神药，又喜同流动笑颜。老子道经分付得，少微星许共相攀。幸蒙上士甘捞摝，处世输君一个闲。赠人。

谁解长生似我哉，炼成真气在三台。尽知白日升天去，刚逐红尘下世来。黑虎行时倾雨露，赤龙耕处产琼瑰。只吞一粒金丹药，飞入青霄更不回。

乱云堆里表星都，认得深藏大丈夫。绿酒醉眠闲日月，白蘋风定钓江湖。长将气度随天道,不把言词问世徒。山水路遥人不到,茅君消息近知无。

鹤为车驾酒为粮,为恋长生不死乡。地脉尚能缩得短,人年岂不展教长。星辰往往壶中见,日月时时衲里藏。若欲时流亲得见,朝朝不离水银行。

灵芝无种亦无根,解饮能餐自返魂。但得烟霞供岁月,任他乌兔走乾坤。婴儿只恋阳中母,姹女须朝顶上尊。一得不回千古内,更无冢墓示儿孙。

世上何人会此言,休将名利挂心田。等闲倒尽十分酒,遇兴高吟一百篇。物外烟霞为伴侣,壶中日月任婵娟。他时功满归何处,直驾云车入洞天。

玄门帝子坐中央,得算明长感玉皇。枕上山河和雨露,笛中日月混潇湘。坎男会遇逢金女,离女交腾嫁木郎。真个夫妻齐守志,立教牵惹在阴阳。

遥指高峰笑一声,红霞紫雾面前生。每于廛市无人识,长到山中有鹤行。时弄玉蟾驱鬼魅,夜煎金鼎煮琼英。他时若赴蓬莱洞,知我仙家有姓名。

堪笑时人问我家,杖担云物惹烟霞。眉藏火电非他说,手种金莲不自夸。三尺焦桐为活计,一壶美酒是生涯。骑龙远出游三岛,夜久无人玩月华。

九曲江边坐卧看,一条长路入天端。庆云捧拥朝丹阙,瑞气裴回起白烟。铅汞此时为至药,坎离今日结神丹。功能济命长无老,只在人心不是难。

玄门玄理又玄玄,不死根元在汞铅。知是一般真个术,调和六一也同天。玉京山上羊儿闹,金水河中石虎眠。妙要能生觉本体,勤心到处自如然。

公卿虽贵不曾酬，说著仙乡便去游。为讨石肝逢蜃海，因寻甜雪过瀛洲。山川醉后壶中放，神鬼闲来匣里收。据见目前无个识，不如杯酒混凡流。

曾邀相访到仙家，忽上昆仑宴月华。玉女控拢苍獬豸，山童提挈白虾蟆。时斟海内千年酒，惯摘壶中四序花。今在人寰人不识，看看挥袖入烟霞。

火种丹田金自生，重重楼阁自分明。三千功行百旬见，万里蓬莱一日程。羽化自应无鬼录，玉都长是有仙名。今朝得赴瑶池会，九节幢幡洞里迎。

因看崔公入药镜，令人心地转分明。阳龙言向离宫出，阴虎还于坎位生。二物会时为道本，五方行尽得丹名。修真道士如知此，定跨赤龙归玉清。

浮生不实为轻忽，衲服深藏奇异骨。非是尘中不染尘，焉得物外通无物。共语难兮情兀兀，独自行时轻拂拂。一点刀圭五彩生，飞丹走入神仙窟。

莫怪爱吟天上诗，盖缘吟得世间稀。惯餐玉帝宫中饭，曾著蓬莱洞里衣。马踏日轮红露卷，凤衔月角擘云飞。何时再控青丝辔，又掉金鞭入紫微。

黄芽白雪两飞金，行即高歌醉即吟。日月暗扶君甲子，乾坤自与我知音。精灵灭迹三清剑，风雨腾空一弄琴。的当南游归甚处，莫交鹤去上天寻。

云鬓双明骨更轻，自言寻鹤到蓬瀛。日论药草皆知味，问著神仙自得名。簪冷夜龙穿碧洞，枕寒晨虎卧银城。来春又拟携筇去，为忆轩辕海上行。

龙精龟眼两相和，丈六男儿不奈何。九盏水中煎赤子，一轮火内养黄婆。月圆自觉离天网，功满方知出地罗。半醉好吞龙凤髓，劝君休更认弥陀。

强居此境绝知音，野景虽多不合吟。诗句若喧卿相口，姓名还动帝王心。道袍薜带应慵挂，隐帽皮冠尚懒簪。除此更无馀个事，一壶村酒一张琴。

华阳山里多芝田，华阳山叟复延年。青松岩畔攀高干，白云堆里饮飞泉。不寒不热神荡荡，东来西去气绵绵。三千功满好归去，休与时人说洞天。

天生不散自然心，成败从来古与今。得路应知能出世，迷途终是任埋沉。身边至药堪攻炼，物外丹砂且细寻。咫尺洞房仙景在，莫随波浪没光阴。

自隐玄都不记春，几回沧海变成尘。玉京殿里朝元始，金阙宫中拜老君。闷即驾乘千岁鹤，闲来高卧九重云。我今学得长生法，未肯轻传与世人。

北帝南辰掌内观，潜通造化暗相传。金槌袖里居元宅，玉户星宫降上玄。举世尽皆寻此道，谁人空里得玄关。明明道在堪消息，日月滩头去又还。

日影元中合自然，奔雷走电入中原。长驱赤马居东殿，大启朱门泛碧泉。怒拔昆吾歌圣化，喜陪孤月贺新年。方知此是生生物，得在仁人始受传。

六龙齐驾得升乾，须觉潜通造化权。真道每吟秋月澹，至言长运碧波寒。昼乘白虎游三岛，夜顶金冠立古坛。一载已成千岁药，谁人将袖染尘寰。

五岳滩头景象新，仁人方达杳冥身。天纲运转三元净，地脉通来万物生。自晓谷神通此道，谁将理性欲修真。明明说向中黄路，霹雳声中自得神。

欲陪仙侣得身轻，飞过蓬莱彻上清。朱顶鹤来云外接，紫鳞鱼向海中迎。姮娥月桂花先吐，王母仙桃子渐成。下瞰日轮天欲晓，定知人世久长生。

四海皆忙几个闲，时人口内说尘缘。知君有道来山上，何似无名住世间。十二楼台藏秘诀，五千言内隐玄关。方知鼎贮神仙药，乞取刀圭一粒看。

割断繁华掉却荣，便从初得是长生。曾于锦水为蝉蜕，又向蓬莱别姓名。三住住来无否泰，一尘尘在世人情。不知功满归何处，直跨虬龙上玉京。

当年诗价满皇都，掉臂西归是丈夫。万顷白云独自有，一枝丹桂阿谁无。闲寻渭曲渔翁引，醉上莲峰道士扶。他日与君重际会，竹溪茅舍夜相呼。

金锤灼灼舞天阶，独自骑龙去又来。高卧白云观日窟，闲眠秋月擘天开。离花片片乾坤产，坎蕊翻翻造化栽。晚醉九岩回首望，北邙山下骨皑皑。

结交常与道情深，日日随他出又沉。若要自通云外鹤，直须勤炼水中金。丹成只恐乾坤窄，饵了宁忧疾患侵。未去瑶台犹混世，不妨杯酒喜闲吟。

因携琴剑下烟萝，何幸今朝喜暂过。貌相本来犹自可，针医偏更效无多。仙经已读三千卷，古法曾持十二科。些小道功如不信，金阶舍手试看么。

倾侧华阳醉再三，骑〔龙〕(马)遇晚下南岩。眉因拍剑留星电，衣为眠云惹碧岚。金液变来成雨露，玉都归去老松杉。曾将铁镜照神鬼，霹雳搜寻火满潭。

铁镜烹金火满空，碧潭龙卧夕阳中。麒麟意合乾坤地，獬豸机关日月东。三尺剑横双水岸，五丁冠顶百神宫。闲铺羽服居仙窟，自著金莲造化功。

随缘信业任浮沉,似水如云一片心。两卷道经三尺剑,一条藜杖七弦琴。壶中有药逢人施,腹内新诗遇客吟。一嚼永添千载寿,一丸丹点一斤金。

琴剑酒棋龙鹤虎,逍遥落托永无忧。闲骑白鹿游三岛,闷驾青牛看十洲。碧洞远观明月上,青山高隐彩云流。时人若要还如此,名利浮华即便休。

紫极宫中我自知,亲磨神剑剑还飞。先差玉子开南殿,后遣青龙入紫微。九鼎黄芽栖瑞凤,一躯仙骨养灵芝。蓬莱不是凡人处,只怕愚人泄世机。

向身方始出埃尘,造化功夫只在人。早使亢龙抛地网,岂知白虎出天真。绵绵有路谁留我,默默忘言自合神。击剑夜深归甚处,披星带月折麒麟。

春尽闲闲过落花,一回舞剑一吁嗟。常忧白日光阴促,每恨青天道路赊。本志不求名与利,元心只慕水兼霞。世间万种浮沉事,达理谁能似我家。

日为和解月呼丹,华夏诸侯肉眼看。仁义异如胡越异,世情难似泰衡难。八仙炼后钟神异,四海磨成照胆寒。笑指不平千万万,骑龙抚剑九重关。

别来洛汭六东风,醉眼吟情慵不慵。摆撼乾坤金剑吼,烹煎日月玉炉红。杖摇楚甸三千里,鹤翥秦烟几万重。为报晋成仙子道,再期春色会稽峰。

发头滴血眼如镮,吐气云生怒世间。争耐不平千古事,须期一诀荡凶顽。蛟龙斩处翻沧海,暴虎除时拔远山。为灭世情兼负义,剑光腥染点痕斑。赠剑客。

雨雪霏霏天已暮。金钟满劝抚焦桐。诗吟席上未移刻,剑舞筵前疾似风。何事行杯当午夜,忽然怒目便腾空。不知谁是亏忠孝,携个人头入坐中。赠剑客。

未炼还丹且炼心，丹成方觉道元深。每留客有钱酤酒，谁信君无药点金。洞里风雷归掌握，壶中日月在胸襟。神仙事业人难会，养性长生自意吟。

铁牛耕地种金钱，刻石时童把贯穿。一粒粟中藏世界，二升铛内煮山川。白头老子眉垂地，碧眼胡儿手指天。若向此中玄会得，此玄玄外更无玄。

箕星昴宿下长天，凡景宁教不愕然。龙出水来鳞甲就，鹤冲天气羽毛全。尘中教化千人眼，世上人知尔雅篇。自是凡流福命薄，忍教微妙略轻传。

闲来掉臂入天门，拂袂徐徐撮彩云。无语下窥黄谷子，破颜平揖紫霞君。拟登瑶殿参金母，回访瀛洲看日轮。恰值嫦娥排宴会，瑶浆新熟味氤氲。

曾随刘阮醉桃源，未省人间欠酒钱。一领布裘权且当，九天回日却归还。凤茸袄子非为贵，狐白裘裳欲比难。只此世间无价宝，不凭火里试烧看。

因思往事却成憨，曾读仙经第十三。武氏死时应室女，陈王没后是童男。两轮日月从他载，九个山河一担担。尽日无人话消息，一壶春酒且醺酣。

垂袖腾腾傲世尘，葫芦携却数游巡。利名身外终非道，龙虎门前辨取真。一觉梦魂朝紫府，数年踪迹隐埃尘。华阴市内才相见，不是寻常卖药人。

万卷仙经三尺琴，刘安闻说是知音。杖头春色一壶酒，炉内丹砂万点金。闷里醉眠三路口，闲来游钓洞庭心。相逢相遇人谁识，只恐冲天没处寻。

曾战蚩尤玉座前，六龙高驾振鸣銮。如来一作指南车后随金鼓，黄帝一作皂纛旂傍戴铁冠。醉捋黑须三岛黯,怒抽霜剑十洲寒。轩辕世代横行后,直隐深岩久觅难。

头角苍浪声似钟,貌如冰雪骨如松。匣中宝剑时频吼,袖里金锤逞露风。会饮酒时为伴侣,能行诗句便参同。来年定赴蓬莱会,骑个生狞九色龙。

神仙暮入黄金阙,将相门关白玉京。可是洞中无好景,为怜天下有众生。心琴际会闲随鹤,匣剑时磨待断鲸。进退两楹俱未应,凭君与我指前程。

九鼎烹煎一味砂,自然火候放童花。星辰照出青莲颗,日月能藏白马牙。七返返成生碧雾,九还还就吐红霞。有人夺得玄珠饵,三岛途中路不赊。

天生一物变三才,交感阴阳结圣胎。龙虎顺行阴鬼去,龟蛇逆往火龙来。婴儿日吃黄婆髓,姹女时餐白玉杯。功满自然居物外,人间寒暑任轮回。

星辰聚会入离乡,日月盈亏助药王。三候火烧金鼎宝,五符水炼玉壶浆。乾坤反覆龙收雾,卯酉相吞虎放光。入室用机擒捉取,一丸丹点体纯阳。

真人行巴陵市太守怒其不避使案吏具其罪真人曰须酒醒耳顷忽失之但留诗曰

暂别蓬莱海上游,偶逢太守问根由。身居北斗星杓下,剑挂南宫月角头。道我醉来真个醉,不知愁是怎生愁。相逢何事不相认,却驾白云归去休。

仙乐侑席

曾经天上三千劫,又在人间五百年。腰下剑锋横紫电,炉中丹焰起苍烟。才骑白鹿过苍海，复跨青牛入洞天。小技等闲聊戏尔，无人知我是真仙。

题桐柏山黄先生庵门

吾有玄中极玄语，周游八极无处吐。云軿飘泛到凝阳，一见君兮在玄浦。知君本是孤云客，拟话希夷生恍惚。无为大道本根源，要君亲见求真物。其中有一分三五，本自无名号丹母。寒泉沥沥气绵绵，上透昆仑还紫府。浮沉升降入中宫，四象五行齐见土。驱青龙，擒白虎，起祥风兮下甘露。铅凝真汞结丹砂，一派火轮真为主。既修真，须坚确，能转乾坤泛海岳。运行天地莫能知，变化鬼神应不觉。千朝炼就紫金身，乃致全神归返朴。黄秀才，黄秀才，既修真，须且早，人间万事何时了。贪名贪利爱金多，为他财色身衰老。我今劝子心悲切，君自思兮生猛烈。莫教大限到身来，又是随流入生灭。留此片言，用表其意。他日相逢，必与汝决。莫退初心，善爱善爱。

全唐诗卷八五八

吕　岩

五　言

悟了长生理，秋莲处处开。金童登锦帐，玉女下香阶。虎啸天魂住，龙吟地魄来。有人明此道，立使返婴孩。

姹女住南方，身边产太阳。蟾宫烹玉液，坎户炼琼浆。过去神仙饵，今来到我尝。一杯延万纪，物外任翱翔。

顿悟黄芽理，阴阳禀自然。乾坤炉里炼，日月鼎中煎。木产长生汞，金〔烹〕续命铅。世人明此道，立便返童颜。第六句缺一字。

宇宙产黄芽，经炉煅作砂。阴阳烹五彩，水火炼三花。鼎内龙降虎，壶中龟遣蛇。功成归物外，自在乐烟霞。

要觅长生路，除非认本元。都来一味药，刚道数千般。丹鼎烹成汞，炉中炼就铅。依时服一粒，白日上冲天。

姹女住瑶台，仙花满地开。金苗从此出，玉蕊自天来。凤舞长生曲，鸾歌续命杯。有人明此道，海变已千回。

古往诸仙子，根元占甲庚。水中闻虎啸，火里见龙行。进退穷三候，相吞用八纮。冲天功行满，寒暑不能争。

我悟长生理，太阳伏太阴。离一作阳宫生白玉，坎一作阴户产黄金。要主君臣义，须存子母心。九重神室内，虎啸与龙吟。

灵丹产太虚，九转入重炉。浴就红莲颗，烧成白玉珠。水中铅一两，火内汞三铢。吃了瑶台宝，升天任海枯。

姹女住离宫，身边产雌雄。炉中七返毕，鼎内九还终。悟了鱼投水，迷因鸟在笼。耄年服一粒，立地变冲童。

盗得乾坤祖，阴阳是本宗。天魂生白虎，地魄产青龙。运宝泥丸在，搬精入上宫。有人明此法，万载貌如童。

要觅金丹理，根元不易逢。三才七返足，四象九还终。浴就微微白，烧成渐渐红。一丸延万纪，物外去冲冲。

个个觅长生，根元不易寻。要贪天上宝，须去世间琛。炼就水中火，烧成阳内阴。祖师亲有语，一味水中金。

万物皆生土，如人得本元。青龙精是汞，白虎水为铅。悟者子投母，迷应地是天。将来物外客，个个补丹田。

二十四神清，三千功行成。寒云连地转，圣日满天明。玉子偏宜种，金田岂在耕。此中真妙理，谁道不长生。

妙妙妙中妙，玄玄玄更玄。动言俱演道，语默尽神仙。在掌如珠异，当空似月圆。他时功满后，直入大罗天。

绝　句

捉得金晶固命基，日魂东畔月华西。于中炼就长生药，服了还同天地齐。

莫怪瑶池消息稀，只缘尘事隔天机。若人寻得水中火，有一黄童上太微。

混元海底隐生伦，内有黄童玉帝名。白虎神符潜姹女，灵元镇在七元君。

三亩丹田无种种，种时须藉赤龙耕。曾将此种教人种，不解铅池道不生。铅池一名营治。

闪灼虎龙神剑飞，好凭身事莫相违。传时须在乾坤力，便透三清入紫微。

不用梯媒向外求，还丹只在体中收。莫言大道人难得，自是功夫不到头。此首一作张辞诗。

饮酒须教一百杯，东浮西泛自梯媒。日精自与月华合，有个明珠走上来。

不负三光不负人，不欺神道不欺贫。有人问我修行法，只种心田养此身。

时人若拟去瀛洲，先过巍巍十八楼。自有电雷声震动，一池金水向东流。

瓶子如金玉子黄，上升下降续神光。三元一会经年净，这个天中日月长。

学道须教彻骨贫，囊中只有五三文。有人问我修行法，遥指天边日月轮。

我自忘心神自悦，跨水穿云来相谒。不问黄芽肘后方，妙道通微怎生说。

肘传丹篆千年术，口诵黄庭两卷经。鹤观古坛松影里，悄无人迹户长扃。

独上高峰望八都，黑云散后月还孤。茫茫宇宙人无数，几个男儿是丈夫。

天下都游半日功，不须跨凤与乘龙。偶因博戏飞神剑，摧却终南第一峰。

朝游北一作百越一作岳鄂暮苍梧，袖里青蛇胆气粗。三入岳阳人不识，朗吟飞过洞庭湖。

趯倒葫芦掉却琴，倒行直上卧牛岑。水飞石上迸如雪，立地看天坐地吟。

吾家本住在天齐，零落白云锁石梯。来往八千消半日，依前归路不曾迷。

莲峰道士高且洁，不下莲宫经岁月。星辰夜礼玉簪寒，龙虎晓开金鼎热。

东山东畔忽相逢，握手丁宁语似钟。剑术已成君把去，有蛟龙处斩蛟龙。

朝泛苍梧暮却还，洞中日月我为天。匣中宝剑时时吼，不遇同人誓不传。

偎岩拍手葫芦舞，过岭穿云拄杖飞。来往八千须半日，金州南畔有松扉。

养得儿形似我形，我身枯悴子光精。生生世世常如此，争似留神养自身。

精养灵根气养神，此真之外更无真。神仙不肯分明说，迷了千千万万人。

不事王侯不种田，日高犹自抱琴眠。起来旋点黄金买，不使人间作业钱。

天涯海角人求我，行到天涯不见人。忠孝义慈行方便，不须求我自然真。

莫道幽人一事无，闲中尽有静工夫。闭门清昼读书罢，扫地焚香到日晡。

先生先生貌狞恶，拔剑当空气云错。连喝三回急急去，欻然空里人头落。已下并赠剑客。

剑起星奔万里诛，风雷时逐雨声粗。人头携处非人在，何事高吟过五湖。

粗眉卓竖语如雷，闻说不平便放杯。仗剑当空千里去，一更别我二更回。

先生先生莫外求，道要人传剑要收。今日相逢江海畔，一杯村酒劝君休。

庞眉斗竖恶精神，万里腾空一踊身。背上匣中三尺剑，为天且示不平人。

徽宗斋会

高谈阔论若无人，可惜明君不遇真。陛下问臣来日事，请看午未丙丁春。

七　夕

宋元丰中，品惠卿守单州天庆观。七月七日，有异人过，书诗于纸。

四海孤游一野人，两壶霜雪足精神。坎离二物君收得，龙虎丹行运水银。

野人本是天台客宾字，石桥南畔有旧宅石桥者，洞也。父子生来有两口吕也，多好歌笙不好拍吟也。

赠李德成 德成善医

九重天子寰中贵，五等诸侯门外尊。争似布衣狂醉客，不教性命属乾坤。

牧　童 一作令牧童答钟弱翁

草铺横野六七里，笛弄晚风三四声。归来饱饭黄昏后，不脱蓑衣卧月明。弱翁帅平凉，一方士通谒，有牧童牵黄犊随之，弱翁指牧童曰："道人颇能赋此乎？"方士笑曰："不烦我语，是儿能之。"牧童乃操笔大书云云。或云方士即吕公也。

潭州鹤会

这回相见不无缘，满院风光小洞天。一剑当空又飞去，洞庭惊起老龙眠。

绍兴道会

会稽山道会，有道人携凉笠挂于壁，无挂笠之物而不坠。

偶乘青帝出蓬莱，剑戟峥嵘遍九垓。我在目前人不识，为留一笠莫沉埋。

赠曹先生

鹤不西飞龙不行，露干云破洞箫清。少年仙子说闲事，遥隔彩云闻笑声。

海上相逢赵同

南宫水火吾须济，北阙夫妻我自媒。洞里龙儿娇郁律，山前童子喜徘徊。

题凤翔府天庆观

得道年来八百秋，不曾飞剑取人头。玉皇未有天符至，且货乌金混世流。

剑画此诗于襄阳雪中

岘山一夜玉龙寒，凤林千树梨花老。襄阳城里没人知，襄阳城外江山好。

洞庭湖君山颂

午夜君山玩月回，西邻小圃碧莲开。天香风露苍华冷，云在青霄鹤未来。

秦州北山观留诗

石池清水是吾心，刚被桃花影倒沉。一到邽山宫阙内，销闲澄虑七弦琴。

题永康酒楼

鲸吸鳌吞数百杯，玉山谁起复谁颓。醒时两袂天风冷，一朵红云海上来。

赠 滕 宗 谅

华州回道人，来到岳阳城。别我游何处，秋空一剑横。

赠江州太平观道士

落魄薛高一作道士，年高无白髭。云中闲卧一作卧看石，山里冷一作雪里去寻碑。夸我饮一作吃大酒，嫌人说一作念小诗。不知甚么汉，一任辈流嗤。

宋朝张天觉为相之日有褴褛道人及门求施公不知礼敬因戏问道人有何仙术答以能捏土为香公请试为之须臾烟罢道人不见但留诗于案上云

捏土为香事有因，世间宜假不宜真。皇朝宰相张天觉，天下云游吕洞宾。

赠陈处士

青霄一路少人行，休话兴亡事不成。金榜因何无姓字，玉都必是有仙名。云归入海龙千尺，云满长空鹤一声。深谢宋朝明圣主，解书丹诏诏先生。

哭陈先生

天网恢恢万象疏，一身亲到华山区。寒云去后留残月，春雪来时问太虚。六洞真人归紫府，千年鸾鹤老苍梧。自从遗却先生后，南北东西少丈夫。

化江南简寂观道士侯用晦磨剑 一作磨剑赠侯道士

欲整一作淬锋铓敢一作不惮劳，凌晨开匣玉龙嗥。手中气概冰三尺，石上精神蛇一条。奸血默随流水尽，凶豪今逐渍痕消。削平一作除浮世不平事，与尔相将上九霄。一本作绝句，无中四句。

熙宁元年八月十九日过湖州东林沈山用石榴皮写绝句于壁自号回山人 一作题沈东老壁

西邻已富忧不足，东老虽贫乐有馀。白酒酿来缘好客，黄金散尽为收书。

大云寺茶诗

玉蕊一枪称绝品，僧家造法极功夫。兔毛瓯浅香云白，虾眼汤翻细浪俱。断送睡魔离几席，增添清气入肌肤。幽丛自落溪岩外，不肯移根入上都。

别 诗 二 首

无心独坐转黄庭，不逐时流入利名。救老只存真一气，修生长遣百神灵。朝朝炼液归琼垅，夜夜朝元养玉英。莫笑老人贫里乐，十年功满上三清。

时人受气禀阴阳，均体乾坤寿命长。为重本宗能寿永，因轻元祖遂沦亡。三宫自有回流法，万物那无运用方。咫尺昆仑山上玉，几人知是药中王。

赠罗浮道士

罗浮道士谁同流，草衣木食轻王侯。世间甲子管不得，壶里乾坤只自由。数着残棋江月晓，一声长啸海山秋。饮馀回首话归路，遥指白云天际头。

宿州天庆观殿门留赠符离道士

秋景萧条叶乱飞，庭松影里坐移时。云迷鹤驾何方去，仙洞朝元失我期。

题黄鹤楼石照

黄鹤楼前吹笛时，白蘋红蓼满江湄。衷情欲诉谁能会，惟有清风明月知。

答僧见

三千里外无家客，七百年来云水身。行满蓬莱为别馆，道成瓦砾尽黄金。待宾榼里常存酒，化药炉中别有春。积德求师何患少，由来天地不私亲。

与潭州智度寺慧觉诗 并引　一作参智度觉呈绝句

馀游韶郴，东下湘江，今见觉公，观其禅学精明，性源淳洁。促膝静坐，收光内照。一衲之外无馀衣，一钵之外无馀食。达生死岸，破烦恼壳。方今佛衣寂寂兮无传，禅理悬悬兮几绝。扶而兴者，其在吾师乎。

达者推心兼一作方济物，圣贤传法不离真。请师开说西来意，七祖如今未有人。

参黄龙机悟后呈偈 第二句缺一字

弃却瓢囊摵碎琴，如今不恋□中金。自从一见黄龙后，始觉从前错用心。

题僧房绝句

唐朝进士，今日神仙。足蹑紫雾，却返洞天。

赐齐州李希遇诗

少饮欺心酒，休贪不义财。福因慈善得，祸向巧奸来。

六　言

春暖群花半开，逍遥石上徘徊。独携玉律丹诀，闲踏青莎碧苔。古洞眠来九载，流霞饮几千杯。逢人莫话他事，笑指白云去来。

明胎息

密室静存神，阴阳重一斤。炼成离女液，咽尽一作方咽坎男津。渐变逍遥体，超然自在身。更修功业满，旌鹤引朝真。

警　世

二八佳人体似酥，腰间仗剑斩凡夫。虽然不见人头落，暗里教君骨髓枯。

通　道

通道复通玄，名留四海传。交亲一拄杖，活计两空拳。要果逡巡种，思茶逐旋煎。岂知来混世，不久却回天。

为贾师雄发明古铁镜

手内青蛇凌白日，洞中仙果艳长春。须知物外烟霞客，不是尘中磨镜人。

题全州道士蒋晖壁

醉舞高歌海上山，天瓢承露结金丹。夜深鹤透秋空碧，万里西风一剑寒。

谒石守道

高心休拟凤池游,朱绂银章宠已优。欲待祸来名欲灭,林泉养法预为谋。

题广陵妓屏二首

嫫母西施共此身,可怜老少隔千春。他年鹤发鸡皮媪,今日玉颜花貌人。

花开花落两悲欢,花与人还事一般。开在枝间妨客折,落来地上请谁看。

题东都妓馆壁

一吸鸾笙裂太清,绿衣童子步虚声。玉楼唤醒千年梦,碧桃枝上金鸡鸣。

崔中举进士游岳阳遇真人录沁园春词诘其姓名荐之李守排户而入惟见留诗于壁

腹内婴儿养已成,且居廛市暂娱情。无端措大刚饶舌,却入白云深处行。

题诗紫极宫

宫门一闲入,临水凭栏立。无人知我来,朱顶鹤声急。

闲　题

独自行来独自坐,无限世人不识我。惟有城南老树精,分明知道神仙过。

山　隐

松枯石老水萦回，个里难教俗客来。抬眼试看山外景，纷纷风急障黄埃。

绝　句

息精息气养精神，精养丹田气养身。有人学得这般术，便是长生不死人。

斗笠为帆扇作舟，五湖四海任遨游。大千沙界须臾至，石烂松枯经几秋。

或为道士或为僧，混俗和光别有能。苦海翻成天上路，毗卢常照百千灯。

劝　世

一毫之善，与人方便。一毫之恶，劝君莫作。衣食随缘，自然快乐。算是甚命，问什么卜。欺人是祸，饶人是福。天眼昭昭，报应甚速。谛听吾言，神钦鬼伏。

窑头坯歌

窑头坯，随雨破，只是未曾经水火。若经水火烧成砖，留向世间住万年。棱角坚完不复坏，扣之声韵堪磨镌。凡水火，尚成功，坚完万物谁能同。修行路上多少人，穷年炼养费精神。不道未曾经水火，无常一旦临君身。既不悟，终不悔，死了犹来借精髓。主持正念大艰辛，一失人身为异类。君不见洛阳富郑公，说与金丹如盲聋。执迷不悟修真理，焉知潜合造化功。又不见九江张尚书，服药失明神气枯。不知还丹本无质，翻饵金石何太愚。又不见三衢赵枢密，参禅作鬼终不识。修完外体在何边，辩捷语言终不实。窑头坯，随雨破，便似修行这几个。大丈夫，超觉性，了尽空门不为证。伏羲传道至于今，穷理尽性至于命。了命如何是本元，先认坎离并四正。坎离即是真常家，见者超凡须入圣。坎是虎，离是龙，二体本来同一宫。龙吞虎啖居其中，离合浮沉初复终。剥而复，否而泰，进退往来定交会。弦而望，明而晦，消长盈虚相匹配。神仙深入水晶宫，时饮醍醐清更酥。饵之千日功便成，金筋玉骨身已轻。此个景象惟自身，上升早得朝三清。三清圣位我亦有，本来只夺乾坤精。饮凡酒，食膻腥，补养元和冲更盈。自融结，转光明，变作珍珠飞玉京。须臾六年肠不馁，血化白膏体难毁。不食方为真绝粮，真气薰蒸肢体强。既不食，超百亿，口鼻都无凡喘息。真人以踵凡以喉，从此真凡两边立。到此遂成无漏身，胎息丹田涌真火。老氏自此号婴儿，火候九年都经过。留形住世不知春，忽尔天门顶中破。真人出现大神通，从此天仙可相贺。圣贤三教不异门，昧者劳心休恁么。有识自爱生，有形终不灭。叹愚人，空驾说。愚人流荡无则休，落趣循环几时彻。学人学人细寻觅，且须研究古金碧。金碧参同不计年，妙中妙兮玄中玄。

全唐诗卷八五九

吕　岩

赠刘方处士

六国愁看沉与浮，携琴长啸出神州。拟向烟霞煮白石，偶来城市见丹丘。受得金华出世术，期于紫府驾云游。年来摘得黄岩翠，琪树参差连地肺。露飘香陇玉苗滋，月上碧峰丹鹤唳。洞天消息春正深，仙路往还俗难继。忽因乘兴下白云，与君邂逅于尘世。尘世相逢开口希，共论太古同流志。瑶琴宝瑟与君弹，琼浆玉液劝我醉。醉中亦话兴亡事，云道总无圭组累。浮世短景倏成空，石火电光看即逝。韶年淑质曾非固，花面玉颜还作土。芳樽但继晓复昏，乐事不穷今与古。何如识个玄玄道，道在杳冥须细考。壶中一粒化奇物，物外千年功力奥。但能制得水中华，水火翻成金丹灶。丹就人间不久居，自有碧霄元命诰。玄洲旸谷悉可居，地寿天龄永相保。鸾车鹤驾逐云飞，迢迢瑶池应易到。耳闻争战还倾覆，眼见妍华成枯槁。唐家旧国尽荒芜，汉室诸陵空白草。蜉蝣世界实足悲，槿花性命莫迟迟。珠玑溢屋非为福，罗绮满箱徒自危。志士戒贪昔所重，达人忘欲宁自期。刘方刘方审听我，流光迅速如飞过。阴娇果决用心除，尸鬼因循为汝祸。八琼秘诀君自识，莫待铅空车又破。破车坏铅须震惊，直遇伯阳应不可。悠悠忧家复忧国，耗尽三田元宅火。咫尺玄关若要开,凭君自解黄金锁。

寄白龙洞刘道人

玉走金飞两曜忙,始闻花发又秋霜。徒夸篯寿千来岁,也是云中一电光。一电光,何太疾,百年都来三万日。其间寒暑互煎熬,不觉童颜暗中失。纵有儿孙满眼前,却成恩爱转牵缠。及乎精竭身枯朽,谁解教伊暂驻颜。延年之道既无计,不免将身归逝水。但看古往圣贤人,几个解留身在世。身在世,也有方,只为时人误度量。竞向山中寻草药,伏铅制汞点丹阳。点丹阳,事迥别,须向坎中求赤血。取来离位制阴精,配合调和有时节。时节正,用媒人,金翁姹女结亲姻。金翁偏爱骑白虎,姹女常驾赤龙身。虎来静坐秋江里,龙向潭中奋身起。两兽相逢战一场,波浪奔腾如鼎沸。黄婆丁老助威灵,撼动乾坤走神鬼。须臾战罢云气收,种个玄珠在泥底。从此根芽渐长成,随时灌溉抱真精。十月脱胎吞入口,忽觉凡身已有灵。此个事,世间稀,不是等闲人得知。宿世若无仙骨分,容易如何得遇之。金液丹,宜便炼,大都光景急如箭。要取鱼,须结筌,何不收心炼取铅。莫教烛被风吹灭,六道轮回难怨天。近来世上人多诈,尽著布衣称道者。问他金木是何般,噤口不言如害哑。却云服气与休粮,别有门庭道路长。岂不见阴君破迷歌里说,太乙含真法最强。莫怪言词太狂劣,只为时人难鉴别。惟君心与我心同,方敢倾心与君说。

赠乔二郎

与君相见皇都里,陶陶动便经年醉。醉中往往爱藏真,亦不为他名与利。劝君休恋浮华荣,直须奔走烟霞程。烟霞欲去如何去,先须肘后飞金晶。金晶飞到上宫里,上宫下宫通光明。当时玉汞涓涓生，奔归元海如雷声。从此夫妻相际会，欢娱一作始终踊跃情无外。水火都来两半间，卦候翻成地天泰。一浮一沉阳炼阴，阴尽方知此理深。到底根元是何物，分明只是水中金。乔公乔公急下手，莫逐乌飞兼兔走。何如修炼作真人，尘世浮生终不久。人一作大道长生没得来，自古至今有有有。

鄂渚悟道歌

纵横天际为闲客，时遇季秋重阳节。阴云一布遍长空，膏泽连绵滋万物。因雨泥滑门不出，忽闻邻舍语丹术。试问邻公可相传，一言许肯更无难。数篇奇怪文入手，一夜挑灯读不了。晓来日早才看毕，不觉自醉如恍惚。恍惚之中见有物，状如日轮明突屼。自言便是丹砂精，宜向鼎中烹凡质。凡质本来不化真，化真须得真中物。不用铅，不用汞，还丹须向炉中种。玄中之玄号真铅，及至用铅还不用。或名龙，或名虎，或号婴儿并姹女。丹砂一粒名千般，一中有一为丹母。火莫燃，水莫冻，修之炼之须珍重。直待虎啸折颠峰，骊龙夺得玄珠弄。龙吞玄宝忽升飞，飞龙被我捉来骑。一翥上朝归碧落，碧落广阔无东西。无晓无夜无年月，无寒无暑无四时。自从修到无为地，始觉奇之又怪之。

又　记

数载乐幽幽，欲逃寒暑逼。不求名与利，犹恐身心役。苦志慕黄庭，殷勤求道迹。阴功暗心修，善行长日积。世路果逢师，时人皆不识。我师机行密，怀量性孤僻。解把五行移，能将四象易。传余造化门，始悟希夷则。服取两般真，从头路端的。烹煎日月壶，不离乾坤侧。至道眼前观，得之元咫尺。真空空不空，真色色非色。推倒玉葫芦，迸出黄金液。紧把赤龙头，猛将骊珠吸。吞归脏腑中,夺得神仙力。妙号一黍珠,延年千万亿。同途听我吟,与道相亲益。未晓真黄芽,徒劳游紫陌。把住赤乌魂,突出银蟾魄。未省此中玄,常流容易测。三天应有路,九地终无厄。守道且藏愚,忘机要混迹。群生莫相轻,已是蓬莱客。

秘诀歌

求之不见,来即不见。不见不见,君之素面。火里曾飞,水中亦见。道路非遥,身心不恋。又不知有返阴之龟,回阳之雁。遇即遇真人,达即达其神。一万二千甲子,这一壶流霞长春。流霞流霞,本性一家。饥餐日精,渴饮月华。将甲子丁丑之岁,与君决破东门之大瓜。

勉牛生夏侯生

二秀才,二秀才兮非秀才,非秀才兮是仙才。中华国里亲遭遇,仰面观天笑眼开一作回。鹤形兮龟骨,龙吟兮虎颜。我有至言相劝勉,愿君兮勿猜勿猜。但煦日吹月,咽雨呵雷。火寄冥宫,水济丹台。金木交而土归位,铅汞分而丹露胎。赤血换而白乳流,透九窍兮动百骸。然然卷,然然舒,哀哀咍咍。孩儿喘而不死,腹空虚兮长斋。酬名利兮狂歌醉舞,酬富贵兮麻裰莎鞋。甲子问时休记,看桑田变作黄埃。青山白云好居住,劝君归去来兮归去来。

题四明金鹅寺壁

方丈有门出不钥,见个山童露双脚。问伊方丈何寂寥,道是虚空也不著。闻此语,何欣欣,主翁岂是寻常人。我来谒见不得见,谒心耿耿生埃尘。归去也,波浩渺,路入蓬莱山杳杳。相思一上石楼时,雪晴海阔千峰晓。

谷神歌

我有一腹空谷虚,言之道有又还无。言之无兮不可舍,言之有兮不可居。谷兮谷兮太玄妙,神兮神兮真大道。保之守之不死名,修之炼之仙人号。神得一以灵,谷得一以盈。若人能守一,只此是长生。本不远离,身还不见。炼之功若成,自然凡骨变。谷神不死玄牝门,出入绵绵道若存。修炼还须夜半子,河车般载上昆仑。龙又吟,虎又啸,风云际会黄婆叫。火中姹女正含娇,回观水底婴儿俏。婴儿姹女见黄婆,儿女相逢两意和。金殿玉堂门十二,金翁木母正来过。重门过后牢关锁,点检斗牛先下火。进火消阴始一阳,千岁仙桃初结果。曲江东岸金乌飞,西岸清光玉兔辉。乌兔走归峰顶上,炉中姹女脱青衣。脱却青衣露素体,婴儿领入重帏里。十月情浓产一男,说道长生永不死。劝君炼,劝君修,谷神不死此中求。此中悟取玄微处,与君白日登一作到瀛洲。

修身诀

人命急如线,上下来往速如箭。认得是元神,子后午前须至炼。随意出,随意入,天地三才人得一。既得一,勿遗失,失了永求无一物。堪叹荒郊冢墓中,自古灭亡不知屈。一本无后二句。

长短句

落魄且落魄,夜宿乡村,朝游城郭。闲来无事玩青山,困来街市货丹药。卖得钱,不算度,酤美酒,自斟酌。醉后吟哦动鬼神,任意日头向西落。

直指大丹歌

三清宫殿隐昆巅，日月光浮起紫烟。池沼泓泓翻玉液，楼台叠叠运灵泉。青龙乘火铅为汞，白虎腾波汞作铅。欲得坎男求匹偶，须凭离女结因缘。黄婆设尽千般计，金鼎开成一朵莲。列女擎乌当左畔，将军戴兔镇西边。黑龟却伏红炉下，朱雀还栖华阁前。然后澄神窥见影，三周功就驾云軿。

渔父词一十八首

入　定

闭目藏真神思凝，杳冥中里见吾宗。无边畔，迥朦胧，玄景观来觉尽空。

初　九

大道从来属自然。空堂寂坐守机关。三田宝，镇长存，赤帝分明坐广寒。

玄　用

日月交加晓夜奔，昆仑顶上定乾坤。真镜里，实堪论，叆叆红霞晓寂门。

神　效

恍惚擒来得自然，偷他造化在其间。神鼎内，火烹煎，尽历阴阳结作丹。

沐　浴

卯酉门中作用时，赤龙时蘸玉清池。云薄薄，雨微微，看取妖容露雪肌。

延　寿

子午常餐日月精，玄关门户启还扃。长如此，过平生，且把阴阳子细烹。

瑞　鼎

会合都从戊巳家，金铅水汞莫须夸。只此物，结丹砂，反覆阴阳色转华。

活　得

位立三才属五行，阴阳合处便相生。龙飞踊，虎狌狞，吐个神珠各战争。

灿　烂

四象分明八卦周，乾坤男女论绸缪。交会处，更娇羞，转觉情深玉体柔。

炼　质

运本还元于此寻，周流金鼎虎龙吟。身不老，俗难侵，貌返童颜骨变金。

神　异

还返初成立变童，瑞莲开处色辉红。金鼎内，迥朦胧，换骨添筋处处通。

知　路

那个仙经述此方，参同大易显阴阳。须穷取，莫颠狂，会者名高道自昌。

朝　帝

九转功成数尽乾，开炉拨鼎见金丹。餐饵了，别尘寰，足蹑青云突上天。

方契理

举世人生何所依，不求自己更求谁。绝嗜欲，断贪痴，莫把神明暗里欺。

自无忧

学道初从此处修，断除贪爱别娇柔。长守静，处深幽，服气餐霞饱即休。

作甚物

贪贵贪荣逐利名，追游醉后恋欢情。年不永，代君惊，一报身终那里生。

疾瞥地

万劫千生得个人，须知先世种来因。速觉悟。出迷津，莫使轮回受苦辛。

常自在

闭目寻真真自归，玄珠一颗出辉辉。终日玩，莫抛离，免使阎王遣使追。

口占

洞宾游长沙，持小瓦罐乞钱。得钱无算，而罐常不满。有僧驱一车钱，戏曰："汝罐能容之否?"及推车入罐，戛戛有声，俄不见。僧曰："神仙耶，幻术耶?"

非神亦非仙，非术亦非幻。天地有终穷，桑田几迁变。身固非我有，财亦何足恋。曷不从吾游，骑鲸腾汗漫。

敲爻歌

汉终唐国飘蓬客，所以敲爻不可测。纵横逆顺没遮栏，静则无为动是色。也饮酒，也食肉，守定胭花断淫欲。行歌唱咏胭粉词，持戒酒肉常充腹。色是药，酒是禄，酒色之中无拘束。只因花酒误长生，饮酒带花神鬼哭。不破戒，不犯淫，破戒真如性即沉。犯淫坏失长生宝，得者须由道力人。道力人，真散汉，酒是良朋花是伴。

花街柳巷觅真人，真人只在花街玩。摘花戴饮长生酒，景里无为道自昌。一任群迷多笑怪，仙花仙酒是仙乡。到此乡，非常客，姹女婴儿生喜乐。洞中常采四时花，时花结就长生药。长生药，采花心，花蕊层层艳丽春。时人不达花中理，一诀天机直万金。谢天地，感虚空，得遇仙师是祖宗。附耳低言玄妙旨，提上蓬莱第一峰。第一峰，是仙物，惟产金花生恍惚。口口相传不记文，须得灵根骨髓坚。□骨髓，炼灵根，片片桃花洞里春。七七白虎双双养，八八青龙总一斤。真父母，送元宫，木母金公性本温。十二宫中蟾魄现，时时地魄降天魂。铅初就，汞初生，玉炉金鼎未经烹。一夫一妇同天地，一男一女合乾坤。庚要生，甲要生，生甲生庚道始萌。拔取天根并地髓，白雪黄芽自长成。铅亦生，汞亦生，生汞生铅一处烹。烹炼不是精和液，天地乾坤日月精。黄婆匹配得团圆，时刻无差口付传。八卦三元全藉汞，五行四象岂离铅。铅生汞，汞生铅，夺得乾坤造化权。杳杳冥冥生恍惚，恍恍惚惚结成团。性须空，意要专，莫遣猿猴取次攀。花露初开切忌触，锁居上釜勿抽添。玉炉中，文火烁，十二时中惟守一。此时黄道会阴阳，三性元宫无漏泄。气若行，真火炼，莫使玄珠离宝殿。加添火候切防危，初九潜龙不可炼。消息火，刀圭变，大地黄芽都长遍。五行数内一阳生，二十四气排珠宴。火足数，药方成，便有龙吟虎啸声。三铅只得一铅就，金果仙芽未现形。再安炉，重立鼎，跨虎乘龙离凡境。日精才现月华凝，二八相交在壬丙。龙汞结，虎铅成，咫尺蓬莱只一程。坤铅乾汞金丹祖，龙铅虎汞最通灵。达此理，道方成，三万神龙护水晶。守时定日明符刻，专心惟在意虔诚。黑铅过，采清真，一阵交锋定太平。三车搬运珍珠宝，送归宝藏自通灵。天神佑，地祇迎，混合乾坤日月精。虎啸一声龙出窟，鸾飞凤舞出金城。朱砂配，水银停，一派红霞列太清。铅池迸出金光现，汞火流珠入帝京。龙虎媾,外持盈,走圣飞灵在宝瓶。一时辰内金丹就,上朝金阙紫云生。仙桃熟。摘取饵,万化来朝天地喜。斋戒等候一阳生,便进周天参同理。参同理,炼金丹,水火薰蒸透百关。养胎十月神丹结,男子怀胎岂等闲。内丹成,外丹就,内外相接和谐偶。结成一块紫金丸,变化飞腾天地久。丹入腹,非寻常,阴阳剥尽化纯阳。飞升羽化三清客,各遂功成达上苍。三清客,驾琼舆,跨凤腾霄入太虚。似此逍遥多快乐,遨游三界最清奇。太虚之上修真士,朗朗圆成一物无。一物无,唯显道,五方透出真人貌。仙童仙女彩云迎,五明宫内传真诰。传真诰,话幽情,只是真铅炼汞精。声闻缘觉冰消散,外道修罗缩项惊。点枯骨,立成形,信道天梯似掌平。九祖先灵得超脱,谁羡繁华贵与荣。寻烈士,觅贤才,同安炉鼎化凡胎。若是悭财并惜宝,千万神仙不肯来。修真士,不妄说,妄说一句天公折。万劫尘沙道不成,七窍眼睛皆迸血。贫穷子,发誓切,待把凡流尽提接。同越蓬莱仙会中,凡景煎熬无了歇。尘世短,更思量,洞里乾坤日月长。坚志苦心三二载,百千万劫寿弥疆。达圣道,显真常,虎兕刀兵更不伤。水火蛟龙无损害,拍手天宫笑一场。这些功,真奇妙,分付与人谁肯要。愚徒死恋色和财,所以神仙不肯召。真至道,不择人,岂论高低富与贫。且饶帝子共王孙,须去繁华锉锐分。嗔不除,憨不改,堕入轮回生死海。堆金积玉满山川,神仙冷笑应不采。名非贵,道极尊,圣圣贤贤显子孙。腰间跨玉骑骄马,瞥见如同隙里尘。隙里尘,石中火,何在留心为久计。苦苦煎熬唤不回,夺利争名如鼎沸。如鼎沸,永沉沦,失道迷真业所根。有人平却心头棘,便把天机说与君。命要传,性要悟,入圣超凡由汝做。三清路上少人行,畜类门前争入去。报贤良,休慕顾,性命机关须守护。若还缺一不芳菲,执著波查应失路。只修性,不修命,此是修行第一病。只修祖性不修丹,万劫阴灵难入圣。达命宗,迷祖性,恰似鉴容无宝镜。寿同天地一愚夫,权物家财无主柄。性命双修玄又玄,海底洪波驾法船。生擒活捉蛟龙首,始知匠手不虚传。

三 字 诀

这个道,非常道。性命根,生死窍。说著丑,行着妙。人人憎,个个笑。大关键,在颠倒。莫厌秽,莫计较。得他来,立见效。地天泰,为朕兆。口对口,窍对窍。吞入腹,自知道。药苗新,先天兆。审眉间,行逆道。滓质物,自继绍。二者馀,方绝妙。要行持,令人叫。气要坚,神莫耗。若不行,空老耄。认得真,老还少。不知音,莫语要。些儿法,合大道。精气神,不老药读作要。翁,晋人,方音如此。静里全,明中报。乘凤鸾,听天诏。

百 字 碑

养气忘言守,降心为不为。动静知宗祖,无事更寻谁。真常须应物,应物要不迷。不迷性自住,性住气自回。气回丹自结,壶中配坎离。阴阳生返复,普化一声雷。白云朝顶上,甘露洒须弥。自饮长生酒,逍遥谁得知。坐听无弦曲,明通造化机。都来二十句,端的上天梯。

句

莫道神仙无学处,古今多少上升人。景福寺题

全唐诗卷八六〇 仙

孙思邈

孙思邈，京兆华原人。隐太白山，通百家、阴阳、推步、医药。隋文帝以国子博士召，不就。太宗召诣京师，欲官之，亦不受。高宗上元初还山。

四言诗 缺一字

取金之精，合石之液。列为夫妇，结为魂魄。一体混沌，两精感激。河车覆载，鼎候无忒。洪炉烈火，烘焰翕赫。烟未及黔，焰不假碧。如畜扶桑，若藏霹雳。姹女气索，婴儿声寂。透出两仪，丽于四极。壁立几多，马驰一驿。宛其死矣，适然从革。恶黜善迁，情回性易。紫色内达，赤芒外射。熠若火生，乍疑血滴。号曰中环，退藏于密。雾散五内，川流百脉。骨变金植，颜驻玉泽。阳德乃敷，阴功□积。南宫度名，北斗落籍。

叶法善

叶法善，字道元，一字太素，家于松阳。遍历名山，得道术。高宗征之，驻景龙观。明皇朝，试法多灵验。开元八年，年一百七岁，化去，留三诗于座侧。

留　诗

昔在禹馀天，还依太上家。忝以掌仙录，去来乘烟霞。暂下宛利城，渺然思金华。自此非久住，云上登香车。

适向人间世，时复济苍生。度人初行满，辅国亦功成。但念清微乐，谁忻下界荣。门人好住此，翛然云上征。

退仙时此地，去俗久为荣。今日登云天，归真游上清。泥丸空示世，腾举不为名。为报学仙者，知余朝玉京。

张　果

张果，两当人。先隐中条山，后于鹫鸶山登真洞往来。天后召之，不起。明皇以礼致之，肩舆入宫，擢银青光禄大夫，赐号通玄先生。未几，还山。

题登真洞

修成金骨炼归真，洞锁遗踪不计春。野草漫随青岭秀，闲花长对白云新。风摇翠筱敲寒玉，水激丹砂走素鳞。自是神仙多变异，肯教踪迹掩红尘。

许宣平

许宣平，新安歙人。景云中，隐城阳山南坞，结庵以居。时或负薪卖，担挂一花瓢及曲竹杖，每醉，拄之以归。尝于同华间题诗传舍，李白东游，览之，曰："此仙诗也。"及新安，累访之不得。后咸通七年，郡人许明奴家有妪入山采樵，见一人坐石上，食桃甚大，自称明奴之祖，即宣平也。与一桃食妪，妪后却食轻健，入山不归。

负薪行

负薪朝出卖，沽酒日西归。路人莫问归何处，穿入白云行翠微。一作借问家何在，穿云入翠微。一作穿白云行入翠微。

庵壁题诗

隐居三十载，石室南山巅。静夜玩明月，清朝饮碧泉。樵人歌垄上，谷鸟戏岩前。乐矣不知老，都忘甲子年。

见李白诗又吟

白访宣平不得，乃题诗于庵壁曰："我吟传舍诗，来访仙人居。烟岭迷高迹，云林隔太虚。窥〔庭〕(亭)但萧索，倚杖空踌躕。应化辽天鹤，归当千载馀。"宣平归庵，见壁诗，作此。

一池荷叶衣无尽，两亩黄精食有馀。又被人来寻讨著，移庵不免更深居。

成真人

成真人者，不知其名，亦不知所自。开元末，有中使自岭外回，谒金天庙神。奠祝毕，戏问巫曰："大王在否?"对曰："不在。"中使讶其所答，诘之，曰："关外迎成真人耳。"中使遽使人于关候之。有一道士，弊衣负囊而来。问之，姓成。因延于传舍，以驿骑载归。馆于私第，密以其事奏之。明皇大异，召入内殿，诏问道术及所修之事，皆拱默不对。复恳乞归山，许之，挈囊而去。所司扫洒其居，见壁上题句，刮洗愈明。以事上闻，上默然良久。其后禄山起燕，明皇幸蜀，皆如其谶。

题　壁

蜀路南行，燕师北至。本拟白日升天，且看黑龙饮渭。

朱子真

朱子真，明皇时人。居南山下，别墅甚盛。出游，尝以绣衣女子数人自随。长安少年赵颍造之求饮，令侍女及木凤歌舞侑酒，子真自歌。仍取一丸丹赐颍。銮舆幸蜀，忽失子真家。颍服丹，得二百馀岁。

对赵颍歌 第三句缺一字

人间几日变桑田，谁识神仙洞里天。短促共知有□异，且须欢醉在生前。

申　欢 一作宗

申欢，不知何许人。开元中，前进士张佐尝遇之鄠杜逆旅。乘青驴，背鹿革囊。自言扶风人，生宇文周时。又云：有占梦者，言欢前生为梓潼薛君胄。好服食，多寻异书，日诵黄老一百纸。八月十五日，长啸独饮，忽觉两耳有车声，因颓然思寝。头才至席，遂有小车，朱轮青盖，驾赤犊，出耳中，各长二三寸。有二童子，绿帻青帔，亦长二三寸，谓君胄曰："吾自兜玄国来。”君胄大骇曰：“君适出吾耳，何谓兜玄国来？”二童子曰：“兜玄国在吾耳中，君耳安能处我！”因倾耳示之，乃别有天地。俄从二童子谒蒙玄真伯，授为主箓大夫。即有黄帔三四人，引至一曹署。其中文簿，多所不识。每月亦无请受，但意有所念，左右必先知，当便供给。因暇登楼远望，忽有归思，赋诗一首。二童子见诗，怒曰：“以君质性冲寂，引至吾国。鄙俗馀态，果乃未去！”遂逐之，复自童子耳中出。占梦者，前生即耳中童子也。言讫，吐朱绢尺馀。令吞之，遂复童子形而灭。

兜玄国怀归诗

风软景和煦，异香馥林塘。登高一长望，信美非吾乡。

李遐周

李遐周，有道术。开元中，召入禁中。后求出，住玄都观。天宝末，安禄山跋扈，遐周一旦隐去，但于其所居壁上题诗，言禄山、哥舒翰及幸蜀之事，时人莫晓。后方验。诗一首。

题　壁

燕市人皆去，函关马不归。若逢山下鬼，环上系罗衣。

赵惠宗

赵惠宗，硖州人，通晓法箓。天宝末，忽积薪自焚，坐火中，诵度人经。火既烬，其下草犹绿。得遗简，有诗二首。

遗简诗

生我于虚，置我于无。至精为神，元气为躯。散阳为明，合阴为符。形为灰土，神为仙居。众垢将毕，万事永除。
吾驾时马，日月为卫。洞耀九霄，上谒天帝。明明我众，及我门人。伪道养形，真道养神。懋哉懋哉，馀无所陈。

栾　清

栾清，字浑之。贞元时，与徐戡俱好道术。游江南，舟遇二客，问其姓名，客笑持二莲叶遗之，上各有诗。一叶题曰摅浩然，一叶题曰泛虚舟。有顷，遗浑之酒一卮，甚馨香。饮讫别去，失所在。浑之大醉，吐出数斗物。戡视之，皆五脏，烂黑在地。浑之欢然起，抚掌而歌，遂仙去。戡亦不知所之。

遇莲叶二客诗

得饮摅公酒，复登摅公舟。便得神体清，超遥旷无忧。清。

附莲叶二客诗

行时云作伴，坐即酒为侣。腹以元化充，衣将云霞补。纣虐与尧仁，可惜皆朽腐。摅浩然。
楫棹无所假，超然信萍查。朝浮旭日辉，夕荫清月华。营营功业人，朽骨成泥沙。泛虚舟。

韩　湘

韩湘，字清夫，愈之犹子也。落魄不羁，愈强之婚宦，不听，学道仙去。

言　志

青山云水窟，此地是吾家。后夜流琼液，凌晨咀绛霞。琴弹碧玉调，炉炼白朱砂。宝鼎存金虎，元田养白鸦。一瓢藏世界，三尺斩妖邪。解造逡巡酒，能开顷刻花。有人能学我，同去看仙葩。

答从叔愈

愈谪蓝关，湘来逆，同传舍。愈仍留之，作诗云："才为世用古来多，如子雄文世孰过。好待功名成就日，却收身去卧烟萝。"湘答此诗，竟去。

举世都为名利醉，伊予独向道中醒。他时定是飞升去，冲破秋空一点青。

侯道华

侯道华，蒲人，大中时仙去。

题院诗

河中永乐县道净院，有道士邓太玄炼药贮院内。道华在院供给使，常好子史，手不释卷。众或问要此何为，答曰："天上无愚懵仙人。"咸大笑之。一旦失之，亡所见，惟脱双履，衣挂松上，中留一诗，时大中五年五月也，方验道华窃太玄药仙去。节度郑公先以其事闻，诏赐名升仙观。

帖里大还丹，多年色不移。前宵盗吃却，今日碧空飞。惭愧深珍重，珍重邓天师。他年炼得药，留著与内芝。吾师知此术，速炼莫为迟。三清专相待，大罗的有期。下列细字，称去年七月一日，蒙韩君赐姓李，名内芝，配住上清善进院。

裴　航

裴航，长庆中进士。

赠樊夫人诗

长庆中，航下第，游鄂渚，偶与樊夫人同载。航见其有国色，慕之，赂侍妾袅烟，以诗达意。夫人得航诗，若不闻，使袅烟持诗答航，航亦未达诗之旨趣。后经蓝桥驿，渴甚，向老妪求浆。妪呼女云英擎浆与航，英色芳丽。航忆夫人诗句，异之，愿纳聘焉。妪言已有灵丹，须玉杵臼捣之，有此当相与。航购得之，妪仍令航捣药百日，妪吞之，先入洞，告姻戚来迎。航及女就礼，引见诸宾，一仙妪谓航应相识否，航不省。曰："不忆鄂渚同舟事乎？"航惊怛陈谢，始知夫人即云英之姊。后航及妻入玉峰洞为上仙。

向为胡越犹怀想，况遇天仙隔锦屏。倘若玉京朝会去，愿随鸾鹤入青冥。

附樊夫人答裴航

一饮琼浆百感生，玄霜捣尽见云英。蓝桥便是神仙窟，何必崎岖上玉清。

钟离权

钟离权，咸阳人。遇老人授仙诀，又遇华阳真人上仙王玄甫传道。入崆峒山，自号云房先生，后仙去。

题长安酒肆壁三绝句

坐卧常携一作将酒一壶，不教双眼识皇一作东都。乾坤许大一作世界无名姓，疏散人中一一作大丈夫。

得道高僧一作真仙不易逢，几时归去愿相从。自言住处连沧海，别是蓬莱第一峰。

莫厌追欢笑语频，寻思离乱好伤神。闲来屈指从头数，得见一作到清平有几人。

赠吕洞宾

知君幸有英灵骨，所以教君心恍惚。含元殿上水晶宫，分明指出神仙窟。大丈夫，遇真诀，须要执持心猛烈。五行匹配自刀圭，执取龟蛇颠倒诀。三尸神，须打彻，进退天机明六甲。知此三要万神归，来驾火龙离九阙。九九道至成真日，三界四府朝元节。气翱翔兮神烜赫，蓬莱便是吾家宅。群仙会饮天乐喧，双童引入升玄客。道心不退故传君，立誓约言亲洒血。逢人兮莫乱说，遇友兮不须诀。莫怪频发此言辞，轻慢必有阴司折。执手相别意如何，今日为君重作歌。说尽千般玄妙理，未必君心信也么。子后分明说与汝，保惜吾言上大罗。

全唐诗卷八六一 仙

马　湘

马湘，字自然，杭州盐官人。貌丑，鼬鼻、秃鬓、大口。饮酒石馀，醉卧即以拳入口。游行处多题诗句。大中十年，归乡，忽死。明年，又于梓桐县白日上升。有司奏闻，敕浙西发冢视之，乃一竹杖而已。

登杭州秦望山

太乙初分何处寻，空留历数变人心。九天日月移朝暮，万里山川换古今。风动水光吞远峤，雨添岚气没高林。秦皇谩作驱山计，沧海茫茫转更深。

题龙兴观壁

晋陵道士朱含真，居龙兴观东轩，马自然常过之，含贞必竭力以奉。临别，与以三符，命版题诗庑下。后数年，自然飞升。含贞迄以符术名江浙淮海间。

世有无穷事，生知遂百春。问程方外路，宜是上清人。

又诗一首

昔日曾一作尝随魏伯阳，无端醉卧紫金床。东君谓我多情赖，罚向人间作酒狂。

又诗二首

省悟前非一息间，更抛闲事弃尘寰。徒夸美酒如琼液，休恋娇娥似玉颜。含笑谩教情面厚，多愁还使鬓毛斑。云中幸有堪归路，无限青山是我山。

何用烧丹学驻颜，闹非城市静非山。时人若觅长生药，对景无心是大还。

张　辞

张辞，咸通初，进士下第，游淮海间。有道术，尝养气绝粒。好酒耽棋，后于江南上升。

题　壁

人有以炉火药术为事者，辞大哂之，命笔题其壁。

争那金乌何，头上飞不住。红炉漫烧药，玉颜安可驻。今年花发枝，明年叶一作花落树。不如且饮酒，莫管流年度一作朝暮复朝暮。

上盐城令述德诗

辞尝游盐城，非类乘其醉，与相竞力，令见而系之。既醒，为述德、陈情二律以献，令释之。今存述德一首。

门风常有蕙兰馨，鼎族家传霸国名。容貌静悬秋月彩，文章高振海涛声。讼堂无事调琴轸，郡阁何妨醉玉觥。今日东渐音尖桥下水，一条从此镇常清。

谢令学道诗

令欲传其道，辞以令方宰剧邑，未暇志玄，诗以开其意。

何用梯媒向外求，长生只合内中修。莫言大道人难得，自是行心不到头。

别 令 诗

张辞张辞自不会，天下经书在腹内。身即腾腾处世间，心即逍遥出天外。

陆禹臣

陆禹臣，字服休，河东人。避黄巢乱，入南岳。得仙术，隐宜州北山。后尸解，为紫府仙伯。尝寓吴生家，与语尘外理。

赠 吴 生

露下瑶簪湿，云生石室寒。星坛鸾鹤舞，丹灶虎龙蟠。

李 真

李真，唐末仙人。

丈 人 山 诗

春冻晓鞯露重，夜寒幽枕云生。岂是与山无素，丈人著帽相迎。

殷七七

殷七七，名天祥，又名道筌。尝自称七七，不知何所人。游行天下，不测其年寿。面光白，若四十许人。每日醉歌道上。周宝镇浙西，师敬之。尝试其术，于九月令开鹤林寺杜鹃花，有验。

醉　歌

琴弹碧玉调，药炼一作炉养白朱砂。解酝顷刻酒，能开非时花一作能栽顷刻花。

阳春曲

七七有异术，过润州，与客饮，云："某有一艺侑欢。"顾屏上画妇人，曰："可歌《阳春曲》。"妇人应声而歌，其音清亮，似从屏中出。

愁见唱阳春，令人离肠结。郎去未归家，柳自飘香雪。

张令问

张令问，隐居天国山，自号天国山人。

寄杜光庭

试问朝中为宰相，何如林下作神仙。一壶美酒一炉药，饱听松风清昼眠。

吴涵虚

吴涵虚,字含灵,江西人。出家为道士,居南岳,俗呼为吴猱。好睡,经旬不饮食。常言曰:"人若要闲,即须懒。好勤,即不闲也。"清泰年羽化。宋乾祐中,有人于嵩山见之。

上升歌

玉皇有诏登仙职,龙吐云兮凤著力。眼前蓦地见楼台,异草奇花不可识。我向大罗观世界,世界即如指掌大。当时不为上升忙,一时提向瀛洲卖。

李梦符

李梦符,开平初人。在洪州日,与布衣饮酒狂吟。尝以钓竿悬一鱼,向市肆唱《渔父引》,卖其词。好事者争买之,得钱便入酒家。或抱冰入水,及出,身上气如蒸。后不知所在。(一云,梦符游南昌时,钟传据其地。有桂州刺史李琼,遣人谓传曰:"梦符吾弟,请遣归。"钟令求于市邸,人曰:"夜来不归,不知所之。")

答常学士

罢修儒业罢修真,养拙藏愚春复春。到老不疏林里鹿,平生难见日边人。洞桃深处千林锦,岩雪铺时万草新。深谢名贤远相访,求闻难博凤为邻。

渔父引二首

村寺钟声度远滩，半轮残月落山前。徐徐拨棹却归湾，浪叠朝霞锦绣翻。

渔弟渔兄喜到来，波官赛却坐江隈。椰榆杓子木瘤杯，烂煮鲈鱼满案堆。

察考取状答

插花饮酒何妨事，樵唱渔歌不碍时。

沈廷瑞

沈廷瑞，高安人，吏部侍郎彬之子。有道术，嗜酒。寒暑一单褐，数十年不易。常跣行，日数百里，林栖露宿，多在玉笥、浮云二山，老而不衰。化后，人犹常见之。

答高安宰

廷瑞尝直造县宰之坐，宰不快，戏之曰："沈道士何时成道？"廷瑞应声成诗。

何须问我道成时，紫府清都自有期。手握药苗人不识，体含金骨俗争知。一本此下后有四句云：书符解遣龙蛇走，动印还教海岳移。他日丹霄谁是侣，青童引驾紫霄随。

赠僧昭莹

廷瑞化于玉笥山，后二年，有阁皂山僧昭莹遇之，问所往，云暂寻知己。留诗别。昭莹后到玉笥山话及，方知其尸解而去。

南北东西路，人生会不无。早曾依阁皂，又却上玄都。云片随天阔，泉声落石孤。何期早相遇，乐共煮菖蒲。

寄袁州陈智周

廷瑞与智周相善，化后数年，有人于江筠路次见廷瑞，共语久之，令将诗寄智周。智周得诗甚讶，驰出门，求送诗者，已不知所在。

名山相别后，别后会难期。金鼎销红日，丹田老紫芝。访君虽有路，怀我岂无诗。休羡繁华事，百年能几时。

垄穴遗诗

《华盖山事实》云：昭莹遇廷瑞后，开垄视之，惟见空棺。穴旁得片纸，遗诗云：

虚劳营殡玉山前，殡后那知已脱蝉。应是元神归洞府，更无遗魄在黄泉。灵台已得修真诀，尘世空留悟道篇。堪叹浮生今古事，北邙山下草芊芊。

谭　峭

谭峭，字景升，国子司业洙之子。博涉经史，属文清丽。洙训以进士业，而峭酷好黄老书。辞父远游，师嵩山道士，得辟谷养气之术。后入青城山仙去。

大言诗

线作一作大长江扇作一作大天，靸鞋抛向一作在海东边。蓬莱信道无多路一作世间多少闲虫豸，只一作尽在谭生拄杖前。

句

云外星霜如走电，世间娱乐似抛砖。

伊用昌

伊用昌，不知何许人。与其妻乞食，多在江右庐陵、宜春诸郡。出语轻忽，常为人殴击，呼之为伊风子。爱作《望江南》词，与妻唱和，词皆有旨。妻有殊色，豪富子弟以言笑戏调，不可犯。夫妻至南城县，丐死牛肉，食之死。后人有见之者，夫妻皆蹑虚而行。发视所埋处，惟有烂牛肉，无别物。

望江南词咏鼓

江南鼓，梭肚两头栾。钉著不知侵骨髓，打来只是没心肝，空腹被人谩。

题茶陵县门

江南有芒草，茶陵民采之织履。用昌题此诗，县官及胥吏怒，逐出界。

茶陵一道好长街，两畔栽柳不栽槐。夜后不闻更漏鼓，只听锤芒织草鞋。

题酒楼壁

用昌死后一年，有江西镇将丁，于其地见用昌夫妻，仍唱《望江南词》。

此生生在此生先，何事从玄不复玄。已在淮南鸡犬后，而今便到玉皇前。

题游帷观真君殿后

用昌渡江,至观后,题此诗。夫妻连臂入西山,自此更不出。其诗后题衔云:定亿兆恒沙军国主南方赤龙神王伊用昌。

日日祥云瑞气连,侬家应作大神仙。笔头洒起风雷力,剑下驱驰造化权。更与戎夷添礼乐,永教胡虏绝烽烟。列仙功业只如此,直上三清第一天。

留题阁皂观

花洞门前吠似雷,险声流断俗尘埃。雨喷山脚毒龙起,月照松梢孤鹤回。萝幕秋高添碧翠,画帘时卷到楼台。两坛诗客何年去,去后门关更不开。

湖南闯斋吟

用昌入湖南,谒马氏。时方设斋,独不请。用昌自造之,据其坐。洎食毕,则大声吟诗。吟毕,拂衣而起。众讶异,乃逼问之,出门不见。

谁人能识白元君,上士由来尽见闻。避世早空南火宅,植田高种北山云。鸡能抱卵心常听,蝉到成形壳自分。学取大罗些子术,免教松下作孤坟。

许 坚

许坚,字介石,庐江人。

游溧阳霞泉寺限白字

近枕吴溪与越峰，前朝恩赐云泉额。南唐以大唐为前朝。竹林晴见雁塔高，石室曾栖几禅伯。荒碑字没莓苔深，古池香泛荷花白。客有经年别故林，落日啼猿情脉脉。

幽栖观

仙翁上升去，丹井寄晴壑。山色接天台，湖光照寥廓。玉洞绝无人，老桧犹栖鹤。我欲掣青蛇，他时冲碧落。

题茅山观

尝恨清风千载郁，洞天今得恣游遨。松楸一色古坛静，鸾鹤不来青汉高。茅氏井寒丹已化，玄宗碑断梦仍劳。分明有个长生路，休向红尘叹二毛。

题扇

哦吟但写胸中妙，饮酒能忘身后名。但愿长闲有诗酒，一溪风月共清明。

上徐舍人铉

坚早年干李氏，人以其狂，不之礼。因上此诗于徐铉，竟拂衣归。

几宵烟月锁楼台，欲寄侯门荐祢才。满面尘埃人不识，谩随流水出山来。

句

道既学不得，仙从何处来。

卧久似慵伸雪项，立迟犹未整霜衣。　病鹤　见《吟窗杂录》

许　碏 一作鹊

许碏，高阳人。累举不第，学道于王屋。周游名山洞府，到处于石崖峭壁人不及处题云："许碏自峨嵋山寻偃月子到此。"笔踪神异，竟莫详偃月子也。游庐江，醉吟一诗，人皆笑为风狂。后插花作舞，上酒楼醉歌，升仙去。

醉　吟

阆苑花前是醉乡，踏一作拈翻王母九霞觞。群仙拍手嫌轻薄一作脱，谪向人间作酒狂。

题南岳招仙观壁上 题此诗后数日上升

洪炉烹锻人性命，器用不同分皆定。妖精鬼魅斗神通，只自干邪不干正。黄口小儿初学行，唯知日月东西生。还为万灵威圣力，移月在南日在北。玉为玉兮石是石，蕴弃深泥终不易。邓通饿死严陵贫，帝王岂是无人力。丈夫未达莫相侵，攀龙附凤捐精神。

张　白

张白，衡州人。少应举不第，入道。常挑一铁葫芦，得钱便饮酒，自称白云子。忽一日死，葬武陵城西。经半载，有鼎州官扬州勾当公事，遇于酒肆，同酌数日。众闻之，开验其棺，一空。有《武陵春色》诗三百首，今存其一。

武陵春色

武陵春色好，十二酒家楼。大醉方回首，逢人不举头。是非都不采，名利混然休。戴个星冠子，浮沉逐世流。

赠酒店崔氏

武陵城里崔家酒，地上应无天上有。南游道士饮一斗，卧向白云深洞口。

哭陆先生

六亲恸哭还复苏，我笑先生泪个无。脱履定归天上去，空坟留入武陵图。

段　縠

段縠，累举进士不第，忽如狂，市中讴吟其诗。后死，及葬发视，但空棺耳。

市中狂吟

一间茅屋，尚自修治。任狂风吹，连檐破碎。料栱斜欹，看著倒也。墙壁作散土一堆，主人翁永不来归。

赵自然

赵自然，池州凤凰山道士。梦阴真君与柏叶，一枝九叠。食之，因不食，神气异常。

诗

常欲栖山岛，闲眠玉洞寒。丹哥时引舞，来去跨云鸾。

李　浩

李浩，字太素，不知何许人。隐青城山牡丹坪，与仙人尔朱先生游，作《大丹诗》百首行世。或传举家仙去。

大丹诗四首

混沌未分我独存，包含四象立乾坤。还丹须向此中觅，得此方为至妙门。

煮石烹金炼太元，神仙不肯等闲传。人能认得其中理，夺尽乾坤造化权。

百首荒辞义亦深，因传同道决疑心。华池本是真神水，神水元来是白金。

取将白金为鼎器，鼎成潜伏汞来侵。汞入金鼎终年尽，产出灵砂似太阴。

徐钓者 一作徐钓

徐钓者，不知其名，自言东海蓬莱乡人。常棹舟泛于鄂渚，上及三湘，下经五湖。每将鱼市酒，人逐之，不可近。乃水仙也。

自　吟

曾见秦皇架石桥,海神忙迫涨惊潮。蓬莱隔海虽难到,直上三清却不遥。

蓝采和

蓝采和,不知何时人。常衣破蓝衫,六铐黑木腰带。一脚著靴,一脚跣行。夏则衫内加絮,冬则卧于雪中,气出如蒸。每行歌城市乞索,持大拍板踏歌,似狂非狂。歌词极多,率皆仙意。以钱与之,或散失,亦不顾。见贫人,即与之,及与酒家。后踏歌于濠梁间酒楼,乘醉轻举,云中掷靴、衫、腰带、拍板,冉冉而去。

踏　歌

踏歌踏歌蓝采和,世界能几何。红颜三春树,流年一掷梭。古人混混去不返,今人纷纷来更多。朝骑鸾凤到碧落,暮见桑田生白波。长景明晖在空际,金银宫阙高嵯峨。

全唐诗卷八六二 仙

清远道士

同沈恭子游虎丘寺有作

我本长殷周，遭罹历秦汉。四渎与五岳，名山尽幽窜。及此寰区中，始有近峰玩。近峰何郁郁，平湖渺瀰漫。吟俯川之阴，步上山之岸。山川共澄澈，光彩交凌乱。白云蓊欲归，青松忽消半。客去川岛静，人来山鸟散。谷深中见日，崖幽晓非旦。闻子盛游遨，风流足词翰。嘉兹好松石，一言常累叹。勿谓余鬼神，忻君共幽赞。

春台仙

游春台诗

贞元十一年，秦中秀才白幽求，从新罗王子过海。失风，至一高山，半腹一城，台阁壮丽。有大树枝，为风相磨，如人诵诗。详诗意，殆示之进。幽求疑未敢前。俄有朱衣人自城中出，传敕诸真君来。殿廊下玉女数百奏乐，白鹤孔雀盘舞应之。日晚出宴迎月殿，有四真君各为《迎月诗》，后一诗忘其下句。又有童女唱《步虚歌》，幽求问从者是何处，曰诸真君游春台也，主人是东岳真君，四时各随地分为游。幽求向诸真君乞归，许之。得随西岳真君后，操舟归，自明州返旧土。

玉幢亘碧虚，此乃真人居。裴回仍未进，邪省犹难除。大树枝诵诗。

日落烟水黯，骊珠色岂昏。寒光射万里，霜缟遍千门。四真君《迎月诗》。

玉魄东方开，嫦娥逐影来。洗心兼涤目，怳若游春台。

清波滔碧天，乌藏黯黮连。二仪不辨处，忽吐清光圆。

乌沉海西岸，蟾吐天东头。

凤凰三十六，碧天高太清。元君夫人蹋云语，冷风飒飒吹鹅笙。童女《步虚歌》。

酒肆布衣

醉　吟

贞元末，有布衣于长安中游酒肆，吟咏丐酒，人以为狂。时当素秋，忽慨然四望，泪下沾襟。一老叟怪而问之，布衣曰："我来天地间一百三十春秋矣。每见春日煦和，不觉喜乐。至秋，未尝不伤而悲之也。非悲秋，悲人之生也。"因吟诗携手，同醉数日，不知所在。有于西蜀江边见之者。

阳春时节天气和，万物芳盛人如何。素秋时节天地肃，荣秀丛林立衰促。有同人世当少年，壮心仪貌皆俨然。一旦形羸又发白，旧游空使泪连连。

又　吟

有形皆朽孰不知，休吟春景与秋时。争如且醉长安酒，荣华零悴总奚为。

嵩岳诸仙

嫁女诗

元和中,洛阳田璆、邓韶,博学有文。中秋,出建春门望月,遇二书生,邀至其庄。池馆台榭,率陈设盘筵,若有待者。诘之,云:“今夕上清神女嫁玉京仙郎,群仙会于兹岳。将藉君礼导升降耳。”言讫,花烛满空,有云母双车,偕群仙下。帏中坐者为西王母,相者为刘纲,侍者为茅盈,弹筝击筑者麻姑、谢自然。二书生,卫符卿、李八百也。顷之,汉武帝、唐明皇至。未顷,穆天子至,各为歌相劝酬。汉帝又召丁令威歌,子晋吹笙和之。王母亦召叶静能歌明皇时事。于是黄龙持杯,于车前再拜,祝仙郎神女。刘纲、茅盈与巢父各有《催妆诗》。玉女引仙郎与神女入帐,璆、韶奉命相礼。礼毕,符卿、八百引之辞王母,各赐延寿酒一杯。曰:“可增人间半甲子。”送出庄门四五步,失所在。惟嵩山嵯峨倚天,得樵径归,已岁馀矣。于是二人弃家入少室山学道,不知所终。

劝君酒,为君悲且吟。自从频见市朝改,无复瑶池宴乐心。穆王把酒,请王母歌。

奉君酒,休叹市朝非。早知无复瑶池兴,悔驾骅骝草草归。王母持杯,穆天子歌。

八马回乘汗漫风,犹思往事憩昭宫。宴移玄圃情方洽,乐奏钧天曲未终。斜汉露凝残月冷,流霞杯泛曙光红。昆仑回首不知处,疑是酒酣魂梦中。穆天子重歌。

一曲笙歌瑶水滨,曾留逸足驻征轮。人间甲子周千岁,灵境杯觞初一巡。玉兔银河终不夜,奇花好树镇长春。悄知碧海一作穆满饶词句,歌向俗流疑误人。　王母酬穆天子歌。

珠露金风下界秋,汉家陵树冷修修。当时不得仙桃力,寻作浮尘飘陇头。酒至汉武帝,王母又歌。

五十馀年四海清,自亲丹药一作灶得长生。若言尽是仙桃力,看取神仙簿上名。汉帝上王母酒歌。

月照骊山露泣花,似悲先帝早升遐。至今犹有长生鹿,时绕温泉望翠华。汉帝召丁令威歌。

幽蓟烟尘别九重,贵妃汤殿罢歌钟。中宵扈从无全仗,大驾苍黄一作皇发六龙。妆匣尚留金翡翠,暖池犹浸玉芙蓉。荆榛一闭朝元路,唯有悲风吹晚松。王母召叶静能为明皇歌。

上清神女,玉京仙郎。乐此今夕,和鸣凤凰。凤凰和鸣,将翱将翔。与天齐休,庆流无央。黄龙祝辞。

玉为质兮花为颜,蝉为鬓兮云为鬟。何劳傅粉兮施渥丹,早出娉婷兮缥缈间。 刘纲《催妆诗》。

水晶帐开银烛明,风摇珠珮连云清。休匀红粉饰花态,早驾双鸾朝玉京。 茅盈《催妆诗》。

三星在天银河一作汉回,人间曙色东方来。玉苗琼蕊亦宜夜,莫一作来使一花冲晓开。巢父《催妆诗》。

芙蓉古丈夫　毛女

吟

古丈夫者,秦时骊山役夫。毛女,秦宫女殉葬骊山者。并以计得脱,入山,食木实。日久毛发绀绿,能凌虚而翔。大中初,有陶太白、尹子虚者,采药入芙蓉峰,遇之。自嫌貌丑怪,返穴易衣。一古服俨雅,一鬟髻彩衣。二子相与倾壶而吟,饮尽,古丈夫折松枝叩壶而吟,毛女和之。赠药而别。

饵柏身轻叠嶂间,是非无意到尘寰。冠裳暂备论浮世,一饷云游碧落间。古丈夫。

谁知古是与今非，闲蹑青霞与一作绕翠微。箫管秦楼应寂寂，彩云空惹薜萝衣。毛女。

希　道

授炙毂子歌二首

炙毂子王睿，成疹积年，苦冷。游燕中，逢樱杖棕笠者，鹤貌高古，名曰希道。授以丹诀，并一歌。制丹饵之，周星得瘳。后竟仙去。

木津天魂，金液地魄。坎离运行宽无成，金木有数秦晋合。近效宜六旬，远期三载阔。

魄微入魂牝牡结，阳呴阴滋神鬼灭。千歌万赞皆未决，古往今来抛日月。

隐　者

李泌庭黑石诗

神真炼形年未足，化为我子功相续。丞相瘗之刻玄玉，仙路何长死何促。

广陵道士

戏　吟

道士于广陵城卖药，有灵效。彭城刘商弃官访道，遇而异之。携登酒楼,所谈秦汉历代事,皆如目睹。及暮归,道士下楼,倏不见。翼日,商于城街访之,道士仍卖药。见商愈喜,复挈上酒楼,剧谈劝醉。出一小药囊赠商,戏吟一诗,别去,累寻不复见。商服药身轻,为地仙。

无事到扬州,相携上酒楼。药囊为赠别,千载更何求。

黄冠野夫

授马氏女诗

黄鹿真人马氏女者,幼好道。有黄冠野夫,年逾七十,颜如渥丹。传铅汞符篆要术,易其名为道兴,授诗而行。后结庵于庐江之东,复遇野夫。与镇坛金银,为黄鹿、白鹅之精。天祐末,盗欲取之,遂骖驾黄鹿,白鹅前引,腾空而逝,如所授诗之言。

女是寄生枝,男是冬青木。冬青驾白鹅,寄生跨黄鹿。若遇寇相凌,稳便抛家族。早早上三清,莫候丹砂熟。

蜀中酒阁道人

歌

蜀中有道人,饮于酒阁,歌此诗。有许仲源者,问其诗中班龙珠何物,云为鹿角。授仲源制服方,化一白鹤飞去。许后亦得仙。

尾闾不禁沧溟竭,九转神丹都谩说。惟有班龙顶上珠,能补玉堂关下穴。

章江书生

吟

金陵陈省躬，显德中，为临川宰。舟经章江，泊女儿浦。抵暮，有书生不通姓名，登舟求见，与省躬论语甚奇。问今晋朝第几帝，省躬具实对，微笑而已。生间高吟一诗，省躬疑是神仙，再拜叩问，终无言。出船，不见所之。

西去长沙东上船，思量此事已千年。长春殿掩无人扫，满眼梨花哭杜鹃。

萼岭书生

示边洞元

洛阳道士边洞元，于嵩山萼岭遇一书生，以木简负数册书，酒一大壶，同憩松下。倾壶中酒饮洞元，洞元醉。书生曰："我有术可与师醒酒。"取木简摩拭化为剑，曰："借师之肝脍之可乎?"洞元惧而醒，乞命，遂挥剑腾空去。掷下书一卷，有绝句云：

邂逅相逢萼岭边，对倾浮蚁共谈玄。拟将剑法亲传授，却为迷人未有缘。

成都醉道士

示胡二郎歌

有胡二郎者，尝见一道士于成都，醉卧通衢。二郎怜之，每值其醉，辄取石支其首。道士一日醒，见二郎在旁，感之。因劝修道，且歌以讽之。二郎问为何人，曰："吾即尔朱先生也。"去不见，二郎后亦得仙。

欲究丹砂理，幽玄无处寻。不离铅与汞，无出水中金。金欲炼时须得水，水遇土兮终不起。但知火候不参差，自得还丹微妙旨。人世分明知有死，刚只留心恋朱紫。岂知光景片时间，将谓人生长似此。何不回心师至道，免逐年光虚自老。临樽只解醉醺酣，对镜方知渐枯槁。二郎切切听我语，仙乡咫尺无寒暑。与君说尽只如斯，莫恋娇奢不肯去。感君恩义言方苦，火急回心求出路。吟成数句赠君辞，不觉便成今与古。

樵　夫

贻白永年诗

白椿夫，字永年，僖宗时湖南衡岳人。得惩妖袪疾之术。一日，有樵夫扣户曰："西峰岩中有仙会话，师可造之。"永年疑其为妖，杖策随之，去至则瞑矣。但见崖壁有诗，翰墨犹湿。读讫，失其字。

清秋无所事，乘露出遥天。凭仗樵人语，相期白永年。

李公佐仆

留　诗

李公佐举进士，后为钟陵从事。有仆夫自布衣执役勤瘁，昼夕恭谨，迨三十年，公佐不知其异人也。一旦，留诗一章，距跃凌空而去。

我有衣中珠，不嫌衣上尘。我有长生理，不厌有生身。江南神仙窟，吾当混其真。不嫌市井喧，来救世间人。苏子迹已往注云：苏耽是也，颛蒙事可亲公佐字颛蒙。莫言东海变，天地有长春。

木　客

鄱阳山中有木客，秦时造阿房宫者。食木实，得不死，时下山就民间取酒。为诗云：

酒尽君莫沽，壶倾我当发。城市多嚣尘，还山弄明月。

许　大

西　山　吟

自从明府归仙后，出入尘寰直至今。不是藏名混时俗，卖药沽酒要安心。

许学士

东 洛 货 丹

三千功满去升天，一住人间数百年。华表他时却归日，沧溟应恐变桑田。

天关回到世吟

九霄云路奇哉险，曾把一作抱冲身入太和。今日东归浑似梦，望崖回首隔天波。

紫微孙处士

送青城丈人酒

深羡青城好洞天，白龙一觉已千年。铺云枕石长松下，朝退看书尽日眠。

送王懿昌酒

将知骨分到仙乡，酒饮金华玉液浆。莫道人间只如此，回头已是一年强。

青城丈人

送太乙真君酒

峨嵋仙府静沈沈，玉液金华莫厌斟。凡客欲知真一洞，剑门西北五云深。

太乙真君

送紫微处士酒

此中何必羡青城，玉树云栖不记名。闷即乘龙游紫府，北辰南斗逐君行。

方壶居士

题法云寺双桧

谢郎双桧绿于云，昏晓浓阴色未分。若并亳宫仙鹿迹，定知高峭不如君。

隋堤词

尝忆江都大业秋，曾随銮跸戏龙舟。伤心一觉兴亡梦，堤柳无情识世愁。

太白山玄士

画地吟

学得丹青数万年，人间几度变桑田。桑田虽变丹青在，谁向丹青合得仙。

邻道场人

货丹吟

寻仙何必三山上，但使神存九窍清。炼得绵绵元气定，自然不食亦长生。

无名氏

灵响词

《云笈七签》序云：余慕道年久，窃览《三清经》，修炼士当须入静三关，炼气续命。大静三百日，中静二百日，小静一百日。遂发志恳试以小静。开成三年起正月一日闭户，克期百日方出。未逾月，神光照目，百灵集耳。则知仙经秘典，言不虚设。因创《灵响词》五篇，以纪玄深。

此响非俗响，心知是灵仙。不曾离耳里，高下如秋蝉。
入夜声则厉，在昼声则微。神灵斥众恶，与我作风威。
妙响无住时，昼夜常轮回。那是偶然事，上界特使来。
何以辨灵应，事须得梯媒。自从灵响降，如有真人来。
存念长在心，展转无停音。可怜清爽夜，静听秋蝉吟。

无名氏

度世古玄歌

《蜀志》：后周至真观小蛮桥下，搰得石碑，载此。

始青之下月与日，两半同升合为一。大如弹丸甘如蜜，出彼玉堂入金室，子若得之慎勿失。

刘道昌

鬻丹砂醉吟

心田但使灵芝长，气海常教法水朝。功满自然留不住，更将何物驭丹霄。

龟市告别

还丹功满气成胎，九百年来混俗埃。自此三山一归去，无因重到世间来。

李太玄

摘紫芝

偶游洞府到芝田，星月茫茫欲曙天。虽则似离尘世了，不知何处偶真仙。

玉女舞霓裳

舞势随风散复收，歌声似磬韵还幽。千回赴节填词处，娇眼如波入鬓流。

曲龙山仙

玩月诗

栖岩谒韦令公，经剑阁，失足坠深岩下。进一石室，乃太乙元君之居。值东皇君遣使迎元君会曲龙山玩月，元君挈栖岩跨鹿龙同往。至则酌醴，各为歌。会散，复归旧洞府。元君送栖岩归，已六十年矣。

曲龙桥顶玩瀛洲，凡骨空陪汗漫游。不假丹梯蹑霄汉，水晶盘冷桂花秋。栖岩。

月砌瑶阶泉滴乳，玉箫催凤和烟舞。青城丈人何处游，玄鹤唳天云一缕。　青城丈人词。东皇命玉女歌之，送元君酒。

造化天桥碧海东，玉轮还过碾晴虹。霓襟似拂瀛洲顶，颢气潜消橐籥中。东皇。

危桥横石架云端，跨鹿登临景象宽。颢魄洗烟澄碧落，桂花低拂玉簪寒。元君。

陈复休

陈复休，号七子。贞元中，来举褒城。多变化之术，尝狂醉市中。褒帅怒而系于狱，不食而死。寻即臭烂，而复见于家。中和间，大驾还京，复休亦至阙下。田晋公问京国几年安宁，曰二十。果自问后二十日，再幸陈仓。后寄诗晋公，未详其意。及驾至梁洋，邠帅朱玫立襄王监国，寒梅两枝验矣。

句

夜坐空庭月色微，一树寒梅发两枝。

郑冠卿

句

不缘过去行方便，安得今朝会碧虚。　栖霞洞遇日华月华君

陈　蓬

句

竹篱疏见浦，茅屋漏通星。题松山

伊梦昌

句

惟有松杉空弄月，更无云鹤暗迷人。题攸县司空观仙台

露凝金盏滴残酒，檀点佳人喷异香。题黄蜀葵

全唐诗卷八六三 女仙

张云容

张云容，杨贵妃侍儿也。申天师与绛雪丹服之，教其死后为大棺通穴，百年后，遇生人交精气，再生，可为地仙。后死，如法葬兰昌宫。至元和末，有平陆尉金陵薛昭，以义气逸县囚，谪赴海东。至三乡，夜遁去，匿兰昌宫古殿旁。见三美女至，一则云容，其二则萧凤台、刘兰翘，向为九仙媛所毒杀，同藏云容穴侧者。云容向昭备说生前事及申天师语，昭叹异。二女送酒合卺，各为歌献酬，欢洽数夕。云容倏自言："吾体已苏。"昭为启榇，遂活，同归金陵。

与薛昭合婚诗

脸花不绽几含幽，今夕阳春独换秋。我守孤灯无白日，寒云陇上更添愁。凤台歌，送薛昭、云容酒。

幽谷啼莺整羽翰，犀沉玉冷自长叹。月华不向一作忍扃泉户，露滴松枝一夜寒。 兰翘歌，送薛昭、云容酒。

韶光不见分成尘，曾饵金丹忽有神。不意薛生携旧律，独开幽谷一枝春。 云容和。

误入宫垣漏网人，月华静洗玉阶尘。自疑飞到蓬莱顶，琼艳三枝半夜春。 薛昭和。

崔少玄

崔少玄，汾州刺史崔恭小女。生而端丽，归卢陲，随宦闽中。过建溪武夷山，云中见紫霄元君、扶桑夫人。问陲曰："玉华君来乎？"陲怪问之，云："吾昔为玉皇左侍书，曰玉华君。为有欲想，谪居人世，为君妻。"后罢府，家洛阳，自言太上复召为玉皇左侍书，留诗一首遗陲而蜕。

留别卢陲

得之一元，匪受自天。太老之真，无上之仙。光含影藏，形于自然。真安匪求，神之久留。淑美其真，体性刚柔。丹霄碧虚，上圣之俦。百岁之后，空馀坟丘。

戚逍遥

戚逍遥，冀州南宫人。幼好道，父以女诫授逍遥，逍遥曰："此常人之事耳。"遂取老子仙经诵之。年二十馀，适同邑蒯浔。不为尘俗事，惟独居一室，绝食静想，作歌云云。人悉以为妖。一夜，闻室内有人语声。又三日，忽闻屋裂声如雷，仰视天半，逍遥与仙众俱在云中，历历闻分别语。观望无不惊叹。

歌

笑看沧海欲成尘，王母花前别众真。千岁却归天上去，一心珍重世间人。

卓英英

卓英英，成都女郎(《万首绝句》采入宫闺，以与眉娘、玄士倡和，故载于此)。

锦城春望

和风装点锦城春，细雨如丝压玉尘。漫把诗情访奇景，艳花浓酒属闲人。

理　笙

频倚银屏理凤笙，调中幽意起春情。因思往事成惆怅，不得缑山和一声。

游福感寺答少年

牡丹未及开时节，况是秋风莫近前。留待来年二三月，一枝和露压神仙。

答玄士

数载幽栏种牡丹，裹香包艳待神仙。神仙既有丹青术，携取何妨入洞天。

眉　娘

眉娘，南海人，卢姓。生而眉长，称眉娘。神针善绣，顺宗召入宫中，号神姑。宪宗度为女道士，称逍遥大师，放归。后数年尸解。

和卓英英锦城春望

蚕市初开处处春，九衢明艳起香尘。世间总有浮华事，争及仙山出世人。

和卓英英理笙

但于闺阁熟吹笙，太白真仙自有情。他日丹霄骖白凤，何愁子晋不闻声。

附太白山玄士画地吟

学得丹青数万年，人间几度变桑田。桑田虽变丹青在，谁向丹青合得仙。

洛川仙女

答张郁歌

明皇时，燕人张郁客京洛，与豪贵子弟狂游。忽独步，沿洛川，睹风景恬和，沿步高吟。忽见临水翠幄，有一女郎出，邀郁命席谈笑，谓郁知人世不可居，好道，可与言。郁不能对，女郎歌此，遂与郁别，乘洛波而去。

彩云入帝乡，白鹤又回翔。久留深不可，蓬岛路遐长。
空爱长生术，不是长生人。今日洛川别，可惜洞中春。

附张郁洛川沿步吟

浮生如梦能几何，浮生复更忧患多。无人与我长生术，洛川春日且长歌。

南溟夫人

题玉壶赠元柳二子

元和初，衡山元彻、柳实赴岭外，渡海，舟漂抵一岛，见有五色芙蓉，高百馀尺。双鬟自莲叶而来，二子向之求返人世。双鬟曰："少顷玉虚尊师与南溟夫人会此，子但坚请之。"言讫，有道士乘白鹿降岛上。夫人衣五彩，玉肌流艳。二子拜恳，夫人命以百花桥渡二子。玉壶一枚，高尺馀，题诗其上赠之。桥之尽所，即昔日维舟处。询之，已一十二年矣。中途馁，扣壶，有鸳鸯，语之，得饮食。后礼南岳太极先生为师，玉壶即先生贮玉液亡去者。随之诣祝融峰，二子自此得道。

来从一叶舟中来，去向百花桥上去。若到人间扣玉壶，鸳鸯自解分明语。

云台峰五女仙

会真诗

杨敬真，虢州阌乡天仙村田家女，十八嫁同村王清。性沉静，常凝神而坐。元和十二年五月十二日，忽辞其夫，沐浴焚香，居别室。村人闻天乐异香从西来。及明，视之，衣服委地，若蝉蜕去。村吏走告县令，寻逐无踪。十八日，复闻天乐异香自东来，敬真宛复在床，觉面目光采非常。问之,云仙师以云鹤来迎,有四女同夜成仙,会西岳云台峰。一马信真,宋州人。一徐湛真,幽州人。一郭修真,荆州人。一夏守真,青州人。相庆,各为诗道意。俄偕往蓬莱谒大仙伯茅君。敬真以王父年老,请归侍,因得还。遂谢绝其夫,服黄冠,居陕州紫极宫。宪宗尝召见内殿。终岁不食,容色转芳嫩云。

人世徒纷扰,其生似梦华。谁言今昔里,俯首视云霞。杨敬真。

几劫澄烦思,今身仅小成。一作几劫澄烦虑,思今身仅成。暂将云外隐,不向世间存。马信真。

绰约离尘世,从容上太清。云衣无绽日,鹤驾没遥程。徐湛真。

华岳无三尺,东瀛仅一杯。入云骑彩凤,歌舞上蓬莱。郭修真。

共作云山侣,俱辞世界尘。静思前日事,抛却几年身。夏守真。

吴清妻

仙诗五首

元和十二年,虢州湖城天仙乡吴清妻杨监真,因病不食,每静坐入定。四月十五夜,忽不见。十七日,县令自焚香祝请。四更,从牛屋上归。自云乘鹤到华山仙方台,见尊师。念父在,请归。一女冠乘鹤送来。得受仙诗五首。

道启真心觉渐清,天教绝粒应精诚。云外仙歌笙管合,花间风引步虚声。一作天教绝粒应精诚,道启真心觉渐清。

□□□□□□□,□君隐处当一星。□□莲花山头饭,黄精仙人掌上经。首句缺,第二句缺一字,第三句缺二字。

飞鸟莫到人莫攀,一隐十年不下山。袖中短书谁为达,华山道士卖药还。

日落焚香坐醮坛,庭花露湿渐更阑。净水仙童调玉液,春宵羽客化金丹。

摄念精思引彩霞，焚香虚室对烟花。道合云霄游紫府，湛然真境瑞皇家。

上元夫人

赠封陟

宝历中，有封陟孝廉，居少室，志在典坟，性颇贞端。上元夫人忽自空而降，求偶。陟不知其为仙也，正色不从。留诗期七日更来。后七日，又至，陟复不从。留诗再期七日。又后七日至，曰："从我能益君寿。"陟叱为妖，不从如初。诗以留别。三年，陟暴卒，追赴太山，路左遇前仙姝，曰："不能于此人无情。"命冥府释归，始知为上元夫人也。陟苏，恸哭自咎。

谪居蓬岛别瑶池，春媚烟花有所思。为爱君心能洁白，愿操箕帚奉屏帏。

再　赠

弄玉有夫皆得道，刘纲一作刚兼室尽登仙。君能仔细窥朝露，须逐云车拜洞天。

留　别

萧郎不顾凤楼人，云涩回车泪脸新。愁想蓬瀛归去路，难窥旧苑碧桃春。

慈恩塔院女仙

题寺廊柱

太和三年，长安慈恩寺塔院月夕，忽见一美妇人，从三四青衣来，绕佛塔言笑，甚有风味。回顾侍婢，白院主借笔砚来，乃于北廊柱上题诗。院主执烛出视，悉变为白鹤，冲天去。

皇一作黄子陂头好月明，忘却华筵到晓行。烟收山低翠黛横，折得荷花远恨一作赠远生。

湖水团团夜如镜，碧树红花相掩映。北斗阑干移晓柄，有似佳期常不定。

蜀宫群仙

后土夫人

偶引群仙到世间，熏风殿里醉华筵。等闲贪赏不归去，愁杀韦郎一觉眠。

王　母

沧海成尘几万秋，碧桃花发长春愁。不来便是数千载，周穆汉皇何处游。

麻　姑

世间何事不潸然，得失一作人得人情命不延。适向蔡家厅上饮，回头已见一千年。

上元夫人

思量往事一愁容，阿母曾邀到汉宫。城阙不存人不见，茂陵荒草根无穷。

弄　玉

采凤飞来到禁闱，便随王母驻瑶池。如今记得秦楼上，偷见萧郎恼妾时。

太　真

春梦悠扬生下界，一堪成笑一堪悲。马嵬不是无情地，自遇蓬莱睡觉时。

织　女

赠郭翰二首

太原郭翰，少简贵，姿度美秀。盛暑，乘月卧庭中，一少女自空中冉冉而下，自称天上织女，愿托情契。后夜夜皆来。经一年，悲泣而别，约明年某日有书相问。至期，果有书致翰，书末有二诗。翰仕至侍御史。

河汉虽云阔，三秋尚有期。情人终已矣，良会更何时。

朱阁临清溪，琼宫衔一作御紫房。佳情期在此，只是断人肠。

附郭翰酬织女

人世将天上，由来不可期。谁知一回顾，更一作交作两相思。

赠枕犹香泽，啼衣尚泪痕。玉颜霄汉里，空有往来魂。

嵩山女

书任生案

任生隐嵩山读书，夜有一女子，可二十许，冶容艳美，二青衣侍前，开帘入。自云冥数合为姻，为诗书案上，求偶。生疑妖怪，拒之再。女子复赠诗别，冉冉飞空去。数月后，任病，梦女子语曰："嵩山薄命汉，汝数尽，更与三年。"已而果然。所书诗亦为雷电取去。

我本籍上清，谪居游五岳。以君无俗累，来劝神仙学。
葛洪还有妇，王母亦有夫。神仙尽灵匹，君意合何如。

临去书赠

君子既执迷，无由达情一作诚素。明月海山上一作上山，秋风独归去。

一作女郎赠杨真伯诗。　弘农杨真伯，幼耽经史，至忘寝食，父母不能禁止。或匿其卷帙脂烛，遂逃至洪饶间，僦屋肄习。中秋夜，忽有青衣入，告曰："女郎久栖幽隐，知君至此，愿尽款曲。"真伯不应，既去。俄而报女郎且至，光彩射人，逡巡就坐。真伯殊不顾。久之，命笔题诗毕，腆然而去。

青　童

与赵旭叩柱歌

天水赵旭，家广陵。忽见一女子，年可十四五，容范旷代，曰："吾天上青童，因有世念，帝罚下人间，感配君子。"时叩柱作歌。

白云飘飘星汉斜，独行窈窕浮云车。仙郎独邀青童君，结情罗帐连心花。

观梅女仙

题　壁

蜀州郡阁有红梅数株，方盛开。有二妇人，高髻大袖，倚阑而观，题诗于壁。

南枝向暖北枝寒，一种春花有两般。凭仗高楼莫吹笛，大家留取倚阑看。

吴彩鸾

歌

钟陵西山馆，中秋游女甚盛。太和末，有书生文箫，睹一姝甚妙，相盼不去，复为山歌。歌罢，穿大松径，扪山险上升。生蹑其踪，姝相引至绝顶。忽风雨，有仙童持天判云："吴彩鸾私欲，谪为民妻一纪。"乃与生下山，归松陵。

若能相伴陟仙坛，应得文箫驾彩鸾。自有绣襦并甲帐，瑶台不怕雪霜寒。

王氏女

临化绝句

翰林王徽，有侄女寓居义兴桂岩山。幼好道，不嫁，持大洞经道德章句。乾符元年，小疾，于洞灵观修斋。归，坐门右片石上，题绝句，奄然而终。有二鹤栖止庭树，仙乐盈室。及葬，棺轻，发视之，衣舄而已。

玩水登山无足时，诸仙频下听吟诗。此心不恋居人世，唯见天边双鹤飞。

毛女正美

赠华山游人

药苗不满笥，又更上危巅。回首归去路，相将入翠烟。

曾折松枝为宝栉，又编栗叶代罗襦。有时问却秦宫事，笑撚山花望太虚。

桃花夫人

在紫霄夫人席上作

昔时训子西河上，汉使经过问妾缘。自到仙山不知老，凡间唤作几千年。

王仙仙

答孙玄照

鸳鸯相见不相随，笼里笼前整羽衣。但得他时人放去，水中长作一双飞。

附孙玄照琴中歌赠王仙仙

相如曾作凤兮吟，昔被文君会此音。今日孤鸾还独语，痛哉仙子不弹琴。

杨　损

临刑赋

圣主何曾识仲都，可嗟社稷在须臾。市东便是神仙窟，何必乘舟泛五湖。

妙　女

别遥见诗

宣州旌德县崔氏婢妙女，年十三。不食，颜色鲜华，说未来事有应。自言本是题头赖吒天王小女，为泄天门间事，谪堕人世，已两生。前生有一子，名遥见，依然相识。昨于金桥上与儿别，赋诗吟咏，悲不自胜。但记有两句：

手攀桥柱立，滴泪天河满。

全唐诗卷八六四 神

洞庭龙君

宴柳毅诗

洞庭龙君女，嫁泾川龙君之子。不得于夫，因遭斥辱。路遇儒生柳毅归乡，托其寓书于父。其叔钱塘龙君，性尤暴烈，闻而与泾川战，迎女归。宴毅，各为歌劝酬，后龙女至人间，与毅婚。仪凤中事也。

大天苍苍兮大地茫茫，人各有志兮何可思量。狐神鼠圣兮薄社依墙，雷霆一发兮其孰敢当。荷贞人兮信义长，令骨肉兮还故乡，永言惭愧兮何时忘。洞庭龙君歌，奉柳毅酒。

上天配合兮生死有途，此不当妇兮彼不当夫。腹心辛苦兮泾水之隅，风霜满鬓兮雨雪罗襦。赖明公兮引素书，令骨肉兮家如初，永言珍重兮无时无。钱塘君歌，奉柳毅酒。

碧云悠悠兮泾水东流，伤嗟美人兮雨泣花愁。尺书远达兮以解君忧，哀冤果雪兮还处其休。荷君和雅兮感甘羞，山家寂寞兮难久留，欲将辞去兮悲绸缪。柳毅歌，答二龙君。

龙护老人

铸镜歌

天宝三载,扬州进水心镜,纵横九寸,背有盘龙,势如生动。七载,秦中大旱,叶法善用镜龙祈雨,云从之出,甘霖大霈。初铸镜时,有老人自称龙护,同一小童名玄冥至炉所。经三日,失之。于炉前获素书一纸,并一歌。移炉于扬子江心,五月五日午时铸成焉。

盘龙盘龙,隐于镜中。分野有象,变化无穷。兴云吐雾,行雨生风。上清仙子,来献圣聪。

冥　吏

示韦泛禄命

韦泛者,大历初,罢金坛尉客游。忽暴卒,再宿而苏,言见故人为冥官,检系误追,叱吏送归。因求其禄寿,令一吏书其左手。后调授阳曲县主簿,秩满,为扬子县巡官。后终于建中初六月,其日乃立秋日也。

前阳复后杨,后杨年年强,七月之节归玄乡。

滕传胤

赠　僧

大历中,有郎子神降于桐庐女子王法智,自言姓滕名传胤,京兆万年人。县令郑锋者,好奇之士,尝呼法智至舍,令屈滕。久之,方至,其辨对言语,深有士风,每与词人谈经诵诗,欢言终日。有客僧诣法智乞丐,神赠诗云:

卓立不求名出家,长怀片志在青霞。今日英雄气冲盖,谁能久坐宝莲花。

赠　人

平生才不足，立身信有馀。自叹无大故，君子莫相疏。

郑锋宅神诗

锋尝集诸贤，与神献酬数百言，各为诗一章。神亦率然诵诗一首，曰："众人莫厮笑。"又云："此作亦颇蹀躞。"

浦口潮来初淼漫，莲舟摇飏采花难。春心不惬空归去，会待潮回更折看。

忽然湖上片云飞，不觉舟中雨湿衣。折得莲花浑忘却，空将荷叶盖头归。

水府君

与郑德璘奇遇诗

贞元中湘潭尉郑德璘，家居长沙。每岁省亲过江夏，多遇老叟鬻菱芡者。德璘挈松醪春饮之，叟亦不甚愧荷。有鹾贾韦者女美艳，夜与邻舟女知诗者同泊。邻舟女闻江中有秀才吟所作拾芙蓉诗，取红笺写之，置韦女奁中。及旦，分舟去。德璘舟自江夏归，适与韦舟同宿洞庭。韦氏于水窗中垂钓，德璘窥见之，以红绡题诗投之，惹其钩。女收得，耻无所报，遂以夜来邻舟女所写红笺投之。德璘谓女所制，恨无计款曲，而韦舟遽张帆先去，殁于洞庭。德璘闻之悲惋，夜为诗吊而投之。遂感水神，持诣水府。府君曰："曩有义相及，不可不曲活此女。"召主者携韦氏返魂，送德璘舟，纳为室。后德璘调选巴陵，使人迎韦氏，舟至洞庭，值逆风挽舟，韦氏见一老篙工，即水府君也。韦氏拜谢，府君以诗书韦氏巾而去。后德璘详诗意，方悟即昔日鬻菱芡老叟。岁馀，有秀才崔希周投诗卷于德璘，内有江上夜拾得芙蓉诗。因知韦氏所投德璘红笺诗，是希周所作耳。德璘官至刺史。

物触轻舟心自知，风恬烟一作浪静月光微。夜深江上解愁思，拾得红蕖香惹衣。崔希周秀才拾芙蓉诗。

纤手垂钩对水窗，红蕖秋色艳长江。既能解珮投交甫，更有明珠乞一双。郑德磷投韦氏诗。

湖面狂风且莫吹，浪花初绽月光微。沉潜暗想横波泪，得共鲛人相对垂。此下二首德璘吊韦氏诗。

洞庭风软荻花秋，新没青娥细浪愁。泪滴白蘋君不见，月明江上有轻鸥。德璘吊韦氏。

昔日江头菱芡人，蒙君数饮松醪春。活君家室以为报，珍重长沙郑德璘。水府君题韦氏巾上。

李　序

笑巫诗

元和四年，寿州霍丘县有李六郎神，自称御史大夫李序。与人言，不见其形，声如女人，吐词切要，宛转笑咏。

魍魉何曾见，头旋即下神。图他衫子段，诈道大王嗔。

水　神

霅溪夜宴诗

霅溪蒋琛，常设网罟给食。一夕，风雨晦冥，见鱼鳖蹙波为城，蛟蜃嘘气为楼台宫殿。有松江、太湖、霅溪诸神为境会夜宴，同预者，湘江神、鸱夷君、范相国，及申屠狄、徐衍诸人。各有诗歌云。

浊波扬扬兮凝晓雾，公无渡河兮公竟渡。风号水激兮呼不闻，提衣看入兮中流去。浪排衣兮随步没，沉尸深入兮蛟螭窟。蛟螭尽醉兮君血干，推出黄沙兮泛君骨。当时君死兮妾何适，遂就波澜兮合魂魄，愿持精卫衔石心，穷断河源塞泉脉。　诸神命丽玉唱公无渡河歌

悲风淅淅兮波绵绵，芦花万里兮凝苍烟。虬螭窟宅兮渊且玄，排波叠浪兮沉我天。所覆不全兮身宁全，溢眸恨血兮徒涟涟。誓将柔荑抉锯牙之喙，空水府而藏其腥涎。青娥翠黛兮沉江壖，碧云斜月兮空婵娟。吞声饮恨兮语无力，徒扬哀怨兮登歌筵。　命曹娥唱怨江波三叠。

白露洿兮西风高，碧波万里兮翻洪涛。莫言天下至柔者，载舟覆舟皆我曹。　太湖神歌。

君不见夜来渡口拥千艘，中载万姓之脂膏。当楼船泛泛于叠浪，恨珠贝又轻于鸿毛。又不见朝来津亭维一舠，中有一士青其袍。赴宰邑之良日，任波吼而风号。是知溺名溺利者，不免为水府之腥臊。　松江神歌。

山势萦回水脉分，水光山色翠连云。四时尽入诗人咏，役杀吴兴柳使君。　霅溪神歌。

渺渺烟波接九疑，几人经此泣江蓠。年年绿水青山色，不改重华南狩时。　湘江神歌。

浪阔波澄秋气凉，沉沉水殿夜初长。自怜休退五湖客，何幸追陪百谷王。香袅碧云飘几席，觥飞白玉艳椒浆。酒酣独泛扁舟去，笑入琴高不死乡。　范相国献境会夜宴诗。

珠光龙耀火熿熿，夜接朝云宴渚宫。凤管清吹凄极浦，朱弦间奏冷秋空。论心幸遇同归友，揣分惭无辅佐功。云雨各飞真境后，不

堪波上起悲风。　徐处士衍献境会夜宴诗,并简范相国。

凤骞骞以降瑞兮,患山鸡之杂飞。玉温温以呈器兮,因碱砆之争辉。当侯门之四辟兮,壅嘉谟之重扉。既瑞器而无庸兮,宜昏暗之相微。徒刳石以为舟兮,顾沿流而志违。将刻木而作羽兮,与超腾之理非。矜孑孑于空江兮,靡群援之可依。血淋淋而滂流兮,顾江鱼之腹而将归。西风萧萧兮湘水悠悠,白芷芳歇兮江蓠秋。日晼晼兮川云收,棹四起兮悲风幽。羁魂汩没兮我名永浮,碧波虽涸兮厥誉长流。向使甘言盛行于曩昔,岂今日居君王之座头。是知贪名徇禄而随世磨灭者,虽正寝之死乎无得与吾俦。当鼎足之嘉会兮,获周旋于君侯。雕盘玉豆兮罗珍羞,金卮琼斝兮方献酬。敢写心兮歌一曲,无诮余持杯以淹留。　屈大夫歌。

行殿秋未晚,水宫风初凉。谁言此中夜,得接朝宗行。灵鼍振冬冬,神龙耀煌煌。红楼压波起,翠幄连云张。玉箫冷吟秋,瑶瑟清含商。贤臻江湖叟,贵列川渎王。谅予衰俗人,无能振颓纲。分辞皆乱世,乐寐蛟螭乡。栖迟幽岛间,几见波成桑。尔来尽流俗,难与倾壶觞。今日登华筵,稍觉神扬扬。方欢沧浪侣,遽恐白日光。海人瑞锦前,岂敢言文章。聊歌灵境会,此会诚难忘。　申屠先生献境会夜宴诗。

雪集大野兮血波汹汹,玄黄交战兮吴无全陇。既霸业之将坠,宜嘉谟之不从。国步颠蹶兮吾道遘凶,处鸱夷之大困,入渊泉之九重。上帝愍余之非辜兮,俾大江鼓怒其冤踪。所以鞭浪山而疾驱波岳,亦粗足展余拂郁之心胸。当灵境之良宴兮,谬尊俎之相容,击箫鼓兮撞歌钟。吴讴越舞兮欢未极,遽军城晓鼓之冬冬。愿保上善之柔德,何行乐之地兮难相逢。　鸱夷君歌。

辅国将军

为刘洪作

檀州太和废屯，任者辄死。有沛国刘洪，给事薛楚玉，性刚直，不畏妖，请为屯官。神附架屋匠人，自称吾辅国将军也，汝为人强直有才干，将任汝以职。因索纸作诗二章，书迹特妙，可方右军。洪未几果死。有人见洪紫衣，从骑甚壮，曰："吾为辅国将军所用，大富贵矣。"

乌乌在虚飞，玄驹遂野依。名今编户籍，翠过叶生稀。
个树枝条朽，三花五面啼。移家朝度日，谁觉□□□。

太白山神

语

唐废帝初举兵，有客将房暠，素信瞽者张濛，能下太白山神，盖魏崔浩也。暠使问之，神传语不能解。后即位受册，曰维应顺元年岁次甲午四月庚午朔。帝顾暠曰："神言不验哉。"由是暠益亲信，专以巫祝为事。

三珠并一珠，驴马没人驱。岁月甲庚午，中兴戊己土。

瀵水神

月夜吟

冯翊之属县夏阳，有瀵泉。水清彻，毫缕无隐。太和中，有赵生者，尉于夏阳，与友步月泉上。见一人，貌甚黑，被绿袍，自水中流沿泳吟诗。久之，入水没。明日，又至泉所，有神祠曰瀼水神。入庙，见偶人被绿袍者，前所见水中人也。

夜月明皎皎，绿波空悠悠。

湘中蛟女

答郑生歌

垂拱中，太学进士郑生在洛下，有蛟女与之合，号为氾人，居数岁而别。后生登岳阳楼，望鄂渚，愁吟云云。忽见女出，舞波上，歌讫而逝。

溯青山兮江之隅，拖湘波兮袅绿裾。荷拳拳兮情未舒，匪同归兮将焉如。

风光词

隆佳秀兮昭盛时，播薰绿兮淑华归。故里一作室荑与处萼兮，潜重房以饰姿。见雅一作耀态之韶华兮，蒙长霭以为帏。醉融光兮渺渺淼淼，迷千里兮涵烟眉。晨陶陶兮暮熙熙，舞袅娜之秾条兮，娉盈盈以披迟。酡游颜兮倡蔓卉縠，流倩电兮石发髓施。以上二首沈亚之撰词。

附郑生诗

情无垠兮水汤汤一作荡荡洋洋，怀佳期兮属三湘。

龙　女

感怀诗

汝南许汉阳，贞元中，舟行洪饶间，到一小湖中，亭宇甚盛，额曰夜明宫。女郎六七人，揖坐，命酒。一女郎曰："有感怀一章，请诵之。"别后，回顾饮所，无见。至濡口，有人云："昨夜溺四人，一人得活，言龙王诸女洞庭宵宴，取四人血作酒。缘客少，不多饮，我却得来。"问客为谁，曰："一措大耳。"汉阳默自疑，吐出血数升，方平。

海门连洞庭，每去三千里。十载一归来，辛苦潇湘水。

广利王女

寄张无颇

长庆中，进士张无颇游番禺。有善易袁大娘者，与之玉龙膏一合，教其立标治疾，可获名姝。无颇依教，果有黄衣将广利王命，邀治贵主疾。出膏令吞之，立愈，贵主与之目成。辞归月馀，遣青衣送红笺诗二首。顷之，主有疾如初，王复召无颇治，因以女归之。遣还人间，居韶阳。后恐人疑讶，去不知所适。无颇尝诘妻，袁大娘何人，乃袁天纲女，程先生妻也。

羞解明珰寻汉渚，但凭春梦访天涯。红楼日暮莺飞去，愁杀深宫落砌花。

燕语春泥堕锦筵，情愁无意整花钿。寒闺攲枕不成梦，香炷金炉自袅烟。

湘妃庙

与崔渥冥会杂诗

万里同心别九重，定知涉历此相逢。谁人翻向群峰路，不得苍梧徇玉容。崔渥题湘妃庙。

春鸟交交引思浓，岂期尘迹拜仙宫。鸾歌凤舞飘珠翠，疑是阳台一梦中。渥感会湘妃席上作。

鸾舆昔日出蒲关，一去苍梧更不还。若是不留千古恨，湘江何事竹犹斑。湘妃赋。

愁闻黄鸟夜关关，汭汭春来有梦还。遗美代移刊勒绝，唯闻留得泪痕斑。

方承恩宠醉金杯，岂为干戈骤到来。亡国破家皆有恨，捧心无语泪苏台。西施同赋。

桃花流水两堪伤，洞口烟波月渐长。莫道仙家无别恨，至今垂泪忆刘郎。桃源仙子同赋。

泾阳平野草初春，遥望家乡泪滴频。当此不知多少恨，至今空忆在灵姻。洞庭龙女同赋。

目断魂销正惘然，九疑山际路漫漫。何人知得心中恨，空有湘江竹万竿。龙启中题二妃庙。

常说仙家事不同，偶陪花月此宵中。锦屏银烛皆堪恨，惆怅纱窗向晓风。启中湘妃席上。

又湘妃诗四首 一作女仙题湘妃庙诗

渺渺三湘万里程，泪篁幽石助芳贞。孤云目断苍梧野，不得攀龙到玉京。

碧杜红蘅缥缈香，冰丝弹月弄一作梦清凉。峰峦一一俱相似，九处堪疑九断肠。

玉辇金根去不回，湘川秋晚楚弦哀。自从泣尽江蓠血，夜夜愁风怨雨来。

少将风月怨平湖，见尽扶桑水到枯。相约杏花坛上去，画阑红子斗摴蒱。

明月潭龙女

与何光远赠答诗

檐上檐前燕语新，花开柳发自伤神。谁能将我相思意，说与江隈解佩人。　何光远伤春吟。

坐久风吹绿绮寒，九天月照水精盘。不思却返沉潜去，为惜春光一夜欢。　龙女赠光远。

澹荡春光物象饶，一枝琼艳不胜娇。若能许解相思佩，何羡星天渡鹊桥。　光远答龙女。

玉漏涓涓银汉清，鹊桥新架路初成。催妆既要裁篇咏，凤吹鸾歌早会迎。　催妆二首。

宝车辗驻彩云开，误到蓬莱顶上来。琼室既登花得折，永将凡骨逐风雷。

负妾当时寤寐求，从兹粉面阻绸缪。宫空月苦瑶云断，寂寞巴江水自流。　龙女留别光远。

黄陵美人

寄紫盖阳居士

落叶栖鸦掩庙扉，菟丝金缕旧罗衣。渡头明月好携手，独自待郎郎不归。

吴兴神女

赠谢府君

玉钗空中堕，金钏色已歇。独泣谢春风，秋夜伤明月。

全唐诗卷八六五 鬼

慕容垂

冢上答太宗

太宗征辽,至定州。路侧有一鬼,衣黄衣,立高冢上,神彩特异。遣使问之,答以此诗,言讫不见。乃慕容垂墓也。

我昔胜君昔,君今胜我今。荣华各异代,何用苦追寻。

释明解

遗画工诗

明解姓姚,普光寺僧,颇具才学。龙朔中策第,脱袈裟。自云:“得脱此驴皮。”遂置酒赋诗,有“一乘本非有,三空何所归”之句。不久病卒。下梦于旧识智整及一画士,言大受苦报,求写经作功德。因遗此诗。

握手不能别,抚膺聊自伤。痛矣时阴短,悲哉泉路长。松林惊野吹,荒隧落寒霜。言离何以赠,留心内典章。

巴峡鬼

夜吟

调露中，有人巴峡夜泊舟，闻咏诗声甚厉，激昂而悲。如是通宵，凡吟数十遍。访之，更无舟船，但空山石泉，溪谷幽绝。咏诗处有人骨一具。

秋径填黄叶，寒摧露草根。猿声一叫断，客泪数重痕。

河〔湄〕(媚)鬼

愧谢诗

开元六年，有人泊舟于河〔湄〕(媚)者。见岸边枯骨，因投食而与之。俄闻空中愧谢，并赠此诗。

我本邯郸士，只役死河湄。不得家人哭，劳君行路悲。

介胄鬼

掷裴武公诗

开元末，裴武公军夜宿。武公帐前，见一介胄者，掷一纸书而去。武公取视，乃四韵诗，大不悦。纸随手落为烬，信知鬼物所制也。出师大不利，武公射中臆下，病月馀薨。

屡策羸骖历乱峋，丛岚映日昼如曛。长桥驾险浮天汉，危栈通岐触岫云。却念淮阴空得计，又嗟忠武不堪闻。废兴尽系前生数，休衒英雄勇冠军。

李叔霁

死后诗

御史李叔霁，与兄仲云俱擢第，有名当代。大历初，叔霁卒。经岁馀，其妹夫与仲云同寝，忽梦叔霁，相见依依。曰："我有一诗，可为诵呈大兄。"后数年，仲云亦卒。

忽作无期别，沉冥恨有馀。长安虽不远，无信可传书。

窦　裕

洋州馆夜吟

大历中，有进士窦裕，家寄进海。下第，将之成都，至洋州舍馆卒。尝与淮阴令吴兴沈某善，沈调补金堂，至洋州舍馆，中夜见一白衣丈夫，自门步来，且吟且嗟，似有恨而不舒者。久之，吟诗一首。沈见之，甚觉类窦裕，特起与语。未及，遂无见矣。乃叹曰："吾与窦君别久矣，岂为鬼耶！"明日，行未数里，有殡其路前者，曰进士窦裕殡宫。驰还，问馆吏，曰：阴裕自京游蜀，至此暴亡。太守命殡于馆南二里外道左。沈致奠拜泣而去。

门依楚水岸，身寄洋州馆。望月独相思，尘襟泪痕满。

书　生

献元载

大历九年春，元载早入朝，有书生献诗，令左右收之。其人苦欲载读，载云："候至中书，当为看。"又言："若不能读，请自诵。"诵毕，因不见。载后竟破家，身及妻子被诛。

城东城西旧居处，城里飞花乱如絮。海燕衔泥欲下来，屋里无人却飞去。《通幽录》亦载此事，诗小异，云：城南路长无宿处，荻花纷纷如柳絮。海燕衔泥欲作窠，空屋无人却飞去。

虎丘山石壁鬼

诗　二　首

大历十三年，李道昌为苏州观察使。一日，郡城外虎丘山有鬼题诗二首，隐于石壁之上。道昌异其事，奏闻于朝，准敕令致祭。道昌为文，其略云：万古丘陵，化无再出。君若何人，能闲诗笔。桃源三月，深草垂杨。黄莺百啭，猿声断肠。声悲怨兮泪沾巾，愿当生兮事明君。祭后数日，再有一诗见于石。后于寺山之地，果有二坟，极高大，荆榛丛茂。询诸耆艾，竟不知何姓氏，至今犹存。

高松多悲风，萧萧清且哀。南山接幽垄，幽垄空崔嵬。白日徒昭昭一作煦煦，不照长夜台。虽知生者乐，魂魄安能回。况复念所亲，恸哭心肝摧。恸哭更何言，哀哉复哀哉。

神仙不可学，形化空游魂。白日非我朝，青松为我门。虽复隔幽显一作生死，犹知念子孙。何以遣悲惋，万物归其根。寄语世上人，莫厌临芳尊。庄生问枯骨，三乐成虚言。

祭后见石上诗

幽明虽异路，平昔忝攻一作工文。欲知潜昧一作寐处，山北两孤坟。《通幽录》云：大历初，寺僧夜见二白衣人上楼，竟不下。寻之，无所见。明日，有诗三首。第一首，幽明虽异路云云。其二，处幽子示幽独君，高松多悲风云云。其三，幽独君答，神仙不可学云云。《松陵集》以幽明虽异路、高松多悲风二首为幽独君诗，神仙不可学为答诗，与《纪事》互异。

陆 凭

咏浮云

吴郡陆凭，家湖州长城。性悦山水，未尝宁居。贞元乙丑，游永嘉殁。素与吴兴沈苌友善，托梦于苌，赠《浮云诗》一篇。曰："凭船已发，明日午时到此。"如期，凭丧船至。词人杨丹为之志，具旌神感。铭曰：笃生府君，美秀而文。没而不起，寄音浮云。

虚虚复空空，瞬息天地中。假合成此像，吾亦非吾躬。

韩 弇

呈李续

浑瑊与西蕃会盟，蕃戎背信，掌书记韩弇遇害。弇素与栎杨尉李续友，忽梦弇被发披衣，面目尽血，相劳勉如平生。以一诗呈续，悲吟而别。谓续曰："吾久饥渴，君为置酒馔钱物，亦平生之分尽矣。"续如言祭之，忽有黑风自西来，旋转筵上，飘卷纸钱及酒食皆飞去。时贞元四年也。

我有敌国雠，无人可为雪。每至秦陇头，游魂自呜咽。

尉 佗

和崔侍御

贞元中,有崔子向者,从事南海,登越王台。感其墓荒颓,题诗感慨。刺史徐绅读其诗,为之修葺。子向卒,子炜流落南中,偶失足坠井,从中行入尉佗墓室。佗和其父诗,赠之宝珠,以田夫人嫁之。后出穴,果送夫人至,盖田横女,佗所用为殉者也。

千岁荒台隳路隅,一烦太守重椒涂。感君拂拭意何极,赠尔美妇与明珠。

刘　溉

赠窦丞

贞元中,韩城令刘溉卒官。家贫,侨寓县中佛寺。未半岁,其县丞窦暴死三日,云:遇溉,问冥途事不语,久之,赠诗一首。

冥路杳杳人不知,不用苦说使人悲。喜得逢君传家信,后会茫茫何处期。

郑琼罗

叙幽冤

段文昌从弟某者,贞元末,自信安还洛。舟宿瓜洲,闻有嗟叹声。是夜,梦一女,年二十馀,自言姓郑,名琼罗,居丹徒,来扬子。为市吏子王惟举逼辱,绞颈自杀,无人为雪冤。后此鬼相随至洛北,有樊元则者作法遣之。鬼请纸笔书,若杂言七字,辞甚凄恨。元则复令具酒脯、纸钱,乘昏焚于道。有风旋灰直上数尺,及闻悲泣声。诗凡二百馀字,止载其中二十八字。

痛填心兮不能语，寸断肠兮诉何处。春生万物妾不生，更恨香魂不相遇。

沈青箱

过台城感旧

元和初进士陆乔，家丹阳，好为歌诗。一夕，见一丈夫，自称沈约来候，命酒邀范仆射云，及召其子青箱至。青箱年可十岁馀，约指谓乔："此子好为诗，不幸先吾逝。近从吾与仆射同过台城，有感旧诗，甚可观也。"

六代旧山川，兴亡几百年。繁华今寂寞，朝市昔喧阗。夜月琉璃水，春风卵色天。伤时与怀古，垂泪国门前。

襄阳旅殡举人

诗

于頔镇襄阳时，选人刘某入京，逢一举人，年二十许。同行，意甚相得，因藉草倾数杯。日暮，举人指歧径曰："某弊止从此数里，能左顾乎？"举人因赋此诗。明年，刘归襄阳，寻访举人，惟有殡宫存焉。

流水涓涓芹努一作吐，一作发，一作长芹。芽，织乌西一作双飞客还家。荒村无人作寒食，殡宫空对棠梨花。

河中鬼

踏　歌

长庆中，有人于河中舜城苑鹳鹊楼下见二鬼，各长三丈许，青衫白袴，连臂踏歌。歌竟而没。

河水流溷溷，山头种荞麦。两个胡孙门底来，东家阿嫂决一百。

萧　微

题少陵别墅

微，太和中职方郎中。浙西团练副使韦齐休死后，屡见灵异。一日，呼其家人曰："萧三郎来。"三郎者，即微也。是日，微正死。俄闻微叹曰："仆数日前至少陵别墅，偶题诗一首，乃是生作鬼诗。"因吟之。齐休曰："足下此诗，盖是自谶。"

新构茅斋野涧东，松楸交影足悲风。人间岁月如流水，何事频行此路中。

张省躬

梦张垂赠诗

省躬，枝江县令汀之子。父死，因住枝江。有张垂者，下第客死于蜀，省躬未素识。太和八年，省躬昼梦垂赠诗一首。惊觉，遽录其诗。数日而卒。

戚戚复戚戚，秋堂百年色。而我独茫茫，荒郊遇寒食。

商山三丈夫

秋月联句

开成中，长沙梁璟举孝廉，次商山馆。忽见三丈夫，衣冠甚古，自称萧郎中、王步兵、诸葛长史。取酒邀璟同饮，联句咏秋月。山光渐明，复为联句。中郎问璟，举进士乎，璟以举孝廉对。中郎笑曰："孝廉安知为诗哉！"璟怒，叱之，惊散，失所在。

秋月圆如镜王步兵，秋风利似刀萧中郎。秋云轻比絮璟，秋草细如毛诸葛长史。

天明联句

幽一作山树高高影萧中郎，山花寂寂香王步兵。山天遥历历诸葛长史，山水急汤汤璟。

郑　適

赠张斑

咸通末，斑过圃田，遇金杯、玉带、枯树三精。邀至一儒流家，云是二十年前死者郑適秀才也。適命笔写诗一首赠斑，斑回顾，惟见一坏冢。

昔为吟风啸月人，今为吟风啸月身。冢坏路边吟啸罢，安知今日又劳神。

甘露寺鬼

西轩诗

吴王收复浙右之明年，甘露寺僧夏夜月明持课。俄见数鬼自西轩出，坐定，命酒。南向一人，衣南朝衣。西向一人，衣北虏衣。北向一人，衣缝掖衣。东向一人，衣朱衣，清瘦多髯。相顾言曰："朝代虽殊，古今一致。时世命也，知复何为？"各述朱衣者平生句，赞赏久之。虏衣者曰："请各征曩时临危一言，以代丝竹，可乎？"众曰可。于是各赋四句，吟罢，晨钟鸣，倏散。

赵壹能为赋，邹阳解献书。可惜西江水，不救辙中鱼。　虏衣者。

伟哉横海鳞，壮矣垂天翼。一旦失风水，翻为蝼蚁食。　缝掖衣者。

功遂侔昔人，保退无智力。既涉太行险，兹路信难陟。　南朝衣者。

握里龙蛇纸上鸾，逡巡千幅不将难。顾云已往罗隐耄，更有何人逞笔端。　朱衣者。

邵　谒

降巫诗

谒读书堂，距翁源县十馀里。殁后，县民祀神，巫持帻自舞，忽自称邵先辈降。县民即曰："邵先辈异时号工歌咏者，能强为我赋诗乎？"以为巫妄言，欲苦之耳。巫略不经思，即成二十八字。词韵凄苦，虽老笔不逮。乡老中晓声病者，至为感泣咨叹。

青山山下少年郎，失意当时别故乡。惆怅不堪回首望，隔溪遥见旧书堂。

石　恪

赠雷殿直

恪，西蜀人。善画，亦工歌诗。孟蜀亡，入汴供奉。乞归，道卒。后殿直雷承昊任衡阳，遇恪，与同宿，赠以诗。别去，始悟其已死。及到任，公宇一如恪言。

衡阳去此正三年，一路程途甚坦然。深邃门墙三楚外，清风池馆五峰前。西边市井来商客，东岸汀洲簇钓船。公退只应无别事，朱陵后洞看神仙。

富春沙际鬼

吟

吴越时，有人夜泊于富春间。月色澹然，见一人于沙际吟此。

陊江三十年，潮打形骸朽。家人都不知，何处奠杯酒。

又　吟

舟人问曰："君是谁？可示姓名否？"又吟此诗。

莫问我姓名，向君言亦空。潮生沙骨冷，魂魄悲秋风。

赵　畲

献高骈

骈筑罗城，多发掘古冢取砖。有一冢上鬼夜啸，自称冥司赵畲，献书，略曰：畲一介游魂，叨掌冥司。希于万雉，免此一抔。倘全马鬣之封，敢忘龙头之庇。并附一诗于后幅。

我昔胜君昔，君今胜我今。人生一世事，何用苦相侵。此诗与慕容垂冢上答太宗多同，以各载事迹，故两存之。

全唐诗卷八六六 鬼

九华山白衣

吟

晋昌唐燕士隐九华山，夜步林中。有白衣丈夫，戴纱巾，貌孤俊，年近五十，循涧而来。吟步自若，将与之言，未及而没。明日，燕士问里人。有识者曰：是吴氏子。举进士，善为诗，卒数年矣。

涧水潺潺声不绝，溪垄茫茫野花发。自去自来人不知，归时唯对空山月。《河东记》无名小鬼赠韦齐休诗，与此正同。云：涧水溅溅流不绝，芳草绵绵野花发。自去自来人不知，黄昏惟有青山月。

田达诚借宅鬼

诗

庐陵贾人田达诚，治第新城。有鬼自言居龙泉舍，欲修葺，借达诚厅事暂住，又借其后堂为子婚樟树神女。鬼善诗，达诚具酒，置纸笔。须臾，酒尽诗成。凡数十篇，笔作柳体。或问其姓字，不言。赋诗寄言，众亦不谕。后岁馀，辞谢去。

天然与我一灵通，还与人间事不同。要识吾家真姓字，天地南头一段红。

长安中鬼

秋夜吟

长安秋夜，有人闻鬼吟，又有和者。相传务本门是鬼市，或风雨晦冥，皆闻其喧聚之声焉。

六街鼓歇行人绝，九衢茫茫室有月吟。九衢生人何劳劳，长安土尽槐根高和。

隔窗鬼

题窗上诗

明经王绍，夜深读书。有人隔窗借笔，绍借之。于窗上题诗，题讫，寂然无声。乃知非人也。

何人窗下读书声，南斗阑干北斗横。千里思家归不得，春风肠断石头城。

巴陵馆鬼

柱上诗

巴陵江岸古馆，有一厅，多怪物，扃锁已十年矣。山人刘方玄宿馆中，闻有妇人及老青衣言语，俄有歌者。歌讫，复吟诗，声殊酸切。明日，启其厅，见前间东柱上有诗一首，墨色甚新，乃知即夜来人也。复以此访于人,终不能知之。

爷娘送我青枫根,不记青枫几回落。当时手刺衣上花,今日为灰不堪著。

徐 侃

留别安凤

寿春人徐侃,与安凤友善,相期同觅举长安。凤先行,侃以母老中止。十年后,侃忽至长安,仍约凤同归。凤辞以久漂泊,耻还故乡。各为诗赠答,然侃死于家已三年矣。

君寄长安久,耻不还故乡。我别长安去,切在慰高堂。不意与离恨,泉下亦难忘。

附安凤赠别徐侃

一自离乡国,十年在咸秦。泣尽卞和血,不逢一故人。今日旧友别,羞此漂泊身。离情吟诗处,麻衣掩泪频。泪别各分袂,且及来年春。

商山客死书生

述 怀

祖咏之孙价,落第后尝游商山,夜宿空佛寺中。秋月甚明,忽有一人自殿后出,揖价共坐语笑,说经史。云:"今夕偶相遇,后会难期,辄赋三两篇以述怀。"赋讫,再三吟之。夜久,遂揖而退。至明日,问邻人,云："此前后数里并无人居，但有书生客死者，葬在佛殿后南冈山上。"价为文吊之而去。

家住驿北路，百里无四邻。往来不相问，寂寂山家春。
南冈夜萧萧，青松与白杨。家人应有梦，远客已无肠。
白草寒露里，乱山明月中。是夕苦吟罢，寒烛与君同。

冢中人

续郑郊吟

郊，河北人。下第游陈蔡间，过一冢，上有竹二竿，青翠可爱。因吟诗二句，久不能续，忽闻冢中续此。郊惊问之，不复言矣。

冢上两竿竹，风吹常袅袅郊。下有百年人，长眠不知晓冢中人。

崇圣寺鬼

题壁

汉州崇圣寺，寒食日，忽有朱衣一人、紫衣一人驱殿，仆马极盛，各题一绝句于壁而去，失其所在。

禁烟佳节同游此，正值酴醿夹岸香。缅首一作想十年前往事，强吟风景乱愁肠。　朱衣人。
策马暂寻原上路，落花芳草尚依然。家亡国破一场梦，惆怅又逢寒食天。　紫衣人。

任彦思家鬼

血书诗

蜀昌州牧任彦思，家有鬼。空中奏乐，索食，食之无遗，凡七八年。一日不闻乐声。置食无所飨，厅舍栿上血书一诗。彦思以刀刬之，字已入木。

物类易迁变，我行人不见。珍重任彦思，相别日已远。

峡中白衣

赠马植

截竹为筒作笛吹，凤凰池上凤凰飞。劳君更向黔南去，即是陶钧万类时。

张仁宝

题芭蕉叶上

校书郎张仁宝，素有才学，年少而逝。自成都归葬阆中，权殡东津寺。其家寒食日，闻扣门甚急，出视无人，唯见门上有芭蕉叶题诗。端午日，又闻扣门声，其父于门罅伺之，见其子身长三丈许，足不践地，门上题五月五日天中节。题未毕，其父开门，即失所在。

寒食家家尽禁烟，野棠风坠小花钿。如今空有孤魂梦，半在嘉陵半锦川。

崔常侍

官坡馆联句

有中官宿官坡馆,灯下见有三人至,皆古衣冠。相谓曰:"崔常侍来何迟!"俄有一人续至,凄凄然有离别之意,盖崔常侍也。举酒赋诗联句,末即崔常侍之词也。中官将起,四人相顾,哀啸而去。

床头锦衾班复班,架上朱衣殷复殷。空庭朗月闲复闲,夜长路远山复山。

李　煜

亡后见形诗

贾魏公尹京日,忽有人来,展刺谒曰:"前江南国主李煜。"相见,则一清瘦道士尔。自言今为师子国王,偶思钟山而来。怀中取一诗授贾,读之,随身灰灭。

异国非所志,烦劳殊清闲。惊涛千万里,无乃见钟山。

庞德公

同鹿门少年马绍隆冥游诗

千年故国岁华奔,一柱高台已断魂。唯有岘亭清夜月,与君长啸学苏门。　同望荆门。

高名宋玉遗闲丽,作赋兰成绝盛才。谁似辽东千岁鹤,倚天华表却归来。　忆荆南。

朱　均

贻常夷诗

建康常夷,家近清溪。一日,有人赍书至,称吴郡朱秀才均相闻。悉非生人语,末有一诗。夷克期书中,请与相见。秀才著角巾,葛单衣,曳履,可年五十许,风度闲和,雅有清致。自云梁朝朱异从子,本州举秀才高第,属四方多难,遂无宦情,陈永定末终此地。问梁陈间事,历历分明。后数相来往,谈宴赋诗。

平生游城郭,殂没委荒榛。自我辞人世,不知秋与春。牛羊久来牧,松柏几成薪。分绝车马好,甘随狐兔群。何处清风至,君子幸为邻。烈烈盛名德,依依伫良宾。千年何旦暮,一室动人神。乔木如在望,通衢良易遵。高门傥无隔,向与析龙津。

夷陵女郎

空馆夜歌

文明中,竟陵刘讽投夷陵空馆。夜见一女郎,命青衣紫绥邀刘家六姨姨、十四舅母、南邻翘翘小娘子、溢奴同歌咏。歌竟,有黄衫人奉婆提王命召去,因不见。

明月清风,良宵会同。星河易翻,欢娱不终。绿樽翠杓,为君斟酌。今夕不饮,何时欢乐。

杨柳杨柳,袅袅随风急。西楼美人春梦长,绣帘斜卷千条入。

玉户金缸,愿陪君王。邯郸宫中,金石丝簧。卫女秦娥,左右成行。

纨缟缤纷，翠眉红妆。王欢顾盼，为王歌舞。愿得君欢，常无灾苦。

孔　氏

赠夫诗三首

开元中，有幽州衙将姓张者，妻孔氏，生五子而卒。后娶妻李氏，悍妒，虐遇五子，日鞭箠之。五子不堪其苦，哭于其母墓前。母忽于冢中出，抚其子，悲恸久之。因以白布巾题诗赠张，令五子呈其父。连帅上闻，敕李氏决一百，流岭南，张停所职。

不忿成故人，掩涕每盈巾。死生今有隔，相见永无因。
匣里残妆粉，留将与后人。黄泉无用处，恨作冢中尘。
有意怀男女，无情亦任君。欲知肠断处，明月照孤坟。

唐晅妻张氏

答夫诗二首

晋昌唐晅，娶姑女张氏，颇有令德。开元十八年，晅入洛，妻卒于卫南庄。后数岁，得归，追感陈迹，赋诗悲吟。忽见张氏前来，曰："感君记念，冥司特放儿来。"因相拜款语，下帘帏，申缱绻，宛如平生。晅以诗赠张氏，氏亦裂带题诗以答。天明别去。

不分殊幽显，那堪异古今。阴阳徒一作途自隔，聚散两难一作难为心。
兰阶兔月斜，银烛半含花。自怜长夜客，泉路以为家。

附唐晅悼妻诗

寝室悲长簟，妆楼泣镜台。独悲桃李节，不共夜泉开。魂兮若有感，仿佛梦中来。

常时华堂静，笑语度更筹。恍惚人事改，冥寞委荒丘。阳原歌薤露，阴壑惜一作悼藏舟。清夜妆台月，空想画眉愁。

赠妻诗

峄阳桐半死，延津剑一沈。如何宿昔内，空负百年心。

韦　璜

赠　姊

潞城县令周混妻韦璜，容色妍丽，性多黠惠。恒与其嫂、姊期，先死以幽冥事相报。乾元中卒，月馀，忽至其家。空中灵语，谓家人曰："本期相报，故以是来。"后复附婢灵语，又制五言诗，与姊、嫂、夫数首。

修短各有分，浮华亦非真。断肠泉壤下，幽忧难具陈。凄凄白杨风，日暮堪愁人。

赠夫二首　题云泉台客韦璜

不得长相守，青春夭蕣华。旧游今永已，泉路却为家。

早知离别切人心，悔作从来恩爱深。黄泉冥寞虽长逝，白日屏帷还重寻。

赠　嫂　序云阿嫂相疑留诗

赤心用尽为相知，虑后防前只定疑。案牍可申生节目一作日，桃符虽圣欲何为。

临淄县主

与独孤穆冥会诗

贞元中，河南独孤穆者，隋将独孤盛裔孙也。客游淮南，夜投大仪县宿。路逢青衣，引至一所，见门馆甚肃，酒食衾褥备具。有二女子出见，自称隋临淄县主，齐王之女，死于广陵之变。以穆隋将后裔，世禀忠烈，欲成冥婚。召来护儿歌人同至，赋诗就礼。且云死时浮瘗草草，嘱穆改葬洛阳北坂。穆于异日发地数尺，果得遗骸，因如言携葬。其夜县主复见，曰："岁至己卯，当遂相见。"至贞元十五年己卯，穆果暴亡，与之合窆。

江都昔丧乱，阙下多构兵。豺虎恣吞噬，干戈日纵横。逆徒自外至，半夜开重城。膏血浸宫殿，刀枪倚檐楹。今知从逆者，乃是公与卿。白刃污黄屋，邦家遂因倾。疾风知劲草，世乱识忠臣。哀哀独孤公，临死乃结缨。天地既板荡，云雷时未亨。今者二百载，幽怀犹未平。山河风月古，陵寝露烟青。君子秉一作禀祖德，方垂忠烈名。华轩一惠顾，土室以为荣。丈夫立志操，存没感其情。求义若可托，谁能抱幽贞。　县主赠穆。

皇天昔降祸，隋室若缀旒。患难在双阙，干戈连九州。出门皆凶竖，所向多逆谋。白日忽然暮，颓波不可收。望夷既结衅，宗社亦贻羞。温室兵始合，宫闱血已流。悯哉吹箫子，悲啼下凤楼。霜刃徒见逼，玉笄不可求。罗襦遗侍者，粉黛成仇雠。邦国已沦覆，馀生誓不留。英英将军祖，独以社稷忧。丹血溅黼扆，丰肌染戈矛。今来见禾黍，尽日悲宗周。玉树已寂寞，泉台千万秋。感兹一顾重，愿以死节酬。幽显傥不昧，终焉契绸缪。　穆答县主。

平阳县中树，久作广陵尘。不意何郎至，黄泉重见春。　来家歌人诗。

金闺久无主，罗袂坐生尘。愿作吹箫伴，同为骑凤人。　穆讽县主就礼。

朱轩下长路，青草启孤坟。犹胜阳台上，空看朝暮云。　县主许穆诗。

露草芊芊，颓茔未迁。自我居此，于今几年。与君先祖，畴昔恩波。死生契阔，忽此相过。谁谓佳期，寻当别离。俟君之北，携手同归。县主请迁葬诗。

伊彼维扬，在天一方。驱马悠悠，忽来异乡。情通幽显，获此相见。义感畴昔，言存缱绻。清江桂洲，可以遨游。惟子之故，不遑淹留。穆答县主。

王氏妇

与李章武赠答诗

中山李章武，贞元三年，客游华州，于市北街见一妇甚美，遂赁舍其家。主人姓王，此则其子妇也，两相悦而私焉。月馀，计用直三万馀，子妇所供费亦倍之。情好弥切，章武告归，赠鸳鸯绮，子妇答以玉指环，各为诗别。至十一年，重游，则王氏长老舍业远游，室无一人，子妇殁已再周矣。有东邻妇杨，道其临殁相托语云："李十八郎至此，乞暂留止，冀神会于仿佛中。"章武于是仍就其家借憩，具酒食呼祭，果见王氏从室北角冉冉至。迎拥共宿，叙平生欢。至五更，下床呜咽，仍各为诗叙别，自屋角去，不复见。

怨鸯绮，知结几千丝。别后寻交颈，应伤未别时。　章武赠王氏鸳鸯绮。

捻指环，相思见环重相忆。愿君永持玩，循环无终极。　王氏答李章武白玉指环。

河汉已倾斜，神魂欲超越。愿郎更回抱，终天从此诀。　王氏赠别李章武。

分从幽显隔，岂谓有佳期。宁辞重重别，所叹去何之。 章武答王氏。

昔辞怀后会，今别便终天。新悲与旧恨，千古闭穷泉。 王氏再赠章武。

后期杳无约，前恨已相寻。别路无行信，何因得寄心。 章武再答王氏。

水不西归月暂圆，令人惆怅古城边。萧条明早分岐路，知更相逢何岁年。 章武怀念王氏。

附李助为章武赋

章武与道友陇西李助话其事，助亦感而赋诗。

石沉辽海阔，剑别楚天长。会合知无日，离心满夕阳。

王丽真

与曾季衡冥会诗

太和四年，监州防御使曾孝安有孙季衡，居使宅西院。前使君王有女丽真，暴终于此。魂现，与季衡款合，近六十日。少年好色，不以为疑。偶泄之人，丽真责其负约，留诗为别。季衡不能诗，强为一篇酬之，遂绝。后询五原纫针妇，云："王使君女，归葬北邙山。阴晦，人多见其魂游于此。"则女诗所云"北邙空恨清秋月"也。

五原分袂真吴越，燕拆莺离芳草歇。年少烟花处处春，北邙空恨清秋月。 丽真留别。

莎草青青雁欲归，玉腮珠泪洒临岐。云鬟飘去香风尽，愁见莺啼红树枝。 季衡酬别。

客户里女子

赠段何

进士段何，太和八年，赁居客户里。卧疾，小愈，有美人径至阁中，从二青衣，皆绝色。说谕再三，何终不应，乃以红笺题诗一篇，置案上而去。书迹柔媚，纸末惟书一我字。何自此疾日退。

乐广清羸经几年，姹娘相托不论钱。轻盈妙质归何处，惆怅碧楼红玉钿。

密陀僧

湖城厅吟

大和中，阌乡主簿沈恭礼摄湖城尉。有人自称李忠义，江淮人，佣于此，客死，丐祈一食，兼一小帽。恭礼许之，忠义曰："此厅人居多不安，有一女子，年可十七八，名曰密陀僧，来参，甚不可与交言。"少间，果有一女子来，微笑转盼自荐，恭礼不顾。女吟此诗，恭礼又不顾。逡巡而去。在湖城，每夜辄来。后归阌乡，亦隔夜至。一年馀，方渐稀，然终不能为患也。

黄帝上天时，鼎湖元在兹。七十二玉女，化作黄金芝。

西　施

谢王轩

太和中进士王轩，少为诗，颇有才思。尝游西江，泊舟苎罗山下，题诗于石。俄见一女子,自称西施,振琼珰,扶石笋,以诗酬谢。欢会而别。

妾自吴宫还越国,素衣千载无人识。当时心比金石坚,今日为君坚不得。

附王轩题西施石诗

岭上千峰秀,江边细草春。今逢浣纱石,不见浣纱人。

附轩　诗

佳人去千载,溪山久寂寞。野水浮白烟,岩花自开落。猿鸟旧清音,风月闲楼阁。无语立斜阳,幽情入天幕。

西　施　诗

高花岩外晓相鲜,幽鸟雨中啼不歇。红云飞过大江西,从此人间怨风月。

附轩　诗

当时计拙笑将军,何事安邦赖美人。一自仙葩入吴国,从兹越国更无春。

西　施　诗

云霞出没群峰外,鸥鸟浮沉一水间。一自越兵齐振地,梦魂不到虎丘山。

甄　后

与萧旷冥会诗

太和处士萧旷，善琴。东游至洛水之上，见一美人，自称洛浦神女，即甄后也。性好鼓琴，愿一听君操。旷为弹《别鹤》及《悲风》。后又召龙王织绡女传觞叙语，各为诗而别。

玉箸凝腮忆魏宫，朱弦一作丝一弄洗清风。明晨追赏应愁寂，沙渚烟销翠羽空。　甄后留别萧旷。

织绡泉底少欢娱，更劝萧郎尽酒壶。愁见玉琴弹别鹤，又将清泪滴真珠。　织绡女诗。

红兰吐艳间夭桃，自喜寻芳数已遭。珠珮鹊桥从此断，遥天空恨碧云高。　萧旷答诗。

沙碛女子

五原夜吟

进士赵合，太和初游五原，夜卧沙碛中，闻沙中女子悲吟。起问之，自陈姓李，家奉天城南小李村。往省姊，道遭党羌掳杀于此，今已三年。倘能归骨，必有以报。合如言收骨，携至奉天，访得小李村，葬之。明日，见此女来谢曰："吾大父有《演参同契》、《续混元经》，子能穷之，龙虎之丹，不日成矣。合受之，女子已没。合遂究其玄微，得度世。

云鬟消尽转蓬稀，埋骨穷荒一作乡失一作无所依。牧马不嘶沙月白，孤魂空逐雁南飞。

陈宫妃嫔

与颜濬冥会诗

会昌中，进士颜濬下第，游广陵。同载有青衣，年二十许，自云姓赵，名幼芳。临别，期之中元游瓦官阁，当一会神仙中人。濬如言果往，见美人及幼芳亦在。美人言家在清溪，邀濬过之，则陈朝张丽华也。须臾，孔贵嫔亦来，问幼芳，乃是丽华侍儿，后为隋宫御女，死于江都之乱者。命酒赋诗，濬因留与丽华同寝，达曙而别。寻其处，地近清溪，乃陈朝宫人墓。濬惨恻而返。

秋草荒台响夜蛩，白杨凋一作声尽减悲风。彩笺曾擘欺江总，绮阁尘消一作清玉树空。　丽华赋。

宝阁排云称望仙，五云高艳拥朝天。清溪犹有当时月，应照琼花绽绮筵。　贵嫔赋。

素一作皓魄初圆恨翠娥，繁华浓艳竟如何。南一作两朝唯有长江水，依旧门前作逝波。　幼芳赋。

箫管清吟怨丽华，秋江寒月绮窗斜。惭非后主题笺一作诗客，得见临春阁上花。　濬诗。

湘中女子

驿楼诵诗

郑仆射愚，尝游湘中，宿于驿楼。夜遇女子诵诗，顷刻不见。

红树醉秋色，碧溪弹夜弦。佳期不可再，风雨杳如年。

薛　涛

赠杨蕴中

进士杨蕴中,得罪下成都府狱。夜梦一妇人曰:“吾即薛涛也,幽死此室。”因赠此诗。

玉漏声长灯耿耿,东墙西墙时见影。月明窗外子规啼,忍使孤魂愁夜永。

孟蜀妃张太华

葬后见形诗

孟昶,广政初与妃张太华同游青城山丈人观。太华死,即葬其地。数年后,道士李若冲忽见其现形,因吟一诗,恳若冲超拔幽魂。若冲于中元节黄箓斋会,为太华奠长生金简生神玉章得度。梦太华复吟一诗来谢,壁间有黄土书。

独卧经秋堕鬓蝉,白杨风起不成眠。寻思往日椒房宠,泪湿夜襟损翠钿。

谢李若冲

符吏匆匆叩夜扃,便随金简出幽冥。蒙师荐拔恩非浅,领得生神九过经。

安邑坊女

幽恨诗

上都安邑坊陆氏宅,人常谓为凶宅。有进士臧夏,僦居其中。昼寝，忽梦魇，见一女人，绿裙红袖，弱质纤腰，如雾蒙花，收泪而云："听妾一篇幽恨之句。"良久方寤。

卜得上峡日，秋江一作天风浪多。巴陵一夜雨，肠断木兰歌。

韦检亡姬

和检诗

检举进士不第，有美姬捧心而卒，追痛不胜，举酒吟诗。一日忽梦姬，言有后期，遂和前诗。检终日悒悒，更梦姬曰："即遂相见矣。"觉来，神魂恍惚，复题诗一首。未几，果即世，皆符兆。

春雨濛濛不见天，家家门外柳和烟。如今肠断空垂泪，欢笑重追别有年。

附检悼亡姬诗

宝剑化龙归碧落，嫦娥随月下黄泉。一杯酒向青春晚，寂寞书窗恨独眠。

梦后自题

白浪漫漫去不回，浮云飞尽日西颓。始皇陵上千年树，银鸭金凫也变灰。

苏检妻

与夫同咏诗

苏检登第归吴，行及澄城，止于县楼上。梦其妻取红笺，剪数寸题诗。检亦裁蜀笺而赋焉。诗成,俱送所卧席下。及卧,果于席下得其诗。视箧中红笺,亦有剪处。归家,妻死已葬矣。问其死日,乃澄城所梦之日。谒其茔,四面多是海棠花也。一作钟辐事,互异。

楚水平如镜,周回白鸟飞。金陵几多地,一去不知归。　检妻。

还吴东去过一作下澄城,楼上清风酒半醒。想得到家春已暮,海棠千树已凋零。　检。

宫　嫔

冥会诗

争不逢人话此身,此身长夜不知春。自从国破家亡后,陇上惟添芳草新。　京昭仪宝仙。

休说人间恨恋多,况逢佳客此相过。堂中纵有千般乐,争及阳春一曲歌。　张夫人华国。

幽谷穷花似妾身,纵怀香艳吐无因。多情公子能相访,应解回风暂借春。　景才人舜英。

恩情未足晓光催,数朵眠花未得开。却羡一双金扼臂,得随人世出将来一作随君此去出泉台。

金车美人

与谢翱赠答诗

陈郡谢翱,举进士,寓居长安升道里,庭中多植牡丹。一日,见有一美人,乘金车至门。年可十六七,风貌闲丽。谓翱曰:“闻此地有名花,故来与君一醉耳。”固问为何人,曰:“君但知非人则已,安用问耶!”夜阑辞归,乞诗为赠。翺怅然命笔,美人答之。翺明年下第东归,至新丰逆旅。步月长望,追感前事,赋诗朗吟。忽闻车音自西来,视之,乃前美人也。曰:“将之弘农,感君意,故一面耳。”呜咽不自胜,翺亦悲泣。诵所制诗,美人复酬一诗。翺别之去,虽知为怪,不能忘。枉道弘农,留数日,求之,竟绝影响。还洛阳不数月,以怨结卒。

阳台后会杳无期,碧树烟深玉漏迟。半夜香风满庭月,花前空赋别离诗一作花前竟发楚王悲。　翺。

相思无路莫相思,风里花开只片时。惆怅金闺却归去一作处,晓莺啼断绿杨枝。　美人。

一纸华笺洒一作丽碧云,馀香犹在墨犹新。空添满目凄凉事,不见三山缥缈人。斜月照衣今夜梦,落花啼鸟去年春。红闺更有堪愁处,窗上虫丝几一作镜上尘。　翺。

惆怅佳期一梦中,武陵春色尽成空。欲知离别偏堪恨,只为音尘两不通。愁态上眉凝浅绿,泪痕侵脸落轻红。双轮暂与王孙驻,明日西驰又向东。美人。

魏朋妻

赠朋诗

建州刺史魏朋,辞满后,客居南昌,素无诗思。后遇病,迷惑失心,如有人相引接。忽索笔书诗,诗意如其亡妻以赠朋也。后十馀日,朋卒。

孤坟临清江,每睹白日晚。松影摇长风,蟾光落岩甸。故乡千里馀,亲戚罕相见。望望空云山,哀哀泪如霰。恨为泉台客,复此异乡县。愿言敦畴昔,勿以弃疵贱。

刘氏亡妇

题明月堂二首

蝉鬓惊秋华发新，可怜红隙尽埃尘。西山一梦何年觉，明月堂前不见人。

玉钩风急响丁东，回首西山似梦中。明月堂前人不到，庭前一夜老秋风。

故台城妓

诗

金陵黄进士梦遇台城故妓，自云今为吴神乐部。其诗云：

歌罢玉楼月，舞残金缕衣。匀钿收迸节，敛黛别重闱。网断蛛犹织，梁春燕不归。那堪回首处，江步野棠飞。

金陵词

宫中细草香红湿，宫内纤腰碧窗泣。唯有虹梁春燕雏，犹傍珠帘玉钩立。

无名女鬼

示宋善威

月落三株树，日映九重天。良夜欢宴罢，暂别庚申年。

无名鬼

诗

江上樯竿一百尺，山中楼台十二重。山僧楼上望江上，指点樯竿笑杀侬。

仙人未必便仙去，还在人间人不知。手把白须从两鹿，相逢却问姓名谁。

秾　华

句

浚仪王氏，葬其母。有婿裴郎，醉卧棺后，家人不知，遂掩其圹。酒醒，见文柏为堂，群婢连臂踏歌。一婢名秾华，歌云：

柏堂新成乐未央，回来回去绕裴郎。

张守中

句

薄命苏秦频去国，多情潘岳旋兴悲。

今夜若栖芳草径，为传幽意达王孙。　咏蝶

无名鬼

句

芫花半落，松风晚清。

全唐诗卷八六七 怪

浑家门客联句

文明初，毗陵滕庭俊之洛调选，至荥水西，投道旁庄家。见二人，一称麻大，名来和。一称和且耶。言同作浑家门客，邀庭俊赴其馆，饮啖，各赋诗，题曰："同在浑家平原门馆联句。"忽被主人觅唤，乃知坐厕屋下，旁有大苍蝇、秃扫帚而已。庭俊先患热疾，自此顿愈。

自与浑家邻，馨香遂满身。无心好清静，人用去灰尘。麻大赋。

终朝每去依烟火，春至还归养子孙。曾向苻王笔端坐，尔来求食浑家门。和且耶赋。

长须国驸马咏妻

大足初，有士人随新罗使泛海，风吹至一处，人皆长须，号长须国。其王拜士人为驸马，主甚美而有须，嫔姬亦然。士人每见之不悦，因赋此诗。王大笑曰："驸马竟未能忘情于小女颐颔间乎？"忽一日，其君臣忧戚，士人怪问之，王泣曰："吾国有难，非驸马不能救。"士人惊曰："苟难可弭，性命不敢辞也。"王乃令具舟，命使随往。谓曰："烦驸马一谒海龙王，但言东海第三汊第七岛长须国有难求救，我国绝微，须再三言之。"因涕泣执手而别。士人登舟，瞬息至岸，乃前求谒龙王。王降阶迎，访其来意，士人具说。龙王即命速勘。良久，一人入白，境内并无此国。士人复哀诉，龙王更敕使者细寻勘。食顷，使者返曰："此岛虾合供大王此月食料，前日已追到。"龙王笑曰："客固为虾所魅耳。吾虽为王，所食皆禀天符，今为客减食。"乃令引客视之，见铁镬数十如屋，满中是虾。有五六头，色赤，大如臂，见客跳跃，似求救状。引者曰："此虾王也。"士人不觉悲泣，龙王命赦虾王一镬，令使送客归中国。二夕，至登州。顾二使，乃巨龙也。

花无叶不妍，女无须亦丑。丈人试遣惣无，未必不如惣有。

原陵老翁吟

神龙中，庐江何让之赴洛，见原陵盘石上坐一翁，眉鬓皓然，著赍幪巾，襦袴，帻乌纱，抱膝南望吟诗。让之已讶其非人，翁忽又吟。让之遽欲前执，翁倏然跃入丘中。让之从焉，翁已复本形为一狐跳出。让之见几案上有一帖文书，题云应天狐超异科策，怀之跃出。后数日，有僧备三百缣购赎。让之纳缣，仍不与书帖。经月馀，其弟至，向让之取书帖去，即化为一狐。未几，有敕捕内库被人盗贡绢三百匹，寻踪及让之。获其缣，让之不能雪，卒毙枯木。

野田荆棘春，闺阁绮罗新。出没头上日，生死眼前人。欲知我家在何处，北邙松柏正为邻。

洛阳女儿罗绮多，无奈孤翁老去何，奈尔何。

正色鸿焘，神思化伐。穹施后承，光负玄设。呕沦吐萌，垠倪散截。迷肠郗曲，雺音矇零霾曀入声。雀毁龟水，健驰御屈。拿尾研动。袾袾晰晰。溜用秘功，以岭以穴。柂薪伐药，莽榤万茁。呕律则祥，佛伦惟萨。牡虚无有，颐咽蕊屑。肇素未来，晦明兴灭。　狐书一。

五行七曜，成此闰馀。上帝降灵，岁且涒徐。蛇蜕其皮，吾亦神摅。九九六六，束身天除。何以充喉，吐纳太虚。何以蔽踝，霞袂云袽。哀尔浮生，栉比荒墟。吾复丽气，还形之初。在帝左右，道济忽诸。　狐书二。

严含质诗

景云初，萧志忠刺晋州，将以腊日畋游。先一日，有采薪者暴疟不能归,因止岩穴之下。夜将艾,似有人声,伏而窥之,有一人身长丈馀,向谷长啸,俄而群兽俱至。长人宣言曰:“余玄冥使者,奉北帝命,明日萧使君当顺时畋猎,尔等若干合死于箭,死于枪,死于网罟鹰犬。”言讫,有虎与麋皆屈膝求救。长人曰:“余闻东谷严四兄善谋,尔等可就彼祈求。”群兽皆喜,使者东行,群兽毕从。时樵者疾少间,随往觇之。见茅屋中悬一虎皮,有黄冠者,名含质,即严四兄也。惊起,见使者曰:“阔别已久,得非配群生猎日刑名而至此乎?”使者曰:“然。然彼求救于四兄,四兄当为谋之。”虎、麋、狐、兔即屈膝哀请。严曰:“萧使君每役人,必恤其饥寒。若祈滕六降雪,巽二起风,则不复猎矣。”又对使者云:“向在仙都,岂意千年为兽身。”悒悒不乐,因述怀一章。又云:“我谴谪已满,行归紫府。题数行于壁,使后人知仆曾居此也。”

昔为仙子今为虎,流落阴崖足风雨。更将斑毳被余身,千载空山万般苦。　述怀。

下玄八千亿甲子,丹飞先生严含质。谪下中天被斑革,六千甲子。血食涧饮厕猿狖,下浊界。景云元纪升太一。　题壁。

李微诗

微,宗室子,家于虢略,博学善属文。天宝十五载,登进士第。后于汝坟逆旅,被狂疾,夜走出,变为虎。同年李俨以监察御史使岭南,至商於界。虎突出,欲擒食之。忽作人言曰:“几伤我故人。”俨聆其音,似微,遂与之言。因具述变化之由,托其赈恤妻子。口诵文二十篇,令其传世。复为诗云:

偶因狂疾成殊类,灾患相仍不可逃。今日爪牙谁敢敌,当时声迹共相高。我为异物蓬茅下,君已乘轺气势豪。此夕溪山对明月,不成长啸但成嗥。

维扬空庄四怪联句

宝应中,维扬元无有行郊野。夜值风雨大至,时兵荒后,人户多逃。

入一空庄避之，雨止月出。见四人衣冠各异，吟诗递相褒赏。及明，寻堂中，惟有故杵、灯台、水桶、破铛，乃知四人即此物也。

齐纨鲁缟如霜雪，寥亮高声予所发故杵。嘉宾良会清夜时，煌煌灯烛我能持灯台。清冷之泉候朝汲，桑绠相牵常出入水桶。爨薪贮泉相煎熬，充他口腹我为劳破铛。

柳藏经二绝句

建中间，东都薛弘机隐渭河之隈。有客造门，自云姓柳，名藏经。歌一诗，与弘机谈论经典而别。明年又来，复歌一绝，情意搔然。竟失其踪。是夜恶风发屋，一枯柳拉折。其内不知谁人藏经百馀卷，尽烂坏。

寒水停园沼，秋池满败荷。杜门穷典籍，所得事今多。

谁谓三才贵，余观万化同。心虚嫌蠹食，年老怯狂风。

太白山魔诳道士诗

贞元中，韦自东以壮勇闻。有道士炼丹于太白山石洞中，数有妖魔入洞，击散药垆。邀自东仗剑相护。有巨虺及美女至，自东并以剑击退。后有道士驾鹤而来，劳自东曰："妖魔已尽，吾弟子丹将成矣，有诗志喜。"自东释剑礼之。俄而突入，药垆爆烈无遗。

三秋稽颡叩真灵，龙虎交时金液成。绛雪既凝身可度，蓬壶顶上彩一作有云生。

金缶魅诗

河东李员，居长安延寿里。元和初，室西隅有声若韵金石。俄有歌者，音清越，久不已。凡数夕闻焉。后至秋始六日，夜雨颓堂北垣。明日，得一缶，仅尺馀，制用金，形状奇古，盖千百年之器。

色分蓝叶青，声比磬中鸣。七月初七夜，吾当示汝形。

东阳夜怪诗

元和中，彭城秀才成自虚就举东还，路出东陈驿。风雪，夜投佛寺，暗中有一老病僧。俄复有数人至，以自虚举子，各述所作诗，喧论达晓。自虚方欲自夸旧制，一无睹矣。及追寻，始知病僧自称安智高者，是病橐驼。称前河阴转运巡官卢倚马，是驴。称桃林客轻车将军朱中正，是牛。敬去文，是狗。奚锐金，是鸡。苗介立，是猫。胃藏瓠，是一刺猬藏瓠下者。

谁家扫雪满庭前，万壑千峰在一拳。吾心不觉侵衣冷，曾向此中居几年。　安智高咏聚雪为山。

拥褐藏名无定踪，流沙千里度衰容。传得南宗心地后，此身应便老双峰。　安智高病中自述二首。

为有阎浮珍重因，远离西国赴咸秦。自从无力休行道，且作头陀不系身。

长安城东洛阳道，车轮不息尘浩浩。争利贪前竞著鞭，相逢尽是尘中老。　卢倚马寄同侣二首。

日晚长川不计程，离群独步不能鸣。赖有青青河畔草，春来犹得慰一作喂羁一作饥情。

爱此飘飖六出公，轻琼冷絮舞长空。当时正逐秦丞相，腾踯川原喜北风。　敬去文咏雪献曹州房。　去文云：曹州房难仆，呼雪为公，余以古人呼竹为君证之。曹州房莫知所对。

事君同乐义同忧，那校糟糠满志休。不是守株空待兔，终当逐鹿出林丘。　敬去文言志二首。

少年长负饥鹰用，内顾曾无宠鹤心。秋草驱除思去宇，平原毛血兴从禽。

舞镜争鸾彩，临场定鹘拳。正思仙仗日，翘首仰一作御楼前。　奚锐金近作三首。

养斗形如木,迎春质似泥。信如风雨在,何惮迹卑栖。

为脱田文难,常怀纪渻恩。欲知疏野态,霜晓叫荒村。

乱鲁负虚名,游秦感宁生。候惊丞相喘,用识葛卢鸣。黍稷滋农具,轩车乏道情。近来筋力退,一志在归耕。　朱中正诗。

为惭食肉主恩深,日晏蟠蜿卧锦衾。且学志人知白黑,那将好爵动吾心。　苗介立诗。

鸟鼠是家川,周王昔猎贤。一从离子卯,鼠兔皆变为猬也。应见海桑田。　胃藏瓠题旧业诗。

田四郎求婚联句

元和十三年,江陵编户成叔弁有女兴娘,年十七。忽有人自称田四郎,偕媒氏求婚。叔弁不许,四郎笑一声,有二人自空下,曰:"安有不可!"媒氏请为联句定婚,联句讫,媒与三人大绝倒,不复见。其女初若醉,人去后亦醒。

一点红裳出翠微,秋天云静月离离。田四郎。天曹使者徒回首,何不从他九族卑。田请叔弁继作,叔弁不知诗,固辞。闻堂上有人教其云云。

黑驹别卢传素诗

岭南从事卢传素,寓居江陵。元和中,有一黑驹,乘之甚劳苦,然未常有衔橛之失,颇爱之。一旦,忽人语曰:"阿马是丈人表甥贺兰家通儿也,丈人使通儿卖一别墅,得钱一百贯。通儿破用此钱,今作畜生。在槽枥五六年,与丈人偿债。畜生寿已尽,当死,请速将阿马货卖。"兼有一篇留别,乃骧首朗吟云:

既食丈人粟,又饱丈人刍。今日相偿了,永离三恶途。

笔　精　诗

元和中,博陵崔彀寓长安延福里,见人长不尽尺,自北垣下升榻,请寄砚席。袖出三诗投于榖，趋北垣下没。榖乃发其处，得一管笔，锋锐尚新。

昔荷蒙恬惠，寻遭仲叔投。夫君不指使，何处觅银钩。

学问从君有，诗书自我传。须知王逸少，名价动千年。

能令音信通千里，解致龙蛇运八行。惆怅江生不相赏，应缘自负好文章。

二斑与宁茵赋诗

大中年，秀才宁茵寓南山庄。夜有人，一称桃林斑特处士，一称南山斑寅将军，来访，谈论赋诗而别。及视其迹，乃知牛与虎也。

晓读云水静，夜吟山月高。焉能履虎尾，岂用学牛刀。宁茵赋。

但得居林啸，焉能当路蹲。渡河何所适，终是怯刘琨。斑寅赋。

无非悲宁戚，终是怯庖丁。若遇龚为守，蹄涔向北溟。斑特赋。

白田獭魅别村女诗

楚州白田村民沈某女，患魅，腹渐大，若妊。令巫设坛召魅，自陈淮中老獭，愿自此屏迹。但痛腹中子未育，若生而不杀以还我，是望外也。言毕呜咽，遂作别诗。须臾患者释然。后旬月，产獭子三头，送湖中，有巨獭负而没之。

潮来逐潮上，潮落在空滩。有来终有去，情易复情难。肠断肠中子，明月秋江寒。

邢君才旧宅三怪诗

太原掌书记姚康成奉使汧陇，假邢君才旧宅休息。二更后，月色如练，廊房内闻饮乐之声。曰："今三人可各赋一篇取乐。"康成推门求之，则皆失矣。寻其处，见有铁铫子一柄，破笛一管，一秃黍穰帚而已。康成不欲伤之，遂各埋于他处。

昔日炎炎徒自知，今无烽灶欲何为。可怜国柄全无用，曾见家人下第时。　铁铫。

当时得意气填心，一曲君前直万金。今日不如庭下竹，风来犹得学龙吟。　破笛。

头焦鬓秃但心存，力尽尘埃不复论。莫笑今来同腐草，曾经终日扫朱门。　秃帚。

维扬少年与孟氏赠答诗

维扬万贞，娶寿春坊孟氏为妻，美容质，有词藻。贞商于外，孟氏游家园，独吟而泣。有少年貌甚秀丽，逾垣求偶。孟氏许而赋诗，少年亦以诗答之，遂私焉。同处逾年，而夫自外至，孟氏忧且泣。少年曰："勿尔，吾固知其不久也。"忽腾身而没，竟不知为何怪。

可惜春时节，依然独自游。无端两行泪，长只对花流。　孟氏游家园作。

谁家少年儿，心中暗自欺。不道终不可，可即恐郎知。　孟氏赠答少年。

神女得张硕，文君遇长卿。逢时两相得，聊足慰多情。　少年答孟氏。

胡志忠题户

处州小将胡志忠，奉使之越，夜止山馆之东序。进膳之次，有异物，其状甚伟，当盘而立。志忠击之，连有伤痛，声如犬，语甚分明。曰："请止！请止！若不止，知谁死。"志忠运臂愈疾，异物又疾呼曰："斑儿何在？"续有一物自屏外来，志忠又击之，力不胜，仆夫曳之入东阁，颠仆之声如坏墙然。未久，志忠俨然而出，复命膳，卒无一言。明日行，封署其门，属馆吏勿启。旬馀乃还，止于馆，索笔砚泣题其户。题讫，以笔掷地而失所在。启其户，志忠与斑黑二犬俱仆于西北隅矣。

恃勇祸必婴，恃强势必倾。胡为万金子，而与恶物争。休将逝魄趋府庭，止于此馆归冥冥。

高侍郎诗

草场官张立本，有女为物所魅，自称高侍郎。吟诗一首。宅后有高偕侍郎墓，野狐窟穴其中。盖狐妖也。

危冠高袖楚宫妆，独步闲庭逐夜凉。自把玉簪敲砌竹，清歌一曲月如霜。

吕氏宅妖誓师词

汝南岑顺，旅陕州，居外族吕氏山宅。见壁下天那军与全家军各出兵会战，有军师致辞鼓之。会战数日，胜负不常。顺为鬼气所中，憔悴顿甚。因掘其下，得古墓明器，有甲胄数百，戏局列马满枰。乃悟军师之词，乃象戏行马之势也。

天马斜飞度三止，上将横行击四方。辎车直入无回翔，六甲次第不乖行。

袁少年诗 猿

风波千里阔，台榭半天高。此兴将何比，身知插羽毛。　赋君山。

峰峦多秀色，松桂足清声。自有山林趣，全忘城阙情。　赋南岳庙。

罗浮南海外，昔日已闻之。千里来游览，幽情我自知。

东柯院妖谑杜令

陇城县有东柯僧院，甚有幽致，游人如市。忽一日，有妖异起空中，掷下瓦砾，扇扬灰尘，人莫敢正立。院僧召道士诵咒，衣褫带解，狼狈而窜。县令杜延范自往观之，曰："安有此事！"妖于空中掷小书帖，多成绝句，凌谑杜令。觉之，亦遽还。

虽共蒿兰伍，南朝有宗祖。莫打绿袍人，空中且歌舞。

堪怜木边土，非儿不似女。瘦马上高山，登临何自苦。

嵩山小儿吟

嵩山内有老僧结茅以居，忽见一小儿参礼，求为弟子。僧乃问曰：“此处人迹甚稀，汝因何至此？又因何求为弟子？”曰：“父母俱丧，身无所依，愿离尘俗，欲修来世福业也。”僧曰：“志愿虽嘉，能从道，心惟一乎？”小儿曰：“若心与言违，皇天后土自不容耳。”见其敏悟，遂与落发。精进勤劬，罕有伦等。居数年，时值深秋，忽慨然朗吟，长啸良久。有一群鹿过，小儿跃然，脱却僧衣，化为鹿而去。

我本长生深山内，更何入他不二门。争如访取旧时伴，休更朝夕劳神魂。

鱼腹丹书

吴郡渔人张胡子，尝于太湖中钓得一巨鱼，腹上有丹书字。

九登龙门山，三饮太湖水。毕竟不成龙，命负张胡子。

鱼身字

金州洵阳县水南乡百姓柏君怀，于汉江勒漠潭采得鱼，长数尺，身上有字。

三度过海，两度上汉。行至勒漠，命属柏君。

马作人语

路岩自成都移镇渚宫，所乘马忽作人语，不久及祸。

芦荻花，此花开后路无家。

孙长史女与焦封赠答诗

开元初，浚仪令焦封罢任，丧妻，客蜀中。夜逢一青衣，邀入一甲第。有女子年十七八，仪貌殊常。自称孙长史女，夫丧，寡居于此。命酒赋诗，遂留匹偶。经月，封思入关，女赠玉环并诗为别，封亦以诗留赠。登前途，女忽奔至。疑讶间，有千馀猩猩来。女喜跃曰："君不顾我东归，我亦逐女伴归山耳。"化为一猩猩去。

妾失鸳鸯伴，君方萍梗游。少年欢醉后，只恐苦相留。　赠封。

心常名宦外，终不耻狂游。误入桃源里，仙家争肯留。　封酬。

鹊桥织女会，也是不多时。今日送君处，羞言连理枝。　别封。

但保同心结，无劳织锦诗。苏秦求富贵，自有一回时。　封留别。

石瓮寺灯魅诗

进士杨稹，家于渭桥，肄业昭应石瓮寺。有红裳女子，既夕而至，容色姝丽，徐步帘外而歌，稹纳之。自称开元中明皇与杨妃建此寺，封我为西明夫人。乃西偏经幢中灯精也。晨去暮还，不止。家人潜伏佛榻窥之，扑灭灯，遂绝。

凉风暮起骊山空，长生殿锁霜叶红。朝来试入华清宫，分明忆得开元中。

金殿不胜秋，月斜石楼冷。谁是相顾人，褰帷吊孤影。

烟灭石楼空，悠悠永夜中。虚心怯秋雨，艳质畏飘风。向壁残花碎，侵阶坠叶红。还如失群鹤，饮恨在雕笼。前二首红裳女子歌。此首，风雨夜一婴儿为红裳歌。

洛下女郎歌

天宝中，洛下崔玄微夜见诸女郎，李氏、陶氏、杨氏，衣服颜色各异，自言俱住苑中。邀封家十八姨，命席，各歌以送酒。仍言苑中多被恶风，乞玄微立朱幡，图日月五星文于苑东，免诸侣之患。女郎乃众花之精，封十八姨者，风神也。

皎洁玉颜胜白雪，况乃当年对风月。沉吟不敢怨春风，自叹容华暗消歇。 红裳人。

绛衣披拂露盈盈，淡染胭脂一朵轻。自恨红颜留不住，莫怨春风道薄情。 白衣人。

袁长官女诗

广德中，秀才孙恪于洛中魏王池畔，见一大第，有女子摘庭中萱草吟诗。诘之，是袁长官女。少孤，求适人未售。恪睹其光容艳丽，遣媒纳为室。袁金缯赡足，治家甚严。生二子。后恪任幕职，挈过端州。袁云："此去峡山寺，我家旧有门徒居之，欲赴彼设斋。"恪如言。抵寺斋罢，有野猿数十，连臂下生台悲啸。袁题诗僧壁，抚二子，咽泣数声，裂衣化为老猿，偕去。询老僧，乃知此猿寺中所养。开元中，高力士经过，怜其慧黠，携献上阳宫者。

彼见是忘忧，此看同腐草。青山与白云，方展我怀抱。 摘萱草吟。

刚被恩情役此心，无端变化几湮沉。不如逐伴归山去，长笑一声烟雾深。 题峡山僧壁。

真符女与申屠澄赠和诗

贞元中，什邡尉申屠澄赴官，至真符县东，投路旁茅舍中，有老父及妪，一女年十四五，态甚闲丽，因与之订婚。后生一男一女。澄尝作赠内诗，其妻有和，然未尝出口。秩满将归秦，妻始以诗语澄，怅然若有慕者。澄曰："倘忆贤尊，今则至矣，何用悲乎？"及过妻家，草舍不复有人，于故衣中见一虎皮。妻大笑曰："此物尚在耶？"披之，即变为虎，哮吼而去。澄惊走避之，携二子望林大哭，竟不知所往。

一尉惭梅福，三年愧孟光。此情何所喻，川上有鸳鸯。 澄赠。

琴瑟情虽重，山林志自深。常忧时节变，辜负百年心。 女和。

夭桃诗

太和中，处士姚坤居东洛万安山。有女子自称夭桃，诣坤，云是富家女，误为年少诱出，失踪不可复还，愿持箕帚。坤纳之，妖丽冶容。至于篇什，俱能精至。后坤应制，挈入京，至盘豆馆，天桃不乐。取笔题竹简，为诗一首，吟讽久之。忽有曹牧献良犬入馆，犬见夭桃，怒目掣锁上阶。夭桃亦化为狐，跳上犬背，抉其目。行数里，犬毙，狐即不知所之。

铅华久御向人间，欲舍铅华更惨颜。纵有青丘吟夜月，无因重照旧云鬟。

青衣春条诗

南阳张不疑，开成间宏词登科，授秘书。寓京国，市一青衣于胡司马，名春条。指使无不惬适，兼好学，善书录。潜为小诗，往往于户牖间题之。居两月馀，有昊天观尊师知其妖，作法噀水复本形，乃是一朽明器，背上题曰春条，劈腰颈间有血。不疑得疾，沉锢二年死。

幽室锁妖艳，无人兰蕙芳。春风三十载，不尽罗衣香。

明器婢诗

开成中，洛下学究卢涵赴山庄，路遇双鬟，甚有媚态。云是耿将军守茔青衣，邀涵饮，为诗送酒。涵恶词之不称，窥其室，见取蛇血变酒，惊走避归。率家人搜寻，于柏林中得一大明器婢子，有蛇毙于其旁。

独持巾栉掩玄关，小帐无人烛影残。昔日罗衣今化尽，白杨风起陇头寒。

妙香词

唐郑继超遇田参军，赠妓曰妙香。数年告别，歌北邙月词送酒。翌日，同至北邙山下，化狐而去。田君亦狐也。

劝君酒莫辞，花落抛旧枝。只有北邙山下月，清光到死也相随。

庐山女赠朱朴 鲤鱼

但持冰洁心，不识风霜冷。任是怀礼容，无人顾形影。

知君久积池塘梦，遣我方思变动来。操执若同颜叔子，今宵宁免泪盈腮。

青萝帐女赠穆郎 榕树

团圆今夕色光辉，结了同心翠带垂。此后莫教尘点染，他年长照岁寒姿。

褰　帐

揉蓝绿色曲尘开，静见三星入坐来。桂影已圆攀折后，子孙长作栋梁材。

题碧花笺

珠露素中书缱绻，青萝帐里寄鸳鸯。自怜孤影清秋夕，洒泪裴回滴冷光。

白蘋洲碧衣女子吟

张确尝游霅上白蘋洲，见二碧衣女子，携手吟此。确逐之，化为翡翠飞去。

碧水色堪染，白莲香正浓。分飞俱有恨，此别几时逢。藕隐玲珑玉，花藏缥缈容。何当假双翼，声影暂相从。

新林驿女吟示欧阳训 生飞虫

月明阶悄悄，影只腰身小。谁是骞翔人，愿为比翼鸟。

击盘歌送欧阳训酒

飞燕身轻未是轻，枉将弱质在岩扃。今来不得同鸳枕，相伴神魂入杳冥。

白衣女子木叶上诗

宁赏尝遇一衣白女子，倏不见，后于林杪见白猕猴，掷一木叶坠其前，上书二十字云：

桃花洞口开，香蕊落莓苔。佳景虽堪玩，萧郎殊未来。

席上歌

有少年于岩下逢女子，留与同居十日。于席上作歌赠少年云：

洞府深沉春日长，山花无主自芬芳。凭阑寂寂看明月，欲种桃花待阮郎。

凤凰台怪和歌四首

大历中，有士人独行凤凰台，见一男子与妇人相和而歌。追而观之，乃二兽也。一类豕而高，一类龙而小。

深闺闲锁难成梦，那得同衾共绣床。一自与郎江上别，霜天更自觉宵长。

愁听黄莺唤友声，空闺曙色梦初成。窗间总有花笺纸，难寄妾心字字明。

寂静璇闺度岁年，并头莲叶又如钱。愁人独处那堪此，安得君来独枕眠。

卧病匡床香屡添，夜深犹有一丝烟。怀君无计能成梦，更恨砧声到枕边。